In Wäxjö, einem idyllischen Provinzstädtchen in Schweden, geschieht ein kaltblütiger Mord, der die Gemüter ganz besonders erregt: Die zwanzigjährige Linda wurde in ihrer Wohnung grausam misshandelt und anschließend erwürgt. Linda war nicht nur ausgesprochen attraktiv und bei allen beliebt, sie besuchte noch dazu die Polizeischule und stand kurz vor der Übernahme in den regulären Dienst. Vieles deutet darauf hin, dass Linda ihren Mörder kannte. Doch der Hauptverdächtige hat ein stichhaltiges Alibi …

LEIF GW PERSSON, lange Zeit als Profiler im Polizeidienst tätig, ist Professor der Kriminologie, Medienexperte und seit mittlerweile 30 Jahren einer der erfolgreichsten Krimiautoren Schwedens. Er wurde mehrfach mit dem Schwedischen Krimipreis ausgezeichnet, daneben erhielt er den Dänischen und den Finnischen Krimipreis. Seine Romane stehen regelmäßig auf Platz 1 der Bestsellerliste und verzeichnen Millionenauflagen. »Mörderische Idylle« ist der erste Fall der Serie um Kommissar Evert Bäckström. Der aktuelle dritte Roman »Der glückliche Lügner« hat in Schweden alle Verkaufsrekorde gebrochen. Die Serie ist nun in Hollywood von »Dr. House«-Produzent Hart Hanson verfilmt worden.

LEIF GW PERSSON

MÖRDERISCHE IDYLLE

Kriminalroman

*Aus dem Schwedischen
von Gabriele Haefs*

btb

Die schwedische Originalausgabe erschien 2005
unter dem Titel »Linda – som i Lindamordet«
bei Piratförlaget, Stockholm.

Penguin Random House Verlagsgruppe FSC® N001967

3. Auflage der Neuausgabe April 2015
Deutsche Erstveröffentlichung 2007
Copyright © der Originalausgabe 2005 by Leif GW Persson
Copyright © der deutschsprachigen Ausgabe 2007 by btb Verlag
in der Penguin Random House Verlagsgruppe GmbH,
Neumarkter Str. 28, 81673 München
Published by agreement with Salomonsson Agency
Umschlaggestaltung: semper smile, München
Umschlagmotive: © Shutterstock /
PRESNIAKOV OLEKSANDR; lupulluss
Druck und Einband: GGP Media GmbH, Pößneck
SL · Herstellung: sc
Printed in Germany
ISBN 978-3-442-74925-6

www.btb-verlag.de
www.facebook.com/btbverlag

Für Maj Sjöwall und Per Wahlöö –
die es besser gemacht haben als fast alle
anderen

1

Es war die Nachbarin, die Linda gefunden hatte, und abgesehen von allem anderen war das besser, als wenn es ihre Mutter gewesen wäre. Außerdem hatte die Polizei damit sehr viel Zeit gewonnen. Die Mutter hatte erst am Sonntagabend zurück in die Stadt kommen wollen, und außer ihr und ihrer Tochter wohnte niemand in der Wohnung. Je früher, desto besser, wenn wir es mit den Augen der Polizei sehen, vor allem wo es sich um einen Mord mit unbekanntem Täter handelte.

Schon um fünf vor acht morgens war in der Bezirkszentrale der Polizei von Växjö Alarm gegeben worden, und ein Streifenwagen, der sich in nächster Nähe befunden hatte, war hingefahren. Nur drei Minuten später meldete die Streife sich wieder. Sie waren jetzt vor Ort, die Frau, die Alarm gegeben hatte, saß in sicherem Verwahr auf der Rückbank, und die Kollegen hatten nun vor, ins Haus zu gehen und sich ein Bild von der Lage zu machen. Die Funkstreife der Polizei von Växjö hätte um diese Zeit eigentlich in der Garage des Polizeigebäudes stehen sollen, weil gerade der Wechsel von Nacht- auf Frühschicht stattfand und fast alle Polizisten vom Nachtdienst unter der Dusche standen oder im Kaffeezimmer saßen und auf Morgenandacht und Dienstschluss warteten.

Der Wachhabende selbst hatte den Anruf angenommen. Die

beiden jüngeren Kollegen, die sich daraufhin gemeldet hatten, hatten sich innerhalb der lokalen Truppe schon einen ansehnlichen Ruf erwerben können. Leider war dieser Ruf nicht uneingeschränkt positiv, und da der Wachhabende doppelt so alt war, auf dreißig Dienstjahre zurückblickte und sich nach dieser langen Zeit für gewaltig gegerbt und erfahren hielt, hatte er zuerst Verstärkung schicken wollen, wen immer man um diese Zeit schicken könnte, aber während er noch mit diesen Überlegungen beschäftigt gewesen war, hatte die betreffende Streife sich wieder gemeldet. Nach nur acht Minuten und noch dazu auf seinem Mobiltelefon, damit nicht jede Menge unbefugte Ohren mithören konnten. Jetzt war es Viertel nach acht, und der erste Bericht der Kollegen vom Tatort hatte nur eine Minute in Anspruch genommen.

Und das war nun wirklich bemerkenswert. Dieses eine Mal, trotz ihrer Jugend, ihres Mangels an Erfahrung und ihres Rufs, hatten sie einfach alles richtig gemacht. Sie hatten alles getan, was von ihnen erwartet wurde, und wo sie schon einmal dabei gewesen waren, hatten sie noch mehr gemacht. Sie hatten sich ein goldenes Sternchen für ihr Dienstbuch verdient, und das noch dazu auf eine Weise, die in der Praxis der Polizeibehörden von Växjö bisher unbekannt gewesen war.

Im Schlafzimmer der Wohnung hatten sie eine Tote gefunden. Alles sprach dafür, dass die Frau ermordet worden war, und zwar – wie immer die Kollegen das wissen wollten – vor einigen Stunden. Vom Täter gab es keine Spur, außer einem offenen Schlafzimmerfenster hinten im Haus, was immerhin andeutete, auf welche Weise er den Tatort verlassen hatte.

Leider gab es eine weitere Komplikation. Der jüngere Kollege, mit dem der Wachhabende gesprochen hatte, war davon überzeugt, das Opfer zu kennen, und wenn seine Behauptung nun zutraf, dann bedeutete das unter anderem, dass der Wachhabende selber ihr diesen Sommer schon mehrmals begegnet war, zuletzt, als er am Vortag Feierabend gemacht hatte.

»Nicht gut, gar nicht gut«, murmelte der Wachhabende und sprach vor allem sich selbst an, wie es aussah. Dann zog er seinen Merkzettel hervor, auf dem die Maßnahmen für den schlimmsten Fall verzeichnet waren. Es war eine halbe eingeschweißte A4-Seite mit etwa einem Dutzend Anhaltspunkten und der bemerkenswerten Rubrik »Wenn hmmm-hmmm bei Job in den Ventilator gerät«. Er legte diesen Zettel immer unter seine Schreibunterlage, sowie er den Dienst antrat, und es war fast vier Jahre her, dass er ihn zuletzt hatte hervorziehen müssen.

»Okay, Jungs«, sagte der Wachhabende. »Dann machen wir das so…«

Danach hatte auch er alles getan, was man mit Fug und Recht von ihm verlangen konnte. Wenn auch nicht mehr, denn solche Übertreibungen schätzte man in seinem Alter nun gar nicht mehr.

In dem Streifenwagen, der als Erster am Tatort eintraf, saßen zwei jüngere Ordnungspolizisten aus Växjö. Der stellvertretende Polizeiinspektor Gustaf von Essen, dreißig Jahre alt und bei der Truppe als »Graf« bekannt, obwohl er die Sache sehr genau nahm und immer wieder klarstellte, dass er trotz allem nur »ein ganz normaler Freiherr« war. Und sein vier Jahre jüngerer Kollege, Polizeiassistent Patrik Adolfsson, genannt Adolf, aus Gründen, die leider nicht nur mit seinem Familiennamen zu tun hatten.

Als sie auf den Alarm reagiert hatten, waren sie zwei Kilometer vom mutmaßlichen Tatort entfernt und auf der Rückfahrt zur Wache gewesen, und da so früh am Morgen in der Gegend so gut wie kein Verkehr herrschte, hatte Adolf eine Drehung von hundertachtzig Grad beschrieben, das Gaspedal durchgetreten und ohne Blaulicht oder Sirene den schnellsten Weg eingeschlagen, während der Graf ein scharfes Auge auf alle verdächtigen Bewegungen aus der Gegenrichtung geworfen hatte.

Zusammen bildeten sie an die zweihundert Kilo Ordnungspolizei von bester schwedischer Landrasse. Hauptsächlich Kraft und Knochen, Muskeln und Reflexe in Hochform und insgesamt der pure Lusttraum für jeden verängstigten Mitbürger, der um Hilfe bat, wenn er vor dem Haus drei unbekannte Schurken entdeckte, die gerade dazu ansetzten, die Haustür einzutreten.

Als sie vor dem Haus im Pär Lagerkvists väg vorfuhren, wo das alles passiert sein sollte, kam eine überaus erregte Frau mittleren Alters mitten auf der Straße auf sie zugerannt. Sie fuchtelte mit den Armen und stolperte über die Wörter, und Adolf, der als Erster das Auto verließ, nahm vorsichtig ihren Arm, bugsierte sie auf die Rückbank und versicherte, jetzt sei alles in Ordnung. Und während der Graf mit gezogener Dienstwaffe hinter dem Haus Posten bezog, für den Fall, dass der Schurke sich noch dort aufhielt und in dieser Richtung verschwinden wollte, überprüfte Adolf rasch die Wohnungstür und betrat danach die Wohnung. Was nicht schwer war, da die Eingangstür sperrangelweit aufstand.

Und jetzt hatte er sich sein goldenes Sternchen verdient, ehe er zum ersten Mal all das machte, was ihm auf der Polizeihochschule in Stockholm beigebracht worden war. Mit gezogener Dienstpistole durchsuchte er die Wohnung. Dabei drückte er sich an den Wänden entlang, um den Kollegen von der Technik nichts durcheinanderzubringen oder dem Täter irgendwelche Vorteile einzuräumen, falls der schwachsinnig genug sein sollte, noch immer hier herumzulungern. Aber die Einzige, die sich in der Wohnung befand, war das Opfer. Sie lag im Bett im Schlafzimmer, bewegungslos, eingewickelt in ein blutbeflecktes Laken, das ihren Kopf, ihren Körper und ihre halben Oberschenkel bedeckte.

Adolf rief dem Grafen durch das offene Schlafzimmerfenster zu, er könne jetzt das Treppenhaus durchsuchen, steckte seine Waffe ins Holster und griff zu der kleinen Digitalkamera, die er sich unter die linke Achselhöhle geklemmt hatte. Dann machte er rasch drei Bilder von dem bewegungslosen und zugedeckten Leichnam, ehe er vorsichtig den Teil des Lakens zurückschlug, der ihren Kopf bedeckte, um festzustellen, ob sie noch lebte oder bereits tot war.

Mit dem rechten Zeigefinger suchte er ihre Halsschlagader, was eigentlich unnötig war, wenn wir an die Schlinge um ihren Hals und den Ausdruck in ihren Augen denken. Danach berührte er vorsichtig ihre Wangen und Schläfen, aber anders als bei den lebendigen Frauen, die er auf diese Weise berührt hatte, kam ihm ihre Haut unter seinen Fingerspitzen nur stumpf und starr vor.

Sie ist bestimmt tot, aber besonders lange kann sie das noch nicht sein, dachte er.

Außerdem erkannte er sie plötzlich. Nicht als eine, die er einfach vom Sehen her kannte, er kannte sie wirklich, hatte mit ihr geredet und danach sogar von ihr phantasiert. Und das Seltsamste von allem war … aber er hatte nicht vor, das irgendwem zu erzählen. Er war sich noch nie so anwesend vorgekommen wie jetzt. Total dabei, und zugleich schien er neben dem Geschehen zu stehen und sich selbst zu beobachten. Als ginge es hier eigentlich gar nicht um ihn und noch viel weniger um die Frau, die tot in ihrem Bett lag, obwohl sie noch vor wenigen Stunden genauso lebendig gewesen sein musste wie er.

2

Die Zeugin, die das Opfer gefunden und die Polizei alarmiert hatte, wurde gegen zehn Uhr an diesem Vormittag erstmals von zwei Kriminalinspektoren von der Bezirkspolizei vernommen. Die Vernehmung wurde auf Band aufgezeichnet, und die Ausschriften wurden noch am selben Tag angefertigt. Sie füllten an die dreißig Seiten: Margareta Eriksson, fünfundfünfzig, Witwe, keine Kinder, wohnhaft im Obergeschoss des Hauses, wo auch das Opfer und dessen Mutter wohnten.

Als letzter Punkt der Vernehmung war notiert worden, dass die Zeugin über das sogenannte Schweigegebot, Kapitel 23

11

der Vorschriften, § 10, informiert worden sei. Nichts jedoch war darüber vermerkt, was sie zu dem Hinweis gesagt hatte, dass niemand erfahren dürfe – »widrigenfalls sie sich strafbar mache« –, was bei dieser Vernehmung zur Sprache gekommen war. An sich vielleicht nicht so unverständlich. Solche Äußerungen wurden niemals notiert, und außerdem hatte die Zeugin genauso reagiert wie die meisten bei dieser Mitteilung. Sie hatte nämlich gesagt, sie sei wirklich keine, die mit solchem Klatsch hausieren gehe.

Das Haus, das aus Keller, vier Wohngeschossen und Dachboden bestand, gehörte einer Wohnungsgenossenschaft, deren Vorsitzende die Zeugin war. Zwei Wohnungen befanden sich je in den drei unteren Geschossen, und eine doppelt so große war oben, eben die der Zeugin. Also insgesamt sieben Wohnungsbesitzer oder -besitzerinnen, alle mittleren Alters oder älter, Alleinstehende und Paare mit erwachsenen und anderweitig wohnenden Kindern. Die Mehrzahl war zum Zeitpunkt des Mordes im Urlaub gewesen.

Die Mordwohnung gehörte der Mutter des Opfers, und der Zeugin zufolge wohnte das Opfer dort zeitweise. In letzter Zeit hatte die Zeugin sie ziemlich oft gesehen, da die Mutter selbst Urlaub hatte und die meiste Zeit in ihrem Sommerhaus auf Sirkön, zwanzig Kilometer südlich von Växjö, verbrachte.

Die Wohnung, vier Zimmer und Küche, lag im Erdgeschoss, auf der Seite Richtung Straße und Haustür, aber da sich das Haus auf Souterrainniveau befand, lag die Wohnung auf der Hofseite eine Treppe hoch. Der Hof grenzte übrigens direkt an eine kleine, von Villen und einzelnen Mietshäusern umgebene Grünanlage.

Die Zeugin war Hundebesitzerin, und ihrer Aussage bei der Vernehmung nach galt Hunden seit vielen Jahren schon ihr großes Interesse. In den letzten Jahren hatte sie zwei gehabt, einen Labrador und einen Spaniel, die sie jeden Tag viermal Gassi führte. Schon gegen sieben Uhr morgens machte sie meistens mit ihnen einen längeren Spaziergang von mindestens einer Stunde.

»Ich bin ein Morgenmensch, und das frühe Aufstehen hat mir noch nie Probleme bereitet. Ich hasse es, morgens lange im Bett herumzulungern.«

Wenn sie von diesem Spaziergang zurückkehrten, frühstückte die Zeugin und las die Morgenzeitung, während für die Hunde die »Morgenfütterung« auf dem Plan stand. Gegen zwölf Uhr war es wieder so weit. Noch ein Spaziergang von ungefähr einer Stunde mit den Hunden, und nach ihrer Rückkehr aß sie dann zu Mittag, während ihre beiden vierbeinigen Freunde mit einem »getrockneten Schweineohr oder einem anderen Leckerbissen zum Kauen« belohnt wurden.

Gegen fünf Uhr wurde es wieder Zeit, aber dann fiel der Spaziergang kürzer aus. Ungefähr eine halbe Stunde, denn sie wollte in aller Ruhe zu Abend essen und »Peppe und Pigge ihr Abendbrot verpassen«, ehe die Fernsehnachrichten begannen. Danach stand noch das abschließende »Abendpipi« zwischen zehn und elf Uhr abends an, abhängig davon, was das Fernsehen zu bieten hatte.

Feste Gewohnheiten, die im Wesentlichen wohl von ihren Hunden bestimmt wurden. In den freien Stunden dazwischen erledigte sie allerlei Besorgungen in der Stadt, traf sich mit Bekannten – »vor allem Freundinnen und anderen Hundemenschen« – oder arbeitete in ihrem Büro in der Wohnung.

Ihr zehn Jahre zuvor verschiedener Mann war Buchprüfer mit eigener Firma gewesen, in der sie als Teilzeitbeschäftigte mitgearbeitet hatte. Seit seinem Tod betreute sie noch immer einige alte Mandanten. Ihre wichtigste Einkunftsquelle war jedoch die ihr von ihrem Mann hinterlassene Pension.

»Ragnar war da immer sehr umsichtig, und deshalb leide ich wirklich keine Not.«

Die Vernehmung wurde in ihrer eigenen Wohnung durchgeführt. Die Polizisten, die sie vernahmen, hatten Augen zu sehen, und es gab keinen Grund, ihr in diesem Punkt zu misstrauen.

Alles wies darauf hin, dass Ragnar für seine hinterlassene Gattin gut gesorgt hatte.

Gegen elf Uhr am Vorabend, im Zusammenhang mit dem sogenannten Abendpipi, hatte sie das Opfer aus dem Haus kommen und zu Fuß in Richtung Innenstadt gehen sehen.

»Sah aus, als ob sie auf ein Fest wollte, aber ich finde, das tun im Moment die meisten jungen Leute, egal zu welcher Tageszeit.«

Sie selbst hatte dreißig Meter entfernt auf der Straße gestanden, und die beiden hatten keinen Gruß ausgetauscht, dennoch war sie überzeugt, das Opfer erkannt zu haben.

»Sicher hat sie mich nicht gesehen, sie hatte es wohl eilig. Sonst hätte sie mir bestimmt guten Abend gesagt.«

Fünf Minuten später war die Zeugin in ihre Wohnung zurückgekehrt, und nach ihren üblichen Gewohnheiten war sie zu Bett gegangen und ziemlich bald eingeschlafen, und das war so ungefähr alles, woran sie sich vom vergangenen Abend erinnerte.

Dieser unwahrscheinliche Sommer hatte bereits im Mai eingesetzt und schien kein Ende nehmen zu wollen. Tag für Tag nicht der geringste Windhauch, die Sonne heiß wie ein Gartengrill, der Himmel von blassem Blau, schonungslos ohne Wolken und Schatten, immer neue Hitzerekorde, und am nächsten Morgen war sie mit ihren Hunden schon gegen halb sieben losgezogen.

Das war zwar früher als sonst gewesen, aber im Hinblick auf den »vollkommen unwahrscheinlichen Sommer... denn ich bin wohl nicht die Einzige, die das so sieht... wollte ich dem Schlimmsten entgehen.« Und das wussten wirklich alle verantwortungsbewussten Hundemenschen, dass Anstrengung bei zu großer Hitze für Hunde gar nicht gut war.

Sie war denselben Weg gegangen wie immer. Zuerst, sowie sie das Haus verlassen hatte, nach links, die Straße entlang, vorbei an den Nachbarhäusern und dann auf den Fußweg rechts von dem größeren Waldgebiet, das sich nur einige hundert Meter hinter ihrem Haus hinzog. Eine halbe Stunde später, und nun war es bereits unerträglich heiß, obwohl es doch weiterhin erst kurz nach sieben war, beschloss sie, wieder nach Hause zu gehen. Peppe und Pigge hechelten beide besorgniserregend, und auch ihr Frauchen sehnte sich nach dem Schatten in der Wohnung und einem kalten Getränk.

Ungefähr zu dem Zeitpunkt, zu dem sie beschlossen hatte kehrtzumachen, hatte der Himmel sich plötzlich bewölkt und war schwarz geworden, der Wind hatte an Sträuchern und Bäumen gerissen und der Donner in nächster Nähe zu grollen begonnen. Als die ersten schweren Tropfen fielen, war sie nur noch einige hundert Meter von zu Hause fort, und sie rannte los, obwohl das eigentlich unnötig war, denn auf die ersten Tropfen folgte der pure Wolkenbruch, und als sie die Grünfläche hinter dem Hof hinter sich gebracht hatte, war sie bereits triefnass. Und nun sah sie auch, dass das Schlafzimmerfenster der Nachbarin offen stand und im Wind hin und her schlug und dass die Vorhänge im Zimmer bereits durchweicht waren.

Sowie sie das Haus betreten hatte – »und da war es wohl ungefähr halb acht, wenn ich das richtig berechnet habe« –, klingelte sie deshalb mehrmals an der Tür der Nachbarin, es machte jedoch niemand auf.

»Ich dachte, sicher hat sie das Fenster offen gelassen, als sie heute Nacht spät nach Hause gekommen ist. Wozu auch immer das gut sein soll ... draußen ist es doch viel heißer als drinnen. Als wir uns gestern zum Abendpipi aufgemacht haben, war das Fenster jedenfalls geschlossen, das habe ich gesehen.«

Da niemand aufgemacht hatte, war sie mit dem Fahrstuhl zu ihrer eigenen Wohnung hochgefahren. Hatte den Hunden die ärgste Nässe abgewischt und selber trockene Kleidung angezogen. Außerdem war sie schlechter Laune gewesen.

»Das ist nun einmal eine Wohnungsgenossenschaft, und Wasserschäden sind kein Spaß. Außerdem haben wir noch das Einbruchsrisiko. Es sind zwar einige Meter bis zur Fensterbank, aber es vergeht doch kaum ein Tag, ohne dass man in der Zeitung von solchen Fassadenkletterern liest, die alles stehlen, was die Leute nur haben, und selbst wenn sie richtig mit Drogen voll sind, können sie sich doch immer noch von irgendeinem Kumpel eine Leiter leihen.«

Aber was sollte sie nun machen? Bei der nächsten Begegnung der Tochter ins Gewissen reden? Die Mutter anrufen und klatschen? Vierzehn Tage zuvor hatte es einen ähnlichen Wolkenbruch gegeben, aber schon nach zehn Minuten hatte der ebenso plötzlich aufgehört, wie er angefangen hatte, die Sonne hatte abermals von einem blauen und wolkenlosen Himmel gestrahlt, und eigentlich war der Guss für Rasen und andere Gewächse ja nur gut gewesen. Aber diesmal war das nicht so, und nach einer Viertelstunde, während sie die Fressnäpfe der Hunde und ihre eigene Kaffeemaschine füllte und es draußen noch immer wie aus Kannen goss, hatte sie ihren Entschluss gefasst.

»Wie schon gesagt, bin ich doch die Vorsitzende unserer Genossenschaft, und wir hier im Haus helfen uns immer gegenseitig, alles im Auge zu behalten. Vor allem jetzt im Sommer, wo viele im Urlaub sind. Und deshalb habe ich Ersatzschüssel für alle Wohnungen im Haus.«

Sie hatte also den Schlüssel geholt, den die Mutter des Opfers ihr anvertraut hatte, und war mit dem Fahrstuhl nach unten gefahren, hatte noch einige Male an der Tür geklingelt – »sicherheitshalber, falls sie doch zu Hause wäre« –, hatte die Wohnungstür aufgeschlossen und war in die Wohnung gegangen.

»Und da sah es wohl ungefähr so aus, wie es eben aussieht, wenn junge Leute sturmfreie Bude haben, darüber habe ich aber nicht weiter nachgedacht, ich glaube, ich habe gerufen und gefragt, ob jemand zu Hause ist, aber es kam keine Antwort, und da bin ich hineingegangen... in das Schlafzimmer... ja... und da hab ich ja gesehen, was passiert ist, das war mir sofort klar. Und also... ich habe kehrtgemacht und bin auf die Straße hinausgerannt... ich dachte plötzlich, dass er vielleicht noch in der Wohnung ist, und ich hatte eine Sterbensangst. Glücklicherweise hatte ich mein Telefon bei mir und habe angerufen... den Notruf... dieses 112. Und da bekam ich sofort Antwort, obwohl man in der Zeitung doch immer wieder liest, dass nie jemand da ist.«

Das offene Schlafzimmerfenster hatte sie nicht mehr schließen können, was an sich auch nicht so wichtig war, denn der Regen hatte schon aufgehört, als die erste Streife vor Ort eintraf, und eventuelle Wasserschäden waren jetzt einfach belanglos. Polizeiassistent Adolfsson dachte natürlich auch nicht daran. Dagegen notierte er, dass es auf der Fensterbank draußen jede Menge Spuren von mit Wasser vermischtem Blut gab, aber da es ja nicht mehr regnete, überließ er alles Weitere seinen älteren Kollegen von der Technik.

Der heißeste Sommer seit Menschengedenken, eine Nachbarin, die jeden Morgen mit ihren Hunden den gleichen Spaziergang unternahm und noch dazu Reserveschlüssel für die Wohnung des Opfers hatte, ein plötzlicher Wolkenbruch, ein offenes Fenster. Zusammenwirkende Umstände, die Ernte des Zufalls, wenn man so will, oder was auch immer, jedenfalls entdeckte die Polizei deshalb und auf diese Weise und auf keine andere, was geschehen war. Und im Vergleich zu den möglichen Alternativen war diese Weise bei weitem nicht die schlechteste.

3

Der Wachhabende hatte wirklich sein Teil getan. In weniger als zwei Stunden befanden sich alle, die dort sein sollten, am Tatort. Unglücklicherweise zusammen mit einer Menge anderer Menschen, die sich besser anderswo aufgehalten hätten, aber daran konnte niemand etwas ändern, und die Umgebung des Hauses war abgesperrt, die Straße ebenfalls, und zwar in beiden Fahrtrichtungen.

Die Ordnungspolizei hatte mit der systematischen Durchsuchung der Nachbarhäuser und der näheren Umgebung begonnen, während eine Hundestreife versuchte, irgendeine Ordnung in die Spuren zu bringen, die vermutlich der Täter hinterlassen hatte, falls er nun aus dem offenen Fenster auf der Rückseite des Hauses gesprungen war. Das erbrachte allerdings nichts, was auch kein Wunder war, wenn wir an den Wolkenbruch einige Stunden zuvor denken.

Die Technik untersuchte die Wohnung, der Gerichtsmediziner war schon auf dem Weg aus seinem Sommerhaus. Die zuständigen Kollegen von der Bezirkskriminalpolizei führten die erste Vernehmung mit der Zeugin durch, die das Opfer gefunden hatte, die Eltern der Toten wurden informiert und auf die Wache geholt. Bald würde man auch die Nachbarschaft befragen, und damit wären die Punkte auf der Liste des Wachhabenden abgehakt – mit einer Ausnahme.

Als ihm klar war, dass alle Teile des Puzzles an Ort und Stelle lagen oder zumindest unterwegs dorthin waren, hatte er sich dem letzten Punkt auf seinem Merkzettel gewidmet und den Bezirkspolizeichef angerufen. Mit dem verhielt es sich so seltsam, dass, obwohl es in diesem Sommer, der kein Ende nahm, Freitag war und der Polizeichef außerdem eigentlich Urlaub hatte, er sich nicht in seinem Ferienhaus am Meer bei Oscarshamn, an die hundert Kilometer von Växjö entfernt, aufhielt, sondern hinter seinem Schreibtisch in seinem Büro einige Treppen höher im selben Gebäude wie der Wachhabende. Sie hatten gegen halb zehn an diesem Vormittag fast eine Viertelstunde miteinander telefoniert. Vor allem hatten sie über das Opfer gesprochen, und als sie ihr Telefonat beendet hatten, war der Wachhabende, so erfahren und gegerbt er eigentlich war, plötzlich von einer unerklärlichen Niedergeschlagenheit befallen worden.

Seltsam eigentlich, denn als er zuletzt seine handgeschriebene Liste hatte hervornehmen müssen – und zwar im Zusammenhang mit einer längeren Vertretung bei der benachbarten Behörde in Kalmar –, war er beim Gedanken an das Geschehene fast fröhlich geworden. Zwei der schlimmsten Schurken der Stadt hatten am helllichten Nachmittag wild um sich geballert, mitten in der Stadt, mitten zwischen all den netten und anständigen Mitbürgern, und hatten insgesamt an die zwanzig Schüsse in sämtliche denkbare Richtungen abgegeben, aber wie durch göttliche Fügung hatten sie sich nur gegenseitig getroffen, und das kann doch nur in Småland passieren, hatte der Wachhabende damals gedacht.

Der Bezirkspolizeichef war auch nicht gerade begeistert. Er war zwar kein Mordermittler, und eine seiner Lebensregeln war es, sich niemals im Voraus Sorgen zu machen, aber diese Sache sah wirklich nicht gut aus. Sie wies alle frühen Kennzeichen eines klassischen Ermittlungsmordes auf, und wenn das Schicksal es wirklich böse meinte, und wenn wir bedenken, wer das Opfer war, dann bestand eine viel zu große Gefahr, dass es ihm so ergehen würde, wie es Menschen seines Schlags immer erging, wenn ihr Berufsleben sich als ganz besonders ungerecht entpuppte.

In einer Festrede, die er eine Woche zuvor gehalten hatte, war er eine ganze Weile bei den mangelnden Mitteln der Polizei verblieben und hatte seine Truppe abschließend mit einem »viel zu spärlich belegten, verwitterten Lattenzaun und also einem schlechten Schutzwall vor einer immer brutaleren Gewalttätigkeit« verglichen.

Die Rede war sehr gut angekommen, und er selbst war sehr zufrieden mit dem Lattenzaunvergleich gewesen, der ihm treffsicher und wohlformuliert erschienen war. Und das hatte nicht nur er so gesehen, auch der Chefredakteur der großen Lokalzeitung, der zu dem Essen geladen gewesen war, hatte ihm bei Kaffee und Kognak gratuliert. Aber das war vorbei, und er wollte lieber gar nicht daran denken, welche Wege die Gedanken des Chefredakteurs in Kürze einschlagen würden.

Noch schlimmer jedoch waren seine persönlichen, ganz privaten Gefühle. Er kannte den Vater des Opfers, und die Tochter – das Opfer also – war ihm mehrere Male begegnet. Er erinnerte sich an sie als an eine überaus bezaubernde junge Frau, und wenn er selbst eine Tochter gehabt hätte, dann hätte sie durchaus wie die Tote aussehen und wie sie sein dürfen. Was ist denn bloß los, dachte er, und warum um alles in der Welt ausgerechnet in Växjö, wo es in all den Jahren, in denen er nun schon hier tätig war, niemals einen Mord mit unbekanntem Täter gegeben hatte. Hier bei mir? Und zu allem Überfluss auch noch mitten im Sommer.

Und nun fasste er also einen Entschluss. Egal, wie viele Latten in seinem Zaun auch fehlen mochten, und ganz abgesehen von Urlaubszeit und allem anderen polizeilichen Elend, das den Zaun nicht dichter machte, war es hohe Zeit, sich auf das Allerschlimmste vorzubereiten. Deshalb griff er selbst zum Hörer und rief seinen alten Freund und Kurskameraden »Zettkazeh« an und bat um Hilfe. Denn an wen sollte man sich in einer solchen Situation denn sonst wenden, dachte der Bezirkspolizeichef.

Nach dem Gespräch, das weniger als zehn Minuten dauerte, fühlte der Bezirkspolizeichef sich um einiges erleichtert, fast schon befreit. Hilfe war unterwegs, die denkbar beste Hilfe von der Mordkommission der Landeszentralpolizei, der sagenumwobenen Landesmord, und ihr höchster Chef hatte versprochen, dass die Hilfe noch am selben Tag eintreffen werde.

Danach konnte auch er sich in allen Ehren vom Einstieg in seinen Auftrag verabschieden. Es gab zwar keinen goldenen Stern für ihn und auch keinen silbernen, aber doch einen kleinen aus Bronze, weil er an ein nicht unwichtiges praktisches Detail gedacht hatte. Er hatte nämlich seine Sekretärin umgehend im besten Hotel am Platze anrufen, sechs Einzelzimmer für unbestimmte Zeit bestellen und vor allem darauf hinweisen lassen, dass die Zimmer nebeneinander und möglichst abgeschieden liegen sollten.

Im Stadshotell war die Freude groß, denn dort herrschte

sommerliche Stille, und es gab ausreichend freie Zimmer, was einige Stunden später am selben Tag nicht mehr der Fall sein würde, denn dann würde in der ganzen Innenstadt von Växjö kein Zimmer mehr aufzutreiben sein.

4

Stockholm, Freitagvormittag, 4. Juli

Obwohl es erst zehn Uhr vormittags war – in diesem seltsamen Sommer, der schon im Mai angefangen hatte und offenbar kein Ende nehmen wollte –, hatte eine der besonders sagenumwobenen Gestalten von der Zentralen Mordkommission ihren Arbeitsplatz bereits aufgesucht. Kriminalkommissar Evert Bäckström, der anders als die Mehrzahl seiner Kollegen keinen Urlaub genommen hatte, um aufs Land zu fahren und sich mit Mücken, einer übellaunigen Gattin und quengelnden Kindern herumzuschlagen. Ganz zu schweigen von nervenden Nachbarn, stinkenden Plumpsklos, nach Benzin stinkenden Grillspießen und viel zu warmem Bier.

Bäckström war klein, fett und primitiv, aber bei Bedarf konnte er listig und nachtragend sein. Er selbst hielt sich für einen klugen Mann in den besten Jahren. Einen freien und ungebundenen Burschen, der das gelassene Leben in der Stadt bevorzugte. Da ausreichend viele appetitliche und leicht bekleidete Damen das offenbar ebenso sahen, hatte er wirklich keinen Grund, sich zu beklagen.

Die sommerliche Urlaubszeit war ein Genussmittel für Leute, die es nicht besser wussten, und weil sich wirklich die große Mehrzahl seiner Kollegen dieses Genussmittels bediente, gab es Grund genug, im Büro zu bleiben, wenn man ausnahmsweise einmal Zeit hatte, sich ungestört der Arbeit zu widmen. Der Letzte bei Dienstantritt und der Erste bei Feierabend und niemand, der sich etwas dabei dachte. Und darum ging es doch eben. Zeit genug für allerlei Erledigungen außerhalb der Woche, und falls irgendein übrig gebliebener Chefskerl doch mal einen Blick in sein Dienstzimmer werfen sollte, wäre er gut darauf vorbereitet.

Schon am Vortag, ehe sein direkter Vorgesetzter in den Urlaub aufgebrochen war, hatte Bäckström mitteilen lassen, dass er, abgesehen davon, dass er zur Stelle war, um sich den praktischen Aufgaben zu widmen, nun vorhatte, eventuelle freie Zeit mit dem Durchgang von alten Fällen zu verbringen, die man leider nicht hatte klären können. Der Chef hatte keine Einwände gehabt, vor allem aber hatte er sich aus dem Polizeigebäude auf Kungsholmen weggesehnt, und mit Bäckström hatte er sich schon gar nicht unterhalten wollen, weshalb sich auf Bäckströms Tisch jetzt die unaufgeklärten Morde türmten, die seine weniger begabten Kollegen völlig überflüssigerweise in den Sand gesetzt hatten.

Als erste Maßnahme, wenn er an seinem Arbeitsplatz eintraf, verschob er ein wenig die Papierstapel, für den Fall, dass irgendwer dort herumschnüffelte. Nachdem er dann in dem durchaus nicht unbequemen Sessel hinter seinem so präparierten Schreibtisch den Rest des Tages geplant hatte, programmierte er sein Diensttelefon mit einer passenden Erklärung für seine Abwesenheit. Es gab genügend zur Auswahl, und um jeglichen Verdacht auf Systematik zu vermeiden, würfelte er und ließ den Zufall entscheiden, ob er sich für den Rest des Tages bei einer »Besprechung«, in »dienstlichem Einsatz«, »zufällig nicht im Haus«, »auswärts« oder vielleicht sogar auf »Dienstreise« befinden sollte. Wenn diese tägliche Aufgabe erledigt war, wurde es meistens hohe Zeit, um des Tages Müh und Plage fortzusetzen und »zu Tisch« zu gehen. Ein grundlegendes menschliches Bedürfnis, ein Recht, das in den Arbeitsgesetzen festgeschrieben ist und im Telefonbuch der Polizei natürlich einen eigenen Code besitzt. Dafür brauchte Bäckström nicht einmal die Würfel zu bemühen.

Das einzige praktische Problem war, dass es ein wenig schlecht bestellt war mit Überstunden und anderen pekuniären Zuschüssen, denn wie schon so oft herrschte Ebbe in seiner

Kasse, obwohl er erst vor einer Woche Gehalt bekommen hatte. Das findet sich schon, dachte Bäckström. Man muss sich über das Wetter und die vielen halb nackten Frauen in der Stadt freuen. Und jederzeit kann irgendein Dussel irgendein armes Würstchen erschlagen, an einem dreisternigen Ort, der eine Dienstreise wert ist, und dann gibt es Überstunden, Bewirtung und alle erdenklichen steuerfreien Vorteile für einen schlichten Schutzmann. Und mitten in diese tröstlichen Überlegungen hinein klingelte plötzlich sein Telefon.

Auch der Chef der Zentralen Kriminalpolizei, Sten Nylander – oder der Zettkazeh, wie er in der Umgangssprache seiner achthundert Mitarbeiter genannt wurde –, war in Gedanken versunken, als der Bezirkspolizeichef von Växjö ihn anrief, und zwar in erhabene Überlegungen zu einem komplizierten operativen Problem, dessen Elemente er auf dem riesigen Planungstisch in seiner Einsatzzentrale oder dem Op-Center, wie er selbst das lieber nannte, hatte darstellen lassen. Konkret ging es darum, wie er seine Nationale Einsatztruppe vergrößern könnte, falls internationale Terroristen auf die wenig willkommene Idee kämen, draußen in Arlanda ein Flugzeug zu kapern.

Der Kollege in Växjö besaß offenbar nicht dieselbe Fähigkeit, im Umgang mit Groß und Klein Prioritäten zu setzen, und um sich nicht den halben Tag zu ruinieren, versprach der Zettkazeh, umgehend Leute von seiner eigenen zentralen Mordkommission zu schicken. Schlimmstenfalls, wenn sie etwas anderes vorhatten, würden sie Prioritäten setzen müssen, dachte er, als er den Hörer auflegte, dann rief er seine Sekretärin an und bat sie, »diesen kleinen Fettsack von der Landesmord, dessen Name mir immer entfällt, zu holen«. Danach wandte er sich wieder den wesentlichen Dingen zu.

»Der Zettkazeh scheint ja eine Menge um die Ohren zu haben, und das, obwohl doch Urlaub ist«, erklärte Bäckström, lächelte die Sekretärin des höchsten Chefs einschmeichelnd an und nickte zu der geschlossenen Tür hinter ihrem Rücken hinüber. Op-Center ZKC, das klingt doch gut, dachte er.

»Ja, er hat eine Menge um die Ohren«, erwiderte die Sekretärin kurz und ohne von ihren Papieren aufzublicken. »Zu jeder Jahreszeit«, fügte sie hinzu.

Klar doch, dachte Bäckström. Vielleicht hat er einen Kurs gemacht und gelernt, dass Leute wie er Leute wie mich immer eine Viertelstunde warten lassen müssen, während sie den Leitartikel von Svenska Dagbladet lesen.

»Ja, es sind böse Zeiten«, sagte er heuchlerisch.

»Ja«, antwortete die Sekretärin und schaute ihn misstrauisch an.

Wenn man nicht Zettkazeh ist, natürlich nur, dachte Bäckström. Klassetitel hatte der Arsch eben auch. Zettkazeh klingt militärisch und männlich. Einwandfrei besser als Reichspolizeichef, das allerhöchste Huhn auf dem Misthaufen, das nur Erpezeh genannt wird. Wer will schon Erpezeh heißen, dachte Bäckström. Klingt fast, als ob man sich mit dem falschen Frauenzimmer eingelassen und sich sonst was zugezogen hätte.

»Der Zettkazeh kann Sie jetzt empfangen«, sagte die Sekretärin und nickte zur verschlossenen Tür hinüber.

»Meinen untertänigsten Dank«, sagte Bäckström und machte im Sitzen eine Verbeugung.

Genau eine Viertelstunde, das hätte sich doch jedes Kind ausrechnen können. Sogar du, du kleine Kampflesbe, dachte er und lächelte die Sekretärin herzlich an. Die sagte nichts. Sie schaute ihm nur misstrauisch hinterher.

Bäckströms höchster Chef schien noch immer in Gedanken versunken. Zumindest fuhr er sich nachdenklich mit Daumen und Zeigefinger der rechten Hand über sein männliches und überaus markantes Kinn, und als Bäckström das Zimmer betrat, sagte er nichts, sondern nickte nur kurz.

Seltsamer Typ, dachte Bäckström. Und wie zieht der sich denn an, bei dreißig Grad draußen.

Der Chef der Zentralen Kriminalpolizei war wie üblich

tadellos in Uniform gewandet und trug an diesem Tag außerdem schwarze Reitstiefel, die blaue Hose der berittenen Polizei, dann Achselklappen, vier Goldstreifen mit Eichenlaub, gekrönt von der königlichen Krone, auf der linken Seite der Brust eine vierreihige Ordensspange, auf der rechten die beiden gekreuzten Säbel in Gold, die aus unerfindlichen Gründen zum Emblem der Zentralen Kriminalpolizei geworden waren. Schlips natürlich, in genau dem richtigen rechten Winkel festgehalten von der polizeieigenen Schlipsnadel für die hohen Ränge, gerader Rücken wie ein Schürhaken, der Bauch eingezogen, die Brust hervorgeschoben, als versuche sie, den Kampf gegen sein hervorragendstes Körperteil aufzunehmen.

Was für ein verdammtes Kinn. Der hat doch eine Visage wie ein Öltanker, dachte Bäckström.

»Wenn Sie über meine Kleidung staunen«, sagte der Zettkazeh, noch immer, ohne ihn auch nur eines Blickes zu würdigen und ohne die Finger von dem Körperteil zu lösen, das Bäckströms Gedanken auf sich zog, »so habe ich vor, später an diesem Tag Brandklipparen zu bewegen.«

Der kriegt noch dazu alles mit, hier sollte man sich also in Acht nehmen, dachte Bäckström.

»Ein königlicher Name für ein edles Ross«, fügte der Zettkazeh hinzu.

»Ja, so hieß ja wohl der Gaul von Kalle Zwölf«, sagte Bäckström verständnisinnig, obwohl er zu der fraglichen Zeit meist die Schule geschwänzt hatte.

»Von Karl XI. und Karl XII.«, stellte der Zettkazeh richtig. »Derselbe Name, wenn auch natürlich nicht dasselbe Pferd. Wissen Sie, was das hier ist«, fügte er hinzu und nickte den kunstvollen Modellen zu, die er auf seinem riesigen Planungstisch aufgestellt hatte.

Bei so vielen Terminals, Flugzeughallen und Flugzeugen kann das ja wohl kaum die Schlacht von Poltawa sein, dachte Bäckström.

»Arlanda«, tippte er. Wie auch immer Arlanda von oben her aussehen mochte.

»Genau«, sagte der Zettkazeh. »Aber das ist nicht der Grund, aus dem ich Sie sprechen wollte.«

»Ich bin ganz Ohr, Chef«, sagte Bäckström und versuchte, wie ein Musterschüler auszusehen.

»Växjö«, verkündete der Zettkazeh dramatisch. »Ermittlungsmord, junge Frau, heute Morgen erwürgt in ihrer Wohnung aufgefunden. Vermutlich auch vergewaltigt. Ich habe versprochen, dass wir helfen. Also trommeln Sie Ihre Kollegen zusammen, und fahren Sie sofort hin. Die Details können Sie mit Växjö klären. Wenn irgendwer hier im Haus irgendwelche Einwände vorbringt, dann schicken Sie ihn zu mir.«

Großartig, dachte Bäckström. Scheiße auch, das ist ja besser als zur Zeit der drei Musketiere. Dieses Buch hatte er nämlich gelesen. Damals, als kleiner Knabe, als er die Schule geschwänzt hatte.

»Das geht schon in Ordnung, Chef«, sagte Bäckström. Växjö, dachte er. Liegt das nicht irgendwo am Meer, da unten in Småland? Da muss es um diese Jahreszeit doch von Mädels geradezu wimmeln.

»Übrigens«, sagte der Chef der Zentralen Kriminalpolizei. »Da ist noch was. Ehe ich es vergesse. Es gibt da eine kleine Komplikation. Und zwar geht es um die Person des Opfers.«

Da schaun wir mal, sagte die blinde Sara, dachte Bäckström, als er eine halbe Stunde später hinter seinem Schreibtisch saß und die praktischen Dinge erledigte. Zuerst gab es einen netten Einschuss von flüssigen Mitteln in Form eines Postwechsels, den er der Kasse hatte entlocken können, obwohl es doch ein Freitag in der Urlaubszeit war. Dann hatte er diesen Wechsel mit einigen Tausendern in bar ergänzt, aus der Tippskasse der Sektion. Die stand immer für dringende und unerwartete Fälle bereit, und gerade Bäckström hatte sie in guter Erinnerung, denn egal, wie es auf seinem eigenen mageren Gehaltskonto auch aussehen mochte, so würde er doch in der nächsten Zeit keine vermeidbare Not leiden müssen.

Danach hatte er fünf Kollegen zusammenscharren können,

genauer gesagt, vier echte Polizisten und ein Frauenzimmer. Die war allerdings einfach eine schnöde Zivilangestellte und sollte sich vor allem damit beschäftigen, Ordnung in den Papieren zu halten, damit konnte er also leben. Außerdem würde sicher einer der Kollegen dieses Arrangement zu schätzen wissen, da er sie bestieg, sowie sich in ausreichend sicherer Entfernung von seiner übellaunigen Gattin eine Gelegenheit bot. Vielleicht nicht die absolute Elite, dachte Bäckström, als er die Liste seiner Lieben durchsah, aber doch gut genug, vor allem wenn wir bedenken, dass gerade Urlaubszeit war. Außerdem würde er ja selbst mit von der Partie sein.

Blieben noch die Fahrzeuge für die Fahrt nach Växjö und alles, was dort zu erledigen sein würde. Autos hatten sie aus irgendeinem Grund genug, und Bäckström belegte die drei besten mit Beschlag. Für sich selbst einen Volvo mit Allradantrieb, das größte Modell mit dem leistungskräftigsten Motor und so viel zusätzlicher Ausrüstung, dass die Jungs von der Technik besoffen gewesen sein mussten, als sie die Bestellung aufgegeben hatten.

Das wäre wohl alles, dachte Bäckström und machte auf seiner kleinen Liste einen Haken. Jetzt musste er nur noch packen, und als er daran dachte, überkam ihn plötzlich eine gewisse Missstimmung. Der staatliche Alkoholladen war an sich kein Problem. Dieses eine Mal hatte er zu Hause jede Menge Schnaps. Einer der jüngeren Kollegen war am Wochenende zum Hamstern in Tallinn gewesen, und Bäckström hatte sich mit einem ordentlichen Anteil eingedeckt: Whisky, Wodka und zwei Flaschen Starkbier, das pure Dynamit.

Aber was soll ich anziehen, verdammt noch mal, dachte Bäckström und sah seine defekte Waschmaschine vor sich, den überlaufenden Wäschekorb und die Haufen verdreckter Kleidungsstücke, die sich seit fast einem Monat in Schlafzimmer und Bad auftürmten. Noch am Morgen, ehe er zur Arbeit gegangen war, hatte er ein kleines Elend erlebt. Frisch geduscht und wunderbar hatte er dagestanden, ausnahmsweise einmal nicht im Geringsten verkatert, und danach war die pure Hölle ausgebrochen. Bis er an einem Hemd und einem Paar Socken geschnuppert hatte, die sein Gegenüber bei irgendeinem Gespräch nicht sofort an einen dänischen Käsehändler erinnern würden. Das findet sich schon, dachte Bäckström, dem plötzlich eine brillante Idee gekommen war. Zuerst einen kurzen Abstecher in die Galerie in die Sankt Eriksgata, um etwas Fesches und Frisches zu erstehen. An flüssigen Mitteln fehlte es ihm ja nicht, und die schmutzige Wäsche zu Hause könnte er ja – wenn er sich die Sache genauer überlegte – mitnehmen und im Hotel in Växjö abgeben. Hervorragend, dachte Bäckström. Aber zu allererst einen kleinen Mundvoll, denn es wäre doch das reine Dienstvergehen, sich auf nüchternen Magen an eine Mordermittlung zu begeben.

Bäckström hatte in einem nahe gelegenen spanischen Restaurant ein ausgiebiges Mittagessen mit vielen Tapas und anderen sommerlichen Delikatessen zu sich genommen. Da er beschlossen hatte, dass sein Arbeitgeber auch diesen Spaß bezahlen sollte, hatte er eine nicht anwesende Gewährsperson auf die Rechnung gesetzt. Die GP hatte Geschmack genug besessen, zwei große Starkbiere zu trinken. Bäckström selbst, der im Dienst war, hatte sich mit einem einzigen Mineralwasser begnügt, und als er satt und zufrieden wieder auf die Straße kam, klappte das Denken besser als seit langer Zeit. Die Sonne scheint, und das Leben spielt, dachte Bäckström und steuerte seine Wohnung an. Er brauchte nicht einmal ein Taxi zu nehmen, da er seit einigen Jahren in einer gemütlichen kleinen Wohnung in der Inedalsgata hauste, nur zwei Minuten zu Fuß vom Polizeigebäude beim Kronobergspark entfernt.

Die Wohnung hatte er von einem alten Kollegen übernommen, der vor etlichen Jahren in Pension gegangen war und den er schon während seiner Zeit bei der Gewalt in Stockholm kennengelernt hatte. Der Kollege war in sein Sommerhaus im Schärengürtel gezogen, um sich in aller Ruhe zu Tode zu saufen und derweil ein wenig zu fischen. Deshalb hatte er seine

Wohnung in der Stadt nicht mehr gebraucht und sie Bäckström überschrieben.

Bäckström wiederum hatte seine damalige Wohnung einem jüngeren Kollegen von der Bezirkskripo verkauft. Der war vor die Tür gesetzt worden, weil er etwas mit einer Kollegin von der Ordnung hatte, aber da diese Kollegin ihrerseits mit einem Kollegen von der Streife verheiratet war, einem richtigen Widerling im Zweifelsfall, konnte er nicht bei ihr einziehen.

Stattdessen hatte er Bäckströms Bude gekauft. In bar, schwarz und zu einem netten Preis, dafür, dass er Bäckström beim Umzug nach Kungsholmen geholfen hatte, in seine zwei Zimmer, Küche und Bad, zwei Treppen über dem Hof. Wohngeld akzeptabel, vor allem ältere Nachbarn, die nicht besonders störten und keine Ahnung davon hatten, dass er Polizist war, und insofern hätte er es nicht besser treffen können.

Das einzige Problem war, dass er sich ein Frauenzimmer besorgen musste, das für ihn wusch und putzte, um im Gegenzug in Bäckströms solidem Fichtenholzbett von Ikea richtig durchgefickt zu werden.

Denn jetzt sah es einfach zu scheußlich aus, überlegte Bäckström, während er seine schmutzige Wäsche in eine riesige Reisetasche packte, um sie zum Stadshotell in Växjö und von dort zur nächstgelegenen Wäscherei weiterzubefördern.

Das Beste wäre es, wenn er die ganze Wohnung mitnehmen und an der Rezeption abgeben könnte, dachte er. Aber scheiß drauf, das findet sich schon, entschied Bäckström und holte sich ein kaltes Bier aus dem Kühlschrank. Dann packte er eine zweite Tasche mit allem anderen, was er brauchte, und dabei kam ihm ein entsetzlicher Gedanke. Es war, als hätte ihn jemand von hinten am Schlafittchen gepackt und zerrte an ihm, und das passierte in letzter Zeit leider ein wenig zu häufig. Was zum Teufel mache ich mit Egon, überlegte Bäckström.

Egon war nach dem in Rente gegangenen Kollegen getauft, der ihm die Wohnung überlassen hatte, aber besondere Ähnlichkeiten bestanden nicht, da es sich bei Bäckströms Egon um einen Goldfisch vom allerüblichsten Modell handelte, während sein Namenspatron ein ehemaliger Polizist von mindestens siebzig war.

Bäckström hatte Egon samt Aquarium von einem Frauenzimmer bekommen, das er ein halbes Jahr zuvor kennengelernt hatte. Er hatte eine Kontaktanzeige im Internet beantwortet. Was ihn dazu gebracht hatte, war teilweise die Beschreibung der Annoncierenden von sich selbst gewesen, vor allem aber ihr Kennwort »Uniform bevorzugt«. Bäckström hatte sich zwar an der Uniform vorbeigedrückt, seit er bei der Polizei weit genug aufgerückt war, um das vertreten zu können, aber wer kümmerte sich schon um solche Einzelheiten?

Anfangs war auch alles sehr gut gelaufen. Ihre Selbstbeschreibung als »emanzipierte und tolerante Frau« war nicht ganz falsch gewesen. Zu Anfang jedenfalls nicht, aber nach einer Weile war sie genau wie alle anderen Frauenzimmer geworden, die in seinem Leben aufmarschiert waren. Und deshalb war alles so gekommen, wie es kommen musste, sehen wir mal von Egon ab, der noch immer bei ihm wohnte und es noch dazu so weit getrieben hatte, dass Bäckströms Herz jetzt an ihm hing.

Der gefühlsmäßige Durchbruch in der Beziehung von Egon und Bäckström hatte sich zwei Monate zuvor vollzogen, als Bäckström sich aufs Land begeben und eine Woche ermitteln musste und einfach keine Möglichkeit sah, täglich einen Goldfisch zu füttern.

Zuerst rief er die Frau an, die ihm seine schwimmende Sorge aufgedrängt hatte, aber die schrie ihn nur an und knallte den Hörer auf die Gabel. Was sein muss, muss sein, dachte Bäckström, und obwohl die Packungsaufschrift davor warnte, gab er eine halbe Packung Futter ins Aquarium, ehe er aufbrach. Das war der Vorteil eines Goldfischs, dachte er, als er im Auto saß, um sich zu seiner Mordermittlung zu begeben. Einen Köter konnte man nicht ins Klo werfen, wenn der mit dem Bauch nach oben dalag, und für das Aquarium konnte er sicher einen Hunderter einsacken, wenn er es im Netz zum Verkauf anbot.

Als er nach zehn Tagen zurückkehrte, zeigte sich, dass Egon noch immer unter den Lebenden weilte. Er hatte zwar munterer gewirkt, ehe Bäckström ihn verlassen hatte, und an den ersten Tagen schwamm er sozusagen auf Dreiviertelflamme, aber dann war er wieder wie vorher.

Bäckström war beeindruckt und erzählte sogar im Kaffeezimmer bei der Arbeit von Egon – »ein ungewöhnlich zäher kleiner Racker« –, und ungefähr zu diesem Zeitpunkt fing er an, Egon lieb zu gewinnen. Es kam sogar vor, dass er ihm abends zusah, während er nach einem langen, mühseligen Arbeitstag seinen wohlverdienten Abendtrunk zu sich nahm. Wie Egon hin und her und auf und ab schwamm und keinen Gedanken daran zu verlieren schien, dass er keine Damen in der Nähe hatte. Du hast es gut, Junge, dachte Bäckström dann, und im Vergleich zu allen blöden Naturprogrammen im Fernsehen war Egon der klare Hit.

Müssen eben sehen, dass wir die Ermittlung schnell hinter uns bringen, dachte Bäckström ein wenig schuldbewusst, als er mit dem Daumen an der Packung eine üppige Futtermenge abmaß und sie seinem kleinen schweigsamen Kameraden ins Glas goss. Und wenn es doch dauern sollte, würde er eben auf der Wache anrufen und irgendeinen Kollegen bitten müssen, einmal pro Tag nach Egon zu sehen.

»Pass auf dich auf, Junge«, sagte Bäckström. »Herrchen muss wegfahren und arbeiten. Aber wir sehen uns bald wieder.«

Und eine Viertelstunde darauf saß er zusammen mit zwei Kollegen von der Zentralen Mordkommission im Auto und war unterwegs nach Växjö.

<u>5</u>

Bäckström hatte Gesellschaft von zwei jüngeren Talenten aus der Sektion, den Kriminalinspektoren Erik Knutsson und Peter Thorén, die zwar keine großen Lichter waren, die aber zumindest meistens taten, was Bäckström ihnen befahl. Bei der Truppe wurden die beiden Max und Moritz genannt, und abgesehen davon, dass Max blond und Moritz dunkel war, ähnelten sie einander wie ein Ei dem anderen. Sie traten fast immer im Doppelpack auf, redeten mehr oder weniger ununterbrochen miteinander, und wenn man blinzelte, war es wirklich unmöglich zu sagen, wer jetzt gerade den Mund hielt.

Knutsson saß hinter dem Lenkrad, Thorén saß neben ihm und las aus einer Touristenbroschüre über Växjö vor, die er aus dem Netz ausgedruckt hatte. Bäckström selbst hatte es sich hinten bequem gemacht, um in aller Ruhe bei einem weiteren kalten Bier über ihre Aufgabe nachdenken zu können.

»Leider, Bäckström«, sagte Thorén. »Växjö liegt nicht am Meer. Liegt an die hundert Kilometer von der Ostsee entfernt. Hat Dom, Landeshauptmann und Universität. Du hast es sicher mit Västervik verwechselt. Oder mit Kalmar. Kalmar und Västervik liegen beide am Meer. In Småland. Du weißt doch, Astrid Lindgren und der ganze Kram. Hat ungefähr fünfundsiebzigtausend Einwohner. Ich rede jetzt von Växjö. Wie viel ist das, wenn man das in bespielbare Damen umrechnet? Was meinst du, Erik?«

»Ist es zu viel verlangt, wenn man ein wenig über den Fall wissen möchte«, fauchte Knutsson vergrätzt. »Müssen jedenfalls zweitausend sein«, fügte er hinzu und hörte sich gleich ein wenig fröhlicher an.

»Die Kollegen in Växjö wollen ein Fax schicken, sowie sie überhaupt irgendetwas wissen«, sagte Bäckström und nickte dem Armaturenbrett zwischen den Sitzen zu.

»Aber irgendwas müssen wir doch schon wissen«, beharrte Knutsson.

Laber, laber, laber, dachte Bäckström und seufzte.

»Heute Morgen ist eine junge Frau in ihrer Wohnung aufgefunden worden. Erwürgt. Wenn wir glauben dürfen, was die Buschsheriffs glauben, scheint es mit Sex zu tun zu haben. Unbekannter Täter und die ganze Leier. Wenn wir Glück haben, ist das ein Irrtum, und wir können uns einfach ihren Freund schnappen.«

»Mehr wissen wir nicht«, sagte Knutsson ungläubig. »Hatte sie denn einen Freund?«

»Sieht nicht so aus«, sagte Bäckström zögernd. »Und dann gibt es noch eine kleine Komplikation. Sie ist eine von uns.«

»Was redest du da«, rief Knutsson. »Eine Kollegin?«

»Wirklich übel«, sagte Thorén. »Eine Kollegin. Das passiert nicht jeden Tag. Nicht, wenn Sex im Spiel ist, meine ich.«

»Angehende Kollegin«, präzisierte Bäckström. »Ging auf die Polizeischule in Växjö. Wäre nächstes Jahr fertig gewesen. Und hatte wohl gerade für den Sommer einen Vertretungsjob auf der Wache. Saß in der Rezeption.«

»Was ist bloß los«, stöhnte Knutsson und schüttelte den Kopf. »Was für ein Idiot begeht denn einen Sexmord an einer angehenden Kollegin?«

»Wenn es ein Bekannter von ihr ist, haben wir jedenfalls eine nette Chance, dass wir es mit einem weiteren Kollegen zu tun haben«, lachte Bäckström. »Aber so schlimm muss es ja nicht kommen«, fügte er hinzu, als er im Rückspiegel Knutssons ungläubigen Blick sah.

»Das müsste doch leichter sein als der übliche Nuttenmord. Wenn wir die Sache ein wenig positiv sehen wollen«, tröstete Thorén. »Ich meine, immerhin bleiben uns perverse Freier und kriminelle Kontakte und dieser ganze Kram erspart.«

Das wird wohl diesmal nicht das größte Problem sein, davon kannst du also nur träumen, Junge, dachte Bäckström.

»Das wollen wir doch hoffen«, sagte Bäckström. »Das wollen wir doch hoffen.«

Auf der Höhe von Norrköping ließen die Kollegen unten in Växjö per Fax von sich hören, und wenn wir den Inhalt ihrer Mitteilung bedenken, hätten sie sich die Mühe sparen können. Zuerst kam ein Stadtplan von Växjö, auf dem sie die Mordstätte eingekreist hatten, während der Weg zum Hotel mit Pfeilen markiert war. Völlig unnötig, da Thorén schon den gleichen

Plan aus dem Netz gefischt und Knutsson als Erstes die Adresse des Hotels ins Navigationssystem eingegeben hatte.

Dann folgte eine kurze Mitteilung vom lokalen Ermittlungsleiter, der sie willkommen hieß und mitteilen konnte, dass die Ermittlungsarbeiten aufgenommen worden waren und vorschriftsgemäß weitergingen, dass weitere Informationen folgen würden, sobald welche vorlägen, und dass die erste Besprechung der Ermittlertruppe am nächsten Morgen um neun im Polizeigebäude von Växjö stattfinden würde.

»Kommissar Bengt Olsson von der Bezirkskripo in Växjö soll offenbar der VU-Leiter sein«, stellte Thorén fest, der neben dem Faxgerät saß und eine Hand frei hatte. »Kennst du den zufällig, Bäckström?«

»Nur flüchtig«, sagte Bäckström und trank den letzten Schluck aus seiner Bierdose. Ein bisschen zurückgeblieben, also hätte es wirklich nicht besser kommen können, dachte er. Jedenfalls nicht für ihn selbst, da er schon wusste, wie er die Sache angehen würde.

»Wie ist er denn so«, fragte Knutsson.

»So einer von der mitfühlenden Sorte«, sagte Bäckström.

»Hat er denn Ahnung von Mord?«, beharrte Knutsson.

»Kann ich mir nicht vorstellen«, sagte Bäckström. »Aber er hat offenbar eine Menge Kurse über Gewalt gegen Frauen und Kinder und Inzest und Debriefing und den ganzen Kram gemacht.«

»Aber irgendeinen Ermittlungsmord muss er doch schon mal gehabt haben«, wandte Thorén ein.

»Vor ein paar Jahren hatte er es mit einem Ritualmord an einem kleinen Zuwanderermädel zu tun. Der sollte wiederum einige Jahre zuvor im finstersten Småland passiert sein. Hatte eine blöde Gewährsperson, die behauptete, dabei gewesen zu sein.«

»Und wie ist es ausgegangen?«, fragte Knutsson.

»Ganz hervorragend. Der Fall wurde uns übertragen, und wir haben ihn tags darauf abgeschrieben. Dann haben wir einen freundlichen Brief geschickt und mitgeteilt, dass dieser Mord einfach niemals passiert sei. Haben uns für ihr Interesse bedankt und sie gebeten, sich wieder zu melden, wenn sie noch andere alte Gespenstergeschichten auf Lager hätten.«

»Ich glaube, ich kann mich erinnern«, sagte Thorén. »Das war zwar vor meiner Zeit, aber wird nicht dieser Kollege, also dieser Bengt Olsson, von den älteren Kollegen bei uns der Ritualmörder genannt?«

»Doch«, sagte Bäckström. »Das ist sozusagen seine Nische. Gespenster und böse Männer und geschwenkte Weihrauchgefäße und lange Eckzähne über bodenlangen Umhängen und am Ende noch eine Runde Debriefing, ehe die Wachtmeister von der Arbeit nach Hause trotten.« Wieso denn ältere Kollegen, dachte Bäckström. Scheiß Altersfaschisten!

»Aber was passiert denn bloß mit der Truppe, wohin sind wir eigentlich unterwegs«, quengelte Thorén.

»Ich dachte, das hätte ich eben erst gesagt«, sagte Bäckström. »Wenn die Herren also die Güte hätten, eine Weile die Klappe zu halten, dann würde ich meinem müden Haupt ein wenig Ruhe gönnen.« Jetzt fängt der auch schon an, dachte er. Zwei Idioten auf ein und demselben Vordersitz.

Die restliche Reise war bei relativem Schweigen vergangen. Keine weiteren Mitteilungen mehr per Fax. Knutsson und Thorén hatten zwar mit leiser Stimme weitergeplappert, sie hatten aber nicht versucht, Bäckström in ihr Gespräch einzubeziehen. Als sie im Hotel in Växjö eintrafen, war es fünf Uhr nachmittags, und da Bäckström sich immer noch ein wenig mitgenommen fühlte, beschloss er, sich zwei Stunden aufs Ohr zu legen, ehe sie zu Abend aßen. Außerdem waren die übrigen Kollegen noch nicht aufgetaucht.

Bäckström hatte die Umsicht besessen, vor dem Eintreffen im Hotel anzurufen, deshalb konnten sie sofort auf ihre Zimmer gehen und brauchten nicht die Trottel von der vierten Staatsgewalt zu verjagen, die sich unten im Foyer schon zusammendrängten. Dann hatte er ein paar Aufgaben verteilt. Alles andere wäre ja noch schöner gewesen, schließlich war er hier der Chef. Knutsson sollte Kontakt zu den lokalen Kollegen aufnehmen und von Bäckström grüßen, der im Moment noch anderes zu erledigen habe, sich aber so bald wie möglich melden und natürlich bei der großen Besprechung am nächsten Morgen anwesend sein würde. Thorén hatte versprochen, sich um Bäckströms Wäsche zu kümmern und danach am Tatort vorbeizuschauen. Bäckström selbst wollte ein wohlverdientes Nickerchen machen.

»Gewisse Leute sind ja seit heute früh an der Arbeit«, sagte Bäckström, der sich in seinem Zimmer schon aufs Bett hatte fallen lassen. »Und vergiss nicht, für acht Uhr im Restaurant einen diskreten Tisch zu besorgen.« Endlich, dachte Bäckström, als Thorén die Tür hinter sich zuzog. Dann knuffte er sich das Kissen zurecht und war fast sofort eingeschlafen.

6

Eine halbe Stunde vor dem Essen hatten sie sich zu einer Besprechung in Bäckströms Zimmer versammelt. Ganz natürlich, wo er doch der Chef war, und wenn man sich anderswo besprach als beim Chef, dann war eine Meuterei im Gange. Das wusste Bäckström aus doppelter Erfahrung, denn er war in seinen Jahren bei der Gewalt Kapitän und auch Besatzung gewesen. Aber bisher kam ihm die Lage ruhig vor. Seine Mitarbeiter hatten sich alle eingefunden. Frisch und fröhlich und fast ein wenig erwartungsvoll, als handele es sich um eine normale Konferenzreise nach Finnland und nicht um eine Mordermittlung.

Als Erster war sein alter Kollege, Kriminalinspektor Jan Rogersson, in Bäckströms Zimmer erschienen. Bäckström hatte ihn schon in seiner Zeit bei der alten Gewaltsektion in Stockholm kennengelernt. Rogersson war allein gefahren und hatte unterwegs bei der Polizei in Nyköping vorbeigeschaut, wo er ältere Unterlagen zu einem inzwischen stillgelegten Fall abgeliefert hatte. Die Witwe des Opfers hatte endlich den Löffel abgegeben und schrieb keine Beschwerdebriefe mehr an den Justizombudsmann. Rogersson war zwei Stunden nach Bäckström im Hotel in Växjö aufgetaucht. Ein weißer Mann, nach Bäckströms eigener kleiner Buchführung, und im Grunde der einzige Mitarbeiter, den er auch privat ausstehen konnte.

Bäckström fühlte sich fit und bester Laune, ausgeschlafen und frisch geduscht, wie er war, und er und Rogersson zischten rasch ein Bierchen und gossen zwei ordentliche Schnäpse nach, ehe die anderen hereinbrachen und den Frieden störten. Knutsson und Thorén erschienen natürlich gemeinsam. Knutsson war auf der Wache gewesen, hatte mit den Kollegen gesprochen und sich einen Stapel Unterlagen mitgeben lassen. Thorén hatte Bäckströms schmutzige Wäsche abgegeben und den Tatort besucht, und keinem von beiden wurde Bier oder Stärkeres angeboten, als sie eintrafen. Sowie an die Tür geklopft worden war, hatte Bäckström Gläser und Flaschen versteckt, ehe er geöffnet hatte. Saufen können die in ihrer Freizeit, dachte Bäckström.

Als Letzter erschien Kriminalkommissar Jan Lewin, der zusammen mit der zivilangestellten Kollegin Eva Svanström gefahren war. Das war eigentlich ein wenig überraschend, da die beiden Stockholm vor allen anderen verlassen und sieben Stunden für vierhundert Kilometer gebraucht hatten, aber da alle die Antwort kannten, stellte auch niemand eine klare Frage.

»Die Fahrt war gut«, stellte Bäckström mit unschuldiger Miene fest und schaute die einzige Frau in der Runde an. Munter, rosig und frisch gevögelt, dachte er. Aber viel zu mager für seinen Geschmack, also hielt er wohl besser die Fresse und ließ sie machen.

»Lief hervorragend«, zwitscherte Svanström. »Janne hatte unterwegs noch etwas zu erledigen, deshalb hat es so lange gedauert.«

»Ach so, ja«, sagte Bäckström. »Und wenn wir uns jetzt zusammenreißen und etwas getan kriegen, solange wir allein sind, können wir nachher einen Bissen essen, ohne zwischen den ganzen Idioten da unten über unseren Fall reden zu müssen. Du hast eine Menge Papiere dabei, Erik, hast du genug für alle?« Absolut unbrauchbar, dachte er.

Knutsson hatte so ungefähr alles mitgebracht, was ausgedruckt und fertig auf der Wache gelegen hatte. Außerdem alles in sechsfacher Ausfertigung, also für alle einen Satz. In den Unterlagen befanden sich die Nachricht über die erste Meldung, eine Aktennotiz von der ersten Streife vor Ort, allerlei Fotos vom Tatort und seiner näheren Umgebung, eine Skizze der Wohnung, wo das Opfer gefunden worden war, eine kurze Beschreibung der Person des Opfers sowie eine Übersicht über die Zeitpunkte und die Maßnahmen, die die Kollegen bereits ergriffen hatten.

Bäckström verspürte eine leichte Enttäuschung, als er rasch die Unterlagen überflog. Irgendwelche Selbstverständlichkeiten schienen sie nicht übersehen zu haben. Noch nicht zumindest, und da er ja bald die Leitung übernahm, würde das sicher auch nicht mehr vorkommen.

»Irgendwelche Fragen«, wollte Bäckström wissen, und als Antwort schüttelten alle den Kopf.

»Dann ist es Zeit zum Fressen«, sagte Bäckström und grinste. Faulpelze, dachte er. Die denken nur ans Fressen, Saufen und Ficken.

»Wissen wir, wann wir etwas von Gerichtsmedizin und Technik erwarten können«, fragte Rogersson.

»Sie soll morgen obduziert werden«, sagte Knutsson. Sie haben sie offenbar zur Gerichtsmedizin nach Lund gebracht. Die Kollegen von der Technik waren heftig am Werk, aber der, mit dem ich gesprochen habe, glaubt immerhin schon, dass sie das Sperma des Täters und außerdem auf der Fensterbank vor dem Schlafzimmerfenster einige Blutspuren gesichert haben. Es gibt wohl auch irgendwelche Kleidungsstücke, die sie für die seinen halten. Die er beim Abhauen vergessen hat. Er scheint es plötzlich sehr eilig gehabt zu haben, und der Kollege, mit dem ich gesprochen habe, war ziemlich sicher, dass er aus dem Schlafzimmerfenster gesprungen ist. Vermutlich hat er sich dabei an der Fensterbank aufgeschrammt.«

»Du hast etwas über Kleidungsstücke gesagt«, grunzte Bäckström. »Wir haben nicht das Glück, dass er ohne Unterhose abgehauen ist?«

»Doch, haben wir«, antwortete Knutsson. »Ich weiß ja nicht, wie er angezogen war, als er hingekommen ist, aber offenbar hat er sich ohne seine Unaussprechliche empfohlen.«

»Das war aber überaus schlampig von ihm«, sagte Bäckström. »Aber seinen Führerschein hat er bestimmt nicht darin aufbewahrt, so viel Glück haben wir garantiert nicht«, fügte er hinzu. So bescheuert kann man doch gar nicht sein, dachte Bäckström, auch wenn der hier bescheuert genug wirkt, und das ist doch meistens ein gutes Zeichen.

»Weißt du noch, Bäckström«, sagte Rogersson, der plötzlich hervorragender Laune zu sein schien. »Erinnerst du dich an den Dussel, der dieses Frauenzimmer in ihrer Wohnung in der Högalidsgata erwürgt hat? Den Ritvamord? So hieß sie doch. An den Typen, der danach alles aufgeräumt und seine Fingerabdrücke abgewischt und Boden und Wände und Decke gewienert hat, ehe er gegangen ist? Der Arsch hat Stunden dafür gebraucht. Schade nur, dass die kleine Ritva nichts mehr davon hatte, dass es bei ihr so schön aussah.«

»Das weiß ich noch«, sagte Bäckström. »Da waren wir beide dabei, und das ist doch so mehr oder weniger dein einziges Thema in den letzten zwanzig Jahren.« Muss an all dem Schnaps liegen, den er in sich reinschüttet, dachte er.

»Naja, naja, so wollen wir doch jetzt nicht sein«, sagte Rogersson, der noch immer unverändert munter klang. »Ich frage mich nur, wie ihm zumute war, als er die Tür ins Schloss gezogen hatte und ihm plötzlich aufging, was er vergessen hatte.«

»Sicher nicht sehr gut«, sagte Bäckström. »Peter, du hast dir den Tatort doch angesehen«, fügte Bäckström hinzu und nickte zu Thorén hinüber. »Was hattest du für einen Eindruck?«

»Und was war dann«, fragte Thorén. »Entschuldige meine jugendliche Torheit, aber was war dann?«

»Was war wann«, sagte Bäckström. Was faselt der denn da, zum Teufel, dachte er. Und wie wäre es, wenn er einfach eine schlichte Frage beantwortete?

»Was war mit dem Typen in der Högalidsgata?«, beharrte Thorén.

»Ach, mit dem«, sagte Bäckström. »Ja, der hatte seine Brieftasche vergessen, mit seinem Führerschein und allem anderen, was man so in der Brieftasche hat, sie lag auf dem Nachttisch des Opfers. Aber ansonsten hatte er wunderbar hinter sich aufgeräumt. Die Technik hat wirklich nicht ein einziges Haar gefunden. Aber wenn wir uns jetzt wieder unserem eigenen kleinen Fall zuwenden wollen…«

»Das kann doch gar nicht sein«, rief Knutsson.

»Unser Fall«, mahnte Bäckström. »Wie sah es am Tatort aus?«

Wie immer, behauptete Thorén. Es sah genauso traurig aus wie immer, wenn eine Frau vergewaltigt und erwürgt worden ist. Möglicherweise hier noch trauriger, da der Täter mit dem Opfer allein in der Wohnung gewesen war, die volle Kontrolle über alles gehabt und sich offenbar sehr viel Zeit gelassen hatte.

Leider hatten sie keinen der klassischen Kandidaten finden können. Keinen früheren oder aktuellen Liebhaber oder einen anderen, den sie gekannt und der ihr Vertrauen genossen hatte. Sie schien überhaupt schon seit Längerem keinen Freund mehr gehabt zu haben, und es gab auch keine bekannten Verrückten oder sonstigen verdächtigen Personen in ihrer Nachbarschaft oder ihrem Bekanntenkreis. Blieb also der polizeiliche Albtraum. Ein dem Opfer unbekannter Täter. Einer, den sie nicht und den schlimmstenfalls auch sonst niemand gekannt hatte.

»Also sieht alles doch arg nach einem Ermittlungsmord aus«, fasste Thorén die Lage zusammen.

»Na gut«, sagte Bäckström. »Das findet sich. Jetzt fressen wir erst mal, und dann könnt ihr vor dem Einschlafen in aller Ruhe die Unterlagen lesen. Behaltet sie unbedingt bei euch, damit ich sie nicht in der Zeitung wiederfinde. Die ganze Bude hier wimmelt doch nur so von Presseleuten und anderen Leichenschändern. Aber jetzt brauche ich jedenfalls etwas zu essen. Ich habe einen Scheißhunger, schließlich hab ich seit dem frühen Morgen keinen Bissen mehr abgekriegt.«

»Wenn ihr eure Namen ganz oben hinschreibt und sie mir gebt, kann ich sie in meinen Safe legen, während wir essen«, sagte Svanström.

»Hervorragende Idee«, sagte Bäckström. Du geschäftiges kleines Elend, dachte er. Und viel zu mager noch dazu.

Nach dem Essen waren alle in ihre Zimmer zurückgekehrt, um sich in die Unterlagen zu vertiefen. Zumindest hatten sie Bäckström gesagt, dass sie das vorhatten, und Knutsson und Thorén hatten es offenbar zusammen erledigen wollen. Auch Rogersson, der normalerweise ein ganz normaler Kollege war, schien einen Anfall von Leselust erlitten zu haben. Zuerst hatte er allerdings Bäckström auf dessen Zimmer begleitet und zwei Starkbier von ihm geliehen. Bäckströms Angebot dagegen, vielleicht noch ein abschließendes Schnäpschen zu kippen, hatte er abgelehnt.

»Du wirst mir hier doch nicht krank, Rogge«, fragte Bäckström. »Ich mach mir ja fast schon Sorgen um dich.« Du kleines Weichei, dachte er.

»Nöö.« Rogersson dehnte dieses Wort. »Keine Angst. Muss nur ein paar Stunden schlafen, sonst bin ich morgen nicht einsatzfähig.«

Sie hatten sich also in Bäckströms Zimmer getrennt, und das war wohl auch besser so, denn Bäckström wollte noch eine diskrete kleine Runde durch die Stadt drehen. Um sich einen Überblick über die Lage zu verschaffen, und das ging ja wohl besser, wenn man alleine war.

Bäckström hatte das Hotel durch die Hintertür verlassen und spazierte jetzt ein wenig ziellos durch die Innenstadt. Vorbei an Residenz und Dom, vorbei an all den schönen alten Häusern, die so ausgiebig renoviert worden waren, wie alte Häuser das eben verlangen, und vorbei an allerlei Straßencafés mit sommerlich gekleideten Menschen, die von dem Geschehnis, das Bäckström in die Stadt geführt hatte, nicht persönlich berührt zu sein schienen. Wie kann eigentlich irgendwer einen anderen Menschen an einem solchen Ort auf eine solche Weise ermorden, hatte Bäckström sich gefragt. Bestimmt war das zum ersten Mal in der lokalen Kriminalgeschichte passiert, und er selbst war ja noch nie in Växjö gewesen. Weder beruflich noch privat.

An seinem Weg lagen allerlei nette Lokale, es war noch fast zwanzig Grad, obwohl es schon nach elf Uhr abends war, aber Bäckström blieb standhaft und hielt sich zurück, bis er das Hotel erreicht hatte.

Dort bestellte er im Hotelgarten ein Bier und setzte sich ganz hinten ins Dunkel, um seine Ruhe zu haben. Hier ist ja auch nicht so viel los, dachte er. Seine Kollegen glänzten durch Abwesenheit, und die einfachste Erklärung dafür war wohl, dass sie genau das taten, was sie versprochen hatten. Auch wenn er seine Zweifel hatte, was Lewin und die kleine Svanström anging, denn dort stand Lektüre vielleicht nicht ganz oben auf der Tagesordnung. Bei Knutsson und Thorén verhielt sich die Sache sicher viel einfacher. Sie saßen auf dem Zimmer des einen oder des anderen und redeten über Morde mit unbekanntem Täter und würden damit vermutlich die halbe Nacht weitermachen, wenn niemand sie störte. Aber wer sollte das auch tun, und stocknüchtern waren die beiden kleinen Idioten sicher auch, dachte Bäckström und nippte an seinem Bier. Und als er in seinen Gedanken so weit gekommen war, wurde er unterbrochen.

»Ist der Stuhl hier noch frei?«

Diese Frage stammte von einer Frau. Im unbestimmbaren Alter zwischen fünfunddreißig und fünfundvierzig, und das Verfallsdatum für Frauenzimmer hatte sie einwandfrei hinter sich, dachte Bäckström. Aber sie war jedenfalls nicht mager, eher ein wenig zu gut abgehangen, und das war ihm doch immer noch lieber.

»Kommt drauf an, wer fragt«, sagte Bäckström. Journalistin, dachte er.

»Ja, vielleicht sollte ich mich vorstellen«, sagte sie, stellte ihr Bier auf den Tisch und nahm auf dem freien Stuhl Platz. »Ich heiße Carin Ågren«, sagte sie und reichte ihm ihre Visitenkarte. »Ich arbeite als Journalistin hier beim Lokalradio.«

»Was für ein phantastischer Zufall«, sagte Bäckström und lächelte. »Und womit kann ich dir behilflich sein, Carin?« Abgesehen von einem Schuss in deine kleine Ratte oben in meinem Zimmer, dachte er.

»Ja, was für ein Zufall«, sagte sie und lachte mit weißen Zähnen. »So kann das Leben eben spielen. Ich habe dich allerdings erkannt. Ich habe dich schon mal gesehen, als ich vor zwei Jahren in Stockholm bei TV4 gearbeitet habe. Ich habe über einen Prozess berichtet, wo du als Zeuge ausgesagt hast. Es ging um drei Russen, die ein älteres Ehepaar überfallen und ermordet hatten. Darf man fragen, was die Zentrale Mordkommission hier in der Stadt will?«

»Ich habe nicht die geringste Ahnung«, sagte Bäckström und nahm einen ordentlichen Schluck aus seinem Bierglas. »Ich persönlich wollte mir das Elternhaus von Astrid Lindgren ansehen.«

»Wir könnten vielleicht telefonieren«, sagte sie und lächelte wieder. So strahlend wie beim ersten Mal.

»Sicher«, sagte Bäckström. Steckte ihre Karte in die Tasche. Nickte ihr zu und trank den letzten Rest Bier. Dann stand er auf und schenkte ihr sein wirkungsvollstes Lächeln. Der vom Leben gestählte Bulle aus der großen Stadt. Hart gegen alle Harten, aber der feinste Junge auf der Welt, wenn man selbst nur weich war und ihn an der richtigen Stelle streichelte.

»Ich betrachte das als Versprechen«, sagte sie. »Sonst werde ich dich wohl jagen müssen.« Sie hob ihr Glas und lächelte ihn zum dritten Mal an.

Einwandfrei bespielbar, dachte Bäckström eine Viertelstunde später, als er vor dem Badezimmerspiegel in seinem Hotelzimmer stand und sich die Zähne putzte. Jetzt musste er nur noch ein wenig Ruhe bewahren und alles der Reihe nach in die Wege leiten, und dann würde sie bald das Glück haben, die Bäckströmsche Supersalami kosten zu dürfen, dachte er.

7

Anders als von Bäckström angenommen, hatte Kommissar Jan Lewin direkt nach dem Essen die Einsamkeit seines Zimmers aufgesucht, um in aller Ruhe die Unterlagen seines letzten Falls durchzugehen. Er hatte das, was gut war, und das, was schlecht war, jeweils zusammengefasst, und obwohl es sich in den meisten Fällen nur um vorläufige Auskünfte handelte, schien es doch allerlei zu geben, was für ihn und seine Kollegen von Vorteil sein könnte.

Sie hatten ein Opfer mit bekannter Identität, einen Tatort, eine zumindest ungefähre Vorstellung davon, wie das alles passiert und wann das Verbrechen geschehen war. Er und seine Kollegen waren schon weniger als vierundzwanzig Stunden nach dem Mord an Ort und Stelle gewesen, und mit solchen Dingen war man nicht verwöhnt, wenn man bei der Zentralen Mordkommission arbeitete. Das Verbrechen war im Haus begangen worden, was – unter allen Umständen – besser war als ein Mord unter freiem Himmel, und das Opfer schien ein ganz normaler junger Mensch ohne sonderlich ausgefallene Gewohnheiten oder Bekanntschaften zu sein.

Trotzdem hatte er seine übliche bohrende Unruhe nicht überwinden können. Zuerst hatte er mit dem Gedanken gespielt, den Tatort im Pär Lagerkvists väg aufzusuchen, um sich mit eigenen Augen ein Bild von den Geschehnissen zu machen, aber da alles dafür sprach, dass die Kollegen von der Technik alle Hände voll zu tun hatten, wollte er nicht unnötig stören.

Weil er sonst nichts zu tun hatte und vor allem, um sich zu beschäftigen, schaltete er seinen Laptop ein, begab sich ins Netz und informierte sich über den Schriftsteller und Literaturnobelpreisträger Pär Lagerkvist, dessen Namen die Straße trug, in der das Opfer sein Leben gelassen hatte. Was immer das mit dem Fall zu tun haben mag, dachte Lewin. Tot war der Mann jedenfalls seit dreißig Jahren.

Nicht ganz unerwartet stellte sich heraus, dass Pär Lagerkvist aus Växjö stammte. 1891 geboren, als Jüngster einer siebenköpfigen Geschwisterschar. Ärmliche Verhältnisse, der Vater Bahnhofsvorsteher in Växjö, ein hochbegabter jüngster Sohn, der anders als seine älteren Geschwister studieren durfte und mit achtzehn Jahren am Gymnasium von Växjö sein Abitur ablegte.

Sodann ließ er die Jugend hinter sich, kehrte seinem Heimatort den Rücken und wurde Schriftsteller. Im Alter von fünfundzwanzig Jahren, 1916, erfolgte mit dem Gedichtband »Angst« sein literarischer Durchbruch. Irgendwann wurde er in die Schwedische Akademie berufen und 1951 mit dem Literaturnobelpreis ausgezeichnet.

Außerdem war er ein Sohn seiner Heimatstadt, dem diese ein ehrendes Andenken bewahrte, denn nur wenige Monate nach der Preisverleihung benannte man eine Straße nach ihm. Über zwanzig Jahre vor seinem Tod, was sonst nicht unbedingt üblich war, und obwohl die Häuser, die nach und nach in der Straße, die seinen Namen trug, errichtet wurden, bisher nur im Bebauungsplan für die Gegend existierten.

Jetzt war diese Straße zu Jan Lewins neuestem Tatort geworden, und sowie Zeit und Umstände es erlaubten, wollte er sie besuchen. Aber nicht heute Abend, dachte er. Nicht heute Abend, denn die Kollegen von der Technik müssen in Ruhe arbeiten können.

Stattdessen machte er in der Stadt einen Spaziergang. Nacht-leere Straßen, die ihn nach vierhundert Metern zum neuen Polizeigebäude führten, das er noch nie betreten hatte und das in der nächsten Zeit sein Arbeitsplatz sein sollte.

Das Polizeigebäude lag in der Sandgärdsgata beim Oxtorg. Es war zu Beginn des neuen Jahrtausends fertiggestellt worden und war ein Tempel der Gerechtigkeit für seine Zeit. Ein scheunenähnliches Gebäude mit vier oder fünf Stockwerken, kam darauf an, wie man zählte, mit blassgelber Fassade, hinter der die Polizei sich die Räumlichkeiten mit Staatsanwaltschaft, Untersuchungsgericht, Untersuchungshaft und Kriminalpoli-zei teilen musste. Eine Gerechtigkeitsfabrik, praktisch ausge-formt, sodass es für die gesamte Rechtskette und darüber hin-aus reichte. Eine deutliche Botschaft, zum geringen Trost für jene, die dort landeten, und ein schlechter Beleg für die These, dass alle so lange als unschuldig zu gelten hatten, bis das Ge-genteil über jeden billigen menschlichen Zweifel hinaus be-wiesen war.

Links vom Eingang fand Lewin eine kleine Kupfertafel, die verkündete, dass an dieser Stelle Växjös alte Meierei mit den Kuhställen für den lokalen Viehhandel gelegen hatte. Zu Pär Lagerkvists Zeit und sogar noch lange, nachdem er bereits zum Nobelpreisträger geworden war, und das alles sorgte da-für, dass Lewin sich plötzlich niedergeschlagen fühlte, auf dem Absatz kehrtmachte und ins Hotel zurückkehrte, in der Hoff-nung, einige Stunden schlafen zu können, ehe es wirklich ernst wurde.

Vor dem Einschlafen dachte er aus irgendeinem Grund über die Sache mit der Angst nach. Sicher kein ungewöhnliches Thema für einen jungen Dichter, von der Zeit, in der er gelebt hatte, mal ganz abgesehen. Ganz sicher ein normales Thema für Schriftsteller, egal welchen Alters, mitten in einem Welt-krieg, der ganz Europa in Brand gesteckt hatte.

Jan Lewin wusste allerlei über Angst, aus privater und per-sönlicher Erfahrung mit der Angst, die seit seiner Kindheit sein

Erbe gewesen war. Die ihn zwar immer seltener heimsuchte, je älter er wurde, die aber noch immer auf der Lauer lag, immer in der Nähe, immer bereit, sich auf ihn zu stürzen, sowie er nicht stark genug wäre, sich zur Wehr zu setzen. Plötzlich, unerwartet, jedesmal mit unbekanntem Absender. Deutlich genug in ihren Konsequenzen, obwohl die Botschaft immer in Dunkel gehüllt war, was ihren Inhalt und ihre Ursachen anging.

Dazu kam die Angst, die ihm im Beruf begegnet war, die brutale Gewaltverbrechen ausgelöst hatte, bei denen er hatte ermitteln müssen. Begegnungen, die aus dem Ruder gelaufen waren, Beziehungen, die schiefgelaufen und zu einem Nährboden für Furcht und Hass geworden waren. Und die bisweilen auf seinem Schreibtisch bei der Zentralen Mordkommission in Stockholm landeten.

Und ganz zuletzt noch die Angst, die sogar den hartgesottensten und gewissenlosesten Täter überkommen konnte, wenn ihm die Tragweite seines Tuns aufging. Unter der Voraussetzung, dass die Polizei ihn zu fassen bekam natürlich, besser also, sich draußen in der Finsternis zu verstecken. Die ganze Zeit in dem Bewusstsein, dass Leute wie Jan Lewin dieselbe Finsternis aufsuchten, um eben nach ihm zu suchen.

Und sei es nur, um meine eigene Angst zu mildern, dachte Jan Lewin, und danach schlief er endlich ein.

8

Växjö, Samstag, 5. Juli

Stimmt's, oder hab ich recht, dachte Bäckström, als er am Samstagmorgen zum Frühstücken nach unten in die Hotelrezeption ging. Die Abendzeitungen waren bereits eingetroffen. Obwohl es erst Viertel nach acht war, befanden sie sich im Zeitungsgestell am Rezeptionstresen. Bäckström schnappte sich beide Exemplare und steuerte den Frühstücksraum und seine Kollegen an. Wenn das hier eine kleine Komplikation ist, dann wollen wir doch von Herzen hoffen, dass wir nicht auf größere stoßen, dachte er.

Die ganze erste Seite und große Teile des Rests befassten sich mit seinem Ermittlungsmord, und zwar aus genau der Sicht, mit der er gerechnet hatte. »SEXUALMORD AN POLIZISTIN«, schrie die größere der beiden, während die nur geringfügig kleinere versuchte, noch lauter zu brüllen: »JUNGE POLIZISTIN ERMORDET ... erwürgt, vergewaltigt und gefoltert.« Seufz, dachte Bäckström. Klemmte die Zeitungen unter den Arm, nahm sich ein Tablett und begann, es mit Frühstück zu beladen. Niemand kann auf nüchternen Magen einen Mord aufklären, dachte er, während er Rührei, Speck und Würstchen auf seinen Teller häufte.

»Hast du die Abendzeitungen gesehen, Bäckström«, fragte Lewin, als Bäckström sich zu den anderen an den Tisch gesetzt hatte. »Ich frage mich ja, wie den Angehörigen der Kleinen zumute ist, wenn sie das lesen.«

Bist du eigentlich blöd, oder was, dachte Bäckström, der bereits mit der linken Hand in den Zeitungen blätterte, während er mit der rechten Rührei und Würstchen spachtelte.

»Das ist doch einfach nur noch ... ein verdammter Mist«, stimmte Thorén zu, der fast nie fluchte.

Noch einer, dachte Bäckström. Grunzte zwischen zweimaligem Kauen und las weiter.

»Warum unternehmen die Politiker da nichts«, schlug Knutsson in dieselbe Kerbe. »Dagegen müsste man doch Gesetze erlassen. Das ist doch ein ebenso großer Übergriff wie ... ja ... wie ihn das Opfer erlitten hat.«

Jaa, gute Frage. Warum unternehmen die Politiker nichts? Könnten den Zeitungen doch verbieten, einen Haufen Scheiß zu schreiben, dachte Bäckström, aß und las.

Auf diese Weise machten sie an die fünf Minuten weiter, während Bäckström sich vom Essen den Mund verschließen ließ und dann Frühstück und Zeitungen beendete. Der Einzige, der in dieser ganzen Zeit kein Wort gesagt hatte, war

Rogersson. Das machte er um diese Tageszeit aber auch nur selten.

Wenigstens einer, der gescheit genug ist, die Klappe zu halten, dachte Bäckström, während der erste Vertreter der vierten Staatsmacht erschien, sich vorstellte und fragte, ob er einige Fragen stellen dürfe. Und nun machte sogar Kollege Rogersson den Mund auf.

»Nein«, sagte Rogersson, und zusammen mit seinem Blick war das offenbar eine überzeugende Antwort, denn der Fragende trollte sich sofort von Ort und Stelle.

Rogge ist in Ordnung, dachte Bäckström. Der hat nicht mal zu knurren und die Zähne zu fletschen brauchen, was sonst seine beste Disziplin ist.

»Etwas anderes macht mir größere Sorgen«, sagte Bäckström. »Aber darüber können wir sprechen, wenn wir allein sind.«

Die erste Gelegenheit dazu hatte sich erst geboten, als sie hinter verschlossenen Toren auf dem Hof des Polizeigebäudes standen.

»Ich nehme an, dass alle schon die Morgenzeitungen gelesen haben«, sagte Bäckström.

»Ich habe nur die Frühnachrichten gesehen, und die waren auch nicht viel besser«, sagte Lewin.

»Auf gut Schwedisch ist das alles ein verdammter Mist«, stimmte Thorén zu, der offenbar anfing, seinen Widerwillen gegen zumindest die milderen Kraftausdrücke der schwedischen Sprache zu überwinden.

»Was mir Sorgen macht«, sagte Bäckström, »ist, dass alles, worüber wir gestern gesprochen haben, heute schon in der Zeitung steht. Scheißt auf Formulierungen und so und die Drecksspekulationen und überlegt, welche sachlichen Auskünfte dort stehen, denn dann ist der einzig billige Schluss, dass dieser Kahn hier leckt wie ein Sieb.« Bäckström nickte zum Polizeigebäude hinüber, das in der nächsten Zeit ihr Arbeitsplatz sein sollte. »Und wenn wir das nicht in den Griff kriegen, dann kriegen wir eine heißere Hölle, als wir es verdient haben.«

Niemand von den anderen hatte irgendeinen Einwand.

Zuerst hatte Bäckström sich mit dem Bezirkspolizeichef und dem Kollegen aus Växjö getroffen, der die Voruntersuchung leiten sollte und damit sein direkter Vorgesetzter war. Rein formal gesehen, dachte Bäckström, da es immer so gehalten wurde, wenn er und die Kollegen von der Zentralmord aufs Land hinausfuhren und versuchten, die von den Buschsheriffs hinterlassenen Scherben zusammenzufegen.

»Trotz der traurigen Umstände bin ich froh und erleichtert, dass du und deine Kollegen uns zu Hilfe kommen konntet. Sowie mir klar wurde, was passiert war, habe ich deinen höchsten Chef angerufen … den Zettkazeh Nylander … und um Hilfe gebeten … wir sind alte Freunde aus Studienzeiten … und wenn ich ganz unnötig vor dem Wolf gewarnt habe, dann ist das einzig und allein mein Fehler. Danke, dass du gekommen bist, Bäckström. Herzlichen Dank.«

Bäckström nickte. Was für ein verdammter Trottel, dachte er. Nimm zwei Valium und fahr nach Hause zu Frauchen, dann wird Onkel Bäckström für dich dem Wolf das Fell abziehen.

»Und ich bin der Erste, der dem Chef hier uneingeschränkt zustimmt«, sekundierte Olsson. »Du bist mit deinen Kollegen willkommen und ersehnt.«

Noch einer, dachte Bäckström. Wo nehmen die bloß solche Typen her?

»Danke«, sagte Bäckström. Zwei kleine Trottel, die auf einem Zweig sitzen und um die Wette zwitschern, dachte er, und verdammt noch mal, wie wäre es, wenn wir endlich ans Werk gehen könnten?

Ehe das möglich war, mussten jedoch die Arbeitsverteilung und vor allem die entsprechenden Formalitäten festgelegt werden.

»Wir halten uns wie üblich an die Regeln«, sagte Bäckström. Denn lesen werdet ihr ja wohl können, dachte er.

»Wenn du nichts dagegen hast, Bäckström, dann würde ich gern den Kontakt nach außen halten... also die Medien informieren und so... und mich dazu mit Personalfragen und der sonstigen Verwaltung befassen. Wir werden ja doch ziemlich viele sein. Da seid ihr sechs, und wir sind an die zwanzig. Wir haben Leute aus Jonköping und Kalmar geliehen, und so werden wir insgesamt mit an die dreißig Kollegen arbeiten. Da hast du doch nichts gegen, oder?«

»Aber nicht im Geringsten«, sagte Bäckström. Nicht, solange sie tun, was ich sage, dachte er.

»Dann haben wir noch ein praktisches Problem«, sagte Olsson und tauschte einen Blick mit seinem höchsten Chef. »Soll ich das erklären, Chef?«

»Ja, tu das, Bengt«, sagte der Chef.

»Das hier ist ja ein entsetzliches Ereignis, einfach schrecklich, und es ist Urlaubszeit, und wir haben nicht genug Leute, und viele Kollegen, die wir zu Hilfe geholt haben, sind jünger und vielleicht nicht besonders erfahren... also haben der Chef und ich schon gestern beschlossen, der Ermittlungsgruppe eine eigene Krisentherapeutin zur Seite zu stellen, damit alle, die sich mit dem Fall befassen, die ganze Zeit in professioneller Obhut sind und die Hilfe bekommen, die sie brauchen, um diese ganze Geschichte zu verarbeiten... Debriefing, ganz einfach«, endete Olsson und seufzte tief, als brauche er diesen Dienst bereits jetzt.

Das darf doch wohl nicht wahr sein, verdammt noch mal, dachte Bäckström, aber er hatte natürlich nicht vor, das zu sagen.

»Denkt ihr da an jemand Besonderen«, fragte Bäckström in dem tapferen Versuch, ebenso mitfühlend zu wirken wie alle anderen Anwesenden.

»Ja, an eine sehr erfahrene Psychologin, die schon häufiger für uns gearbeitet hat und die außerdem bei der Polizeiausbildung hier in Växjö Kurse in Debriefing abhält. Außerdem war sie viele Jahre für die Gemeinde tätig. Auch als Vortragende ist sie sehr gefragt.«

»Wie heißt sie denn«, fragte Bäckström.

»Lilian... Lilian Olsson, oder Lo, wie sie genannt wird«, sagte Olsson. »Aber wir sind nicht miteinander verwandt. Nicht im Entferntesten.«

Nein, ihr seid euch nur zum Kotzen ähnlich, dachte Bäckström, und es wäre doch verdammt praktisch, wenn alle Idioten denselben Nachnamen hätten.

»Wird schon gehen«, sagte Bäckström. »Unter der Voraussetzung, dass sie nicht an der eigentlichen Ermittlungsarbeit teilnimmt.« Besser, ich sag das gleich, dachte er.

»Nein, natürlich nicht«, sagte der Bezirkspolizeichef. »Sie wollte nur bei der ersten Besprechung dabei sein, um sich vorzustellen, damit alle wissen, wie sie zu erreichen ist und so. Wir haben hier im Haus ein Zimmer für sie bereitgestellt.«

Ging ja doch so einigermaßen, dachte Bäckström, als die Besprechung mit dem Bezirkspolizeichef endlich zu Ende war. Seine Mitarbeiter waren allesamt dort eingesetzt, wo es wirklich wichtig war. Lewin wurde ihm direkt unterstellt und sollte alle einlaufenden Informationen sofort durchgehen. Großes von Kleinem trennen, Wesentliches von Unwesentlichem. Dafür sorgen, dass allem nachgegangen wurde, was etwas bringen könnte, während jeder Unsinn sofort in die Ordner ganz hinten im Regal zu verbannen war.

Rogersson würde die Verantwortung für die Vernehmungen tragen, während Knutsson und Thorén in der Nähe zueinander postiert werden und die innere und äußere Ermittlung koordinieren würden. Sogar für die kleine Svanström hatte er eine Aufgabe finden können. Aufgrund ihrer großen praktischen Erfahrung mit der Dokumentation von Mordermittlungen sollte sie die lokalen Zivilangestellten betreuen und sich um die Registrierung der Unterlagen kümmern, die bereits die Räumlichkeiten der Ermittlertruppe zu überfluten drohten.

Aber das Wichtigste: Am Ruder stand Bäckström. Gar nicht schlecht, dachte er, als er das große Besprechungszimmer betrat, wo sie sich in Zukunft treffen würden und wo die meisten schon auf ihn warteten. Gar nicht so schlecht, trotz allem, und obwohl sich nun noch ein blödes Frauenzimmer in seine und in die Arbeit der Kollegen einmischen würde, auch wenn so etwas eigentlich nicht einmal einen Fuß ins Haus setzen dürfte. Jedenfalls nicht, wenn ich es zu sagen hätte, dachte Bäckström.

Es fing ganz normal damit an, dass alle in der Runde sich vorstellten und Namen und Aufgaben nannten. Da sich fünfunddreißig Personen im Zimmer aufhielten, dauerte das seine Zeit, aber auch das konnte er ertragen, denn zwei von diesen Personen würde er gleich nach der Vorstellungsrunde los sein. Die Pressesprecherin der Växjöer Polizei und die hauseigene Seelsorgerin. Praktischerweise stellten die beiden sich zuletzt vor, und die Pressesprecherin fasste sich überraschend kurz: Sie und nur sie werde in Absprache mit der Ermittlungsleitung den Kontakt zu den Medien halten.

»Ich war fast zwanzig Jahre bei der Polizei, ehe ich diesen Posten angetreten habe«, teilte sie mit. »Ich kenne die meisten hier im Raum, und da ihr mich auch kennt, wisst ihr, dass mit mir nicht zu spaßen ist. Nachdem ich die Boulevardzeitungen gelesen habe, empfinde ich das starke Bedürfnis, alle Anwesenden an die geltende Schweigepflicht zu erinnern. Falls die jemand vergessen haben sollte, ist es höchste Zeit, die Regeln noch mal zu lesen. Noch leichter ist es natürlich, die Klappe zu halten und über den Fall nur mit denen zu reden, die daran arbeiten, und das nur dann, wenn es einen Grund dazu gibt. Hat irgendwer noch Fragen?«

Niemand hatte Fragen, und da nickte sie ihnen nur zu und ging. Sie hatte selber nämlich noch einiges zu erledigen. Meine Fresse, dachte Bäckström. Wie war die wohl, als sie noch Polizistin war? Sah auch ziemlich gut aus. Obgleich fast zu alt. War doch sicher an die fünfundvierzig, die alte Haut, dachte Bäckström, der selbst zehn Jahre älter war.

Ihre eigene Krisentherapeutin, die staatlich geprüfte Psychologin und Psychotherapeutin, hieß Lilian Olsson und brauchte, was niemanden überraschen konnte, für ihre Vorstellung länger. Da sie aufs Haar Bäckströms Vorstellungen entsprach, eine kleine magere Blondine, die mindestens vierzig verregnete Herbste auf dem Buckel hatte, war zumindest er nicht überrascht.

»Und ich heiße also Lilian Olsson ... aber alle, die mich kennen, nennen mich einfach Lo, und ich hoffe, ihr werdet das auch tun ... ich bin also staatlich geprüfte Psychologin und Psychotherapeutin ... und was macht so eine wie ich, das fragen sich hier sicher viele«, fügte Lo hinzu. »Ich bin also Psychologin ... ich bin Therapeutin ... ich halte Vorlesungen und Kurse ab ... ich arbeite als Beraterin ... und in meiner Freizeit ... engagiere ich mich in vielen Hilfsorganisationen ... dem Notruf für vergewaltigte Frauen ... dem Notruf für misshandelnde Männer ... dem Notruf für Opfer von Gewalt ... und im Moment schreibe ich außerdem ein Buch ... und die meisten, die hier sitzen ... es ist ganz okay, wenn man sich nicht wohlfühlt ... viele von uns machen einen sensiblen, unsicheren, durchaus krisennahen Eindruck ... während andere sich in Machodenken, Schweigen und Verleugnung flüchten ... und noch andere missbrauchen Alkohol und Sex ... und sich und ihre Mitmenschen ... viele von uns haben Essstörungen ... wir sind alle Mitmenschen ... wir müssen bejahen ... wir müssen uns unserer selbst bewusst werden ... wir müssen den Schritt machen ... müssen uns von allem hemmenden und niederdrückenden Gepäck befreien ... wir müssen es wagen, unsere Schwäche zu zeigen ... es wagen, um Hilfe zu rufen ... es wagen, den Schritt aus allem hinaus zu machen ... darum geht es hier im Grunde ... ganz einfach um den Befreiungsprozess ... so einfach ist es eigentlich ... also ist alles im Grunde schlicht und selbstverständlich. Und meine Tür steht immer für euch offen«, endete Lo und ließ ihr mildes Lächeln alle und jeden im Raum umfangen.

Blablabla… blaha, dachte Bäckström, setzte sich auf seinem Stuhl gerade und schaute verstohlen auf seine Armbanduhr. Mehr als zwanzig Minuten der knapp bemessenen und kostbaren Zeit der Ermittlertruppe waren schon in Rauch aufgegangen, nur weil eine weitere Idiotin fast eine Viertelstunde brauchte, um mitzuteilen, dass auch ihre Tür sperrangelweit offen stand, dachte er.

»Nun gut«, sagte Bäckström, sowie sie die Tür hinter sich geschlossen hatte. »Dann können wir anderen vielleicht versuchen, etwas zu schaffen. Wir haben einen miesen Irren, der frei herumläuft, und den müssen wir in den Knast stecken. Je eher, desto besser.« Noch besser, wir kochen Leim aus dem Arsch, dachte er. Was er aber nicht sagte. Das wusste doch ohnehin jeder richtige Polizist. Ohne dass man es ihm unter die Nase reiben musste, und er hatte schon während des Vortrags der Frau Krisentherapeutin zwei jüngere Talente entdeckt, die, wenn er nach ihrem Mienenspiel gehen durfte, einen überaus verheißungsvollen Eindruck machten. Vielleicht gibt es hier im Saal sogar einen angehenden Bäckström, dachte Bäckström. So unglaublich das auch klingen mochte.

9

Dann geht's los«, sagte Bäckström. Beugte sich über das Querende des langen Tisches, an dem er saß, stützte beide Unterarme auf und schob das Kinn fast so weit vor, als wäre er der Chef der gesamten Kriminalpolizei von Schweden.

»Ich dachte, wir könnten uns erst einmal über die Lage abstimmen«, sagte er dann. »Was wissen wir über das Opfer und darüber, was es so gemacht hat. Bisher«, fügte er hinzu.

Ihr Mordopfer hieß Linda Wallin. Sie war zwanzig Jahre alt und wäre eine Woche nach dem Mord einundzwanzig geworden. Im Herbst hätte sie ihr drittes Semester der Polizeiausbildung in Växjö antreten sollen. Sie war eins zweiundsiebzig groß und wog zweiundfünfzig Kilo. Natürliches Blond, mit kurz geschnittenen Haaren und blauen Augen. Fesches Mädel, falls man auf diesen mageren, durchtrainierten Typ steht, dachte Bäckström, als er sich ihr Foto ansah. Eine vergrößerte Kopie ihres Ausweises von der Polizeischule zeigte eine offene und lächelnde Linda, die direkt in die Kamera blickte, konzentriert auf den Augenblick und voller Erwartungen an das Leben, das vor ihr lag. Wie dieser Sommer zum Beispiel, in dem sie bei der Polizei von Växjö eine Vertretungsstelle gehabt hatte. Sie hatte zwar vor allem in der Rezeption gesessen, hatte das aber sehr gut erledigt. Nicht nur hatte sie einen angenehmen Anblick geboten, sondern sie war auch arbeitswillig, effektiv und bei Besuchenden wie bei Arbeitskollegen beliebt gewesen.

Von ihrer Umgebung wurde sie als begabt, charmant, kontaktfreudig, tüchtig und sportinteressiert beschrieben. Vielleicht nicht ganz überraschend bei ihrer Berufswahl, aber ausnahmsweise gab es sogar schriftliche Unterlagen dazu. Sehr gute Noten an Gymnasium und Polizeischule, in theoretischen und praktischen Fächern gleichermaßen. Außerdem war sie in ihrem Jahrgang die Schülerin, die es am schnellsten durchs Gelände schaffte, und sie war die zweiterfolgreichste Torschützin des Frauenteams ihrer Schule. Zugleich wirkte sie auf korrekte Weise gesellschaftlich und politisch engagiert. In der Schule hatte sie eine Hausarbeit über »Kriminalität, Rassismus und Fremdenfeindlichkeit« geschrieben. Kein typisches weibliches Mordopfer, aber vermutlich eine, die imstande ist, wirklich jeden mit nach Hause zu nehmen, so einfach wird das wohl sein, dachte Bäckström.

Wie alle Kinder hatte Linda zwei Elternteile, und wie bei vielen Kindern ihrer Generation waren diese Eltern geschieden. In ihrem Fall seit gut zehn Jahren. Linda war das einzige Kind aus dieser Ehe, und die Eltern hatten sich nach der Scheidung das Sorgerecht geteilt. In den Jahren vor der Scheidung hatte die Familie zwei Jahre in den USA gelebt, da der Vater in New York eine Firma gegründet hatte. Als die Eltern sich getrennt hatten, war die Mutter mit Linda nach Schweden zurückgekehrt.

Lindas Mutter war fünfundvierzig Jahre alt und arbeitete seit fünfzehn Jahren als Lehrerin in der Oberstufe einer Schule in Växjö. Der Vater war zwanzig Jahre älter, ein erfolgreicher Geschäftsmann, der jetzt kürzer treten wollte. Er war einige Jahre nach Linda und ihrer Mutter in seine småländische Heimat zurückgekehrt und wohnte jetzt auf einem Gut beim Rottnen-See, einige Dutzend Kilometer im Südosten von Växjö.

Aus einer früheren Ehe hatte er zwei Söhne, die ungefähr doppelt so alt waren wie seine soeben verlorene Tochter. So wie es aussah, hatte Linda zu ihren älteren Halbbrüdern fast keinen Kontakt gehabt. Ihre Beziehung zu beiden Elternteilen dagegen schien gut gewesen zu sein, obwohl die beiden sich seit der Scheidung kaum je begegnet waren. Hört sich an wie die übliche eheliche Soße, dachte Bäckström, hohe Zeit also für eine Frage.

»Sie hat also bei ihrer Mama gewohnt, in der Mordwohnung«, fragte er.

»Sie hat offenbar bei beiden Elternteilen gewohnt. Aber in letzter Zeit war sie offenbar vor allem bei ihrer Mutter«, erklärte die Kollegin von der Växjöer Polizei, die alle Informationen über die Person des Opfers zusammenstellte.

»Und was hat sie noch unternommen, ehe das Schicksal zugeschlagen hat«, fragte Bäckström und hörte sich jetzt freundlich und interessiert an. So sollten die wirklich aussehen, wenn sie schon unbedingt zur Polizei wollten, dachte er. Falsche Blondine, viel Holz vor der Hütte, munter und sympathisch und durchtrainierte dreißig. Das einzige Problem war, dass sie es sicher mit irgendeinem blöden Buschsheriff trieb, der im ungünstigsten Fall sogar im selben Zimmer saß. Und wie der Teufel auf sie aufpasste.

»Da fragst du die Richtige«, antwortete die Kollegin und

lächelte. »Wir waren nämlich im selben Lokal, das Opfer und ich. Wir waren im Grace, das ist der Nachtclub vom Statt, dem Stadshotell, meine ich, da gab es am Donnerstagabend eine große Sause. Linda ist allerdings vor mir nach Hause gegangen. Ich war bis zum Schluss da. Ich wollte eben mal richtig zuschlagen, wo ich Mann und Kinder in sicherem Verwahr auf dem Land hatte«, erklärte sie und schien nicht die geringsten Gewissensbisse zu hegen. Wie die anderen auch nicht, wenn wir von dem verstohlenen Lächeln ausgehen dürfen, das sich plötzlich in der Ermittlertruppe breitmachte.

»Was du nicht sagst«, sagte Bäckström und klang weiterhin freundlich und interessiert. Diese Stadt ist vielleicht winzig klein, dachte er. Vor allem wenn er den Stoß bei einer aus der eigenen Truppe ansetzen wollte. Wie zum Beispiel bei Inspektorin Anna Sandberg, dreiunddreißig, von der Polizei Växjö. Denn so hieß sie offenbar, der Liste über die Mitglieder der Ermittlertruppe zufolge, die vor ihm auf dem Tisch lag.

»Da war ganz schön was los«, teilte Sandberg mit. »Jede Menge Leute. Gyllene Tider hatten gestern auf Öland ein Konzert, und deshalb sind viel mehr Leute in der Stadt als sonst, und ich war wirklich nicht die einzige Kollegin oder angehende Kollegin im Lokal ... ich meine ... aber ich glaube ja doch, dass wir langsam das Publikum in den Griff bekommen. Wenn ich mich kurz fassen soll.« Sie schaute Bäckström fragend an und erhielt als Antwort ein freundliches und interessiertes Nicken.

Tu das, Herzchen, dachte er. Die Einzelheiten können wir dann später gemeinsam durchgehen.

Am Donnerstag, ehe sie ermordet worden war, hatte Linda in der Rezeption des Polizeigebäudes gesessen. Zusammen mit einer Freundin, die als Zivilangestellte bei der Polizei arbeitete, hatte sie das Haus unmittelbar nach fünf Uhr nachmittags verlassen. Danach hatten die beiden eine Runde durch die Stadt gedreht, sich ein paar Läden angeschaut und gegen halb sieben in einer Pizzeria in der Sandgärdsgata mitten im Zentrum jede einen Pastasalat und ein Mineralwasser zu sich genommen. Und dabei hatten sie sich für später am Abend im Stadshotell verabredet.

Nach dem Essen hatten sie sich getrennt, und Linda war zu Fuß nach Hause gegangen. Unterwegs hatte sie drei Telefongespräche geführt. Das erste kurz nach halb acht, sie hatte mit ihrer Mutter gesprochen, die sich in ihrem einige Dutzend Meilen im Süden von Växjö gelegenen Sommerhaus aufhielt. Es war ein kurzer und alltäglicher Anruf gewesen, bei dem sie von ihren Plänen für diesen Abend erzählt hatte.

Das zweite und dritte Gespräch hatte sie mit einer Freundin und Klassenkameradin von der Polizeischule geführt, um zu fragen, ob sie nicht auch mit »auf die Piste« kommen wolle. Die Freundin hatte sich Bedenkzeit erbeten, doch als Linda nach zehn Minuten wieder angerufen hatte, um zu sagen, dass sie eben nach Hause gekommen sei und duschen wolle – falls die Freundin bei Linda anrufe und sich wundere, warum die sich nicht meldete –, hatte die Freundin bereits beschlossen mitzugehen. Um Viertel nach elf abends hatten sie sich dann vor dem Stadshotell am Stora Torg getroffen und waren gemeinsam in den Nachtclub des Hotels gegangen.

Was sie zwischen Viertel vor acht und kurz vor elf Uhr abends gemacht hatte, stand im Detail noch nicht fest, aber vermutlich hatte sie sich die ganze Zeit in der Wohnung aufgehalten. Sie hatte nicht mit ihrem Mobiltelefon telefoniert und war auch nicht angerufen worden. Dagegen hatte sie kurz vor neun vom Festnetzanschluss ihren Vater angerufen, und dieses Gespräch hatte eine gute Viertelstunde in Anspruch genommen. Nach Aussage des Vaters war es dabei um Alltäglichkeiten gegangen, um Dinge, die bei der Arbeit passiert waren, und um die Pläne, die seine Tochter für den Abend hegte. Nach dem, was Linda den Bekannten erzählt hatte, mit denen sie später am Abend im Nachtclub verabredet gewesen war, hatte sie sich offenbar auf MTV eine Musiksendung angesehen, die um halb zehn begonnen hatte, danach hatte sie auf TV4 und die Zehnuhrnachrichten umgeschaltet.

Ungefähr eine Stunde darauf hatte ihre Nachbarin sie gesehen, wie sie das Haus verlassen hatte und zu Fuß durch den Pär Lagerkvists väg in Richtung Zentrum gegangen war. Eine Auskunft, die dadurch untermauert wurde, dass Linda um vierzehn Minuten nach elf am Geldautomaten der SE-Bank an der Ecke Storgata-Stora Torg fünfhundert Kronen entnommen hatte, nur fünfhundert Meter vom Eingang zum Nachtclub des Stadshotell entfernt.

»Ich finde, das klingt alles ziemlich plausibel«, urteilte Kollegin Sandberg. »Das wissen doch alle Mädels, dass es eine Weile dauert, sich fein zu machen, wenn man den ganzen Abend auf der Rolle sein will. Und das hat sie sicher auch getan, wenn sie nicht mit ihrem Papa geplaudert oder vor dem Fernseher gesessen oder sich einfach ein wenig entspannt hat. Sie hat sich ganz einfach für den Abend fein gemacht«, endete sie und sah plötzlich ziemlich beleidigt aus.

»Und was passierte dann im Lokal«, fragte Bäckström. Die Weibsbilder sind doch alle gleich, auf diese Weise wird die Psychotussi alle Hände voll zu tun haben, dachte er.

Was dort passiert war, stand auch noch nicht im Detail fest, aus ganz natürlichen Gründen. Es waren viele Leute dort gewesen, es hatte ein Gewühl geherrscht, wie das in Lokalen oft der Fall ist, und viele Anwesende hatten sie noch nicht vernehmen können. An diesem Abend war sogar noch mehr Betrieb gewesen als sonst, weil einige lokale Talente aufgetreten waren, die bei mehreren Dokusoaps mitgewirkt hatten und sich jetzt als Künstler in der Kneipenbranche über Wasser hielten.

Aber es schien nichts Dramatisches oder auch nur Interessantes passiert zu sein, das irgendetwas mit dem zu tun haben könnte, das Linda einige Stunden darauf passiert war. Linda hatte sich wie die meisten anderen im Lokal umherbewegt, wie das eben so üblich ist. Sie hatte geredet und getanzt und war offenbar guter Laune gewesen. Sie hatte keinen Streit angefangen und nicht einmal mit irgendwem diskutiert, und niemand hatte sie belästigt. Sie war auch nicht besonders betrunken gewesen. Sie hatte ein Starkbier getrunken, möglicherweise einen Himbeergeist, und danach höchstens noch zwei Glas Weißwein, zu denen eine Kollegin von der Wache sie eingeladen hatte.

Irgendwann zwischen halb drei und drei Uhr morgens hatte sie sich ihre Klassenkameradin von der Polizeischule geschnappt und ihr gesagt, sie wolle jetzt nach Hause gehen und ausschlafen. Der Türsteher hatte gesehen, wie sie gegangen war – »um kurz vor drei, wenn Sie mich fragen« –, und nach seiner Aussage war sie nüchtern und allein gewesen und hatte weder froh noch traurig gewirkt, als sie quer über den Platz verschwunden war, vorbei an der Residenz des Landeshauptmanns, in Richtung ihrer Wohnung im Pär Lagerkvists väg.

Schlimmstenfalls war sie dann dort im polizeilichen Nebel verschwunden. Keine Zeugen hatten sie auf dem Kilometer zwischen der Kneipe und ihrer Wohnung gesehen. Zumindest hatte sich bisher kein Zeuge gemeldet. Sie hatte niemanden angerufen und war nicht angerufen worden. Außerdem war es in der Stadt ruhig gewesen, vor allem in den Straßen, durch die Linda vermutlich gegangen war.

»Na gut«, sagte Bäckström und richtete den Blick auf seine Ermittlertruppe. »Das hier ist verdammt wichtig, das ist euch sicher klar. Ich will ganz genau wissen, was im Lokal passiert ist. Jeder Arsch, der auch nur einen Fuß da reingesetzt hat, muss vernommen werden, das gesamte Personal und nicht zuletzt diese Seifenkünstler. Vor allem die. Das gilt auch für Lindas Spaziergang nach Hause. Es haben sich also keine Zeugen gemeldet?« Bäckström schaute Polizeiassistentin Sandberg fragend an, und die sah fast schuldbewusst aus, als sie den Kopf schüttelte.

»Überwachungskameras«, sagte Bäckström nachdrücklich. »Du hast einen Geldautomaten erwähnt. Der muss doch wohl eine Kamera haben?« Verdammte Amateure, dachte er.

»Den Film haben wir uns schon geholt«, sagte Sandberg.

»Leider haben wir ihn noch nicht ansehen können. Wir hatten einfach keine Zeit.«

»Welche anderen Kameras gibt es auf ihrem Heimweg?« Bäckström stützte sich auf die Ellbogen und machte ein grimmiges Gesicht.

»Das versuchen wir gerade festzustellen«, sagte Sandberg. »Ich habe auch schon daran gedacht, aber wir haben einfach noch nicht alles geschafft.«

»Dann müssen wir eben Prioritäten setzen«, gab Bäckström zurück. »Ehe den Hökern an der Ecke und allen anderen, die denken können, einfällt, dass sie vergessen haben, um Genehmigung für ihre eigene kleine Kamera zu ersuchen, und sie deshalb verstecken und den Film von Donnerstagnacht überspielen.«

»Ich verstehe, was du meinst«, sagte Kollegin Sandberg.

»Ausgezeichnet«, sagte Bäckström. »Und dann ist es hohe Zeit, die Leute zu befragen, die zwischen dem Lokal und ihrem Haus wohnen. Sag das den Kollegen, die schon in ihrem Wohnviertel angefangen haben.«

Jetzt begnügte sie sich mit einem Nicken und notierte etwas in ihrem kleinen Buch.

Scheiße, dachte Bäckström und schaute verstohlen auf seine Armbanduhr. Schon die dritte Stunde, sein Magen verwelkte, weil er nichts zu essen bekam, und sie hatten es noch nicht einmal bis zum Tatort geschafft. Und wenn er nicht den ganzen Tag hier sitzen bleiben wollte, ergriff er besser die Initiative, beschleunigte das Verfahren und sorgte dafür, dass seine Ermittlertruppe sich tummelte.

»Okay«, sagte Bäckström und nickte dem verantwortlichen Techniker zu. Er hieß Enoksson, wurde Enok genannt und war Kommissar und Sektionschef. »Korrigiere mich, wenn ich mich irre, Enoksson. Der Tatort ist die Wohnung, wo sie mit ihrer Mama wohnte, es ist irgendwann am frühen Morgen passiert. Zwischen ungefähr drei und fünf Uhr am Freitagmorgen. Nach deiner und der Auffassung deiner Kollegen ist sie vergewaltigt und ermordet worden, und aller Wahrscheinlichkeit nach haben wir es hier mit einem Einzeltäter zu tun.«

»Ich habe nicht vor, dich zu korrigieren«, sagte Enoksson, der auch so aussah, als brauche er dringend Essen und Schlaf. »Genau das nehmen wir an. Außerdem sind wir ziemlich sicher, dass er durch das Schlafzimmerfenster abgehauen ist. Wir haben auf der Fensterbank Blut und Hautabschürfungen sichergestellt.«

»Warum hat er nicht einfach die Wohnungstür genommen?«, fragte Bäckström.

»Wenn es stimmt, was die Nachbarin sagt, die sie gefunden hat, dann war die Wohnungstür von innen abgeschlossen. Es ist so ein Schloss, das nicht zuschnappt, wenn man die Tür einfach von außen zuzieht. Wir stellen uns vor, dass er abgehauen ist, als der Zeitungsbote die Morgenzeitung durch den Briefschlitz gesteckt hat. Wir glauben, dass er dachte, jemand sei auf dem Weg in die Wohnung, und da das Schlafzimmer ganz hinten liegt, ist er durch das Schlafzimmerfenster gesprungen.«

»Wann kommt denn die Zeitung?« Lahmarsch, dachte Bäckström.

»Gleich nach fünf Uhr morgens, und dieser Zeitpunkt scheint ziemlich festzustehen.« Enoksson nickte, um das soeben Gesagte zu betonen.

»Was wissen wir sonst noch«, fragte Bäckström.

»Das Ziffernschloss der Haustür unten war ausgeschaltet. Es machte immer wieder Schwierigkeiten, und deshalb hatte der Zeitungsbote sich beklagt. Seit Mittwoch konnte man das Haus also einfach so betreten. Der Schlosser hatte versprochen, die Sache am Donnerstag in Ordnung zu bringen, hat das aber offenbar nicht geschafft.« Enoksson seufzte und zuckte mit den Schultern.

»Die Wohnungstür, Enoksson? Wie sieht es damit aus?«

»Keine Einbruchspuren an der Tür«, antwortete der Befragte. »Keine anderen Zeichen von Gewaltanwendung im Treppenhaus. Entweder hat sie ihn also freiwillig eingelassen, oder sie hat vergessen, die Wohnungstür abzuschließen.«

»Oder er hat ihr das Messer an die Kehle gehalten, als sie das Haus betrat, und sie zum Aufschließen gezwungen. Oder er hat ihr die Schlüssel abgenommen«, stellte Bäckström fest.

»Lässt sich ebenfalls nicht ausschließen«, sagte Enoksson.

»Natürlich nicht. Wir brauchen wohl noch zwei Tage in der Wohnung, ehe wir ein klares Bild bekommen. Und das Laborergebnis wird sicher wie üblich auf sich warten lassen, aber die Gerichtsmedizin hat bis spätestens morgen einen vorläufigen Bericht versprochen, da ist die Obduktion wohl schon im Gange.«

»Es gibt also doch ein paar gute Nachrichten«, sagte Bäckström und wirkte plötzlich ziemlich umgänglich. Man muss variieren, dachte er. Viel Peitsche und ab und zu einen Krümel Zuckerbrot.

»Wir haben Blut, Sperma und vermutlich seine Finger gesichert, also sieht die Lage alles andere als nachtschwarz aus«, stellte Enoksson fest.

»Aber du willst mit den Details noch warten?«, Bäckström lächelte noch immer.

»Ja, das hatten wir schon vor, ich und meine Kollegen von der Technik.« Enoksson nickte bestätigend, als habe alles seine Zeit, Bäckström eben auch. »Vielleicht kann ich dir so lange ein paar kleine Überlegungen vorstellen.«

»Ich bin ganz Ohr«, sagte Bäckström. Aber nicht den ganzen Tag, dachte er. Denn jetzt hatte die Revolution die Höhe seines Gürtels erreicht.

»Erstens glaube ich, dass sie ihn ganz freiwillig eingelassen hat. Oder dass sie ihm unterwegs begegnet ist und ihn mit nach Hause genommen hat. Oder sich vorher mit ihm verabredet hatte. So wie es in der Wohnung aussieht, scheint nämlich alles ziemlich friedlich abgelaufen zu sein.«

»Das glaubst du also«, sagte Bäckström langsam. So eine kann doch einfach jeden einlassen, dachte er.

»Und zweitens und bei allem Respekt vor dem, was Kollegin Anna vorhin gesagt hat, glaube ich nicht, dass sie viel dort gewohnt hat. Ich habe die Vernehmung der Mutter gelesen und sie so verstanden.«

»Warum glaubst du das nicht«, fragte Bäckström.

»Sie lag im Bett ihrer Mutter«, antwortete Enoksson. »Ganz bestimmt hat er sie da umgebracht. Und es ist das einzige Bett in der Wohnung. Im Prinzip kann sie natürlich auf dem Wohnzimmersofa geschlafen haben, das wäre groß genug, aber nichts weist darauf hin, dass sie das über längere Zeit gemacht hat, wenn ich das so sagen darf.«

»Aber die Mutter ist doch Lehrerin«, wandte Polizeiinspektorin Sandberg ein, die sich offenbar angegriffen fühlte. »Sie hat jetzt seit fast einem Monat Ferien und war vermutlich die meiste Zeit auf dem Land. Ich meine... denkt doch an das Wetter...«

Dass die nicht aufhören können, dachte Bäckström. Immer, immer müssen sie widersprechen.

»Ich habe schon verstanden, Anna«, sagte Enoksson. »Jedenfalls sieht es nicht so aus, als ob sie da hätte einziehen wollen. Das Einzige, was wir in der Wohnung gefunden haben und was offenbar Linda gehörte, sind im Badezimmer ein Reisenecessaire mit dem üblichen Inhalt und so eine Sporttasche aus Stoff im oberen Fach des Kleiderschranks in dem Raum, den wir für das Arbeitszimmer der Mutter halten. Und darin liegt saubere Unterwäsche und eine Bluse. Also stelle ich mir vor, dass sie nur dort gewohnt hat, wenn die Mama nicht im Haus war und wenn sie selbst in der Stadt bleiben wollte, zum Beispiel, um auszugehen. Wie am Donnerstag eben, als sie im Statt war.«

»Wir müssen weitergraben«, stellte Bäckström fest und lächelte auch Anna freundlich an. »Ich weiß ja nicht, wie es euch anderen geht, aber ich muss jetzt jedenfalls einen Bissen essen.«

10

Zuerst hatten Bäckström und Rogersson sich in die Stadt schleichen und ihr Mittagessen an einem diskreten Ort einnehmen wollen, wo sie sich das große Bier hätten gönnen können, das sie nun wirklich verdient hatten. Aber als sie die Pressescharen vor dem Eingang des Polizeigebäudes sahen, machten sie auf dem Absatz kehrt und ließen sich in der Kantine nieder. Sie hatten einen freien Tisch ganz hinten gefunden und nahmen zusammen mit einem Lightbier das Tagesgericht zu sich.

»Was zum Teufel muss man in der Birne haben, wenn man bei fast dreißig Grad Außentemperatur Bratwurst und Makkaroni und als Nachtisch småländischen Käsekuchen serviert? Das sieht doch aus wie Leichenwürmer«, sagte Rogersson und stocherte missmutig mit der Gabel in den Makkaroni herum.

»Frag mich da lieber nicht. Ich habe noch nie Leichenwürmer gegessen«, sagte Bäckström. »Mir hat es gut geschmeckt.«

»Ja sicher, Bäckström«, sagte Rogersson müde. »Aber wenn man nun mal ein normaler Mensch ist wie ich.«

»Wenn du Fragen zum Thema Leichenwürmer hast, dann kannst du ja mit Egon sprechen.« Und viel Glück dabei, dachte Bäckström, denn Egon war schließlich noch schweigsamer als Kollege Rogersson.

»Was für ein Scheißegon?«, fragte Rogersson.

»Mein Egon«, sagte Bäckström.

»Fütterst du den mit Leichenwürmern?« Rogersson starrte ihn ungläubig an.

»Würmer, Fliegenlarven, ganz egal. Aber natürlich nur an Feiertagen. Hast du überhaupt eine Ahnung, wie viel eine Dose Fliegenlarven kostet?« Sogar für Egon muss es Grenzen geben, dachte Bäckström. Wir müssen ja alle beide von einem ganz normalen Polizistengehalt leben.

»Willst du Kaffee«, fragte Rogersson und erhob sich mit einem Seufzer.

»Große Tasse, Milch und Zucker«, sagte Bäckström. So einen leckeren Käsekuchen hab ich lange nicht mehr gegessen, dachte er.

Nach dem Essen widmete sich Bäckström mit erneuerter Energie der Aufgabe, um sich herum Ordnung zu schaffen und dafür zu sorgen, dass seine Ermittlertruppe ihre Pflicht tat. Kollege Olsson war aufgetaucht, hatte eine Runde durchs Zimmer gedreht und versucht, so vielen wie möglich im Wege zu stehen, aber als er sich Bäckström genähert hatte, um dessen kostbare Zeit zu vergeuden, hatte Bäckström zum Telefontrick gegriffen, hatte den Hörer abgehoben und konzentriert dem Freizeichen gelauscht und abwehrend mit der rechten Hand gewinkt. Weshalb Olsson in sein Zimmer zurückgekehrt war und die Tür hinter sich geschlossen hatte, worauf Bäckström Kollegin Sandberg zu sich gerufen hatte, um sich ein genaueres Bild von den sexuellen Kontakten und Vorlieben des Opfers zu machen und zugleich die Gelegenheit zu nutzen, seine müden Augen auf der ruhen zu lassen, die diese Fragen bearbeiten sollte.

»Das Sexualleben des Opfers, Anna. Kriegen wir das langsam in den Griff«, begann Bäckström und nickte der Befragten zu. Dieses schwere professionelle Nicken, das er anwandte, wenn von schwierigen Dingen die Rede sein musste. Keine schlechten Möpse hat die kleine Dame, dachte er.

»Einiges wissen wir wohl schon«, antwortete Anna neutral.

»Irgendwas von Interesse«, fragte Bäckström. »Im Hinblick auf die Ermittlung«, verdeutlichte er. Wie auf frischem Eis herumzuwandern ist das, und hier muss man sich verdammt konzentrieren, wenn man nicht einbrechen will, dachte er.

Bis zu diesem Frühling hatte Linda einen Freund gehabt, den sie ein Jahr zuvor kennengelernt hatte.

Der Exfreund war einige Jahre älter und hatte an der Universität Lund Wirtschaftswissenschaften studiert. Als er sieben Monate zuvor, kurz vor Weihnachten, sein Examen abgelegt hatte, war ihm sofort eine Stelle bei einer Firma in Stockholm angeboten worden. Er war umgezogen, und bald darauf war seine Beziehung zu Linda eingeschlafen.

Es lag bisher nichts Negatives über ihn oder sein Verhältnis zu Linda vor, und ausnahmsweise war die Sache so praktisch eingerichtet, dass er für den Zeitpunkt des Mordes ein überzeugendes Alibi vorbringen konnte. Er war zusammen mit seiner neuen Freundin und einigen Kumpels auf einem Fest im Stockholmer Schärengürtel gewesen. Er hatte selbst die Polizei von Växjö angerufen, sowie er von dem Mord an Linda gehört hatte, hatte sich dann auf eigene Initiative bei der Stockholmer Polizei gemeldet und war bereits vernommen worden. Er stand natürlich unter Schock, war aber zugleich viel kooperativer, als man von ihm überhaupt verlangen konnte. Unter anderem hatte er freiwillig angeboten, eine DNA-Probe abzugeben, damit die Polizei keine Zeit mit ihm zu vergeuden brauchte.

»Ein zuvorkommender junger Mann«, stellte Bäckström fest. »Wie hat er das so schnell erfahren? Dass Linda ermordet wurde«, fügte er erklärend hinzu.

»Seine Mutter wohnt hier in der Stadt und kennt Lindas Familie, und sie hat ihn schon gestern Nachmittag angerufen, sowie sie es erfahren hat. Der Sohn war irgendwo draußen in Sandhamn. Liegt offenbar sehr weit draußen im Stockholmer Schärengürtel. Ja, das weißt du ja sicher. Wo das liegt, meine ich. Sie kennt auch diese Familie, und deshalb hat sie in dem Haus in Sandhamn angerufen, falls dich das interessiert. Ich habe eben mit dem Kollegen gesprochen, der ihn vernommen hat. Er ist überzeugt davon, dass Lindas Ex mit der Sache nichts zu tun hat. Er hat trotzdem eine DNA-Probe genommen und schickt sie direkt ins Labor«, endete Anna.

»Na dann«, sagte Bäckström. »Da müssen wir eben abwarten. Hast du noch andere Liebhaber gefunden, nachdem mit dem Wiwimann Schluss war?«

»Keine«, sagte Anna und schüttelte den Kopf. »Wir haben mit ihren drei besten Freunden und den meisten Klassenkameraden von der Polizeischule gesprochen. Die Eltern wollen wir vernehmen, sowie sie in einem Zustand sind, in dem ein Gespräch wieder Sinn hat.«

»Keine Zufallsbekanntschaften, keine Seltsamkeiten, was ihre sexuellen Neigungen angeht oder so«, beharrte Bäckström.

»Nein.« Anna schüttelte energisch den Kopf. »Keine jedenfalls, die den Leuten, mit denen wir gesprochen haben, bekannt sind. Nach sämtlichen Aussagen scheint Linda eine ganz normale junge Frau gewesen zu sein. Normale Jungs, normaler Sex. Nichts Außergewöhnliches.«

»Ein halbes Jahr ohne festen Freund oder zufällige Beziehungen.« Bäckström schüttelte skeptisch den Kopf. Wie glaubwürdig ist das, überlegte er. Ein fesches Mädel von zwanzig Jahren. Auch wenn sie für seinen Geschmack viel zu mager gewesen war.

»Das kommt sicher viel häufiger vor, als man annehmen sollte«, antwortete Anna und sah aus, als wüsste sie, wovon sie hier redete. »Ich glaube, dass sie an einen Verrückten geraten ist. So einfach ist das, wenn du mich fragst.«

»Das glaubst du also«, sagte Bäckström langsam. »Das klären wir schon«, fügte er plötzlich hinzu und lächelte sie an. »Das klären wir.« Und alle haben sie doch einen kleinen Kleiderschrank, in dem sie sich verstecken, dachte er.

Kollegin Sandberg sagte nichts. Sie nickte nur und sah ein wenig überrascht aus.

Jetzt hast du was, worüber du nachdenken kannst, Herzchen, dachte Bäckström und folgte ihr mit Blicken, als sie zu ihrem Platz zurückging.

Keine Rast, keine Ruh, dachte Bäckström. Ging und holte sich eine Tasse Kaffee, und dann begab er sich mit Knutsson und Thorén in ein leeres Zimmer, um sich in aller Ruhe nach dem neuesten Stand der Ermittlungen zu erkundigen.

»Erzählt mal einem alten Mann«, sagte Bäckström, der beschlossen hatte, eine gelassene und erhabene Haltung an den Tag zu legen. »Haben wir etwas Interessantes gefunden?«

»Du denkst an den Tatort«, fragte Thorén. »Da scheint man ja dauernd irgendwas zu finden.«

»Ich denke nicht an den Tatort«, sagte Bäckström so gelassen wie pädagogisch. »Ich denke an alle anderen Stellen außerhalb des Tatorts. An den Weg, den das Opfer in der Nacht gegangen ist. An die Umgebung des Tatorts. An den mutmaßlichen Fluchtweg des Täters. An Växjö ganz allgemein. Oder an Schweden… oder die Welt.«

»Ich weiß schon, was du meinst«, sagte Knutsson. »Du meinst…«

»Kann ich mir nicht vorstellen«, fiel Bäckström, der nun in Rage geriet, ihm ins Wort. »Ich denke an das ganze Programm, vom kleinsten Papierfetzen auf der Straße vor dem Tatort über Mülltonnen, Container, Gullys, Winkel und Nischen, Treppenhäuser, Absteigen, normale Wohnungen bis zu Dachböden und Kellern, unübersichtliche Geländeabschnitte und alle ganz normalen Zwischenräume. Ich denke an seltsame Nachbarn, Schurken ganz allgemein, Voyeure, Exhibitionisten, Sexgeile und Psychos. Und dann denke ich an alle normalen Mitbürger, die einfach in ihrem Köpfchen einen Stromausfall erleiden könnten, weil es so verdammt unwahrscheinlich heiß ist und die Hitze einfach kein Ende nehmen will.«

»Wenn das so ist, dann haben wir nichts gefunden«, erklärte Thorén.

»Andererseits wird ja noch immer gesucht«, wandte Knutsson ein. »Ich meine, deine Botschaft bei der Besprechung war doch deutlich genug. Und da tun sicher alle ihr Bestes.«

»Aber bisher wurde nichts gefunden.« Bäckström schaute die beiden fragend an.

»Nein«, sagte Thorén.

»Nein«, stimmte Knutsson zu und schüttelte zur Bestätigung seinen runden Kopf.

»Aber es ist doch schon komisch, dass ein Dussel, der seine eigene Unterhose am Tatort zurücklässt und aus dem Fenster springt, weil die Zeitung durch den Briefschlitz fällt, ganz zu schweigen von all dem Sperma und den Blutflecken und den

Fingern, die er offenbar hinterlassen hat, sich einfach in Luft auflöst, sowie er im Freien steht«, sagte Bäckström.

»Irgendwie rätselhaft ist das schon«, stellte Thorén fest.

»Ich hab da auch schon drüber nachgedacht«, stimmte Knutsson zu. »Es ist ja wohl kaum so einfach, dass er nur die Unterhose trug, als er sich über das Opfer hergemacht hat ... Das sollte natürlich ein Witz sein«, fügte er rasch hinzu, als er Bäckströms Gesicht sah.

»Sag das nicht«, sagte Bäckström. »Sag das nicht. Wenn wir daran denken, was er offenbar zwei Stunden lang mit dem Opfer gemacht hat und was dann folgte, nachdem er sie umgebracht hatte. Denn da scheint er doch unter die Dusche gegangen zu sein und sich philosophischen Gedanken hingegeben zu haben.«

»Ja, er wirkt wirklich durch und durch verrückt. So sehe ich das auch«, sagte Thorén.

»Aber offenbar nicht verrückt genug, um außerhalb des Tatorts Spuren zu hinterlassen«, sagte Bäckström.

»Vielleicht ist er wieder zu Verstand gekommen, nachdem er Druck abgelassen hatte«, sagte Knutsson und kicherte.

»Kann ich mir nicht vorstellen«, sagte Bäckström. »Wenn ich etwas sehe, das aussieht wie ein Glühwürmchen, sich bewegt wie ein Glühwürmchen und ein geheimnisvolles Leuchten ausstrahlt, was sehe ich dann?«

»Ein Glühwürmchen?« Thorén sah seinen Chef fragend an.

»Gut, Junge«, sagte Bäckström. »Du hast nicht schon mal mit dem Gedanken gespielt, zur Polizei zu gehen?«

Ehe sie abends zurück ins Hotel fuhren, schauten Bäckström und Rogersson am Tatort vorbei, um einen Blick auf die Wohnung zu werfen. Natürlich waren allerlei Vertreter der verschiedenen Medien hinter den Absperrungen versammelt, und nach der Länge ihrer Teleobjektive zu urteilen, waren sie auch für alle denkbaren polizeilichen Eventualitäten gerüstet. Bäckström blieb hinter dem Lenkrad sitzen, ohne eine Miene zu verziehen, obwohl ein Fotograf fast schon auf ihren Kühler geklettert war, ehe er sich zufriedengab. Dann konnten sie endlich die Sperre passieren, und Bäckström stellte den Dienstwagen vor dem Hauseingang ab, um nicht herumlaufen und sich ganz unnötig fotografieren lassen zu müssen.

»Verdammte Idioten«, sagte Rogersson, sowie sie im Haus standen. »Komisch, dass sie nicht gleich eine Imbissbude mitgeschleift haben.«

»Ist sicher zu heiß«, lachte Bäckström. Aber ein Eis wäre jetzt gar nicht schlecht, dachte er.

Die beiden Techniker, die in der Wohnung arbeiteten, machten gerade Kaffeepause, als sie eintrafen, aber da Bäckström und Rogersson keinen Kaffee wollten, stellten sie rasch ihre Tassen weg und boten eine Wohnungsführung an.

»Wollt ihr die große oder die kleine Tour«, fragte der jüngere Kollege.

»Die kleine reicht«, sagte Bäckström, während er Plastikhandschuhe überstreifte und mit einer gewissen Mühe und mit Hilfe der Wand versuchte, nicht aus dem Gleichgewicht zu geraten, als er die Plastikhüllen über seine Schuhe zog.

»Vier Zimmer und Küche, Badezimmer, Gäste-WC und die Diele, wo wir jetzt stehen. Insgesamt zweiundachtzig Quadratmeter Wohnfläche.« Der ältere Techniker zeigte auf die Türen, während er das sagte. »Das Wohnzimmer liegt genau gegenüber. Es misst an die fünfundzwanzig Quadratmeter und liegt mitten in der Wohnung. Zur Straße hin haben wir die Küche und daran angrenzend ein Zimmer, das die Mutter des Opfers offenbar als Arbeitszimmer nutzt. Ja übrigens, ihr habt doch sicher einen Grundriss der Wohnung bekommen?«

»Das schon«, sagte Bäckström. »Den haben wir uns auch angesehen, aber das ist nicht dasselbe, wie selbst das Ohr auf die Schienen zu legen.«

»Genau. Das kann ich euch sagen«, sagte der Ältere und lachte. »Zum Hinterhof hin haben wir einerseits das Schlafzimmer, wo sie gefunden wurde, mit Eingang vom Wohnzimmer her. Wand an Wand mit dem Schlafzimmer gibt es ein größeres Badezimmer mit Badewanne, Duschkabine, Toilette und Bidet, und dieses Badezimmer erreicht man durch eine Tür in der Querwand des Schlafzimmers. Auf der anderen Seite des Badezimmers liegt eine Kammer, die die Mutter offenbar als Abstellraum oder Polterkammer nutzt. Darin stehen auch ein Bügelbrett und zwei größere Wäschekörbe, zwischen dem ganzen anderen Schrott, und man gelangt durch den Gang dort hinein«, er zeigte darauf, »und in dem Gang gibt es noch allerlei Wandschränke.«

Weder großartig noch armselig, dachte Bäckström, während er und die anderen durch die Wohnung gingen. Weder besonders gepflegt noch sonderlich chaotisch, wenn man bedachte, dass die Technik hier am Werk war. Sah genauso aus, wie er sich vorstellte, dass es bei einer Lehrerin mittleren Alters aus der Mittelklasse auszusehen hatte. Einer alleinstehenden Frau mit einer zwanzig Jahre alten Tochter, die zumindest ab und zu dort gewohnt zu haben schien.

Ein Wohnzimmer, ein großes Sofa mit drei abnehmbaren Polstern, das Polster in der Mitte fehlte. Davor ein Couchtisch und zwei Sessel. Ein kleinerer Schrank neben dem Sofa vor der Wand, aber da in der Wohnung eine Frau wohnte, empfand Bäckström keinerlei Drang, sich genauer anzusehen, was sich hinter den verschlossenen Schranktüren befand. Sicher nur Gläser und Servietten und anderer Mist, dachte er.

Bücherregale an den Wänden und allerlei Bücher, was ja in Ordnung war bei ihrem Beruf, und natürlich ein Fernseher, ein größeres Modell, das im Verhältnis zum Sofa strategisch sinnvoll aufgestellt war. Ein kleinerer Kristallleuchter an der Decke, zwei Stehlampen, auf dem Boden insgesamt drei Teppiche von Bäckström unbekannter orientalischer Herkunft. Eine Stereoanlage mit zwei Lautsprechern, die in Brusthöhe im mittleren Regal standen. Bilder an den Wänden, nur Landschaftsdarstellungen oder Portraits.

»Das fehlende Polster im Sofa haben wir an uns genommen«, sagte der jüngere Techniker. »Und die inzwischen landesweit bekannte Unterhose, über die wir sicher bald in unseren geliebten Boulevardzeitungen Klartext lesen können und sie nicht nur als typisch männliches Kleidungsstück kennenlernen, lag zusammengeknüllt auf dem Boden unter dem Sofa.«

Du drückst dich ja ganz schön gewählt aus. Hast du einen Kurs gemacht, dachte Bäckström. Doch da es bessere Gelegenheiten für solche Bemerkungen gab, begnügte er sich mit einem zustimmenden Grunzen, während sein Kumpel und Kollege so schweigsam war wie immer.

Im Schlafzimmer hatten die Kollegen von der Technik offenbar heftig zugegriffen. Sowohl Matratze als auch Bettwäsche fehlten in dem breiten Fichtenholzbett, und es gab überall Spuren von Fingerabdruckspulver und chemischen Flüssigkeiten. Außerdem war ein größeres Stück Teppichboden entfernt worden.

»Ja, hier scheint wohl das meiste passiert zu sein«, sagte der ältere Techniker. »Der Mittelpunkt der Geschehnisse, wenn man so will. Was wir noch nicht ins Labor geschickt haben, liegt bei euch in der Sektion, wenn ihr einen Blick darauf werfen wollt.«

»Das findet sich schon«, sagte Bäckström mit kollegialem Lächeln. »Wir danken.« Höchste Zeit für ein Bier oder zwei, dachte er.

Bäckström und Rogersson bestellten sich das Abendessen auf Bäckströms Zimmer. Ein rascher Blick auf das Publikum im Speisesaal hatte gereicht, um ihnen klarzumachen, dass es in ganz Växjö keinen schlechteren Ort gab, wenn man ein schlichter Schutzmann von der Zentralmord war und in Ruhe einen Bissen essen und ein oder zwei Bierchen und vielleicht auch das eine oder andere Schnäpschen zischen wollte.

»Na dann Prost, Bruder«, sagte Rogersson und hob sein kleines Glas, noch ehe Bäckström überhaupt Bier eingeschenkt hatte.

Jetzt kommt der alte Bürstenbinder mir schon viel munterer vor, dachte Bäckström, und er selbst war keiner, der Krach schlug, weil sie noch immer seinen Schnaps pichelten.

»Prost, Bruder«, sagte Bäckström. Endlich Samstag, dachte er und kippte den ersten Schluck. Ich bin ein glücklicher Mann, dachte er, als er spürte, wie Wärme und Friede sich in Bauch und Kopf verbreiteten.

11

Växjö, Sonntag, 6. Juli

Kriminalkommissar Jan Lewin war noch nie dienstlich in Växjö gewesen. Wenn wir bedenken, dass er in seinen fast zwanzig Jahren als Mordermittler bei der Zentralen Kriminalpolizei die allermeisten schwedischen Städte besucht hatte, größere, ebenso große und in etlichen Fällen sogar noch kleinere, war das in diesem Zusammenhang nicht unwichtig. Aber egal. Jetzt war er dort. Endlich Växjö, dachte Lewin und grinste. Von allen Orten auf dieser Erde, dachte er und schüttelte den Kopf.

Nach der einführenden Besprechung hatte er rasch zu Mittag gegessen und sich dann hinter seinen Schreibtisch gesetzt, um ein wenig Ordnung in die wachsenden Papierstapel zu bringen. Er war fast zwölf Stunden dort sitzen geblieben, den ganzen Samstag über, und als er endlich die Wache in der Sandgärdsgata verließ und den kurzen Fußweg zum Hotel antrat, war die Uhr schon über zwölf hinaus, und es war Sonntag. Und die Haufen auf seinem Schreibtisch waren jetzt womöglich noch höher als nach dem Mittagessen, als er angefangen hatte.

Auf dem Hotelflur, wo er und seine Kollegen wohnten, war alles stumm und verschlossen. Lewin hatte die abgeschlossene Gangtür vorsichtig geöffnet, um die schlafenden Kollegen nicht zu stören. Vor Eva Svanströms Tür blieb er stehen und spielte für einen Moment mit dem Gedanken zu klopfen – ein leises, ganz leichtes Klopfen nur –, um zu sehen, ob sie noch wach war und vielleicht Gesellschaft wünschte. Aber nicht heute Nacht, dachte er. Das musste bis zu einer anderen Nacht warten, die besser wäre als diese hier.

Danach schloss er sich auf seinem Zimmer ein und wusch sich mit Hilfe eines feuchten Handtuchs am Waschbecken. Im Gesicht, unter den Armen und im Schritt, in dieser Reihenfolge, und obwohl er es vielleicht mehr als alles andere in diesem Moment gebraucht hätte, sich unter die Dusche zu stellen und das Wasser strömen zu lassen. Das muss bis morgen warten, dachte er. Nicht um halb eins in der Nacht, wenn die anderen alle schlafen.

Danach ging er ins Bett, und wie immer zu Beginn einer neuen Ermittlung fiel ihm das Einschlafen schwer, und als er dann endlich schlief, wurde er von seinen Träumen gequält. Wie so oft zu Anfang einer neuen Ermittlung oder zu anderen Gelegenheiten, wenn er einfach unruhig oder verstimmt war, aus Gründen, über die er sich fast nie im Klaren war. Es waren Träume, die in wirklichen Ereignissen fußten, die aber immer unterschiedliche Bedeutungen und Formen annahmen. Und wie in so vielen anderen Nächten in Jan Lewins Leben handelten auch die jetzigen von dem Sommer, in dem er soeben sieben geworden war und sein erstes richtiges Fahrrad bekommen hatte. Ein rotes Crescent Valiant.

Gegen halb sechs Uhr morgens erwachte er zum dritten Mal, und nun fasste er seinen Entschluss. Er zog eine Unterhose an, ein kurzärmliges blaues Hemd mit dem Emblem der Zentralen Kriminalpolizei, schnürte sich die Turnschuhe zu, steckte die Schlüsselkarte zu seinem Hotelzimmer in die Tasche, nahm den Stadtplan von Växjö in die Hand und verließ rasch und leise sein Zimmer. Dann habe ich es hinter mir, dachte er, während er auf den Fahrstuhl wartete. Wenn wir bedenken, wie es auf seinem Schreibtisch aussah, würde es sicher dauern, bis er zur Dienstzeit den Tatort besuchen könnte, und in der Welt, in der er lebte, hätte er schon dort gewesen sein müssen.

Draußen schien die Sonne von einem blassblauen Himmel, und es war fast zwanzig Grad, obwohl es erst Viertel vor sechs war. Der Stora Torg lag leer und einsam vor ihm. Kein Mensch. Nicht einmal eine einsame, verlassene Bierdose, die von früherem menschlichen Leben berichten könnte. Er blieb vor dem Eingang zum Nachtclub stehen, und mit Hilfe des Stadtplans steuerte er Lindas Wohnung an. Zuerst schaute er auf die Uhr, um festzustellen, wie lange er für den Weg brauchen würde, und als er sich dann in Bewegung setzte, versuchte er, so schnell zu gehen, wie sie in seiner Vorstellung gegangen war, und hoffentlich denselben Weg, auch wenn das noch überaus unklar war.

Richtung Nordost. Schräg über den Stora Torg, vorbei an der Ostseite der Residenz des Landeshauptmanns, dann in die Kronobergsgata geradewegs nach Norden, und bisher stimmte alles mit der Aussage des Türstehers überein.

Aber was dann, dachte Lewin. Er blieb stehen, schaute wieder auf die Uhr. Der schnellste Weg nach Hause, dachte er. Hatte sie nicht zu ihrer Freundin gesagt, als sie das Hotel verlassen hatte, dass sie nach Hause gehen und schlafen wolle, und in Ermanglung einer besseren Möglichkeit schlug er die erste Straße nach rechts ein und hatte nach knapp hundert Metern die Linnégata erreicht. Perfekt, dachte Lewin. Weiter nach Norden durch die Linnégata, und nach abermals knapp vierhundert Metern und ebenso vielen Minuten bog er wieder nach rechts ab und stand im Pär Lagerkvists väg. Dort blieb er stehen, um sich zu orientieren und seine Beobachtungen zusammenzufassen.

An die sechshundert Meter vom Statt entfernt, etwa sechs Minuten zu Fuß für eine junge durchtrainierte und nüchterne Frau, die mit schnellen Schritten durch eine Gegend ging, die ihr von Kindesbeinen an vertraut war. Große, ruhige Innenstadtstraßen, überall Licht, und nur ein Irrer würde auf dieser Strecke einen Überfall wagen. Ganz zu schweigen davon, dass sie sich in Växjö befanden.

Im Pär Lagerkvists väg selber waren die Voraussetzungen

für einen ungestörten nächtlichen Spaziergang womöglich noch besser. Blieben etwa siebenhundert Meter bis zur Haustür, die ganze Zeit auf einer breiten, geraden Straße mit drei- und vierstöckigen Wohnhäusern. Gepflegte Fassaden, blanke Bausparkassenschilder, die von ordnungsliebender Mittelklasse, geordnetem Leben und guten Nachbarn zeugten. Kein Gebüsch, kein Torweg, nicht einmal eine ganz normale Nebenstraße, in der jemand mit bösen Absichten seinem unschuldigen Opfer auflauern könnte.

Sein eigenes Opfer wohnte am Ende der Straße in einem Haus, das ebenso adrett war wie alle anderen, nur ohne Bausparkassenschild, denn dieses gehörte einer kleinen privaten Wohnungsgenossenschaft, und alle Mitglieder wohnten im Haus. Hier ist es also passiert, dachte Jan Lewin und blieb bei dem blauweißen Absperrband stehen, das noch immer das Mordhaus umgab, und als Schauplatz für einen normalen Sexualmord an einer jungen Frau wirkte das total unwahrscheinlich.

Gibt nur eine Erklärung, dachte Jan Lewin, als er eine halbe Stunde später in sein Hotelzimmer zurückkam. Linda hat dort gewohnt. Deshalb ist er hingegangen. Um sie zu treffen. Jemand, den sie kannte, jemand, dem sie vertraute, jemand, den sie mochte. Jemand, der wie sie war. Dann zog er sich aus, ging unter die Dusche und ließ fünf Minuten lang das Wasser strömen. Und zum ersten Mal seit anderthalb Tagen war er ganz ruhig und absolut zufrieden mit der Arbeit, die jetzt vor ihm lag.

12

Um halb sieben am Sonntagmorgen – als Jan Lewin unter der Dusche in seinem Hotelzimmer stand und das Wasser einfach fließen ließ – klingelte das Diensthandy des Bezirkspolizeichefs. Der Bezirkspolizeichef schlief noch, und er hatte gewisse Probleme damit, seine Brille aufzusetzen und das Telefon zu finden, um den Anruf entgegennehmen zu können. Muss was passiert sein, dachte er nach einem raschen Blick auf seinen Wecker, der auf dem Nachttisch stand.

»Nylander hier«, sagte die Stimme am anderen Ende der Leitung. »Ich gehe davon aus, dass ich dich nicht geweckt habe.«

»Kein Problem«, sagte der Bezirkspolizeichef matt. »Überhaupt kein Problem.« Da muss etwas ganz Schreckliches passiert sein, dachte er.

»Ich rufe an, um mir ein Bild von der Lage zu machen«, sagte Nylander kurz und bündig. »Wie läuft es da unten bei euch?«

»Es läuft ganz planmäßig«, antwortete der Bezirkspolizeichef. Woher will ich das überhaupt wissen, dachte er, ich habe doch die ganze Nacht geschlafen. »Hast du irgendeine besondere Frage, Nylander«, fügte er hinzu.

Es gab jedoch nichts, was Nylander wissen wollte – »so bin ich nicht veranlagt«. Dagegen hatte er sich als Chef der Zentralen Kriminalpolizei gewissen »strategischen Überlegungen« in Bezug auf ihr gemeinsames Thema gewidmet. Als Ergebnis dieser Überlegungen konnte er nun den »operativen Einsatz« anbieten.

»Wie stellst du dir das denn vor?«, fragte der Bezirkspolizeichef. Strategische Überlegungen, operativer Einsatz? Wovon redet der da bloß, fragte er sich.

»So wie ich das sehe, besteht das große Risiko, dass hier ein echter Irrer frei in der Gegend herumläuft«, sagte Nylander, »und vermutlich wird er ziemlich bald auf noch viel schlimmere Ideen kommen.«

»Stellst du dir da etwas Besonderes vor«, fragte der Bezirkspolizeichef schwach, worauf Nylander ihm eine Anzahl vorstellbarer Szenarien lieferte, die er seiner reichen Erfahrung als höchster Verantwortlicher der Polizei seines Landes verdankte.

»Ich stelle mir zum Beispiel den Samuraimörder in Malmö

vor, der in seiner Nachbarschaft etliche Personen getötet und verstümmelt hat. Oder den Fähnrich in Falun, der etwa ein Dutzend Menschen erschossen hat, die meisten davon junge Frauen. Jaa ... was haben wir sonst noch«, sagte der Zettkazeh nachdenklich und hörte sich an, als ob er sich das Kinn striche. »Nimm den Eisenstangenmann, der vor nicht allzu langer Zeit hier in der Stadt auf einem U-Bahnsteig Amok gelaufen ist. Drei Tote und ein halbes Dutzend Verletzte, wenn ich das richtig in Erinnerung habe. Nimm den Verrückten aus Gamla Stan, der mitten am helllichten Vormittag mit seinem Auto an die hundert friedliche Fußgänger umgefahren hat. Um nur ein paar Beispiele zu nennen«, endete Nylander.

»Du hast ja so recht«, sagte der Bezirkspolizeichef. Herrgott, dachte er. Hier bei mir. In Växjö.

»Ich habe schon mit unseren Analytikern gesprochen«, sagte Nylander, »und die sind ganz meiner Meinung. Hier ist die Rede von einem Serienmörder, der mit sehr großer Wahrscheinlichkeit auch Massenmorde begehen oder sich auf das sogenannte Spree killing verlegen kann. Das bedeutet, dass er in einer oder in einigen Stunden seine Opfer an unterschiedlichen Orten liquidiert. Er läuft sozusagen herum und verbreitet den Tod«, erklärte Nylander.

»Du hattest einen Vorschlag«, sagte der Bezirkspolizeichef. Herrgott, dachte er.

Der Chef der Zentralen Kriminalpolizei hatte nicht weniger als drei operative Vorschläge. Er hatte außerdem zwei davon bereits in die Tat umgesetzt und war in erhöhter Bereitschaft, um auch den dritten für die Landung vorzubereiten.

»Ich finde, meine TP-Gruppe sollte sich diesen Irren schon jetzt ausführlich ansehen. Außerdem sollten wir den Fall an unsere ViCLAS-Einheit weiterreichen. Gewarnt ist gewappnet«, verkündete Nylander.

»TP-Gruppe, ViCLAS«, wiederholte der Bezirkspolizeichef. Immer diese Abkürzungen, dachte er.

»Die Täterprofilgruppe soll ein genaueres Bild von seiner

Persönlichkeit erstellen. ViCLAS soll ihn mit allen seinen früheren Verbrechen dieser Art in Verbindung bringen«, fasste Nylander kurz zusammen. Typisch Zivilist, dachte er.

»Du hast noch etwas Drittes erwähnt«, sagte der Bezirkspolizeichef defensiv.

»Genau«, sagte Nylander. »Die Festnahme solltest du dann lieber unserer Nationalen Einsatztruppe hier oben überlassen. Um unnötiges Blutvergießen zu vermeiden. Ich habe sie schon vorgewarnt. Unter normalen Umständen können wir innerhalb von drei Stunden, sowie der Einsatzbefehl gegeben wurde, bei dir sein. Wir versuchen, diese Zeit zu verringern, und wenn das gute Flugwetter bleibt, das wir jetzt schon den ganzen Sommer haben, dann glaubt der Einsatzleiter, dass wir es auch in zwei Stunden schaffen können. Wir haben die Bereitschaft von drei Einsatzgruppen bereits von Blau auf Orange gesteigert.«

»Herrgott«, sagte der Bezirkspolizeichef. Herrgott, dachte er. Und wie viele sind es, wenn von notwendigem Blutvergießen die Rede ist?

Eine Viertelstunde darauf hatte der Bezirkspolizeichef – trotz der frühen Stunde – den Leiter der Voruntersuchung angerufen, Kommissar Olsson, und mitgeteilt, dass er und der Chef der Zentralen Kriminalpolizei gemeinsam und übereinstimmend beschlossen hätten, die Ermittlung durch Experten der TP-Gruppe und der ViCLAS-Einheit zu verstärken, und dass eine eventuelle Festnahme von der NE vorgenommen werden solle, der Nationalen Einsatztruppe. Olsson selbst war seltsamerweise auch schon auf diese Gedanken gekommen und fand den Vorschlag hervorragend.

»Ich wollte selbst heute anrufen und genau denselben Vorschlag machen, und dass ich noch damit gewartet habe, liegt einfach nur daran, dass ich ja weiß, wie sehr du den wohlverdienten Urlaub genießt, Chef.«

Bäckström war gestresst, müde und verkatert. Am Vorabend hatten er und Rogersson sich alle Mühe gegeben, um die lange

Enthaltsamkeit auszugleichen, die der Dienst ihnen aufzwang. Bäckström war kurz vor Mitternacht ins Bett gesunken, hatte verschlafen, hatte das Frühstück in aller Eile einwerfen müssen und nicht einmal durch die Morgenzeitungen blättern können. Außerdem hatten sie unterwegs bei einem Kiosk halten und Mentholtabletten und zwei Flaschen Bionade kaufen müssen, um Mundgeruch und Flüssigkeitspegel unter Kontrolle zu bringen.

Die Sache war nicht besser geworden, als er zur Morgenbesprechung mit der Ermittlergruppe durch die Gänge geeilt war, denn da hatte sich dieser Trottel Olsson auf ihn gestürzt und von allerlei Krisenszenarien gefaselt, die er und der Polizeichef sich hinter Bäckströms Rücken auszudenken für nötig befunden hatten.

»Was sagst du dazu, Bäckström«, fragte Olsson. »Dass wir eine Zusammenarbeit mit deinen Kollegen von der TP und von ViCLAS eingehen?«

»Klingt wie eine ganz hervorragende Idee«, sagte Bäckström, der absolut nicht vorhatte, seine kostbare Zeit damit zu vergeuden, dass er sich am Telefon von seinem höchsten Chef Sten »Nulli« Nylander belehren ließ.

Und dann saß er endlich an der Querseite des Tisches. Zwar ohne Höganäskrug um den Hals, aber immerhin mit einem großen Becher Kaffee mit viel Milch und Zucker und außerdem der gesamten Ermittlertruppe vor sich.

»Also gut«, sagte Bäckström. »Los geht's.«

Zuerst berichtete Polizeiinspektorin Sandberg über die Überwachungskameras auf dem Heimweg des Opfers. Die beim Geldautomaten, wo sie Geld abgehoben hatte, hatte nichts aufgezeichnet, was sicher daran lag, dass das Opfer sich beim Verlassen des Stadshotell außerhalb der Reichweite der Kamera befunden hatte.

»Die Kamera erfasst nur den Bürgersteig und ein kleines Stück Straße vor dem Geldautomaten«, erklärte sie. »Aber wir haben etwas viel Besseres gefunden, und sicher kann der Chef sich die Ehre dafür an die Brust heften«, fügte sie hinzu, nickte und lächelte Bäckström an.

»Ich bin ganz Ohr«, sagte Bäckström und lächelte zurück. Da hast du ihn schon halb drin, Junge, dachte er.

Sandberg und ihre Kollegen hatten nämlich eine andere und viel bessere Kamera gefunden, wobei sie die Frage, ob die unerlaubterweise angebracht war, nicht hatten ansprechen wollen. Diese Kamera hing über dem Tresen in einem Kiosk am Anfang des Pär Lagerkvists väg, nur fünfhundert Meter von der Wohnung des Opfers entfernt, und nachts erfasste diese Kamera auch die Straße vor dem Laden. Um vier Minuten nach drei in der Nacht zum Freitag war Linda Wallin auf dem Heimweg ins Bild gelaufen. In der folgenden halben Stunde jedoch war kein Mensch mehr registriert worden, also war ihr wahrscheinlich niemand gefolgt.

»Der Kiosk ist bis elf Uhr abends geöffnet. Normalerweise erfasst die Kamera die Ladentür und die Kassen, aber ehe der Kioskbesitzer um kurz vor Mitternacht nach Hause geht, dreht er sie so, dass sie auch Leute auf der Straße einfängt. Und zwar, weil er Probleme mit Leuten hatte, die im Ladeneingang Wasser vergossen und seine Fenster mit rassistischen Sprüchen besprüht haben. Der Kioskbesitzer kommt aus dem Iran«, erklärte Sandberg.

»Und wir sind ganz sicher, dass es Linda ist«, fragte Bäckström, der nicht vorhatte, dieses aufbauende kleine Detail in der großen Ermittlungsarbeit fallen zu lassen.

»Ganz sicher«, sagte Sandberg. »Ich habe mir die Aufnahme zusammen mit den Technikern angesehen. Wir sind hier doch mehrere, die sie kennen... gekannt haben.«

Danach war es im üblichen effektiven Rhythmus weitergegangen, wie immer, wenn er selbst am Ruder stand. Dem Teufel sei Dank, dachte Bäckström, wenn nicht die halbe Truppe Zeit damit vergeudete, sich der anderen Hälfte vorzustellen.

»Die Befragung der Nachbarschaft und die Untersuchungen in der Gegend«, sagte er nun. »Haben wir seit gestern etwas Interessantes gefunden?«

Leider nicht, konnte der für diesen Teil der Ermittlungen zuständige Kollege berichten. Das Letzte, was sie vom Täter gefunden hatten, waren sein Blut und ein paar Hautreste auf der Fensterbank vor dem Schlafzimmerfenster der Mordwohnung.

»Dann erweitern wir das Suchgebiet«, erklärte Bäckström mit schroffer Stimme. »Alles Außergewöhnliche, was in den bewussten vierundzwanzig Stunden hier in der Stadt passiert ist. Das ganze Programm, von normalen Krachschlägern über Einbruch, Sachbeschädigung, Autodiebstahl und Falschparken bis zu geheimnisvollen Fahrzeugen, Ereignissen und Personen. Gebt mir vor dem Mittagessen die Listen.« Verdammte Faulpelze, und alles muss man selber machen, dachte er.

»Hat sich irgendwer gemeldet und etwas Interessantes erzählen können«, fragte Bäckström dann und sah Kollege Lewin an. Falls du dich von der kleinen Svanström losreißen konntest, du geiler Arsch, dachte er.

»Wir haben hunderte von Tipps bekommen«, sagte Lewin. »Per Telefon, per Mail und sogar per SMS, und zwar an Leute, die hier bei der Ermittlertruppe mitmachen und den GPs offenbar bekannt sind. Vielleicht kein Wunder, wenn wir bedenken, dass die Kollegen, bei denen diese Tipps eingelaufen sind, sonst bei der Streife oder bei der Droge arbeiten, und alle haben wir sicher unsere eigenen Gewährspersonen, denen wir unsere Telefonnummern gegeben haben. Und wenn irgendwer uns einen Brief geschrieben hat, dann kommt der sicher morgen an. Mit der Post ist es zur Zeit ja so eine Sache.«

»Wir sieht es es denn aus«, fragte Bäckström. »Irgendwas Heißes, das wir uns krallen können?«

Leider nicht, meinte Lewin. Das Übliche. Entsetzte Mitbürger, die sich über den gesellschaftlichen Verfall ganz allgemein und über die Verbrechensrate im Besonderen beklagen. Die üblichen Besserwisser, die der Polizei klarmachen wollen, wie sie vorzugehen habe, wenn sie alles richtig machen wolle, und die das sicher aus den vielen Kriminalserien im Fernsehen gelernt haben. Natürlich auch eine gewisse Anzahl von Hellsehern, Wahrsagern, Wahrsagerinnen und Sehern, die ihre Visionen, Gesichte, allgemeinen Erkenntnisse, Gefühle und Vibrationen mit uns teilen wollen.

»Nichts Konkretes, einfach nichts zu beißen«, beharrte Bäckström.

»Einige von denen sind überaus konkret«, sagte Lewin. »Das Problem ist wohl, dass sie das meiste falsch verstanden zu haben scheinen.«

»Komm mal mit einem Beispiel«, sagte Bäckström.

»Sicher.« Lewin schaute in seine Unterlagen. »Wir haben eine alte Schulkameradin von Linda vom Gymnasium. Sie ist hundert Prozent sicher – das sind ihre eigenen Worte –, dass sie an dem Abend in Borgholm unten auf Öland bei einem Konzert mit Linda gesprochen hat. Eine Gruppe namens Gyllene Tider war offenbar auf ihrer Sommertournee dort.«

Borgholm, dachte Bäckström. Das lag doch mindestens hundertfünfzig Kilometer von Växjö entfernt.

»Das Problem ist nur, dass das Konzert am Freitagabend war, und da lag unser Opfer bereits in der Gerichtsmedizin in Lund«, seufzte Lewin. »Diese Zeugin hat also nicht einmal Zeitung gelesen. Ja, und dann haben wir hier noch einen«, fügte Lewin hinzu und blätterte in dem Papierstapel, wo die eingelaufenen Tipps verzeichnet waren. »Eins von Växjös jüngeren lokalen Talenten hat sich bei einem Kollegen von der Ordnung hier in Växjö gemeldet und mitgeteilt, dass er Linda am frühen Freitagmorgen fünfhundert Meter westlich vom Stadshotell gesehen hat. Auf der Norra Esplanade auf der Höhe des Stadthauses, wenn ich das richtig verstanden habe.«

»Und wo ist das Problem?«, fragte Bäckström.

»Das Problem«, erklärte Lewin, »abgesehen von seiner allgemeinen Glaubwürdigkeit, ist wohl, dass das gegen vier Uhr morgens gewesen sein soll, in einer Straße, die in Bezug auf ihren Heimweg in der ganz falschen Richtung liegt, und dass sie angeblich mit einem, und das sind jetzt wirklich nicht meine Worte, sondern die des Zeugen, riesigen Scheißneger zusammen war.«

»Dann glaube ich zu wissen, wer dieser Zeuge ist«, sagte einer der lokalen Kollegen am anderen Ende des Tisches. »Die Welt dieses jungen Mannes ist dicht bevölkert von bösen dunkelhäutigen Personen.«

»Das habe ich schon verstanden, als ich Auszüge aus seinem Vorstrafenregister gelesen habe«, sagte Lewin und lächelte.

»Na gut«, sagte Bäckström. »Fragen? Kommentare? Vorschläge?« Kein Arsch hat irgendwas Gescheites zu sagen, dachte er, als er das allgemeine Kopfschütteln erblickte. »Dann machen wir weiter«, fügte er hinzu und sprang auf. »Worauf wartet ihr noch? Sitzt hier nicht so faul rum. Geht lieber an die Arbeit. Und spätestens zum Mittagessen will ich den Namen des Täters. Bringt mir einen brauchbaren Kerl, dann spendiere ich den Kaffee zum Kuchen.« Frohe Mienen um den Tisch. Die sind wie die Kinder, dachte Bäckström, und er hatte verdammt noch mal nicht vor, sein sauer verdientes Geld für Kuchen aus dem Fenster zu werfen.

Er selbst rüstete sich mit Papier und Stift aus und suchte die Einsamkeit eines leeren Vernehmungsraums, um in aller Ruhe denken zu können. Zuerst schaltete er das rote Lämpchen ein, zog die Tür zu und ließ den dicken Furz fahren, den er während der gesamten Besprechung eisern aufbewahrt hatte. Endlich allein, dachte Bäckström und vertrieb mit der Hand die schlimmsten Nebel der vergangenen Nacht.

Sie kommt um kurz nach drei in ihre Wohnung, denkt er. Offenbar ist ihr niemand gefolgt oder hat sich mit ihr in der Wohnung verabredet. Gleich darauf aber erscheint der Täter auf der Bildfläche. Das Ganze artet ziemlich bald aus, und wenn wir bedenken, wie es am Tatort aussah und was Bäckström sich sonst schon zusammengereimt hatte, muss dieser kleine Psychopath anderthalb Stunden lang mehr als genug zu tun gehabt haben. Wahrscheinlich ist sie irgendwann zwischen halb fünf und kurz vor fünf gestorben, dachte er.

Dann geht er ins Badezimmer, um den ärgsten Dreck wegzuduschen. Ungefähr um fünf kommt die Zeitung, und er bildet sich ein, dass jemand auf dem Weg in die Wohnung ist. Er streift die nötigste Kleidung über und springt aus dem Schlafzimmerfenster, und inzwischen ist es kurz nach fünf, dachte Bäckström. Und wo sind wir, überlegte er, schaute auf seine Armbanduhr und fing an, vom frühen Freitagmorgen zum Sonntagvormittag zu rechnen. Bald zweieinhalb Tage her, seit er verschwunden ist. Der Arsch kann inzwischen schon auf dem Mond sein, dachte er unzufrieden. Dann sammelte er seine Papiere zusammen und beschloss, zu seinen Mitarbeitern zurückzukehren und sie ein wenig zu treten.

Andererseits, dachte er, als er dann auf dem Gang stand, wäre es sicher dumm, das auf nüchternen Magen zu tun, und wo die Kantine schon aufgrund der Ereignisse auch an diesem Sonntag geöffnet war, wäre es doch sicher gut, einen Bissen in den Magen zu bekommen.

Småländischer Hackfleischkuchen, dachte er lüstern, als er sich das Menü ansah. Unbedingt. Abgerundet durch eine Tasse Kaffee und einen Bienenstich, während er in aller Ruhe die Abendzeitungen las, die er aus dem Hotel hatte mitgehen lassen, aber zur Lektüre noch keine Muße gefunden hatte. Nichts Neues in unserem Fall, dachte Bäckström und nippte an seinem heißen Kaffee. Vor allem Spekulationen und Sensationsmacherei.

In der einen Zeitung war eine neue Variante der klassischen Polizeispur lanciert worden.

Der Täter war vermutlich ein polizistenfeindlicher Schwerverbrecher, der einen »unsinnigen Hass auf das Opfer« gehegt hatte, weil es eben bei der Polizei gewesen war, stellte einer der Befragten aus der Expertengruppe der Zeitung fest, die zu den passenden Gelegenheiten stets sofort eine Auswahl der ärgsten medialen Wirrköpfe des Landes zusammenrief.

Sicher, sicher, dachte Bäckström und knabberte an seinem Bienenstich. Muss irgendein Dozent sein, den sie an der Polizeischule in Växjö hatte, dachte er. Oder vielleicht diese Verrückte mit dem Debriefing, und das Sperma ist wohl nicht der Rede wert, das könnte eine listig gelegte falsche Spur sein.

Die Konkurrenz und deren Experten sahen die Sache jedoch anders. Ihrer Ansicht nach hatte man es mit einem Serienmörder mit zwanghaftem Frauenhass und einem fast rituell festgelegten Vorgehen bei seinen Verbrechen zu tun. Klingt fast wie Kollege Olsson, dachte Bäckström, und woher zum Teufel nehmen die bloß ihre Ideen?

Es gab in den Beschreibungen der beiden konkurrierenden Zeitungen auch gewisse Gemeinsamkeiten. Eine dünne Verbindung zwar, aber dennoch. Ein weiterer Experte nämlich, der in der ersten Zeitung die Polizeispur vertreten hatte, hielt es nicht für unvorstellbar, dass es sich um eine besondere Sorte von Serienmörder handelte, dem es darum ging, eben die Polizei auszurotten, während ihm alle anderen egal waren, und das lag daran, dass Uniformen ihn sexuell erregten. Das sei, der Zeitung zufolge, sein spezieller »Trigger«.

Die müssen doch eine gemeinsame Irrenhausseite im Netz haben, wo sie sich geistige Nahrung holen, dachte Bäckström und wollte die Zeitung schon zur Seite legen, als sein Blick auf einen Artikel fiel, der ihn nach Luft schnappen ließ.

Der befragte Experte, Dozent in einem Fach namens Forensische Psychiatrie an der psychiatrischen Sankt-Sigfrids-Klinik in Växjö und mit einem großen Bild in der Zeitung vertreten, hatte einen längeren Vortrag über die Folterspuren gehalten, die die Polizei am Opfer gefunden hatte. Entweder, dachte Bäckström, hat der dieselben Bilder gesehen wie der innere Kreis der Ermittlertruppe am Abend zuvor. Oder sie waren ihm von jemandem, der sie gesehen hatte, im Wesentlichen korrekt und ausführlich beschrieben worden.

Auch der Dozent mit dem seltsamen und besonderen Einblick in die Ermittlungsarbeit schloss sich dem an, was man wohl als Hauptspur bezeichnen musste. Dass es sich um einen Serienmörder handelte. Im Hinblick auf die Brutalität dieses Verbrechens musste er bereits vergleichbare Taten begangen haben, und die Wahrscheinlichkeit der Wiederholung war hoch, um nicht zu sagen hundertprozentig.

Zugleich sei er »kein normaler sexueller Sadist mit gut entwickelten sexuellen Phantasien«, wie die weniger informierten kriminologischen Kollegen des Dozenten zu glauben schienen. Und noch weniger einer, der auf angehende Polizistinnen mit oder ohne Uniform ansprang. Stattdessen handelte es sich um einen »psychisch kräftig gestörten« und jetzt fast schon »chaotischen« Täter. Außerdem war er ein »junger Mann mit Zuwandererhintergrund, der in seiner Kindheit oder frühen Jugend heftigen traumatischen Erlebnissen« ausgesetzt gewesen war, zum Beispiel war er selbst gefoltert oder Opfer von schweren sexuellen Übergriffen geworden. Als Bäckström so weit gelesen hatte, leerte er rasch seinen Kaffee, stopfte die Zeitung in die Tasche und begab sich zur für diese Ermittlung zuständigen Pressesprecherin.

»Hast du diesen Artikel hier gesehen«, fragte Bäckström fünf Minuten später, als er in ihrem Zimmer saß. Er reichte ihr die aufgeschlagene Zeitung.

»Ich verstehe, was du meinst«, sagte sie. »Ich habe ihn heute Morgen gelesen und genauso reagiert wie du. Dieser Kahn leckt überall«, fügte sie hinzu, »und wenn wir versuchen wollen, das positiv zu sehen, dann ist es vielleicht kein Wunder, dass es gerade auf diesen Experten getropft hat. – Du hast natürlich von Sankt Sigfrid gehört«, sagte sie dann. »Das ist die große psychiatrische Klinik hier in der Stadt, und in der geschlossenen Abteilung sitzen einige von den Allerschlimmsten. Unser Freund, der Dozent, ist ein emsiger Büttenredner an der Polizeischule und hier im Haus. Ich weiß nicht, wie oft ich ihn schon gehört habe.«

»Was du nicht sagst«, sagte Bäckström. »Taugt er denn irgendwas?«, fügte er hinzu.

»Das würde ich schon behaupten«, sagte sie. »Ich finde, dass er oft recht hat.«

Man sollte vielleicht mal mit dem Arsch reden, dachte Bäckström. Das mit dem jungen ausländischen Täter klingt doch gar nicht so blöd, dachte er. Außerdem hatte das Opfer wohl eine Schwäche für solche. Vielleicht eine so große, dass sie ihm auf sein Klingeln hin aufgemacht und ihn eingelassen hatte.

Als Bäckström in den großen Raum zurückkehrte, in dem die Ermittlertruppe untergebracht war, setzte er seine Feldherrenmiene auf und ließ seinen Blick über alle Anwesenden schweifen.

»Na«, sagte Bäckström. »Worauf wartet ihr? Jetzt habe ich gegessen, jetzt will ich einen guten Namen.« Um diese Forderung zu betonen, klopfte er sich auf seinen runden Bauch, ohne das selbst zu merken.

»Namen kannst du von mir kriegen. Wir sind gerade mit der ersten Liste fertig«, sagte Knutsson und schwenkte einen Stapel Computerausdrucke.

»Ist da denn was Brauchbares bei«, fragte Bäckström, nahm die Liste und setzte sich auf seinen üblichen Platz.

»Sind jedenfalls allerlei Namen«, stellte Knutsson fest und ließ sich neben Bäckström nieder. »Neunundsiebzig Stück, um genau zu sein, und dabei haben wir bisher nur die Nachbarn, die Leute, die das Opfer gekannt hat, und die lokalen Talente hier aus Växjö nachschlagen können.«

»Erzähl«, sagte Bäckström. »Gib mir was zu beißen.«

»Ruhe, nur Ruhe«, sagte Knutsson. »Dazu komme ich gleich.«

13

Zuerst waren Knutsson und seine Mitarbeiter Familie, Freunde und Bekannte des Opfers durchgegangen, um festzustellen, ob eins der vielen Register der Polizei etwas Interessantes über einen von ihnen erzählen könnte. Das war nicht der Fall gewesen, was niemanden überrascht hatte. Ein Drittel der etwa zwanzig, die sie nachgeschlagen hatten, waren Lindas Kommilitonen von der Polizeischule, und dort wurde man nicht angenommen, wenn man im Vorstrafenregister der Polizei stand.

»Ebenso unbrauchbar wie unser Opfer«, stellte Bäckström zufrieden fest, faltete die Hände auf seinem Bauch und wippte mit seinem Stuhl nach hinten.

»Zumindest registermäßig gesehen«, sagte Knutsson kollegial.

»Und da wir bald eine kleine DNA des Täters haben, sollen die jetzt allesamt speicheln. Ganz freiwillig und damit wir sie schnell und problemlos aus der Ermittlung streichen können.«

»Dürfte wohl kaum ein Problem sein«, sagte Knutsson.

»Das nun wirklich nicht«, stimmte Bäckström zu. Was hat ein anständiger Mensch von seiner eigenen DNA schon zu befürchten, dachte er.

Die zweite Kategorie war der ersten entgegengesetzt, denn alle, die darin auftauchten, waren in den polizeilichen Registern ausgiebig vertreten. Knutsson und die anderen Kollegen hatten mit Hilfe ihrer Computer an die hundert Frauenmisshandler, Straßenboxer, Vergewaltiger und andere Irre mit wechselndem Repertoire und Bezug zu Växjö und Umgebung aufgewirbelt. Dann hatten sie die gestrichen, die bereits im Knast saßen oder aus anderen Gründen nicht in Frage kamen. Blieben siebzig Personen, die jetzt auf eine zeitaufwändigere manuelle Untersuchung warteten. Etwa ein Dutzend von ihnen war besonders interessant, weil sie wegen schwerer Sexualvergehen in der Sankt-Sigfrids-Klinik behandelt worden waren oder noch behandelt wurden.

»Speicheln. Sollen allesamt das Wattestäbchen in den Mund stecken und dem Onkel von der Polizei helfen.« Bäckström nickte zufrieden. Endlich nimmt die Sache Form an, dachte er.

»Sicher, sicher«, seufzte Knutsson, der plötzlich nicht mehr so zufrieden aussah. Hoffentlich haben wir die meisten von denen schon, dachte er.

Blieben die Nachbarn und Anwohner der Gegend. Insgesamt an die tausend Personen, von denen knapp die Hälfte sich entweder bei der Polizei gemeldet hatte oder zum Zeitpunkt der Befragung zu Hause gewesen war. Aber da Sommer und Urlaubszeit war und die Gegend vor allem von älteren oder Personen mittleren Alters aus der Mittelklasse bewohnt wurde, war die hohe Abwesenheitsquote nicht weiter aufsehenerregend.

»Egal, ob sie den ganzen Sommer auf ihren Landsitzen herumgebrütet und rein gar nichts beizutragen haben, will ich doch, dass sie vernommen und abgehakt werden«, sagte Bäckström.

»So weit wären wir einer Meinung«, sagte Knutsson. »Aber ich gehe davon aus, dass du nicht verlangst, die auch noch speicheln zu lassen.«

»Fragen kostet nichts«, sagte Bäckström und schüttelte sich. »Wie viele sind übrigens im Sieb hängen geblieben?«

»Ich dachte, das hätte ich eben gesagt«, sagte Knutsson und schaute verstohlen auf seine Liste. »Neunundsiebzig minus siebzig Schurken, bleiben neun in der Nachbarschaftsgruppe.«

»Und was haben die angestellt?«

»Dreimal Alkohol am Steuer. Einer hat außerdem in zwölf Jahren vier Vorstrafen erwirtschaftet. Der Kollege aus Växjö hat ihn als munteren Hirsch bezeichnet, und wenn wir bedenken, dass einer von ihnen fünfzig ist, einer siebenundfünfzig und der muntere Hirsch selbst siebzig, da ...« Knutsson seufzte abermals und zuckte vielsagend mit den Schultern. »Dann haben wir einen, der bei der Arbeit die Finger nicht aus der Keksdose lassen konnte. Bewährungsstrafe wegen Unterschlagung. Einer, der vor neun Jahren seine Frau misshandelt hat und bei der Nachbarschaftsbefragung nicht zu Hause war, scheint in seinem Sommerhaus zu sein. Dann haben wir noch einen Steuerhinterzieher und zwei Knaben von sechzehn beziehungsweise achtzehn, die das Übliche gemacht haben, Ladendiebstahl, Graffiti, sie haben mit einem Stein ein Schaufenster eingeworfen und sich mit anderen Rotzgören rumgestritten.« Knutsson seufzte noch einmal.

»Der, der seine Frau vermöbelt hat«, fragte Bäckström neugierig.

»Scheint mit selbiger auf dem Lande zu weilen. Glücklich verheiratet, sagen die Nachbarn, mit denen die Kollegen gesprochen haben«, sagte Knutsson.

»Dann hat er sicher nichts dagegen, freiwillig eine DNA-Probe abzulegen«, sagte Bäckström. Glückliche Menschen haben das selten, dachte er.

»Möglicherweise gibt es einen, auf den ich ein wenig neugierig bin«, sagte Knutsson. »Er heißt Marian Gross und kommt ursprünglich aus Polen. Er ist sechsundvierzig Jahre alt und als Kind mit seinen Eltern hergekommen, politische Flüchtlinge, er hat seit 1975 die schwedische Staatsbürgerschaft. Wurde im Winter wegen Bedrohung, sexueller Nötigung, ja, sexuellen Hausfriedensbruchs, wie es hier heißt, und wegen anderer kleiner Leckerbissen angezeigt. Alleinstehend, keine Kinder, arbeitet hier an der Uni als Bibliothekar«, endete er.

»Warte mal, Knutsson«, sagte Bäckström und hob abwehrend die Hände. »Das ist ein Schwuler, das hörst du doch aus der Beschreibung. Marian. Wer zum Teufel heißt Marian? Bibliothekar, alleinstehend, keine Kinder«, sagte Bäckström und spreizte den kleinen Finger ab. »Da brauchen wir doch bloß mit der kleinen Schwuchtel zu sprechen, die ihn angezeigt hat.«

»Glaub ich nicht«, sagte Knutsson. »Angezeigt hat ihn eine fünfzehn Jahre jüngere Kollegin von ihm.«

»Seufz«, sagte Bäckström. »Bibliothekarin also. Und was hat er ihr angetan? Hat er ihr auf dem Weihnachtsfest der Universität seine Krakauer gezeigt?«

»Er hat ihr allerlei anonyme Mails und andere Mitteilungen geschickt, die ich persönlich ziemlich unangenehm finde. Das übliche Gelaber eigentlich, aber es gibt auch Bedrohliches dabei.« Knutsson schüttelte den Kopf und verzog angewidert das Gesicht.

»Das übliche Gelaber?« Bäckström schaute Knutsson neugierig an. »Du kannst nicht ein bisschen mehr …« Bäckström bewegte vielsagend die rechte Hand.

»Sicher«, sagte Knutsson und seufzte sehr tief, wie um Anlauf zu nehmen. »Du kannst ein paar Beispiele haben. Wir haben den Klassiker, dass ihr ein Dildo an den Arbeitsplatz geschickt wurde. Das größte Modell in Schwarz, dazu ein anonymer Brief, in dem der Schreiber mitteilt, er sei nach seinem eigenen angefertigt.«

»Hast du nicht gesagt, dass er Pole ist«, grunzte Bäckström. »Vielleicht ist der Arsch auch noch farbenblind. Oder wichst die ganze Zeit.« Bäckström lachte so sehr, dass sein Schmerbauch auf und ab hüpfte.

»Die üblichen Mails und Briefe, in denen er sie in der Stadt und in der Bibliothek gesehen haben will und in denen er seine Ansichten über ihre Wahl der Unterwäsche zum Ausdruck bringt. Reicht das?« Knutsson sah Bäckström fragend an.

»Klingt wie ein total normaler Dussel«, sagte Bäckström. Und was hat den kleinen Max dazu gebracht, plötzlich seine weicheren Seiten zu bejahen, überlegte er. Hat er sich vielleicht zu der Krisentherapeutin geschlichen?

»Das ist vielleicht nicht gerade das, was mir auf den ersten Blick in den Sinn gekommen ist«, sagte Knutsson sauer.

»Was denn sonst?«, fragte Bäckström. »Dass er Polack ist?«

»Er wohnt im selben Haus wie das Opfer«, sagte Knutsson. »In der Wohnung gleich über ihr, wenn ich das richtig verstanden habe.«

»Muss speicheln«, schrie Bäckström, setzte sich gerade und

zeigte mit einem dicken Zeigefinger auf Knutsson. »Darauf hättest du ja wohl selber kommen können. Schick irgendwen hin und lass ihn speicheln, und wenn er nicht freiwillig mitmacht, dann lassen wir ihn holen.« Jetzt nimmt die Sache doch endlich Form an, dachte er.

Erst am späten Nachmittag lief der vorläufige Bericht der Gerichtsmedizin ein. Er kam per Fax an die Technik und war an den verantwortlichen Techniker adressiert, Kommissar Enoksson von der Bezirkskriminalpolizei Växjö, und sowie er ihn gelesen hatte, suchte er Bäckström auf, um über das Gelesene zu diskutieren.

»Der Gerichtsmedizin zufolge ist sie zwischen drei und sieben Uhr morgens gestorben. Und zwar ist sie erwürgt worden«, sagte der Techniker.

»Man braucht ja wohl keinen weißen Kittel, um das zu kapieren«, sagte Bäckström. »Wenn du mich fragst, dann ist sie zwischen halb fünf und spätestens fünf gestorben«, fügte er hinzu. Typisch Gerichtsmedizin, dachte er. Verdammte Feiglinge.

»Was den Zeitpunkt angeht, bin ich ganz deiner Meinung«, stimmte Enoksson zu. »Ansonsten ist sie offenbar mindestens zweimal vergewaltigt worden. Genital und anal und vermutlich in dieser Reihenfolge. Kann auch mehr als zweimal gewesen sein. Vollständige Vergewaltigungen, bei denen der Täter einen Samenerguss hatte.«

»Sagt er noch etwas, worauf wir allein nicht gekommen wären«, fragte Bäckström. »Diese Messerschnitte ... in ihrem Gesäß?« Trauen sich nicht mal mehr, Hintern zu sagen, dachte er. Wo bin ich hier bloß gelandet?

»Schnitte ist vielleicht nicht ganz richtig«, sagte Enoksson. »Es waren wohl eher Stiche, auch wenn sie ziemlich geblutet hat. Doch, er hat sie für uns gemessen, das ist ja nicht unser Bier. Zählen konnten wir sie natürlich selbst, und in der Hinsicht stimmen wir überein. Dreizehn Stiche, in einem Bogen zur Taille hoch und mitten auf dem Körper, und vermutlich von der linken zur rechten Hinternbacke hinüber.«

»Ich höre«, sagte Bäckström.

»Einschneidiges Messer, sicher dasjenige, das wir am Tatort gefunden haben, Stichtiefe zwischen zwei und fünf Millimetern, der tiefste von knapp einem Zentimeter. Macht einen fast kontrollierten Eindruck, nicht zuletzt, wenn wir bedenken, dass sie sich vermutlich gewehrt und hin und her geworfen hat. Rechts tiefer als links. Das andere mit den Fesseln und dem Knebel und den Spuren davon, die wir am Körper gefunden haben, können wir uns ja vornehmen, wenn wir die Laborbefunde haben.«

»Ich habe keine Einwände«, sagte Bäckström. »Und was der Onkel Doktor uns bisher geliefert hat, wussten wir ja auch schon.« Ich zumindest, dachte er.

»Im Großen und Ganzen. Aber er kommt gerne her und erzählt uns alles, wenn wir wollen«, sagte der Techniker. »Ich dachte, es ist das Beste, wenn er das macht, sowie die Kollegen und ich mit unserer Aufgabe fertig sind und alle Analyseergebnisse vorliegen. Es ist doch möglich, dass er etwas hat, das er mündlich entwickeln will. Damit wir alles in einen Zusammenhang bekommen. Oder was meinst du?«

»Klingt gut«, sagte Bäckström. Am liebsten noch in diesem Sommer, dachte er

Danach nahm Bäckström Kollegin Anna Sandberg beiseite, um sich weiter in die Person des Opfers zu vertiefen, vor allem aber, um seine müden Augen auszuruhen.

»Ich hoffe, dass du mich nicht allzu begriffsstutzig findest, Anna«, sagte Bäckström und lächelte freundlich. »Aber du verstehst sicher so gut wie ich, dass die Sache mit der Person des Opfers vielleicht das Wichtigste bei der ganzen Ermittlungsarbeit ist«, sagte er. Schleim, schleim, dachte er. Aber was tut man nicht alles für diese kleinen Wesen?

»Ich finde dich überhaupt nicht begriffsstutzig«, erwiderte Anna. »Ich freue mich eher, dass du mir zuhörst. Es gibt viel zu viele Kollegen hier im Haus, die die Opfer nicht ernst nehmen.« Sie schaute ihn mit ernster Miene an.

Schön zu hören, dass es auch in Växjö noch normale Kollegen gibt, dachte Bäckström, hatte aber nicht vor, das zu sagen.

»Genau«, sagte Bäckström. »Wenn ich das richtig verstanden habe, dann hast du mit dem Papa gesprochen? Mit Lindas Papa?«

»Das ist vielleicht ein wenig zu viel gesagt«, wandte sie ein. »Ich war nur dabei, als wir zu ihm nach Hause gefahren sind, um ihm zu sagen, was geschehen ist. Vor allem ein älterer Kollege hat das übernommen. Er war Geistlicher, ehe er zur Polizei gegangen ist, und er ist jetzt schon seit vielen Jahren hier in der Stadt tätig. Gerade solche Dinge macht er sehr gut. Es ist schrecklich, wenn man sich das mal überlegt. Er war total geschockt, der Vater, meine ich. Sowie wir hier auf der Wache waren, haben wir einen Arzt kommen lassen.«

»Entsetzlich«, sagte Bäckström. Jetzt sieht sie wieder so aus, und da beeilt man sich wohl besser, ehe sie anfängt zu flennen. Die Frauenzimmer sind doch alle gleich, Frauenzimmer, Pastoren, Kontaktbereichsbullen. Verdammte Heulsusen.

»Ich habe gesehen, dass sie bei ihrem Vater zu Hause gemeldet war«, sagte Bäckström, »ich vermute also, dass sie da ein eigenes Zimmer hat.«

»Aber sicher«, antwortete Anna. »Es ist ein riesiges Haus, ein Herrensitz. Wirklich total phantastischer Wohnsitz.«

»Als ihr das Zimmer zu Hause beim Papa durchsucht habt, seid ihr da auf was Interessantes gestoßen? Ich meine, Tagebücher, persönliche Aufzeichnungen, Kalender und so was, alte Briefe, Fotos. Videos von Familienfesten. Ja, diesen ganzen Kram. Du weißt schon, was ich meine.«

»Dazu war einfach keine Zeit«, sagte Anna. »Wir waren fast die ganze Zeit in der Diele. Ihr Vater war total verstört. Aber ihren Terminkalender haben wir immerhin. Der lag in ihrer Handtasche, die hatte sie in der letzten Nacht bei sich.«

»Und steht da was Interessantes drin«, fragte Bäckström.

»Nein«, sagte Anna und schüttelte den Kopf. »Nur das Übliche. Termine, Vorlesungen in der Schule, Verabredungen mit

Freundinnen. Das Übliche eben. Wenn du willst, kannst du gern einen Blick reinwerfen.«

»Machen wir später«, sagte Bäckström. »Aber danach«, fügte er hinzu. »Was ist dann passiert?«

»Nicht sehr viel«, antwortete Anna. »Ich habe schon am Freitag mit Bengt darüber gesprochen, mit Kommissar Olsson, meine ich, aber da war der Vater schon zusammen mit dem Arzt und ein paar Freunden der Familie weggefahren, und Bengt meinte, wir sollten noch warten. Ihn in Ruhe lassen, wo doch so etwas Schreckliches passiert ist, meine ich. Seither ist wohl auch nicht mehr viel geschehen. Ich weiß allerdings, dass die Kollegen von der Technik danach gefragt haben.«

»Aber ihr Zimmer zu Hause beim Papa habt ihr noch immer nicht durchsucht?« Wo zum Teufel bin ich hier eigentlich gelandet, fragte sich Bäckström.

»Nein, nicht dass ich wüsste«, sagte Anna und schüttelte den Kopf. »Die Techniker haben bestimmt am Tatort noch alle Hände voll zu tun. Aber ich verstehe schon, was du meinst.«

»Ich rede morgen mit Olsson darüber«, sagte Bäckström. Dann hat er noch einen halben Tag, um zu verschwinden, dachte er.

Rogersson saß mit Kopfhörern über den Ohren und einem Tonbandgerät vor sich auf dem Tisch hinter der geschlossenen Tür, als Bäckström sein Zimmer betrat.

»Womit kann ich dem Herrn Kommissar behilflich sein«, fragte Rogersson, nahm die Kopfhörer ab und nickte missmutig, während er zugleich das Tonbandgerät ausschaltete.

»Du kannst mit mir ins Hotel fahren, mit auf mein Zimmer kommen, einen Bissen essen und ein Bier trinken oder zwei«, sagte Bäckström.

»Ich glaube, ich hab schon Ausschlag in den Ohren, nachdem ich einen ganzen Nachmittag und einen halben Abend lang lauter sinnlosen Vernehmungen gelauscht habe«, sagte Rogersson. »Bis dann Kollege Bäckström reinkommt und ich nur noch lieblichste Musik höre.«

»Scheiß da jetzt drauf, wir fahren einfach«, sagte Bäckström. Sentimental wurde der Arsch auch noch. Muss am Schnaps liegen, dachte er.

»Aaah«, sagte Rogersson. Seufzte tief vor Wohlbehagen und strich sich mit der linken Hand ein wenig Schaum aus dem Mundwinkel. »Wer immer das Bier erfunden hat, hätte doch wirklich sämtliche Nobelpreise verdient. Vom Friedenspreis bis zu dem für Literatur. Alle hätte er kriegen müssen.«

»So siehst du das nicht allein«, sagte Bäckström, »und das Einzige, was besser ist als ein kaltes Bier, ist ein kaltes Gratisbier. Den Preis für Ökonomie hätte er allein schon für das kriegen müssen, was du dir bisher so zusammengesoffen hast, du Geizkragen.«

Rogersson sagte nichts dazu. Er wechselte plötzlich das Thema.

»Dieser Polack, den Knutsson uns andrehen wollte«, sagte er und schüttelte den Kopf.

»Den wollten wir morgen früh vernehmen und ein bisschen speicheln lassen«, sagte Bäckström. Reden wir lieber über das viele Gratisbier, das du in dich reinkippst, dachte er.

»Den will ich nicht«, sagte Rogersson. »Der kommt mir total falsch vor.«

»Was du nicht sagst«, sagte Bäckström. »Was kommt dir denn falsch vor?«

»Ich habe die Vernehmungsprotokolle gelesen, die vom Zeitungsboten und die vom Polacken. Ich habe sogar mit Kollege Salomonson von hier unten gesprochen, der bei der Sache mit der sexuellen Nötigung ermittelt hat und der übrigens ziemlich normal wirkt«, sagte Rogersson und unterstrich das Gesagte mit einem üppigen Schluck Gratisbier.

Rogersson zufolge gab es drei sachliche Gründe, die absolut dagegen sprachen, dass Linda von ihrem polnischen Nachbarn, Marian Gross, ermordet worden war. Der erste war die Vernehmung des Zeitungsboten, der jeden Morgen um die gleiche

Zeit die Zeitung in die Briefschlitze der Leute steckte, die im Haus wohnten und für die Zeitung bezahlten.

»Das hätte er ja wohl kapieren müssen«, sagte Rogersson. »Dass es die Zeitung war und nicht irgendwer, der nach Hause kam. Er hat doch sogar die gleichen Morgenzeitungen abonniert wie die Mutter des Opfers. Smålandsposten und Svenska Dagbladet.«

»Er schläft vielleicht sonst, wenn die Zeitung kommt«, wandte Bäckström ein.

Der zweite Grund war die Vernehmung von Gross durch die Polizei, als sie am Freitagnachmittag an seine Tür geklopft hatte und als Gross angegeben hatte, er habe in der vergangenen Woche mit Lindas Mutter gesprochen, und die habe erzählt, dass sie die nächste Zeit auf dem Land verbringe und ihre Tochter die Wohnung nutze.

»Das spricht doch eher für ihn«, sagte Bäckström. Er hatte ja gewusst, dass es jetzt vorwärts ging.

»Warum hätte er dann durch das Fenster steigen sollen«, beharrte Rogersson. »Es wäre doch viel einfacher gewesen, ganz normal durch die Tür zu gehen und dann die Treppe oder den Fahrstuhl nach oben in seine eigene Wohnung zu nehmen?«

»Da stand aber jemand vor der Tür«, hielt Bäckström dagegen.

»Der Zeitungsbote, ja«, sagte Rogersson dramatisch. »Hätte doch bloß warten müssen, bis der wieder weg war.«

Seufz, sagte Bäckström und begnügte sich mit Trinken.

Der dritte Grund hatte mit den körperlichen Fähigkeiten von Gross und der Wahl des Fluchtwegs zu tun, die der Täter getroffen hatte. Der technischen Untersuchung zufolge war die Fensterbank fast vier Meter über der Rasenfläche hinter dem Haus angebracht. Gross war eins siebzig groß und wog an die neunzig Kilo. Dicklich und physisch schlecht in Form.

»Salomonson beschreibt ihn als kleinen Fettkloß und totalen Widerling. Außerdem behauptet der Kollege, Gross habe einfach null Kondition. Schnauft nach einer halben Treppe schon wie eine Dampflok«, erzählte Rogersson. »Also hätte er sich vermutlich den Hals gebrochen, wenn er aus dem Fenster gesprungen wäre. Falls er es überhaupt auf die Fensterbank geschafft hätte.«

Ein kleiner fetter Arsch, dachte Bäckström, der nur wenig größer und kaum magerer war, der sich aber einen athletischeren Täter vorgestellt hatte. Das klingt irgendwie plausibel, dachte er.

»Was du da sagst, klingt irgendwie plausibel«, sagte er. »Aber speicheln kann doch kein Fehler sein?«

»Viel Glück«, sagte Rogersson. »Wenn ich das richtig verstanden habe, scheint Gross ein wirklich ungewöhnlich dicker Nervbolzen zu sein.«

14

Växjö, Montag, 7. Juli

Der vierte Tag und noch immer kein Täter, dachte Bäckström, als er sich an dem großen Konferenztisch niederließ. Außerdem hatte Kommissar Olsson offenbar beschlossen, den Voruntersuchungsleiter zu spielen, und schwenkte die Flagge. Und was man nun weiterhin machte, war, sich über eine Situation auszutauschen, bei der sich bisher keine weiteren Wege aufgetan hatten, überlegte Bäckström. Olsson hält die Klappe, die üblichen Dussel tun es ihm nach, und die Zeit verrinnt, dachte er und versuchte, sich taub zu stellen, während er vorgab, in seinen Unterlagen zu lesen.

Zuerst hatten sie beschlossen, die Suche am Tatort, auf dem Heimweg des Opfers und auf dem möglichen Fluchtweg des Täters einzustellen. Drei Tage schon, und wenn sie jetzt noch nichts gefunden hatten, würden sie wohl kaum noch viel Glück haben.

»Dann fände ich es schon besser, unsere Kräfte in eine andere Richtung zu bündeln«, sagte Olsson, was ihm als Belohnung das dankbare Nicken der meisten Anwesenden eintrug.

Wie zum Beispiel eine kleine Hausi beim kleinen Paps zu starten, dachte Bäckström, aber das sagte er nicht, denn er wollte das Olsson gegenüber unter vier Augen zur Sprache bringen.

»Und dann möchte ich wirklich den Kollegen danken, die diese Untersuchungen vorgenommen haben«, sagte Olsson jetzt. »Ihr habt allesamt phantastische Arbeit geleistet.«

Ist doch nicht der Rede wert, dachte Bäckström. Ich selbst habe schließlich nur eine Überwachungskamera gefunden, die alle anderen Blindschleichen übersehen hatten.

Auch bei der Umfrage in der Umgebung sollte abgespeckt werden. Die Bewohner, die sie nicht angetroffen hatten, waren schriftlich informiert worden, und die interessantesten Nachbarn – wer immer das sein mochte – könnten sie schlimmstenfalls ja in ihren Ferienhäusern aufsuchen.

»Was den Vorteil mit sich bringt, dass wir noch weitere Kollegen loseisen können, die wir an anderer Stelle dringender brauchen«, stellte ein zufriedener Kommissar Olsson fest.

Wie zum Beispiel bei einer kleinen Hausi zu Hause beim kleinen Paps, dachte Bäckström, der noch immer nichts sagen wollte.

Dann war es an der Zeit, das Material durchzugehen, das sie trotz allem am Tatort und bei der Gerichtsmedizin in Lund hatten zusammenscharren können.

»Von uns aus gesehen sieht es richtig gut aus«, sagte Enoksson. »Aber ihr müsst noch zwei Tage Geduld haben. Wir warten noch auf eine Menge Analyseergebnisse und so, aber ich verspreche, dass die Kollegen und ich dann ausführlich berichten werden. Bis auf Weiteres müsst ihr euch damit begnügen, was in den Abendzeitungen steht, auch wenn ich selbst mich ja davor hüten würde«, fügte er plötzlich hinzu.

Ei, ei, ei, dachte Bäckström. Ei verdammt. Enoksson ist offenbar nicht ganz zufrieden.

Olsson schien den Kommentar überhört zu haben, jedenfalls schien er den Tatort noch nicht loslassen zu wollen.

»Wenn ich das richtig verstanden habe«, sagte Olsson, »dann ist sie erwürgt und mindestens zweimal vergewaltigt worden, und der Tod ist ganz kurz vor fünf eingetreten.«

»Ja«, sagte Enoksson. »Irgendwann zwischen halb fünf und fünf ist sie gestorben.«

Gut, Junge, weiter so, dachte Bäckström. Wenn man so einem Trottel den kleinen Finger reicht, verdreht er einem den Arm.

»Diese eher rituellen Elemente der Tat... folterähnlich... wenn ich ganz offen sprechen darf, dass er sie gefesselt und geknebelt und mehrmals mit einem Messer aufgeschlitzt hat. Wie weit seid ihr da gekommen?«

»Aufgeschlitzt ist sicher übertrieben«, wandte Enoksson ein. »Man könnte eher sagen, er hat geschnitten oder gestochen.«

»Wenn ich das richtig verstanden habe«, sagte Olsson noch einmal, »dann waren das dreizehn Schnitte. Oder Stiche, wenn dir das lieber ist.«

»Ja. Dreizehn, und ich glaube nicht, dass wir einen übersehen haben. Sie hat stark geblutet, als er sie gestochen hat, auch wenn die Stiche nicht besonders tief sind, was bedeutet, dass sie am Leben war und sich gewehrt hat, und darum geht es hier wohl eigentlich«, erklärte Enoksson, der plötzlich ziemlich müde aussah.

»Dreizehn Stiche«, sagte Olsson und klang wie einer, der die Wahrheit und das Licht geschaut hat. »Das kann doch wohl kein Zufall sein?«

»Ich begreife wirklich nicht, was du meinst«, sagte Enoksson und sah aus wie einer, der das auch meint.

»Warum gerade dreizehn?«, beharrte Olsson. »Dreizehn, unser aller Unglückszahl. Wenn du mich fragst, dann ist es kein

Zufall, dass es dreizehn waren. Ich bin ziemlich sicher, dass der Täter uns damit etwas sagen wollte.«

»Ich dagegen halte es für puren Zufall, dass es dreizehn sind und nicht zehn oder elf oder zwanzig«, sagte Enoksson kurz.

»Wir werden uns die Sache überlegen«, sagte Olsson und klang ebenso zufrieden wie alle anderen, die sich die Sache schon überlegt hatten und die Antwort wussten.

Jetzt reicht's, dachte Bäckström. Nickte freundlich und grunzte laut, um die allgemeine Aufmerksamkeit auf sich zu ziehen.

»Ich neige dazu, dir zuzustimmen, Bengt«, sagte Bäckström und lächelte Olsson fast freundschaftlich an. »Das Datum des Mordes ist sicher auch kein Zufall, aber darauf bin ich erst gekommen, als ich in Annikas hervorragender Zusammenfassung gesehen habe, dass das Opfer als Kind zwei Jahre in den USA gelebt hat. Ich meine den 4. Juli. Das kann doch wohl kein Zufall sein?«

»Jetzt komme ich nicht so ganz mit«, sagte Olsson zögernd.

Aber bei allen anderen ist das wohl der Fall, wenn wir von ihren gespitzten Ohren und gereckten Hälsen ausgehen dürfen, dachte Bäckström. Die pure Welle, dachte er.

»Der Nationalfeiertag der USA«, sagte Bäckström und nickte nachdrücklich. »Ihr glaubt nicht, dass so ein Al-Kaida-Heini losgeschlagen haben könnte?«

Die Anzahl jener, die verlegen hin und her rutschten, übertraf die Anzahl jener, die grinsten oder kicherten, aber die Botschaft war jedenfalls angekommen, dachte Bäckström.

»Ich habe die Spitze verstanden, so subtil sie auch war«, sagte Olsson und lächelte steif. »Aber wenn wir jetzt weitermachen könnten, dann habe ich gehört, dass wir eine hochgradig interessante Person am Wickel haben«, fügte er hinzu und drehte sich zu Knutsson um.

Die Ratten verlassen das sinkende Schiff, dachte Bäckström und sah ebenfalls Knutsson an, der plötzlich sehr eifrig in seinen Papieren suchte.

»Ja«, sagte Knutsson. »Und zwar den polnischen Nachbarn des Opfers. Marian Gross, der vielen hier offenbar schon bekannt ist.«

Genau, und warum habt ihr euch den nicht schon am Freitag geschnappt, dann wäre er mir erspart geblieben, dachte Bäckström. Aber die Kollegen von der Ordnung, die die Hausbesuche gemacht hatten, wussten nicht, wer er ist, und dem Ermittler, der sich im Winter mit ihm herumgeschlagen hatte, ist erst eingefallen, dass er im selben Haus wohnt wie das Opfer, als der kleine Meuterer Max von der Zentralmord oben in Stockholm ihm mit seinen eigenen kleinen Ermittlungen vor der Nase herumgefuchtelt hat, dachte er.

Danach wurde über den polnischen Nachbarn unter der Rubrik »bereits bekannter Sexmaniker« diskutiert, und er wurde als nicht nur möglicher, sondern vielleicht sogar wahrscheinlicher Täter vorgestellt. Die Diskussion wogte eine gute Viertelstunde lang hin und her, Bäckström versuchte, an etwas anderes zu denken, und als Olsson ihm plötzlich eine direkte Frage stellte, hatte er keine Ahnung, wovon die Rede war. Aber natürlich musste es noch immer um den Polacken gehen, dachte Bäckström.

»Oder was meinst du, Bäckström«, sagte Olsson.

»Ich schlage vor, wir machen es so«, sagte Bäckström. »Fahrt zu ihm nach Hause und vernehmt den Arsch. Und lasst ihn endlich speicheln.«

»Ich fürchte, da könnten wir gewisse Probleme bekommen«, sagte Salomonson, der ein Stück weiter unten am Tisch saß. »Ja, ich habe damals den Fall mit den sexuellen Nötigungen bearbeitet, falls das irgendwen hier am Tisch interessiert. Gross ist wirklich ein ungewöhnlich nerviger Kerl.«

Dann holen wir ihn eben her, dachte Bäckström. Legt ihm Handschellen an und zieht ihn durch den Haupteingang zum Oxtorg, damit die Presse ein paar hübsche Bilder von dem Arsch machen kann.

»Da ich für diesen Teil der Ermittlung die Verantwortung

trage, beschließe ich in diesem Fall schon jetzt, dass er zur Vernehmung hergeholt wird«, sagte Olsson und setzte sich gerade. »Ohne vorherige Benachrichtigung, in Übereinstimmung mit Paragraph 23, 7 der Strafgesetzordnung«, erklärte Olsson und sah überaus zufrieden aus.

Tu das, Junge, dachte Bäckström und nickte zustimmend, genau wie alle anderen in der Runde, abgesehen von Rogersson, der keine Miene verzog.

Nach der Besprechung schnappte Bäckström sich Olsson, ehe der in seinem Büro verschwinden und die Tür hinter sich schließen konnte.

»Hast du eine Minute Zeit?«, fragte Bäckström mit freundlichem Lächeln.

»Meine Tür steht dir immer offen, Bäckström«, versicherte Olsson und sah ebenso freundlich aus.

»Hausi in ihrem Zimmer bei ihrem Papa«, sagte Bäckström. »Denn da hat sie doch offenbar die meiste Zeit gewohnt. Wird langsam höchste Zeit.«

Olsson sah überaus unangenehm berührt aus, überhaupt nicht so tatenlustig wie zu Ende der Besprechung. Dem Papa ging es sehr schlecht. Einige Jahre zuvor hatte er einen Infarkt nur mit sehr viel Glück überlebt. Seine einzige Tochter war ihm auf überaus brutale Weise genommen worden, und wenn er Fernseher oder Radio einschaltete oder versuchte, eine Zeitung zu lesen, wurde er die ganze Zeit auf allerrücksichtsloseste Weise an die Tragödie erinnert, die ihn getroffen hatte. Außerdem war es doch fast unvorstellbar, dass er mit dem Tod seiner Tochter etwas zu tun haben könnte. Er hatte zum Beispiel auf der Wache für die üblichen Vergleiche sofort seine Fingerabdrücke machen lassen.

»Ich glaube auch nicht, dass er seine Tochter umgebracht hat«, sagte Bäckström zustimmend, während er schon in eine andere Richtung schaute. Ebenso wenig wie dieser Scheißpolack, dachte er, aber darum geht es hier nicht.

»Schön zu wissen, dass wir einer Meinung sind«, stellte Olsson fest. »Ich schlage vor, dass wir noch ein paar Tage warten, damit Lindas Vater sich ein wenig erholen kann. Ich meine, wenn wir mit diesem Polen Glück haben, dann ist die Sache hoffentlich gelaufen, sowie die DNA-Probe analysiert ist.«

»Du hast zu bestimmen«, sagte Bäckström, und dann ging er.

Nach dem Mittagessen erhielt Bäckström von Knutsson, der aus unerfindlichen Gründen ein wenig schuldbewusst wirkte, eine neue Liste von sichergestellten Gegenständen.

»Ich habe von Rogersson gehört, dass du das mit dem Polen nicht glaubst«, sagte Knutsson vage.

»Was hat Rogge denn gesagt«, fragte Bäckström.

»Naja, du weißt doch sicher, wie er ist, wenn es ihn gepackt hat?«

»Was hat er denn gesagt?«, wiederholte Bäckström und blickte Knutsson erwartungsvoll an. »Zitier ihn mal wortwörtlich.«

»Er hat gesagt, ich könnte mir Gross in... naja, da hinten reinstopfen«, sagte Knutsson steif.

»Das war aber keine nette Bemerkung«, sagte Bäckström. Aber für Rogges Verhältnisse eigentlich doch fast nett, dachte er, wenn wir bedenken, was der sonst so von sich gibt, wenn es ihn gepackt hat.

»Falls dich das interessiert... Sicherstellungsliste, neueste Version«, sagte Knutsson, der offenbar das Thema wechseln wollte.

»Meine Tür steht dir immer offen«, sagte Bäckström und ließ sich im Sessel zurücksinken.

Nach Knutssons Einschätzung war die Arbeit vorangegangen, seit sie am Vortag über dieses Thema gesprochen hatten. Er und die Kollegen hatten unter anderem an die zwanzig der siebzig interessantesten und gewaltbereitesten Schurken aus Växjö und Umgebung abschreiben können. Ein weiteres Dutzend hatte außerdem bereits bei früheren Vergehen eine DNA-Probe abgegeben, und sowie die Laborergebnisse eintrafen, würde man sich an die Vergleiche machen.

»Klingt doch gut«, sagte Bäckström. »Sorg dafür, dass sie so schnell wie möglich speicheln müssen.«

»Es gibt aber noch ein kleines Problem«, sagte Knutsson.

»Ich bin ganz Ohr«, sagte Bäckström.

Nachdem sie mit Thorén und den anderen, die mit dem Fall beschäftigt waren, die Liste durchgesprochen hatten, war der Beschluss gefasst worden, die interessante Gruppe der denkbaren Täter zu erweitern.

»Um diese Jahreszeit ist doch jede Menge Einbrecher am Werk, vor allem wenn die Leute im Urlaub sind«, erklärte Knutsson. »Also haben wir uns die Fleißigsten aus dieser Gruppe rausgesucht, egal, ob sie schon früher Gewaltverbrechen begangen haben oder nicht.«

»Und wie viele haben wir jetzt? Tausend, oder was?« Bäckström sah fast zufrieden aus, als er diese Frage stellte.

»Ganz so schlimm ist es noch nicht«, sagte Knutsson. »Auf unserer Liste stehen jetzt zweiundachtzig Vorbestrafte, die etwas mit der Gegend zu tun haben.«

»Speicheln, speicheln, speicheln«, sagte Bäckström und winkte Knutsson mit der Hand weg. Vollidiot, dachte er. Unzuverlässig war er außerdem, wo er doch zu diesem kleinen Trottel Olsson rannte, statt mit seinem richtigen Chef zu sprechen.

Nach dem Mittagessen meldete die ViCLAS-Einheit sich telefonisch bei Bäckström, um ihre Ergebnisse mitzuteilen.

»Ich habe gerade sehr viel zu tun, also wäre es nett, wenn du dich kurz fassen könntest«, mahnte Bäckström, der den Kollegen oben in Stockholm kannte und ihn unvorstellbar langwierig fand. Nulli hat diesen Ärschen sicher eine Scheißangst eingejagt, dachte er.

Die ViCLAS-Gruppe suchte nach Serienverbrechern, indem neue mit alten Verbrechen in Verbindung gebracht wurden, vor allem mit solchen, bei denen der Täter bekannt war. Zuerst waren die über den Mord an Linda vorliegenden Informationen eingegeben worden, danach hatte man den Lindamord mit früheren Fällen und bekannten Tätern, die in den Computern der Einheit bereits vorhanden waren, verglichen.

»Wir haben einen Treffer bei einem bekannten Täter«, teilte der Kollege mit und klang stolz wie ein Gockelhahn. »Dein Fall hat große Ähnlichkeit mit dem, für den er sitzt. Gar kein schlechter Typ. Das kann ich dir sagen, Bäckström. Schlimmer können sie kaum noch werden.«

»Von wem redest du denn«, fragte Bäckström. Klingt ja fast, als wäre er dein Sohn, dachte Bäckström.

»Von diesem verrückten Polen, der diese Kosmetologin draußen in Högdalen umgebracht hat. Der Tanjamord. So hieß sie. Das Opfer. Daran erinnerst du dich doch sicher? Leszek, Leszek Baranski. Leo, wie er sich nennt. Der vorher auch schon eine Menge Frauenzimmer vergewaltigt hatte. Richtig mieser Typ«, erklärte der Kollege. »Hat das ganze Programm durchgezogen, mit Fesseln und Knebel und Folter und Vergewaltigung und Erwürgen. Mehrere Würgemethoden beim selben Opfer sogar. Er hat sie ein wenig gewürgt, bis sie ohnmächtig wurden, dann hat er mit einem Eispickel auf sie eingehackt, bis sie wieder zu sich kamen und er von vorne anfangen konnte, reizender Knabe«, sagte der Kollege, der vor Enthusiasmus geradezu überschäumte.

»Warte mal«, sagte Bäckström, dem plötzlich einfiel, von wem hier die Rede war. »Hat der nicht lebenslänglich gekriegt?« Ist der Arsch etwa schon wieder auf freiem Fuß?

»Zuerst hat er lebenslänglich gekriegt. Dann hat er Berufung eingelegt, und die nächsthöhere Instanz hat psychiatrische Verwahrung mit gesonderter Entlassungsprüfung angeordnet, und nach unseren Informationen sitzt er noch immer in der Klapse, obwohl das Urteil schon sechs Jahre zurückliegt. Sicher ein neuer Rekord in der Psychopflege.«

»Warum rufst du denn dann an«, fragte Bäckström. Unsere Polackenquote haben wir ja wohl schon erfüllt, dachte er.

»Naja, das habe ich wohl vergessen«, sagte der Kollege. »Er sitzt in Sankt Sigfrid in Växjö, oder da sollte er wenigstens sitzen. Denk mal nach, Bäckström. Du bist doch schon eine Weile dabei. Du musst doch wissen, wie das bei den Psychos geht. Die Gehirnklempner dachten vielleicht, er braucht mal frische Luft, um sich das Bäuchlein zu sonnen, und dann haben sie vergessen, uns Bescheid zu sagen.«

»Du meinst, er hat vielleicht Urlaub«, fragte Bäckström. Der doch nicht, so bescheuert können nicht mal die Gehirnklempner sein, dachte er.

»Nicht die geringste Ahnung«, sagte der Kollege. »Kannst da ja mal anrufen. Ich faxe dir alles, was wir über ihn haben.«

»Danke«, sagte Bäckström und legte auf. Richtiger Mann am richtigen Ort, und der Idiot, mit dem er eben geredet hatte, würde im Notfall sicher auch gratis arbeiten. Was zum Teufel wird heutzutage nur alles bei der Truppe genommen, überlegte er.

Bäckström erhob sich seufzend von seinem Platz und ging zum Faxgerät hinüber. Können wir denn so ein verdammtes Glück haben, dass ich einen Täter kriege und gleichzeitig der ganzen Psychobande eins auswischen kann, dachte er.

Der erste Pole in dieser Ermittlung, Bibliothekar Marian Gross lic. phil., hatte schon am Vormittag desselben Tages Kontakt zur Polizei aufgenommen. Durch den Briefschlitz seiner verschlossenen Wohnungstür teilte er Polizeiinspektor von Essen und dessen Kollegen Polizeiassistent Adolfsson von der Växjöer Polizei mit, dass er den ganzen Tag schwer beschäftigt sein werde, am nächsten Tag aber per Telefon zu erreichen sei. Da weder von Essen noch Adolfsson in Scherzstimmung waren, und schon gar nicht bei diesem Fall und in diesem Haus, hatte Adolfsson ihn angebrüllt, er solle sich in Bewegung setzen, wenn er nicht seine Scheißtür in die Visage kriegen wolle, und danach hatte er es mit einem kleinen Probetritt versucht, um festzustellen, ob er zum Auto gehen und den dort hinterlegten Vorschlaghammer holen müsse. Aus Gründen, die niemals genauer geklärt wurden – die Aussagen der Betroffenen gingen doch sehr weit auseinander, was die Anzeige betraf, die ziemlich bald beim Internermittler der Polizei einlief –, hatte Gross die Tür dann sofort geöffnet.

»Ja, aber da bist du ja, Gross«, sagte Adolfsson und lächelte den Wohnungsinhaber strahlend an. »Gehst du selbst, oder möchtest du geschleift werden?«

Eine Viertelstunde darauf betraten von Essen und Adolfsson mit Gross zwischen sich die Räumlichkeiten der Ermittlertruppe. Gross ging selbst, er trug keine Handschellen und war in tiefster Diskretion durch die Garage hereingebracht worden.

»Wie bestellt, ein Stück Polack«, teilte Adolfsson mit, als er Gross an Salomonson und Rogersson übergab, die die Vernehmung durchführen sollten.

»Ich habe das durchaus gehört«, brüllte Gross, der schon die ganze Zeit knallrot gewesen war, ohne jedoch während der Fahrt auf die Wache auch nur einen Mucks von sich zu geben. »Das gibt eine Anzeige wegen Diskriminierung. Ihr verdammten Faschisten!«

»Wenn der Herr Doktor vielleicht die Freundlichkeit hätte, mich und den Kollegen zu begleiten, dann werden wir alles Praktische sofort in die Wege leiten«, sagte Salomonson und wies höflich in Richtung Vernehmungsraum.

Die Vernehmung des Nachbarn des Mordopfers, Marian Gross, begann um kurz nach elf Uhr vormittags. Vernehmungsleiter war Kriminalinspektor Jan Rogersson von der Zentralen Kriminalpolizei in Stockholm. Die Vernehmung dauerte fast zwölf Stunden, mit einer Mittagspause, zwei Kaffeepausen und zwei kleinen Pausen, in denen alle sich die Beine vertreten konnten. Erst nach zehn Uhr abends waren sie fertig. Marion Gross lehnte das Angebot ab, nach Hause gefahren zu werden, und verlangte stattdessen ein Taxi. Um Viertel nach zehn verließ er die Wache, und wenn wir bedenken, was der Polizei das Ganze gebracht hatte, hätte man es auch lassen können.

Gross wollte vor allem über sich und über die Schikanen sprechen, denen er seit fast einem halben Jahr von Seiten der Polizei ausgesetzt war, und zwar wegen einer Anzeige von »einer Verrückten an meinem Arbeitsplatz, deren sexuelle Einladungen ich abgewiesen habe«. Diese Beschuldigungen hätten den Stein ins Rollen gebracht, und jetzt, wo die Tochter seiner Nachbarin ermordet wurde, sei er für die Polizei natürlich Freiwild.

»Ihr glaubt doch wohl nicht im Ernst, dass jemand wie ich zu so etwas fähig wäre«, fragte Gross und schaute Salomonson und Rogersson der Reihe nach an.

Eine Antwort bekam er natürlich nicht. Stattdessen wechselte Salomonson auf einen naheliegenden Bereich über, wo man vielleicht Verwendung für Grossens Fingerabdrücke haben könnte, die im Zusammenhang mit der Anzeige wegen sexueller Belästigung seiner Kollegin bereits genommen worden waren. Leider hatte man damals darauf verzichtet, von ihm eine DNA-Probe zu verlangen.

»Du und Lindas Mutter, Liselotte Ericson, wart doch einige Jahre lang Nachbarn«, sagte Salomonson. »Wie gut kennst du sie?«

Normaler Kontakt zwischen Nachbarn, nicht mehr und nicht weniger, auch wenn Lindas Mutter gerne engeren Kontakt gehabt hätte, so Gross. Außerdem korrigierte er die Polizisten.

»Sie wird Lotta genannt, und so nennt sie sich auch selbst«, sagte Gross und wirkte aus irgendeinem Grund ziemlich zufrieden. »Eine durchaus nicht unattraktive Frau. Anders als ihre anorektische Tochter, die sehen sich wirklich nicht sonderlich ähnlich, und Lotta sieht aus, wie eine Frau eben aussehen sollte«, fasste Gross zusammen.

Salomonson ging nicht weiter auf die Beschreibung des Mordopfers ein.

»Aber Lotta Ericson ist auch nicht dein Typ«, fragte Salomonson.

Ein wenig zu schlicht, als Typ gesehen vielleicht sogar ein wenig vulgär, und jedenfalls von der zudringlichen Sorte, die ihm so wenig behagte. Und außerdem zu alt, so Gross.

»Ich sehe hier in unseren Unterlagen«, schaltete Rogersson sich ein, »dass sie ein Jahr jünger ist als du. Sie ist fünfundvierzig, und du bist sechsundvierzig.«

»Ich ziehe jüngere Frauen vor«, sagte Gross. »Was immer das mit dem Fall zu tun hat.«

»Hast du Lotta in ihrer Wohnung besucht?«, fragte Rogersson.

Gross war nicht oft in ihrer Wohnung gewesen. Zweimal zusammen mit anderen Nachbarn, als Hausangelegenheiten besprochen wurden, und dann noch einige Male allein. Der letzte Besuch lag erst zwei Wochen zurück.

»Sie hat mich immer wieder eingeladen, obwohl ich versucht habe, keine diesbezüglichen Signale auszusenden«, sagte Gross. »Wie gesagt, sie ist ziemlich zudringlich.«

Wo in der Wohnung er gewesen sei. Diele, Wohnzimmer, Küche, die üblichen Stellen, die man betritt, wenn man zu einer Tasse Kaffee eingeladen wird. Möglicherweise habe er auch ihre Toilette benutzt.

»Die neben dem Schlafzimmer«, fragte Salomonson.

»Ich verstehe schon, worauf ihr hinauswollt«, sagte Gross. »Nur um allen Missverständnissen vorzubeugen. Ich habe nie einen Fuß in ihr Schlafzimmer gesetzt. Vielleicht habe ich die Toilette in der Diele benutzt, und da unsere Wohnungen identische Grundrisse haben, war es wirklich nicht schwer, den Weg dahin zu finden. Wenn ihr also irgendwo meine Fingerabdrücke entdeckt habt, dieselben Fingerabdrücke, die ihr euch mit kriminellen Methoden besorgt habt, dann gibt es dafür eine ganz natürliche Erklärung.«

Der ist wirklich kein Dummkopf, dachte Rogersson. In der Mordwohnung hatten sie tatsächlich Grossens Finger gefunden, aber deren Wert war im Hinblick darauf, was Gross eben gesagt hatte, doch sehr begrenzt. Deshalb wechselten sie das Thema und sprachen lieber über die Tochter der Nachbarin, über das Mordopfer.

»Ich habe kaum je mit ihr gesprochen«, sagte Gross. »Wie soll ich da irgendeinen Eindruck von ihr haben? Kam mir ebenso egozentrisch, verwöhnt und unerzogen vor wie alle jungen Damen in dem Alter.«

»Egozentrisch, verwöhnt, unerzogen. Wie meinst du das«, fragte Salomonson.

Dass sie ihn kaum gegrüßt habe, wenn sie sich ein seltenes Mal begegnet seien. Dass sie ihm nicht in die Augen geschaut habe und ihre Gleichgültigkeit fast demonstrativ gewesen sei, bei ihrem einzigen Gespräch, an das er sich überhaupt erinnern könne. Und da sei übrigens ihre Mutter dabei gewesen.

Erst gegen zwei Uhr wurde eine Mittagspause eingelegt. Für diesen späten Zeitpunkt war Gross verantwortlich, vermutlich, weil er der Polizei so viel Ärger wie möglich machen wollte. Während Salomonson sich um die Essensbeschaffung kümmerte, stürzte Rogersson zur Toilette, um seine Blase vom Druck zu befreien. Als er von dort wieder zum Vorschein kam, lief ihm als Erster Bäckström über den Weg.

»Wie läuft's denn mit unserem polnischen Hummer«, fragte Bäckström.

»Musste erst mal Druck ablassen«, sagte Rogersson. »Im Moment stürz ich da dauernd hin. Ich bin fertig als Vernehmungsleiter. Die einzige Zeit, in der ich nicht dauernd pissen muss, ist dann, wenn ich mich mit Bier vollschütte. Dann denk ich nicht ein einziges Mal ans Pissen. Wirklich komisch.«

»Ja«, sagte Bäckström und grinste. »Ich pisse einmal, wenn ich aufwache, und einmal, ehe ich einschlafe. Zweimal am Tag, egal, ob ich muss oder nicht.«

»Was deine Frage angeht, es läuft wie erwartet«, sagte

Rogersson, und den anderen Blödsinn wollte er sich gar nicht erst anhören.

»Hat er schon DNA abgeliefert«, fragte Bäckström.

»Dazu sind wir noch nicht gekommen«, sagte Rogersson und seufzte. »Wir haben uns damit amüsiert, uns anzuhören, wie schlecht wir ihn behandeln, und wenn dich das interessiert, kann ich dir jetzt schon sagen, wie das alles enden wird.«

»Und wie wird das alles enden?«, fragte Bäckström.

»Wir werden uns sein Gequengel noch drei Stunden anhören. Dann kommt Olsson und beschließt, dass wir uns das Gequengel noch weitere sechs Stunden anzuhören haben. Dann wird Gross sich weigern, freiwillig DNA abzugeben, und dann kommt Olsson und gibt nach, weil er einfach keine Eier hat, und erklärt ihn für verdächtig und bittet die Staatsanwaltschaft, ihn in den Knast zu stecken, damit wir auch ohne Grossens Zustimmung zugreifen können. Dann werden Gross, der Kollege und ich nach Hause fahren. Jeder für sich natürlich.«

»Dann kannst du danach immerhin ein paar Bierchen zischen«, sagte Bäckström tröstend. »Damit du nicht dauernd zum Klo rennen musst, meine ich.«

»Sicher«, sagte Rogersson. »Gross hat Linda nicht umgebracht, er hat nichts gesehen, nichts gehört und sich auch keine Gedanken gemacht, also was soll er hier eigentlich? Um die Sache zusammenzufassen, ist das hier ein ganz normaler und vergeudeter Tag im Leben eines Vernehmungsleiters. Was hast du selbst eigentlich vor?«

»Ich besuche die Klapse«, sagte Bäckström.

15

Da Bäckström nur ungern Auto fuhr, hatte er sich einen Chauffeur besorgt. Diese Ehre fiel dem jungen Adolfsson zu, und schon auf dem Weg in die Tiefgarage hatten sie die einführenden Höflichkeiten hinter sich gebracht.

»Du und dein Kollege, ihr habt sie gefunden, wenn ich das richtig verstanden habe«, sagte Bäckström.

»Stimmt, Chef«, sagte Adolfsson.

»Wie bist du denn in die Ermittlertruppe geraten«, fragte Bäckström, obwohl er schon gehört hatte, wie das zugegangen war.

»Jetzt in der Urlaubszeit fehlt es ihnen wohl an Leuten«, sagte Adolfsson.

»Ich habe mit Enoksson gesprochen«, sagte Bäckström. »Der hört sich fast an, als ob er dich adoptieren wollte.«

»Ja, kann schon sein. Enoksson ist in Ordnung. Mein Vater und er sind Jagdkameraden.«

»Urlaubszeit und Personalmangel und dann auch noch Enoksson. Deshalb ist es so gekommen, egal, was unser geschätzter Kommissar Olsson darüber denkt«, fasste Bäckström die Lage zusammen.

»Das war sicher richtig gedacht, Chef«, sagte Adolfsson.

»Nicht zum ersten Mal«, sagte Bäckström und quetschte sich mit einer gewissen Mühe auf den Beifahrersitz. Sympathischer Junge. Hat ziemliche Ähnlichkeit mit mir, als ich in dem Alter war, dachte Bäckström.

»Darf man eine Frage stellen, Chef«, fragte Adolfsson höflich, als sie aus der Garage fuhren.

»Natürlich«, sagte Bäckström. Nicht nur sympathisch, sondern auch höflich, dachte er.

»Was verschafft unserem Irrenhaus die Ehre dieses hohen Besuchs«, fragte Adolfsson.

»Wir wollen uns einen richtig kriminellen Irren ansehen«, sagte Bäckström. »Und außerdem den, der ihn betreut. Wenn wir Glück haben, bringt uns das zwei Verrückte an einem Nachmittag.«

»Den Tanjamann und Dozent Brundin«, sagte Adolfsson. »Wenn ich mal raten darf.«

Begabter junger Mann, dachte Bäckström. Aber das war ja auch zu erwarten, dachte er.

»Ganz recht«, sagte Bäckström. »Bist du einem von denen schon mal begegnet?«

»Beiden«, sagte Adolfsson. »Brundin hat für mich und die Kollegen Vorlesungen gehalten. Der andere wurde von einem Mitpatienten auf der Station vor ungefähr einem Jahr mit dem Messer verletzt, er musste ins Krankenhaus gebracht und zusammengeflickt werden, und Kollege Essen und ich haben den Transport überwacht.«

»Wie sind die denn so«, fragte Bäckström. »Brundin und der Tanjamann, meine ich.«

»Die sind beide wirklich dermaßen verrückt, dass die Hälfte auch genug wäre«, sagte Adolfsson und nickte nachdrücklich.

»Und wer ist der Verrücktere?« Bäckström schaute seinen neugewonnenen jüngeren Freund neugierig an.

»Jacke wie Hose«, sagte Adolfsson und zuckte mit seinen groben Schultern. »Die sind auf unterschiedliche Weise verrückt, könnte man sagen. Aber natürlich ...«

»Shoot«, sagte Bäckström aufmunternd.

»Wenn ich mit einem von beiden das Zimmer teilen müsste, dann würde ich den Tanjamann vermutlich vorziehen. Ganz bestimmt«, sagte Adolfsson.

Das Sankt-Sigfrids-Krankenhaus lag zwei Kilometer von der Wache entfernt. Eine Mischung aus älteren und moderneren Gebäuden, umgeben von einem größeren Park, der an einen See grenzte. Es war warm und grün, es gab schützende Bäume, gepflegte Rasenflächen trotz des trockenen Sommers, und Bäckström fühlte sich vor allem an das Grand Hotel in Saltsjöbaden bei Stockholm erinnert, wo die Zentrale Kriminalpolizei ihre Tagungen und Betriebsfeste abhielt. Dozent Brundin residierte in einem älteren und umsichtig renovierten weißen Steinhaus aus dem neunzehnten Jahrhundert. Hier leidet man ja keine Not, wenn man ein krimineller Irrer ist, dachte Bäckström, als er und Adolfsson aus dem Auto stiegen.

»Ich wüsste ja gern, was das hier gekostet hat«, sagte Bäckström, als sie unten klingelten. »Die Irren haben eigene Tennisplätze, Minigolf und ein verdammt großes Schwimmbad. Was zum Teufel ist eigentlich an ganz normalem Stacheldraht auszusetzen?«

»Ja, in diesem Land leidet man keine Not, wenn man ein krimineller Irrer ist«, stimmte der junge Adolfsson zu.

Der Junge wird es noch weit bringen, dachte Bäckström.

Dozent Robert Brundin erinnerte vor allem an einen jungen Oscar Wilde, nur hatte er, anders als die Vorlage, perfekte Zähne, die er beim Lächeln gern zeigte. Er saß bequem zurückgelehnt in seinem großen Sessel hinter seinem großen Schreibtisch in seinem großen Arbeitszimmer und strahlte vollkommene Harmonie mit sich und seiner Umgebung aus.

Verdammt, der sieht ja aus wie dieser schwule irische Dichterling, der im Knast gelandet ist, dachte Bäckström, der jedoch den Namen des Films und den Namen der Hauptperson vergessen hatte. Ist ja auch kein Wunder. Verdammter Scheißfilm und nicht mal ein paar gute Arschfickerszenen, obwohl in der Fernsehzeitung gestanden hatte, dass er von Schwulen handelte.

»Die Polizei befürchtet also, ich könnte meinen kleinen Leo auf die Straßen und Plätze der Stadt loslassen«, sagte der Dozent und zeigte seine weißen Zähne.

»Ja, das wäre ja leider nicht das erste Mal«, sagte Bäckström.

»Bei mir wohl«, erklärte Brundin. »Und wenn die Herren es wünschen, kann ich auch erklären, warum.«

»Wir sind ganz Ohr«, sagte Bäckström, während der junge Adolfsson schon sein kleines schwarzes Notizbuch und einen Kugelschreiber hervorgezogen hatte.

Leo, Leszek Baranski, neununddreißig, war ein überaus gefährlicher Mensch und zugleich das eigentliche Kronjuwel in Dozent Brundins bemerkenswerter Sammlung gefährlicher Menschen. Leo hatte ihn deshalb zu etlichen Artikeln für die gerichtspsychiatrische Fachpresse inspiriert, und er war die selbstverständliche Hauptperson in einer Vielzahl der von Brundin gehaltenen Vorlesungen gewesen.

»Ein vollständig einzigartiges Beispiel eines sexuellen Sadisten mit hochentwickelter Phantasie«, stellte ein glücklich lächelnder Brundin fest. »Wir sprechen jede Woche mehrmals darüber, er und ich, und etwas Vergleichbares ist mir noch nie untergekommen. Ganz allgemein gesehen, ist er hoch begabt, sein IQ liegt über 140, und er könnte zum Beispiel von der NASA als Astronaut angestellt werden. Aber wenn es darum geht, junge Frauen zu quälen, um sich sexuellen Genuss zu verschaffen, ist er das pure Genie. Er besitzt eine absolut grenzüberschreitende Kreativität, wenn es neue Ausdrucksformen für seinen sexuellen Sadismus zu finden gilt.«

»Und Sie haben nicht vor, ihn laufen zu lassen«, sagte Bäckström. Scheint ja ein Klassetyp zu sein, dachte er, ohne recht zu wissen, ob er dabei an Leo oder an seinen Arzt dachte.

Brundin hatte nicht vor, Leo laufen zu lassen. Er hatte mit diesem Gedanken niemals auch nur gespielt. Sein Chef dagegen, ein älterer Kollege, der zwar – natürlich – »ein sympathischer Mensch ist, aber leider durch und durch angenagt vom Pflegeliberalismus seiner Generation, dazu allgemein lethargisch in seiner Veranlagung, mit zeitweise deutlich refraktären Persönlichkeitszügen«, hatte allerlei Maßnahmen vorgeschlagen, die auf längere Sicht und seiner Ansicht nach Leos Wiederanpassung an ein Leben außerhalb des Aquariums, in dem er derzeit verwahrt wurde, erleichtern sollten.

»Was denn zum Beispiel«, fragte Bäckström. Warum kochen die nicht einfach Leim aus dem Arsch, dachte er.

»Freiwillige Kastration«, sagte Brundin mit breitem Lächeln. »Mein Chef meint, wenn Baranski sich freiwillig kastrieren lässt, könnte man ihm vielleicht mit der Zeit irgendwann unter Bewachung ab und zu einmal ein wenig Urlaub geben.«

»Kastration«, fragte Bäckström. »Macht ihr das immer noch?« Oh Scheiße, dachte er und schlug unwillkürlich in seinem Sessel das linke Bein über das rechte.

»Natürlich nur freiwillig. Freiwillig«, sagte Brundin, ließ sich zurücksinken und formte aus seinen langen sensiblen Fingern ein hohes Gewölbe.

»Und was hat er dazu gesagt«, fragte Bäckström. Es muss ja wohl Grenzen geben, dachte er. Es muss doch reichen, wenn die aus dem Arsch Leim kochen.

»Er war nicht sonderlich begeistert von dem Vorschlag«, sagte Brundin. »Das würde doch seinen überaus bedeutsamen Geschlechtstrieb zum Erlöschen bringen, normalerweise onaniert er zwischen fünf- und zehnmal am Tag. Außerdem nehmen die Patienten hier meistens stark zu, vor allem die auf unserer Station. Und da hat er natürlich Angst, seinen Geschlechtstrieb und sein Aussehen zu verlieren, auf das er übrigens überaus stolz ist. Ich selbst war auch ein starker, um nicht zu sagen kategorischer Gegner dieses Vorschlags«, sagte Brundin.

»Wieso denn?«, fragte Bäckström. Weil der Arsch vermutlich aussieht wie du, dachte er.

»Eine Drosselung seines Geschlechtstriebs würde natürlich seine sexuellen Phantasien verarmen lassen. Schlimmstenfalls könnte er der gerichtspsychiatrischen Forschung verloren gehen«, sagte Brundin mit dem Anflug eines Lächelns.

»Ach so, ja«, sagte Bäckström, der ausnahmsweise einmal nicht so recht wusste, was er davon halten sollte.

»Ich gehe davon aus, dass die Herren gerne einen Blick auf ihn werfen möchten«, sagte der Dozent.

»Warum nicht«, sagte Bäckström. Immerhin etwas, das man beim Job in der Kaffeepause erzählen könnte, dachte er.

Adolfsson hatte sich damit begnügt, mit einem jugendlichen und erwartungsvollen Funkeln in seinen kornblumenblauen Augen zu nicken.

»Er liegt seit gestern Abend in einer Isolierzelle«, teilte Brundin mit. »Wir mussten ihn mit Medikamenten betäuben und dann fesseln, deshalb können Sie leider nicht mit ihm sprechen. Vermutlich hat er einfach jemanden vom Personal etwas über den Lindamord sagen hören und sich dann schrecklich aufgeregt.«

Leszek »Leo« Baranski wirkte alles andere als aufgeregt, obwohl er aussah wie eine Illustration der Phantasien, die normalerweise seine Gedankenwelt bevölkerten. Aber er schien im Moment tief zu schlafen. Er lag in einem zehn Quadratmeter großen Zimmer in dem Korridor der geschlossenen Abteilung, wo die Isolierzellen untergebracht waren. Die gesamte Möblierung bestand aus einer am Boden befestigten Stahlpritsche. Leo lag auf dem Rücken, bewegungslos, den Kopf zur Seite gekippt, auf die rechte Wange. Klein und mager, wilder Lockenschopf und weiche, fast weibliche Züge. Bekleidet war er lediglich mit der kurzen Hose des Krankenhauses, auf deren Bund der Namenszug Sankt Sigfrid gedruckt war. Seine Arme waren mit breiten Lederriemen neben seinem Rumpf festgeschnallt. Er hatte die Beine ausgestreckt und gespreizt, und auch sie waren an den Fußknöcheln mit Lederriemen an der Pritsche befestigt.

»Es wird noch mindestens sechs Stunden dauern, bis er wieder zu sich kommt«, teilte Brundin mit. »Wir binden immer zuerst seinen linken Arm los, damit er sich selbst von der ärgsten Angst befreien kann«, fügte er lächelnd hinzu.

»Klingt praktisch«, sagte Bäckström. Und du glotzt derweil mit deinen Kumpels durch dieses kleine Fensterchen, dachte er.

Beim Abschied wünschte Dozent Brundin ihnen viel Glück bei ihrer Arbeit und hoffte auf ein baldiges Wiedersehen. Er selbst hatte schon begonnen, eine kleine Abhandlung über diese neue und interessante Gruppe junger Täter mit ausländischer Herkunft zu skizzieren, die sexuelle Übergriffe begingen, weil ihnen in ihrer Kindheit oder Jugend Ähnliches zugestoßen war. Chaotisch und kräftig gestört natürlich, aber zugleich zu allem imstande, weshalb sie trotzdem nicht mit solchen wie Leo verwechselt werden durften.

»Ich freue mich wirklich darauf, den Lindamann kennenzulernen. Vor allem, wo er doch einer ganz anderen Kategorie angehört als Leo«, sagte Brundin und lächelte sie freundlich an.

»Den kennenlernen wollen wir wohl alle«, sagte Bäckström mit Gefühl und Überzeugung.

»Wenn der Chef eine kleine persönliche Überlegung gestatten«, sagte Adolfsson, als sie durch die Krankenhaustore fuhren.

»Shoot again«, sagte Bäckström.

»Dieser Brundin scheint ja ein richtiges Herzchen zu sein«, sagte Adolfsson. »Richtiger Mann am richtigen Ort, wenn man das mal so sagen darf.«

Du wirst es weit bringen, Junge, dachte Bäckström und begnügte sich mit einem zustimmenden Grunzen.

16

Auf der Wache bat Bäckström den jungen Adolfsson, ein Gedächtnisprotokoll über ihren Besuch in Sankt Sigfrid zu schreiben, während er sich selbst die Stapel auf seinem Schreibtisch vornahm. Es war nichts Aufregendes darunter, und niemand von den anderen im Zimmer schien dringend einen Tritt in den Hintern zu brauchen, um etwas zu leisten. Höchste Zeit fürs Hotel und ein Bierchen, beschloss Bäckström nach einem raschen Blick auf die Uhr, und gerade in dem Moment klingelte natürlich sein Mobiltelefon. Es war der langatmige Kollege von ViCLAS, der sich nach dem Besuch bei Leo erkundigen wollte.

»Ich habe ihn und Brundin gesehen«, sagte Bäckström.

»Ist Brundin der zuständige Betreuer?«

»Ja«, sagte Bäckström und schaute wieder auf die Uhr. »Ich soll dich übrigens von ihm grüßen.«

»Dann ist ja alles gut«, versicherte der Kollege. »Brundin ist der einzig Normale in der Psychobranche. Wie geht's Leo denn so?«

»Frisch wie ein Fisch, tolles Leben, der lässt ebenfalls grüßen«, sagte Bäckström und schaltete sein Telefon aus.

Auf dem Weg nach draußen ging er bei Rogersson vorbei, um nachzusehen, ob der auch schon Feierabend machen könnte, aber die rote Lampe vor dem Vernehmungsraum brannte noch. Sechs plus sechs Stunden, dachte Bäckström, und schlimmstenfalls muss er sich eben ein Taxi nehmen, dachte er. Wer will bei dieser Hitze schon zu Fuß gehen, dachte Bäckström und fischte das Telefon aus der Tasche, doch noch ehe er es einschalten konnte, tauchte die ermittlungseigene Krisentherapeutin auf und brach sozusagen über ihn herein, obwohl sie mager war wie ein Golfschläger und auch nicht sehr viel größer.

»Wie gut, dass ich dich erwische, Kommissar«, sagte sie und lächelte ihn freundlich an, während sie gleichzeitig den Kopf schräg legte. »Hast du ein paar Minuten Zeit für mich?«

»Wie kann ich dir denn behilflich sein, Lo«, fragte Bäckström und lächelte ebenso freundlich zurück. Besser, ich erledige die Alte gleich, wo ich schon den Dampf aufgedreht habe, dachte er.

Auf ihrem Zimmer dauerte es um einiges mehr als ein paar Minuten, ehe Lo zum Schuss kam. Aber da Bäckström schon bis ins Detail wusste, wie er vorgehen wollte, war es der pure Genuss zu sehen, wie sie ihren mageren Hals in die von ihm geknüpfte Schlinge legte. Er ließ sich in ihrem Besuchersessel behaglich zurücksinken, faltete die Hände über seinem runden Bauch, lächelte freundlich und nickte ihr aufmunternd zu.

»Du bist fast der Einzige, mit dem ich noch nicht gesprochen habe«, stellte Lo fest.

»Wie du sicher verstehst, Lo, hatte ich alle Hände voll zu tun«, sagte Bäckström mit sanftem Blick und nachdenklichem Nicken. Also hatte ich einfach keine Zeit, mich mit einem dermaßen blöden Frauenzimmer wie dir herumzuärgern, dachte er.

»Das verstehe ich ja so gut«, sagte Lo verständnisinnig, legte den Kopf noch schräger und bedachte ihn mit einem fast vertikalen Lächeln.

»Schön zu hören«, sagte Bäckström mit gelassener Miene und probierte zugleich dieses in sich gekehrte Lächeln, das er für solche Situationen bereithielt.

Lilian Olsson zufolge musste doch gerade Bäckström aufgrund seiner langen Erfahrung als Mordermittler bei der Zentralen Kriminalpolizei mit mehr Elend konfrontiert worden sein als die meisten anderen Polizisten in der Truppe.

»Wie bist du damit fertiggeworden«, fragte Lo. »Du musst doch entsetzliche Erlebnisse mit dir herumschleppen?«

»Wie meinst du das«, fragte Bäckström zurück. Denen darf man nie auch nur einen Millimeter überlassen, sonst ist man verloren, dachte er.

Das ganze Elend bei der Arbeit? Viele Polizisten, um nicht zu sagen, die meisten oder fast alle, wurden doch in ihrem Beruf einfach ausgebrannt. Marschierten in langen Schlangen voll gegen die Wand, während sie versuchten, sich durch Missbrauch von Schnaps und Sex zum nächsten Einsatz hinüberzuretten.

»Und das sind die absolut schlechtesten Methoden für den Umgang mit psychischen Problemen«, sagte Lo.

Aber verdammt lustige, dachte Bäckström und nickte zustimmend.

»Tragisch«, sagte Bäckström und wiegte missmutig seinen Oberkörper hin und her. »Tragisch«, sagte er noch einmal. Vielleicht sollte ich sie auf den Kollegen Lewin und die kleine Svanströmsche hinweisen, dachte er.

»Mir sind junge Polizisten begegnet, die bereits auf der Polizeischule heftige Essstörungen entwickelt haben«, sagte Lo jetzt.

»Ja, das ist tragisch«, sagte Bäckström abermals. »Und noch dazu junge Menschen. Tragisch.« Er seufzte tief. Aber wenn wir bedenken, was auf der Polizeischule für ein Fraß serviert wird, lautet die große Frage wohl eher, wieso sie überhaupt irgendwas essen, dachte er.

Lo ging nach all ihren Jahren als Psychologin bei der Polizei davon aus, dass die Ursachen in der Polizeikultur selbst lagen, in dem Geist von »Machismo, Verleugnung, Verschweigen und destruktivem Korpsgeist«, der schon viel zu lange das polizeiliche Arbeitsmilieu prägte und die Menschen lähmte, die dort arbeiten mussten. Sie selbst spürte, wie ihr das alles entgegenströmte, von Boden, Wänden und Decke, sowie sie einen Fuß in eine Wache setzte.

»Wie gehst du mit all diesen traumatischen Erlebnissen um, Bäckström«, fragte sie noch einmal.

»Mit Hilfe unseres Herrn«, sagte Bäckström und hob zugleich seinen frommen Blick zu ihrer Zimmerdecke. Da hast du was zum Lutschen, Herzchen, dachte er.

»Verzeihung, ich fürchte, das habe ich jetzt nicht richtig verstanden«, sagte Lo und lächelte ihn zögernd an.

»Unser Herr«, wiederholte Bäckström mit gebieterischer Stimme. »Der Allmächtige, der Herrscher des Himmels und der Erde, aber auch mein Begleiter und Tröster auf meiner irdischen Wanderung.« So sieht man also aus, wenn einem Ohren und Kinn vom Kopf kullern, dachte er.

»Ich hatte keine Ahnung, dass du gläubig bist, Bäckström«, sagte Lo und schaute ihn hilflos an.

»Das posaunt man ja auch nicht heraus«, sagte Bäckström und schaute sie mahnend an, während er zugleich den Kopf schüttelte. »Das bleibt zwischen mir und unserem Herrn.«

»Das kann ich ja so gut verstehen«, sagte Lo. »Aber das eine muss das andere doch nicht ausschließen«, fügte sie hinzu. »Du hast nie überlegt, alterna ... ja, also andere Wege zur Gemütsruhe zu suchen, meine ich.«

»Was sollten das denn für Wege sein«, fragte Bäckström mürrisch, runzelte die Stirn und ließ sie seinen Polizistenblick kosten. Zeit, die Daumenschrauben anzuziehen, dachte er.

»Ja, allerlei Therapieformen ... wie zum Beispiel Debriefing, was ja auch eine Form der Therapie ist«, sagte Lo mit starrem Lächeln. »Meine Tür steht dir immer offen, und ich habe wirklich viele normale Gläubige ...«

»Du sollst keine anderen Götter neben mir haben«, donnerte Bäckström und zeigte mit der ganzen Hand auf sie, während er sich aus dem Sessel erhob. »Diese Vermessenheit, die du und deine Kollegen an den Tag legt, wenn ihr euch an die Stelle unseres Herrn zu setzen versucht. Ist dir überhaupt bewusst, dass ihr damit gegen das Erste Gebot verstoßt?« Oder war es das zweite? Scheißegal, dachte er.

»Ich wollte dich wirklich nicht verletzen, ich wollte wirklich nicht…«

»Menschenwerk ist Stückwerk«, fiel Bäckström ihr ins Wort. »Prediger 12,14«, fügte er hinzu und starrte sie an. Das war total geraten und vor allem in Småland riskant, aber sie wirkte ja nicht wie eine Kirchgängerin, dachte er.

»Ja, ich bitte wirklich um Entschuldigung, wenn ich dich verletzt habe«, sagte Lo mit verzweifeltem Lächeln.

»Meine Tür steht dir immer offen«, sagte Bäckström und öffnete im selben Moment die ihre, um das Gesagte zu unterstreichen. »Du darfst eines nicht vergessen, Lilian«, mahnte er. »Wir Menschen… wir denken… aber es ist unser Herr, der lenkt.«

Und hohe Zeit, mich auf dem Klo einzuschließen, damit ich mir in aller Ruhe einen Bruch lachen kann, dachte Bäckström und zog die Tür hinter sich zu.

Auf seinem Hotelzimmer hatte er sofort ein kaltes Bier in ein Glas gegossen. Leute, die direkt aus der Flasche trinken, können doch nicht ganz klar im Kopf sein. Verdammte Halbaffen, dachte Bäckström, trank einige tiefe Schlucke und leckte sich glücklich den Schaum von der Oberlippe. Dann ließ er sich aufs Bett fallen, schaltete den Fernseher an und ging alle Nachrichten durch, die unten an der Rezeption auf ihn gewartet hatten. Es waren nicht wenige, und die meisten stammten von der kleinen Carin vom Lokalradio. In der Mitteilung, die erst wenige Stunden alt war, hatte sie sogar betont, »wir müssen ja nicht über den Fall sprechen«, und um ihren guten Willen zu zeigen, hatte sie auch ihre Privatnummer angegeben. »Kann

ich dich an einem diskreten Ort auf einen Bissen einladen?«
Frau in Nöten, dachte Bäckström und streckte die Hand nach
dem Telefon auf dem Nachttisch aus. Die scheint ja total verzweifelt zu sein, dachte er, als er ihre Nummer tippte.

Der diskrete Ort entpuppte sich als kleines Wirtshaus mit eigenem Gartenlokal und Blick auf einen weiteren småländischen
See. Es lag ein ziemliches Stück außerhalb der Stadt, aber da
Bäckströms Taxi von seinem Arbeitgeber bezahlt wurde,
machte ihm das keine Probleme. Kein Zeitungsschmierer, so
weit das Ermittlerauge reicht, dachte er, als er für seine abend-
liche Gesellschaft den Stuhl zurechtschob.

»Endlich allein, Kommissar. Zwinker, zwinker, zwinker«,
sagte Carin und lächelte mit Mund und Augen. »Möchtest du
etwas essen? Ich lade ein.«

»Kommt nicht in Frage«, sagte Bäckström, der schon im
Taxi beschlossen hatte, Überstunden wegen eines Treffens mit
einer weiteren geheimen Gewährsperson abzurechnen, und da
als Beleg natürlich eine Rechnung brauchte.

»Ich möchte etwas richtig Gutes«, sagte er, während er verstohlen sein Gegenüber samt der braunen Arme und Beine betrachtete. Ein dünnes Sommerkleid trug sie noch dazu, und
offenbar hatte sie vergessen, die drei obersten Knöpfe zu schließen. Vielleicht ein bisschen zu leicht, dachte Bäckström.

Richtig gemütlich, urteilte er drei Stunden darauf, als er sie
vor ihrer Haustür absetzte. Er hatte alle Versuche unterbun-
den, den Lindamord zur Sprache zu bringen. Um das Gespräch
in Gang zu halten und um auf raffinierte Weise doch etwas von
sich zu erzählen, hatte er ihr die üblichen Polizistenklassiker
serviert und am Ende noch ein wenig mit einem großartigen
Versprechen für die Zukunft gewedelt.

»Aber du musst doch begreifen, wie mir zumute ist«, seufzte
Carin und drehte ihr Weinglas. »Wir sitzen hier unten, und alle
Nachrichten kommen in den Hauptstadtzeitungen. Da erfährt
man, was passiert. Obwohl es doch unser Mord ist. Es ist doch

eine Frau aus unserem Ort ermordet worden. Eine von uns, meine ich.«

»Das meiste, was in den Zeitungen steht, ist Unsinn, wenn das für dich ein Trost sein kann«, sagte Bäckström. Und was tut man nicht alles für die kleinen Wesen, dachte er.

»Du hast gut reden«, sagte sie mit einem Hoffnungsschimmer in den Augen.

»Wir machen das so«, sagte Bäckström, beugte sich vor und streifte sozusagen im Vorübergehen ihren Arm. »Wenn ich den Arsch erwischt habe und weiß, dass er es wirklich war, dann wirst du das als Allererste erfahren, das verspreche ich dir. Nur du. Und sonst niemand.«

»Versprichst du mir das? Ist das ganz sicher«, fragte sie und sah ihn an.

»Ganz sicher«, log Bäckström und ließ die Hand auf ihrem Arm ruhen. »Du und nur du.« Das ist wirklich viel zu leicht, dachte er.

Im Hotel steuerte er sofort die Bar an. Nur drei Pils während eines ganzen Essens, und er hatte einen Durst wie ein Kamel, das zu Fuß von Jerusalem nach Mekka gewandert ist. Ganz hinten in der Bar saß außerdem Rogersson mit einem Riesenbier und sah schwermütiger aus denn je, obwohl es in seiner Gegend genug freie Tische gab.

Die vielleicht zwei Dutzend Presseleute und anderen Zivilisten, die sich im Lokal aufhielten, zogen es aus irgendeinem Grund vor, sich so weit wie möglich von ihm fortzusetzen.

»Ich habe dem ersten Trottel, der sich hier niederlassen wollte, gesagt, dass ich ihm den Arm brechen würde, und also haben wir Ruhe«, erklärte Rogersson. »Was trinkst du übrigens? Jetzt bin ich an der Reihe«, fügte er hinzu.

»Großes Stark«, sagte Bäckström und winkte einem Kellner, der aus irgendeinem Grund ziemlich skeptisch aussah. Du bist immer so diplomatisch, Rogge, dachte er.

»Ist bei dir irgendwas passiert«, fragte Rogersson, als Bäckström sein Bier bekommen hatte und seinen ärgsten Durst stillte.

»Hab mich ein wenig länger mit unserer Krisentherapeutin unterhalten«, sagte Bäckström und grinste. »Und danach musste ich pissen. Das macht für heute also dreimal.«

»Und da hatte ich dich für einen normalen Menschen gehalten. Verdammt, warum redest du denn mit so einer?«, fragte Rogersson seufzend und schüttelte den Kopf.

»Hör mal zu«, sagte Bäckström und beugte sich vor. Dann erzählte er die ganze Geschichte. Rogersson wurde sichtlich munterer, und danach blieben sie sitzen und tranken noch etliche Gläser, die Bäckström allesamt auf die für den Arbeitgeber bestimmte Gesamtrechnung setzen ließ. Und als es Zeit wurde, schlafen zu gehen, war das Lokal mehr oder weniger leer. Rogersson war fröhlicher geworden und hatte den Reportern, die noch herumlungerten und offenbar vorhatten, sich den Kopf vom Leib zu saufen, eine gute Nacht gewünscht.

»Fahrt nach Hause, ihr blöden Wichser«, sagte Rogersson.

17

Växjö, Dienstag, 8. Juli

Nicht alle Journalisten hatten sich offenbar an Rogerssons Rat vom Vorabend gehalten, denn schon zum Frühstück konnten Bäckström und seine Kollegen die letzte Sensation in der größten Abendzeitung lesen. ER WOLLTE LINDAS NACHBARIN ERMORDEN!, brüllte die Schlagzeile, während der Artikel auf den Seiten 6, 7 und 8 die ganze Geschichte erzählte: »Der Polizistinnenmörder wollte auch mich ermorden. Lindas Nachbarin Margareta erzählt.«

»Was zum Teufel soll das denn nun wieder«, fragte Bäckström einen schweigenden Rogersson, der hinter dem Steuer ihres Dienstwagens saß, um die vierhundert Meter vom Hotel zur Wache zurückzulegen.

»Gegen drei Uhr morgens wurde ich davon geweckt, dass jemand versuchte, in meine Wohnung einzudringen«, las Bäckström vor. »Aber meine beiden Hunde bellten so laut, da lief er weg. Ich habe gehört, wie er die Treppe hinunterrannte. Was zum Teufel soll das«, fragte er noch einmal. »Warum sagt sie das erst jetzt? Wir haben sie doch mindestens zweimal vernommen?«

»Sogar dreimal«, teilte Rogersson freundlich mit. »Ich habe alle Vernehmungsprotokolle gelesen. Zuerst hat sie mit der ersten Streife vor Ort gesprochen. Dann haben die Kollegen von der Bezirkspolizei eine längere Vernehmung mit ihr angestellt, und dabei ist sie auch über das Sprechverbot informiert worden. Und dann wurde sie bei den Hausbesuchen ein drittes Mal befragt.«

»Und kein Wort davon, dass jemand in ihre Wohnung eindringen wollte?«

»Kein Mucks«, sagte Rogersson und schüttelte den Kopf.

»Fahr zu ihr und vernimm sie noch mal«, sagte Bäckström. »Sofort. Und nimm diesen kleinen Schnuffel Salomonson mit.«

»Sicher«, sagte Rogersson.

Kann das denn wirklich so einfach sein, dachte Bäckström. Dass derselbe Trottel dann bei Linda geklingelt hat und sie blöd genug war, ihn einzulassen?

Die Morgenbesprechung verlief problemlos, obwohl sie von Bäckström geleitet wurde. Die meisten warteten offenbar noch auf die Tatortbeschreibung der Kollegen von der Technik. Vor allem auf die verheißenen und heiß ersehnten Auskünfte über das DNA-Profil des Täters. Während der Besprechung wurde vor allem über das diskutiert, was sie morgens in der Zeitung gelesen hatten, und das störte Bäckström so sehr, dass er nicht einmal darüber reden mochte, warum. Dass die Medien plötzlich in seiner eigenen Mordermittlung die Initiative an sich gerissen hatten.

Wie so oft waren auch hier die Meinungen geteilt.

»Ich glaube, es kann einfach sein, dass sie sich bei den Vernehmungen nicht getraut hat, darüber zu sprechen. Sie hatte schlicht und ergreifend Angst«, war die erste vorgetragene Ansicht.

»Eine andere Möglichkeit ist natürlich, dass sie sich das alles aus den Fingern gesaugt hat, um sich interessant zu machen, oder dass die Presseleute ihr die Sache in den Mund gelegt haben«, lautete die zweite.

»Es kann ja auch sein, dass die Wahrheit irgendwo in der Mitte liegt«, fand Nummer drei. »Dass ihre Hunde mitten in der Nacht losgebellt haben, aber nicht notwendigerweise deswegen, weil irgendwer in ihre Wohnung eindringen wollte. Vielleicht haben sie auf ein Auto oder einen Betrunkenen draußen auf der Straße reagiert?«

Auf diese Weise hatten sie noch eine Weile weitergemacht, bis Bäckström sich gerade gesetzt, die Hand gehoben und der Debatte ein Ende bereitet hatte.

»Das findet sich schon«, sagte Bäckström und wandte sich an Enoksson, der bisher noch nichts gesagt hatte. »Hat es irgendeinen Sinn, dich und deine Kameraden hinzuschicken, um ein Kreuz auf ihre Tür zu malen?«

»Die sind schon unterwegs«, sagte Enoksson.

Endlich, dachte Bäckström. Ein echter Polizist.

Nach der Besprechung hatte Bäckström Kollegin Sandberg beiseite genommen, um ein weiteres Mal seine müden Augen auf ihr ruhen zu lassen und sich gleichzeitig danach zu erkundigen, wie es mit dem Überblick über die Personen in der Nähe des Opfers aussah.

»Wie sieht es aus, Anna? Haben wir langsam einen Überblick darüber, wer am Donnerstagabend in der Kneipe war«, fragte Bäckström und lächelte sie freundlich an.

Polizeiassistentin Sandberg konnte mitteilen, dass es sich um an die zweihundert Personen handelte, die entweder im Lokal gewesen waren, als Linda sich kurz nach elf dort eingefunden hatte, oder die später gekommen waren, als sie sich noch immer dort aufgehalten hatte. Etwa hundert davon waren bereits vernommen worden. Die Mehrzahl hatte sich von selbst gemeldet, nachdem die Polizei in den lokalen Medien darum gebeten hatte. Zu dieser Gruppe gehörten auch sechs Bekannte Lindas von der Polizeischule, ihre Freundin, die auf der Wache arbeitete, und vier weitere Polizeiangehörige, von denen Polizeiassistentin Anna Sandberg eine war.

»Du hast keinen Kollegen oder angehenden Kollegen in Verdacht«, fragte Bäckström mit freundlicher Miene.

»Nein«, sagte Anna, die das offenbar überhaupt nicht komisch fand. »Zumindest habe ich nichts Entsprechendes entdecken können. Die Antwort ist nein.«

»Und wie sieht es mit den anderen aus«, fragte jetzt Bäckström. »Waren viele Schurken im Lokal? All die komischen Mistkerle, die sich nicht gemeldet haben? Was wissen wir über die?« Gibt es denn kein Frauenzimmer mit Humor, dachte er.

Nichts Besonderes, meinte Anna. Etliche lokale Schurken und ihr Gegenteil waren dort gewesen, ungewöhnlich, wenn wir Ort und Zeit bedenken. Sie hatten mit mehreren bereits sprechen können, und alle waren entsetzt über den Mord an Linda. Was nicht weiter überraschend war, fand Anna.

»Es gibt also mindestens fünfzig Personen, von deren Identität wir keine Ahnung haben«, stellte Bäckström fest. Die Meisterdetektivin Anna Blomkvist, dachte er.

»Ja«, sagte Anna. »Schlimmstenfalls, wenn wir von Männern sprechen. Ich glaube aber, dass es weniger sind.«

»Aber wie kriegen wir die jetzt«, beharrte Bäckström.

Anna zufolge mussten sie damit rechnen, dass es seine Zeit dauern würde. Einerseits wegen der Urlaubszeit, andererseits war es wohl einfach so, dass viele von ihnen nicht zugeben wollten, dass sie im Lokal gewesen waren, auch wenn sie dort keinerlei Kontakt zum Mordopfer gehabt hatten. Außerdem hatte Kollegin Sandberg eine private Überlegung angestellt und fragte, ob sie die wohl vortragen dürfe.

»Ich habe ziemlich viel darüber nachgedacht, und, ehrlich gesagt, weiß ich nicht, ob es der Mühe wert ist.«

»Warum sollte es das nicht sein«, fragte Bäckström. Faul ist sie auch noch, dachte er.

Aus mehreren Gründen, fand Anna. Jede Menge Arbeit, und egal, wie sehr man sich auch anstrengte, man würde doch nicht alle finden, die im Lokal gewesen waren.

»Ist das alles«, fragte Bäckström. Seufz, dachte er.

»Ist es eigentlich interessant«, fragte Anna. »Alles weist doch darauf hin, dass ihr niemand aus dem Lokal gefolgt ist oder sie überhaupt verfolgt hat. Oder dass sie sich für später mit jemandem verabredet hat, dem sie im Lokal begegnet ist. Wenn das, was die Nachbarin in der Zeitung sagt, stimmt, dann ist sie doch offenbar einem Verrückten zum Opfer gefallen? Ich finde, dass eigentlich fast alles dafür spricht.«

»Das wissen wir aber nicht«, sagte Bäckström kurz. »Weder du noch ich«, fügte er hinzu. Und du am allerwenigsten, dachte er.

»Also machen wir weiter«, stellte Anna fest.

»Richtig erkannt«, sagte Bäckström. »Ich will alle, die im Lokal waren, identifiziert und verhört haben, und wenn wir währenddessen den Täter auf andere Weise finden, dann blasen wir die Aktion eben ab. In der Hinsicht bin ich nämlich nicht blöd.«

»Verstanden«, sagte Anna kurz.

»Noch was«, sagte Bäckström. »Du hast mir angeboten, einen Blick in ihren Terminkalender zu werfen.«

»Sicher«, sagte Anna. »Aber ich fürchte, auch darin steht nichts Interessantes. Zumindest habe ich nichts gefunden.«

»Sind die Techniker damit fertig«, fragte Bäckström. Wieso denn auch nicht, dachte er.

»Aber ja«, sagte Anna. »Nur Lindas Finger. Keine anderen.«

»Wie schön«, sagte Bäckström und grinste.

»Wie meinst du das?« Anna musterte ihn wachsam.

133

»Da brauche ich nicht solche Plastikhandschuhe anzuziehen«, sagte Bäckström.

»Das brauchst du nicht«, sagte Anna kurz. »Sind wir dann so weit?«

»Sicher«, sagte Bäckström und zuckte mit den Schultern. Dass ein Frauenzimmer mit so feinen Möpsen so verdammt sauer sein kann, dachte er.

18

Ein seltsamer Sommer. Der seltsamste seit Menschengedenken und seit Gedenken aller anderen, falls sie alt genug waren, natürlich nur. Er hatte schon im Mai angefangen und schien kein Ende nehmen zu wollen. Tag für Tag unter stechender Sonne mit immer neuen lokalen Hitzerekorden, die sich dazu noch ziemlich gerecht über das ganze Land verteilten.

Dienstag, der 18. Juli, brachte einen neuen nationalen Rekord. Der alte schwedische Rekord war fast sechzig Jahre zuvor eben in Småland aufgestellt worden. Am 29. Juni 1947 waren nämlich mitten am Tag in Målilla achtunddreißig Grad notiert worden, und wenn es nun unser Herrgott ist, der das Wetter lenkt, dann schien er die Seinen offenbar ermahnen zu wollen. Wie sollte man es sonst erklären, dass um drei Uhr nachmittags am Dienstag, dem 18. Juli, in Väckelsång, einige Dutzend Kilometer südlich von Växjö, eine Temperatur von achtunddreißig Komma drei Grad Celsius gemessen wurde? Und das noch dazu im Schatten.

In Växjö war es verhältnismäßig kühl. Als Lewin und Eva Svanström um kurz nach eins die Wache verließen, um in der Stadt ein spätes Mittagessen zu sich zu nehmen, flimmerte der ganze Oxtorg im Sonnendunst, obwohl es nur schnöde zweiunddreißig Grad waren.

Ohne zu wissen, warum, verspürte Lewin die vertraute Unruhe. Außerdem hatte er ein Großteil seiner wachen Zeit in seinem mit Klimaanlage ausgerüsteten Büro im Polizeigebäude verbracht, deswegen war er nicht gerade auf die Hitze vorbereitet.

»Wir sollten vielleicht im Haus bleiben«, schlug er vor und lächelte Eva Svanström zögernd an. Was ist eigentlich los, überlegte er. In Schweden, mitten im Sommer?

»Ich finde das phantastisch«, erwiderte Eva, lächelte glücklich und breitete beide Arme zu einer überaus unschwedischen Geste aus. »Komm schon, Janne, los geht's. Du darfst auch im Schatten sitzen.«

Die Nachrichten am Abend und am folgenden Morgen drehten sich größtenteils um dasselbe Thema, und die lokalen Medien brachten ein ansehnliches Maß an sogenanntem Lokalpatriotismus zum Ausdruck. Der wärmste Ort auf schwedischem Boden war weiterhin des Herrn getreues Småland. Eine Zeitung erkühnte sich sogar, Småland zur neuen Riviera Nordeuropas auszurufen, während Smålandsposten wie schon so oft zurückhaltender auftrat, denn schließlich weiß jeder Småländer, dass man nicht übertreiben darf.

Wie die großen Morgenzeitungen hatten auch die Lokalzeitungen allerlei Fachleute zu Wort kommen lassen, solche, die vor dem Treibhauseffekt warnten, und solche, die alles mit dem Hinweis auf geschichtliche und langfristige Temperaturschwankungen abtaten, zum Beispiel mit dem Hinweis auf die Tatsache, dass zur Bronzezeit noch oben in Norrland Weintrauben angebaut worden waren, und ansonsten gab es jede Menge medizinische Tipps für die schwitzenden Leser.

Es galt, im Schatten zu bleiben und sich ruhig zu verhalten, jeder unnötigen körperlichen Anstrengung aus dem Weg zu gehen, viel zu trinken und den Kopf mit einer Mütze oder einem Hut zu schützen. Vor allem war das wichtig, wenn man älter oder sehr jung war oder hohen Blutdruck oder Probleme mit dem Herzen hatte. Und natürlich durfte man nicht einmal für kurze Zeit Hunde oder kleine Kinder in verschlossenen parkenden Autos lassen.

In den Abendzeitungen war alles wie immer gewesen. Nachdem sie ihre Pflicht getan und die meteorologischen Notwendigkeiten abgehakt hatten, waren sie auf das Wesentliche zurückgekommen, wie auf den Zusammenhang zwischen der unerträglichen Hitze und der wachsenden Gewalttätigkeit in diesem Sommer. Und auf den Lindamord, nicht zu vergessen.

Einer der befragten Experten in einem der allergrößten Klatschblätter hatte sogar auf deutliche Zusammenhänge zwischen der Häufigkeit von Serienmorden und Serienmördern und der aktuellen Temperatur hingewiesen. Nach seiner eigenen Forschung stieg die Wahrscheinlichkeit für ersteres Phänomen mit der Temperatur. Das Sommerhalbjahr war kritischer als das Winterhalbjahr, ganz egal, ob man Eskimo oder Hottentotte war. Und die allermeisten bekannten Serienmörder in den USA zum Beispiel wurden lieber in den südlichen Staaten Kalifornien und Florida tätig als im Mittleren Westen oder in den nördlichen Bundesstaaten, und das konnte kein Zufall sein. Hitze führt zu Gewaltausbrüchen, vor allem bei psychisch kranken, labilen und instabilen Tätern, erklärte er abschließend.

19

Das Leben spielt. Zuerst muss ich vor dem Mittagessen mit einer vergrätzten Alten reden, und dann muss ich mit zwei Vollidioten speisen, da Rogersson offenbar lieber mit einer weiteren Alten herumfaselt, dachte Bäckström. Und als ob das nicht genug wäre, gibt es zum Mittagessen auch noch zerkochte Nudeln mit einer verdammten Fischsoße. Was ist denn an ganz normalen Klopsen mit roter Beete auszusetzen, überlegte er. Schließlich liegt doch Schonen verdammt noch mal Wand an Wand mit diesem Loch hier.

Knutsson und Thorén machten einen um einiges fröhlicheren Eindruck, und am allerfröhlichsten war Knutsson, der sich mit

Einbrechern amüsieren durfte, seit die Nachbarin sich in der großen Morgenzeitung geoutet hatte.

»Sehr umsichtig von dir, Erik«, lobte Thorén. »Als ich las, was sie gesagt hat, war ich sofort überzeugt davon, dass es stimmt. Ich glaube, du liegst total richtig.«

»Erzähl«, sagte Bäckström. Vollidioten, dachte er.

Thorén zufolge war alles ganz einfach.

»Typisches Einbrecherverhalten. Zuerst schleichen sie ganz nach oben, wo die Gefahr nicht so groß ist, dass jemand aus einer der unteren Wohnungen zufällig vorbeikommt.«

Um drei Uhr morgens, mitten in der Urlaubszeit, muss dieses Risiko ja auch gewaltig sein, dachte Bäckström und nickte dem Kollegen aufmunternd zu.

»Ja, und dann hat er wohl an der Tür geklingelt, um zu sehen, ob jemand zu Hause ist, und da haben die Hunde losgebellt«, sagte Thorén.

»Oder er hat durch den Briefschlitz geschaut«, assistierte Knutsson.

Und du warst noch nie bei der Drogenfahndung, wie ich höre, dachte Bäckström und nickte.

»Was stimmte denn nicht mit der Wohnung darunter? Da war doch kein Arsch«, sagte Bäckström.

»Viel zu nah, wo er doch gerade die Nachbarin aus der Wohnung darüber aufgeweckt hatte«, sagte Knutsson voller Überzeugung.

»Und die nächste Wohnung?«, fragte Bäckström.

»Der Pole war zu Hause«, wandte Thorén ein. »An sich kann er es ja auch bei dem probiert haben.«

»Aber ich glaube eher, dass er gleich ins Erdgeschoss gegangen ist«, sagte Knutsson. »Um ganz sicher sein zu können, meine ich.«

»Und dann klingelt er also bei Linda«, fragte Bäckström. Das hier wird ja immer besser, dachte er.

»Ja«, sagte Knutsson. »Und schaut in den Briefschlitz und macht alles, was solche Leute eben machen. Das ist der übliche Modus bei denen. Ja. Ihr üblicher Modus operandi.«

»Und dann kommt Linda und öffnet ihm«, sagte Bäckström.

»Ja«, sagte Knutsson. »Auch wenn das komisch klingt. An sich kann sie ja auch vergessen haben abzuschließen, aber nach dem, was unsere Techniker gefunden haben, ist das wohl nicht gerade wahrscheinlich.«

»Muss sie aber gemacht haben, wo es keine Bruchspuren an der Tür gibt«, sagte Thorén. »Aufgemacht oder vergessen abzuschließen.«

»Wartet mal«, sagte Bäckström und hob abwehrend die Hände. »Nur damit ich bei der Beweisführung der Herren mitkomme. Um drei Uhr morgens kommt ein typischer Einbrecher des Wegs, so ein Junkietyp mit frischen Einstichspuren und Schaum in den Mundwinkeln, und klingelt an Lindas Tür, um zu sehen, ob die Ericson, die auf dem Türschild steht, vielleicht zu Hause, hoffentlich aber verreist ist. Derweil bellen wie die Blöden die Tölen der Nachbarin vier Treppen höher. Aber unser kleiner Dieb klingelt, klingelingeling. Dann schaut er sicherheitshalber durch den Briefschlitz. Linda, die die Kneipe verlassen hat, um nach Hause zu gehen und zu schlafen, und die nach allem, was ich gehört habe, Polizistin werden wollte, geht zur Tür, schaut durch das Guckloch, und was sieht sie da? Einen typischen Einbrecher. Klasse. Den muss ich einlassen. Toll. Hier kann er doch alles Mögliche klauen. Wenn er nur verspricht, die Schuhe auszuziehen und sie in der Diele ins Schuhregal zu stellen, damit er keinen unnötigen Dreck macht. Ungefähr so, ja?«

Weder Thorén noch Knutsson sagten etwas dazu. Bäckström stand auf, stellte das Tablett auf den Wagen mit dem schmutzigen Geschirr, holte sich eine Tasse Kaffee mit viel Milch und Zucker, ging damit auf sein Zimmer, und auf dem ganzen Weg dorthin fluchte er.

Als Rogersson und Kollege Salomonson bei der Nachbarin Margareta Eriksson klingelten, war sie beschäftigt. Sie hatte die Reporter und Fotografen von der größten Abendzeitung eingeladen, die die Sensation verpasst hatten, nun aber hofften, aus einem neuen Blickwinkel noch etwas herausholen zu können.

»Also wäre es mir angenehmer, wenn ihr etwas später kommen könntet«, erklärte sie.

»Sie möchten vielleicht lieber auf die Wache kommen, Frau Eriksson«, fragte Rogersson mit ausdrucksloser Stimme und abwesendem Blick. »Wir können Sie von einem Streifenwagen abholen lassen. Sie brauchen uns nur zu sagen, wann.«

In der Folge genaueren Nachdenkens war dann doch noch alles gut gegangen, und schon wenige Minuten später saß Frau Eriksson zusammen mit Rogersson und Salomonson an dem Küchentisch, den die Presseleute eben erst verlassen hatten.

»Die Herren hätten vielleicht gerne eine Tasse Kaffee«, fragte die Gastgeberin, die offenbar beschlossen hatte, einen Strich unter alle Missverständnisse zu ziehen.

»Ja, das wäre sehr schön«, sagte Salomonson umgänglich, ehe Rogersson das Angebot ablehnen konnte.

»Ja, ich kann ja verstehen, dass ihr euch über diesen Zeitungsartikel wundert«, sagte Frau Eriksson, deren Gesichtsausdruck verriet, dass sie sich nicht so ganz wohl in ihrer Haut fühlte. »Warum ich euren Kollegen nichts gesagt habe, meine ich.«

Rogersson begnügte sich mit einem Nicken, während Salomonson konzentriert seinen Kaffee umrührte.

»Man darf ja nun nicht alles glauben, was in der Zeitung steht«, sagte Frau Eriksson und lächelte nervös. »Darf man nicht, und das, was da steht, habe ich so wirklich nicht gesagt. Ich habe gesagt, dass ich mitten in der Nacht davon geweckt wurde, dass meine Hunde bellten. Aber alles andere, dass jemand hier einbrechen wollte und dass ich ihn auf der Treppe gehört habe… das habe ich nicht gesagt. Wenn das passiert wäre, hätte ich doch sofort die Polizei angerufen.«

»Kommt es oft vor, dass Ihre Hunde bellen, wenn jemand kommt, Frau Eriksson«, fragte Salomonson.

Natürlich kam das vor. Besonders wenn die Nachbarn nach Hause kamen, und vor allem wenn es spät war, aber es passierte auch, wenn jemand auf der Straße laut wurde. »Dieser grässliche Pole«, der leider ihr Nachbar war, hatte sich sogar bei der Hausgemeinschaft darüber beklagt. Ohne Erfolg zwar, wie das Frauchen der Hunde und die Hausvorsitzende erzählen konnte. Aber sicher, vor allem Peppe passte sehr gut auf.

»Er bellt ausgesprochen laut«, sagte Frau Eriksson stolz und streichelte den großen Labrador, der den Kopf auf ihr Knie gelegt hatte. »Und der kleine Pigge stimmt dann beim großen Bruder mit ein.«

»Was haben Sie in der Nacht gemacht, als die Hunde losgebellt haben«, fragte Rogersson.

Da sie geschlafen hatte und vom Gebell geweckt worden war, war sie zuerst im Bett liegen geblieben und hatte gelauscht. Dann hatte sie den Hunden befohlen, mit dem Bellen aufzuhören, und da die Hunde gehorcht hatten, war ihr klar gewesen, dass keinerlei Grund zur Unruhe bestand.

»Wenn jemand vor der Tür gestanden hätte, hätten sie natürlich weitergebellt, auch wenn dieser Jemand muxmäuschenstill gewesen wäre«, erklärte Frau Eriksson.

»Die Hunde hörten mit dem Bellen auf«, fasste Rogersson die Lage zusammen. »Und was haben Sie dann gemacht, Frau Eriksson?«

Zuerst war sie in die Diele geschlichen und hatte durch das Guckloch geschaut, hatte aber nichts gehört oder gesehen. Also hatte sie sich wieder hingelegt und war dann irgendwann eingeschlafen. Das war alles, und sie bedauerte noch einmal, dass sie bei ihren früheren Gesprächen mit der Polizei nicht daran gedacht hatte. Warum die Zeitung die Sache aber so ganz anders dargestellt hatte, begriff sie »ehrlich gesagt nicht«.

Weil du mit ihnen geredet und versucht hast, dich interessant zu machen, dachte Rogersson, aber das sagte er nicht. Sie beendeten die Vernehmung, bedankten sich für den Kaffee und gingen. Rogersson hatte nicht einmal mit dem Redeverbot gewinkt. Jeder echte Polizist wusste, dass das nur ein Witz war.

Auf der Treppe begegneten ihnen zwei Techniker, die auf dem Weg nach oben waren, um Frau Erikssons Wohnungstür und mögliche andere interessante Flächen zu pinseln.

»Wenn ihr euch beeilt und bei ihr klingelt, kriegt ihr Kaffee«, sagte Salomonson, während Rogersson sich mit einem Nicken und einem Grunzen begnügte.

Da sie ohnehin schon vorbeikamen, klingelten sie auch bei Gross, um zu fragen, ob auch bei ihm in der Nacht zum Freitag jemand vor der Tür gestanden habe. Gross weigerte sich aufzumachen. Durch den Briefschlitz verlangte er ein Ende der Schikanen.

»Ich habe die Presse zu Besuch. Ich habe Zeugen in der Wohnung. Ich warne die Herren«, sagte Gross. »Machen Sie sofort, dass Sie wegkommen.«

»Ja, das war wohl so ungefähr alles«, sagte Rogersson. Schaute zu Bäckström hoch und seufzte.

»Was glaubst du selbst denn?«, fragte Bäckström.

»Dass die Alte mitten in der Nacht aufgewacht ist, weil ihre Hunde gebellt haben«, sagte Rogersson. »Wann genau das war, weiß sie nicht. Vermutlich ist es einfach so, dass die Tölen die ganze Zeit Krach schlagen. Die haben einen Wahnsinnslärm veranstaltet, als der Kollege und ich vor der Tür standen.«

»Warum hat sie denn dann durch das Guckloch geschaut«, fragte Bäckström listig. »Macht sie das jedes Mal, wenn die Tölen grölen?«

»Nach dem, was sie selber behauptet, jedenfalls nicht«, sagte Rogersson. »Willst du meine Meinung hören?« Rogersson seufzte müde und Bäckström nickte.

»Es war mitten in der Nacht, es ist Sommer, sie hat alle Zeitungsartikel über Einbrecher gelesen, die keine Hemmungen mehr haben, fast alle ihre Nachbarn sind im Urlaub. Das reicht doch wohl als Erklärung dafür, warum sie gerade dieses Mal durch das Guckloch geschaut hat.«

»Aber warum haben die Tölen also gebellt«, beharrte Bäckström.

»Frag mich nicht nach Hunden. Sprich mit einem Kollegen von der Hundestreife. Der wird sich freuen. Die haben in ihren kleinen Schädeln doch bloß Platz für ihre Köter.«

»Warum haben die Tölen gebellt«, wiederholte Bäckström.

»Die einfache Erklärung ist sicher, dass sie gebellt haben, weil sie gehört haben, dass Linda nach Hause kam. Die scheinen über ein übernatürliches Gehör zu verfügen, wenn man ihrem Frauchen glauben darf. Wir sehen uns im Hotel«, sagte Rogersson.

»Vergiss nicht den Schnapsladen«, mahnte Bäckström. »Mir brauchst du nichts mitzubringen. Es reicht, wenn ich alles Bier wiederkriege, das du schon ausgesoffen hast.«

Ehe Bäckström die Wache verließ, rief er Enoksson in der Technik an, um zu fragen, was die Untersuchung von Frau Erikssons Tür ergeben hatte.

»Wir haben geleuchtet und gepinselt«, sagte Enoksson. »Tür, Klinke, Briefschlitz, Türleiste, interessante Stellen an der Wand daneben, das Treppengeländer im Stock darunter. Den Fahrstuhl hatten wir schon überprüft, wie du vielleicht noch weißt.«

»Und?«, fragte Bäckström.

»Nichts«, sagte Enoksson. »Nur ihre eigenen. Die Alte ist sicher einsam und wollte jemanden haben, mit dem sie reden konnte. Und da hat sie vielleicht versucht, sich interessant zu machen.«

Als Bäckström in sein Hotelzimmer zurückkehrte, war seine Wäsche geliefert worden. Die sorgfältig eingepackten Kleiderhaufen bedeckten fast alle leeren Stellen in seinem Zimmer. Außerdem war seinen Anweisungen zufolge »Garderobenpflege« auf die allgemeine Rechnung gesetzt worden. Dann tauchte Kollege Rogersson mit der Lage Starkbier auf, die er schuldig war. Wie Weihnachten, dachte Bäckström und hatte sich den Gedanken, die kleine Carin anzurufen, schon aus dem Kopf geschlagen.

»In der Minibar stehen ein paar Kalte«, sagte Bäckström. »Ich finde, die kippen wir erst mal, ehe wir napfen gehen.«

20

Växjö, Mittwoch, 9. Juli

Der Tag hatte ungewöhnlich verheißungsvoll angefangen. Die zweitgrößte Abendzeitung wollte sich nicht geschlagen geben. Man verlangte Revanche und hatte deshalb aus dem Bericht von Marian Gross mehr gemacht, als sogar der Chefredakteur sich hätte wünschen können. Eine ganze Seite mit einem großen Bild des Helden der Geschichte, des Bibliothekars Marian Gross, neununddreißig, der mit der Schlagzeile ER HAT DEN SERIENMÖRDER VERJAGT nur allzu einverstanden sein konnte. Wie zum Teufel hat der Fotograf das bloß geschafft, überlegte Bäckström. Der kleine Fettsack sah fast beängstigend aus. Sicher haben die ihn steil von unten aufgenommen, dachte er.

»Hört euch das an«, sagte Bäckström und fing an, den Artikel vorzulesen.

»Warte mal«, fiel Thorén ihm pedantisch ins Wort. »Der ist doch sechsundvierzig, nicht neununddreißig?«

»Scheiß da jetzt drauf«, sagte Bäckström. »Hört euch lieber das hier an. Marian wurde mitten in der Nacht davon geweckt, dass jemand in seine Wohnung einbrechen wollte. Er stürzte in die Diele. Durch den Türspion sah er einen jüngeren Mann, der versuchte, das Türschloss aufzustochern.«

»Welches denn«, fragte Rogersson sauer. »Gestern, als ich da war, hatte die Tür drei davon.«

»Verbeiß dich jetzt nicht in die Details«, sagte Bäckström und las weiter. »Ich fragte, was das denn soll, erzählt Marian, aber ehe ich aufmachen konnte, jagte er die Treppe hinunter und war verschwunden.«

»Kann er den Typen beschreiben«, fragte Knutsson.

»Sogar sehr gut«, sagte Bäckström. »Obwohl der Täter sein Gesicht hinter dem Schirm einer sogenannten Baseballkappe versteckt hatte, sah unser polnischer Freund, dass er kurze Haare hatte, sein Kopf fast geschoren war und er wie ein typischer Schwede aussah. Wie einer von der Sorte Fußballhooligan, oder auf jeden Fall Faschist. Groß und kräftig. An die eins achtzig, etwa zwanzig. Er trug eine graubraune Tarnjacke, eine schwarze Hose aus einem glänzenden Material und darüber Stiefel mit hohem Schaft.«

»Interessant«, sagte Lewin und nippte an seinem Kaffee, während er unter dem Tisch mit der rechten Zehenspitze diskret Eva Svanströms linkes sonnenbraunes Fußgelenk streifte. »Seine Kleidung. Wenn wir bedenken, dass es draußen gut zwanzig Grad waren, meine ich.«

»Irgendwas stimmt hier nicht«, sagte Knutsson skeptisch und schüttelte den Kopf.

»Erzähl«, sagte Bäckström interessiert, legte die Zeitung weg und beugte sich vor, um sich ja kein Wort entgehen zu lassen.

»Ist der Täter denn dann nur eine Treppe weiter nach unten gelaufen und hat bei Linda geklingelt?«, fragte Thorén und schüttelte den Kopf.

»Mit Linda war er sicher schon fertig«, schlug Bäckström vor. »Und jetzt wollte er sich im Haus hocharbeiten.«

»Warum hat er nicht die Polizei angerufen«, fragte Knutsson. »Dieser Gross, meine ich.«

»Die Frage ist ihm sogar gestellt worden«, sagte Bäckström und grinste. »Wie die meisten Bürger dieses Landes hat auch Gross absolut kein Vertrauen zur Polizei.«

»Ich glaube diese Geschichte nicht«, sagte Knutsson und schüttelte energisch den Kopf. »Ich glaube, er hat sich das alles aus den Fingern gesaugt. Abgesehen davon, dass natürlich jemand bei ihm an der Tür geklingelt haben kann. Wie bei der Nachbarin, meine ich.«

»Ich glaube, wir kommen hier nicht weiter«, seufzte Rogersson und erhob sich vom Tisch. »Soll ich noch mal mit ihm
reden?« Rogersson schaute Bäckström an.

»Hat der Papst einen Turban? Arbeitet Kommissar Bäckström bei der Streife? Schläft Dolly Parton auf dem Bauch«,
fragte Bäckström und erhob sich ebenfalls.

21

Am selben Morgen traf bei der Ermittlertruppe endlich die
ersehnte DNA-Analyse ein, und alle hatten sich zur Morgenbesprechung eingefunden. Die Stimmung war angespannt, und
die DNA, die der Chef der technischen Sektion präsentieren
konnte, war von der besten Sorte. Sie brauchten jetzt nur noch
den Mann zu finden, der sie am Tatort zurückgelassen hatte,
und dann wäre der Mord an Linda ohne irgendwelche noch
möglichen Zweifel aufgeklärt. In beweistechnischer Hinsicht
waren die Ergebnisse so überzeugend, dass es eigentlich total
uninteressant war, was der Täter bei seiner Festnahme zu der
Angelegenheit möglicherweise zu sagen haben würde.

Seine DNA war an verschiedenen Stellen gesichert worden. In
Form von Sperma auf dem Wohnzimmersofa. In Form von
verschiedenen Körperflüssigkeiten an den dunkelblauen und
zusammengeknüllten Jockeyunterhosen Größe S, die unter
selbigem Sofa gelegen hatten. In Form von Sperma in Scheide
und Enddarm des Opfers. In Form von Sperma an den Wänden der Duschkabine im Badezimmer. In Form von Blut auf
der Fensterbank. In Form von Hautabschürfungen am Rand
der Fensterbank. Und dann an einer weiteren Stelle, die die
Techniker bisher nicht erwähnt hatten. In der Diele hatten sie
ein Paar weiße Joggingschuhe in Größe 42, Marke Reebok,
gefunden. Die DNA-Analyse zeigte, dass es sich um die Schuhe
des Täters handelte.

»Anfangs waren wir da ein wenig unsicher«, erklärte

Enoksson. »Deshalb haben wir bisher nichts gesagt. Aber Lindas Mutter hat diese Schuhe nie gesehen, und da haben wir sie ins Labor geschickt, und das war ja offenbar richtig.«

Eine Jockeyunterhose und ein Paar Reebokschuhe. Getragen von hunderttausenden von Männern und in Millionen von Exemplaren verkauft. Es war gar nicht daran zu denken, den Käufer zu suchen. Stattdessen mussten sie ihr Vertrauen auf etwas anderes setzen, und Enoksson und seine Kollegen hielten es für wahrscheinlich, sich mit Hilfe der gesicherten Spuren ein gutes Bild vom eigentlichen Handlungsverlauf machen zu können.

Der Täter betritt die Wohnung. Aller Wahrscheinlichkeit nach hat Linda ihn eingelassen. Er zieht die Schuhe aus und stellt sie in der Diele ins Schuhregal.

Danach landen er und sein Opfer auf dem Wohnzimmersofa, der Täter zieht Hose und Unterhose aus, und es kommt ihm auf dem Sofa.

Gleich darauf verlagert sich die Handlung ins Schlafzimmer. Der Täter hat Linda die Hände auf den Rücken gefesselt, hat sie geknebelt und ihre Fußgelenke an die Bettpfosten gebunden, vermutlich in dieser Reihenfolge. Danach vergewaltigt er sie zweimal, zuerst vaginal, dann anal, und hat beide Male einen Orgasmus. Vermutlich bringt er ihr im Zusammenhang mit der zweiten Vergewaltigung die Stiche im Gesäß bei. Während oder nach dem abschließenden Vergewaltigungsakt erwürgt er sie.

Danach geht er unter die Dusche, duscht, onaniert und hat abermals einen Orgasmus.

»Und am Ende flieht er dann durch das Schlafzimmerfenster«, sagte Enoksson. »Er schiebt sich mit Brust und Bauch über die Fensterbank, um die Fallhöhe zu mindern«, fügte er hinzu. »Als er hinauskriecht und die Fensterbank loslässt, schrammt er sich am Rand der Fensterbank auf. Die ist nämlich scharfkantig und rostig.«

Die Kleidungsstücke, die Linda in der Nacht, in der sie ermordet wurde, getragen hatte, waren den Technikern ebenfalls bei der Rekonstruktion des Handlungsverlaufs behilflich gewesen.

»Laut Zeugen aus dem Lokal trug sie Folgendes«, sagte Enoksson. »Ein Paar Ledersandalen mit halbhohem Absatz und Lederriemen, die oberhalb der Gelenke verschnürt werden. Eine ziemlich weite Hüfthose aus dunkelblauem Leinen. Darüber ein Leinenhemd in der gleichen Farbe, kragenlos und mit fünf Knöpfen. Über dem Hemd eine schwarze Samtweste mit schwarzen Stickereien, blauen Perlen und blauem Strass. Auf dem Rücken trug sie einen kleinen Rucksack aus blauem Samt, mit Riemen und Besätzen aus blauem Wildleder. Der Rucksack kann auch als Handtasche genutzt werden, wenn man die Riemen versetzt«, erklärte Enoksson.

»Jaja«, sagte Enoksson dann und kratzte sich am Haaransatz. »Wo war ich doch gerade … ach ja«, fügte er hinzu. »Darunter trug sie eine schwarze Unterhose und einen schwarzen BH. Schuhe, Rucksack und insgesamt fünf verschiedene Kleidungsstücke, und jetzt komme ich zum eigentlichen Punkt«, fasste er die Lage zusammen.

Linda hatte offenbar Schuhe und Rucksack abgestreift, sowie sie die Wohnung betreten hatte. Die Schuhe lagen achtlos hingeworfen neben der Fußmatte, und der Rucksack lehnte einen halben Meter weiter an der Wand. Samtweste, Leinenhose und Hemd wurden im Wohnzimmer gefunden. Sorgfältig zusammengelegt über der Armlehne eines Sessels. Die Weste ganz unten, darauf ihre Hose und ganz oben das Hemd.

Ihre Unterhose und ihr BH dagegen lagen auf dem Schlafzimmerboden. Die Unterhose war unversehrt, teilweise umgestülpt, sie lag auf der dem Wohnzimmer zugekehrten Seite des Bettes. Ihr BH lag auf der anderen Seite. Am Rücken aufgeknöpft, beide Träger waren jedoch abgerissen.

»Die wahrscheinliche Erklärung ist wohl, dass der Täter ihn ihr vom Leib gerissen hat, nachdem er ihr die Hände auf den Rücken gefesselt hatte«, sagte Enoksson.

Der nächste Punkt in Enokssons Programm waren Lindas Uhr und ihre Schmuckstücke. Verschiedene Zeugen hatten der Polizei erzählt, dass Linda außer der Uhr am linken Handgelenk noch ein dünnes goldenes Armband getragen hatte, dazu drei verschiedene Ringe an der linken Hand und einen am kleinen Finger der rechten Hand.

»Uhr und Schmuckstücke machen insgesamt sechs Teile«, sagte Enoksson. »Alle sechs Gegenstände lagen in der großen Keramikschale auf dem Couchtisch im Wohnzimmer«, fügte er hinzu und klickte ein Bild auf den Großbildschirm, das Couchtisch und Schale zeigte. »Wir vermuten, dass sie Uhr und Schmuck selbst abgelegt hat. Genau wie Weste, Hose und Hemd vermutlich.«

»Wenn ihr euch die Schale auf dem Tisch ein wenig genauer anseht«, sagte Enoksson und zeigte eine Vergrößerung, »dann seht ihr auch ihr Mobiltelefon. Was uns zum nächsten Programmpunkt bringt. Nämlich den Inhalt ihres Rucksacks.«

In Lindas Rucksack hatten sie alles gefunden, was man normalerweise in solchen Behältnissen findet. Insgesamt einhundertsieben verschiedene Gegenstände. Und zwar ihren Terminkalender und eine Brieftasche, deren Fächer ihren Ausweis von der Polizeischule enthalten, ihren Führerschein, vier kleine Fotos von ihrem Vater, ihrer Mutter und zwei Freundinnen, ihre Visitenkarte, vier Visitenkarten mit anderen Namen, eine Scheckkarte und diverse andere Plastikkarten, Mitgliedsausweise, eine VIP-Karte für das Grace, den Nachtclub des Stadshotell in Växjö, sowie eine für das Café Opera in Stockholm.

Die Brieftasche enthielt außerdem Geld, an die sechshundert schwedische Kronen in Banknoten und fünfzig in Form von allerlei Münzen, dazu fünfundsechzig Euro, insgesamt also einen Wert von etwas mehr als zwölfhundert Kronen. Außerdem ein kleineres Etui mit Lippenstift, Lidschatten und anderen Schminkutensilien, eine Tüte Halstabletten mit Pfefferminzgeschmack, einen Fettstift, einen kleinen Plastikbehälter mit Zahnseide, einen Zahnstocher in einer Plastikhülse, eine kleine Streichholzschachtel mit insgesamt zwölf Streich-hölzern, allerlei Quittungen und Kreditkartenbelege, die von Restaurantbesuchen, Kleiderkäufen und anderem berichte-ten. Außerdem natürlich allerlei Fussel und andere fragmen-tarische Reste, die ein gewissenhafter Kriminaltechniker im-mer unten in einer Tasche fand, so pedantisch deren Besitzerin auch sein mochte.

»Was die Schminke angeht«, sagte Enoksson, »hatte sie sich nicht abgeschminkt, was doch interessant sein kann, wenn wir den Handlungsverlauf bedenken. Sie war noch geschminkt, als sie morgens aufgefunden wurde. Lippenstift, Lidschatten und etwas, dessen Namen mir entfallen ist. Scheint sich um ihre eigenen Sachen zu handeln. Das, was ich vergessen habe, findet ihr im Protokoll. Nichts weiter Aufsehenerregendes dabei.«

Endlich gab es noch einen Schlüsselbund mit allerlei Schlüs-seln, für die Haustür und sonstige Schlösser auf Papas Gutshof. Einen Autoschlüssel für einen zwei Jahre alten Volvo Modell S 40, den Linda von ihrem Vater zum Abitur geschenkt bekom-men hatte. Sorgfältig auf dem privaten Parkplatz gleich vor dem Haus abgestellt. Jetzt stand er auf dem Hof des Polizeigebäudes, und die technische Untersuchung hatte nichts erbracht.

»Ja«, sagte Enoksson. »Vielleicht interessiert sich irgendwer für den Schlüssel zu Mamas Wohnung? Auch der liegt nämlich in der Schale auf dem Couchtisch.«

Enoksson zeigte eine weitere Großaufnahme der Keramik-schale, mit einem kleinen roten Pfeil, der auf einen ganz nor-malen Patentschlüssel an einem metallenen Schlüsselring ge-richtet war. Die einfache Erklärung dafür lautete nach Enoksson, dass sie den Schlüssel zu Mamas Wohnung meistens in der Hosentasche hatte, während der umfangreichere Schlüssel-bund zu Papas Haus im Rucksack aufbewahrt wurde.

»Um die Sache mit dem Rucksack zu beenden«, sagte Enoks-son, »so scheint nichts daraus zu fehlen. Und ihre Wohnung ist offenbar auch nicht durchsucht worden. Es scheint sich also nicht um einen Einbruch gehandelt zu haben. Das Geld in der Brieftasche, der Schmuck in der Schale und dann noch ihre Uhr… das ist so eine Rolex aus Gold und Stahl, die ihr Vater ihr zur Volljährigkeit geschenkt hat. Kostet wohl an die sechzigtausend.«

Nachdem sie den Inhalt von Lindas Rucksack durchgegangen waren, hatte Enoksson die verschiedenen Hilfsmittel vorgeführt, die der Täter benutzt hatte, um sein Opfer zu vergewaltigen, zu foltern und zu ermorden. Konkret handelte es sich um ein Tapeziermesser und fünf verschiedene Herrenschlipse. Sämtliche Hilfsmittel waren auf Bildern zu sehen, und für den Täter war es praktisch gewesen, dass alle sich bei seinem Eintreffen bereits in der Wohnung befunden hatten.

Das Messer hatten die Techniker auf dem Schlafzimmerboden entdeckt, doch ehe es dort gelandet war, hatte es zusammen mit allerlei anderen Anstreicherartikeln in einem roten Plastikeimer neben dem Spülstein in der Küche gelegen. Ein ganz normales Tapeziermesser, mit dem Tapeten, Textilien oder Teppichböden zurechtgeschnitten werden. Ein einschneidiges Messer mit schräger und verstellbarer Klinge mit einer Schneidefläche von etwa einem Zentimeter und scharfer Spitze am Ende.

»Damit hat er auf sie eingehackt«, sagte Enoksson. »Wir finden an Messer und Schaft ihr Blut, aber nicht die Fingerabdrücke des Täters. Sieht aus, als ob er die mit dem Laken abgewischt hat, mit dem sie zugedeckt war.«

Die fünf Schlipse hatten in einem Karton draußen in der Diele gelegen. Lindas Mutter hatte alte Bettwäsche, Handtücher und Kleidungsstücke zum Wegwerfen aussortiert. Auch fünf Herrenschlipse von etwas älterem und schmalerem Modell waren dabei gewesen. Irgendwann hatte der Vater des Opfers sie gekauft, und aus unklaren Gründen waren sie nach der Scheidung bei der Mutter gelandet und sollten jetzt weggeworfen werden, doch dann hatte der Täter sie benutzt, um die Tochter zu fesseln und zu erwürgen.

Drei Schlipse waren noch an Lindas Körper befestigt, als sie ermordet aufgefunden wurde. Der erste war um ihren Hals zusammengezogen, mit dem Knoten im Nacken, um dem rittlings auf ihr sitzenden Täter das Erwürgen zu erleichtern. Mit dem zweiten hatte er ihr die Hände auf den Rücken gefesselt. Der dritte war um ihren rechten Fußknöchel gebunden. Der vierte war zusammengeknüllt auf den Boden geworfen worden. An ihm waren Spuren von Lindas Speichel und ihren Zähnen gefunden worden. Der Täter hatte ihn als Knebel benutzt und ihn vermutlich nach dem Erwürgen selbst losgebunden. Der fünfte Schlips hing am obersten Brett am Fußende des Bettes, und andere Spuren wiesen darauf hin, dass er zu irgendeinem Zeitpunkt ebenfalls um Lindas linkes Fußgelenk gebunden worden war.

»Eine wirklich traurige Geschichte«, fasste Enoksson zusammen und schaltete seinen Projektor aus.

»Wie sieht es mit sonstigen Spuren aus«, fragte Bäckström. »Haare und Finger und andere Abdrücke und Fasern und dieser ganze Kleinkram, den Leute wie du an solchen Stellen eben finden?«

Da gab es allerlei, sagte Enoksson. Sie hatten etwa ein Dutzend unterschiedliche Haarproben gesichert und ans Labor geschickt. Kopfhaare, Körperhaare und Schamhaare.

»Ganz sicher stammen etliche von unserem Täter«, sagte Enoksson. »Aber die Analyse läuft noch. Wir haben das Einfachste zuerst genommen.«

Das galt auch für Fingerabdrücke, andere Abdrücke und Fußspuren. Wenn sie den Richtigen fanden, ließen sich vermutlich sehr viele davon mit ihm in Verbindung bringen.

»Wenn wir bedenken, was wir alles schon haben, dann schwimmen wir doch geradezu im Überfluss«, seufzte Enoksson. »Aber lieber zu viel als zu wenig. Wenn ich auch ab und zu den Eindruck habe, dass hierzulande die pure Spurenhysterie ausgebrochen ist. Das liegt sicher an all den Filmen, die sich die Leute im Fernsehen ansehen.«

Du bist ja wirklich ein echter kleiner Philosoph, du, Enok, dachte Bäckström.

»Hast du sonst noch was für uns«, fragte er.

Enoksson schien zu zögern. Dann schüttelte er den Kopf.

»Jetzt spuck's schon aus«, sagte Bäckström. »Raus damit, Enok, schütte uns dein Herz aus, hilf deinen hart arbeitenden Kollegen auf dem Fabrikboden.«

»Naja«, sagte Eriksson. »Was die Sache angeht, so haben wir von der Technik wohl gesagt, was wir zu sagen haben. Aber ich habe mit dem Labor über unsere DNA gesprochen... die Sache steht allerdings noch längst nicht fest, denn die Forschung in dieser Hinsicht steckt noch... also, in den Anfängen, und... das Risiko, dass es nicht stimmt, ist ziemlich groß, aber...«

»Enoksson«, mahnte Bäckström. »Was hat der Kollege gesagt?«

»Es war übrigens eine Kollegin«, sagte Enoksson. »Und jedenfalls sagt sie, dass einiges darauf hinweist, dass unsere DNA keine typisch nordische DNA ist. Dass es Grund zu der Annahme gibt, dass sie von einem Täter mit anderer Herkunft stammt, wenn man das mal so sagen darf.«

Surprise, surprise, dachte Bäckström und begnügte sich mit einem Nicken.

Nach einer Kaffeepause und kurzem Beinevertreten – Enokssons Vortrag hatte an die zwei Stunden gedauert – kam dann der Gerichtsmediziner zu Wort. Nichts von dem, was er erzählen konnte, stand in irgendeinem Widerspruch zu dem, was sich die Polizei schon selbst gedacht hatte. Aber trotzdem waren seine Ergebnisse noch sehr vorläufig, und die endgültigen Schlussfolgerungen konnten sie erst in zwei Wochen erwarten. Wenn alle Analysen abgeschlossen wären und er seine Überlegungen beendet hätte.

»Was ich zum jetzigen Zeitpunkt sagen kann«, sagte der Gerichtsmediziner pedantisch und raschelte mit seinen Papieren, »ist, dass das Opfer erwürgt wurde. Beobachtungen bei der

Obduktion sprechen dafür, dass sie mit dem bewussten Schlips erwürgt wurde und dass der Tod irgendwann zwischen drei und sieben Uhr morgens eingetreten ist, in der Nacht zum Freitag oder am frühen Freitagmorgen.«

Seufz und stöhn, dachte Bäckström.

»Ähnliche Verletzungen des Opfers kommen in den letzten Jahren bei ähnlichen Verbrechen immer häufiger vor. Der beliebte Ausdruck Folterschäden ist nicht ganz irreführend, auch wenn man sich in meiner Branche vor Aussagen über die möglichen Motive des Täters hüten sollte. Es gibt etliche bekannte Fälle, bei denen der Täter eben Messer, andere Stichwaffen oder brennende Zigaretten benutzt hat. Wir haben auch zwei Fälle in Schweden, bei denen eine E-Pistole zur Anwendung gekommen ist …«

Scheiß da jetzt drauf, dachte Bäckström.

»Die relativ kräftige Blutung, die sich trotzdem ergeben hat, im Hinblick auf das Aussehen der Verletzungen, meine ich, spricht dafür, dass das Opfer am Leben war, als ihm die Schäden zugefügt wurden, und dass das Opfer vermutlich heftigen Widerstand geleistet hat. Der Körper pumpt Adrenalin, der Blutdruck wird kräftig erhöht …«

Immerhin etwas, dachte Bäckström. Unser Täter ist nicht so blöd, eine Leiche zu foltern.

»Die Verletzungen an ihren Fuß- und Handgelenken stimmen mit den Fesseln überein, die bei der technischen Untersuchung sichergestellt worden sind …«

Wie fesselnd, dachte Bäckström und schaute verstohlen auf seine Armbanduhr.

»Jaja«, sagte Bäckström eine Viertelstunde später und ließ seinen Feldherrnblick über seine Truppen schweifen. »Warum sitzt ihr noch hier? Raus mit euch und schnappt euch den Arsch!«

22

Am Abend, nach dem Essen im Hotel, versammelte Bäckström seine Kerntruppe in seinem Zimmer, um in aller Ruhe über ihre Arbeit sprechen zu können, ohne dass eine Bande von Buschsheriffs versuchte, sie mit ihren blödsinnigen Überlegungen zu belämmern.

»Wenn wir der Reihe nach vorgehen, dann kannst du doch Notizen machen, Eva«, sagte Bäckström und wandte sich der einzigen Frau in der Runde zu. Wozu hat man schließlich magere Weibsbilder, dachte er.

»Alles klar, Chef«, zwitscherte Svanström und hob Notizblock und Kugelschreiber hoch.

»Wir gehen der Reihe nach vor«, sagte Bäckström. »Wie ist er in die Wohnung gekommen«, fragte er. Schmeicheln tut sie auch noch, dachte er.

»Sie hat ihn eingelassen«, seufzte Rogersson, der in Gedanken weit weg zu sein schien. »Sie kommt nach Hause, gleich darauf klingelt er, und sie lässt ihn ein. Es ist nicht nur jemand, den sie kennt, sondern auch jemand, den sie mag.«

»Oder zu dem sie jedenfalls Vertrauen hat«, sagte Thorén. »Oder sie hat immerhin keine Angst, ihn einzulassen.«

»Aber natürlich kann er sie ja an der Nase herumgeführt haben«, fügte Knutsson hinzu.

»Spinnst du, Erik«, sagte Rogersson und starrte Knutsson an. »Das gilt auch für dich, Thorén«, sagte er und starrte auch den wütend an. »Sie will schlafen gehen. Es ist drei Uhr morgens. Als Allererstes zieht er die Schuhe aus und stellt sie ins Schuhregal. Ich glaube nicht, dass es nur der kleine Gross war, der mal eben zwei Esslöffel Nescafé borgen wollte.«

»Etwas ganz anderes«, sagte Bäckström. Er war auf denselben Gedanken gekommen, der vermutlich auch dem guten Rogersson zusetzte. »Was sagt ihr zu einem kleinen Abendbier?« Können wir schlimmstenfalls als Spesen verbuchen, dachte er.

In diesem Punkt war die Versammlung ausnahmsweise einer Ansicht. Wunder gibt es eben immer wieder, und Thorén und Knutsson boten sich an, aus ihrem Lager auf ihrem Zimmer etwas zu holen.

»Wir haben am Freitag eine ganze Lage gekauft, aber wir hatten nicht mal Zeit für einen einzigen Schluck«, erklärte Thorén.

Die sind doch beide total verrückt, dachte Bäckström.

»Na gut«, sagte Bäckström fünf Minuten später und leckte sich den guten Schaum von der Oberlippe.

»Was meinst du, Lewin?« Bäckström nickte aufmerksam zu Lewin hinüber, der ebenfalls mit den Gedanken weit weg zu sein schien. Reiß dich zusammen, du geiler Pavian, dachte Bäckström.

»Ich glaube dasselbe wie Rogersson«, sagte Lewin. »Es war jemand, den sie kannte und mochte. Ich glaube nicht, dass sie verabredet waren. Er ist einfach unangemeldet bei ihr aufgetaucht.«

»Ich sehe das auch so wie Janne«, sagte Svanström. »Ganz unerwartet taucht jemand auf, den sie wirklich mag.«

Wer zum Teufel hat dich denn gefragt, dachte Bäckström.

»Woher hat er denn gewusst, dass sie zu Hause war«, wandte Thorén ein.

»Ihr Auto stand auf der Straße, vielleicht hat er auch gesehen, dass Licht in der Wohnung war, oder vielleicht hat er einfach nur sein Glück versucht«, Lewin zuckte mit den Schultern.

»Na gut«, sagte Thorén, der in diesem Punkt verhandlungsbereit zu sein schien. »Aber ich glaube noch immer, dass er sie ausgetrickst hat.«

»Wenn wir daran denken, wie das alles ausging, meinst du«, sagte Rogersson, der jetzt eher ironisch als sauer klang. »Da bin ich ganz deiner Ansicht. Ich glaube nicht, dass Linda mit diesem Ende gerechnet hat, als sie ihn hereinbat.«

»Was passiert dann also im Wohnzimmer«, fragte Bäckström jetzt. Die sind wie die Kinder, dachte er. Laber, laber, laber.

»Sie zieht sich die Kleider aus, er zieht sich die Schuhe aus. Dann geht es los«, sagte Rogersson. »Ganz freiwillig, wenn du mich fragst. Sie fängt sicher mit normalem Zugriff mit der rechten Hand an. Schließlich ist es ihm auf dem Sofa gekommen, und ihr Speichel ist da wohl nicht gefunden worden.«

»Warte mal«, sagte Thorén abwehrend und hob beide Hände. »Das wissen wir doch gar nicht. Vielleicht wollte sie ja erst mal nur mit ihm reden.«

»Genau«, sagte Knutsson. »Er läuft in die Küche, um irgendwas zu holen, sagt, dass er ein Glas Wasser trinken möchte, dann entdeckt er das Messer. Läuft zurück und sagt, dass seiner Ansicht nach genug geredet wurde.«

»Ach verdammt, wie nervig«, seufzte Rogersson. »Was ist denn an einer Runde freiwilligem Sex auszusetzen?«

»Ich neige wieder zu Rogerssons Ansicht«, sagte Lewin. »Ordentlich zusammengefaltete Kleider, vermutlich hat sie den Wohnungsschlüssel aus der Westen- oder Hosentasche genommen, ehe sie ihre Sachen über die Sessellehne gelegt hat. Ein Täter hätte das nicht getan, und sie auch nicht, wenn sie ein Messer an der Kehle gehabt hätte.«

»Ich bin ganz deiner Meinung, Janne«, teilte Svanström mit.

»Er scheint es jedenfalls eiliger gehabt zu haben als sie«, sagte Knutsson. »Da sind wir doch sicher einer Meinung: Reißt sich die Hose vom Leib, wirft die Unterhose auf den Boden. Während das Mädel, also Linda, alles gelassen angeht.«

»Sie wollte ihn sicher ein bisschen scharfmachen«, sagte Rogersson und zuckte mit den Schultern. »Und wenn wir bedenken, was passiert ist, als sie dann in Mamas Bett gelandet sind, ist ihr das ja auch wirklich gelungen.«

Die anderen sagten nichts dazu. Knutsson und Thorén begnügten sich damit, ein wenig skeptisch auszusehen. Lewin schien sich vor allem für die Zimmerdecke in Bäckströms

Zimmer zu interessieren, während Svanström eifrig Notizen machte.

»Meinst du, dass sie auch da freiwillig mitgemacht hat«, fragte Bäckström. »Dass da ein Sexspiel ausgeartet ist?« Und dabei hat sie doch wie ein braves Mädchen gewirkt, dachte er.

»Das Erste, was im Schlafzimmer passiert ist, kann sehr wohl ein normaler Beischlaf gewesen sein«, sagte Rogersson. »Der Onkel Doktor sagt, dass sie im Scheidenbereich keine besonderen Verletzungen aufweist. Scheint nicht unvorstellbar, dass er ihr den einen oder anderen Schlips aufgeschwatzt hat, ohne dass sie sich beschwert hätte. Weder da noch später.«

»Aber später«, sagte Bäckström. Rogge ist nicht auf den Kopf gefallen, dachte er. Obwohl er säuft, als ob er bei den Kollegen in Tallinn angestellt wäre.

»Später ist die Sache verdammt weit aus dem Ruder gelaufen, glaube ich«, sagte Rogersson. »Als er sich von hinten über sie hermachen will. Aber da ist es für sie ein bisschen zu spät. Überall gefesselt, Knebel, sodass sie nicht schreien kann, und dann her mit dem Messer und tu, was ich dir sage. Dabei kriegt sie all die Verletzungen, die der Onkel Doktor auf seine ordentliche Weise beschrieben hat. Risse in der Analöffnung, an Hals, Oberarmen, Handgelenken und Fußknöcheln. Als er anfängt, an ihr zu ziehen und zu zerren, und sie verzweifelt versucht, sich zu befreien.«

»Unserem Täter ist also die Hauptsicherung im Kopf durchgebrannt«, erklärte Bäckström.

»Bei dem Arsch ist der ganze verdammte Sicherungskasten explodiert«, sagte Rogersson dramatisch. »Gibt's übrigens noch Bier?«

»Aber wer ist der Kerl?« Bäckström schaute seine Leute an. »Nach wem suchen wir?«

»Der Täter ist vermutlich ein Mann«, sagte Thorén feierlich. »Ja, das sollte natürlich ein Witz sein«, fügte er hinzu. »Ich musste an die Kollegen von der TP-Gruppe denken. Schreiben die das nicht immer in ihre Profile? Täter vermutlich ein Mann. Vermutlich kannte er das Opfer schon, aber es lässt sich auch nicht ausschließen, dass das Opfer ihm völlig unbekannt war und dass es ihm kurz vor dem Verbrechen begegnet ist«, fügte er todernst hinzu.

»Spielst du mit dem Gedanken, den Job zu wechseln?«, fragte Bäckström. »Ein junger Mann, der Linda schon vorher gekannt hat«, sagte er dann und sah die anderen auffordernd an.

»Jung? Von jung hat Peter nichts gesagt«, sagte Knutsson.

»Wie alt ist er also?«, fragte Bäckström. Die sind genau wie Kinder im Trotzalter, dachte er.

»An und für sich«, sagte Knutsson. »Zwischen zwanzig und fünfundzwanzig oder so, ein paar Jahre älter als Linda.«

»Na also«, sagte Bäckström. »Hatte ich das nicht gesagt?« Idioten, dachte er. »Wie gut kennt er sie aber?«

»Ich sehe das so«, sagte Lewin, und es hörte sich an, als hätte er ausgiebig über diese Frage nachgedacht. »Eva und ich haben vorhin nämlich darüber gesprochen.«

»Ich bin ganz Ohr«, sagte Bäckström. Die reden also auch miteinander, dachte er.

»Ein junger Mann von fünfundzwanzig, dreißig. Der Linda gut kennt, ohne dass sie sich oft treffen. Den sie noch immer gern mag, obwohl sie ihn vielleicht länger nicht gesehen hat. Mit dem sie schon mindestens einmal Sex hatte. Vermutlich ganz normalen Sex, denn ich glaube nicht, dass sie sexuell so besonders erfahren war. Ich habe unseren Gerichtsmediziner nach der Besprechung heute danach gefragt, und er sagt, dass nichts darauf hinweist, dass sie sich schon früher mit Analsex oder brutaleren sadomasochistischen Varianten beschäftigt hat. Keine alten verheilten Hautverletzungen oder Narben oder so. Und sie hatten sich also eine Weile nicht mehr gesehen. Und dann taucht er plötzlich wieder auf. Mitten in der Nacht.«

»Sie ist immer noch verliebt genug in ihn, um ihn einzulassen«, sagte Svanström. »Ich glaube auch nicht, dass er unbedingt jung sein muss. Er kann durchaus ein wenig älter sein.«

Hätte ich Lewin nicht zugetraut, dachte Bäckström. Dass seine Spieluhr noch immer funktioniert.

»Er hatte innerhalb einer Stunde viermal einen Orgasmus«, wandte er ein.

»Ja, das ist wohl eine Weile her«, sagte Rogersson, und es klang wie laut gedacht.

»Ich stelle mir vor, dass er unter Drogen steht«, sagte Lewin. »Dass er Amphetamin oder so was eingeworfen hat.«

»Ja, vielleicht ein etwas älterer Mann, der aus der Viagradose genascht hat«, kicherte Thorén.

»Ein Drogensüchtiger«, sagte Rogersson skeptisch. »Das passt aber nicht so recht zu unserem Opfer. Vor allem wenn ich euch glaube, dass sie Vertrauen zu ihm hatte. Ich glaube sogar, dass sie unbegrenztes Vertrauen zu ihm hatte. Und hätte sie einem Drogensüchtigen wirklich vertraut?«

»Kein Drogensüchtiger.« Lewin schüttelte den Kopf. »Dann geht das nicht so. Es muss einer sein, der es ab und zu mal ausprobiert. Der es vielleicht eben gerade als Sexdroge nimmt.«

»Und den Linda kennt und dem sie vertraut«, sagte Bäckström und schüttelte skeptisch den Kopf. »Wo wohnt er denn überhaupt«, fügte er hinzu. Können auch gleich die Schiene wechseln, dachte er.

»Hier in der Stadt«, sagte Knutsson. »Also in Växjö.«

»Oder in der Nähe der Stadt. In Växjö oder Umgebung«, erklärte Thorén.

»Ein Mann von vielleicht fünfundzwanzig oder möglicherweise älter, den sie schon kennt, den sie mag und dem sie unbegrenztes Vertrauen entgegenbringt. Der hier in der Stadt oder jedenfalls in der Nähe der Stadt wohnt. Der nicht drogensüchtig ist, aber ab und zu Amphetamin knabbert, weil er weiß, wie das wirkt, und weil er sich richtig gehen lassen und seinen Schniedel wie einen Elektroquirl wirbeln lassen will«, fasste Bäckström zusammen. »Es kann doch nicht so schlimm sein, dass wir einen Kollegen suchen? Irgendeinen Trottel, der jeden Tag die Fassung bewahrt, nur an diesem einen nicht?«

»Diese Möglichkeit hab ich im Hinterkopf, seit wir hergefahren sind«, sagte Rogersson. »Bei all den blöden Scheißkollegen, die einem so über den Weg laufen. Bei all den Geschichten, die man so hört. Das sind ja wohl leider nicht alles nur Phantasien.«

Lewin schüttelte zweifelnd den Kopf.

»An sich sind bei der Truppe schon schlimmere Dinge passiert«, sagte er langsam. »Und mir ist diese Möglichkeit auch schon vorgeschwebt. Aber ich glaube es trotzdem nicht«, sagte er und schüttelte energisch den Kopf.

»Warum nicht«, fragte Bäckström. Weil er nicht so ist wie du, dachte er.

»Er wirkt ein wenig zu hemmungslos für meinen Geschmack«, sagte Lewin. »Die vielen Spuren, die er hinterlässt. Hätte ein Kollege nicht hinterher aufgeräumt?«

»Das Messer hat er ja offenbar abgewischt«, sagte Bäckström. »Vielleicht ist er zum Aufräumen nicht mehr gekommen«, fügte er hinzu. »Er glaubte doch, dass da jemand kam.«

»Aber mein Fingerspitzengefühl sagt mir, dass das nicht stimmen kann.« Lewin rieb seinen rechten Daumen am Ringfinger. »Aber natürlich.« Er zuckte mit den Schultern. »Es wäre ja nicht mein erster Irrum.«

»Sonst noch was«, fragte Bäckström und schaute sich im Zimmer um. Oder sollte ich das Glück haben, mich endlich ins Bett werfen und zusammen mit dem Sandmännchen ein kleines Nickerchen machen zu können, dachte er.

»Ich glaube, er sieht gut aus«, sagte Svanström plötzlich. »Unser Täter, meine ich. Linda hat doch sehr gut ausgesehen«, fügte sie hinzu. »Außerdem scheint sie sehr viel Wert auf ihr Aussehen und nicht zuletzt auf ihre Kleidung gelegt zu haben. Habt ihr eine Ahnung, was die Klamotten kosten? Die sie anhatte? Ich glaube, er ist auch so. Gleich und gleich und so weiter. So heißt es doch wohl.«

Sicher, und du bist genauso scheißmager wie Lewin, dachte Bäckström.

Ehe Bäckström einschlief, rief er seine eigene kleine Reporterin vom Lokalradio an. Um sie sich auf jeden Fall warmzuhalten.

»Ich habe gehört, dass ihr die Ergebnisse der DNA-Analyse bekommen habt«, sagte Carin. »Aber darüber willst du nicht sprechen?«

»Ich weiß nicht, wovon du redest«, sagte Bäckström voller Überzeugung. »Du bist an dem Abend gut nach Hause gekommen?«

War offenbar der Fall, wenn sie auch nicht ins Detail ging. Außerdem schlug sie ein baldiges Wiedersehen vor. Und auch da müssten sie ja nicht über die Arbeit sprechen.

»Sicher«, sagte Bäckström. »Klingt wirklich nett. Nur haben wir im Moment sehr viel zu tun, es kann also noch einen Moment dauern«, fügte er hinzu. Viel zu leicht, dachte er.

»Darf ich das so deuten, dass das Netz sich zuzieht«, fragte Carin, und ihre Stimme klang plötzlich richtig lüstern.

»You will be the first to know«, sagte Bäckström in seinem besten Fernsehamerikanisch.

23

Växjö, Donnerstag, 10. Juli

Am Donnerstag beschloss Lewin, keine Abendzeitungen mehr zu lesen. Sein Entschluss war endgültig, unwiderruflich und umfasste Aftonbladet, Expressen und die kleineren und womöglich noch widerwärtigeren Geschwister derselben, nämlich Göteborgs-Tidningen und Kvällsposten.

Der groß aufgemachte Artikel, der ganz besonders seinen Abscheu erregte, hatte am selben Tag in Kvällsposten gestanden, und vor dem Hintergrund dessen, was bereits in den Abendzeitungen des Landes gestanden hatte, war er fast harmlos. Robinson-Micke hatte sich zu Wort gemeldet und mitgeteilt: »Traf Linda in der Mordnacht.«

Robinson-Micke hatte in seiner Eigenschaft als Doku-Promi

mit lokaler Zugehörigkeit am Donnerstagabend des 3. Juli im Stadshotell gearbeitet. Am selben Abend, an dem Linda den Nachtclub des Hotels besucht hatte, und einige Stunden vor ihrer Ermordung. Er war mit zwei anderen aus seiner Branche zusammen gewesen – Farm-Frasse und Big-Brother-Nina –, und gemeinsam sollten sie an der Bar aushelfen, sich unter die Gäste mischen und ansonsten zur Stimmung im Lokal beitragen.

Gegen zehn Uhr abends, etwas über eine Stunde vor Lindas Eintreffen im Nachtclub, hatte Micke stark angetrunken, barfuß und mit bloßem Oberkörper auf dem Tresen getanzt, war auf die Nase gefallen und hatte jede Menge Gläser zerschlagen, als er herumgekrochen war. Um Viertel nach zehn war er mit einem Krankenwagen ins Växjöer Krankenhaus gefahren worden. Sein Kumpel Frasse hatte ihn begleitet und schon vom Krankenwagen aus einen ihm bekannten Journalisten angerufen. Das Interview mit Micke und Frasse war noch im Wartezimmer der Notaufnahme gemacht worden, und am nächsten Morgen, an dem Morgen, an dem Linda ermordet aufgefunden worden war, und noch ehe die Zeitungen etwas über den Mord gebracht hatten, war Kvällsposten mit einer langen Reportage über Robinson-Micke herausgekommen, über jenen aus der Bar und aus der Robinson-Serie bekannten Micke, der dieser doppelten Verdienste wegen am Vorabend im Stadshotell von Växjö überfallen und misshandelt worden war. Obwohl er doch in Växjö geboren und aufgewachsen war und jetzt als einer der bekanntesten Bürger der Stadt gelten musste.

Was später an diesem Abend und in der Nacht zum Freitag geschehen war, hatte die Polizei von Växjö überdies genau und im Zusammenhang eben mit dem Mord an Linda Wallin untersucht.

Nach Beendigung des Interviews und nachdem er eine weitere Stunde darauf gewartet hatte, dass die Ärzte sich seinem Kumpel widmeten, hatte Farm-Frasse die Sache sattbekommen und war zum Stadshotell zurückgekehrt. Dort hatte der

Türsteher ihn nicht einlassen wollen, es war zu einem Handgemenge gekommen, die Polizei war gerufen worden, und Farm-Frasse war unmittelbar vor Mitternacht in der Ausnüchterungszelle in der Wache in der Sandgärdsgata gelandet.

Zwei Stunden danach hatte sich Robinson-Micke zu ihm gesellt, nachdem er in der Notaufnahme ausgerastet und dann von der Polizei geholt und in eine weitere Ausnüchterungszelle derselben Wache gesteckt worden war. Gegen sechs Uhr morgens hatten beide die Wache verlassen dürfen, und auf seinen Kumpel Frasse gestützt, hatte ein stark hinkender Micke den Oxtorg überquert und war aus der polizeilich interessanten Handlung verschwunden. Unklar war, wohin sie sich begeben hatten.

Wenn wir uns das alles vor Augen halten, ist das, was er eine Woche nach dem Mord in der Zeitung erzählte – er sei Linda in der Mordnacht begegnet –, durch und durch gelogen. Robinson-Micke konnte am Abend vor dem Mord nicht mit Linda gesprochen haben, und sie hatte ihm nicht »unter vier Augen anvertraut, dass sie sich in letzter Zeit aufgrund ihrer Stelle bei der Polizei von Växjö oft bedroht gefühlt hatte.«

Da Farm-Frasse dasselbe Handicap hatte wie Robinson-Micke, und da er außerdem auf demselben Gang mit Ausnüchterungszellen gesessen hatte, konnte auch er Linda in der Mordnacht nicht begegnet sein. Blieb also die Dritte im Bunde, Big-Brother-Nina, die sich immerhin im Nachtclub aufgehalten hatte, bis dort gegen vier Uhr morgens Feierabend gemacht worden war.

Nina war schon am Freitagnachmittag von der Polizei vernommen worden, an dem Tag, an dem Linda ermordet aufgefunden worden war, und sie hatte ziemlich lange gebraucht, um zu begreifen, dass die Polizei nicht über den angeblichen Überfall auf ihren Kumpel Micke mit ihr sprechen wollte. Von dem Mord an Linda hatte sie keine Ahnung. Sie kannte Linda nicht. War ihr nie begegnet, hatte kein Wort mit ihr gewechselt, weder in der Mordnacht noch früher.

Der Reporter, der die beiden Artikel geschrieben hatte, musste das gewusst haben, aber was den ansonsten überaus sanftmütigen Lewin besonders ärgerte, war, dass dieser Reporter die Geschmacklosigkeit besessen hatte, auch ihn in dieses Lügennetz hineinziehen zu wollen. Am Tag, ehe der zweite Artikel erschienen war, hatte er Lewin angerufen, damit der sich zu der scharfen Kritik von Robinson-Micke an der Polizei äußere. Was hatten sie unternommen, um den Bedrohungen, von denen Linda Robinson-Micke erzählt und über die Micke die Växjöer Polizei umgehend informiert hatte, auf die Spur zu kommen?

Lewin hatte jeden Kommentar verweigert und den Reporter an die Pressesprecherin der Polizei von Växjö verwiesen. Ob der dieser Empfehlung nachgekommen war, blieb im Unklaren. Aus seinem Artikel ging nur hervor, dass die Zeitung sich an den zuständigen Ermittler gewandt hatte, an Kriminalkommissar Jan Lewin von der Zentralen Kriminalpolizei, doch der habe »sich geweigert, sich der schwerwiegenden Kritik zu stellen, die gegen seine und die Arbeit seiner Kollegen laut wurde«.

Und deshalb hatte Jan Lewin seinen Entschluss gefasst. Er hatte nicht vor, für den Rest seines Lebens jemals wieder eine schwedische Abendzeitung zu lesen.

24

Bei der Morgenbesprechung an diesem Tag konnte Enoksson die ersten konkreten Ermittlungsergebnisse vorweisen.

Mit Hilfe der DNA des Täters hatten sie bereits etwa ein Dutzend Personen abschreiben können. Zuerst genannt, zuerst verbannt war Lindas Verflossener, dem sich jetzt zwei von Lindas Kommilitonen zugesellten, denen sie in der Mordnacht im Lokal begegnet war, dazu ein halbes Dutzend schwerer Sexualverbrecher, deren DNA-Profile bereits bei der Polizei gespeichert waren. Unter ihnen auch Leo Baranski.

»Man kommt sich vor wie auf einem Kornfeld, wenn man eine richtig scharfe Sense in der Hand hält«, sagte Enoksson zufrieden. »Man macht zwei ordentliche Schnitte, und dann weg mit allem, was dort nichts zu suchen hat.«

»Okay«, sagte Bäckström. »Ihr habt Enok gehört. Und jetzt schwenken wir die Sense. Speicheln, speicheln, speicheln. Wer ein reines Gewissen hat, hat nichts zu befürchten, und Ehrenmenschen wollen bestimmt der Polizei helfen und speicheln, das kann ja wohl kein Problem sein.«

»Und wenn irgendwer nicht will«, fragte ein jüngeres lokales Talent unten am Tisch.

»Dann wird es erst richtig interessant«, sagte Bäckström und lächelte ebenso freundlich wie der große böse Wolf im Märchen von den drei kleinen Schweinchen. Was zum Teufel wird heutzutage nur alles bei der Truppe genommen, dachte er.

Später an diesem Morgen traf der Chef der Zentralen Kriminalpolizei Sten Nylander, der Zettkazeh, in Växjö ein. Nylander kam im Hubschrauber, zusammen mit seinem Stabschef und seinem Stabsadjutanten. Die kleine, etwas einfachere Mannschaft von der Einsatztruppe, die das Praktische übernehmen sollte, war schon vorausgefahren, in zwei der großen amerikanischen Militärjeeps vom Typ Hummer, über die man in der Truppe ebenfalls verfügte.

Als Nylander auf dem etwa zehn Kilometer von Växjö entfernten Flughafen Smålands Airport landete, war das Empfangskomitee bereits angetreten, und die Nationale Einsatztruppe hatte dafür gesorgt, dass die Umgebung von Unbefugten gesäubert war. Der Bezirkspolizeichef war aus seinem Ferienhaus gekommen und hatte sogar Shorts und Hawaiihemd mit grauem Anzug und Schlips vertauscht, obwohl es fast dreißig Grad waren. Neben ihm stand Kommissar Bengt Olsson in vorschriftsmäßiger Uniform, und beide waren schon jetzt in Schweiß gebadet.

Nylander selbst dagegen war tadellos gekleidet und wies

nicht die geringste Spur von Körperflüssigkeiten auf. Trotz des Wetters war er so ausstaffiert wie eine Woche zuvor bei seiner Unterredung mit Bäckström, dazu trug er eine kess eingekerbte Uniformmütze, die er in dem Moment aufsetzte, in dem er dem Hubschrauber entstieg. Das Ganze wurde vervollständigt durch eine dunkle rahmenlose Sonnenbrille mit reflektierenden Gläsern und eine Reitgerte. Vor allem Letztere erweckte vor Ort ein gewisses Erstaunen, denn niemand hatte von Brandklipparen auch nur die geringste Spur gesehen.

Zuerst hatten sie vom Jeep aus das »aktuelle Einsatzmilieu« untersucht, Växjö und Umgebung, wo die Festnahme stattfinden würde. Einerseits, um die Umgebung »zu beschnuppern«, andererseits, um passende Stellen zu finden, wo die Truppen »luftlanden« könnten, schließlich, um den »optimalen Punkt« für die Festnahme des Täters zu ermitteln.

»Aber könnt ihr das wirklich schon im Voraus wissen«, fragte skeptisch der Bezirkspolizeichef, der zwischen einem halben Dutzend schweigender Gestalten auf der Rückbank des Jeeps eingeklemmt war. »Ich meine… wir wissen doch nicht einmal, wer er ist. Noch nicht, meine ich«, fügte er kleinlaut hinzu.

»Die Antwort ist ja«, sagte Nylander von vorn und ohne auch nur den Kopf zu wenden. »Das ist alles nur eine Frage der Planung.«

Zwei Stunden später waren sie so weit. Nylander hatte eine Besprechung im Zimmer des Bezirkspolizeichefs ebenso abgelehnt wie das geplante Mittagessen und andere Formalitäten. Er musste in einer vergleichbaren Angelegenheit nach Göteborg weiterfliegen, und die praktischen Details des Einsatzes in Växjö konnten seine Mitarbeiter ja wohl mit Olsson klären.

»Dagegen möchte ich meine Leute begrüßen«, sagte der Zettkazeh, und eine Viertelstunde später stand er im Raum der Ermittlertruppe.

Was zum Teufel ist denn hier los, dachte Bäckström, als er

das Gepolter auf dem Gang hörte und die erste Gestalt in Tarnanzug entdeckte. Haben wir Krieg, oder was?

Nylander war in die Tür getreten und nickte allen zu wie ein Öltanker, der eine Welle durchsticht. Dann nahm er Bäckström beiseite und klopfte ihm sogar auf die Schulter.

»Ich verlasse mich auf dich, Åström«, sagte der Zettkazeh. »Sorg dafür, dass er sofort festgenommen wird.«

»Natürlich, Chef«, sagte Bäckström und nickte seinem eigenen Spiegelbild in der Brille des höchsten Chefs zu. Ich danke ergebenst, Nulli, dachte er.

»Du brauchst keine Hemmungen zu haben, wenn du ihn noch am Wochenende festnehmen willst«, sagte Nylander, als er und der Bezirkspolizeichef wieder auf dem Flugplatz standen. »Die Jungs, die den Job übernehmen, sind schon in der Kaserne«, erklärte er.

»Ich fürchte, es kann noch etwas dauern«, schrie der Bezirkspolizeichef, da der Hubschrauber bereits die Motoren anwärmte und er kaum sein eigenes Wort verstand. Warum sind die denn in der Kaserne, überlegte er. Haben die kein Zuhause?

»Ihr habt doch eine DNA«, sagte Nylander. »Worauf wartet ihr also?«

Der Bezirkspolizeichef begnügte sich mit einem Nicken, weil ja doch niemand hörte, was er sagte, und weil es offenbar auch niemanden interessierte. Was ist denn bloß los, fragte er sich. Hier in Växjö? Bei mir.

Nach dem Mittagessen schaute Bäckström bei Olsson im Büro vorbei, denn es war höchste Zeit, dass jemand dem kleinen Trottel ein wenig Vernunft in den Schädel hämmerte. Die rote Lampe brannte zwar, aber Bäckström war nicht in zaghafter Stimmung, deshalb klopfte er an und ging hinein.

Olsson hatte Gesellschaft von zwei Kollegen von der Nationalen Einsatztruppe, aber trotzdem fühlte er sich mit seinen neuen Bekannten offenbar nicht ganz wohl. Sie trugen

Tarnanzüge und ähnelten sich wie ein Ei dem anderen, obwohl einer eine Glatze hatte, während der andere sich damit zu begnügen schien, seine Haare so kurz wie möglich zu scheren. Keiner rührte auch nur eine Flosse, als Bäckström hereinkam.

»Ach, da bist du ja, Bäckström«, sagte Olsson und sprang auf. »Entschuldigt uns einen Moment«, sagte er und zog Bäckström hinaus auf den Gang.

»Was haben die uns denn da geschickt?«, fragte Olsson und schüttelte den Kopf, sowie er die Tür hinter sich geschlossen hatte. »Was ist bloß los bei der schwedischen Polizei?«

»Hausi«, sagte Bäckström herausfordernd. »Hohe Zeit für eine Hausi bei ihrem kleinen Paps.«

»Natürlich«, sagte Olsson mit müdem Lächeln. »Ich bin nur noch nicht dazu gekommen, das kannst du dir ja denken, aber du könntest Enoksson zu mir schicken, dann wird das sofort erledigt.«

»Und dann will ich Mama und Papa vernehmen«, sagte Bäckström, der nicht vorhatte, sich diese Gelegenheit entgehen zu lassen.

»Natürlich«, sagte Olsson. »Jetzt müssen sie den ersten Schock ja wohl überwunden haben. Damit es einen Sinn hat«, fügte er zur Erklärung hinzu. »Du hast den Gedanken ganz aufgegeben, dass sie an einen wildfremden Verrückten geraten sein kann?«

»Sie ist an einen geraten, den sie gekannt hat«, antwortete Bäckström kurz. »Egal, was für ein komischer Typ das am Ende dann ist.«

Olsson nickte nur.

»Sag Enoksson, er soll so schnell wie möglich zu mir kommen«, sagte er noch einmal, und seine Stimme klang fast flehend.

Enoksson trug einen weißen Kittel und Plastikhandschuhe, als Bäckström die technische Sektion betrat, doch sowie er Bäckström entdeckte, streifte er die Handschuhe ab und legte sie auf den großen Tisch, während er zugleich seinem Besucher einen Stuhl hinschob.

»Immer rein in die gute Stube«, sagte Enoksson mit freundlichem Lächeln. »Möchtest du einen Kaffee?«

»Eben erst getrunken«, sagte Bäckström, »aber trotzdem vielen Dank.«

»Womit kann ich dir denn behilflich sein?«, fragte Enoksson.

»Drogen«, sagte Bäckström. Olsson kann so lange schwitzen, dachte er.

Dann erklärte er, worüber er am Vorabend mit den Kollegen gesprochen hatte.

»Kollege Lewin meint, dass der Täter unter Drogen gestanden haben könnte«, sagte Bäckström. »Wie lässt sich das feststellen?«

Enoksson sah da immerhin eine Chance. Das auf der Fensterbank gesicherte Blut reichte vermutlich aus, um den Fall zu untersuchen. Wie es sich dagegen mit dem Sperma des Täters verhielt, wusste er, ehrlich gesagt, nicht, wollte sich die Sache aber natürlich ansehen. Auch die gefundenen Haare boten eine gewisse Möglichkeit.

»Wenn wir die Kopfhaare des Täters gesichert haben, dann könnte das Labor uns mitteilen, ob er zum Beispiel Cannabis konsumiert hat. Zumindest, ob er das eine Zeit lang getan hat.«

»Aber wenn er nur etwas genommen hat, ehe er über Linda hergefallen ist«, fragte Bäckström.

»Kaum«, sagte Enoksson und schüttelte den Kopf. »Was ist das für eine Droge, an die du da denkst?«

»Amphetamin oder so«, sagte Bäckström.

»Ach so«, sagte Enoksson. »Bei uns haben sich schon mehrere mit diesem Detail beschäftigt«, sagte er dann, ohne sich genauer dazu zu äußern, was er meinte. »Ich verspreche, dass wir die Sache untersuchen. Was Linda selbst angeht, haben wir heute Morgen Nachricht von der Gerichtsmedizin bekommen«, fügte er hinzu und blätterte in einem Papierstapel, der vor ihm auf dem großen Labortisch lag. »Hier haben wir's«, sagte er und hielt ein Blatt hoch.

»Ich höre«, sagte Bäckström.

»Null Komma zehn Promille im Blut und null Komma zwanzig im Urin, was auf gut Schwedisch vermutlich bedeutet, dass sie bei Verlassen des Lokals beschwipst, bei ihrem Tod aber so ziemlich nüchtern war.«

»Sonst nichts«, sagte Bäckström. Mit einigem Glück haben die irgendwas zusammen eingeworfen, dachte er voller Hoffnung.

»Nichts«, sagte Enoksson und schüttelte den Kopf. »Beim sogenannten Arzneimittelscreening war das Ergebnis im Blut negativ, und Cannabis, Amphetamin, Opiate und Kokainmetaboliten waren im Urin nicht nachzuweisen«, las Enoksson vor, während ihm die Brille auf die Nasenspitze rutschte. »Linda war offenbar total clean, wenn ich mich mal ausdrücken darf wie die Kollegen auf Straßenniveau«, fügte er hinzu.

Man kann nicht alles haben, dachte Bäckström.

»Noch etwas«, sagte Bäckström. »Wenn du Zeit hast?«

»Aber sicher«, sagte Enoksson.

»Wer ist er«, sagte Bäckström. Lass dir jetzt Zeit, dachte er. Olsson sitzt gut, wo er sitzt.

»Ich dachte, das ist dein Job, Bäckström«, sagte Enoksson ausweichend. »Du denkst an das Schuhregal und den ganzen Kram. Dass es jemand sein muss, den sie gekannt hat?«

»Genau«, sagte Bäckström.

»Ich verstehe, woran du denkst«, sagte Enoksson. »Aber er macht doch einen reichlich durchgeknallten Eindruck. Glaubst du wirklich, dass Linda solche Leute gekannt hat?«

»Du kannst dir die Sache ja mal überlegen«, sagte Bäckström großzügig. Dass die es aber auch nie lernen, dachte er.

»Jaa«, sagte Enoksson und wirkte plötzlich überaus besorgt. »Das hier ist wirklich eine scheußliche Geschichte. Ich fühle mich total betroffen, und dabei hatte ich doch schon geglaubt, so ungefähr alles erlebt zu haben.«

»Ja«, sagte Bäckström zufrieden. »Unsere gemeinsame Bekannte Lo hat sicher alle Hände voll zu tun.«

»Ja, es ist schlimm«, meinte Enoksson. »Ich werde wohl alt, aber wenn man es nicht einmal mehr ertragen kann, sich Bilder vom Tatort anzusehen, dann sollte man ja wohl nicht bei der Technik arbeiten. Dann gibt es keine guten Bilder, und das ist das Einzige, was von einem erwartet wird«, fügte er hinzu.

»Hab schon verstanden«, sagte Bäckström. Aber wer zum Teufel will denn auch bei der Technik arbeiten, dachte er.

»Und es ist nur den wenigsten unter uns vergönnt, bei Unserem Herrn Führung und Trost suchen zu können«, sagte Enoksson und lächelte überaus milde.

»Das hast du also gehört«, sagte Bäckström und grinste. »Danke für den Tipp.«

»Ja, es ist schlimm«, sagte Enoksson und seufzte. »Was ist nur aus dem Beichtgeheimnis geworden? Jegliches Menschenwerk ist Stückwerk. Das ist übrigens kein direktes Zitat aus der Bibel, sondern spielt auf eine Stelle im ersten Brief des Paulus an die Korinther, dreizehntes Kapitel, an, und das weiß im Grunde auch jeder echte Småländer, aber ist es wirklich nötig, dass wir von der Polizei jegliches Stückwerk der Allgemeinheit vorlegen? Pass jetzt mal auf, dann verstehst du, was ich meine.«

Enoksson erhob sich, ging zu seinem Laptop und tastete so schnell darauf herum wie ein vierzig Jahre jüngerer Computerfreak.

»Das hier ist eine unserer meistgelesenen Netzzeitungen«, sagte Enoksson und zeigte auf den Bildschirm. »Hier kannst du alle Scheußlichkeiten sehen, die nicht einmal unsere Abendzeitungen zu veröffentlichen wagen. Die praktischerweise offenbar demselben Besitzer gehören. Mit Papas Schlips erwürgt«, las Enoksson vor. »Da hast du die Überschrift, und im Artikel findest du wohl so mehr oder weniger alles, worüber wir gestern hier gesprochen haben. Inklusive der Schuhe. Aber das mit dem Schuhregel scheint ihnen entgangen zu sein. Oder sie fanden es nicht interessant genug.« Enoksson seufzte noch einmal und schaltete den Computer aus.

Du bist ein richtiger kleiner Philosoph, du, Enok, dachte Bäckström.

»Aber da ist noch etwas«, sagte Bäckström. »Olsson will mit dir sprechen, glaube ich. Es geht um eine Hausi beim Papa des Opfers.«

Das hier läuft doch wie geschmiert, dachte Bäckström, der sofort zu seinem Kumpel Rogge gegangen war und gesagt hatte, es sei höchste Zeit, Lindas Eltern zu vernehmen, und das solle auf die übliche ausführliche Weise geschehen.

»Da mach ich das wohl besser selbst«, sagte Rogersson.

»Und dann müssen wir uns einen Überblick über ihren Umgangskreis verschaffen. Müssen jeden Arsch auseinandernehmen, dem sie je guten Tag gesagt hat, und ihm Watte in die Fresse stopfen. Dann brauchen wir nicht die ganze Stadt speicheln zu lassen.«

»Mama, Papa, Freunde, Kumpels, Schulkameraden, Bekannte von ihr und ihrer Familie. Ihre Lehrer in der Schule, die Leute, die hier im Haus arbeiten, jeden Arsch, der in der Nacht zum Freitag in dieser Kneipe Hosen getragen hat. Und auch solche, die lieber Kleider anziehen, selbst wenn sie etwas haben, das vorsteht. Du weißt schon, was ich meine«, sagte Bäckström und schnappte nach Luft.

»Ich weiß«, sagte Rogersson. »Aber ihre Mutter können wir uns wohl schenken. Beim Speicheln, meine ich. Und jedenfalls musst du Kollegin Sandberg ein bisschen Verstärkung schicken.«

»Irgendein Vorschlag«, fragte Bäckström mit Chefsstimme.

»Knutsson, Thorén oder beide. Die sind zwar nicht gerade die angehenden Nobelpreisträger, aber sie sind immerhin überaus genau.«

Man nimmt, was man hat, dachte Bäckström. Hat das nicht Jesus gesagt, als er an seine Kumpels Brot und Fische verteilt hat, dachte Bäckström.

»Hast du einen Moment Zeit«, fragte Anna Sandberg eine Viertelstunde später und blickte Bäckström, der hinter Papierstapeln an seinem geliehenen Schreibtisch saß, fragend an.

»Natürlich«, sagte Bäckström großzügig und zeigte auf den einzigen freien Stuhl im Zimmer. Wer sagt schon bei zwei feschen Möpsen nein, dachte er.

»Ich habe gehört, dass ich Verstärkung bekommen soll«, sagte Anna und hörte sich ungefähr so an wie ihr Kollege und Chef Kommissar Olsson.

»Genau«, sagte Bäckström und nickte. Und wenn ich jetzt um ein Lächeln bitten dürfte, dachte er.

»Aber ich soll mich doch weiterhin mit Lindas Person und ihrem Umgangskreis beschäftigen«, sagte Anna jetzt. »Du hast nicht vor, mich auszutauschen, meine ich.« Sie nickte ihm auffordernd zu.

»Natürlich nicht«, sagte Bäckström. »Du kannst Thorén und Knutsson leihen. Nette Jungs. Halte sie kurz, und wenn sie sich danebenbenehmen, sag einfach Bescheid, und ich zieh sie an den Ohren.« Jetzt kommt offenbar auch noch eine Diskussion über Gleichberechtigung, dachte er.

»Dann bin ich zufrieden«, sagte Anna und erhob sich. »Du glaubst nicht, dass sie an einen ganz normalen Verrückten geraten sein kann«, fragte sie plötzlich.

»Was heißt schon glauben«, sagte Bäckström vage und zuckte mit den Schultern. »Noch etwas«, sagte er dann. »Dieser Kalender, den du mir versprochen hast. Den hast du doch nicht vergessen?«

»Kriegst du sofort«, sagte Anna und ging.

Verdammt, warum ist die denn jetzt so sauer, dachte Bäckström.

Ein ganz normaler schwarzer Terminkalender, untergebracht in einem vielleicht weniger normalen roten Lederfutteral mit dem Namen der Besitzerin, Linda Wallin, in Goldlettern unten in der rechten Ecke. Geschenk von Papa, dachte Bäckström und blätterte auf der Suche nach eventuellen männlichen Bekannten darin herum.

Eine halbe Stunde später war er fertig. Im Kalender stand alles, was in einem solchen Kalender zu stehen hatte. Kurze Notizen über Besprechungen, Lektionen, Vorlesungen und Übungen in der Schule. Etliche Termine, die sich auf ihren Sommerjob bei der Polizei bezogen, den sie gleich nach dem Mittsommertag angetreten hatte. Wiederholte Besuche bei der Mutter in der Stadt. Stichwörter über eine einwöchige Reise nach Rom zusammen mit einer Freundin und Klassenkameradin, »Kajsa«, Anfang Juni. Nichts sonderlich Privates, einwandfrei nichts Entlarvendes, und der Mann, der häufiger erwähnt wurde als alle anderen zusammen, war ihr Papa, »Papschen« oder einfach »Paps«. Nach dem Besuch in Rom »Papa« genannt, aber schon vierzehn Tage darauf wieder zu Paps geworden. Ansonsten wurden ihre guten Bekannten und vor allem ihre engsten Freundinnen Jenny, Kajsa, Ankan und Lotta erwähnt.

Die vorletzte Eintragung stammte vom Donnerstag, dem 3. Juli. Eine Woche her also, und Linda hatte notiert, dass sie von 09.00 bis 17.00 arbeiten würde und dass sie und Jenny für diesen Abend offenbar Pläne hatten. »Party?« Die letzten Notizen, die sie, wenn man nach Handschrift und Kugelschreiber ging, offenbar gleichzeitig mit der für den Donnerstag gemacht hatte, nannten ihre Arbeitszeit für Freitag, 13.00 bis 22.00, dazu einen durchgezogenen Strich für Samstag und Sonntag, was bedeutete, dass sie am Wochenende frei gehabt hätte.

Wenn ihr nichts dazwischengekommen wäre, dachte Bäckström, der plötzlich unerklärlich düsterer Stimmung war. Reiß dich zusammen, Alter, dachte er und richtete sich in seinem Sessel gerade auf.

Im Januar gab es insgesamt vier Erwähnungen einer Person namens »Noppe«, doch da Bäckström schon wusste, dass sich dahinter der Spitzname des Exfreundes verbarg, der mit Hilfe seiner DNA bereits aus der Ermittlung herausgecheckt worden war, interessierte er sich nicht weiter dafür, wieso sich besagter Noppe in einem Maße Lindas Missfallen zugezogen hatte, dass er mit der einzigen negativen Bewertung im ganzen Kalender beehrt worden war: »Noppe war immer schon ein kleiner Scheiß!«, stellte Noppes Exfreundin am Montag, dem 13. Januar, fest.

Jaja, dachte Bäckström. Und eigentlich hatte er jetzt nur noch eine Frage. Es war nicht gerade aufregend, aber er wollte es doch erledigen, ehe er Feierabend machte und zum Hotel zurückwanderte. Besser, sie kommt zu mir. Wozu ist man schließlich der Chef, dachte er und streckte die Hand nach dem Telefon aus.

»Danke fürs Leihen«, sagte Bäckström freundlich und reichte Kollegin Sandberg den Terminkalender.

»Hast du etwas Interessantes gefunden«, fragte sie. »Etwas, das ich übersehen habe, meine ich?«

Was zum Teufel ist denn in sie gefahren? Ist ja immer noch stocksauer, dachte Bäckström.

»Ich hab da nur noch eine Frage«, sagte Bäckström.

»Was denn?«, fragte Anna.

»Samstag, der 17. Mai. Der knurrwegische Nationalfeiertag«, sagte Bäckström und nickte in Richtung des Terminkalenders.

»Ach«, sagte Anna zögernd und blätterte sich zu der betreffenden Seite vor. »Ronaldo, Ronaldo, Ronaldo, magischer Name«, las Anna.

»Ronaldo Ausrufezeichen, Ronaldo Ausrufezeichen, Ronaldo Ausrufezeichen, magischer Name Fragezeichen«, korrigierte Bäckström. »Wer ist Ronaldo?«, fragte er.

»Ach, jetzt verstehe ich«, sagte Anna, und plötzlich lächelte sie. »Das ist sicher dieser Fußballspieler. Der so wahnsinnig gut ist. An dem Tag hatte er wohl irgendein Europacupspiel. Ich bin sicher, dass die Kollegen von der Technik das schon überprüft haben. Wenn ich das richtig in Erinnerung habe, dann hat er drei Tore geschossen. Ich glaube, ich habe bei der ersten Besprechung schon erwähnt, dass Linda zu den besten Fußballspielerinnen auf der Polizeischule gehörte. Das Spiel wurde im Fernsehen übertragen. Sicher hat sie es sich angesehen. So einfach ist das vermutlich.«

»Hmm«, knurrte Bäckström. Du bist plötzlich ja wahnsinnig redselig, dachte er, und zugleich kam ihm der nächste Gedanke, und leider war der Gedanke schneller als sein Verstand.

»Es kann nicht sein, dass wir es einfach mit einer Mösenleckerin zu tun haben«, fragte Bäckström. Verdammt, dachte er, aber es war schon zu spät.

»Verzeihung«, fragte Anna und sah ihn aus großen Augen an. »Was soll sie gewesen sein, was hast du da gesagt?«

»Hübsches Mädel, keine Typen, verdammt fußballinteressiert, jede Menge Freundinnen. Da kann sie doch ganz einfach Lesbierin gewesen sein, oder von mir aus Lesbe«, erklärte Bäckström. Oder wie die sich nun gerade schimpfen, dachte er.

»Jetzt mach aber mal einen Punkt, Bäckström«, sagte Anna empört und offenbar ohne jeden Gedanken an Dienstränge. »Ich spiele selber auch Fußball. Und ich habe einen Mann und zwei Kinder. Was immer das mit dem Fall zu tun haben soll«, sagte sie und starrte ihn wütend an.

»In solchen Fällen hat das Sexualleben des Opfers immer etwas mit dem Fall zu tun«, sagte Bäckström, und sowie er sah, dass sie offenbar weiterreden wollte, hob er abwehrend die Hand. »Vergiss es, Anna«, sagte er. »Vergiss es.«

»Ja, das wollen wir doch wohl hoffen«, sagte Anna sauer. Nahm den Terminkalender und ging.

Hier stimmt doch etwas nicht, dachte Bäckström und zog Papier und Kugelschreiber hervor. Ronaldo! Ronaldo! Ronaldo!, und dann gleich darunter: Magischer Name?

Aber Scheiße, was weiß man denn schon, dachte Bäckström und starrte das soeben Geschriebene an. Außerdem höchste Zeit, ins Hotel zu tigern, sich vor dem Essen eine Runde aufs

Ohr zu legen und vielleicht ein oder zwei Bierchen zu zischen, dachte er.

»Ich hab das hier in ihrem Kalender gefunden«, sagte Bäckström und reichte Rogersson einige Stunden und mehrere Biere später den Zettel. »Vom 17. Mai dieses Jahres.«

»Ronaldo, Ronaldo, Ronaldo, magischer Name«, las Rogersson. »Ist sicher dieser Fußballspieler? Irgendein Spiel, das sie im Fernsehen gesehen hat. Sie war doch total fußballgeil. Wieso interessiert dich das?«

»Scheißegal«, sagte Bäckström und schüttelte den Kopf. Scheißegal, dachte er.

25

Växjö, Freitag, 11. Juli – Sonntag, 13. Juli

Die Besprechung am Freitagmorgen hatte sich um eine alte polizeiliche Vorstellung gedreht, die jedenfalls häufiger zutraf als die noch ältere These, dass der Mörder immer bei der Beerdigung des Opfers auftauchte. Wenn wir bedenken, welche Phantasie der Täter entwickelt hatte, um Linda das Leben zu nehmen, war es nicht ganz unwahrscheinlich, dass er neben diesem Mord auch noch andere Verbrechen begangen haben könnte. Interessante Streuverbrechen, die zeitlich und räumlich in der Nähe des Lindamordes gelegen und sich idealerweise ereignet hatten, als er auf dem Weg zu Linda oder auf der Flucht von dort gewesen war.

Aus den Computerregistern der Polizei hatten die Kriminalinspektoren Knutsson und Thorén sämtliche Anzeigen, Einsatzmeldungen und sogar schnöden Bußgelder wegen Falschparkens herausgesucht, die zwischen Mittwoch, dem 2. Juli, und Dienstag, dem 8. Juli, dort gelandet waren. Die Beute war mager, sogar bei den Parkvergehen. Viele Autobesitzer waren im Urlaub und hatten ihren Wagen mitgenommen. Auch viele Politessen waren im Urlaub. So einfach war das, und in dem Viertel, wo die Wohnung von Lindas Mutter lag, war während der ganzen fraglichen Woche kein einziges Knöllchen ausgeschrieben worden. Wieso da überhaupt Politessen hingeschickt wurden, wo die meisten Anwohner doch ihre privaten Parkplätze hatten.

Was Verbrechen betraf, waren in dieser Woche bei der Polizei von Växjö insgesamt hundertzwei gemeldet worden. Dreizehn gestohlene Fahrräder, fünfundzwanzig Fälle von Ladendiebstahl, zehn Einbrüche in Wohnungen, Wohnhäuser, Büros und Ladenlokale, zehn aufgebrochene Autos, fünf Beschädigungen von Autos, zwei gestohlene Autos, vier Fälle von Betrug, eine Unterschlagung, zwei Fälle von Falschaussage vor Gericht, drei Steuervergehen, zwanzig schwerwiegende Verkehrsvergehen, fünf davon bei Alkohol am Steuer, und insgesamt siebzehn unterschiedliche Gewaltverbrechen.

Unter diesen waren acht Körperverletzungen, sieben Bedrohungen oder Hausfriedensbrüche und einmal Gewalt gegen einen Beamten im Dienst. Bei der Hälfte handelte es sich um eheliche Auseinandersetzungen und Handgreiflichkeiten, ein weiteres Viertel hatte sich zwischen Bekannten abgespielt, der Rest in unmittelbarem Anschluss an einen Kneipenbesuch. Und dann gab es natürlich auch noch einen Mord, den Mord an der Polizeianwärterin Linda Wallin am frühen Freitagmorgen des 4. Juli. Diese Stadt ist doch das pure Chicago, dachte Bäckström und seufzte.

»Wirkt davon also irgendwas interessant«, fragte Bäckström und versuchte, nicht zu zeigen, wie wenig ihn das alles interessierte.

»Was geographisch dem Tatort am nächsten liegt, ist wohl einer der Autodiebstähle. Es handelt sich um einen schrottreifen Saab, verschwunden von einem Parkplatz am Högstorpväg draußen in Högstorp auf der Südseite dieses Waldgebietes im Osten des Tatorts. In der Nähe der Straße 25 nach Kalmar«, erklärte Knutsson.

»Das meistgestohlene Auto im Lande«, fügte Thorén hinzu.

»Alte Saabs, meine ich«, erklärte er.

Das Problem war, dass dieser Diebstahl erst am Montag angezeigt worden war. Drei Tage nach dem Mord also.

»Der Arsch hat vielleicht in dem Wald gezeltet. Hat sich die Sonne auf den Bauch knallen lassen und ein bisschen gebadet«, schlug Bäckström vor und konnte von seinen Mitarbeitern immerhin ein belustigtes Grinsen einsammeln.

»Wir haben natürlich überprüft, ob das Datum der Anzeige mit dem des Diebstahls übereinstimmt«, sagte Thorén. »Erik hat den Besitzer angerufen und mit ihm geredet«, erzählte Thorén und nickte Knutsson zu.

»Und der sagt, dass der Wagen am Wochenende noch dastand. Er hat mit einem Nachbarn geredet, der ihn gesehen hat«, sagte Knutsson. »Ein pensionierter Flugkapitän übrigens, der Besitzer, meine ich, nicht der Nachbar. Er war auf dem Land, und es ist sein alter Wagen. Stand wohl vor allem auf dem Parkplatz. Jetzt fährt er in einem neuen Mercedes durch die Gegend. Was das nun mit dem Fall zu tun hat? An und für sich, meine ich«, sagte Knutsson und nickte Bäckström zur Bestätigung zu.

Ja, dachte Bäckström. Was zum Teufel hat das jetzt mit dem Fall zu tun?

»Und das war alles?«, fragte Bäckström. Seufz, dachte er.

»Ja«, sagte Thorén.

»Wenn du willst, können wir ja in dieser Richtung weitermachen«, schlug Knutsson dienstbeflissen vor.

»Scheiß drauf«, sagte Bäckström. Wir haben ja wohl Besseres zu tun, dachte er. »Warum sitzt ihr hier noch rum«, fügte er hinzu und musterte seine Ermittlertruppe. »Die Besprechung ist zu Ende. Hab ich vergessen, das zu erwähnen? Macht jetzt was Nützliches, und wer nichts Besseres zu tun hat, kann sich mit den Heinis auf der Speichelliste amüsieren«, sagte Bäckström und stand auf. Total unbrauchbar, dachte er. Und heiß war es noch dazu. Unerträglich heiß und noch mindestens acht Stunden bis zum ersten kalten Bier dieses Tages.

Am selben Vormittag hatten Enoksson und einer seiner Kollegen Lindas Zimmer auf dem väterlichen Gut in der Nähe von Växjö durchsucht. Auch der Chef, Kommissar Olsson, war dabei gewesen, obwohl Enoksson versucht hatte, das zu verhindern, ohne aber allzu deutlich zu werden.

»Du wirst hier doch sicher dringender gebraucht«, sagte Enoksson. »Um diese Sache brauchst du dir also keine Sorgen zu machen, Bengt. Die bring ich mit den Kollegen in Ordnung.«

»Ich glaube, es ist doch besser, wenn ich mitkomme«, entschied Olsson. »Ich kenne die Familie schließlich schon länger, und da kann ich gleich mit ihm reden und mich nach seinem Befinden erkundigen.«

So kann man also auch leben, dachte Enoksson, als sie die große Diele des Gutes betraten, wo Linda mit ihrem Vater gewohnt hatte. Oder zumindest ab und zu gewohnt hatte, dachte er. Wenn sie nicht in der Stadt war und bei ihrer Mama übernachtet hatte, weil sie abends noch büffeln oder arbeiten musste oder sich ganz einfach in der Stadt amüsieren wollte.

»Henning Wallin«, stellte Lindas Vater sich vor, als er sie empfing. Er nickte ihnen nur kurz zu und schien Olssons ausgestreckte Hand gar nicht gesehen zu haben. »Ich bin Lindas Vater«, sagte er. »Aber das wisst ihr sicher schon.«

Sie kommt auf den Papa, dachte Enoksson. Groß, dünn, blond, und trotz seines verschlossenen Gesichts wirkte er um einiges jünger als fünfundsechzig.

»Danke, dass du uns empfangen konntest«, sagte Olsson.

»Ehrlich gesagt, verstehe ich nicht, was ihr hier wollt«, sagte Henning Wallin.

»Es ist eine Routinemaßnahme, das verstehst du doch sicher«, erklärte Olsson.

»Ja sicher«, sagte Henning Wallin. »Das verstehe ich, und wenn ich mehr wissen will, kann ich ja einfach die Abendzeitungen lesen. Ihr wollt euch Lindas Zimmer ansehen? Hier ist der Schlüssel«, fügte er hinzu und reichte ihn Enoksson. »Die letzte Tür auf der Seeseite in dem Gang da«, sagte er und zeigte die Richtung mit einer Kopfbewegung. »Schließt ab, wenn ihr geht, und den Schlüssel will ich zurück.«

»Du hast nicht…« setzte Olsson an.

»Wenn ihr mit mir reden wollt, dann bin ich im Büro«, sagte Henning Wallin kurz.

»Genau das wollte ich dich fragen«, sagte Olsson. »Du hast nicht zwei Minuten Zeit?«

»Zwei Minuten«, sagte Wallin. Schaute aus irgendeinem Grund auf die Uhr und stieg die Treppe zum oberen Geschoss hoch, ohne sich umzusehen, während Olsson zwei Schritte hinter ihm herging.

Lindas Zimmertür war abgeschlossen. Höchstwahrscheinlich von ihrem Vater, der ihnen den Schlüssel gegeben hatte. Die Vorhänge vor den beiden Fenstern zum See waren vorgezogen, und das Zimmer lag im Halbdunkel.

»Was hältst du davon, die Vorhänge zu öffnen«, schlug Enokssons Kollege vor.

»Machen wir, dann kriegen wir keinen Ärger mit dem elektrischen Licht«, entschied Enoksson. Denn hier ist schon aufgeräumt und geputzt worden, dachte er.

»Linda hat um einiges mehr Platz gehabt als alle meine Kinder zusammen«, stellte der Kollege fest, als er die Vorhänge geöffnet hatte und Licht in das große Zimmer fiel. »Und sie scheint auch Ordnung gehalten zu haben«, fügte er hinzu. »Im Zimmer meiner ältesten Tochter sieht es jedenfalls nicht so aus.«

»Nein«, sagte Enoksson. »Der Vater hat offenbar eine alte Haushälterin, und vielleicht sollten wir mit der sprechen.« Nicht nur sehr gut aufgeräumt, dachte er. Das breite Bett konnte sehr wohl frisch bezogen sein, die Ordnung auf Lindas Schreibtisch war fast minutiös. Die Sofakissen waren arrangiert wie in einer Einrichtungsreportage in einer Zeitung. Das hier ist nicht mehr Lindas Zimmer, dachte Enoksson. Das ist ein Mausoleum zu ihrem Gedächtnis.

»Na, habt ihr etwas Interessantes gefunden«, fragte Olsson, als sie zwei Stunden darauf in ihren Dienstwagen stiegen, um zum Polizeigebäude zurückzufahren.

»Wie meinst du das?«, fragte Enoksson.

»Ja, persönliche Dinge, meine ich«, sagte Olsson vage. »Tagebuch scheint sie nicht geführt zu haben, meint ihr Vater. Seines Wissens jedenfalls nicht«, fügte er noch hinzu.

»Nein, nicht dass er davon gewusst hätte«, sagte Enoksson. »Das habe ich auch verstanden.«

»Und ich kann mir nicht vorstellen, dass er in dieser Hinsicht lügt«, sagte Olsson. »Vermutlich ist es eben so, dass sie einfach kein Tagebuch hatte. Ich habe zwei Kinder, und keins davon führt Tagebuch. Habt ihr übrigens ihren Computer überprüft?«

Wie bringt er das bloß über sich, überlegte Enoksson.

»Dohoch«, sagte sein Kollege, da Enoksson die Frage nicht gehört zu haben schien. »Wir haben ihren Computer überprüft. Wir haben nach Fingerabdrücken gesucht und uns ihre Festplatte angesehen, da kannst du ganz beruhigt sein.«

»Und habt ihr also etwas Interessantes gefunden«, beharrte Olsson.

»Im Computer, Chef?«, fragte Enokssons Kollege und lächelte, da Olsson sicher verwahrt auf dem Rücksitz des Autos saß.

»Ja, ich meine in ihrem Computer«, sagte Olsson.

»Nein«, sagte Enoksson. »Auch da nicht. Entschuldige mich bitte einen Moment, Bengt«, sagte er und zog sein Telefon hervor, um seine Frau anzurufen, vor allem aber, um seinen Chef zum Schweigen zu bringen.

»Na, Enok«, sagte Bäckström und nickte Enoksson auffordernd zu. »Hast du ein Tagebuch gefunden?«

»Nö«, antwortete Enoksson und lächelte müde.

»Und ihr Papa glaubt auch nicht, dass sie eins hatte«, sagte Bäckström.

»Seine eigenen Worte«, erklärte Enoksson. »Er hat vorgeschlagen, dass wir Lindas Mama fragen. Er selbst hat das nicht vor. Seit der Scheidung vor zehn Jahren hat er kaum guten Tag zu ihr gesagt, und vorher haben sie sich meistens gestritten.«

»Tja«, sagte Bäckström voller Gefühl. »Weiber können aber auch ungeheuer nervig sein.«

»Meine Frau nicht«, sagte Enoksson und lächelte. »Sprich du also für dich, Bäckström.«

Ja, wer sollte sonst für mich sprechen, dachte Bäckström.

Am Nachmittag hatte die Personalabteilung aus Stockholm bei Bäckström angerufen. Denn da Wochenende war, wollten sie darauf hinweisen, dass Bäckström und Rogersson die ihnen zugemessene Überstundenzahl fast schon überschritten hatten.

»Nur ein kleiner Tipp zum Wochenende«, erklärte die zuständige Sachbearbeiterin. »Dann riskiert ihr nicht, gratis zu arbeiten, falls die Hölle losbricht«, erklärte sie.

»Wir nehmen Leute fest, egal ob Wochenende ist oder nicht«, sagte Bäckström. Anders als du und all die anderen faulen Büroschimmel, dachte er.

»Am Wochenende passiert doch wohl nichts? Wochenend und Sonnenschein außerdem«, beharrte die Personaltusse. »Also nimm dir frei, Bäckström. Fahr doch einfach mal baden, oder was weiß ich.«

»Danke für den Tipp«, sagte Bäckström und legte auf. Baden, dachte Bäckström. Ich weiß ja verdammt noch mal nicht einmal mehr, wie man einen Schwimmzug macht.

Rogersson dagegen hatte keine Einwände gehabt.

»Ich wollte mir ohnehin freinehmen«, erklärte er. »Ich wollte mit dem Dienstwagen nach Stockholm fahren. Komm doch einfach mit, dann können wir einen Zug durch die Gemeinde machen. Ich finde, das Bier schmeckt zu Hause in Stockholm viel besser als hier in diesem verdammten Bauernkaff.«

Liegt sicher daran, dass du es nicht mehr gratis kriegst, dachte Bäckström.

»Ich glaube, ich bleibe hier«, sagte Bäckström. »Aber du könntest mir einen Gefallen tun.«

»Was denn für einen Gefallen«, fragte Rogersson und sah ihn misstrauisch an.

»Hier hast du meine Wohnungsschlüssel«, sagte Bäckström und hielt sie ihm hin, ehe Rogersson wirklich ernsthaft widersprechen konnte. »Wenn du einfach mal kurz nach Egon schauen könntest«, erklärte Bäckström. »Ihm was zu futtern geben und so. Alles steht auf der Dose, aber du musst dich wirklich an die Anweisungen halten«, fügte er hinzu.

»Sonst noch was«, fragte Rogersson. »Soll ich von Herrchen grüßen, eine Runde mit ihm plaudern, ihn mit in die Kneipe nehmen, oder was?«

»Was zu Futtern reicht schon«, sagte Bäckström.

Als Bäckström in sein Hotelzimmer zurückgekehrt und seinen Flüssigkeitspegel wiederhergestellt hatte, rief er Carin an. Seltsamerweise meldete sie sich nicht, obwohl sie ihn an diesem Tag mehrmals angerufen hatte, und er war nicht der Typ, der auf einem Anrufbeantworter Mitteilungen hinterließ. Stattdessen trank er noch zwei Pils, angereichert mit ab und zu einem Schluck Schnaps, um seine Lage zu durchdenken. Da er nichts Besseres zu tun hatte, schleppte er sich schließlich hinunter ins Restaurant. Sogar seine Kollegen glänzten durch Abwesenheit. Max und Moritz saßen vermutlich bei einem von ihnen auf dem Zimmer und diskutierten über den Fall, während die kleine Svanströmsche sicher ihre Beine um Kollegen Lewins Taille geschlungen hatte und an ganz andere Dinge dachte. Was die so alles in ihren Köpfchen haben, dachte Bäckström und bestellte sich zum Kaffee einen großen Kognak, um noch besser denken zu können.

Ungefähr zu dem Zeitpunkt, da Bäckström versuchte, sein Denken durch Hefe und gegorenen Traubensaft zu untermauern, fand eine Trauerfeier für Linda Wallin statt. Eine Woche nach dem Mord, an dem Tag, an dem sie ihren einundzwanzigsten

Geburtstag hätte feiern können, wenn sie noch am Leben gewesen wäre. Etwa zweihundert Einwohner von Växjö waren vom Stadshotell zu dem Haus gegangen, in dem der Mord geschehen war. Den Weg, der Lindas Erdenwanderung beendet hatte. Es war kein Wetter für Fackeln, aber sie hatten vor der Haustür mit hohen brennenden Kerzen einen Lichthof angelegt und darin Blumen und ein großes Bild des Opfers aufgestellt. Der Landeshauptmann hatte eine kurze Rede gehalten. Lindas Eltern waren von ihrer Trauer zu sehr mitgenommen, um an der Trauerfeier teilnehmen zu können, aber etliche Mitglieder der Ermittlertruppe waren in der Trauerprozession mitgegangen, und noch mehr hatten dafür gesorgt, dass die Trauergäste nicht gestört wurden. Bäckström und seine Kollegen hatten die Teilnahme abgelehnt, unter Hinweis auf einen prinzipiellen Beschluss, der einige Jahre zuvor erlassen worden war. Das Personal der Zentralen Mordkommission sollte sich auschließlich seinen dienstlichen Pflichten widmen und seinem Auftrag nachkommen. Und ungefähr in dem Moment, in dem die kurze Zeremonie zu Ende ging, verließ Bäckström die Hotelbar.

Da er sonst nichts zu tun hatte, kehrte er auf sein Hotelzimmer zurück, rief abermals bei der kleinen Carin an – noch immer meldete sich nur ihr Anrufbeantworter –, doch in dem Moment, in dem er den Hörer auflegte, kam ihm immerhin die erste konstruktive Idee dieses Abends. Das hier wird also eine ganz normale P-Sause, dachte Bäckström, aber wie zum Teufel arrangiere ich das am besten und diskretesten so, dass nichts davon auf meiner eigenen Zimmerrechnung landet, überlegte er.

Er brauchte nur vier Sekunden, dann hatte er die Antwort. Muss am Kognak liegen, dachte Bäckström, ging nach unten zur Rezeption, lieh Rogerssons Zimmerschlüssel aus, ließ sich auf dessen frisch bezogenes Bett fallen und schaltete denjenigen der beiden Kanäle für Erwachsene ein, der das verheißungsvollere Angebot zu haben schien. Danach trank er das mitgebrachte Bier, den letzten Rest aus der baltischen Wodkaflasche, die er ebenfalls mitgebracht hatte, und dazu zwei halbe Flaschen Wein, die aus ganz und gar unerfindlichen Gründen noch in der Minibar von Rogerssons Zimmer herumgeklirrt hatten. Hier ist das Leben, hier steppt der Bär, dachte Bäckström, der jetzt so angetrunken war, dass er sich ein Auge zuhalten musste, um auf dem Fernsehschirm das eifrig arbeitende Hinterteil der Hauptdarstellerin sehen zu können. Und irgendwann um diese Zeit war er offenbar eingeschlafen, denn als er aufwachte, knallte die erbarmungslose Sonne voll auf seinen Bauch, er hatte vergessen, die Vorhänge zu schließen, es war fast zehn Uhr morgens, und der Fernseher zeigte dasselbe wogende Hinterteil wie am Vorabend, als er weggesackt war.

Nach einer raschen Dusche und nachdem er saubere Kleidung angezogen hatte, ging er ins Hotelrestaurant, um zu frühstücken. Da war es mehr oder weniger leer. Die Einzigen, die ganz hinten in ihrer üblichen Ecke saßen, waren Kollege Lewin und die kleine Svanström. Wo zum Teufel sind die ganzen anderen Idioten, dachte Bäckström, während er sich eine gewaltige Portion Rührei und Würstchen auf den Teller lud und das Ganze beim Gedanken an den vergangenen Abend noch mit einigen Sardellenfilets und einer Handvoll Magenmittel anreicherte, das der zuvorkommende Restaurantbetreiber neben die Heringsstücke gestellt hatte.

»Ist hier noch frei«, sagte Bäckström und nahm Platz. »Bin ich einfach nur Optimist, oder hat wirklich jemand hier in der Bude Rattengift ausgelegt«, fragte er und zeigte auf die vielen leeren Tische.

»Wenn du die Pressefritzen meinst, dann vermute ich, dass du noch keine Nachrichten gesehen hast«, sagte Lewin.

»Erzähl«, sagte Bäckström, spießte zwei Sardellenfilets auf seine Gabel und gab ihnen drei Magnecyl zur Gesellschaft bei. Spülte ausgiebig mit O-Saft nach und sagte laut und deutlich aaaah.

»Gestern spätabends wurde offenbar unten in Dalby bei Lund eine Hochzeit gefeiert, und rechtzeitig zum Brautwalzer tauchte der Verflossene der frischgebackenen Gattin auf und wollte mitfeiern. Er hatte eine AK 4 mitgebracht und hat das ganze Magazin abgebrannt«, erklärte Lewin.

»Und wie ging das dann weiter«, fragte Bäckström. Großartige Würstchen haben die hier, dachte er. Wenn man die Gabel hineinstach, sprangen einem die Fettperlen geradezu in den Mund.

»Wie immer«, sagte Lewin. »Ich habe die Kollegen in Malmö angerufen, und die sagen, dass Braut, Bräutigam und Brautmutter tot sind, während an die zwanzig Gäste gerade im Krankenhaus zusammengeflickt werden. Irrläufer, Kugelfragmente, Querschläger und allerlei fliegende Einrichtungsgegenstände.«

»Zigeuner«, fragte Bäckström, und das war eher eine Hoffnung denn eine Frage.

»Tut mir leid, dich enttäuschen zu müssen«, sagte Lewin, der plötzlich ziemlich schroff klang. »So ungefähr alle Beteiligten kommen aus der Gegend. Auch der Schütze, er ist Patrouillenführer bei der Heimwehr und übrigens noch immer auf freiem Fuß.«

Man kann nicht alles haben, und was zum Teufel ist aus dem alten schwedischen Volkshumor geworden, dachte Bäckström.

»Hast du noch weitere Fragen«, fügte Lewin hinzu.

»Wo stecken Max und Moritz?«, fragte Bäckström.

»Vermutlich auf der Wache«, sagte Lewin, erhob sich und legte die Serviette weg. »Und da Eva und ich frei haben, wollten wir ans Meer fahren und baden.«

»Viel Glück. Euch beiden«, sagte Bäckström. Und vergesst nicht, die Gattin und den Ehemann und die Kinder zu grüßen, dachte er.

Weil er nichts Besseres zu tun hatte, schaute Bäckström nach dem Mittagessen auf der Wache vorbei. Die Stimmung war nicht gut, aber was wäre in seiner Abwesenheit auch anderes zu erwarten gewesen, und immerhin saßen Thorén und Knutsson hinter ihren Computern. Eifrig pickend wie zwei geile Spechte, dachte Bäckström.

»Hier läuft alles, Jungs?«, fragte Bäckström. Schließlich bin ich der Chef, dachte er.

»Es geht so seinen Gang, danke der Nachfrage«, sagte Knutsson.

Knutsson zufolge herrschte bei den Ermittlern Sonntagsruhe, während die DNA-Kontrollen trotzdem nach Plan liefen. Bisher hatten sie an die fünfzig Personen speicheln lassen. Alle hatten sich freiwillig gemeldet, niemand hatte Ärger gemacht, und die Hälfte konnte schon aus den Ermittlungen gestrichen werden. Im Labor wurde auf Hochdruck gearbeitet, und der Mord an Linda lag ganz oben auf dem Stapel der Fälle mit höchster Priorität.

»Den Rest kriegen wir in der nächsten Woche«, sagte Thorén. »Und wir bekommen ja auch die ganze Zeit neue rein. Den Knaben werden wir uns schon schnappen, vor allem wenn es so ist, wie du glaubst, Bäckström.«

Was soll das denn, dachte Bäckström. Natürlich ist es so. Wo ist das Problem?

»Was habt ihr denn heute Abend vor?«, fragte Bäckström. Was bleibt mir schon für eine Scheißwahl, dachte er.

»Einen Bissen essen«, sagte Thorén.

»An einem ruhigen Ort«, fügte Knutsson hinzu.

»Und dann wollten wir vielleicht ins Kino gehen«, sagte Thorén.

»Die zeigen im Kino in der Stadt eine richtig gute Wiederaufnahme«, erklärte Knutsson.

»Bertolucci. Neunzehnhundert«, sagte Thorén.

»Teil eins«, erklärte Knutsson. »Das ist einwandfrei der bessere. Der zweite hat doch ein paar Längen. Oder wie siehst du das, Peter?«

Die sind bestimmt schwul, dachte Bäckström. Egal, was die und alle Kollegen über all die Frauenzimmer erzählen, mit denen die gevögelt haben sollen, müssen die schwul sein. Wer würde sonst nach Växjö fahren, um ins Kino zu gehen?

Als Bäckström ins Hotel zurückkehrte, nach einem kurzen Zwischenstopp in einem Straßencafé in der Storgata und zwei großen Bieren, rief er Rogersson an.

»Die Lage«, fragte Bäckström.

»Prima, wenn du mich fragst«, sagte Rogersson. »Aber der kleine Egon machte keinen so munteren Eindruck«, fügte er hinzu. »Willst du die kurze oder die lange?«, fragte er.

»Die kurze«, sagte Bäckström. Was zum Teufel redet der da, dachte er.

»In dem Fall hat er die Ruder eingezogen, fertig gepaddelt, wenn man das so sagen kann«, erklärte Rogersson.

»Was zum Teufel redest du da«, sagte Bäckström empört. Egon, dachte er.

»Er schwamm mit dem Bauch nach oben, und ich habe ihn angestupst, aber er hat keine Flosse gerührt«, sagte Rogersson.

»Was zum Teufel redest du da«, fragte Bäckström. »Und was hast du dann gemacht?«

»Ich habe ihn ins Klo gespült«, sagte Rogersson. »Was hätte ich denn tun sollen? Ihn in die Gerichtsmedizin schicken, oder was?«

»Aber woran kann er denn gestorben sein, zum Teufel«, fragte Bäckström. Zu essen hatte er doch mehr als genug, dachte er.

»Vielleicht war er deprimiert«, sagte Rogersson und lachte.

Am Samstagabend hatte Bäckström für Egon Leichenwache gehalten, und am Sonntag hatte er das Frühstück verschlafen und alle noch vorhandenen Kräfte in ein spätes Mittagessen gesteckt. Seine ärgste Trauer hatte sich gemildert, und nachmittags unternahm er einen neuen Versuch, Carin zu erreichen, doch wieder hörte er nur die muntere Stimme ihres Anrufbeantworters.

Was zum Teufel ist denn bloß los, dachte Bäckström und öffnete noch eine Dose von dem mitgebrachten Bier. Die Leute scheinen sich nicht mehr umeinander zu kümmern, und jedenfalls kümmert sich kein Arsch um einen schlichten Schutzmann, dachte er. Außerdem war es die letzte Dose.

26

Am frühen Montagmorgen am französischen Nationalfeiertag, dem 14. Juli, rief der Chef der Zentralen Kriminalpolizei den Bezirkspolizeichef von Växjö an und war besorgt.

Der Bezirkspolizeichef war früh aufgestanden, hatte gefrühstückt und danach den angenehmen Schatten auf der Rückseite seines schönen Sommerhauses aufgesucht. Klappte vor dem hohen Steinsockel einen bequemen Liegestuhl auf und las in Ruhe und Frieden die Morgenzeitung, während er ab und zu an einem Glas selbst gemachten Himbeersafts mit sehr viel Eis nippte. Unten am Bootssteg lag platt wie eine Flunder seine Frau und sonnte sich den Rücken. Die sind nicht wie wir, dachte der Bezirkspolizeichef liebevoll, und im selben Moment klingelte sein Telefon.

»Nylander«, sagte Nylander kurz. »Habt ihr ihn endlich gefunden?«

»Die Ermittlungen laufen auf vollen Touren«, sagte der Bezirkspolizeichef. »Aber als ich zuletzt mit meinen Kollegen gesprochen habe, hatten sie ihn noch nicht, nein.«

»Unten in Schonen rennt ein mit einem Automatgewehr bewaffneter Irrer durch die Gegend«, sagte der Chef der Zentralen Kriminalpolizei. »Ich habe eine ganze Heerschar hingeschickt, um ihn festzunehmen. Ohne Vorwarnung sind wir in Stufe Rot gelandet, und da du mit deinen sogenannten Kollegen offenbar nicht den Arsch hochkriegst, werde ich jetzt kommen, und ich muss noch einmal umdisponieren, wenn die Heerschar auch nach Växjö soll.«

»Ja, ich habe schon verstanden«, wandte der Bezirkspolizeichef ein, »aber es ist nun zufällig so…«

»Habt ihr euch wenigstens die Mühe gemacht und überprüft, ob es sich um denselben handelt«, fiel der Zettkazeh ihm ins Wort.

»Jetzt verstehe ich aber nicht so ganz, was du meinst«, sagte der Bezirkspolizeichef.

»Wieso ist das so verdammt schwer zu kapieren«, knurrte Nylander. »So verdammt weit ist es doch nicht von Växjö bis Lund, und in der Welt, in der ich lebe, ist es unleugbar ein seltsames Zusammentreffen.«

»Ich bin überzeugt davon, dass irgendwer hier geprüft hat, ob es einen Zusammenhang gibt, meine ich«, antwortete der Bezirkspolizeichef. »Und wenn du willst...«

»Ist Åström da«, fragte plötzlich der Zettkazeh.

»Hier?«, fragte der Bezirkspolizeichef. Sicher meint er Bäckström, dachte er. Was immer der hier auf meinem Landsitz zu suchen haben sollte. »Nein, Bäckström ist nicht hier«, antwortete er. »Ich bin draußen auf dem Land. Ich habe nur das Mobiltelefon hier«, erklärte er.

»Auf dem Land«, wiederholte der Zettkazeh. »Du bist auf dem Land?«

»Ja«, sagte der Bezirkspolizeichef, und ehe er noch mehr sagen konnte, hatte Nylander aufgelegt.

Knutsson und Thorén hatten offenbar nicht das gesamte Wochenende im Kino verbracht. Nach der Morgenbesprechung erschienen sie in Bäckströms Zimmer, um ihre neuesten Überlegungen vorzutragen.

»Wir haben uns überlegt, was du gesagt hast, Bäckström. Dass wir nicht ausschließen können, dass wir nach einem Kollegen suchen«, sagte Knutsson.

»Ja, oder nach einem angehenden Kollegen«, sagte Thorén.

»Worauf willst du hinaus?«, fragte Bäckström. Die puren Idioten, dachte er.

Knutsson und Thorén zufolge war der eigentliche Grundgedanke nicht ohne. Unter den Serienmördern in den USA gab es zum Beispiel viele Beispiele dafür, wie sie ihre Opfer in Sicherheit wogen, indem sie sich als Polizisten ausgaben. Der bekannteste der modernen Kriminalgeschichte, sagte derselbe Gewährsmann, war offenbar Ted Bundy gewesen.

»Muss unschlagbar sein, wenn man das Vertrauen eines Mädels gewinnen will«, sagte Knutsson.

»Sich als Polizist auszugeben«, verdeutlichte Thorén.

»Ja«, sagte Bäckström. »Aber wir sollten mit denen anfangen, die wirklich bei der Polizei sind. Dann brauchen wir uns keine Sorgen mehr darüber zu machen, dass mitten in der Nacht ein falscher Kollege bei einer angehenden Kollegin auf der Matte gestanden haben könnte.« Hornochsen, dachte er.

Auch bei den echten Polizisten ließen sich allerlei Leckerbissen finden. Wenn man in der Zeit zurückging, fand man zum Beispiel den landesweit bekannten Hurvamann, den ehemaligen Kollegen Tore Hedin, der elf Menschen ermordet hatte, nachdem er seiner Freundin Handschellen angelegt hatte und deswegen vom Dienst suspendiert worden war.

»Daran erinnerst du dich doch sicher, Bäckström. Das war doch schon zu deiner Zeit, 1952«, sagte Knutsson unschuldig.

»Wenn wir mit dem Växjö der Gegenwart anfangen könnten«, sagte Bäckström vergrätzt.

»Dann haben wir zehn Namen von Kollegen und angehenden Kollegen«, sagte Thorén und reichte ihm einen Computerausdruck.

»Sechs davon waren in der Mordnacht im selben Lokal wie Linda«, teilte Knutsson mit. »Drei Kollegen und drei Dienstanwärter, zwei von denen haben sich freiwillig gemeldet, ihre DNA abgeliefert und sind raus aus der Sache.«

»Und zwar die, die durchgestrichen sind und am Rand einen Haken haben«, erklärte Thorén.

»Wir haben sie aber der Vollständigkeit halber mit aufgeführt«, sagte Knutsson.

»Scheißegal«, sagte Bäckström. »Die anderen«, fragte er. »Warum haben die noch nicht gespeichelt?«

Aus unklaren Gründen, wie Knutsson und Thorén mitteilen konnten. Die wahrscheinliche Erklärung, den kurzen Vernehmungen zufolge, die Kollegin Sandberg mit ihnen allen durchgeführt hatte, war, dass sie sich nach drei Uhr, als der Täter bei Linda erschienen war, noch immer im Lokal aufgehalten hatten. Der Anwärter unter ihnen hatte nach eigener Aussage das Lokal um kurz vor vier verlassen. Er war allein gewesen und auf geradem Weg nach Hause gegangen. Die drei angehenden Kollegen dagegen hatten bis zum Schluss ausgehalten. Hatten sich beim Ausgang voneinander verabschiedet, dann war jeder zu sich nach Hause gegangen. Ihre Nüchternheit und eventuelle andere Details blieben dahingestellt, aber es war jedenfalls eher fünf gewesen als vier.

»Ja, leck mich doch am Arsch«, sagte Bäckström mit Gefühl. »Sind die schwul oder was?«

»Wie meinst du das, Bäckström«, fragte Thorén.

»Den Vernehmungen zufolge stimmt das jedenfalls«, sagte Knutsson. »Was sie aussagen, meine ich.«

»Vier Kollegen, die aus der Kneipe allein nach Hause gehen? Seid ihr denn blöd oder was?«

»Einer ist nur Anwärter, und zwar der, der zuerst nach Hause gegangen ist«, erklärte Thorén. »Aber ich verstehe, was du meinst.«

»Ja, mir ist so was noch nie passiert«, betonte Knutsson. »Aber wir sind hier ja schließlich in Växjö.«

»Kann ich mir vorstellen«, sagte Bäckström. »Noch etwas«, fügte er hinzu. »Ihr habt Sandberg diese Liste doch noch nicht gezeigt?«

Wenn er nach ihren gleichzeitigen und synchronen Kopfbewegungen gehen durfte, war das noch nicht passiert, und der Hauptgrund dafür war eigentlich, dass sie noch vier Namen auf ihrer Liste hatten.

»Was ist denn mit denen«, fragte Bäckström und schaute kurz auf die Liste. Kenn ich alle nicht, dachte er.

Ein leicht gemischtes Kompott, wie Knutsson sich ausdrückte. Der Erste von den vieren arbeitete bei der Ordnungspolizei der Nachbargemeinde, war aber mehrmals über längere Zeiträume hinweg als Schießlehrer an der Polizeischule in Växjö tätig gewesen. Zwei Jahre zuvor hatte eine seiner Schülerinnen ihn wegen sexueller Belästigung und wegen Briefen und Anrufen mit den üblichen Angeboten angezeigt. Die Anzeige war nach nur einem Monat zurückgezogen worden, und die Schülerin war von der Schule abgegangen. Als der Internermittler an sie herangetreten war, hatte sie nicht antworten wollen, weshalb die Ermittlungen gegen den Schießlehrer eingestellt worden waren. Der Lehrer dagegen war noch im Amt und hatte noch im Mai zusammen mit Linda und ihren Klassenkameraden auf dem Schießgelände gestanden.

»Er scheint als Kollege und Lehrer allgemein geschätzt zu werden«, sagte Knutsson. »Aber natürlich ...« Knutsson runzelte die Stirn.

Die Anzeige gegen Kollegen Nummer zwei war noch älter. Im Zusammenhang mit seiner nun fünf Jahre zurückliegenden Scheidung hatte seine damalige Frau ihn wegen Misshandlung angezeigt.

Auch diese Anzeige war zurückgezogen und die Ermittlungen waren nach und nach eingestellt worden.

»Aber er war einige Monate beurlaubt«, sagte Thorén. »Während die Ermittlungen noch liefen. Dann hat er wohl mit Hilfe der Gewerkschaft von seinem Arbeitgeber Schadenersatz einklagen können. Sie sind nun übrigens geschieden. Er und seine Exfrau«, fügte Thorén hinzu.

»Und was macht er jetzt?«, fragte Bäckström. Die Weiber sind doch alle gleich, dachte er.

»Er arbeitet natürlich wieder«, sagte Knutsson, der sogar überrascht aussah.

»Der Nächste bitte«, sagte Bäckström. Schön zu hören, dachte er.

Der dritte Kollege hatte sich in seiner Freizeit als Jugendtrainer für Fußball, Hockey und Handball engagiert. In seinen jüngeren Jahren war er selbst ein hervorragender Mannschaftssportler gewesen, hatte für die schwedische Nationalmannschaft gespielt, außerdem Eishockey in der zweiten Liga. Eine seiner Mannschaften war ein Mädchenteam gewesen, dessen Mitglieder zwischen dreizehn und fünfzehn waren. Die Eltern eines Mädchens hatten ihn angezeigt, weil er sich angeblich mehrere Male vor den Augen ihrer Tochter entblößt hatte. Einerseits im Umkleideraum nach dem Training, andererseits, als er und die Mädchen und einige Eltern eine Woche in einem Trainingslager verbracht hatten.

Die Geschichte hatte sehr viel Staub aufgewirbelt und sogar in den Hauptstadtzeitungen Schlagzeilen gemacht. Am Ende war jedoch nicht viel dabei herausgekommen, und auch hier waren die Ermittlungen schließlich eingestellt worden. Das betreffende Mädchen hatte mit dem Fußball aufgehört, sie und ihre Eltern waren in eine andere Stadt gezogen. Besagter Kollege und Trainer hatte als Trainer aufgehört, obwohl die anderen Jugendlichen und ihre Eltern alle auf seiner Seite gestanden hatten. Danach war er über ein halbes Jahr lang krankgeschrieben gewesen, ehe er zur Arbeit zurückgekehrt war. Derzeit war er auf der Wache von Växjö ausschließlich mit Verwaltungsaufgaben beschäftigt.

»Das scheint eine richtig traurige Geschichte zu sein«, sagte Thorén. »Sie hatten ihm die Dienstwaffe abgenommen, weil sie Angst hatten, er könne sich erschießen, als seine Frau ihn mit den Kindern verlassen hat.«

»Und der Letzte«, sagte Bäckström. Ja, wenn das so ist. Frau nimmt Kinder und haut ab, dachte er.

»Scheint ein etwas schlichteres Gemüt zu sein, wenn man das so sagen darf«, sagte Knutsson und sah fast ein wenig entzückt aus. »Um es kurz zu machen. Vor zwei Jahren wurde er von seiner damaligen Verlobten angezeigt, sie arbeitete zwanzig Kilometer von hier entfernt in Alvesta in einem Frisiersalon und war offenbar nicht die Einzige, um es mal so zu sagen. Die Kollegen nannten ihn übrigens den geilen Karlsson oder den geilen Kalle.«

»Er heißt Karl Karlsson, der Kollege, meine ich«, erklärte Thorén.

»Wieso war sie denn sauer«, fragte Bäckström. Scheint ein klasse Typ zu sein, dachte er.

»Angeblich hat Kollege Karlsson ihr Handschellen angelegt, wenn sie eine Nummer schieben wollten, und offenbar noch dazu Handschellen von der Truppe.«

»Das geht nun aber wirklich zu weit«, sagte Bäckström grinsend. »Hatte er denn keine eigenen?«

Knutsson und Thorén zufolge ergab sich das jedenfalls nicht aus der Voruntersuchung, die ebenfalls im Sande verlaufen war, denn dort war ausschließlich von staatlichen Handschellen die Rede. Die Friseuse selber war nach Göteborg umgezogen und hatte jetzt offenbar einen eigenen Salon und einen neuen Verlobten. Das Seltsame an dieser Geschichte war wohl vor allem, dass Kollege Karlsson ihr ein halbes Jahr später gefolgt war und jetzt bei der Polizei in Mölndal bei Göteborg arbeitete.

»Ich habe mit einem Kollegen gesprochen, den ich da unten in Göteborg kenne, und der weiß sehr gut, wer der geile Karlsson ist. Er arbeitet bei der Funkstreife und wird noch immer der geile Karlsson oder der geile Kalle genannt. Er scheint seine Angewohnheiten nicht geändert zu haben, wenn man das so sagen kann«, sagte Thorén.

»Aber was hat er denn im Sommer gemacht? Außer rumzuvögeln, meine ich?«, fragte Bäckström.

»Urlaub seit Mittsommer«, sagte Thorén.

»Speicheln lassen«, sagte Bäckström. »Klingt nicht gerade wie Lindas Typ, aber lieber einen zu viel als einen zu wenig.«

»Plus die vier, die im Lokal waren«, fügte er hinzu. »Und die anderen drei, den Schießlehrer, den Typ, der seine Frau misshandelt hat, und den Schwanzwedler. Alle sollen speicheln, und was die kleine Sandberg dazu sagt, ist mir scheißegal. –

Noch etwas«, sagte Bäckström, ehe sie aus seinem Zimmer entwischen konnten. »Der kleine polnische Fettsack soll auch speicheln.«

»Kollege Lewin kämpft bereits in dieser Sache«, sagte Thorén. »Er hat wohl so eine Idee, die er der Staatsanwaltschaft vortragen will.«

Lewin, dachte Bäckström. Bestimmt hat die kleine Svanströmsche ihn aufgehetzt, dachte er.

Nach dem unangenehmen Gespräch mit dem Chef der Zentralen Kriminalpolizei hatte sich der Bezirkspolizeichef für einen längeren Zeitraum in seine Gedanken vertieft. Der gute Nylander scheint ja total aus dem Gleichgewicht geraten zu sein, dachte er. Er dachte noch immer über diese Sache nach, als er zum Steg hinunterging und nach seiner Frau sah.

»Du schläfst doch wohl nicht in der Sonne ein, Liebling«, sagte er fürsorglich. »Du hast doch sicher so einen Schutzfaktor benutzt?«

Die Gattin winkte nur abwehrend und schüttelte den Kopf.

Die scheint ja total erschöpft zu sein, die Arme, dachte der Bezirkspolizeichef.

Danach rief er seinen Mitarbeiter Olsson an, um sich zu erkundigen, ob schon etwas über mögliche Zusammenhänge zwischen der Tragödie, die Schonen getroffen hatte, und seinen eigenen Scheußlichkeiten in Växjö bekannt sei. Olsson hielt das für einen witzigen Zufall, denn er hatte soeben seinen Chef anrufen wollen, um zu berichten, dass er schon am frühen Morgen den Kontakt zu den Kollegen in Schonen gesucht hatte, um gerade das klarzustellen. Genauere Auskünfte wurden für später an diesem Tag erwartet.

»Schön zu hören«, sagte der Bezirkspolizeichef. Olsson ist der wahre Fels, dachte er, als er aufgelegt hatte. Wie so ein gotländischer Rauk, und dabei ist er doch Småländer. Er hält stand, trotz Wetter und Wind, dachte der Bezirkspolizeichef und fühlte sich fast ein wenig poetisch.

Bäckström hatte Kollegin Sandberg zu sich gerufen, obwohl er sie inzwischen schon ziemlich satthatte.

»Bitte setz dich«, sagte Bäckström und nickte in Richtung des freien Sessels. »Ich will die Kollegen und den Aspiranten, die im Lokal waren, speicheln lassen.«

Sandberg hatte natürlich Einwände. Die Weiber sind doch alle gleich, dachte Bäckström, und wenn er genauer hinsah, dann schien auch dieses Exemplar so ziemlich durchzuhängen. Und zwar an mehreren Stellen.

»Die sind doch alle bis mindestens halb vier geblieben«, sagte Sandberg. »Falls du meine Vernehmungsprotokolle liest. Und ich war selbst da und habe während des Abends mit allen geredet. Mehrmals sogar, und als ich gegen vier nach Hause bin, waren die drei Kollegen noch da, und der Anwärter war erst vor kurzem gegangen. Und vorher hatte er sich noch verabschiedet.«

»Jaja, sicher«, sagte Bäckström und nickte betrübt. »Was ich nicht begreife, ist, was das mit dem Fall zu tun haben soll.«

»Nach dem, was heute Morgen bei der Besprechung gesagt wurde, und diese Schiene wird doch offenbar von dir und Enoksson verfolgt, ist der Täter schon gegen drei Uhr bei Linda aufgetaucht.«

»Aber genau wissen wir das nicht«, sagte Bäckström. »Alles, was der Onkel Doktor sagen kann, ist, dass sie zwischen drei und sieben Uhr gestorben sein muss.«

»Aber wenn er gegen fünf abgehauen ist, als die Zeitung kam«, beharrte Sandberg. »Wenn wir bedenken, was er alles gemacht hat. Wie hätte er das schaffen sollen?«

»Das wissen wir ja nicht«, sagte Bäckström. »Das glauben wir. Also lass sie allesamt speicheln. Freiwillig natürlich und so schnell wie möglich.«

»Hab schon verstanden, Bäckström.« Sandberg sah ihn sauer an.

»Wie gut«, sagte Bäckström. »Und dann haben wir noch drei

andere, die speicheln müssen.« Um den geilen Pavian in Göteborg können die Kollegen da unten sich ja wohl kümmern, dachte er.

»Wen denn«, fragte Sandberg und schaute ihn misstrauisch an.

»Andersson, Hellström, Claesson«, sagte Bäckström. »Sind die Namen bekannt?«

»Dann fürchte ich, dass wir Probleme kriegen«, sagte Sandberg. »Ich hoffe, dir ist das Risiko bewusst, dass Claesson sich umbringt, wenn du ihn in diese Geschichte hineinziehst.«

»Eben deshalb wäre es ganz hervorragend, ihm die Chance zu geben, sich so schnell wie möglich reinzuwaschen«, sagte Bäckström. »Dann braucht er sich auf den Gängen nicht das ganze Scheißgerede anzuhören.«

Nach einem leichten Mittagessen, bestehend aus grünem Salat, sonnengereiften Tomaten und einer Flasche Mineralwasser, hatte der Bezirkspolizeichef seine Überlegungen beendet und rief einen alten Bekannten an, der bei der Säpo beim Verfassungsschutz arbeitete.

»Es ist nicht so ganz einfach, darüber zu reden«, sagte er als Erstes. Und zehn Minuten später hatte er die ganze Geschichte erzählt.

»Der scheint einfach aus dem Gleichgewicht geraten zu sein«, fasste der Bezirkspolizeichef die Lage zusammen.

Sein Bekannter fand es ganz großartig, dass er anrief. Ohne auch nur mit einer Silbe verraten zu dürfen, warum, sei es doch dienstlich wichtig und schon an sich interessant und für die Arbeit des Verfassungsschutzes relevant.

»Das Allerbeste wäre natürlich, wenn du ein paar Zeilen dazu schreiben könntest«, sagte der Bekannte des Bezirkspolizeichefs. »Wir werden sie natürlich überaus diskret behandeln, du brauchst dir wirklich keine Sorgen zu machen deshalb.«

»Lieber nicht«, sagte der Bezirkspolizeichef und hörte sich so skeptisch an, wie er sich fühlte. »Ich hatte gehofft, dieses

Gespräch reiche, und wo wir doch alte Bekannte sind, habe ich eben dich angerufen.«

»Das kann ich ja so gut verstehen«, sagte der Bekannte und lachte fast herzlich. »Wir vergessen die Sache also. Unser kleines informelles Gespräch reicht vollkommen.«

»Ja«, sagte der Bezirkspolizeichef. »Aber wenn die Lage sich verschärft, stehe ich natürlich zu dem, was ich gesagt habe.«

»Natürlich, natürlich, auf eine andere Idee wäre ich doch nie im Leben gekommen«, sagte der Bekannte und lachte womöglich noch herzlicher.

Nachdem sie sich voneinander verabschiedet hatten, war der Bezirkspolizeichef zum Steg hinuntergegangen, um sich abermals davon zu überzeugen, dass seine Gattin in der Sonne nicht eingeschlafen war. War sie nicht. Dagegen hatte sie sich umgedreht. Sein Bekannter beim Verfassungsschutz hatte derweil das an sein Telefon angeschlossene Tonbandgerät ausgestellt. Er hatte die Diskette mit dem Gespräch herausgenommen und sie an seine Sekretärin weitergegeben, mit der Bitte, umgehend eine bezeugte Reinschrift zu erstellen.

27

Am folgenden Tag war es ihnen endlich gelungen, sich eine DNA-Probe von Lindas Nachbarn zu sichern, von Bibliothekar Marian Gross. An sich glaubte wohl niemand in der ganzen Ermittlertruppe, dass er wirklich der Täter sein konnte, aber es ging hier ums Prinzip und die gute Sache. Niemand und schon gar keiner wie Gross sollte ungeschoren davonkommen, bloß weil er Ärger machte. Kriminalkommissar Jan Lewin hatte mit der Staatsanwältin gesprochen, die die alte Anzeige gegen Gross bearbeitet hatte. Er hatte auf die juristischen Möglichkeiten hingewiesen, die eine solche Anzeige doch immerhin eröffnete, und es war durchaus nicht schwer gewesen, die Staatsanwältin zu überreden. Im Gegenteil hatte sie ihr Erstaunen darüber zum Ausdruck gebracht, dass diese Kleinigkeit nicht schon längst erledigt worden war. Und auf jeden Fall konnten sie ihn einfach abholen, und wenn er die Probe nicht freiwillig hergab, dann mussten sie trotzdem eine besorgen.

Von Essen und Adolfsson waren mit dieser Aufgabe betraut worden, und nach dem üblichen Testtritt hatte Gross freiwillig seine Tür geöffnet, Schuhe angezogen und sie auf die Wache begleitet. Genau wie beim ersten Mal hatte er auf der ganzen Fahrt kein Wort gesagt.

»Sieh an, Gross«, sagte Lewin und musterte ihn mit freundlicher Miene. »Die Staatsanwaltschaft hat beschlossen, dass wir eine DNA-Probe von dir brauchen. Wenn ich das richtig verstanden habe, gibt es da zwei Möglichkeiten. Entweder schiebst du dir freiwillig dieses Wattestäbchen hier in den Mund und bewegst es vorsichtig an der Innenseite deiner Wange hin und her, oder wir rufen einen Arzt, und der kommt und sticht dir in den Arm, während die Kollegen hier alles überwachen.«

Gross sagte kein Wort. Er starrte sie nur sauer an.

»Ich deute dein Schweigen so, dass ich einen Arzt rufen soll«, sagte Lewin und hörte sich gleichbleibend freundlich an. »Dann könnt ihr Jungs unseren Doktor Gross so lange mitnehmen und in eine Zelle stecken, während wir auf den Arzt warten.«

»Ich verlange, das selbst machen zu dürfen«, schrie Gross und streckte die Hand nach dem Reagenzglas mit dem Wattestäbchen aus, das auf Lewins Schreibtisch lag. Nach getaner Tat lehnte er Lewins Angebot ab, in seine Wohnung zurückgefahren zu werden, und stürzte aus der Wache.

Einige Stunden darauf ließ er von sich hören, in Gestalt eines Boten, der an der Rezeption der Wache eine Anzeige wegen groben Übergriffs in einem laufenden Verfahren ablieferte. Die Anzeige richtete sich gegen die Staatsanwältin, Kriminalkommissar Olsson, Kriminalkommissar Lewin, Polizeiinspektor von Essen und Polizeiassistent Adolfsson. Die Rezeptionistin legte die Anzeige zur Weiterbeförderung an den Internermittler in die Hauspost, und alles war im Großen und Ganzen wie immer, wenn Gross die Wache von Växjö besucht hatte.

Überhaupt lief die Speichelaktion über alle Erwartungen gut. Ein jüngeres, an Statistik interessiertes Mitglied der Ermittlertruppe hatte einen großen Zettel ans Schwarze Brett geklebt, wo in Tabellenform der Fortgang der Arbeit verfolgt werden konnte. Die Anzahl der Personen in Växjö und Umgebung, die gespeichelt hatten, lag bereits jenseits der hundert. Die Hälfte davon war schon im Labor untersucht worden, und alle konnten abgeschrieben werden. Nur Gross hatte sich ernstlich widersetzt. Zwei lokale Gauner hatten sich sogar von selbst gemeldet und ihre Dienste angeboten.

Die einzige Wolke an diesem kriminaltechnischen Himmel bestand nun aus den eigenen Kollegen.

Die drei, die im Lokal gewesen waren, hatten sich zuerst geweigert. Nach persönlichen Gesprächen hatten zwei dann nachgegeben, der dritte aber hatte sich an die Gewerkschaft gewandt und weigerte sich noch immer. Er hatte mitgeteilt, dass er außerdem mit dem Gedanken spiele, Bäckström und die anderen sogenannten Kollegen von der Zentralen Kriminalpolizei beim Justizombudsmann anzuzeigen. Und sei es auch nur, damit sie auf diese Weise ein paar juristische Grundkenntnisse gewinnen könnten. Beim Polizeianwärter war die Sache noch einfacher. Trotz wiederholter Anrufe in seiner Wohnung und auf seinem Mobiltelefon hatten sie ihn bisher nicht erreichen können. Sie hatten mehrere Mitteilungen hinterlassen, aber bisher war noch keinerlei Reaktion erfolgt.

Olsson war besorgt, und vor allem war er wegen der drei Kollegen besorgt, die Bäckström aufgrund ihrer alten Leistungen speichern lassen wollte. Olsson hatte an sich keine persönlichen Probleme damit, was den Kollegen, der seine Frau misshandelt hatte, anging, und auch nicht bei dem Schießlehrer, der seiner

Schülerin mit unsittlichen Anträgen zu nahe getreten war. Nicht, wenn er nun vertraulich mit Bäckström reden sollte.

»Ganz unter uns wäre es mir nur lieb, wenn sie beide gefeuert würden«, erklärte Olsson.

Was zum Teufel das nun mit dir und mit mir zu tun hat, dachte Bäckström und begnügte sich mit einem Nicken.

Bei dem ehemaligen Fußballtrainer dagegen verhielt es sich ganz anders. Zum einen kannte er ihn persönlich und konnte deshalb für ihn bürgen. Der war unschuldig, und ihm war großes Unrecht zugefügt worden. Zum anderen konnte er nicht die Verantwortung dafür übernehmen, ihm eine freiwillige DNA-Probe auch nur vorzuschlagen.

»Ich will nicht sein Leben auf dem Gewissen haben«, erklärte Olsson. »Er ist noch immer zutiefst deprimiert, wenn du verstehst.«

»Sicher, wer ist das nicht«, sagte Bäckström. »Aber ich dachte, dass Kinder nie lügen, wenn es um sexuellen Missbrauch geht?«

Olsson stimmte dieser These normalerweise als Erster zu. Das sei schon richtig, aber in diesem Fall sei es nun eher so, dass ihre Eltern hinter der ganzen Geschichte gesteckt hätten. Und dass sein unschuldig angeprangerter Kollege und guter Freund, falls die Kleine sich die Sache doch selbst ausgedacht hatte, in dem Fall die Ausnahme wäre, die diese Regel bestätigte.

»Ich hoffe auf dein Verständnis, Bäckström«, sagte Olsson.

»Natürlich«, sagte Bäckström. »Wir hoffen doch alle, dass wir den Täter unserer Träume finden. Sonst noch was?« Vielleicht sollten wir dich ja auch speicheln lassen, dachte er.

Olsson hatte noch etwas auf dem Herzen. Den Irren aus Dalby, der noch immer auf freiem Fuß war, obwohl die Nationale Einsatztruppe einen eisernen Ring um die Gegend gezogen hatte und systematisch einen Quadratmeter nach dem anderen absuchte.

»Du glaubst nicht, dass der unser Mann sein kann«, sagte Olsson und schaute Bäckström hoffnungsvoll an.

»Ich habe gesehen, dass auch unsere lieben Abendzeitungen schon auf diesen Gedanken gekommen sind«, sagte Bäckström. »Sie verweisen offenbar auf eine hochrangige Quelle hier im Haus, aber wenn das eine Frage sein sollte, dann bin nicht ich es, mit dem sie gesprochen haben.«

»Natürlich nicht, Bäckström«, beteuerte Olsson. »Aber ich meine, was sagst du selbst zu dieser Hypothese?«

»Ich glaube, dass die hochrangige Quelle hier im Haus genauso bescheuert ist wie seine Kumpels von der Zeitung«, sagte Bäckström.

Abends rief Carin an und fragte, warum er nichts von sich hören ließ. Sie war übers Wochenende zu ihrer alten Mama gefahren, was an sich kein Hindernis gewesen wäre, wenn Bäckström nur angerufen und auf ihrem Anrufbeantworter eine Nachricht hinterlassen hätte.

»In letzter Zeit war ein bisschen viel los«, sagte Bäckström ausweichend. Wieso denn alte Mama besucht? Nicht abgenabelt oder was, dachte Bäckström.

»Irgendwas, worüber du sprechen kannst«, fragte sie und hörte sich genauso an wie immer, wenn sie diese Frage stellte.

»Naja«, sagte Bäckström. »War eher privat. Mein Haustier ist tot. Ich hatte einen Kumpel gebeten, sich um ihn zu kümmern, während ich hier mit der Mordermittlung beschäftigt bin, aber das war offenbar ein Fehler.«

»Herrgott, wie schrecklich«, sagte Carin und klang erschüttert. »War es ein Hund oder eine Katze?«

Wofür hält die mich eigentlich, dachte Bäckström. Katzen haben ja wohl nur Weiber und Schwule.

»Es war ein Köter«, log Bäckström. »Ein kleiner Wildfang. Aber reizend. Egon hieß er.«

»Gott, wie traurig«, sagte Carin, die dem Tonfall nach eine Tierfreundin und ein zutiefst mitfühlender Mensch war. »Ein Hundebaby, und noch dazu so ein niedlicher Name. Dann verstehe ich, dass du traurig bist. Möchtest du darüber sprechen? Was passiert ist?«

»Er ist ertrunken«, sagte Bäckström. »Und wenn du verzeihst…«

»Ich verstehe, du schaffst es nicht, darüber zu sprechen.«

»Wir reden morgen weiter«, schlug Bäckström vor. »Ruf mich an, wenn du Lust auf einen Bissen hast.« Blöde Weiber, dachte er.

Bäckström ging Rogersson aus dem Weg, weil doch einiges dafür sprach, dass er den kleinen Egon ums Leben gebracht hatte. Rogersson seinerseits schien nicht einmal zu bemerken, dass Bäckström ihm aus dem Weg ging. Er war genau wie immer. So sind sie eben, die echten Psychopathen, dachte Bäckström. Die denken nur an sich. Rogersson schien aber ein etwas komplizierterer Mörder, denn in diesem Moment klopfte er an Bäckströms Tür. Es war ein überaus zaghaftes Klopfen für Rogerssons Verhältnisse, was sicher auf seinem schlechten Gewissen beruhte, dachte Bäckström, und als eine Art Versöhnungsgabe hatte Rogersson denn auch einen Kasten kaltes Bier und eine fast nicht geöffnete Flasche Whisky bei sich.

»Hier lässt du also den Schnabel hängen«, stellte Rogersson fest, und da Bäckström kein nachtragender Mensch war, hatten sie so langsam und auf die übliche Weise ihr Verhältnis normalisieren und die Beziehung, die es zwischen ihnen immer gegeben hatte, wieder aufnehmen können.

»Prost. Auf Egon«, sagte Rogersson.

»Prost, Bruder«, sagte Bäckström. »Auf Egons Wohl«, sagte er feierlich. Stand auf und hob sein Glas.

Am nächsten Morgen, nachdem er und Rogersson Totenwache für Egon gehalten hatten, konnte er endlich einen Verdächtigen aufs Korn nehmen, der diese Bezeichnung verdiente. Man könnte fast ein wenig fromm werden, dachte Bäckström, als er die vertrauten Vibrationen wahrnahm.

28

Schon vor der Besprechung am Morgen hatte Thorén seinen Bekannten bei der Göteborger Polizei angerufen und ihn um Hilfe bei der Erlangung der Speichelprobe vom Kollegen Karlsson dem Geilen gebeten. Sein Bekannter hatte versprochen, zumindest einen Versuch zu machen und sich so bald wie möglich wieder zu melden.

Danach hatte er den geilen Karlsson per Mobil angerufen und ihn sofort erwischt. Trotz der frühen Stunde saß Karlsson bereits in einem Straßencafé auf Marstrand und schaute den Mädels hinterher. Wie denn sein Sommer gewesen sei, wollte Thoréns Bekannter wissen, der es immer für angeraten hielt, sich dem jeweiligen Thema behutsam zu nähern. Ganz phantastisch, sagte der geile Karlsson. Er war während des ganzen Urlaubs an der Westküste unterwegs gewesen. Hatte in Strömstad ganz oben im Norden angefangen und sich dann über Lysekil, Smögen und einige kleinere Orte, deren Namen er verdrängt hatte, vorgearbeitet. Jetzt saß er im Hafen von Marstrand, einige Dutzend Kilometer nördlich von Göteborg.

»Das hier ist einfach nicht wahr«, sagte Karlsson glücklich. »Hier gibt es unendlich viele Mädels. Die nehmen einfach kein Ende. Und was für ein Wetter, ich kann dir sagen, das spart Zeit.«

Der geile Karlsson sah überhaupt kein Problem in der Sache mit der freiwilligen DNA-Probe. Er hatte das schon zahllose Male gemacht, in Verbindung mit allerlei Vaterschaftsklagen in Schweden und dem Rest der Welt, und es war immer alles gut gegangen.

»Das ist doch phantastisch«, sagte der geile Karlsson und hörte sich jetzt noch glücklicher an. »Ich habe kein einziges Mal gepatzt. Offenbar bin ich immun gegen diesen Scheiß.«

Um Zeit zu gewinnen, hatten sie ausgemacht, dass der geile

Karlsson – sowie sich in seinem gewaltigen Programm eine Lücke öffnete – draußen in Marstrand auf der Wache vorbeischauen und dort die versprochene Probe abliefern sollte.

Wozu das nun wieder gut sein soll, dachte Thoréns Bekannter, als er den Hörer auflegte.

Adolfsson und von Essen hatten an der Morgenbesprechung nicht teilgenommen, da sie zur Speichelpatrouille der Ermittlung ernannt worden waren, und auch sie hatten den Tag erfolgreich begonnen. Zuerst hatten sie den Schießlehrer erledigt, der ein alter Bekannter von Adolfsson und ein Mitglied desselben Jagdvereins war wie er. Ermuntert durch diesen Erfolg hatten sie den Kollegen aus dem Lokal aufgesucht, der sich bisher geweigert hatte. Er saß zu Hause und feilte an seiner Klage für den Justizombudsmann herum, aber nachdem Adolfsson und von Essen ihm gut zugeredet hatten, war er dann ebenfalls zur Vernunft gekommen.

»Was machen wir jetzt«, fragte Adolfsson. Schließlich ist Gustaf hier der Chef, dachte er.

»Jetzt knöpfen wir uns den Aspiranten vor, der offenbar nicht ans Telefon geht«, sagte von Essen. »Damit wir alle durchhaben, die mit Linda in der Kneipe waren«, fügte er hinzu.

Bei der Besprechung am Morgen hatten sie zuerst den üblichen Lagebericht geliefert, und vor allem war von den DNA-Proben die Rede gewesen. Dieses eine Mal schienen außerdem sämtliche Anwesenden derselben Meinung zu sein. Wenn sie es auf andere Weise nicht schafften, dann würde der Täter früher oder später in ihrem DNA-Netz hängen bleiben. Der Einzige, der Zweifel zum Ausdruck brachte, war Lewin.

»Solche Aktionen bergen ein großes Risiko«, sagte Lewin nachdenklich und nickte zu der Übersicht über die eingeholten Speichelproben an ihrem Schwarzen Brett hinüber.

»Wie meinst du das«, fragte Olsson.

»Es besteht das Risiko, dass man die Ermittlungsarbeit aus dem Griff verliert«, sagte Lewin. »Das wäre nicht das erste

Mal, und es kann durchaus wieder passieren, dass wir zwar die DNA des Täters haben, ihn aber trotzdem nicht finden. Ich kann ein halbes Dutzend solcher Beispiele aus dem Ärmel schütteln.«

Sprich für dich selbst, du Scheißmeuterer, und ich werde jedenfalls die ganze Welt speicheln lassen, wenn es sein muss, dachte Bäckström.

»Was sagst du, Bäckström?« Olsson drehte sich zu ihm um.

»Ich höre das nicht zum ersten Mal«, sagte Bäckström kurz. »Seltsamerweise aus demselben Mund«, fügte er hinzu, was ihm mehrere frohe Gesichter einbrachte. »Es geht jetzt darum, alle auszuschließen, die mit dem Fall nichts zu tun haben«, sagte Bäckström dann. »So früh wie möglich, und besser kann man die Ermittlungen gar nicht im Griff haben, wenn du mich fragst.« Und wenn du dich um deinen Kram kümmerst, dann kümmere ich mich um den Rest, dachte Bäckström und starrte Lewin sauer an.

Alle am Tisch nickten zustimmend, und Lewin begnügte sich mit einem Schulterzucken. Dann wurde das Thema aufgegeben, und sie sprachen über die Belohnung, die Lindas Vater aussetzen wollte.

»Er hat mich und den Bezirkspolizeichef angerufen«, sagte Olsson und reckte sich aus irgendeinem Grund. »Ich fürchte ja, das könnte vielleicht das falsche Signal aussenden… wenn wir so früh, meine ich… denn es ist doch noch keine zwei Wochen her… eine Belohnung versprechen.«

Scheißgefasel, dachte Bäckström, und wenn er nicht den halben Tag hier sitzen bleiben wollte, dann sagte er lieber selbst, was Sache war.

»Die Sache ist folgendermaßen«, sagte Bäckström. »Wenn es jemand ist, den wir kennen, dann finden wir ihn auch so, egal, ob er das irgendwelchen Bekannten erzählt hat, die jetzt, wo es ein paar Kronen dafür gibt, vielleicht daran denken, uns Bescheid zu sagen. Und wenn es ein richtiger Verrückter ist, wie manche zu glauben scheinen, dann hat er vermutlich niemanden, mit dem er darüber sprechen kann, und dann hilft uns eine Belohnung auch nicht weiter. Wenn es aber ein ganz normaler Drogenkrimineller ist, dann wissen inzwischen bestimmt alle seine Kumpels davon, und dann kann es die Sache möglicherweise beschleunigen, aber früher oder später erfahren wir es auf jeden Fall.«

»Darf ich das so verstehen, dass eine Belohnung deiner Meinung nach unseren Ermittlungen jedenfalls nicht schaden kann«, fragte Olsson vorsichtig.

»Von wie viel ist die Rede«, fragte Bäckström. Versteh das, wie du willst, du blöder Dussel, dachte er.

»Der Papa hat eine Million vorgeschlagen. Für den Anfang«, sagte Olsson, und plötzlich war es sehr still im Raum.

»Was ist das denn für ein Blödsinn«, sagte Bäckström. »Der Alte muss doch total den Verstand verloren haben.« Gebt lieber mir das Geld, dachte er.

»Was kostet hier in der Stadt ein Schuss«, fragte Rogersson plötzlich und nickte einem Kollegen aus Växjö zu, der von der Drogenfahndung abkommandiert worden war.

»Kommt drauf an, was du willst«, sagte der Drogenfahnder. »Wie oben in der Großstadt, schätz ich mal. Von einem Fünfhunderter aufwärts kriegst du Heroin. Amphetamin kriegst du für zwei Hunderter. Zu rauchen gibt es wohl mehr oder weniger gratis, wenn du in Kopenhagen vorbeischaust.«

»Ja Scheiße, was wollen solche Leute mit einer Million«, sagte Bäckström. »Da werden uns doch bescheuerte Junkies die Bude einrennen und versuchen, uns jede Menge Unsinn zu verkaufen. Keine Belohnung«, sagte Bäckström und erhob sich. »Und wenn das alles war, dann schlage ich vor, dass wir jetzt etwas leisten.«

Nach dem Mittagessen verzog sich Bäckström in sein Zimmer und schaltete die rote Lampe ein, um mit seinen Gedanken in Ruhe gelassen zu werden. Er streckte sich schon lange nicht mehr auf dem Schreibtisch aus, und in diesem Zimmer gab es nicht einmal ein bequemes Kissen. Man könnte vielleicht in einem kleinen Laden in der Stadt vorbeischauen, dachte er, doch im selben Augenblick wurden diese hoffnungserregenden Gedanken unterbrochen, weil diskret an seine Tür geklopft wurde.

»Herein«, brüllte Bäckström. Und dann werd ich dir ordentlich die Leviten lesen, du farbenblinder Pavian, dachte er.

»Nicht dass ich farbenblind wäre«, sagte Adolfsson zu seiner Entschuldigung. »Der Kollege auch nicht«, sagte er und nickte zu von Essen hinüber, der gleich dahinter stand. »Aber wir haben hier etwas, worüber wir gern mit dem Chef reden würden. Sieht wirklich nicht uninteressant aus.«

Der Junge wird's noch weit bringen, dachte Bäckström und zeigte freundlich auf seinen einzigen Besuchersessel.

»Setz dich, Alter«, sagte Bäckström. »Hol du doch noch einen Stuhl vom Gang«, sagte er und nickte von Essen zu. Wenn du nicht auf dem Boden sitzen willst, du kackvornehmer Pinkel, dachte er.

»Schieß los«, sagte Bäckström dann und nickte Adolfsson aufmunternd zu.

»Wir hatten da so einen Gedanken«, sagte Adolfsson. »Und zwar wegen dem, was diese Donna vom Labor zu Enoksson gesagt hat, das, wovon er heute bei der Morgenbesprechung erzählt hat. Dass unser Täter keine typisch nordische DNA hat, wenn man das mal so sagen darf. Dass wir also schlicht und ergreifend einen Kanacken suchen.«

»Adolfs Gedanken laufen häufiger in diesen Bahnen«, sagte von Essen hilfsbereit und musterte dabei seine Fingernägel.

»Ich bin ganz Ohr«, sagte Bäckström und bedachte von Essen mit einem bösen Blick. Und du hältst die Fresse, dachte er.

»Es geht um ihren Klassenkameraden von der Polizeischule. Erik Roland Löfgren heißt er übrigens. Der war in der Mordnacht im selben Lokal wie Linda, und bisher haben wir ihn noch nicht zum Speicheln holen können.«

»Erik Roland Löfgren?«, Bäckström nickte skeptisch. »Das klingt ja wahnsinnig exotisch.«

»Jedenfalls wohnt er meistens hier in der Stadt, und wir wollten den jungen Mann sogar unter seiner Heimatadresse aufsuchen, um ihm ein Wattestäbchen anzubieten, aber da war er leider nicht anzutreffen«, berichtete von Essen, den der böse Blick offenbar nicht weiter beeindruckt hatte.

»Jetzt hältst du die Fresse, von Essen«, sagte Bäckström in seiner höflichsten Manier. »Erzähl weiter«, sagte er und nickte Adolfsson zu.

»Die Sache ist viel besser, als es sich anhört«, sagte Adolfsson und reichte Bäckström ein Foto. »Das ist sein Ausweisfoto von der Polizeischule. Und es ist nicht das Negativ«, fügte er hinzu und sah ziemlich zufrieden aus.

Schwarz wie die Nacht, dachte Bäckström und musterte das Foto. Und im selben Augenblick spürte er die vertrauten alten Vibrationen.

»Was wissen wir denn über ihn«, fragte Bäckström und ließ sich im Sessel zurücksinken.

Lindas Klassenkamerad von der Polizeischule, fünfundzwanzig Jahre alt, Adoptivkind, mit sechs Jahren von seinen schwedischen Eltern aus Westafrika geholt und mit älteren schwedischen Geschwistern bedacht.

»Der Adoptivvater ist Oberarzt im Krankenhaus in Kalmar, die Mama ist Rektorin von irgendeinem Gymnasium. Auch in Kalmar. Feine Leute, wenn man so sagen darf. Nicht wie andere arme Würstchen und schlichte Jungs vom Lande«, sagte Adolfsson, der Sohn eines Großbauern aus der Umgebung und aufgewachsen auf dem Sippenhof in der Nähe von Älmhult.

»Was wissen wir sonst noch«, fragte Bäckström. Mit sechs Jahren aus dem dunkelsten Afrika hergekommen, und was er da gelernt hat, können wir uns ja denken, und die Sache wird wirklich immer besser, dachte er.

»Gute Zeugnisse, keine Spitzennoten, aber gut genug, um an der Schule angenommen zu werden«, sagte Adolfsson. »Wenn der Chef versteht, was ich meine«, fügte er aus irgendeinem Grund hinzu.

»Was hat er denn so für Interessen«, fragte Bäckström und schaute von Essen, der die Augen verdrehte, warnend an.

»Macht sich an die Damen ran und scheint außerdem beim Fußball der pure Kracher zu sein«, sagte Adolfsson.

»Spielt für die Schulmannschaft«, erklärte von Essen. »Offenbar mit Abstand der Beste, den sie da haben. Er heißt also Erik Roland Löfgren. Rufname Roland, aber meistens scheinen sie ihn Ronaldo zu nennen. Als Spitzname sozusagen. Sicher nach diesem brasilianischen Fußballprofi«, sagte von Essen und sah aus, als zöge er persönlich kultiviertere Freizeitaktivitäten vor.

»Alle nennen ihn Ronaldo«, sagte Bäckström nachdenklich, und nachdem dann der Funke aus dem Tagebuch auf seinen Kopf übergesprungen war, vibrierte plötzlich das ganze Zimmer.

»Jetzt machen wir das so, Jungs«, sagte Bäckström, und um das zu betonen, beugte er sich über den Schreibtisch und starrte einen nach dem anderen an.

»Erstens«, sagte Bäckström und hob einen dicken, stumpfen Zeigefinger. »Kein Wort darüber zu irgendeinem anderen als mir. Dieses Haus hier leckt wie ein verdammtes Sieb«, fügte er hinzu. »Zweitens müsst ihr alles über ihn und seine Kontakte zu Linda herausfinden, was sich herausfinden lässt. Und auch davon darf kein Arsch etwas erfahren.«

Das eben Gesagte unterstrich Bäckström, indem der rechte Mittelfinger dem Zeigefinger jetzt Gesellschaft leistete.

»Drittens. Tut nichts, was ihn nervös machen könnte. Lasst ihn in Ruhe. Versucht nicht, ihn aufzuspüren, wir finden ihn ja doch«, sagte Bäckström. Wenn die Zeit gekommen ist, dachte er.

»Verstanden, Chef«, sagte Adolfsson.

»Optimal«, sagte von Essen.

Sowie Adolfsson und von Essen ihn verlassen hatten, rief er Knutsson und Thorén zu sich. Erklärte, worum es ging und warum Eile geboten war.

»Kein Problem für mich«, sagte Knutsson.

»Wird nett sein, mal nicht in der Zeitung lesen zu müssen, was wir so alles machen«, stimmte Thorén zu.

»Dann geht's los«, sagte Bäckström. Endlich passierte was.

»Es kann doch nicht so schlimm sein, dass er abgetaucht ist«, sagte Knutsson. »Wenn er es nun war, meine ich.«

»Wenn wir überlegen, dass er offenbar nicht zu Hause ist und auch nicht ans Telefon geht«, sagte Thorén. »Wir können jedenfalls nicht ausschließen, dass er es war.«

»Deshalb dachte ich, wir könnten damit anfangen, dass wir sein Mobiltelefon überprüfen«, sagte Bäckström. Scheißidioten, dachte er.

Ein guter Chef muss delegieren können, dachte Bäckström und legte die Füße auf den Schreibtisch, sowie er in seinem Zimmer allein war. Und er muss Beschlüsse fassen können, dachte er. Wie auf dem Anrufbeantworter zu hinterlassen, dass er dienstlich unterwegs sei, sich aufs Hotelzimmer zurückzuschleichen, ein kaltes Bierchen zu zischen und sich für ein paar Stunden dem Sandmännchen in die Arme zu werfen. Schlimmstenfalls, wenn es brennen sollte, konnten seine treuen Mitarbeiter ihn ja anrufen. Schließlich war er hier der Chef.

29

Nach der Besprechung am Donnerstagmorgen kehrte ein zufriedener und fröhlicher Bäckström auf sein Zimmer zurück, um den Fall in aller Ruhe durchdenken zu können.

Das Ganze sah überaus verheißungsvoll aus. Die Speichelaktivität in Växjö und Umgebung entwickelte sich weiterhin über jegliche Erwartung hinaus. Sie gingen jetzt auf die dreihundert freiwilligen DNA-Proben zu, und über die Hälfte hatte schon abgeschrieben werden können. Auch in die Suche nach Lindas Schulkameraden Erik »Ronaldo« Löfgren war jetzt ordentlich

Schwung gekommen. Adolfsson hatte Bäckström angerufen und mitgeteilt, dass er und Kollege von Essen allerlei brauchbare Informationen gesammelt hatten, über die sie später an diesem Tag Bericht erstatten würden. Sogar Max und Moritz schienen irgendetwas ausgerichtet zu haben.

»Dieses Fußballspiel kriegen wir doch sofort«, sagte Knutsson.

»Nicht von jemandem hier im Haus, hoffe ich«, antwortete Bäckström.

»Aber bestimmt nicht«, sagte Thorén und wirkte fast ein wenig geschockt.

»Das würde ja einen schlechten Eindruck machen. Wir haben uns sofort an unsere eigene Nachrichtenabteilung gewandt«, erklärte Knutsson. »An einen Kollegen, den wir kennen und auf den wir uns verlassen können.«

Dieser Kollege vom Nachrichtendienst der Zentralen Kriminalpolizei konnte berichten, dass der lebende und erst achtundzwanzig Jahre alte legendäre Ronaldo wie üblich am Samstag, dem 17. Mai, zu Ehren gekommen war, als er und seine Teamkameraden von Real Madrid gegen die geschworenen Erbfeinde vom FC Barcelona angetreten waren. Drei Tore hatte er allerdings nicht erzielt. Er hatte eins verwandelt und für eins die Vorlage geliefert, und nach dem Spiel hatte das internationale Fernsehpublikum ihn wie schon so oft zum besten Spieler des Tages gekürt.

»Aber das ist noch nicht alles«, sagte Knutsson.

»Dass die Kollegen hier unten sich geirrt haben, wenn sie glauben, dass er drei Tore geschossen hat«, erklärte Thorén.

»Was gibt es denn noch«, fragte Bäckström.

Der Analytiker vom Nachrichtendienst, der diese Eintragung untersucht hatte, erklärte die Sache mit »Magischer Name?« so, dass die Schreiberin – erstens – eine Frage gestellt habe und dass diese Frage – zweitens – vermutlich rhetorisch zu verstehen sei.

»Und was zum Teufel bedeutet das auf Normalschwedisch«, fragte Bäckström.

»Eine Frage, auf die es schon eine Antwort gibt«, erklärte Knutsson.

»Zum Beispiel dieser alte Klassiker, du weißt schon, Bäckström«, sagte Thorén. »Die mit dem Papst. Trägt der Papst eine komische Mütze?«

»Ich verstehe genau«, sagte Bäckström. Sind Max und Moritz Idioten, dachte er.

Die rhetorische Frage schien sich offenbar nicht nur auf die Person zu beziehen, die für die ganze Welt oder zumindest für den fußballinteressierten Teil dieser Welt »Ronaldo« war, sondern auch auf die Gesamtsumme der Personen gleichen Namens.

»Was zum Teufel soll das nun wieder heißen«, fragte Bäckström und machte eine wütende Handbewegung. Diese verdammten Akademiker ruinieren uns noch die ganze Truppe, dachte er.

»Mindestens zwei sind gemeint, die Ronaldo genannt werden«, erklärte Knutsson. »Der Fußballspieler Ronaldo, der Kracher bei diesem Spiel, und dann noch ein anderer Ronaldo, der einen anderen Einsatz von vergleichbarer Qualität geliefert hat und außerdem in irgendeinem Zusammenhang zu besagtem Spiel stand.«

»Ach, dann verstehe ich genau«, sagte Bäckström. »Warum habt ihr das nicht gleich gesagt? Linda hat sich im Fernsehen das Spiel mit dem Lieblingsronaldo aller blöden Fußballidioten angesehen, während ihr eigener kleiner Ronaldo sich auf dem Sofa über sie hergemacht hat. Irre ich mich, wenn ich den Eindruck habe, dass er das dreimal geschafft hat?«

»So kann man die Sache auch ausdrücken«, sagte Thorén kurz.

»Der Analytiker, mit dem wir gesprochen haben, hielt das für die wahrscheinlichste Deutungsmöglichkeit, ja«, sagte Knutsson. »Auch wenn er sich vielleicht ein wenig anders ausgedrückt hat.«

»Dann schickt den Arsch zu einem Kurs, wo er lernt, wie normale Menschen zu reden«, sagte Bäckström. »Und was macht die Untersuchung seiner Telefongespräche?«

»Geht vorwärts«, sagte Thorén. »Geht vorwärts.«

»Aber so was dauert natürlich seine Zeit«, fügte Knutsson hinzu.

»Wann«, fragte Bäckström.

»Wochenende«, antwortete Thorén.

»Bestenfalls morgen, schlimmstenfalls erst am Sonntag«, erklärte Knutsson.

»Dann bis dann«, sagte Bäckström und zeigte auf die Tür.

Als Bäckström mittags in der Kantine saß, kam Kollegin Sandberg an seinen Tisch und fragte, ob sie sich setzen dürfe.

»Sicher«, sagte Bäckström und nickte zu einem freien Stuhl hinüber. Bald hängt bei der alles wie bei allen Weibsen, dachte er.

»Kann man hier Klartext sprechen«, fragte Sandberg und sah ihn an.

»Ich rede immer Klartext«, sagte Bäckström und zuckte mit den Schultern.

»Na gut«, sagte Sandberg und schien Anlauf zu nehmen.

»Ich bin ganz Ohr«, sagte Bäckström. »Aber ich höre nichts.«

»Ich glaube nicht, dass es etwas bringt, einen Haufen Kollegen speicheln zu lassen«, sagte Sandberg.

»Ich finde, das geht im Moment richtig gut. Die beiden jungen Freunde von der Ordnung sind da sehr tatkräftig«, sagte Bäckström.

»Ich hätte nicht gedacht, dass es solche gibt, ehe ich zur Polizei gegangen bin. Ich hatte jedenfalls etwas anderes gehofft. Jetzt weiß ich, dass ich mich leider geirrt habe.« Sandberg schaute Bäckström mit ernster Miene an. »Für mich ...«

»Zur Polizei geht man nicht«, fiel Bäckström ihr ins Wort. »Polizei ist man. Adolfsson und dieser von Essen sind Polizisten. So einfach ist das. Machst du dir Sorgen um irgendeinen besonderen Kollegen«, fügte er hinzu. Das hier wird ja richtig lustig, dachte er.

»Alle Kollegen, für die schon die Ergebnisse vorliegen, haben wir abschreiben können«, sagte Sandberg.

»Ja, und da sind sie sicher froh«, sagte Bäckström und grinste.

»Ich kann wirklich nicht zu Kollege Claesson gehen und ihn um eine freiwillige DNA-Probe bitten. Nicht nach allem, was er durchgemacht hat und bei seinem schlechten Zustand.« Sandberg schüttelte den Kopf und schaute Bäckström abermals mit ernster Miene an.

»Sonst noch was?«, fragte Bäckström und blickte demonstrativ auf seine Armbanduhr.

»Ja, was sagst du denn selbst?«

»Dass sich schon alles klären wird. Dann bitte ich eben Adolfsson oder einen von den anderen«, sagte Bäckström und erhob sich. Und da kannst du jetzt erst mal drauf rumlutschen, du kleine Sau, dachte er, als er sein Tablett auf den Geschirrwagen stellte.

»Wie zum Teufel hast du es geschafft, den Alten zur Vernehmung zu schleifen«, fragte Bäckström zwei Stunden später, als er zusammen mit Rogersson zu Lindas Vater fuhr.

»Ich habe angerufen und gefragt, ob wir kommen und mit ihm reden können«, sagte Rogersson.

»Und das war kein Problem?«

»Nein, nicht das geringste«, antwortete Rogersson und schüttelte den Kopf.

Die Vernehmung von Lindas Vater hatte etwas über zwei Stunden gedauert. Sie waren in seinem Arbeitszimmer im Obergeschoss des Gutshauses gewesen. Bäckström hatte meistens geschwiegen und die Fragen Rogersson überlassen. Er hatte sich mit einer Frage hier und dort begnügt. Sie hatten über Lindas Interessen gesprochen, über ihren Bekanntenkreis, ihre Freunde und darüber, ob es etwas oder jemanden gab, von

denen ihr Vater meinte, dass sie darüber informiert sein sollten. Zwei Themen waren sie sorgsam aus dem Weg gegangen.
Zum einen Lindas eventuellem Tagebuch und ihren persönlichen Aufzeichnungen, zum anderen, wie dem Vater selbst
zumute war.

Nach einer Stunde hatte er gefragt, ob er ihnen etwas anbieten
könne, Kaffee oder so.

»Wenn ich nicht dienstlich hier wäre, würde ich um ein kaltes Bier bitten«, sagte Bäckström mit bedauerndem Lächeln.
»Rogersson ist mit einem Mineralwasser zufrieden, er muss
uns ja zurückfahren.«

»Das lässt sich doch arrangieren«, sagte Lindas Vater, stand
vom Sofa auf und öffnete einen alten Eckschrank in seinem
Arbeitszimmer. »Der Schein trügt eben manchmal«, sagte er,
als er Bäckströms verdutztes Gesicht sah.

Im Schrank standen allerlei Flaschen und Gläser unterschied-
licher Größe. Dazu gab es einen kleinen Kühlschrank mit Eis,
Mineralwasser, Limonade und Bier.

»Ich wollte selbst ein Bier trinken«, sagte Henning Wallin.
»Ich schlage vor, dass die Herren mir Gesellschaft leisten.
Schlimmstenfalls müssen Sie zu Fuß gehen. Oder ich lasse Sie
von meinem Chauffeur bringen.«

»Klingt gut«, sagte Bäckström. Du wirst diese Sache überleben, dachte er. Obwohl du aussiehst wie ein ausgeschissenes
Kerngehäuse. Und obwohl du dir die halbe Visage abgesäbelt
hast, als du dich heute Morgen rasieren wolltest.

»Kennen Sie den hier zufällig«, fragte Bäckström und reichte
Lindas Vater das Foto von Erik Roland Löfgren. Höchste Zeit,
dass wir zur Sache kommen, dachte er.

Der Vater musterte das Foto. Nickte.

»Das ist doch dieser Schulkamerad. Ich glaube, sie nennen
ihn Ronaldo.«

»Hat Linda ihn näher gekannt?«, fragte Rogersson.

»Nein, das glaube ich nicht. Das hätte sie mir gesagt. Ich bin ihm nur einmal begegnet.«

Rogersson nickte, damit Lindas Vater weitersprach.

»Er war irgendwann im Frühjahr einmal hier«, sagte Henning Wallin. »Ich weiß noch, dass ich ihn begrüßt habe. Ich war zu einem Essen in der Stadt eingeladen. Aber da ich ja weiß, worauf Sie hinauswollen, bin ich mir ziemlich sicher, dass Linda kein Verhältnis mit ihm hatte. In das andere mische ich mich nicht ein.«

»Sie haben ihn nicht als unangenehm oder bedrohlich empfunden?«, fragte Rogersson.

»Eher war er ein wenig zu liebenswürdig«, antwortete Henning Wallin. »Keiner, den ich gern als Schwiegersohn hätte«, fügte er hinzu, schüttelte plötzlich den Kopf und presste sich Daumen und Zeigefinger auf die Augen.

»Ich will ja nicht nach Ihrem Befinden fragen«, sagte Bäckström. »Ich hatte selber einen ... eine Person, die mir sehr nahestand ... der dasselbe passiert ist wie Linda. Ich weiß also, wie Ihnen zumute ist.«

»Das haben Sie erlebt?« Lindas Vater schaute Bäckström überrascht an.

»Ja«, sagte Bäckström ernst. »Deshalb rede ich ja nicht die ganze Zeit davon, wie es Ihnen geht. Können wir jetzt weitermachen?«

»Ja«, sagte Henning Wallin. »Unbedingt. Ehe ich es vergesse. Ich hatte angeboten, eine Belohnung auszusetzen. Meinen Sie, das könnte eine Hilfe für Sie sein?«

»Nein«, sagte Bäckström und schüttelte den Kopf.

»Wieso nicht«, fragte Lindas Vater.

»Weil ich weiß, dass wir ihn ohnehin schnappen«, sagte Bäckström und bedachte ihn mit seinem Polizistenblick.

»Gut«, sagte Henning Wallin. »Sollten Sie aber doch noch zu der Meinung gelangen, dass Sie eine Belohnung brauchen könnten, dann rufen Sie mich einfach an.«

»Ich habe hier eine Namensliste von Personen, die Linda gekannt hat«, sagte Rogersson. »Kennen Sie irgendwen davon?«

Henning Wallin überflog die Liste in aller Eile. Er konnte ihnen nichts erzählen, was sie nicht bereits gewusst hätten, und der Einzige, zu dem er einen wirklichen Kommentar abgab, war der Nachbar Marian Gross.

»Das ist doch dieser Nachbar«, sagte Henning Wallin. »Von dem hat Linda erzählt, das weiß ich noch. Sie hat ihn als ungewöhnlich widerlichen alten Kerl beschrieben. Er ist offenbar nach meiner Zeit dort eingezogen.«

»Haben Sie auch in dem Haus gewohnt? Wo das alles passiert ist, meine ich«, fragte Rogersson.

»Es hat mir gehört«, sagte Henning Wallin. »Ich habe es Lindas Mutter bei der Scheidung überlassen. Danach hat sie es in Genossenschaftswohnungen umgewandelt. Geld war schon immer ihr großes Interesse.«

»Aber Sie haben niemals selbst dort gewohnt«, beharrte Rogersson.

»Nein. Eine meiner schwedischen Firmen hatte dort eine Zeit lang ein Büro, aber ich habe so gut wie nie einen Fuß in das Gebäude gesetzt. Sie glauben nicht, dass er es gewesen sein kann? Dieser Gross?«

Rogersson zuckte mit den Schultern.

»Wir überprüfen alle, bei denen es einen Grund zur Überprüfung gibt«, sagte er.

»Wir schreiben niemanden ab, solange wir nicht ganz sicher sind«, fügte Bäckström hinzu. »Und wer dann am Ende übrig ist, kommt in den Knast. Lebenslänglich.«

»Wann wird es denn so weit sein«, fragte Henning Wallin.

»Bald«, sagte Bäckström. »Darf ich vielleicht Ihre… Ihre Toilette benutzen, ehe wir gehen? So ein Bier am Nachmittag ist offenbar doch zu viel für einen alten Schutzmann«, log er.

»Sie können mein eigenes Badezimmer nehmen«, sagte Henning Wallin. »Erste Tür links.«

»Ich glaube, wir sind bald so weit«, sagte Rogersson, als Bäckström verschwunden war, um den Druck von seiner Blase zu nehmen. »Sie haben sonst nichts mehr auf dem Herzen? Nichts mehr hinzuzufügen?«

»Schnappt euch den Verrückten, der das getan hat«, sagte Henning Wallin. »Den Rest erledige ich selbst.«

»Wir arbeiten daran«, sagte Rogersson.

»Du bist doch nicht zu blau zum Fahren«, fragte Bäckström eine halbe Stunde später auf der Rückfahrt nach Växjö.

»Nein«, sagte Rogersson. »Dafür ist ein Bier nicht genug. Aber was ganz anderes. Ich wusste gar nicht, dass du eine Tochter hattest, die ermordet wurde?«

»Das habe ich auch nicht behauptet«, erklärte Bäckström. »Ich habe von einer Person gesprochen, die mir sehr nahestand.«

»Wenn du dabei an Egon denkst, dann hab ich ihn jedenfalls nicht umgebracht. Er sah aus, als ob er ertrunken wäre. Außerdem hatte ich ihn für einen Goldfisch gehalten.«

»Ich hatte an Gunilla gedacht«, sagte Bäckström. Garantiert hat der Arsch Egon irgendwas angetan, dachte er. Warum sollte er sonst die ganze Zeit über ihn reden?

»Was für eine verdammte Gunilla?«, fragte Rogersson gereizt.

»Ach, du weißt doch, Gunilla. Vom Gunillamord«, erklärte Bäckström. »Die ist doch erwürgt worden.«

»Aber was zum Teufel ... das war doch eine Nutte, Mensch«, sagte Rogersson.

»Aber ein sehr fröhliches und sympathisches Mädel«, sagte Bäckström. »Ich bin ihr ein paarmal auf dem Strich über den Weg gelaufen, als sie noch aktiv und gesund war. Außerdem hat es doch geklappt. Hast du nicht gemerkt, wie Lindas Papa gleich aufgelebt ist, als ihm aufging, dass er einen Leidensgenossen hat? Haben wir übrigens Beweistüten im Wagen?«

»In dieser Scheißkarre haben wir einfach alles«, sagte Rogersson. »Im Handschuhfach«, fügte er hinzu.

»Hokuspokus«, sagte Bäckström, der bereits eine Plastiktüte gefunden hatte und mit einer gewissen Mühe ein blutiges Papiertaschentuch aus der Tasche zog.

»Deshalb musstest du also aufs Klo«, stellte Rogersson fest.

»Ja. Nicht dass ich Druck auf der Blase gehabt hätte«, sagte Bäckström zufrieden. »Der kleine Paps hatte das hier in seinem Badezimmer in den Papierkorb geworfen.«

»Weißt du was, Bäckström? Du spinnst. Eines Tages wird dich noch der Teufel holen. Und zwar höchstpersönlich.« Rogersson nickte nachdrücklich.

30

Adolfsson und von Essen saßen schon in Bäckströms Zimmer und warteten, als er auf die Wache zurückkehrte. Adolfsson sprang sogar auf, sowie Bäckström das Zimmer betrat. Sein Kumpel begnügte sich mit einem höflichen Rucken von Rumpf und Kopf, um ganz allgemein seine friedlichen Absichten kundzutun.

»Ich hoffe, der Chef entschuldigt, dass wir uns einfach hingesetzt haben«, sagte Adolfsson. »Wir wollten nicht wie die Schaufensterpuppen im Flur rumstehen.«

»Setz dich, Adolf, setz dich, ist schon gut«, sagte Bäckström freundlich und nahm selber Platz, schnaubte geräuschvoll und legte die Füße auf den Schreibtisch. Der Junge wird es unendlich weit bringen, dachte er.

Erik Roland Löfgren war bereits am Freitagabend vernommen worden, also noch am Tag des Mordes. Die Vernehmung hatte per Telefon stattgefunden, und wer ihn auf seinem Mobiltelefon angerufen hatte, war die Polizeiinspektorin Anna Sandberg. Dem Protokoll zufolge hatte die Vernehmung etwas über drei Minuten gedauert. Sie hatte aus drei naheliegenden Fragen bestanden, und das Protokoll fasste sie auf knapp zwei Seiten zusammen.

»Löfgren gibt an, dass er und Linda hier in Växjö zusammen die Polizeihochschule besucht haben, dass sie privat aber nicht näher miteinander bekannt waren. Wenn sie sich außerhalb der Schule begegnet waren, dann im Zusammenhang mit geselligen Aktivitäten, die mit der Schule zu tun hatten, außerdem sind sie einige Male in Restaurants und Vergnügungslokalen in Växjö aufeinandergestoßen ...«

»Löfgren gibt weiter an, dass er Linda zwar nicht näher gekannt hat, dass er sie aber für ein fröhliches, sympathisches Mädchen gehalten hat, sportinteressiert und eine von allen in der Klasse geschätzte gute Kameradin. Seines Wissens war sie nicht mit jemandem von der Schule oder unter seinen Bekannten zusammen gewesen. Löfgren meint, dass sie sich vor allem mit ihren Freundinnen getroffen hat ...«

»Was den fraglichen Abend im Stadshotell angeht, so gibt Löfgren unter anderem Folgendes zu Protokoll. Er traf gegen zweiundzwanzig Uhr am Donnerstagabend zusammen mit zwei Kameraden von der Polizeihochschule im Lokal ein und verließ es gegen Viertel vor vier am Freitagmorgen. Danach kehrte er zu Fuß nach Hause zurück und ging schlafen, da er versprochen hatte, übers Wochenende seine Eltern in ihrem Sommerhaus auf Öland zu besuchen, und er wollte ausschlafen, um mit dem Auto fahren zu können. Während seines Besuchs im Stadshotell hatte er Linda zwar gesehen, sie hatten jedoch nicht miteinander gesprochen, da beide mit eigenen Bekannten dort gewesen waren. Das Lokal sei sehr voll gewesen, Löfgren will während des Abends aber nichts Besonderes beobachtet haben. Ansonsten kann er nur sagen, wie sehr es ihn schockiert hat, was seiner Klassenkameradin widerfahren ist.«

»Ja, das ist in Kürze das, was er selbst erzählt«, sagte von Essen und nickte Bäckström zu.

»Und dann gibt es noch einen Zusatz zum Protokoll«, sagte Adolfsson.

»Dazu komme ich noch«, sagte von Essen und nickte gelassen, »dazu komme ich noch. Kollegin Sandberg, von der er vernommen wurde, hat also einen Zusatz zum Protokoll geschrieben. Sie schreibt… ich zitiere: Unterzeichnende befand sich zum aktuellen Zeitpunkt ebenfalls im Stadshotell… was ich natürlich heute um dreizehn Uhr fünfzehn dem Leiter der Voruntersuchung, Kommissar Olsson, mitgeteilt habe… kann aussagen, dass Löfgren sich während des Abends zu mir und meiner Begleitung gesellt hat und dass er sich unmittelbar vor vier Uhr morgens verabschiedet und mitgeteilt hat, er wolle nach Hause und ausschlafen, weil er am nächsten Tag früh aufstehen müsse. Seiner eigenen Aussage nach, weil er übers Wochenende seine Eltern in deren Sommerhaus besuchen wollte. Löfgren ist mir bereits früher begegnet, als ich an der Polizeihochschule eine Vorlesung über Gewalt in der Familie gehalten habe. Im Dienst… Inspektorin Anna Sandberg.«

»Was sagen wir denn dazu?«, fragte Bäckström und schaute die beiden anderen listig an.

»Ja, dass er sie kaum gekannt hat, ist ja wohl leider nicht wahr«, sagte Adolfsson

»Lieber Bruder«, sagte von Essen und fuhr ihm über den Arm. »Man kann nicht alle gewinnen, und wenn du eine verlierst, bleiben dir immer noch tausende«, fügte er tröstlich hinzu. »Adolf war selber wohl auch ein wenig verschossen in unser Opfer«, sagte von Essen. »Hat einige Male in der Rezeption mit ihr geflirtet.«

»Ach was«, lachte Bäckström. »Dann sollten wir dich vielleicht auch speicheln lassen, Adolf?«

»Diese Kleinigkeit habe ich bereits mit Enoksson erledigt«, sagte Adolfsson und klang ausnahmsweise einmal schroff.

»Wieso denn«, fragte Bäckström neugierig. Wieso denn, dachte er.

»Ich habe sie doch gefunden. Ich war am Tatort und bin da herumgeschlichen. Natürlich hab ich sie nicht besabbert, aber ich musste sie doch anfassen, um festzustellen, ob sie tot ist«, sagte Adolfsson. »Also habe ich Enok vorgeschlagen, dass ich mir ein Wattestäbchen in den Mund stopfe. Freiwillig.«

»Und er hat gehorcht«, sagte Bäckström lachend.

»Ja«, sagte Adolfsson.

»Kluges Kerlchen«, sagte Bäckström. »Aber zurück zum Thema. Wie gut hat unser eigener kleiner Ronaldo das Opfer also gekannt?«

»Nach dem, was er selbst zwei von seinen Kumpels erzählt hat, war er mit ihr im Bett«, sagte Adolfsson. »Und leider stimmt das wohl auch. Soll ich Details nennen, Chef?«

»Sieh an«, sagte Bäckström. »Scheiß auf die Details. Die spinnen doch, die Frauenzimmer. Und apropos Frauenzimmer, mal was ganz anderes. Diese Kollegin Sandberg. Was ist von der zu halten?«

»Gehört nicht zu meinen Lieblingen«, sagte Adolfsson. »Sie ist auch nicht mehr meine Kollegin, wenn der Chef schon fragt. Ist mit einem Polizisten verheiratet, und was das für ein Typ ist, entzieht sich meiner Kenntnis. Arbeitet bei der Bodenpolizei in Kalmar, und da kann man wohl das Schlimmste befürchten.«

»Dass wir Kollegin Sandberg gegenüber eine gewisse Reserve zeigen, kann möglicherweise daran liegen, dass sie uns beide wegen eines Dienstvergehens angezeigt hat«, berichtete von Essen. »Angeblich haben wir bei einer Festnahme einen von ihren kleinen Schützlingen misshandelt. Das war irgendwann im Frühling.«

»Was hatte er denn angestellt?«, fragte Bäckström.

»Nicht er, sie«, sagte Adolfsson. »Sie hat versucht, unseren Grafen in den Hals zu beißen, als wir sie ins Auto setzen wollten, und wenn wir bedenken, dass sie HIV-positiv ist, hielt ich es für besser, sie zu fesseln und ihr einen Maulkorb zu verpassen«, sagte Adolfsson.

»Ich wusste gar nicht, dass ihr Maulkörbe im Auto habt«, sagte Bäckström. »Hört sich praktisch an.«

»Ich habe die Jacke ausgezogen und ihr um den Kopf gebunden«, sagte Adolfsson. »Nicht mal die Internermittlung hatte Einwände.«

»Jetzt machen wir das so: Kein Wort an irgendeinen Arsch außerhalb dieses Zimmers«, sagte Bäckström. Nahm die Füße vom Schreibtisch und beugte sich vor, um zu betonen, was er als Nächstes sagen wollte.

31

Schon zu Wochenbeginn war der Chef der Zentralen Kriminalpolizei nach Schonen geflogen, um sich persönlich an der Jagd nach dem gefährlichsten Verbrecher der Nation zu beteiligen. Dem Irren von Dalby, dem Massenmörder und, in der Welt, in der Leute wie Nylander zu leben gezwungen sind, aller Wahrscheinlichkeit nach auch dem Serienmörder. Um sich in der Nähe des aktuellen Suchbereichs in Dalby und Umgebung, wo seine getreue Mannschaft von der Nationalen Einsatztruppe bereits Stellung bezogen hatte, aufhalten zu können, hatte er sich im Grand Hotel in Lund einquartiert.

Dort hatte man zuerst den schlechten Geschmack besessen, ihm die Fritjof-Nilsson-Piratensuite aufschwatzen zu wollen, aber nachdem er ihnen die schlachtfeldmäßigen Umstände seines Besuchs vor Augen geführt hatte, war die Suite gegen ein normales Doppelzimmer mit Bad eingetauscht worden. Diese verdammten Zivilisten haben aber auch keine Ahnung vom Ernstfall, dachte Nylander.

Am späten Samstagabend war es in seinem Hotelzimmer leider zu einem Zwischenfall gekommen.

Nylander war nach über fünfzehn Stunden in offener Wildbahn müde, es war sehr heiß, und die Verpflegung hatte auch zu wünschen übrig gelassen. Als er zu Bett gehen wollte und die Patronensituation seiner Dienstwaffe noch einmal überprüfte – die näheren Umstände konnten niemals vollständig geklärt werden –, löste sich unseligerweise ein Schuss und traf den Spiegel in seinem Badezimmer. Da kein größerer Schaden angerichtet worden zu sein schien, putzte Nylander sich die Zähne und legte die Pistole dann unter sein Kopfkissen, wo er sie auf Dienstreisen immer aufbewahrte. Danach kroch er in die Falle und war schon fast eingeschlafen, als jemand wie wild gegen seine Tür hämmerte.

Unglücklicherweise war die versehentlich abgegebene Kugel letztlich offenbar im Fernseher des Nachbarzimmers gelandet. Sein hysterisch veranlagter Zimmernachbar war wild schreiend und nur mit einer Donald-Duck-Unterhose gewandet in die Rezeption hinuntergestürzt. Das Hotelpersonal hatte umgehend die Polizei verständigt und unter anderem eine »wilde Schießerei im Zimmer des Chefs der Zentralen Kriminalpolizei« gemeldet. Bereits zwei Minuten später traf die erste Funkstreife ein, und sicherheitshalber hatten die Beamten aus Lund auch noch die Kollegen aus Malmö alarmiert.

Danach geriet die Lage vollends aus dem Ruder. Obwohl Nylander gelassen und ausführlich die tatsächlichen Ereignisse schilderte und sogar allen Anwesenden vorschlug, sich ihren eigentlichen Aufgaben zu widmen, stieß er auf taube Ohren. Die Kollegen vor Ort waren einfach nicht professionell genug, um mit der entstandenen Situation umgehen zu können. Stattdessen beschlagnahmten sie Nylanders Dienstwaffe und schleppten ihn trotz der späten Stunde zur Wache in Lund zur Vernehmung. Nach der Vernehmung wurde er dann endlich ins Hotel zurückgebracht.

»Ich sehe mich leider gezwungen, über diesen Vorfall Bericht zu erstatten«, sagte Nylander und starrte den Leiter der Funkstreife an, als er vor dem Hoteleingang abgesetzt wurde.

»Na, von mir aus gern, Nylander«, erklärte der andere in breitem Schonisch. »Wenn du nur versprichst, in Zukunft die Hände auf der Decke zu halten.«

Schon am nächsten Morgen wurde der gesuchte Irre gefunden. Er lag in einer schlichten Fischerbude bei Åhus, und entdeckt wurde er von dem zuständigen Fischer und nicht etwa von der Einsatztruppe, was vermutlich damit zu tun hatte, dass die Bude viel zu weit vom Suchbereich entfernt lag. Gestank und Fliegenlarven ließen außerdem annehmen, dass sich der Mann schon seit etlichen Tagen dort befand.

»Der Arsch hat sich offenbar den Lauf ins Maul gestopft und abgedrückt«, fasste Nylanders Einsatzchef die Lage zusammen.

»Dann sorgt dafür, dass ihm Speichel abgenommen wird und dass die Kollegen in Växjö davon erfahren«, sagte Nylander. Buschsheriffs, dachte er. Alles muss man selber machen!

<u>32</u>

Växjö, Sonntag, 20. Juli

Am späten Sonntagabend klopften Knutsson und Thorén an Bäckströms Hoteltür. Die Kollegen oben in Stockholm hatten die erste Untersuchung von Polizeianwärter Erik Roland Löfgrens Telefon beendet.

»Haben die das ganze Wochenende daran gearbeitet«, fragte Bäckström überrascht.

»Wollen sicher wie alle anderen Überstunden abrechnen«, sagte Knutsson.

»Ist er noch da, oder ist er abgetaucht«, fragte Bäckström. Ich hoffe, der Arsch ist abgetaucht, dachte er und verspürte plötzlich die vertrauten Vibrationen.

»Die Gespräche erwecken den Eindruck, als hielte er sich seit Mitte der Woche auf Öland auf«, sagte Thorén. »Und vorher war er offenbar in Växjö.«

»Die letzten Suchsignale sind im Funkmast bei Mörbylånga gelandet«, erklärte Knutsson. »Die Eltern haben in der Nähe ein Sommerhaus, also lässt er sich da vermutlich die Sonne auf den Bauch knallen.«

»Habt ihr denn was Interessantes gefunden«, sagte Bäckström. Idioten, dachte er. Warum sollte einer wie Löfgren sich die Sonne auf den Bauch knallen lassen?

»Glaub schon«, sagte Thorén und sah ziemlich entzückt aus.

»Sieht so aus«, stimmte Knutsson lächelnd zu.

»Ja, was denn nun«, fragte Bäckström. »Ist das ein Geheimnis oder was?«

»Kollegin Sandberg scheint immer wieder versucht zu haben, ihn zu erreichen«, sagte Thorén. »Das erste Mal gleich am Mordtag.«

»Ach«, sagte Bäckström und seufzte. »Was ja kein großes Wunder ist, wo sie ihn doch per Telefon vernehmen sollte.« Die puren Supertrottel, dachte er.

»So haben wir das zuerst auch gesehen«, sagte Thorén.

»Bis wir angefangen haben, uns ein paar weitergehende Gedanken zu machen«, erklärte Knutsson.

»Habt ihr also«, sagte Bäckström sauer. Für wen halten die sich eigentlich, dachte er.

Dem Vernehmungsprotokoll zufolge, das von Kollegin Sandberg am Freitag, dem 4. Juli, verfasst und unterzeichnet worden war, hatte sie Polizeianwärter Roland Löfgren zwischen 19.15 und 19.35 per Telefon vernommen.

»Sie hat auf seinem Mobiltelefon angerufen. Vermutlich von ihrem eigenen Anschluss bei der Wache in Växjö aus, da der Anruf über die Zentrale dort lief«, sagte Thorén.

»Ich bin ja wohl nicht blöd«, sagte Bäckström. »Wo ist das Problem?«

»Das Gespräch war ziemlich kurz«, sagte Knutsson und schaute Bäckström listig an. »Es wurde schon nach vier Minuten beendet. Um 19.19.«

»Na und«, sagte Bäckström. »Bestimmt hat er einfach gesagt, sie solle ihn auf dem Festnetz anrufen. Schlechte Verbindung, vielleicht steckte das Teil gerade im Ladegerät. Was weiß ich denn, verdammt noch mal?« Wie blöd kann man eigentlich werden, fragte er sich. »Habt ihr den Festnetzanschluss überprüft«, fügte er hinzu.

»Ist gerade in Arbeit«, sagte Thorén. »Das ist ein normaler Vertrag bei der Telia, und der Anschluss steht in seinem Zimmer in Växjö. Er wohnt zur Untermiete in der Doktorsgata, mitten in der Stadt in einer Villa, die einem Arzt gehört. Vermutlich einem alten Kollegen seines Papa, aber nicht der Knabe hat den Vertrag, sondern der Papa, und es ist nicht ganz so einfach, die Untersuchung genehmigen zu lassen.«

»Na, dann müssen sie eben sehen, wie sie das Problem lösen«, sagte Bäckström. »Und wo ist das zweite Problem?«

»So in aller Kürze«, sagte Knutsson ...

In aller Kürze sah das Problem so aus. Schon um 19.20 hatte irgendwer über die Zentrale der Wache abermals Löfgrens Mobiltelefonnummer angerufen, doch Löfgren hatte sich nicht gemeldet. Danach waren fünf weitere Anrufe von derselben Nummer gespeichert, in allen Fällen, nach ihrer Länge zu urteilen, waren sie beim Anrufbeantworter gelandet. Der letzte Anruf war gleich nach Mitternacht getätigt worden. Während der folgenden fünfzehn Tage hatte Löfgrens Mobiltelefonnummer noch weitere zehn Anrufe von der Zentrale der Wache gespeichert. Vermutlich war keiner davon beantwortet worden.

Und als ob das noch nicht reichte und nicht schon zu viel wäre, hatte Kollegin Sandberg ihn fünfmal von ihrem dienstlichen Mobiltelefon aus anzurufen versucht, doch auch diese fünf Versuche waren nicht von Erfolg gekrönt gewesen. Am Ende hatte sie dann noch einen Versuch von ihrem privaten Mobiltelefon aus gestartet.

»Das war am Donnerstagnachmittag, gleich nach der Mittagspause«, sagte Knutsson. »Und da haben sie offenbar endlich miteinander geredet. Das Gespräch dauerte neun Minuten.«

»Klingt komisch«, stellte Bäckström fest. »Was zum Teufel soll das?« War das nicht der Tag, wo sie mich in der Kantine angequatscht hat, überlegte er.

»Ja, ein wenig auffällig ist das schon«, meinte Thorén.

»Ein Hauch mysteriös, falls jemand meine Meinung wissen möchte«, sagte Knutsson.

»Lasst uns die Sache überschlafen«, entschied Bäckström. Was zum Teufel ist hier denn los, überlegte er.

»Noch etwas«, sagte Bäckström, ehe die anderen das Zimmer verlassen konnten. »Kein Wort von dieser Sache an irgendeinen Arsch.«

»Natürlich nicht«, sagte Knutsson.

»Very hush hush«, stimmte Thorén zu und zwinkerte mit dem rechten Auge, während er sich zugleich den rechten Zeigefinger vor den Mund hielt.

»Was denn«, fragte Bäckström. Sind diese Ärsche etwa auch noch bei den Freimaurern, dachte er.

»Very hush hush, pst pst also«, übersetzte Knutsson. »Wie in diesem Film über die Kollegen in Los Angeles in den fünfziger Jahren. LA Confidential.«

»Da sagt einer immer wieder: very hush hush«, erklärte Thorén. »Starker Film. Nach einem Roman von James Ellroy. Solltest du dir wirklich mal ansehen, Bäckström.«

Eine andere Erklärung gab es nicht. Die müssen schwul sein, dachte Bäckström unmittelbar vor dem Einschlafen. Seit die restliche Menschheit sich Fernsehen und Video zugelegt hatte, gingen doch nur noch Schwule ins Kino. Schwule und Weibsbilder natürlich. Nicht mal Kinder gehen noch ins Kino, dachte Bäckström, doch in diesem Moment wurde er dann offenbar vom Sandmännchen übermannt, denn als er die Augen wieder aufschlug, war es draußen schon hell, und die unbarmherzige Sonne suchte sich einen Weg durch die Vorhänge in sein Zimmer.

Heute koch ich Leim aus dem Arsch, dachte Bäckström, als er unter der Dusche stand und sich vor einem neuen Tag in seinem Leben als Mordermittler von dem kalten Wasser beleben ließ.

33

Växjö, Montag, 21. Juli – Sonntag, 27. Juli

Kriminalkommissar Jan Lewin las inzwischen die Zeitung Smålandsposten. Irgendeine Zeitung musste er ja schließlich lesen, um sich über die Weltsicht der Medien ganz allgemein und über deren Darstellung der Ermittlungen im Mordfall Linda Wallin im Besonderen auf dem Laufenden zu halten.

Natürlich dominierte der Mord an Linda auch in der großen lokalen Morgenzeitung, doch was dort zu lesen stand, enthielt im Großen und Ganzen keine Spekulationen und war um einiges ausgewogener und rücksichtsvoller als die Berichte der meisten anderen Medien. Obwohl die Zeitung durch ihre Verankerung in Växjö und Umgebung und bei den dort lebenden Menschen doch eigentlich von der Tragödie, die Linda und ihre Familie getroffen hatte, viel stärker berührt sein müsste als die Großstadtzeitungen und deren Berichterstatter.

Außerdem hatte Smålandsposten immer noch Platz für andere Themen. Das war ein kleiner Trost in dem geballten menschlichen Elend, und an diesem Montagmorgen wurde er verabreicht in Gestalt eines Artikels über die vermutlich dickste Erdbeere der Welt, der sich die Vorderseite mit den letzten Neuigkeiten über den Lindamord teilte.

Die Zeitung brachte auch ein Bildnis der Erdbeere. Die klassische Streichholzschachtel war wegen der Größenverhältnisse natürlich auch vertreten, und deshalb wusste Lewin, dass die Erdbeere so groß war wie ein kleiner Blumenkohl oder vielleicht auch wie eine richtig männliche Faust. In der Zeitung gab es ein längeres Interview mit dem Mann, der hinter dieser Züchtergroßtat steckte, Svante Forslund, zweiundsiebzig, dazu ein kürzeres mit seiner Gattin Vera, einundsiebzig.

Svante Forslund war Lehrer für Biologie und Chemie am Gymnasium von Växjö gewesen und lebte seit fast zehn Jahren im Ruhestand. Zusammen mit seiner Frau verbrachte er nunmehr das ganze Jahr im früheren Sommerhaus der Familie bei Alvesta. Das große Interesse des Ehepaars Forslund galt dem Gartenbau. Ihre eigene Scholle war etwa eine Hufe groß, und sie bauten so ungefähr alles an, was sie anbauen konnten und was dem Menschen Schönheit und Nahrung schenkt. Es gab Blumen, Kräuter, Heilpflanzen und alles nur erdenkliche Grüne. Es gab Kartoffeln und alle möglichen Hackfrüchte und andere nützliche Gewächse. Natürlich gab es auch Bienenstöcke, damit dieses private Paradies weiterleben konnte. Und nicht zuletzt gab es also etliche Varianten von Fragária ananássa, und Erdbeeren waren überhaupt Svante Forslunds große Leidenschaft in diesem Leben.

Die aktuelle Erdbeere war ein Produkt einer neueren amerikanischen Kreuzung, der Fragária monstrum americanum, der amerikanischen Monstererdbeere. Forslund hatte sein Exemplar in der Woche nach Mittsommer entdeckt, und schon damals war es viel größer gewesen als die übrigen Erdbeeren in derselben Reihe.

Forslund hatte sich sofort für ein besonderes Entwicklungsprogramm entschieden. Die anderen Erdbeeren waren aus der Reihe entfernt worden, um dem Superexemplar nicht unnötig Nahrung zu entziehen, Maßnahmen in Gestalt von Düngen und Gießen waren ergriffen worden, die Stelle, wo die Pflanze heranwuchs, war ganz besonders sorgfältig vor Angriffen durch Insekten, Larven, Vögel, Hasen und Rehe geschützt worden. Vierzehn Tage darauf, als Forslund annahm, dass seine Erdbeere ihre Maximalgröße erreicht hatte, war sie geerntet und fotografiert worden und auf diese Weise in der Zeitung gelandet.

Abgesehen von allen rein gartenbaulichen Aspekten hatte Svante Forslund sich durch seine Riesenerdbeere auch ein beachtliches finanzielles Potential erwirtschaftet. Die gewerbliche Erdbeerenproduktionsfläche in Schweden umfasste derzeit zweitausenddreihundertfünfzig Hektar, und Forslund vertrat die Ansicht, man könne innerhalb von zwei Jahren durch systematische Zucht seiner Riesenerdbeere aus den USA die jährliche Produktion um vierhundert Prozent steigern. Auf derselben Grundfläche und bei Kosten für Gießen und Dünger, die nur unbeträchtlich über den derzeitigen lagen.

Seine Gattin Vera war in dem Artikel ebenfalls zu Wort gekommen, sie war jedoch um einiges weniger begeistert. Kurz gesagt fand sie die Supererdbeere ihres Mannes wässerig und geschmacklos, und nicht einmal im Traum würde sie auf die

Idee kommen, sie im Haushalt zu verwenden. In Vera Forslunds Welt hatte eine echte Erdbeere so zu schmecken wie in ihrer Kindheit. Ihre eigene Lieblingserdbeere war eine lokale Variante mit tiefroten und ziemlich kleinen Beeren mit festem Fruchtfleisch, starker Süße und einem überaus ansprechenden Beigeschmack von Walderdbeeren. Die Pflanzen hatte sie von ihren Eltern geerbt, und obwohl ihr Gatte ein Carl von Linnäus der modernen Zeit war, hatte nicht einmal er den Ursprung dieser Art genau feststellen können. Jedenfalls bildete diese Erdbeersorte die Hauptzutat ihrer berühmten Erdbeertorte, die sie im Sommer ihren Kindern, Enkelkindern und sonstigen Lieben vorzusetzen pflegte.

Eine schlichte schwedische Sommertorte, deren Rezept den Lesern der Zeitung abschließend mitgeteilt wurde. Dünner Mürbeteigboden, einige Spritzer von Frau Veras selbst gemachtem Erdbeerlikör. Jede Menge Marmelade von besagten Erdbeeren, viel Schlagsahne, bedeckt an den Seiten von dünn geschnittenen Erdbeeren und ganz oben, als Krönung dieser Schöpfung, ein besonders schönes Exemplar der ganzen Frucht.

Klingt einfach und lecker. Ungefähr wie die Torten, die seine Mutter gebacken hatte, als er noch klein gewesen war, dachte Lewin und beschloss, den Artikel auszuschneiden und zu seinen sonstigen Reiseaufzeichnungen von seinem Aufenthalt in Växjö zu legen.

34

Die freiwillige Speichelei in Växjö und Umgebung wurde zur puren Erfolgsgeschichte. Sie gingen inzwischen im Sturmschritt auf die vierhundert DNA-Proben zu. Das Labor hatte Kräfte für den Lindamord abkommandiert, und fast die Hälfte der eingegangenen Proben hatte bereits abgeschrieben werden können.

»Wie läuft es denn mit den Kollegen und unseren angehenden Kollegen«, fragte Olsson aus irgendeinem Grund.

»Das geht sicher gut«, sagte Knutsson und schaute in seine Papiere. »Wir haben acht Proben bekommen. Allesamt freiwillig. Die vier, die zuerst geliefert haben, konnten wir schon abschreiben. Aber zwei haben noch nicht geliefert.«

»Ja, ich habe versprochen, mich um den einen zu kümmern, das dauert also nicht mehr lange«, warf Olsson dazwischen. »Da braucht ihr euch keine Sorgen zu machen. Das übernehme ich«, fügte er rasch hinzu.

»Ja, und dann haben wir noch einen Anwärter, der noch nicht gespeichelt hat«, sagte Knutsson. »Lass mal sehen«, fügte er hinzu und schien in seinen Unterlagen zu suchen. »Ging in dieselbe Klasse wie Linda, war in der fraglichen Nacht angeblich im selben Lokal. Erik Roland Löfgren, so steht er in der Liste der Schule.«

»Den hab ich schon anzurufen versucht. Immer wieder«, sagte Sandberg.

»Und wie sieht's aus«, fragte Bäckström. Jetzt erzähl endlich, was das alles soll, dachte er.

»Es ist Sommer und Ferienzeit, das ist vielleicht die Erklärung, aber Ende der vergangenen Woche habe ich ihn dann doch erreicht«, sagte Sandberg. »Da war er bei seinen Eltern in deren Sommerhaus auf Öland, aber er hat versprochen, sich zu melden, sowie er wieder in Växjö ist.«

»Das ist aber wirklich reizend von ihm«, grunzte Bäckström. »Und wann werden wir das Vergnügen haben, seine Bekanntschaft machen zu dürfen? Wenn im Herbst die Schule wieder losgeht vielleicht? Das Einfachste wäre wohl, die Kollegen in Kalmar zu bitten, mal kurz nach Öland zu fahren und ihn speicheln zu lassen.«

»Ich sage ihm noch mal Bescheid«, sagte Sandberg. »Versprochen. Wir dürfen schließlich nicht vergessen, dass die Leute freiwillig mitmachen sollen. Wir hegen ja keinen Verdacht gegen ihn, meine ich.«

»Dann bring das mal bald in Ordnung«, sagte Bäckström.

»Erklär unserem kleinen Polizeischüler, was Sache ist. Sonst hol ich ihn mir persönlich, und dann ist die Rede von Blut und nicht von Wattestäbchen.«

»Das kommt sicher in Ordnung«, sagte Olsson. »Das findet sich schon. Wir wollen uns doch wegen einer solchen Kleinigkeit nicht aufregen.«

»Ich rege mich nicht im Geringsten auf«, sagte Bäckström. »Sagt dem Arsch, wenn er jemals Polizist werden will, dann muss er aufhören, sich wie irgendein Gauner aufzuführen, der unter irgendeinem Scheißverdacht steht. Das ist ein Rat in aller Freundschaft, und wenn das alles ist, dann habe ich jetzt eine Menge zu erledigen«, sagte Bäckström und stand auf.

Nachmittags bat Olsson um eine Unterredung mit Bäckström.

»Ich würde gerne kurz mit dir reden, Bäckström«, sagte Olsson. »Ich brauche den guten Rat eines erfahrenen Kollegen.«

Schwanzwedler, dachte Bäckström. Du hast ihn gebeten, eine Runde Speichel zu spendieren, und jetzt hat er sich auf seinem Dachboden aufgehängt, und du willst dich bei Onkel Bäckström ausweinen.

Das Problem war dann aber ein ganz anderes. In Växjö herrschte nach dem Mord an Linda große Unruhe, vor allem unter jungen Frauen, und aus gesellschaftlicher Perspektive betrachtet verringerte das die Lebensqualität für eine große Gruppe von Menschen.

»Trauen die Leute sich überhaupt noch aus dem Haus, ohne die ganze Zeit Angst vor einem Überfall haben zu müssen«, fasste Olsson die Lage zusammen.

»Interessante Frage«, sagte Bäckström. Das geht ja besser, als ich gehofft hatte, dachte er.

»Es ist ja schon viele Jahre her, dass wir von der Polizei Sicherheit in diesen Dingen garantieren konnten«, sagte Olsson. »Unsere Mittel reichen ja nicht einmal mehr für das absolut Notwendigste.«

Was immer das in diesem Kaff hier sein soll, dachte Bäckström. Falsch geparkte Autos und weggelaufene Hunde?

»Ja, das ist schlimm«, stimmte Bäckström zu und seufzte.

»Einige von uns haben sich überlegt, ob es alternative Lösungen gibt. Diese Idee hat übrigens Lo ausgeheckt«, sagte Olsson.

»Ich warte gespannt«, sagte Bäckström und nickte in tiefem Ernst, während er sich gleichzeitig vorbeugte. Unser eigenes kleines Legehuhn, ich kann es ja kaum erwarten, dachte er.

»Männer in Växjö gegen Männergewalt«, sagte Olsson. »Ganz normale, anständige Männer, Mitmenschen oder Mitmänner, wenn ich das so sagen darf, jemand im Projekt hat jedenfalls genau dieses Wort vorgeschlagen... Mitmänner... ein Mitmensch, aber auch ein Mann, der abends und nachts durch die Stadt wandert und durch seine bloße Anwesenheit die Sicherheit steigert. Sie können zum Beispiel anbieten, Frauen, die allein unterwegs sind, vom Lokal nach Hause zu begleiten«, erklärte Olsson.

Was für eine phänomenal tolle Aufreißnummer, dachte Bäckström. Sogar die kleine Lo könnte da sicher einen ausreichend kurzsichtigen Mitmann auftun und zu einer miesen Nummer in ihr Kämmerlein locken, dachte er.

»Was sagst du dazu, Bäckström«, fragte Olsson.

»Klingt wie eine phantastische Idee«, sagte Bäckström. Wie blöd kann man eigentlich werden, dachte er.

»Du siehst nicht die Gefahr, dass die Sache als eine Art Bürgerwehr aufgefasst werden könnte«, fragte Olsson, der plötzlich ein wenig besorgt wirkte. »Oder schlimmer noch, dass unseriöse Kräfte die Aktion für ihre eigenen Interessen ausnutzen?«

»Ich halte dieses Risiko nicht für sehr groß«, sagte Bäckström. »Wenn man sich genau ansieht, wer mitmacht, meine ich.« Und sorgt dafür, dass Leute wie Kollege Karlsson der Geile oder der Schwanzwedler außen vor bleiben, dachte er.

»Ja, wenn du meinst«, sagte Olsson und sah erleichtert und

froh zugleich aus. »Könntest du dir vorstellen, deine Ansichten genauer darzulegen, wenn unsere kleine Projektgruppe sich das nächste Mal trifft?«

»Natürlich lege ich euch gerne meine Ansichten dar. Ist doch klar«, sagte Bäckström. »Wenn ihr denn meint, ich könnte irgendwie nützlich sein«, fügte er bescheiden hinzu. Ich kann es kaum erwarten, dachte er.

Adolfsson und von Essen hatten während des Wochenendes ihre Bemühungen um Polizeianwärter Löfgren offenbar mit unverminderter Energie fortgesetzt. Um Löfgren herum wurden nun eine Menge unangenehmer Umstände aufgehäuft. Offenbar hatte er mehreren Kumpels gegenüber damit geprotzt, den ganzen Frühling über und dann bis zum Ende des Schuljahrs Mitte Juni mit Linda Sex gehabt zu haben.

Da er zugleich ein junger Mann war, der seine Freiheit schätzte, hatte er es dann doch vorgezogen, die heimliche Beziehung zu beenden. Löfgren zufolge war Linda für seinen Geschmack ein wenig zu anhänglich und zu anspruchsvoll geworden. Es habe jedoch kein großes Drama gegeben, wie der befragte Gewährsmann berichten konnte. Löfgren habe ihr einfach erklärt, dass sie in Zukunft ihren Platz in der langen Schlange interessierter junger Frauen einnehmen müsse. Ihre Reaktion auf diese Mitteilung sei nicht bekannt. Sie habe ihren Freundinnen offenbar nichts davon erzählt, und einen neuen Freund oder Liebhaber schien sie sich auch nicht zugelegt zu haben.

»Was er Sandberg bei der Vernehmung erzählt hat, stimmt also nicht«, sagte Bäckström.

»Nein«, sagte Adolfsson und schüttelte den Kopf. »Und ganz normale Protzerei ist es auch nicht gewesen. Dieser Knabe hat unter den Damen hier in der Stadt gewütet wie ein Mähdrescher. Wir haben mit mehreren gesprochen. Er ist offenbar der Lochschwager von halb Småland«, teilte Adolfsson mit und seufzte zugleich tief.

»Ihr letzter bekannter Sexualpartner«, sagte von Essen. »Ist das in solchen Fällen nicht oft ein brauchbarer Hinweis auf den Täter?«

»Gut«, rief Bäckström. »Das ist sogar besser als gut, das ist bleischwer«, versicherte er. Dieser Adelsfritze ist offenbar doch nicht total von gestern, dachte er.

»Gute Arbeit, Jungs«, sagte Bäckström dann. »Wenn wir Glück haben, dann ist das die Lösung. Was sagen seine Frauenzimmer denn sonst? Behandelt er sie gut oder was?«

»Der vertraute Duft von Leder, Latex und Ketten«, sagte von Essen, obwohl doch auch er in einem småländischen Dorf geboren und aufgewachsen war. »Nein«, sagte von Essen. »Davon ist hier in der Stadt nicht die Rede. Und besagte Hilfsmittel scheint er auch nicht bei sich zu haben, wenn er auf die Piste geht. Wenn ich das mal so sagen kann.«

Löfgren war jung, gut gebaut, durchtrainiert, er war charmant und sah sehr gut aus. Für seine fünfundzwanzig Jahre schien er außerdem über große praktische Erfahrung und beträchtliche Begabung auf sexuellem Gebiet zu verfügen. Ihrer Gewährsfrau zufolge war er zudem just so hervorragend ausgerüstet, wie der Mythos über den Schwarzen Mann es wollte. Und natürlich war er der selbstverständliche Hauptrolleninhaber in den Albträumen des Weißen Mannes.

»Ronaldo ist die pure Sexmaschine«, sagte sie mit glücklichem Lächeln. »Wenn du wirklich bis zur Gehirnerweichung vögeln willst, kannst du keinen besseren finden. Sein Dings ist groß. Und einfach wirkungsvoll.«

Wie ein Treffer aus dem Schrotgewehr, hatte Adolfsson im Gespräch mit ihr gedacht. Man braucht Übung und eine gut geladene Büchse.

»Fast so wie du, Patrik«, hatte Adolfssons Gewährsfrau plötzlich hinzugefügt. »Aber das Problem mit dir ist, dass man sich in dich ein bisschen verknallt. Weißt du noch, wie du mir den Hochsitz zeigen wolltest, wo du deinen ersten Elch geschossen hast?«

»Wenn wir beim Thema bleiben könnten«, sagte Adolfsson.

Und am liebsten reden wir über Dinge, die ich auch aufschreiben kann.

Ausgefallener Sex? Abnormer Sex? Perversionen? Dominanz? Sadismus?

»Mit mir jedenfalls nicht«, sagte die Gewährsfrau und zuckte mit den Schultern. »Natürlich bin ich ein bisschen neugierig geworden, als alle meine Freundinnen so viel über ihn geredet haben, aber ich hatte nicht vor, ihn zu heiraten. Mir ging es einfach um Sex. Und da war er verdammt gut. – Aber natürlich«, fügte sie hinzu. »Wenn ich das gewollt hätte, wäre er sicher zu Diensten gewesen. Er hätte ganz bestimmt nicht gekniffen. Ich glaube, ich hätte ihn nicht einmal zu bitten brauchen. Er hätte sich sicher das Richtige gedacht. Das ist doch alles irgendwie seine Kiste.«

Aber weiter waren sie dann doch nicht gekommen.

»Der Kerl ist ein ganz widerlich kranker Arsch, ich schwör's«, sagte Bäckström glücklich. Und das wird sich klarerweise unter Beweis stellen, wenn wir seinen Kleiderschrank durchsuchen, dachte er, und die vertrauten alten Schwingungen waren jetzt ganz stark.

Bäckström hatte sich in sein neues Dasein im Stadshotell von Växjö sehr gut eingewöhnt. Die schlimmste Sehnsucht nach Egon hatte sich überraschend schnell gelegt, und an den vergangenen Tagen hatte er nicht einmal mehr an ihn gedacht. Sein Hotelzimmer wurde jeden Tag frisch geputzt, und sein Bett war neu bezogen, wenn er von seinem harten Tagewerk auf der Wache heimkehrte. Wenn er morgens anfing, musste er nur daran denken, die Handtücher des vergangenen Tages auf einen Haufen auf dem Badezimmerboden zu werfen, damit die Umweltfanatiker beim Hotelpersonal sie nicht wieder hinhängten, statt ihn mit frischen und sauberen zu versorgen. Außerdem war es höchste Zeit, alle benutzten Kleidungsstücke zum Waschen und Bügeln abzuliefern. Diesmal sogar ganz nach Vorschrift, weil er sie doch im Dienst vollgeschwitzt hatte.

Ziemlich bald hatte er die grundlegende Routine drin. Zuerst, sowie er sein Zimmer betreten hatte, ein kaltes Bier. Danach ein kleines Nickerchen, ein weiteres Bier im Zimmer, dann eine kleine Mahlzeit. Vor dem Schlafengehen und dem Stelldichein mit dem Sandmännchen ein kleines, bildendes Gespräch mit Kollege Rogersson, noch ein paar Bier, möglicherweise den ein oder anderen diskreten Kurzen. Als besondere Würze seines Alltags kamen die wiederholten Telefongespräche mit seiner persönlichen Reporterin vom Lokalradio dazu. Bei denen sie sich beklagen konnte, weil er offenbar nie abkömmlich war, obwohl sie doch hoch und heilig versprochen hatte, dass sie nicht über den Fall reden würden.

Wie an diesem Abend, zum Beispiel.

»Im Moment ist alles ein bisschen zu viel«, sagte Bäckström.

»Du versprichst und versprichst, das ist alles, Bäckström«, seufzte Carin.

Sie hat offenbar Gerüchte über die Supersalami gehört, wo sie doch so scharf ist, dachte Bäckström in dem Moment, in dem er ein vertrautes Klopfen an seiner Tür vernahm.

»Muss aufhören«, sagte Bäckström. »Bin gerade total im Stress. Bis dann.«

Rogersson brachte einen Sechserpack kaltes Bier mit und schien außerdem ungewöhnlich guter Laune zu sein.

»Ich habe eben mit den Kollegen oben in Stockholm geredet«, sagte Rogersson und grinste über sein ganzes mageres, narbiges Gesicht. »Sie haben eine ganz unglaubliche Geschichte über Nulli erzählt, und ich glaube, dass vor allem der Kollege Kommissar Åström diese zu schätzen wissen wird«, sagte Rogersson.

»Ganz Ohr«, sagte Bäckström. Nimm du dich bloß in Acht, Suffroger, dachte er.

Die Geschichte, die Rogersson nun erzählte, enthielt all die üblichen Zutaten, die Geschichten eben enthalten, wenn sie von einem Mund zum nächsten weitergereicht werden. Diese hier hatte auf dem Weg vom Badezimmerspiegel im Grand Hotel zu Rogerssons interessierten Ohren schon allerlei Zwischenstopps eingelegt.

»Das pure Stureplansmassaker, er hat offenbar das halbe Hotel zu Klump geschossen«, endete ein zufrieden grinsender Roger fünf Minuten später.

»Bestimmt ist er mit dem Kinn am Abzugshahn hängen geblieben, als er die Waffe reinigen wollte«, meinte Bäckström. »Wenn du oder ich das gewesen wären, dann würden wir jetzt noch bei den Kollegen unten in Malmö im Knast hocken.«

»Ist das Leben gerecht«, sagte Rogersson, schüttelte den Kopf und goss die letzten Tropfen aus der ersten Dose in sein Glas.

»Schläft Dolly Parton auf dem Bauch«, fügte Bäckström hinzu.

»Komisch, dass von der ganzen Geschichte keine Zeile in den Zeitungen steht«, sagte Rogersson.

»Das lässt sich sicher einrichten«, sagte Bäckström, und nun lächelte auch er. »Ich werde mal kurz mit Kollegen Åström plaudern. Der kann das dann zu unseren üblichen Quellen mitnehmen.«

35

Am nächsten Morgen brachte Smålandsposten einen längeren Artikel über einen wunderbaren Kulturskandal, der soeben die Stadt erhitzte. Jan Lewin beschloss sofort, den Artikel auszuschneiden und zu seinen Reiseaufzeichnungen zu legen.

Der Oberstaatsanwalt und derzeitige Parlamentsabgeordnete für die Christdemokraten, Ulf G. Grimtorp, hatte eine scharfe Attacke gegen die populistischen und seiner Meinung nach moralisch anfechtbaren Kulturvorstellungen geritten, die seiner festen Überzeugung nach die Aktivitäten der Växjöer Kulturverwaltung dominierten.

Vor allem ein Projekt hatte sein Missfallen hervorgerufen. Dieses Projekt war für junge Zuwandererfrauen vor Ort gedacht. Es trug den Namen Rad-Schwimm-Projekt und lief ganz einfach darauf hinaus, dass junge Frauen aus Zuwandererfamilien Rad fahren und schwimmen lernen sollten. Für drei Wochen im Sommer war ein Schullandheim gemietet worden, in ruhiger ländlicher Umgebung, mit eigenem Badesee, Lehrerinnen, Fahrrädern und Schwimmflossen. Alle vierzehn Kursteilnehmerinnen hatten Rad fahren und schwimmen gelernt und die Abschlussprüfung mit Glanz bestanden.

Drei dieser Frauen wurden in der Zeitung interviewt und berichteten einstimmig, dass die auf diese Weise erworbenen physischen Fähigkeiten sie auch befähigten, in intellektueller Hinsicht in ihrem Leben weiterzukommen. Dass sie sich auf diese Weise von den patriarchalischen Fesseln befreien könnten, die ihr eigenes Leben und das Leben ihrer Schicksalsgenossinnen einschränkten. Dass sie Stärke, Freiheit und Selbstachtung gewonnen hätten und damit die einfachste Voraussetzung dafür, sich vermehrt traditionellen kulturellen Interessen und Werten zu öffnen.

Der Kulturbeauftragte der Gemeinde, der für dieses und andere Sonderprojekte zuständig war, Bengt A. Månsson, beschrieb das Rad-Schwimm-Projekt als fast einzigartigen Erfolg.

»Jemand, der meint, das habe nichts mit Kultur zu tun, hat nicht im Geringsten begriffen, was Kultur eigentlich bedeutet«, erklärte Projektleiter Månsson, und für den Winter planten sie übrigens einen Ski- und Schlittschuhlehrgang, das Ski-Gleit-Projekt.

Der Abgeordnete Grimtorp erklärte das alles für puren Unsinn. Als dämliche und leicht durchschaubare Verbeugung vor allerlei linksradikalen männlichen Kultursnobs, die für das sauer verdiente Geld der Steuerzahler zusammen mit jungen Frauen ihren Bauch in der Sonne braten lassen wollten.

Für Geld, das nach Grimtorps fester Überzeugung eigentlich dem Stadttheater von Växjö, dem lokalen Kammerorchester und der Bibliothek und ihren verschiedenen Aktivitäten zufließen müsste. Ganz zu schweigen davon, dass die Stipendien für die vielen jungen und vielversprechenden Glaskünstler, Maler und Bildhauer der Stadt aufs Spiel gesetzt würden.

Dieser Grimtorp muss ja eine trübe Tasse sein, dachte Jan Lewin, und aus irgendeinem Grund musste er an den fast fünfzig Jahre zurückliegenden Sommer denken, in dem er sein erstes richtiges Fahrrad bekommen hatte. Ein rotes Crescent Valiant. Sicher das gleiche Valiant wie in der Comicserie über Prinz Eisenherz, der auf Englisch ja Valiant hieß. Er hatte seinen Papa gefragt, und der Papa hatte ihm von dem edlen Ritter Prinz Eisenherz erzählt.

Prinz Eisenherz hatte vor sehr langer Zeit gelebt. Damals hatte es noch keine Fahrräder gegeben. Stattdessen hatte Eisenherz ein Pferd gehabt. Einen kräftigen roten Hengst, der ebenso widerspenstig und störrisch gewesen zu sein schien wie Jan Lewins erstes Fahrrad. Das Pferd hieß in der schwedischen Übersetzung Arvak, erzählte Jan Lewins Papa, und es verdankte seinen Namen einem anderen Pferd namens Arvakr, das in der altnordischen Mythologie die Sonne über den Himmel zog und deshalb sehr viel mit dem Sommer vor fast fünfzig Jahren, in dem Jan Lewin Rad fahren gelernt hatte, zu tun gehabt haben musste.

Das alles und noch viel mehr war in den Geschichten über Prinz Eisenherz in der Illustrierten Allers Veckotidning zu lesen gewesen. Jan Lewin und sein Vater hatten einen ganzen Abend lang jede Menge Kisten und Kartons auf dem Dachboden der alten Scheune bei ihrem Sommerhaus durchwühlt. Sie hatten mindestens hundert Zeitschriften gefunden, in denen etwas über den edlen Ritter Prinz Eisenherz gestanden hatte, und vor dem Einschlafen hatten Jan Lewin und sein Papa eine und manchmal auch zwei Geschichten über Eisenherzens spannendes Leben gelesen.

Aber es war doch irgendwie seltsam, dachte Jan Lewin. Er hatte ein Rad namens Crescent Valiant gehabt, das nach Prinz Eisenherz getauft worden war, das hatte sein Papa schließlich gesagt. Prinz Eisenherz dagegen hatte einen roten Hengst namens Arvak gehabt, weil es zu seiner Zeit noch keine Fahrräder gegeben hatte. Aber warum hieß das rote Fahrrad nicht Arvak statt Crescent Valiant? Und wer war Crescent gewesen?

Er hieß vielleicht Crescent mit Vornamen, überlegte Jan Lewin. Prinz Crescent Eisenherz, und am nächsten Morgen würde er seinen Papa fragen, der doch fast alles wusste, aber dann schlief er ein, und wenn er sich fast fünfzig Jahre danach noch richtig erinnern konnte, war diese Frage niemals gestellt worden. Dagegen hatte er sich viele Gedanken darüber gemacht, denn ganz einfach war die Sache nicht gewesen, obwohl er damals mit seinen fast sieben Jahren doch bereits gewusst hatte, was Mythologie bedeutete.

36

Am selben Morgen, an dem in Smålandsposten der Kulturkrieg losbrach, mailte die TP-Gruppe ihre Analyse des Mordes an Linda Wallin und hängte ein Täterprofil an. Außerdem hatte der Gruppenchef, Kriminalkommissar Per Jönsson, angekündigt, dass er und einer seiner Mitarbeiter unmittelbar nach dem Mittagessen in Växjö landen würden, um ihre Funde nachmittags persönlich mit den Mitgliedern der Ermittlertruppe diskutieren zu können.

Bäckström hatte am Vormittag den zwanzigseitigen Bericht gelesen und dabei abwechselnd gestöhnt und geseufzt. Aber was das eigentliche Verbrechen anging, haben sie ja immerhin erkannt, worauf jeder denkende Polizist auch selber kommen kann, dachte Bäckström.

Dass der Täter nicht mit Gewalt in die Wohnung eingedrungen war, dass er das Opfer schon vorher gekannt hatte, dass ihre Begegnung zuerst verhältnismäßig friedlich verlaufen war, vor allem im Hinblick auf die späteren Ereignisse. Dass Opfer und Täter zuerst auf dem Wohnzimmersofa Sex gehabt hatten, wobei es sich um freiwilligen oder erzwungenen Beischlaf mit dem Opfer gehandelt hatte. Dass sie sich dann ins Schlafzimmer begeben hatten, wo Gewalt und sexuelle Aktivitäten heftig gesteigert worden waren, dass der Täter sie nach oder bei dem abschließenden analen Übergriff erwürgt hatte, dass er unter die Dusche gegangen war, onaniert und dann geduscht hatte, dass er endlich den Tatort durch das Schlafzimmerfenster verlassen hatte.

Danach folgten die üblichen Vorbehalte, die kein Mordermittler, der diese Bezeichnung verdiente, jemals zuließ, sondern für seine nächtlichen Albträume aufbewahrte. Man konnte zum Beispiel nicht ausschließen, dass Linda vergessen hatte, die Tür abzuschließen, dass der Täter sich in die Wohnung geschlichen oder sie auf irgendeine Weise dazu gebracht hatte, ihn einzulassen. Dass er sie von Anfang an mit dem Messer an der Kehle, zum Beispiel mit dem am Tatort gefundenen Messer, gezwungen hatte, Schmuck, Uhr und Kleider abzulegen und – andernfalls sie sich dem Risiko schwerer Gewaltanwendung aussetze – bei allerlei sexuellen Aktivitäten mitzumachen. Und zwar auf der gesamten Strecke vom Wohnzimmer bis zum Bett im Schlafzimmer, wo sie erwürgt worden war, und dass es sich beim Täter schlimmstenfalls um jemanden handeln konnte, den sie vorher noch nie gesehen hatte.

Im Hinblick auf das angehängte Profil und wenn wir bedenken, wer das Opfer war, wirkte die folgende Ausnahme als die glaubwürdigste. Der Täter war ein Mann zwischen zwanzig und dreißig. Er wohnte in der Nähe des Tatorts, hatte früher dort gewohnt oder hatte auf irgendeine andere Weise eine Verbindung dorthin. Er lebte vermutlich allein, seine früheren Beziehungen waren nicht gut gegangen, er galt in seiner Umgebung nicht gerade als sympathisch, konnte nur mit Mühe sozialen

Umgang pflegen oder auch nur Kontakt zu einzelnen Menschen aufbauen, er war arbeitslos oder Gelegenheitsarbeiter.

Außerdem war er psychisch zutiefst gestört. Seine Persönlichkeit wies klare chaotische und irrationale Züge auf. Er hatte große Probleme in seinen Beziehungen zu Frauen. Aufgrund von traumatischen Kindheitserlebnissen hasste er Frauen, während er oder seine Umgebung über diese Tatsache nicht unbedingt informiert zu sein brauchten. Ein ganz normaler sexueller Sadist mit gut entwickelten sexuellen Phantasien war er jedenfalls nicht.

Er war reichlich jähzornig. Beim geringsten Hindernis konnte er die Kontrolle über sich verlieren und neigte sofort zu Gewalt. Diese Eigenschaften hatte er sicher schon früher in verschiedenen Zusammenhängen an den Tag gelegt, und alles sprach dafür, dass er bereits in polizeilichen Registern aufgetaucht war, im Zusammenhang mit Gewalt- und Drogenverbrechen. Wichtig war noch, dass er physisch in sehr guter Form war. Stark genug, um eine zwanzig Jahre alte angehende Polizistin zu überwältigen und zu erwürgen, obwohl die doch besser trainiert war als die meisten anderen Menschen, egal welchen Geschlechts, und obwohl sie zwanzig Kilo mehr als ihr eigenes Körpergewicht stemmte. Zugleich war er gelenkig genug, um vier Meter über dem Boden aus dem Fenster springen zu können.

Dann stellt er noch seine Schuhe ins Schuhregal in der Diele. Ordentlich nebeneinander, und kein Arsch scheint ihn gesehen zu haben, als er da weggeschlichen ist, und wenn er doch wenigstens Schuhgröße fünfundfünfzig hätte, dachte Bäckström und seufzte tief.

Trotzdem glaubte Kommissar Per Jönsson, auf die qualifizierte Mehrheit seines Publikums einen tiefen Eindruck gemacht zu haben, als er nach einer guten Stunde seinen Vortrag beendete und um Fragen bat.

»Ich vermute, dass ihr allerlei Fragen habt«, sagte Jönsson

und lächelte freundlich in die Runde. »Also bitte sehr. Fragt nach allem, worüber ihr euch Gedanken macht.«

Wie nett, dachte Bäckström. Fang doch mal damit an zu erklären, warum alle echten Polizisten bei der Zentralmord dich Pelle Schwanzlos nennen.

»Wenn niemand sonst etwas auf dem Herzen hat, dann kann ich vielleicht anfangen«, sagte Olsson, nachdem er sich rasch und chefmäßig am Tisch umgeschaut hatte.

Gut so, Olsson, dachte Bäckström. Frag den Arsch doch als Erstes, wieso die Kollegen vom Zentralmord die TP-Gruppe Archiv X nennen.

»Ich möchte dir zuerst dafür danken, dass du dir die Zeit genommen hast, um uns hier unten zu besuchen«, sagte Olsson als Erstes. »Und dann danke ich dir vor allem für deinen außerordentlich interessanten Vortrag. Ich und viele andere hier am Tisch sind davon überzeugt, dass die von dir und deinen Kollegen erstellte Analyse für unsere Ermittlungsarbeit von entscheidender Bedeutung sein wird.«

Aber das gilt nicht für uns echte Polizisten, dachte Bäckström. Denn so verdammt schlimm kann es gar nicht kommen, dass wir unsere Hoffnungen auf Pelle Schwanzlos und seine kleinen Überlegungen setzen müssen, dachte er.

»Vor allem eins fällt mir auf, wenn ich euren Bericht lese«, sagte derweil Olsson. »Nämlich eure Beschreibung des Täters. Ich kann mir nicht helfen, aber jetzt sehe ich einen überaus kriminell belasteten und erfolglosen jungen Mann vor mir.«

»Ja, es spricht wohl sehr viel dafür, dass wir eben einen solchen suchen«, sagte Jönsson zustimmend. »Aber zugleich ist die Lage ja alles andere als eindeutig«, fügte er rasch hinzu.

»Du meinst, weil das meiste doch dafür spricht, dass Linda ihm aufgemacht hat«, fragte Enoksson.

»Ja, obwohl es natürlich auch passiert, dass Leute abzuschließen vergessen, wenn sie nach Hause kommen«, sagte Jönsson. »Oder das Opfer zu gutgläubig ist und jemanden hereinbittet, bei dem es das besser gelassen hätte.«

248

»Ja, egal wie«, sagte Enoksson und schien laut gedacht zu haben.

»Ich habe auch eine Frage, wenn ich darf«, sagte Adolfsson plötzlich und obwohl er sich so weit weggesetzt hatte, wie das überhaupt nur möglich war.

»Bitte, sprich«, sagte Jönsson und lächelte so demokratisch, wie er überhaupt nur konnte.

»Es geht um das, was die im Labor gesagt haben. Dass die DNA des Täters darauf hinweisen könnte, dass wir es mit einem Länder zu tun haben«, sagte Adolfsson.

»Länder«, wiederholte Jönsson und sah den Fragenden verwundert an.

»Ja, ich meine, keinen Småländer«, erklärte Adolfsson. »Einen anderen Länder, wenn ich das mal so sagen darf.«

»Hab schon verstanden«, sagte Jönsson und sah plötzlich sehr reserviert aus. »Ich glaube, mit dieser Art von Hypothesen sollten wir sehr vorsichtig umgehen. Hier reden wir von Forschung, die noch nicht die gewün… die in den Anfängen steckt, wenn ich das mal so sagen darf«, sagte Jönsson, dem in letzter Sekunde aufgegangen war, was er fast gesagt hätte.

»Aber ansonsten passt das Profil doch sehr gut zu vielen Ländern, die wir hier in der Stadt haben«, beharrte der junge Adolfsson. »Überaus gut sogar. Frag mich, ich bin ja bei der Ordnung.«

»Ich glaube, in diesem Punkt kommen wir hier nicht weiter«, sagte Jönsson. »Aber ich würde bei solchen Schlussfolgerungen sehr vorsichtig sein, wie gesagt. Noch weitere Fragen?«

Ziemlich viele, wie sich dann herausstellte. Drei Stunden dauerte es insgesamt. Drei Stunden bis zur Hölle, dachte Bäckström, aber am Ende war dann doch Schluss.

»Flieg vorsichtig, Pelle«, sagte Bäckström und lächelte so jovial er nur konnte, als Jönsson sich von ihnen verabschiedete. »Und vergiss nicht, deine Kumpels im Archiv zu grüßen.«

»Danke, Bäckström.« Jönsson nickte kurz und wirkte nicht so belustigt.

Nach dem Abendessen versammelte Bäckström seine Getreuen abermals auf seinem Zimmer. Rogersson hatte er bereits informiert, und genau wie Bäckström verspürte der die angenehmen Schwingungen, nachdem er Bäckströms Bericht gehört hatte. Adolfsson und von Essen waren ebenfalls dazugebeten worden, weil sie viel von der Arbeit geleistet hatten und es immer von Vorteil war, die Sache direkt aus dem Mund des Gauls zu vernehmen. Eigentlich mussten sie nur noch Lewin und die kleine Svanström in die Sache einweihen, obwohl Bäckström schon im Voraus wusste, was Lewin zu allem sagen würde.

Stimmt's, oder habe ich recht, dachte Bäckström, als Lewin zehn Minuten vor der abgemachten Zeit bei ihm anklopfte, um unter vier Augen einige Worte mit ihm zu wechseln.

»Wie kann ich dir behilflich sein, Lewin«, sagte Bäckström und lächelte seinen Gast freundlich an.

»Ich bin nicht sicher, ob du das kannst, Bäckström«, sagte Lewin. »Ich sage das ja schließlich nicht zum ersten Mal. Es geht einfach nicht, innerhalb einer Ermittlung eigene Ermittlungen anzustellen und sie den meisten Kollegen vorzuenthalten.«

»Du willst also lieber in der Zeitung darüber lesen«, sagte Bäckström.

»Was ist das für ein Unsinn«, sagte Lewin. »Du weißt genau, dass ich das nicht will. So wenig wie du oder irgendwer sonst. Aber wenn du mich fragst, was wir zu glauben haben und wie wir uns entscheiden sollten, dann werde ich versuchen, damit zu leben, und mich nicht mit solchen Dingen beschäftigen, mit denen du dich offenbar amüsierst.«

»Weißt du was«, sagte Bäckström und lächelte seinen Gast freundlich an. »Ich schlage vor, du hörst dir an, was Adolfsson und sein Kumpel und die Kollegen Thorén und Knutsson zu erzählen haben, ehe du dich entschließt.«

»Was immer das noch ändern kann«, sagte Lewin und zuckte mit den Schultern.

»Und danach kannst du entscheiden, wie wir weitermachen«, sagte Bäckström.

»Was du nicht sagst«, sagte Lewin verdutzt.

»Ja, das sage ich«, sagte Bäckström. Und darauf kannst du
jetzt erst mal rumlutschen, dachte er.

Zuerst stellten von Essen und Adolfsson das Ergebnis ihrer
Untersuchungen vor.

»Er ist Lindas letzter bekannter Sexualpartner gewesen, und
er hat bei der Vernehmung gelogen«, sagte von Essen. »Nach
dem, was er selbst und was auch andere sagen, verlässt er irgendwann zwischen halb vier und vier ohne Begleitung das Hotel. Wenn er sich beeilt, kann er in fünf Minuten zu Hause bei
Linda sein, und er hat für diese Nacht kein Alibi angegeben.«

»Schuhe, Unterhose«, fragte Lewin. »Konnte seine Bekannte
darüber etwas sagen?«

»Da die Ermittlungsleitung diese Details noch nicht bekannt
gegeben hat, konnten wir nicht danach fragen«, sagte Adolfsson. »Und solche Dinge hat so ungefähr jeder zweite Schwede
um diese Jahreszeit an.«

Lewin begnügte sich mit einem Nicken.

Danach stellten Knutsson und Thorén ihre Funde vor, und sogar Lewin machte ein besorgtes Gesicht, als sie über das erste
Telefongespräch berichteten, das Kollegin Sandberg mit Anwärter Löfgren geführt hatte.

»Wenn wir bedenken, was im Protokoll steht, dann begreife
ich nicht, wie sie in nur vier Minuten alle diese Fragen stellen
konnte«, sagte Knutsson.

»Eine überaus effektive Frau«, sagte Thorén verträumt.

»Aber wir können nicht ausschließen, dass sie ihn an seinem
Festanschluss angerufen hat«, sagte Lewin.

»Nein«, sagte Thorén.

»Noch nicht«, sagte Knutsson. »Bei der Telia zicken sie rum,
weil der Anschluss auf seinen Papa angemeldet ist. Unser üblicher Kontakt hat deshalb kalte Füße gekriegt.«

»Was meinst du«, fragte Bäckström und schaute Lewin listig an. »Wie würdest du jetzt weitermachen?«

»Das klingt ja doch alles bestechend. Etwas stimmt hier nicht«, fand auch Lewin. »Ich schlage vor, dass ich morgen früh mit der Staatsanwältin spreche«, fügte er dann hinzu. »Die macht einen kompetenten und vernünftigen Eindruck. Ich bin absolut überzeugt davon, dass sie uns erlauben wird, den Knaben ohne vorherige Vorladung zum Verhör zu holen, und wenn er sich dann immer noch weigert, dann wird sie ihn für verdächtig erklären, und dann können wir uns seine DNA holen, ob ihm das nun passt oder nicht.«

»Das klingt doch wie ein ganz hervorragender Vorschlag«, sagte Bäckström und lächelte. »Du übernimmst die Staatsanwältin, und ich sorge dafür, dass die Jungs ordentlich zulangen, damit wir den kleinen Arsch endlich einbuchten können.«

37

Kaum hatte Rogersson von dem Massaker im Grand Hotel in Lund erzählt, da hatte Kommissar »Åström« auch schon in aller Vertraulichkeit mit drei verschiedenen Journalisten getuschelt. Trotzdem hatten die Zeitungen nicht eine einzige Zeile über dieses empörende Geschehnis gebracht. Diese verdammten Esel können nicht mal mehr selber für Sauberkeit sorgen, dachte ein missmutiger Kommissar Bäckström.

Die Abendzeitungen des Morgens und auch die üblichen Morgenzeitungen verbreiteten sich stattdessen über die üblichen Themen. Der Massenmörder von Dalby war jetzt auf die hinteren Seiten verwiesen worden, nachdem die tränentriefenden Gespräche mit dem engsten Kreis der Trauernden erledigt worden waren. Der Lindamord stand nun wieder an der Spitze, und das Gedränge um das Frühstücksbüffet im Statt in Växjö hatte beträchtlich zugenommen.

Bei der Morgenbesprechung hatten sie außerdem die vierhundert Speichelproben überschritten und steuerten auf einen neuen schwedischen Rekord der kriminaltechnischen Freiwilligkeit zu. Weitere fünfzig von denen, die zu den Fahnen geströmt waren, konnten nun auch abgeschrieben werden, da ihre DNA nicht stimmte. Einer von ihnen war Lindas Nachbar Marian Gross, den niemand vermisste, am wenigsten Bäckström, der inzwischen ja einen viel besseren Täter in petto hatte. Außerdem hatte Kommissar Olsson eine Idee, die für die weitere Arbeit Gutes verhieß.

Ausgehend vom Profil der TP-Gruppe hatte Olsson gewisse demographische Berechnungen angestellt und war zu der Erkenntnis gekommen, dass man in Växjö und Umgebung höchstens noch weitere fünfhundert Personen speicheln lassen müsse, um alle mitzunehmen, die zu diesem Profil passten. Da er mit einem Statistiker im Gemeindebüro gesprochen hatte, wusste er auch, dass die Lage sogar noch besser war.

»Er hat mir von einem gewissen statistischen Wert erzählt«, sagte Olsson. »So einem mathematischen Hokuspokus, aber wenn ich das richtig verstanden habe, dann brauchen wir offenbar nur die Hälfte dieser fünfhundert speicheln zu lassen. Wenn wir nach dem Zufallsprinzip vorgehen, meine ich.«

Was zum Teufel faselt der da bloß, dachte Bäckström nach der Besprechung. Seiner Ansicht nach musste es doch reichen, nur einen Einzigen speicheln zu lassen.

»Wenn du einen ehrlichen Tipp von einem alten Schutzmann hören möchtest, dann schlage ich vor, dass du dich auf die sogenannten Länder beschränkst«, sagte Bäckström.

»Mach dir keine Sorgen, mein lieber Bäckström«, sagte Olsson, der ungewöhnlich guter Laune zu sein schien. »Ich bin auch nicht von gestern und kenne meine Pappenheimer. Ja, ich kenne meine Pappenheimer«, fügte er stolz hinzu, in seinem besten Schuldeutsch aus den Abendkursen, die er und seine Frau nach einer Weinreise an den Rhein im vergangenen Sommer nun besuchten. »Nicht vergessen, dass du zu unserer Besprechung kommen wolltest«, fügte er hinzu.

»Keine Sorge«, sagte Bäckström. Was immer diese Pappenheimer mit der Sache zu tun haben mögen, dachte er.

Nach der Besprechung sprach Kriminalkommissar Jan Lewin mit der Staatsanwältin und dem Leiter der Voruntersuchung, Kommissar Olsson. Bäckström zeichnete sich durch Abwesenheit aus, was Lewin ganz ausgezeichnet fand.

»Mit dem jungen Mann stimmt also etwas nicht«, sagte Lewin, als er seinen Spruch aufgesagt hatte.

»Reicht es, wenn wir ihn ohne vorherige Vorladung holen«, fragte die Staatsanwältin.

»Ja«, sagte Lewin. »Aber wenn er sich dann noch immer weigert, müssen wir ihn trotzdem speicheln lassen. Und sei es nur, um ihn abschreiben zu können.«

»Wenn er weiterhin lügt und sich dermaßen kindisch aufführt, dann nehme ich ihn fest, und wenn er dann in der Zelle sitzt und sich über seine Lage Gedanken macht, kann er uns Finger und Blut überlassen«, sagte die Staatsanwältin. »Das hier ist schließlich eine Mordermittlung, und ich finde es überhaupt nicht lustig, was er so treibt.«

»Aber ist das denn wirklich nötig«, wandte Olsson ein und rutschte unbehaglich auf seinem Stuhl hin und her. »Ich meine, er ist doch einer von unseren eigenen Anwärtern, und er weist nicht die geringste Ähnlichkeit mit dem Täter auf, den die TP-Gruppe in ihrer Analyse beschreibt. Ich würde lieber nicht...«

»Dann ist es doch sicher nur zu gut, dass ich hier die Entscheidungen treffe«, unterbrach ihn die Staatsanwältin. »Die TP-Gruppe«, schnaubte sie. »Die liefern doch pure Phantasien! Wenn ich das richtig verstanden habe, konnten die noch nie einen Fall aufklären. Jedenfalls nicht für mich.«

Nachmittags hatte Bäckström sein Versprechen eingelöst und an der Gründungssitzung des Vorstands der frisch formierten Bürgerinitiative Männer in Växjö gegen Männergewalt teilgenommen. Bäckström hatte Kaffee, Rüblitorte und Plätzchen bekommen, und die Vorsitzende der Initiative, die Psychologin und Psychotherapeutin Lilian Olsson, hatte als Erstes ihn herzlich willkommen geheißen.

»Ja, mich und deinen Kollegen Bengt Olsson kennst du ja schon«, sagte Lo. »Bengt hat übrigens versprochen, unserem kleinen Vorstand als Beisitzer beizutreten, aber den anderen bist du ja noch nie begegnet, und da du unser Gast bist, dachte ich, du könntest dich als Erstes den anderen Vorstandsmitgliedern vorstellen. Moa, unser anderer Bengt«, sagte sie und lächelte einem langen blonden Schlaks zu, der ebenso strahlend zurücklächelte, »und dann unser dritter Bengt, Bengt Axel«, fügte sie mit einem freundlichen Nicken hinzu, das einer kleinen, dunklen und mageren Gestalt am Ende des Tisches galt.

»Danke, Lo, dass ich kommen durfte«, sagte Bäckström, faltete die Hände über seinem Schmerbauch und lächelte die drei Letztgenannten aufs Frömmste an. Drei Dussel in Hosen und eine in einer Art rosa Hemd. Verdammt praktisch, dass alle Dussel hier offenbar Bengt heißen, dachte er.

»Jaaa«, sagte er dann und dehnte den Vokal, da er schließlich wusste, wo in einer solchen Gesellschaft die Daumenschrauben angezogen werden mussten.

»Ich heiße also Evert Bäckström... aber alle meine Freunde nennen mich einfach Eve«, log Bäckström, der in seinem ganzen Leben keinen richtigen Freund gehabt hatte und schon auf der Grundschule Bäckström genannt worden war.

»Was soll ich sonst noch sagen«, sagte Bäckström. »Jaaa... ich arbeite also als Kriminalkommissar bei der Zentralen Mordkommission... und wie schon so oft in meinem Leben haben tragische Umstände mich hergeführt.« Bäckström nickte schwermütig und seufzte. Was Süßes zum Lutschen für die ganzen Dussel, dachte er.

»Danke, Eve«, sagte Lo mit warmer Stimme. »Jaa... und wenn wir dann mit unseren Mitmännern weitermachen. Bitte sehr, Bengt«, sagte Lo und nickte der kleinen, dunklen, mageren Gestalt zu, die ganz hinten am Tisch hinter Kaffeetasse und Rüblitorte kauerte.

»Danke, Lo«, sagte Bengt und räusperte sich nervös. »Jaaa ...
ich heiße also Bengt Månsson und bin hier in der Gemeinde
für kulturelle Fragen zuständig. Ich bin verantwortlich für alles, was wir Sonderprojekte nennen, und unsere frisch formierte Bürgerinitiative wird als Stützprojekt einbezogen werden.«

Ein richtig niedlicher Schnuffel, sieht diesem Gleichstel-
lungsgnom in der Regierung auch total ähnlich. Dem, dessen
Mutter was mit einem Pferd hatte, wie hieß sie doch gleich,
dachte Bäckström, der es vermied, sein Gedächtnis mit anderen Namen als denen von Gaunern, Banditen und normalen
Kollegen zu belasten.

»Ja, das ist sicher keine leichte Aufgabe«, sagte Bäckström.
»Diese vielen Projekte«, fügte er hinzu.

»Nein«, stimmte Bengt Månsson zu und sah sofort ein wenig
fröhlicher aus. »Es ist wirklich ziemlich viel Arbeit, und ich
versuche vor allem, die Kosten unter Kontrolle zu halten, damit die nicht ausufern ...«

»Dann gebe ich das Wort vielleicht an unseren anderen
Bengt weiter«, fiel Lo ihm ins Wort, die aus unklaren Gründen
auf diesen Aspekt nicht weiter eingehen wollte, und nickte
deshalb dem Kumpel des soeben unterbrochenen Bengt zu. Er
war blond und blauäugig, doppelt so groß wie der kleine Bengt
und schaffte es auf seltsame Weise, über Tisch und Stuhl
gleichzeitig zu hängen und auch noch vor Wärme und Mit-
menschlichkeit regelrecht zu strahlen.

»Ja, ich heiße also Bengt Karlsson und leite den Männernot-
ruf hier in der Stadt«, sagte der große Bengt. »Wir bieten Rat
und Hilfe und sogar Verhaltenstherapie für misshandelnde
Männer in Växjö an«, fügte er hinzu. »Misshandelnde, nicht
misshandelte«, erklärte er, »und auch mir fehlt es nicht an Arbeit, wie ihr euch sicher denken könnt.«

Kann ich mir vorstellen, wo es doch so viele widerwärtige
Weibsen gibt, dachte Bäckström. Außerdem bist du ein alter
Gauner, dachte er, denn in solchen Diagnosen war er so treff-
sicher wie ein Bezirksarzt auf dem Land, der Patienten mit

Drüsenfieber von solchen unterscheiden musste, die nur wegen dicker Mandeln zu behandeln waren.

»Ja, und dann ist nur noch meine Wenigkeit übrig«, zwitscherte die Frau im rosa Hemd,

So wenig bist du nun auch wieder nicht, dachte Bäckström. Du bist dreimal so groß wie die kleine Lo, falls das nun ein Trost sein kann, dachte er.

»Und ich heiße also Moa, Moa Hjärtén. Und was macht so eine wie ich, das möchtest du sicher wissen, Eve.«

Leitet den Vergewaltigungsnotruf, die Beratungsstelle für geschlagene Frauen und alle anderen blutenden Herzensnotrufe, die es überhaupt gibt, dachte Bäckström und nickte ihr aufmunternd zu.

»Ja, ich leite also den Vergewaltigungsnotruf hier in der Stadt, und außerdem den Notruf für geschlagene Frauen und... was mache ich sonst...«

Stimmt's, oder hab ich recht, dachte Bäckström.

»Ja«, sagte Moa. »Ich leite auch noch ein privates Heim, in dem wir misshandelten und vergewaltigten Frauen anonymes Wohnen bieten. Aber mehr schaffe ich wirklich nicht.«

Meinen Glückwunsch, dachte Bäckström. Wenn das ein privates Heim ist, kannst du ja doch nicht ganz bescheuert sein.

Danach durfte die frisch formierte Initiative Kommissar Bäckströms Fachwissen kosten, das Fachwissen eines der ersten Experten des Landes für richtig schlimme Verbrechen. Wie Kollege Olsson ihm ja schon gesagt hatte, bereiteten ihnen vor allem zwei Dinge Kopfzerbrechen. Dass sie als Bürgerwehr gelten und dass sie Männer mit unseriösen, schmutzigen oder vielleicht sogar kriminellen Absichten anlocken könnten.

Bäckström gab sich alle Mühe, sie zu beruhigen.

»Um das, was ich bereits gesagt habe, zusammenzufassen, glaube ich also nicht, dass ihr euch solche Sorgen zu machen braucht«, sagte Bäckström, der zwar ein Mann des Geistes war, der aber gegen Ende vielleicht doch ein wenig zu pompös gesprochen hatte.

»Und was das andere angeht, glaube ich doch, dass ihr so viel Menschenkenntnis besitzt, um die Spreu vom Weizen trennen zu können«, fügte er hinzu. Und dich, kleiner Schnuffel, werde ich mir persönlich vorknöpfen, dachte er und lächelte das Vorstandsmitglied Bengt Karlsson ganz besonders freundlich an.

Nach der Besprechung mit dem Vorstand hatte dieser noch einen Termin mit den Medien, aber Bäckström entschuldigte sich mit Hinweis auf die für solche Anlässe geltenden Regeln der Zentralen Kriminalpolizei.

»Ich würde ja gern zur Verfügung stehen, aber das darf ich nun einmal nicht«, sagte Bäckström mit dem gleichen freundlichen Lächeln wie zwei Stunden zuvor, als alles seinen Anfang genommen hatte.

Lo und ihre Bande hatten vollstes Verständnis, und Bäckström kehrte in den Raum der Ermittlungsleitung zurück, um seinen eigenen kleinen Vorteil aus der Sache zu ziehen.

»Kennst du den Arsch hier«, fragte Bäckström und überreichte einen Zettel mit Namen und Beschreibung von Bengt Karlsson.

»Sicher«, sagte Thorén überrascht. »Entschuldige die Frage, aber warum hast du es auf den abgesehen? Ist das nicht der...«

»Very pst pst«, sagte Bäckström grinsend und hielt den rechten Zeigefinger vor den Mund.

Nachdem die Staatsanwältin grünes Licht gegeben hatte, schickte Lewin von Essen und Adolfsson nach Öland, um Polizeianwärter Löfgren zu holen. Seine letzten überprüften Telefongespräche ließen annehmen, dass er sich noch immer im Sommerhaus seiner Eltern bei Mörbylånga aufhielt. Und da Adolfsson ihn holen sollte, hatte Bäckström den Kollegen seinen Dienstwagen überlassen. Außerdem gab er ihnen noch zwei gute Ratschläge mit auf den Weg.

»Gebt die Adresse in den Computer ein, dann findet die Karre den Weg von selbst«, sagte Bäckström. »Und wenn ihr den Arsch zusammenschlagen müsst, dann macht das draußen, damit die Sitze keine unnötigen Blutflecken abkriegen.«

»Neuer Rekord«, stellte Adolfsson anderthalb Stunden und hundertsiebzig Kilometer später fest, als sie den Wagen vor der Einfahrt zu Familie Löfgrens Sommerhaus abstellten. Es war ein großes gelbes Holzhaus im klassischen Großhändlerstil, mit knirschenden Kieswegen, schattenspendenden Bäumen und einem großartigen Blick auf den Kalmarer Sund. Auf der Rasenfläche vor dem Haus stand außerdem die Person, wegen der sie gekommen waren. In Jogginghose, Shorts und ärmellosem Hemd und ins Dehnen seiner langen, muskulösen Beine vertieft.

»Womit kann ich den Herren behilflich sein?«, fragte Polizeianwärter Löfgren freundlich.

»Wir wollten mit dir reden«, gab Adolfsson ebenso freundlich zurück.

»Das geht erst morgen, denn jetzt muss ich meine Runde laufen«, sagte Löfgren, winkte und verschwand mit schnellen Schritten in die Gegenrichtung von Växjö.

Von Essen war ihm reflexmäßig hinterhergesetzt, und zu seinen Ehren muss gesagt werden, dass er Polizeianwärter Löfgren noch mehrere hundert Meter sehen konnte, bis der von der Landschaft verschlungen wurde und sein Verfolger sich keuchend vor Anstrengung zusammenkrümmte.

»Fünfundzwanzig Grad im Schatten, aber du musst mit Mohren um die Wette laufen«, sagte Adolfsson, der bequem zurückgelehnt in einem Gartensessel saß, als sein Kollege zum Haus zurückkehrte.

»Hast du mit den Eltern gesprochen«, fragte von Essen und nickte zum Haus hinüber.

»Scheint niemand da zu sein«, sagte Adolfsson.

»Wir rufen Lewin an«, entschied von Essen.

»Wieso denn abgehauen«, fragte Lewin fünf Minuten später am Telefon.

»Wieso denn abgehauen«, fragte Olsson weitere fünf Minuten später.

»Abgehauen. Er ist einfach abgehauen?«, fragte die Staatsanwältin abermals eine Viertelstunde später.

»Er ist ganz einfach abgehauen«, antwortete Lewin. »Und was machen wir jetzt?«

»Was machen wir jetzt?«, wiederholte Olsson, als Lewin ihn zum zweiten Mal innerhalb einer halben Stunde anrief.

»Die Staatsanwältin findet, wir sollten die Sache überschlafen, und wenn wir ihn morgen nicht erwischen, dann wird sie einen Haftbefehl ausstellen«, sagte Lewin.

»Wieso habt ihr den Arsch nicht einfach eingeholt und umgebracht«, brüllte Bäckström, der ebenso rot im Gesicht war wie einige Stunden zuvor von Essen, obwohl Bäckström sich am ganzen Nachmittag kein einziges Mal aus seinem Schreibtischsessel erhoben hatte.

»Dazu bestand sozusagen keine Gelegenheit, falls der Chef versteht«, sagte Adolfsson.

»Man will ja nicht zukünftige Vernehmungen aufs Spiel setzen, indem man die Leute einfach abknallt«, fügte von Essen in dem versöhnlichen Tonfall hinzu, der sozusagen zu seinem Adelszeichen geworden war.

Nimm dich in Acht, du Scheißidiot, dachte Bäckström und starrte seinen freiherrlichen Kollegen wütend an. Er selbst hätte nicht eine Sekunde gezögert, sondern sofort Hunde und Hubschrauber angefordert und diese Scheißbrücke gesperrt, dachte er.

38

Zum Frühstück am nächsten Morgen las Bäckström zum ersten Mal in seinem Leben Smålandsposten. Die lokale Morgenzeitung widmete der frisch formierten Bürgerinitiative Männer in Växjö gegen Männergewalt sehr viel Platz, und was Bäckströms Aufmerksamkeit auf sich lenkte, war ein Bild des Vorstands, das die halbe erste Seite bedeckte. In der Mitte stand die Vorsitzende Lo Olsson, auf ihrer rechten beziehungsweise linken Seite Moa Hjärtén und Kommissar Bengt Olsson. Das alles flankiert vom kleinen Bengt Månsson und dem doppelt so großen Bengt Karlsson. Alle schauten ernsten Blickes in die Kamera und hielten sich an den Händen.

Was für ein Irrenhaufen, dachte Bäckström entzückt.

Die Zeitung schien Bäckströms Einschätzung indes nicht zu teilen. Die Neugründung wurde überaus positiv beschrieben, und im Leitartikel verglich der Chefredakteur persönlich auf ungewöhnlich poetische Weise die Polizei mit »einem allzu durchlässigen Lattenzaun, was den Schutz gegen eine immer bösere Umwelt betraf«. Er hielt deshalb private kriminalpolitische Initiativen nicht nur für notwendig, sondern befand es auch für höchste Zeit, solche Initiativen wirklich ernst zu nehmen. »Auch wir hier in unserem eigentlich so friedlichen Växjö müssen einsehen, dass der Kampf gegen eine stetig wachsende und immer brutalere Kriminalität in Unser Aller Verantwortung liegt«, wie er seinen Artikel beschloss.

Wo nehmen die solchen Scheiß bloß her, dachte Bäckström und stopfte die Zeitung in die Tasche, um sich in aller Ruhe und sowie er seine Bürotür abgeschlossen haben würde einen Bruch lachen zu können.

Lewin hatte wie so oft die Nacht in Eva Svanströms Bett verbracht, aber als sie dann eingeschlafen war, hatte er noch eine Stunde wachgelegen und sich den Kopf darüber zerbrochen, was der junge Löfgren da eigentlich trieb. Im Büro hatte er sich dann allerlei Unterlagen über die Ermittlungen herausgesucht, hatte sie sorgfältig studiert und war nach weiteren Überlegungen zu dem Schluss gekommen, dass er die Situation so ungefähr erfasst hatte. Aber da er in seinem Leben durchaus schon Irrtümern erlegen war, hatte er von Essen und Adolfsson zu sich gerufen und sie gebeten, für ihn eine Auskunft zu überprüfen.

»Ich habe hier einen alten Tipp gefunden, dem ihr vielleicht mal nachgehen könntet. Ich habe das am Sonntag, dem 6. Juli, schon morgens bei der Besprechung erwähnt, und besonders aufregend war es wohl nicht, aber trotzdem möchte ich, dass ihr mal mit diesem Anrufer redet. Er heißt Göran Bengtsson. Alle weiteren Angaben stehen hier«, sagte Lewin und reichte von Essen einen Ausdruck.

»Gurra Gelb und Blau, ja, den kennen wir«, erklärte von Essen und schüttelte den Kopf.

»Verzeihung«, sagte Lewin. »Wie habt ihr ihn genannt?«

»Gurra Gelb und Blau oder nur Gelb und Blau, so heißt er hier in der Stadt«, erklärte Adolfsson. »Einerseits, weil er politisch nicht ganz neutral ist, wie man so schön sagt«, fügte Adolfsson hinzu. »Andererseits...«

»...weil er zu den braunen Farbtönen auf der politischen Palette neigt, wenn ich das so sagen darf«, warf von Essen ein.

»...drittens hat er ordentlich einen auf die Finger gekriegt, als er und seine Kameraden vor zwei Jahren hier in Växjö den Tag der Schwedischen Flagge feiern wollten«, erklärte Adolfsson. »Es war eine Menge Gesindel aus Antifa-Kreisen und ähnlichen Organisationen angereist, und Gurra und seine Kameraden haben heftig Prügel bezogen. Als wir die Sache dann unter Kontrolle gebracht hatten, waren sie schon so gelb und blau geschlagen wie ihre geliebte Flagge«, endete er und grinste aus irgendeinem Grund glücklich.

»Er will Linda gesehen haben, zusammen mit einem großen Ne... einem großen schwarzen Mann«, korrigierte sich Lewin. »Gegen vier Uhr morgens in der Mordnacht.«

»Ja, aber für seine Verhältnisse ist das keine außergewöhnliche Beobachtung, und Anwärter Löfgren ist längst nicht der einzige schwarze Mann hier in unserer Kamillenstadt«, sagte von Essen. »Nicht mehr, wenn man das mal so sagen darf.«

»Ich möchte aber trotzdem, dass ihr zu ihm fahrt und mit ihm redet. Und dann möchte ich, dass ihr ihm Fotos vorlegt und mit Löfgren anfangt«, sagte Lewin und reichte ihm eine durchsichtige Plastikmappe mit Fotos von neun jüngeren Schwarzen, von denen Löfgren einer war.

»Dann zeigt ihr ihm Linda, und es ist wichtig, dass das in dieser Reihenfolge geschieht«, betonte Lewin und gab ihnen eine Mappe mit neun Fotos von jungen Blondinen, von denen eines ihr Mordopfer Linda Wallin vorstellte.

Während von Essen und Adolfsson an der Tür zu Gelb und Blaus armseliger Einzimmerwohnung in Araby mitten in Växjö klingelten, erschien Polizeianwärter Erik Roland Löfgren in der Rezeption des Polizeigebäudes. Er war in Begleitung eines Anwalts aus Kalmar, der außerdem ein alter Freund der Familie war und genau im richtigen Moment auftrat, denn die Staatsanwältin hatte soeben beschlossen, einen Haftbefehl gegen Löfgren auszustellen.

Gurra Gelb und Blau saß an seinem Computer, vertieft in ein Spiel, das er von den Startseiten der US-Organisation White Aryan Resistance heruntergeladen hatte. Irgendein Computerfreak von WAR hatte eine, ethnisch gesehen, nettere Variante des Klassikers Desert Storm I-III ersonnen, und Gelb und Blau war hin und weg, als von Essen und Adolfsson an seiner Tür erschienen.

»Neuer Rekord«, sagte Gelb und Blau mit vor Aufregung glühenden Wangen. »Da habe ich doch echt in nur einer halben Stunde dreihundertneunundachtzig Krummnasen durch den Schornstein gejagt.«

»Hast du einen Moment Zeit für uns?«, fragte Adolfsson.

»Den Bullen helf ich doch immer gern«, sagte Gelb und

Blau. »Das ist die Pflicht eines jeden schwedischen Bürgers. Wir haben Krieg. Wir müssen die Reihen schließen, wenn nicht die Kanacken siegen sollen«, erklärte er.

Löfgren war weniger begeistert, als er mit Rogersson als Vernehmungsleiter und Lewin als Zeugen im Vernehmungsraum saß. Anfangs gab er sich ebenso förmlich wie sein über doppelt so alter juristischer Beistand.

»Warum glaubst du, dass wir mit dir reden wollen, Löfgren?«, fragte Rogersson, nachdem er die üblichen Formalitäten auf Band gesprochen hatte.

»Ich hatte gehofft, dass ihr mir das erzählt«, sagte Löfgren mit artigem Nicken.

»Du kannst dir das also nicht selber denken«, fragte Rogersson.

»Nein«, sagte Löfgren und schüttelte den Kopf.

»Dann will ich dich aufklären«, sagte Rogersson. »Ich kann ja verstehen, dass du sicher neugierig bist.«

Löfgren begnügte sich damit, ein weiteres Mal zu nicken, und wirkte plötzlich eher wachsam als neugierig.

»Ich habe verdammt noch mal mehrere Male angerufen und gefragt, was zum Teufel aus meinem Tipp wird. Klar, dass der Nigger das war«, sagte Gelb und Blau. »Bestimmt wird der von irgendwelchen Kollegen bei euch geschützt. Plötzlich wimmelt es bei der Bullerei doch geradezu von Kanacken. Seht euch die mal an, dann habt ihr den Mörder.«

»Was hast du gemacht, als du sie gesehen hast«, fragte von Essen.

»Ich habe diese Linda begrüßt. Die hab ich doch erkannt. Hab sie da unten im Bullennest gesehen.«

»Was hast du in der Nacht gesehen, genauer gesagt, meine ich«, beharrte von Essen.

»Ich habe gefragt, ob sie nichts Besseres zu tun hätte, als sich in die Falle zu legen und an Lakritzstangen zu knabbern«, sagte Gurra und lächelte sie selig an. »Ja, und dann habe ich wohl noch was über das HIV-Risiko gesagt. Scheiße, diese Lakritzriesen sind doch wandelnde biologische Bomben, wenn man sich mal überlegt, wie viel Scheiß die mit sich rumschleppen.«

»Was ist dann passiert«, fragte Adolfsson kurz.

»Der Nigger drehte durch und brüllte los und wurde total blau in der Fresse, und da dachte ich, den Kerl tippt man lieber nicht an, sonst stirbt man gleich an Herpes. Wenn man Glück hat. Und da hab ich mich lieber verzogen.«

»Und das war ungefähr um vier Uhr morgens, und das Ganze ist passiert auf der Norra Esplanade ungefähr fünfhundert Meter vom Stadshotell entfernt«, sagte von Essen.

»Antwort: Ja«, stimmte Gelb und Blau zu. »So circa vier ungefähr, gleich bei dem Rondell, wo das Sozialamt liegt.«

»Wir haben ein paar Bilder mitgebracht, die du dir bitte mal anschaust«, sagte von Essen. »Kennst du irgendwen von diesen Personen«, fragte er und zog die Bilder von Löfgren und den Übrigen hervor.

»Bei der Vernehmung, die eine meiner Kolleginnen mit dir durchgeführt hat, streitest du energisch jegliche sexuelle Beziehung zu Linda ab«, sagte Rogersson. »Deiner Darstellung nach war sie einfach eine Schulkameradin.«

»Wir waren auf der Schule in derselben Klasse. Aber das wisst ihr doch schon.«

»Ja«, sagte Rogersson. »Das wissen wir. Außerdem wissen wir, dass du mit Linda Sex hattest. Warum hast du das nicht erwähnt?«

»Ich weiß nicht, wovon du redest«, sagte Löfgren stur. »Ich hatte keine Beziehung mit ihr.«

»Eine einfache Frage«, sagte Rogersson und seufzte. »Hast du mit Linda geschlafen? Ja oder nein?«

»Ich verstehe nicht, was das mit dem Fall zu tun haben soll«, sagte Löfgren. »Außerdem rede ich nicht über so was. So bin ich nicht.«

»Deine Kumpel behaupten aber, dass du exakt so bist«,

sagte Rogersson. »Wir haben mit mehreren von ihnen gesprochen, und so wie die das darstellen, hast du monatelang damit geprotzt, wie oft du Linda in dieser Zeit gevögelt hast.«

»Scheißklatsch«, sagte Löfgren. »Über so was rede ich nie, das ist einfach Scheißklatsch.«

»Scheißklatsch, sagst du«, sagte Rogersson. »Aber wenn du nicht mit ihr geschlafen hast, kannst du doch einfach nein sagen.«

»Du kapierst offenbar nicht, was ich sage«, sagte Löfgren.

»Ich kapiere sehr gut, was du sagst«, sagte Rogersson. »Außerdem weiß ich, dass du bei einer Vernehmung gelogen hast, und jetzt kann ich mit eigenen Augen hören, dass du es vermeidest, auf eine einfache, klare Frage zu antworten.«

»Die nichts mit diesem Fall zu tun hat. Ich habe Linda nicht umgebracht. Ihr seid doch bescheuert, wenn ihr das glaubt.«

»Wenn du aber unschuldig bist, dann hast du sicher nichts dagegen zu speicheln, dann haben wir deine DNA und können dich aus der Ermittlung streichen«, sagte Rogersson und zeigte pädagogisch auf das Reagenzglas mit den Wattestäbchen, das neben dem Tonbandgerät lag.

»Fällt mir überhaupt nicht ein«, sagte Löfgren. »Ich bin unschuldig, und ihr habt nicht den Schatten eines Verdachts. Worum es hier geht, denn darum geht es nämlich, ist, dass ihr versucht, einen angehenden schwarzen Kollegen loszuwerden«, sagte Löfgren und sah genauso aufgebracht aus, wie er sich anhörte. »Genau darum geht es hier. Alles andere ist bullshit.«

»Und ich sage, du lügst, und die Tatsache, dass du in einer Mordermittlung, bei der es noch dazu um eine Kollegin von dir geht, die Polizei belügst, weckt bei mir und meinen Kollegen durchaus einen Verdacht gegen dich«, sagte Rogersson. »Nur darum geht es uns.«

»Aber das ist dann wirklich euer Problem«, sagte Löfgren wütend. »Ihr hört ja nicht mal auf ...«

»Nicht nur unseres«, fiel Rogersson ihm ins Wort. »Die Staatsanwältin findet das auch sehr seltsam.«

»Wenn ich hier mal kurz unterbrechen dürfte«, schaltete der Anwalt sich ein. »Es wäre doch interessant, die Ansicht der Staatsanwältin zu hören?«

»Die ist ganz einfach«, sagte Rogersson. »Wenn Löfgren weiter lügt und sich weigert zu sagen, was wirklich passiert ist, dann sieht sie darin triftige Verdachtsgründe und wird einen Haftbefehl ausstellen.« Rogersson wechselte einen Blick mit Lewin, und der nickte.

»Dann möchte ich zu Protokoll geben, dass ich diese Auffassung nicht teile«, sagte der Anwalt.

»Ist notiert«, sagte Rogersson. »Und ich setze voraus, Sie wissen, dass Sie sich nicht an die Polizei wenden sollten, wenn Sie gegen diesen Beschluss Einspruch erheben wollen. Eine letzte Frage an dich, Roland, ehe du festgenommen wirst...«

»Ich habe ein Alibi«, fiel Löfgren ihm ins Wort. »Haben das die Polizisten aus deiner Generation nicht gelernt? Was man unter einem Alibi versteht, meine ich?«

»Der war's«, sagte Gurra Gelb und Blau mit triumphierendem Lächeln und hob das Foto von Erik Roland Löfgren hoch.

»So eilig ist das nicht, Gurra«, sagte von Essen. »Lass dir Zeit.«

»Ich finde ja, die sehen alle gleich aus«, warf Adolfsson dazwischen. »Wie kannst du da so sicher sein?«

»Ihr sprecht hier mit einem Fachmann«, sagte Gelb und Blau zufrieden. »Ich kenne mich mit Niggern so gut aus wie die Scheißeskimos mit Schnee und die Scheißlappen mit Rentieren. Nimm den hier, zum Beispiel«, sagte Gelb und Blau und schwenkte das Foto von Löfgren.

»Typischer kohlpechrabenschwarzer Kerl aus Afrika, wenn du mich fragst. Aber nicht aus irgendeinem Scheißafrika, wir reden hier nicht von Eritrea oder dem Sudan oder Namibia oder Zimbabwe, und wir reden hier erst recht nicht von Buschmann oder Massai. Wir reden nicht mal von Kikuyo oder Uhuru oder Watusi oder Wambesi oder Zulu oder...«

»Moment, Moment«, fiel Adolfsson ihm ins Wort und hob

abwehrend die Hände. »Von welchem Teil Afrikas reden wir also? Scheiß auf die Neger, von denen hier nicht die Rede ist.«

»Wenn du mich fragst, dann reden wir von Westafrika, Elfenbeinküste oder so, vom alten Französisch-Westafrika, von den Niggern der Froschfresser«, sagte Gelb und Blau und nickte, als wüsste er, wovon er redete.

»Danke für die Hilfe«, sagte von Essen. »Dann haben wir nur noch eine Frage. Wenn du dir mal unsere Mädels ansehen könntest.«

»Hör doch auf, Graf«, sagte Gelb und Blau. »Versuch einfach mal, mir zuzuhören. Ich habe doch mit der Kleinen gesprochen, als ich im Bullenhaus war. Sie war es. Da bin ich hundertzehnprozentig sicher.«

»Welche ist es also«, fragte Adolfsson und nickte zu den Fotos von Linda und acht anderen jungen Frauen hinüber.

»Erzähl«, sagte Rogersson. »Erzähl von deinem Alibi.«

»Ich war nicht allein, als ich das Hotel verlassen habe. Ich war mit einer Person zusammen, und wir sind zu mir nach Hause gegangen«, sagte Löfgren. »Ich war bis ungefähr zehn Uhr morgens mit dieser Person zusammen.«

»Bei der ersten Vernehmung hast du gesagt, dass du allein nach Hause gegangen bist«, erinnerte sich Rogersson. »Das war also auch gelogen? Dann nenn doch mal den Namen. Wie heißt die Person, mit der du nach Hause gegangen bist?«

»Das habe ich doch schon gesagt. Ich nenne keine Namen«, sagte Löfgren.

»Das ist aber kein umwerfendes Alibi«, seufzte Rogersson. »Jedenfalls nach dem, was ich gelernt habe. Bei dem wenigen, was mir beigebracht wurde, haben die Lehrer die ganze Zeit davon gefaselt, wie wichtig es ist, welche Person das Alibi bestätigen kann.«

»Ich nenne keine Namen«, sagte Löfgren noch einmal. »Ist das denn so schwer zu begreifen?«

»Was sagt ihr jetzt, Jungs«, fragte Gelb und Blau und hielt ein Foto hoch.

»Du bist ganz sicher, dass die das war«, sagte von Essen und tauschte einen Blick mit Adolfsson.

»Wieso denn ganz sicher? Hundertzehn Prozent, hab ich doch gesagt. Ich habe doch mehrmals mit ihr gesprochen, wenn ich in eurem Bullenhaus vorbeigeschaut hab. Das war eine verdammt miese Kuh, wenn du meine ehrliche Meinung hören willst.«

»Eine Sache an dem, was du mir hier erzählst, ist ja durchaus lustig«, sagte Rogersson und schaute Löfgren abwartend an.

»Was soll denn daran lustig sein?«, fragte Löfgren. »Ich kann hier nichts Lustiges sehen.«

»Deine Kumpels behaupten, dass du damit geprotzt hast, wie oft du Linda gevögelt hast. Das sind deine eigenen Worte. Linda gevögelt, sowie noch etliche andere und viel schlimmere Ausdrücke, mit denen ich dich und deinen juristischen Vertreter verschonen möchte.«

»Das ist ihre Sache«, sagte Löfgren. »Ich habe nichts gesagt.«

»Was deinen Weg vom Stadshotell nach Hause jedoch angeht, hast du angeblich erzählt, dass du allein warst. Und jemand hat dich sogar allein nach Hause gehen sehen. Du hast gesagt, dass du ausschlafen wolltest.«

»Ja und? Ich muss hier doch wohl nicht verantworten, was andere behaupten? Außerdem will da offenbar jemand mit euch reden«, erwiderte Löfgren und nickte zur Tür hinüber, die nach einem diskreten Klopfen jetzt vorsichtig geöffnet wurde.

»Hast du zwei Minuten Zeit«, fragte von Essen, der in der Türöffnung erschien.

»Der Trick ist doch uralt«, sagte Löfgren zu seinem Anwalt. »Einer von unseren Lehrern in der Schule hat erzählt …«

»Zwei Minuten«, sagte Lewin, erhob sich, verließ das Zimmer und zog sorgfältig die Tür hinter sich zu.

»Ich glaube, wir haben ein kleines Problem«, sagte von Essen zu Lewin.

»Das glaube ich schon seit heute Morgen«, sagte Lewin und seufzte.

»Ich hab's ja gleich gesagt«, sagte Löfgren triumphierend und schlug seinem Anwalt auf den Arm. »Fünf Minuten, keine zwei! Was hab ich gesagt?«

»Verzeihung, dass ich die Herren unterbrechen muss«, sagte Lewin und schaute aus irgendeinem Grund Rogersson an.

»Gehe ich recht in der Annahme, dass du den Namen der Person nicht nennen willst, von der du behauptest, dass sie dir ein Alibi verschaffen kann«, sagte Lewin nun.

»Schön, dass du das endlich kapiert hast«, sagte Löfgren. »Das ist nämlich nicht meine Aufgabe, sondern eure.«

»Schön zu wissen, dass wir wenigstens einmal derselben Meinung sind«, sagte Lewin. »Dann möchte ich dir also mitteilen, und es ist jetzt vierzehn Uhr null fünf am Freitag, dem 18. Juli, dass die Staatsanwältin einen Haftbefehl gegen dich erlassen hat. Die Vernehmung ist hiermit beendet und wird zu einem späteren Zeitpunkt fortgesetzt. Die Staatsanwältin hat außerdem beschlossen, dass wir deine Fingerabdrücke und eine DNA-Probe nehmen dürfen.«

»Aber warten Sie doch«, sagte der Anwalt eilig. »Wäre es nicht besser, wenn ich in Ruhe mit meinem Mandanten sprechen könnte, damit wir eine sinnvollere Lösung für dieses kleine Problem finden?«

»Ich schlage vor, dass Sie direkt mit der Staatsanwältin darüber sprechen, Herr Anwalt«, sagte Lewin.

»Verdammt, du hattest es plötzlich aber eilig, Lewin«, sagte Rogersson ziemlich sauer, als sie fünf Minuten später allein im Zimmer saßen.

»Wär dir an meiner Stelle genauso gegangen«, sagte Lewin.

»Warum dann also?«, fragte Rogersson. »Wenn mir nur eine Stunde vergönnt gewesen wäre, hätte ich den Namen seines sogenannten Alibis aus ihm herausgeholt, wenn er denn wirklich eins hat, und ich hätte dafür gesorgt, dass er sich eigenhändig das Wattestäbchen in den Mund schiebt.«

»Genau davor hatte ich ja Angst«, sagte Lewin. »Dass uns das einen Haufen Papierkram einbringt.«

»Ich weiß wirklich nicht, was du meinst«, sagte Rogersson.

»Das wollte ich gerade erzählen«, sagte Lewin.

»Ich lausche gespannt«, sagte Rogersson, grinste und ließ sich bequem in seinem Sessel zurücksinken.

»Ja, du meine Güte«, sagte Rogersson fünf Minuten später begeistert. »Und wann willst du das Bäckström erzählen?«

»Jetzt«, sagte Lewin. »Sowie ich ihn erwische.«

»Da will ich bei sein«, beschloss Rogersson. »Damit wir den kleinen Fettsack gemeinsam festhalten können, wenn er auf die Einrichtung losgeht.«

Das hier wird ein phänomenaler Tag, dachte Bäckström. Vor zehn Minuten erst hatte er Adolfsson und von Essen gesehen, sie waren mit einem kleinlauten Löfgren zwischen sich über den Flur gegangen, und zwar einwandfrei in Richtung Knast. Und als ob das noch nicht schön genug wäre, war Thorén bei ihm aufgetaucht, um die Ergebnisse seiner Untersuchungen über das Vorstandsmitglied Bengt Karlsson aus der Bürgerinitiative Männer in Växjö gegen Männergewalt vorzulegen.

»Dieser Karlsson scheint früher ein richtiges kleines Ekel gewesen zu sein. Er macht überhaupt keinen lieben Eindruck«, sagte Thorén.

»Wie meinst du das?«, fragte Bäckström. Aber was will ich eigentlich mit dem, wo der Neger doch im Knast sitzt, dachte er.

»Insgesamt liegen elf frühere Anzeigen gegen ihn vor«, sagte

Thorén. »Seine Spezialität war offenbar Misshandlung von Frauen, mit denen er zusammen war.«

»Der richtige Mann am richtigen Ort«, stellte Bäckström zufrieden fest. Genau der richtige Mann, um der kleinen Lo und dem Trottel Olsson eins auszuwischen, dachte er.

»Das einzige Problem ist vielleicht, dass die letzte Anzeige neun Jahre zurückliegt«, sagte Thorén.

»Da hat er dazugelernt«, sagte Bäckström. »Legt jetzt ein Frotteehandtuch dazwischen, wenn er auf sie einschlägt. Grab allen Scheiß aus, den du finden kannst«, fügte er hinzu, da nun Lewin und Rogersson in seiner Tür standen und aussahen wie legekranke Hennen.

»Hereinspaziert, Jungs, hereinspaziert. Der junge Thorén wollte gerade gehen«, sagte Bäckström.

»Also, erzählt«, sagte Bäckström lüstern, sowie Thorén die Tür hinter sich zugezogen hatte. »Hat der Neger sich um Kopf und Kragen geredet? Ich habe vorhin gesehen, wie Adolfsson und dieser verhaltensgestörte Adelige, den er überall mit sich rumschleppt, mit ihm unterwegs in den Knast waren.«

»Tut mir leid, dich enttäuschen zu müssen, Bäckström«, sagte Lewin. »Aber Rogersson und ich sind beide ziemlich sicher, dass Löfgren nicht der ist, den wir suchen.«

»Sehr komisch«, sagte Bäckström und schnalzte glücklich mit der Zunge. »Und was hat er dann im Knast zu suchen?«

»Das kommt gleich noch«, sagte Lewin, »aber du solltest versuchen, dich mit der Vorstellung anzufreunden, dass er unschuldig ist.«

»Wieso denn?«, fragte Bäckström und packte den Stuhlrücken.

»Er hat ein Alibi«, sagte Rogersson.

»Alibi«, schnaubte Bäckström. »Ja Scheiße, wer sollte dem denn ein Alibi verschaffen? Martin Luther King oder wer?«

»Das will er nicht verraten«, sagte Lewin. »Also haben wir ihn in den Knast gesteckt, ehe er sich die Sache anders überlegt.«

»Aber Lewin weiß es trotzdem«, sagte Rogersson glücklich.

»Also, von wem reden wir hier?«, fragte Bäckström, beugte sich vor und starrte sie aus zusammengekniffenen Augen an.

»Wir glauben, dass es so war«, sagte Lewin. »Jung-Löfgren verlässt das Stadshotell gegen Viertel vor vier Uhr morgens. Er macht großen Wind darum, dass er allein geht, um auszuschlafen. Einige Blocks weiter bleibt er stehen und wartet auf die Frau, mit der er sich im Lokal in aller Heimlichkeit verabredet hat. Sie taucht gleich nach vier Uhr auf, und dann gehen sie in Löfgrens Wohnung und widmen sich aller Wahrscheinlichkeit nach Dingen, denen man sich unter den bekannten Umständen in solchen Zusammenhängen widmet«, sagte Lewin und seufzte.

»Und wer ist nun diese Dame«, fragte Bäckström, obwohl er die Antwort bereits ahnte.

»Unsere Kollegin Anna Sandberg, meint ein Zeuge, mit dem wir gesprochen haben«, sagte Lewin.

»Die kleine Sau bring ich um«, brüllte Bäckström und sprang auf. »Ja Scheiße, die werd ich …«

»Das wirst du eher nicht«, sagte Rogersson und schüttelte den Kopf. »Du setzt dich jetzt ganz brav wieder hin, ehe du eine Gehirnblutung oder etwas noch Schlimmeres erleidest.«

Was sollte das nun wieder, dachte Bäckström und ließ sich in seinen Sessel sinken. Sie muss sterben, dachte er.

Polizeianwärter Löfgren durfte den Arrest im Polizeigebäude von Växjö verlassen, ehe die Zellentür hinter ihm ins Schloss gefallen war. Eine gute Stunde darauf saß er mit seinem Anwalt im Auto und war unterwegs zum Sommerhaus seiner Eltern auf Öland. Er hatte außerdem der Staatsanwältin hoch und heilig versprochen, in der nächsten Zeit dort anzutreffen zu sein und ans Telefon zu gehen, wenn die Polizei aus irgendeinem Grund mit ihm sprechen wollte. Die Staatsanwältin hatte ihm außerdem ein paar gute Ratschläge mit auf den Weg gegeben. Ohne sich in Details ergehen zu wollen, hatte sie ihm nahegelegt, sich seine Berufswahl noch einmal in aller

Ruhe zu überlegen. Löfgren hatte seine Fingerabdrücke, eine Speichelprobe und sozusagen als freundliche Zugabe noch zwei Haare hinterlassen, und das alles war aller Wahrscheinlichkeit nach für die aktuelle Mordermittlung ohne den geringsten Wert.

Während die Kollegen in Växjö sich um die praktische Untersuchung von Löfgrens Fingern und seiner DNA kümmerten, räumte Lewin hinter sich und seinen Kollegen her. Zuerst nahm er allen, die in Bäckströms geheime Operationen verwickelt waren, ein Schweigegelöbnis ab, danach setzte er sich mit Polizeiinspektorin Sandberg zusammen, um ein ernstes Wort mit ihr zu reden.

Bäckström hatte sich langsam wieder abgeregt. Sein schlimmster Zorn war verflogen, obwohl er noch immer in den Trümmern der vielversprechenden Ermittlung herumkroch, die seine untauglichen und glattweg kriminellen Kollegen dermaßen ruiniert hatten. Ausnahmsweise einmal fühlte Bäckström sich zutiefst niedergeschlagen, so schlecht und ungerecht, wie er behandelt worden war. Dazu umgeben von Idioten, höchste Zeit für etwas Besseres also, dachte er fünf Minuten später, als er in die flirrende Hitze vor dem Polizeigebäude hinaustrat und den Weg zu seinem weichen Bett im Hotelzimmer mit der Klimaanlage einschlug, einen Weg, der ihn noch dazu am nächstgelegenen Alkoholladen vorbeiführte.

Bäckström öffnete die beiden kalten Biere, die in seiner Minibar standen, vor allem um dort Platz für seine Einkäufe zu machen. Das angenehme stille Wohlgefühl in seinem Körper blieb aus. Schlimmstenfalls hatte die kleine Sau Sandberg nicht nur seine Ermittlung sabotiert, sondern auch sein Gefühlsleben, dachte Bäckström. Weil er nichts Besseres zu tun hatte, schaltete er den Fernseher ein und folgte träge einem Kulturprogramm, wo der Programmtafel zufolge über den Mord an Linda Wallin diskutiert werden sollte, wo aber am Ende nur die üblichen Dussel saßen und sich gegenseitig Unsinn an den Kopf warfen.

Robinson-Micke, bekannt aus dem normalen Robinson und dem Promi-Robinson, dazu im zweiten Jahr Schüler an der Schauspielschule von Malmö, hatte Projektgelder für ein Dokudrama über den Mord an Linda beantragt. Die Kulturverwaltung der Gemeinde Växjö hatte das offenbar glatt abgelehnt, aber jetzt hatte er einen privaten Sponsor aufgetan. Das Drehbuch war fast fertig, und Lindas Rolle sollte von einer jungen Frau gespielt werden, die Carina Lundberg hieß, der schwedischen Bevölkerung aber eher als Big-Brother-Nina bekannt war. Sie hatte an Big Brother und an »Junge Unternehmer« im neuen Wirtschaftssender teilgenommen, hatte eine Zeit lang die Schauspielschule besucht und nun also einen Fuß im Kulturprogramm des staatlichen Fernsehens. Sie und Micke kannten einander schon länger, und sie vertraute ihrem zukünftigen Regisseur bedingungslos, auch wenn die Rolle des Mordopfers alles andere als leicht war. Vor allem grauste ihr vor den lesbischen Szenen, und zwar ganz besonders vor der, in der sie und ihre Partnerin Polizeiuniform tragen sollten.

Was redet die denn da für einen Scheiß, dachte Bäckström, drehte den Ton lauter und setzte sich im Bett auf.

»Ja, sehr viele von den jungen Polizistinnen sind doch lesbisch«, erklärte Nina. »Fast alle sogar. Ich habe eine Freundin bei der Polizei, und die hat mir das erzählt.«

»Ich habe das Ganze als klassisches Dreieck aufgebaut«, erklärte Micke. »Wir haben Linda, die Frau, die sie liebt und die ebenfalls bei der Polizei ist und Paula heißt, und dann den Mann, den Täter, den Mörder mit all seinem Hass, seiner Eifersucht, seiner Hilflosigkeit. Seiner Kastrationsangst. Das ist Strindberg, das ist Norén, das ist... klassisches männliches Drama, ganz einfach.«

»Ja, so ist das wohl«, stimmte der Moderator enthusiastisch zu. »Darum geht es hier ja wohl im Grunde. Um noch einen kastrierten Mann.«

Es reicht nicht, aus diesen Scheißidioten Leim zu kochen, das wäre eine viel zu geringe Strafe, dachte Bäckström und schaltete den Fernseher aus, während zugleich sein Telefon klingelte, obwohl er in der Rezeption klargestellt hatte, dass er nicht zu erreichen war.

»Ja«, grunzte Bäckström.

Ja Scheiße, dachte er, als er den Hörer auflegte.

Das Vorstandsmitglied von Männer in Växjö gegen Männergewalt, Bengt Karlsson, hatte in so hohem Grad das Interesse von Kriminalinspektor Peter Thorén geweckt, dass dieser trotz des Bäckström gegenüber abgelegten Schweigegelübdes Knutsson in die Sache eingeweiht hatte. Aber das zählte vermutlich gar nicht, wenn wir bedenken, was Bäckis selbst mit dem armen Polizeianwärter angestellt hat, dachte Thorén.

Bengt Karlsson war zweiundvierzig Jahre alt. Die Jahre zwischen zwanzig und dreiunddreißig hatten insgesamt elf Vorstrafen wegen Körperverletzung von insgesamt sieben Frauen zwischen dreizehn und siebenundvierzig angesammelt, alle Frauen hatten ihm nahegestanden. Die Urteile beliefen sich auf schwere Körperverletzung, Körperverletzung, groben Unfug, Nötigung, schwere sexuelle Nötigung, sexuelle Misshandlung sowie Hausfriedensbruch, was Karlsson unter anderem sieben Haftstrafen von insgesamt vier Jahren und sechs Monaten eingebracht hatte. Abgesessen hatte er ungefähr die Hälfte.

»Interessanter Knabe«, fand Knutsson, nachdem er die Übersicht überflogen hatte, die von Thorén mit Hilfe der Computerregister und der von der Ermittlertruppe inzwischen erworbenen elektronischen Fingerfertigkeit erstellt hatte.

»Aber warum hört er damit auf«, fragte Thorén. »Das letzte Urteil liegt neun Jahre zurück. Und seither ist er nicht ein einziges Mal mehr erwähnt worden.«

»Hat seine Vorgehensweise geändert«, schlug Knutsson vor. »Erinnerst du dich an diesen Typen, der von Raubüberfall auf Safeknacken umgestiegen ist? Hat fast ein Dutzend geschafft, ehe wir das durchschaut haben. Unterdessen hielt er an den Schulen Vorträge darüber, wie ihm der Ausstieg aus seinem kriminellen Leben gelungen sei.«

»Kann er von Frauen, die er sehr gut kennt und mit denen er zusammenlebt oder zusammen ist, auf unbekannte umgestiegen sein«, überlegte Thorén und schien dabei vor allem laut zu denken.

»Sehr gut möglich«, sagte Knutsson. »Sogar sehr wahrscheinlich. Aber mir ist da noch etwas aufgefallen. Erinnerst du dich an diese Vorlesung im Frühjahr, die der Kollege vom FBI an der Polizeihochschule gehalten hat?«

»Sicher«, sagte Thorén. »Da ging es doch nur um solche Sexwichte. Darauf stand der Kollege vom FBI, wenn ich das richtig verstanden habe. Auf solche Sexwichte.«

»Dann weißt du vielleicht auch noch, was er über diesen Typ Serienmörder gesagt hat, der mit den Ermittlern Katz und Maus spielt? Für den es der ganz große Kick ist, in der Nähe der Jäger zu bleiben?«

»Weiß ich noch genau«, sagte Thorén. Kann das so einfach sein, dachte er und verspürte im selben Moment die Art von Vibrationen, die sein älterer Kollege Kommissar Bäckström angesichts von Polizeianwärter Löfgren empfunden hatte.

»Speicheln«, sagte Knutsson. »Der Mann muss einwandfrei speicheln. Wie immer wir das schaffen sollen, ohne dass der sonstige Vorstand, Olsson inklusive, durchdreht.«

»Schon erledigt«, sagte Thorén mit einem gewissen Stolz. »Die Kollegen in Malmö hatten nämlich noch alte DNA von Karlsson. Der ist bei einer Routineaktion beim Jeanettemord vor fünf oder sechs Jahren mit erfasst worden. Dieser Mord ist noch immer ungeklärt, das kann er also nicht gewesen sein.«

»Weswegen haben sie seine DNA dann nicht vernichtet?«, fragte Knutsson.

»So was wirft man doch nicht einfach weg«, sagte Thorén verständnisvoll. »Das staatliche Labor natürlich schon, dazu ist es ja verpflichtet, aber die Kollegen in Malmö hatten bei den Ermittlungsakten eine Kopie des Analyseergebnisses liegen. Ich habe sie schon bekommen und ans Labor weitergefaxt.«

Bäckström blieb im Bett liegen, stopfte sich zwei zusätzliche Kissen in den Rücken und ähnelte einem übergewichtigen Herzpatienten wie ein Ei dem anderen. Das geschieht ihr recht, der kleinen Sau, dachte er, während er mit einer fetten, kraftlosen Hand in Richtung Minibar winkte.

»Wenn du ein kaltes Bier möchtest, Anna, da ist die Minibar«, sagte Bäckström. Und da kannst du jetzt erst mal drauf rumlutschen, du kleine Sau, dachte er.

»Du hast nichts Stärkeres«, fragte Anna Sandberg. »Ich wollte nämlich Feierabend machen und in der Stadt übernachten. Und ich könnte jetzt etwas Starkes brauchen.«

»Whisky, Wodka, steht alles da im Schrank«, sagte Bäckström und zeigte darauf. Was zum Teufel ist hier denn los, dachte er.

»Danke«, sagte Anna Sandberg und schenkte sich eine fast Rogersche Menge ein. »Willst du denn nichts?«, fragte sie und schwenkte Bäckströms Whiskyflasche.

Was zum Teufel ist denn hier los, dachte Bäckström. Zuerst versaut sie mir die Ermittlung, dann kommt sie auf mein Zimmer gestürzt, und eine Minute später bietet sie mir meinen eigenen Schnaps an, dachte er.

»Aber nur einen kleinen«, sagte Bäckström.

Inspektorin Anna Sandberg wollte Bäckström um Verzeihung bitten. Sie hatte einen verdammten Mist gebaut – das waren ihre eigenen Worte –, und Bäckström war die erste Station auf ihrem Gang nach Canossa. Falls sie überhaupt etwas zu ihrer Verteidigung anführen konnte, dann möglicherweise, dass Löfgren ihr am Telefon versprochen hatte, als Mann von Welt alles in Ordnung zu bringen und sofort seine DNA-Probe abzuliefern. Absolut freiwillig, an sich total überflüssig, aber unter den gegebenen Umständen der einfachste Ausweg für alle beide.

Sie hatte sich aus menschlicher Schwäche nicht bei Bäckström gemeldet, um die Karten auf den Tisch zu legen, obwohl Löfgren sich trotz des Versprechens geweigert hatte, die Probe abzugeben. Einerseits hatte sie so lange wie möglich gehofft, dass Löfgren doch noch zur Vernunft kommen oder ihr zumindest aus einer, gelinde gesagt, peinlichen Situation heraushelfen würde, andererseits hatte sie ja keine Ahnung gehabt, was Bäckström und dessen Kollegen derweil unternommen hatten. Auch wenn sie nach ihrem Gespräch mit Lewin vollstes Verständnis für ebendiese Unternehmungen aufbringe.

»Es gibt also eine Menge Menschen, mit denen ich sprechen muss. Mit dir, Bäckström, mit Olsson und mit meinem Mann. Nicht zuletzt mit meinem Mann«, sagte Sandberg, schüttelte den Kopf und trank einen ordentlichen Schluck.

Was zum Teufel redet die da, dachte Bäckström. Die Weiber spinnen doch alle, dachte er.

»Spinnst du«, sagte Bäckström. »Du hast doch wohl nicht vor, mit Olsson darüber zu reden?«

Offenbar doch. Besser den Stier bei den Hörnern packen und der Schande ins Auge blicken, schlimmstenfalls würde sie bei der Polizei aufhören und etwas anderes anfangen müssen.

»Da will ich mich nicht einmischen«, sagte Bäckström. »Aber ich begreife nicht, warum du Olsson das erzählen willst.«

»Ehe er sich das selber zusammenreimt«, sagte Sandberg verbissen. »Die Freude gönne ich ihm nicht. Und auch sonst niemandem.«

»Sag Bescheid, wenn ich mich irre«, sagte Bäckström, »aber ich rede hier von Kommissar Bengt Olsson. Dem Ritualmordermittler aus den tiefen småländischen Wäldern, der in tiefe Grübeleien versinkt, wann immer er sich vom Klo erhebt und feststellt, dass er ein Stück Papier in der Hand hält.«

»Du meinst also nicht, dass ich es Olsson sagen soll«, fragte Sandberg, die plötzlich viel glücklicher aussah.

»Nein«, sagte Bäckström und schüttelte den Kopf. »Und auch sonst keinem von denen, die etwas wissen, denn mit denen haben Lewin und Rogersson schon geredet, und die werden nur ihr Köpfchen schütteln, wenn du das auch versuchst. Die kannst du vergessen«, sagte Bäckström. Die Weiber spinnen doch alle, dachte er.

»Aber was ist mit meinem Mann«, sagte Sandberg. »Der ist auch ein Kollege, aber das weißt du vielleicht schon.«

»Macht ihn das scharf, so was zu hören«, fragte Bäckström mit leicht angewiderter Miene. Wo der Mann doch so ein Buschsheriff war, musste man mit dem Schlimmsten rechnen.

»Das kann ich mir nicht vorstellen«, sagte Sandberg.

»Dann nicht«, sagte Bäckström und zuckte mit den Schultern. »Was er nicht weiß, macht ihn nicht heiß.«

Anna Sandberg nickte nachdenklich.

»Kann ich noch einen haben«, fragte sie und hob ihr leeres Glas.

»Sicher«, sagte Bäckström großzügig und hielt ihr sein eigenes hin. »Einen kleinen.«

Schade, dass Lo nicht hier ist, die könnte einiges über eine richtig gute altmodische Therapiemethode lernen, dachte Bäckström. Kollegin Sandberg zum Beispiel sah bereits wie ein neuer und besserer Mensch aus. Sogar ihre Möpse hatten sich aufgerichtet und nahmen langsam ihre schöne alte Gestalt an. Und das nach nur zwei Kurzen und ein paar klugen Worten, dachte er.

»Scheiß da jetzt drauf, Sandberg«, sagte Bäckström und hob sein Glas. »Zur Polizei geht man nicht. Polizei ist man, und ein richtiger Polizist wird niemals einen Kollegen verpfeifen.« Nicht mal eine Kollegin, die niemals zur Polizei hätte gehen dürfen, dachte er.

Nach dem inzwischen obligatorischen Abendessen im Hotel kehrten Bäckström und Rogersson auf Bäckströms Zimmer zurück, um in aller Ruhe und Ordnung über ihren kleinen Fall zu sprechen und sich zu überlegen, wie man nach dem ermittlungstechnischen Ausfall des jungen Löfgren jetzt am besten weitermachte. Nach und nach gingen Bier und Stärkeres zur

Neige, und Bäckström war am Ende so müde, dass er es nicht über sich brachte, Rogersson zum Ausklang des Abends in die Bar zu begleiten. Am Samstag hatte er dann ausgeschlafen, und natürlich hatte das faule und unzuverlässige Hotelpersonal seine Unpässlichkeit ausgenutzt und weder sein Zimmer gesäubert noch seine schmutzigen Handtücher ausgewechselt.

39

In der Nacht von Samstag auf Sonntag, während Bäckström in seinem ungemachten Hotelbett schlief, wurde abermals eine Frau überfallen, mitten in Växjö, nur einige hundert Meter vom Hotel entfernt. Das Opfer war eine Neunzehnjährige, die sich allein von einem Fest auf den Heimweg gemacht hatte. Als sie gegen drei Uhr nachts die Tür ihres Hauses in der Norrgata öffnete, fiel ein ihr Unbekannter von hinten über sie her, stieß sie in die Diele, warf sie zu Boden und versuchte, sie zu vergewaltigen. Das Opfer schrie und kämpfte um sein Leben. Einige Nachbarn wurden von dem Lärm geweckt, und der Täter stürzte davon.

Innerhalb von fünfzehn Minuten wurde voller Alarm gegeben. Das Opfer war bereits ins Krankenhaus gefahren worden. Der Tatort war abgesperrt, Ermittler und Techniker vernahmen Zeugen und suchten Spuren. Insgesamt drei Streifen hielten in der Umgebung nach Verdächtigen Ausschau, Verstärkung war auf dem Weg, und bei den Lindaermittlern liefen die Telefone heiß. Kommissar Olsson stand in seinem Sommerhaus, hatte den Hörer ans Ohr gepresst und versuchte, sich mit der freien Hand die Hose hochzuziehen und sich daran zu erinnern, wohin er seine Autoschlüssel gelegt hatte. Kommissar Bäckström schlief unangefochten weiter. Aus Erfahrung klug geworden, hatte er sein Mobiltelefon ausgeschaltet und den Stecker vom Hoteltelefon herausgezogen.

Als er am nächsten Morgen zum Frühstück nach unten kam und Rogersson ihm von dem Vorfall berichtete, war fast alles wieder vorbei, und schon hatte es sich erwiesen, dass die näheren Umstände alles andere als klar waren.

»Ich habe vorhin mit Kollegin Sandberg gesprochen«, sagte Rogersson.

»Und was hat sie gesagt?«, fragte Bäckström.

»Dass die Geschädigte ihr komisch vorkommt«, sagte Rogersson. »Sandberg meint, dass sie sich die Sache vermutlich aus den Fingern gesaugt hat.«

Die kleine Sandbergsche, das geht ja mit dem Teufel zu, dachte Bäckström. Man muss sich ganz schön viel anhören, ehe einem die Ohren vom Kopf kullern, dachte er.

Abends rief Bäckström seine eigene Radioreporterin an, aber wie schon am Wochenende zuvor bekam er nur ihren Anrufbeantworter zu fassen. Das mit dem Mütterchen kann ja wohl nicht sein, dachte Bäckström, und weil er nichts Besseres zu tun hatte, ließ er sich Essen und Bier aufs Zimmer bringen und zappte die halbe Nacht zwischen den Sendern hin und her, bis er dann endlich einschlafen konnte.

Jan Lewin träumte jetzt wieder. Schweden, Mitte der fünfziger Jahre. Der Sommer, in dem Jan Lewin sieben wurde, in dem er im Herbst in die Schule kam und sein erstes richtiges Fahrrad hatte. Ein rotes Crescent Valiant.

Sie sind im Sommerhaus der Großeltern auf Blidö in Stockholms Schärengürtel. Mama, Papa und er selbst. Die Sonne scheint Tag für Tag von einem wolkenlosen Himmel. Ein richtiger Indian Summer, sagt sein Papa, und in diesem Sommer scheint Papas Urlaub einfach kein Ende zu nehmen.

»Warum heißt das Indian Summer«, fragt Jan Lewin.

»So sagt man eben«, antwortet Papa. »Wenn es ein richtig langer und warmer Sommer ist.«

»Aber was hat das mit den Indianern zu tun«, beharrt Jan. »Warum sagt man, dass es ein Indianersommer ist?«

»Die haben sicher besseres Wetter als wir«, sagt Papa, und dann lacht er und fährt dem Sohn durch die Haare, und als Antwort reicht das wirklich aus. Und in diesem Sommer bringt Papa ihm Radfahren bei.

Kieswege, Brennnesseln im Gebüsch und im Straßengraben. Der Geruch von Kreosot. Papa läuft hinter ihm her und hält den Gepäckträger fest, während Jan den Lenker mit kleinen verschwitzten Händen umklammert und mit seinen braun gebrannten Stöckchenbeinen aus Leibeskräften strampelt.

»Jetzt lass ich los«, ruft Papa, und obwohl Jan weiß, dass er gleichzeitig lenken und strampeln muss, schafft er das einfach nicht. Entweder strampelt er, oder er lenkt, und ab und zu bekommt Papa ihn nicht mehr zu fassen. Zerschrammte Knie, blaue Flecken an den Waden, brennende Nesseln, Disteln und Dornen, die ihn stechen.

»Jetzt machen wir noch einen Versuch, Jan«, sagt Papa und fährt ihm durch die Haare, und dann sitzt er wieder da.

Lenkt und strampelt, lenkt und strampelt, und Papa lässt los, und diesmal kann er ihn nicht mehr erreichen, ehe Jan hinunterfällt.

Und als er sich umdreht, ist es nicht sein Papa, der ihm auf die Beine helfen und ihm durch die Haare fahren soll, sondern Kollege Bäckström, der feixend hinter ihm steht.

»Wie blöd kann man eigentlich sein, Lewin«, sagt Bäckström. »Du kannst doch verdammt noch mal nicht mit Strampeln aufhören, bloß weil ich nicht mehr schiebe.«

Und dann wurde er wach, stapfte ins Badezimmer, ließ das kalte Wasser laufen und massierte sich Augen und Schläfen.

40

Växjö, Montag, 28. Juli – Montag, 4. August
Bei der ersten Morgenbesprechung in dieser Woche konnte der Leiter der Voruntersuchung, Bengt Olsson, zufrieden mitteilen, dass sie einen neuen schwedischen Rekord aufgestellt

hatten. Die Olssonsche Speicheloffensive in Växjö und Umgebung ging unter Volldampf weiter, und schon am Wochenende hatten sie die fünfhundert überschritten. Außer den Freiwilligen hatten sie noch einige Proben, deren Ursprung nicht ganz klar war, denn sie bestanden unter anderem aus einem Tabakspriem, einem blutigen Papiertaschentuch, einem Kerngehäuse und einer früheren Laboranalyse, deren Registriernummer eingeschwärzt war.

Der angehende Kollege, Anwärter Löfgren, hatte mit Hilfe des üblichen Wattestäbchens abgeschrieben werden können, während der Kollege mit den psychischen Problemen vermutlich durch seine gesunden Ernährungsgewohnheiten und ohne überhaupt etwas davon zu wissen ebenfalls abgeschrieben werden würde. Aus irgendeinem Grund hatte Lewin berichtet, auf welche Weise der soeben gebrochene alte Rekord aufgestellt worden war. Er und die Zentralmord waren nämlich auch damals dabei gewesen. Ein Frauenmord oben in Dalarna, der Petramord, hatte zu knapp fünfhundert Speichelproben geführt, aber obwohl er jetzt mehrere Jahre zurücklag, war er noch immer nicht aufgeklärt, und in der Praxis waren die Ermittlungen eingestellt worden. Danach hatte Lewin leider eine viel zu lange persönliche Betrachtung zu diesem Thema vorgetragen.

»Ich kann mich an meinen ersten Mordfall erinnern, bei dem es um eine junge Frau ging«, sagte Lewin und schien vor allem mit sich selbst zu reden. »Es ist jetzt fast dreißig Jahre her, und viele von euch waren damals wohl noch gar nicht geboren. Es war der Katarynamord, wie er in den Zeitungen genannt wurde. Damals hatten wir von DNA noch nicht einmal gehört, und wir wussten alle, dass wir unsere Fälle grundsätzlich auf die alte Weise aufzuklären hatten, ohne Hilfe von Kriminaltechnik und wissenschaftlichen Methoden. Kriminaltechnik war etwas, mit dem die Gerichte sich amüsierten, wenn wir normalen Polizisten den Täter schon gefunden hatten.«

»Entschuldige, Lewin«, unterbrach ihn Bäckström und zeigte auf seine Armbanduhr. »Könntest du bis zur Mittagspause wohl zur Sache kommen? Wir anderen haben nämlich noch etwas zu erledigen.«

»Bin gleich so weit«, sagte Lewin unangefochten. »Damals hatten wir bei Mord einen Aufklärungsquotienten von über siebzig Prozent. Heute schaffen wir um einiges weniger als die Hälfte. Trotz aller Technik und aller neuen Methoden, und mir fällt es schwer zu glauben, dass unsere Fälle heute so viel komplizierter sein sollen als früher.« Lewin nickte nachdenklich.

»Woran kann das denn liegen?«, fragte plötzlich Kollegin Sandberg. »Da musst du dir doch deine Gedanken gemacht haben.«

»Ich habe mir durchaus meine Gedanken gemacht«, sagte Lewin. »Nimm zum Beispiel die Sache mit der DNA. Wenn es klappt, ist sie natürlich ein großartiges Hilfsmittel. Wenn es eine gute DNA ist, wie hier in unserem Fall, und wenn wir den Träger finden.«

»Wo ist dann das Problem«, fragte Sandberg.

»Wenn es eine richtig gute DNA ist, besteht die Gefahr, dass man alles andere aus dem Auge verliert und die Ermittlungsarbeit nicht mehr im Griff hat«, sagte Lewin und seufzte. »Die alte ehrliche systematische Polizeiarbeit«, fügte er mit einem Kopfschütteln und einem schwachen Lächeln hinzu.

»Wenn man den Gesuchten finden will, kann man nicht wie ein geköpftes Huhn herumflattern«, sagte Kollegin Sandberg und lächelte.

»Ja, so kann man das vielleicht auch ausdrücken«, sagte Lewin und räusperte sich ein wenig.

Als letzten Punkt auf dem Besprechungsprogramm hatte Sandberg ausgeführt, was sie inzwischen über den Überfall der vergangenen Nacht wussten.

»Hier liegt einiges im Unklaren, und ich bin fast geneigt zu denken, dass sie sich alles aus den Fingern gesaugt hat«, sagte Sandberg.

»Aber warum hätte sie das tun sollen?«, wandte Olsson ein. »So was saugt man sich doch wohl nicht aus den Fingern?«

»Dazu komme ich noch«, sagte Sandberg und hörte sich plötzlich fast genauso an wie ihr zwanzig Jahre älterer Kollege, Kriminalkommissar Jan Lewin.

Keine Zeugen hatten den Überfall im Wohnungseingang oder auch nur einen Schatten des Täters gesehen. Es gab nicht die Spur eines technischen Beweises, obwohl Enoksson und seine Kollegen den angeblichen Tatort und seine nächste Umgebung geradezu durchgekämmt hatten. Sie hatten nur die Darstellung des Opfers von einem Überfall, den es durch heftigen Widerstand hatte abwehren können. Unter anderem wollte die Frau den Täter gekratzt und gebissen haben, außerdem konnte sie ihn beschreiben.

»An der Beschreibung ist ja wohl nichts auszusetzen«, beharrte Olsson. »Ich halte es für eine sehr gute Beschreibung. Was hat sie noch gesagt? Ein einziger Täter, an die zwanzig, kräftig gebaut, durchtrainiert, an die eins achtzig, schwarze Baseballmütze, schwarzes T-Shirt, schwarze, ausgebeulte Trainingshose, weiße Joggingschuhe, außerdem Tätowierungen auf den Armen. So eine Art breite schwarze Schlingen, wie Schlangen oder Drachen, und zwar an beiden Oberarmen über die Unterarme hinunter bis zu den Handgelenken. Er hat sie auf Englisch bedroht, es war aber sehr gebrochenes Englisch, weswegen sie nicht glaubt, dass es sich um einen Engländer oder Amerikaner handelt. Vermutlich Jugoslawe oder so etwas. Es ist ja wohl kein Geheimnis, unter uns, die wir hier sitzen, dass sie leider oft genauso aussehen. Das macht uns langsam sogar große Sorgen«, sagte Olsson.

»Ja, es ist eine phantastische Beschreibung«, sagte Sandberg. »Wenn wir bedenken, was sie angeblich durchgemacht hat, dann hat sie wirklich ungeheuer genau beobachtet.«

»Ich stimme dir zu, Olsson«, sagte Bäckström grinsend. »Scheint ein aufgewecktes, kluges Mädel zu sein. Passt genau zu diesem Profil, das wir bekommen haben. Und sie hat es ja auch schon geschafft, in Abendzeitungen und Fernsehen zu erzählen, wie entsetzlich das alles war. Bald wird sie wohl in der Glotze das Wetter ansagen oder auf diesem Bauernhof ihre Möpse zeigen.«

»Danke, Bäckström«, sagte Sandberg aus irgendeinem Grund. »Unter anderem ist mir auch das aufgefallen. Mädchen, denen so etwas passiert, können normalerweise nicht einmal mehr ihr eigenes Spiegelbild ertragen oder mit ihren nächsten Angehörigen sprechen. Wollen nur in Ruhe gelassen werden.«

Bäckström war aus der Asche von Polizeianwärter Löfgren wiedererstanden, hatte sich die nächste Beute ausgeguckt und sich gleich wieder ins Feuer fallen lassen. Unmittelbar nach der Besprechung nahm er den jungen Thorén beiseite, um sich zu erkundigen, wie es mit Vorstandsmitglied Karlsson lief.

»Du hattest ganz recht, Bäckström. Herr Karlsson macht gar keinen netten Eindruck«, stellte Thorén fest, um dann rasch die Ergebnisse seiner Untersuchungen zusammenzufassen.

»Der Arsch muss speicheln«, sagte Bäckström lüstern.

»Ist schon erledigt«, sagte Thorén und berichtete dann ebenso kurz und bündig vom früheren Einsatz der Kollegen aus Malmö.

»Warum zum Teufel sagst du mir das erst jetzt?«, fragte Bäckström sauer. »Ist das ein Geheimnis, oder was?«

»Bin noch nicht dazu gekommen«, sagte Thorén gelassen. »Deshalb mach ich das jetzt.«

Vollidiot, total unbrauchbar, dachte Bäckström. Flattern herum wie die geköpften Hühner, dachte er.

»Nimm Platz, Lewin, nimm Platz«, sagte Bäckström herzlich und zeigte auf den Besuchersessel vor seinem Schreibtisch. »Wie geht's mit deinen kleinen Strukturen? Kannst du da langsam Ordnung schaffen?«

»Wird sich schon finden«, sagte Lewin neutral.

Er selbst hatte zwei konkrete Vorschläge dazu, die sich als Schritt in die richtige Richtung erweisen könnten. Erstens sollte Lindas Mutter vernommen werden. Die beiden bisherigen Vernehmungen fand Lewin nicht tiefschürfend genug. Wenn er kritisch sein sollte, dann ergaben sie im Grunde nichts, was sie nicht auch so hätten erfahren können. Und zweitens wollte er noch einen Versuch mit Polizeianwärter Löfgren machen.

»Du weißt, dass ich immer ein offenes Ohr für dich habe«, sagte Bäckström freundlich. Obwohl du mit dem Scheißneger fast die halbe Truppe blamiert hättest, dachte er.

»Mein Vorschlag ist, dass wir Rogersson Lindas Mutter vernehmen lassen«, sagte Lewin. »Rogersson ist in solchen Dingen doch ungewöhnlich genau.«

»Ja, komisch, was«, sagte Bäckström zustimmend. »Und dabei säuft er wie ein Scheißrusse und rennt die ganze Zeit aufs Klo.«

»Davon weiß ich ja gar nichts«, sagte Lewin kurz. »Aber in der Hinsicht bist du vielleicht besser informiert als ich, Bäckström.«

»Man erzählt sich so allerlei, wenn ich das mal so sagen darf«, sagte Bäckström und grinste. »Und der Neger? Wer soll sich um den kümmern?«

»Wenn du Anwärter Löfgren meinst, dann spiele ich selber mit dem Gedanken«, sagte Lewin. »Ich stelle mir vor, dass er vielleicht gesprächiger ist, jetzt, wo wir ihn abgeschrieben haben.«

»Sicher. Der wird dich bestimmt mit Wortschwällen überschütten«, sagte Bäckström. Und du, Lewin, kriegst sicher früher oder später irgendeinen Nobelpreis, dachte er.

41

Lindas Mutter hielt sich in ihrem Sommerhaus draußen auf Sirkön, zwanzig Kilometer von Växjö entfernt, beim Åsnensee auf. Eine Freundin war bei ihr, und die berichtete, dass die

Mutter von einem Tag auf den anderen zu überleben versuchte. Da aber die Polizei gern mit ihr sprechen wolle, werde sie versuchen, nach besten Kräften behilflich zu sein.

»Grüßen Sie sie, und sagen Sie vielen Dank«, sagte Rogersson. »Mein Kollege und ich werden in ungefähr einer Stunde bei Ihnen sein.«

»Brauchen Sie eine Wegbeschreibung«, fragte die Freundin.

»Das schaffen wir schon«, sagte Rogersson. »Schlimmstenfalls rufen wir an. Danken Sie ihr recht herzlich für ihre Hilfsbereitschaft.«

Bäckström hatte beschlossen, Rogersson Gesellschaft zu leisten. Er hatte das Bedürfnis, an die Luft zu kommen und sich zu bewegen. Am liebsten in einem Dienstwagen mit Klimaanlage, während er und Rogersson in aller Ruhe über alle nicht anwesenden Idioten herziehen konnten, die ihnen ansonsten das Leben vergällten. Außerdem war er ein wenig neugierig auf Lindas Mutter.

»Da unten auf der linken Seite siehst du den See«, sagte Rogersson eine halbe Stunde später und nickte zu dem blauen Wasser hinunter, das im Sonnendunst zwischen den Birken glitzerte. »Jetzt sind es nur noch an die zehn Kilometer bis Sirkön. Klassisches Terrain für Leute wie dich und mich, Bäckström.«

»Ich dachte, aller Schnaps würde in Schonen gebrannt«, sagte Bäckström, der sich schon merklich belebt fühlte, trotz der unverdienten Hiebe und Schläge, die ihn in letzter Zeit getroffen hatten.

»Schwedische Kriminalgeschichte«, erklärte Rogersson. »Einer unserer bekanntesten Verschwindensfälle der letzten hundert Jahre. Kann sich absolut mit Viola Widegren 1948 messen. Hier verschwand an einem kalten, windigen Aprilmorgen des Jahres 1967 der kleine Alvar Larsson aus seinem Elternhaus«, erzählte Rogersson und klang fast feierlich dabei. »Ich habe vor ein paar Jahren in Nordisk Kriminalkrönika einen interessanten Artikel darüber gelesen. Hörte sich nicht unbedingt nach Mord an. Also ist er vermutlich beim Spielen in den See gefallen und ertrunken.«

»Glaub ich keine Sekunde lang«, sagte Bäckström. »Natürlich wurde er ermordet. Von so einem Pädognom. Wimmelt hier doch sicher von der Sorte. Sitzen in ihren roten Häuschen und laden sich aus dem Netz Kinderpornos runter.«

»1967 wohl kaum«, sagte Rogersson. »Aus dem Netz, meine ich.«

»Damals haben sie sicher irgendeinen anderen Scheiß angestellt«, sagte Bäckström. »Haben auf ihren Plumpsklos gesessen und über einem Haufen von Schmierblättern mit Pfadfinderknaben beim Nacktbaden gewichst. Was weiß denn ich, zum Teufel?«

»Du scheinst ja fast alles zu wissen, du, Bäckström«, sagte Rogersson. »Aber vor allem schätze ich dein Menschenbild. Du bist wirklich ein herzensguter Mann, wenn ich das mal so sagen darf.«

Was zum Teufel ist denn in Rogersson gefahren, dachte Bäckström. Scheint ja total verkatert zu sein. Da können wir nur hoffen, dass Lindas kleine Mama mit dem Bier genauso großzügig ist wie der Papa, dachte er.

Ein kleines rotes Haus mit weißen Ecken, ein alter Hofbaum, der dem kleinen Rasen vor dem Haus, wo sie ihren Wagen abstellten, Schatten spendete, Fahnenstange, Fliederlaube, Nebengebäude mit Abort, Bootssteg, Bootshaus mit Sauna und eigenem Uferstreifen am See. Sorgfältig geharkte Wege über das große Gelände, wo sorgfältig ausgewählte Strandsteine die Kanten der kurz getrimmten Rasenstücke markierten.

Der schwedische Sommersitz als solcher, und natürlich saßen sie am Tisch in der Laube. Natürlich ohne Bier und ebenso natürlich mit einem großen Krug selbst gemachten Johannisbeersafts mit viel Eis. Die Glaskelche stammten bestimmt aus einer nahe gelegenen Glasbläserei und hatten ebenso viel gekostet wie mehrere Lagen Bierdosen. Und wenn du mit deinen Augen nicht die ganze Zeit weit weg wärst, könntest du ein verdammt feines Frauenzimmer sein, dachte Bäckström und nickte Lindas Mutter mit milder Miene zu. Fünfundvierzig Jahre alt, und normalerweise siehst du sicher viel jünger aus, dachte er.

»Sagen Sie sofort Bescheid, wenn das hier zu schwer für Sie wird«, sagte Bäckström mit seiner allersanftesten Stimme.

»Das wird schon kein Problem sein«, sagte Lindas Mutter, und wenn diese Augen nicht wären, hätte ihre Stimme fast munter geklungen.

Wüsste ja gern, wie viel Valium du seit heute Morgen in dich reingestopft hast, Herzchen, dachte Bäckström.

Während der folgenden drei Stunden legte Kriminalinspektor Jan Rogersson auf höchst überzeugende Weise die Gründlichkeit an den Tag, die sein Kollege Kommissar Lewin ihm attestiert hatte. Zuerst erkundigte er sich nach Linda. Nach ihrer Kindheit und Jugend. Nach den Jahren in den USA, der Scheidung und der Rückkehr von Mutter und Tochter nach Schweden.

»Ein fröhliches, munteres kleines Mädchen, das alle mochte und von allen gemocht wurde, und so war es wohl immer mit Linda, auch als sie dann ein großes Mädchen war …«

»Eine schwere Zeit in unserem Leben …«, »Umstellung auf eine neue Umgebung …«, »Linda fand neue Freundinnen, fing an einer neuen Schule an …«, »ich fand eine Stelle als Lehrerin und machte zusätzlich eine Weiterbildung …«, »als ich meinen Mann kennenlernte, war ich Sekretärin … so haben wir uns kennengelernt …«, »nach unserer Hochzeit und nach Lindas Geburt wohnten wir in den USA, und da war ich wohl vor allem das Luxusweibchen …«, »mir fiel das jedenfalls schwer, während Henning sich wie ein Fisch im Wasser fühlte, und der Mensch, zu dem Linda und ich den wenigsten Kontakt hatten, war sicher ihr Papa...«, »wir haben eigentlich höchstens mal seinen Schatten gesehen...«

»Aber natürlich. Finanziell gesehen war ich sicher privilegiert. Wir hatten zwar einen Ehevertrag, aber als Erstes, nachdem ich mit Linda nach Schweden zurückgekehrt war, hat er mir das Haus geschenkt... wo das alles passiert ist... und wo wir gewohnt haben, bis Linda plötzlich... da ging sie schon aufs Gymnasium... einfach beschloss, jetzt, wo ihr Papa die Güte gehabt hatte, nach Hause zu kommen, da wollte sie draußen auf dem Land wohnen... bei ihm... aber wenn sie in die Stadt kam, war sie ja doch bei mir...«

Freunde?

»Der Erste war wohl ein kleiner Farbiger, der damals in den USA in Lindas Klasse ging... Linda war erst sieben, und er war genauso alt... er hieß Leroy und war so niedlich, man hätte ihn fressen mögen... das war Lindas erste richtig große Liebe...«

Und danach? Freunde, zu denen sie eine sexuelle Beziehung hatte?

Nicht sehr viele, meinte ihre Mama, unter dem Vorbehalt, dass Linda über solche Dinge nie viel gesprochen hatte. Lindas längste Beziehung hatte ungefähr ein Jahr gedauert und vor einem halben Jahr ein Ende genommen.

»Der Sohn von Bekannten unserer Familie. Eine der wenigen Familien, zu denen ich seit der Scheidung noch Kontakt habe. Auch ein reizender Junge, Noppe genannt, in Wirklichkeit heißt er Carl-Fredrik, aber ich glaube, dass Linda ihn ganz einfach satt hatte, es gab so viel Neues für sie, seit sie an der Polizeischule angefangen hatte.«

War Linda streitsüchtig, hatte sie Feinde, konnte es so schlimm stehen, dass jemand ihr hatte schaden wollen?

Nicht in den Augen ihrer Mama. Nicht, wenn es um ihre geliebte Tochter ging, denn auch zu ihren schlimmsten Zeiten war sie nur so schlimm gewesen, wie Backfische das eben sein können – das wusste sie von ihren Freundinnen mit gleichaltrigen Töchtern –, aber bei Linda war das doch nur selten vorgekommen. Negative Seiten? Linda konnte sehr stur sein. Außerdem ein wenig naiv. Ein wenig zu ehrlich, sie dachte zu gut über viele Menschen, die das eigentlich nicht verdienten.

In seinen zwanzig Jahren als Mordermittler hatte Rogersson hunderte von Vernehmungen mit Angehörigen von Mordopfern durchgeführt. Deshalb war es kein Zufall, dass Lindas Mutter selbst der letzte Punkt auf seiner Fragenliste war, und es war auch kein Zufall, dass sie genauso reagierte wie alle anderen vor ihr. Warum wollte er über sie sprechen? Sie hatte doch mit dem Mord an Linda nichts zu tun. Sie war doch selbst ein Opfer. Jemand hatte ihr die einzige Tochter genommen, und sie sollte jetzt mit der Trauer als einziger Lebensgefährtin weiterleben.

Rogersson hatte ihr die üblichen Antworten gegeben. Dass es darum gehe, Lindas Mörder zu finden. Dass er niemals auf die Idee kommen würde, Lindas Mutter könne mit dem Verbrechen etwas zu tun haben, dass es bei seinen Fragen aber eben darum gehe, möglicherweise Dinge zu entdecken, die die Mutter einer ermordeten Tochter nicht sehe, eben weil ihre Trauer sie daran hindere. Und diese Mutter hier hatte das gelassener hingenommen als die meisten anderen.

Ob sie nach der Scheidung andere Männer gehabt habe? Hatte einer von denen Interesse an ihrer Tochter gezeigt? Hatte sie Menschen kennengelernt, denen es zuzutrauen wäre, dass sie, indem sie ihrer Tochter etwas antaten, eigentlich sie selbst treffen wollten?

Natürlich hatte sie seit ihrer Scheidung andere Männer gehabt. Mehrere sogar, aber es waren immer kurze und zufällige Beziehungen gewesen, und die letzte lag jetzt schon einige Jahre zurück. Einer ihrer Kollegen, ein Kollege einer Freundin, dann noch jemand, den sie durch ihre Arbeit kennengelernt hatte, nämlich der geschiedene Vater einer früheren Schülerin. Außerdem einige kurze Begegnungen mit Männern, vor allem bei Urlauben im Ausland. In einen hatte sie sich wirklich verliebt, deshalb war sie einige Zeit in Kontakt mit ihm geblieben. Aber es war nichts dabei herausgekommen, es hatte Telefongespräche gegeben, Mails, immer seltener, schließlich nur noch Schweigen.

War bestimmt schwul, dachte Bäckström. Schwul und blind, dachte er.

Die Vorstellung, dass einer dieser Männer ihre Tochter ermordet haben könnte, existierte nicht in ihrer Welt. Und zwar aus dem einfachen Grund, dass sie dort nichts zu suchen hatte, nicht in diesem Zusammenhang, diese Sorte von Männern hatte sie nicht kennengelernt, die meisten von ihnen waren Linda nie begegnet, und mindestens zwei hatten nicht einmal von der Existenz dieser Tochter gewusst.

»Sie muss an einen Verrückten geraten sein«, sagte Lindas Mutter. »Ich habe das wohl schon erwähnt. Linda glaubte nur Gutes von den Menschen. Sie konnte sehr naiv sein.«

»Was zum Teufel wollten wir hier eigentlich«, fragte Bäckström auf der Rückfahrt zur Wache. »Wenn du mich fragst, ist rein gar nichts dabei rausgekommen.« Und darauf kannst du jetzt erst mal rumlutschen, du pingeliger Idiot, dachte er.

»Am Saft war wohl nichts auszusetzen, wenn wir bedenken, dass es Saft war«, wandte Rogersson ein. »Zwischendurch hab ich mal gedacht, dass es etwas gibt, das sie ahnt oder sich möglicherweise zusammenreimt. Etwas, das ihr durch den Kopf ging.«

»Was sollte das denn sein, zum Teufel«, fragte Bäckström. Rogge ist nicht nur Säufer, er ist auch noch Hellseher, dachte er.

»Nicht die geringste Ahnung«, antwortete Rogersson. »Das ist vor allem so ein Gefühl. Ich habe mich auch früher schon geirrt.« Rogersson zuckte mit den Schultern. »Und im Moment herrscht in ihrem Kopf sicher das Chaos. Ich wüsste ja gern, wie viel Beruhigungsmittel sie in sie reingestopft haben.«

»Wenn du mich fragst, dann war sie total weggetreten«, sagte Bäckström. Wie die meisten Weiber, aber doch um einiges fescher, dachte er.

»Ebendeshalb gibt es vielleicht Gründe, noch mal hinzufahren und weiter mit ihr zu reden«, sagte Rogersson.

»Und sei es auch nur, weil sie ein verdammt scharfes Frauenzimmer ist«, stellte Bäckström fest. »Wenn sie wieder normal ist, meine ich. Wie ein ganz normales Weibsbild«, erklärte er. »Sag Bescheid, wenn du hinfährst, dann komm ich mit«, fügte er hinzu.

42

Obwohl Polizeianwärter Löfgren wie verwandelt und fast entgegenkommend war, obwohl die Vernehmung in einer guten Stunde erledigt werden konnte und obwohl er sich im Wesentlichen an die Wahrheit zu halten schien, hatte er Lewin bei der ersten Begegnung, als er nur sauer und unverschämt gewesen war, doch besser gefallen.

Als Erik »Ronaldo« Löfgren aus der Ermittlung gestrichen worden war, hatte er offenbar auch sein Kavaliersgehabe überwunden und nichts mehr dagegen, über seine sexuelle Beziehung zu Linda zu erzählen. Zum ersten Mal war es Mitte Mai passiert, bei Lindas Vater draußen auf dem Gut. Eigentlich hatten sie sich getroffen, um sich zusammen ein Fußballspiel im Fernsehen anzusehen. Dann aber war mehr passiert, und so war es einen Monat lang weitergegangen, bis das Schuljahr an der Polizeischule zu Ende gewesen war. Sie hatten sich vier oder fünfmal zu zweit getroffen und mit Ausnahme des ersten Mals immer Löfgrens Wohnung in Växjö aufgesucht. Einmal waren sie ins Kino gegangen, ein anderes Mal in ein Café, vor allem aber hatten sie Fernsehen oder Videos angeschaut oder einfach herumgelungert und Sex gehabt.

»Und wer hat dann Schluss gemacht«, fragte Lewin.

Eigentlich war das nicht so ganz klar, fand der junge Löfgren. Vor allem war die Sache wohl im Sande verlaufen, aber wenn doch jemand Schluss gemacht hatte, dann am ehesten er.

»Irgendwie war kein richtiges Feuer in der Sache«, meinte Löfgren und zuckte mit den Schultern. »Linda war ja ein nettes, lustiges Mädchen, und ziemlich hübsch war sie auch, und am Sex war eigentlich nichts auszusetzen, aber der richtige Knaller war das nicht. Es war nicht so, dass ich wahnsinnig gelitten hätte, wenn sie nicht bei mir war. Also habe ich vorgeschlagen, den Film zurückzuspulen und einfach nur lose befreundet zu sein. Ohne zu vögeln eben.«

Und was für einer Sorte Sex hatten sie sich gewidmet? Was hatte Linda für Vorlieben? Und wer hatte die Initiative ergriffen, wenn davon in ihrer Beziehung überhaupt die Rede sein konnte?

Normaler Sex, Feld-, Wald- und Wiesensex, nicht sonderlich viel und nicht sonderlich wenig nach Löfgrens Einschätzung, und wer dafür gesorgt hatte, dass überhaupt etwas passierte, war natürlich er.

»Sie war ja durchtrainiert und so. Sie kam ganz schnell und so, wenn ich mir nur Mühe gegeben habe. Ich habe gesteuert, und sie ist mitgefahren, wenn ich das mal so sagen darf. Das war nicht schlecht, aber es war auch nicht der Knaller. Ich weiß, dass ich nicht so über sie reden dürfte, jetzt, wo sie tot ist, aber wo das für euch so wichtig zu sein scheint... vielleicht sechs oder sechseinhalb möglicherweise, auf einer

Skala mit zehn Punkten, aber das lag ja zum Teil auch daran, dass sie eben ziemlich gut aussah. Erstens war sie nicht sonderlich erfahren, und zweitens… und ich weiß, es klingt brutal, das zu sagen… aber ihr fehlte einfach dieser zündende Funke.«

»Ich hab schon verstanden, dass du ein erfahrener Mann bist, wenn es um Frauen geht, und gerade deshalb stelle ich dir nun eine Frage.« Lewin nickte Löfgren nachdenklich zu, obwohl er am liebsten den Stuhl, auf dem er saß, hochgehoben und ihm an die Birne geknallt hätte.

»Du hattest nicht den Eindruck, dass Linda eigentlich lieber härteren Sex gehabt hätte? Damit der Funke endlich zündete, meine ich«, sagte er dann.

»Nein«, sagte Löfgren überrascht. »Das wäre mir doch aufgefallen. Ich meine, wenn es so gewesen wäre, dann hätte sie das natürlich bekommen. Ich bin ganz sicher, dass sie einfach das Standardprogramm durchziehen wollte, und das hat sie dann auch gekriegt.«

Lindas Verflossene, ihre Beziehung zu Eltern, Freunden, Freundinnen, zu Bekannten, egal welchen Geschlechts?

Darüber hatten sie nicht sehr viel gesprochen. Den einen Verflossenen hatte sie kurz erwähnt. Die pure Katastrophe als Liebhaber nach dem, was Linda angeblich Erik Roland Löfgren erzählt hatte. Was Freunde, Freundinnen und Bekannte anging, hatten sie wohl vor allem über Lindas Freundinnen gesprochen. Was ja an sich kein Wunder war, fand Löfgren, da er mehrere von ihnen gekannt und außerdem mit zweien von ihnen geschlafen hatte.

»Wusste Linda das«, fragte Lewin.

»Nein. Du spinnst doch, Lewin. Niemand hat das gewusst. Darum geht es doch gerade. Frauen niemals so was zu erzählen. Das ist eine typische Frauenkiste«, meinte Löfgren. »Nur Frauen erzählen sich so was gegenseitig. Ich meine, wenn ich was mit der Freundin von einem Kumpel hätte, wäre ich doch nicht so bescheuert, dem das zu erzählen. Dann könnte ich mir ja gleich neue Kniescheiben bestellen.«

»Linda kann also sehr wohl gewusst haben, dass du mit zwei von ihren Freundinnen geschlafen hast«, sagte Lewin.

»Davon hat sie jedenfalls nichts gesagt«, sagte Löfgren sauer. »Aber natürlich.« Er zuckte mit den Schultern. »Mädels reden ja wahnsinnig viel.«

Löfgren zufolge gab es einen Menschen, der für Linda wichtiger gewesen war als fast alle anderen zusammen. Nämlich ihr Vater.

»Typischer Fall von Papas kleinem Mädchen«, sagte Löfgren. »Für sie drehte sich alles um den Alten. Einerseits, weil sie alles bekam, worauf sie nur zeigte. Sie brauchte nicht mal bitte zu sagen. Total Beverly Hills. Ich weiß nicht, ob du ihn kennengelernt hast, aber die sind sich wirklich... oder waren sich... total ähnlich. Wenn sie gleich alt gewesen wären, hätte man sie für Zwillinge halten können. Er hat sie auch pausenlos angerufen. Eines Abends, als sie bei mir war, hat er sie gleich dreimal angerufen. Und dann haben sie miteinander geredet, obwohl sie sich eigentlich gar nichts zu sagen hatten. Hallo, Herzchen, selber Hallo, Papa, mir ist da noch was eingefallen, Herzchen. Diese ganze Kiste, falls du verstehst.« Löfgren ahmte die Szene nach, indem er sich ein fiktives Telefon ans Ohr hielt.

»Du konntest Lindas Vater nicht leiden«, sagte Lewin.

»Ich war wohl weniger das Problem«, schnaubte Löfgren. »Das war eher er selbst.«

»Ich dachte, du seist ihm nur einmal begegnet«, sagte Lewin.

»Das eine Mal war mehr als genug«, sagte Löfgren. »Ich habe direkt gesehen, was er von mir hielt. Von solchen wie mir, meine ich.«

»Wie meinst du das?«, fragte Lewin.

»Farbiger Pimmel«, sagte Löfgren. »In seiner kleinen Welt war alles andere uninteressant. So einer wie ich war von Anfang an abgehakt. Sicher kein Zufall, dass er ewig lange in den USA gelebt hat. Lindas Vater ist ein echter Rassist.«

»Aber Linda war doch nicht so«, sagte Lewin.

»Nein, sie war eher auf dem Tripp, dass man solche wie mich mögen muss. Hundert pro, dass sie das wirklich gedacht hat. Dass sie solche wie mich gemocht hat, weil wir eben solche wie ich sind. Was glaubst du, was das für ein tolles Gefühl ist?«

»Hast du mit Linda darüber gesprochen?«, fragte Lewin. Kann ja wirklich nicht so ganz lustig gewesen sein, wenn es nun stimmt, dachte er.

Einmal, laut Löfgren. Da hatte er nämlich gesagt, was er von ihrem Papa hielt und dass der bestimmt ein Rassist sei.

»Sie war stocksauer«, sagte Löfgren. »An sich war sie ja meiner Meinung, aber trotzdem hat sie behauptet, das sei nicht die Schuld des Alten. Eigentlich. Das sei so eine Generationenfrage, und im Grunde sei er der netteste Mann der Welt, und für ihn gehe es nur um das einzelne Individuum und den jeweiligen Menschen und solchen bullshit.«

»Und Lindas Mutter«, fragte Lewin. »Was hat sie von ihrer Mutter gehalten?«

»Nicht viel, wenn du mich fragst«, sagte Erik Roland und grinste. »Die haben sich wie blöd gefetzt, und ich habe sogar einmal mit angehört, wie sie per Telefon aufeinander losgegangen sind. Die reinsten Wildkatzen.«

»Ich dachte, Linda hat ziemlich oft bei ihrer Mutter gewohnt?«

»Wenn sie in der Stadt war, ja, und wenn sie wusste, dass die Mutter nicht zu Hause war. Sonst ist sie lieber nach Hause zum kleinen Paps gefahren. Ab und zu hat sie von der Stadt aus ein Taxi zu Vatern genommen, obwohl das sicher an die fünfhundert Eier gekostet hat.« Löfgren schüttelte den Kopf.

»Warum war sie denn so sauer auf ihre Mutter«, fragte Lewin.

»Ich glaube, es lag daran, dass ihr Vater sozusagen ein Gott für sie war«, sagte Roland. »Sie hat immer wieder davon geredet, dass ihre Mutter ihren Vater verlassen hat, dass die sich nur für sein Geld interessiert hat und überhaupt. Dass ihre Mutter den kleinen Paps im Stich gelassen hat und an seinem Herzanfall schuld war und so auf die Tour.«

»Bist du Lindas Mutter auch begegnet«, fragte Löfgren.

»Einmal«, sagte Löfgren und lächelte. »Ich habe sie in der Stadt gesehen, als Linda und ein Haufen Leute von der Schule was unternehmen wollten. Das war im Frühling. Als wir noch nicht zusammen waren. Aber ich habe nur kurz guten Tag gesagt. Ihrer Mutter, meine ich.«

»Was hattest du denn für einen Eindruck von ihr«, fragte Lewin.

»Sie wirkte eigentlich verdammt sympathisch. Ich glaube, sie ist Lehrerin«, Löfgren nickte.

»Ist dir sonst noch etwas aufgefallen«, fragte Lewin. Du verschweigst etwas, dachte er.

»Ja, na gut«, sagte der junge Löfgren und grinste. »Sie war verdammt attraktiv. Ich meine, sie muss doch mindestens vierzig sein, aber ich kann dir sagen!«

»Erklär das einem alten Mann«, sagte Lewin.

»Bei der war der zündende Funke wirklich da«, sagte Löfgren. »Wenn du mich fragst, dann kriegt Lindas Mama einwandfrei zehn Punkte. Falls du verstehst, was ich meine. Ich hätte nicht gekniffen, wenn sie eine klare Frage gestellt hätte.«

»Ich glaube, ich verstehe, was du meinst«, sagte Lewin.

»Das war ja gerade so bescheuert«, sagte Löfgren. »Lindas Mutter und Linda, meine ich. Die hatten doch nicht die geringste Ähnlichkeit miteinander. Linda war nett und sympathisch, ein guter Kumpel. Aber ihre Mutter! Das war eine verdammt scharfe Frau. Da ist doch die Rede von einer Reise an Orte, wo du nie gewesen bist.«

»So siehst du das also«, sagte Lewin und nickte nachdenklich. So siehst du das also, dachte er.

300

43

Die Bürgerinitiative Männer in Växjö gegen Männergewalt war in den lokalen Medien überaus positiv erwähnt worden, und trotz Sommer und Urlaubszeit hatten sich etwa fünfzig Männer angeschlossen. Praktisch gesehen waren das beträchtlich mehr, als sie eigentlich brauchten. Das Vergnügungsleben in Växjö, vor allem im Sommer, schlug, gelinde gesagt, nicht gerade Wellen, und um einen Ausgleich zwischen Angebot und Nachfrage zu schaffen, hatten sie die Freiwilligen auf die verschiedenen Wochentage verteilt. Sie hatten außerdem beschlossen, dass die Mitmänner der Initiative zu zweit durch die Straßen und über die Plätze der Stadt patrouillieren sollten. Das brachte, außer den rein planungsmäßigen, noch andere Vorteile mit sich. Da war die Sache mit der Sicherheit der Mitmänner selbst, und zugleich diente es der internen Kontrolle, falls sich nun herausstellte, dass doch eine unseriöse Person durch das Nadelöhr der Initiative geschlüpft war.

Sie hatten sich der Witterung angepasst und hatten weiße T-Shirts auf Brust und Rücken mit der roten Aufschrift MIT-MANN bedrucken lassen. Auf diese einfache Weise ließen sich verbrechensvorbeugende Wirkung und Sichtbarkeit steigern. Zugleich war es auch ein positives Erkennungssignal für jene, denen man Schutz und Hilfe bieten wollte. Und es war sogar eine Art Ausweis, den man im Notfall nicht einmal aus der Tasche zu ziehen brauchte.

Die Kommunikation sollte so einfach wie möglich ablaufen. Die zur selben Zeit diensthabenden Mitmänner speicherten die Mobilnummern der anderen Zweiergruppen, ehe sie losgingen. Natürlich hatten sie auch die Notrufnummer der Polizei für den Fall, dass sie in eine akute Notlage gerieten. Darüber hinaus waren sie vorausschauend und weitsichtig gewesen. Für die Einsätze im Herbst, wo die Witterung doch eine ganz andere sein würde, hatten sie bereits Windjacken mit herausnehmbarem Futter und dem gleichen Aufdruck bestellt. Und zuletzt, was gerade in Småland durchaus nicht unwichtig war, hatten sich in einem Maße Sponsoren gefunden, dass sie eigentlich Overalls hätten tragen müssen, um alle zu erwähnen.

Vor diesem Hintergrund war es natürlich besonders bedauerlich, dass schon in der ersten Woche ein trauriger Zwischenfall passierte, der schlimmstenfalls ein sehr böses Ende hätte nehmen können. In der Nacht zum Mittwoch versuchten zwei Vorstandsmitglieder, die zusammen mit zwei weiteren Teams im Bereich zwischen Tegnérfriedhof, Sozialamt, Feuerwache und Dom patrouillierten, einen Streit zwischen einem halben Dutzend Jugendlicher zu schlichten, die vor dem McDonald's in der Storgata aufeinander losgingen.

Alle Beteiligten kamen aus Zuwandererfamilien, und alle, bis auf die beiden, um die der Streit sich drehte, waren Knaben oder vielleicht auch junge Männer. Vorstandsmitglied Bengt Karlsson versuchte zuerst, die aufgewühlten Gefühle durch gutes Zureden zu besänftigen, was nach dem Dreimaßnahmenmodell zur Konfliktbereinigung – Gespräch, aktive Vermittlung, physisches Festhalten –, mit dem hier gearbeitet wurde, der einleitende Schritt war.

Trotzdem schlugen zwei von den Betroffenen weiter aufeinander ein, eifrig angefeuert von den Umstehenden, egal welchen Geschlechts, und in dieser Situation sahen Karlsson und sein Kollege sich gezwungen, sofort den dritten Schritt aus ihrem Maßnahmenkatalog zu ergreifen, und versuchten, die Streithähne zu trennen. Die Wirkung dieser Maßnahme trat sofort ein. Die beiden Streithähne versöhnten sich augenblicklich. Zusammen mit ihrer Fangemeinde machten sie sich nun mit vereinten Kräften über die beiden Mitmänner her, und wenn Karlssons Mitmann nicht schon bei Schritt eins per Mobil Alarm gegeben hätte, dann hätte alles ein sehr böses Ende nehmen können.

Innerhalb von zwei Minuten stürzte ein Mitmännerteam vom Bahnhof herbei und versuchte nach besten Kräften, mit der empfohlenen Technik zu helfen, und ungefähr gleichzeitig fuhr ein Streifenwagen mit von Essen und Adolfsson vor. Aufgrund der angespannten Personallage bei der Polizei von Växjö hatten sie Uniform anlegen und eine Abendschicht bei der Ordnungspolizei einschieben müssen. Als Erster sprang Polizeiassistent Adolfsson aus dem Wagen, und wie immer er und sein Kollege das auch geschafft haben mochten, innerhalb einer halben Minute hatten sie alle Beteiligten voneinander getrennt, und Adolfsson hatte die beiden Aktivsten zu Boden befördert.

»Hört jetzt auf mit dem Scheiß«, sagte Adolfsson. »Und ihr anderen steht mal ganz still, damit der Kollege euch zählen kann.«

Nach einer weiteren Viertelstunde Verhandlungen und nachdem er die Namen von sechs Zuwandererjugendlichen und vier Mitmännern notiert hatte, löste Adolfsson die Versammlung durch Handzeichen auf.

»Ihr geht dahin«, sagte Adolfsson zu den Jugendlichen und zeigte nach Norden in Richtung Dalbo, eine klare Vermutung, denn das war sozusagen das Rinkeby, Kreuzberg und Brixton von Växjö.

»Und ihr geht in die andere Richtung«, sagte von Essen zu Växjös Mitmännern und zeigte in Richtung Krankenhaus.

»Aber wir sollten doch in der Innenstadt patrouillieren«, wandte ein Mitmann ein. »Was sollen wir denn da im Süden?«

»Ich schlage vor, ihr dreht eine Runde«, schlug von Essen diplomatisch vor. »Was macht übrigens die Nase?«

Die sichtbaren körperlichen Schäden bei allen Beteiligten beschränkten sich glücklicherweise darauf, dass ein Mitmann von einem der beiden Knaben, denen er hatte helfen wollen, eine blutige Nase kassiert hatte. Leider war er im Eifer des Gefechts auch an Adolfsson geraten und hatte gleich darauf platt am Boden gelegen, weshalb ihm Nacken und Rücken noch immer wehtaten.

»Wenn du willst, können wir dich ins Krankenhaus oder

auch nach Hause fahren«, sagte Adolfsson. »Ansonsten haben wir einen Erste-Hilfe-Kasten im Auto. Leg den Kopf in den Nacken und atme ruhig durch.«

»Das ist nicht so leicht, das kannst du dir sicher denken«, sagte von Essen versöhnlich und reichte dem blessierten Mitmann eine Kompresse. »In der Hitze des Gefechts die Guten von den Bösen zu unterscheiden, wenn sie sich auf demselben Haufen wälzen, wenn du verstehst, was ich meine.«

Der betroffene Mitmann verstand genau. Er machte niemandem auch nur den geringsten Vorwurf. Nie im Leben würde er auf die Idee kommen, einen Jungen, der ihm aus Versehen eins auf die Nase gegeben hatte, zu verklagen, und nicht im Traum würde er sich über Polizeiassistenten Adolfsson beschweren, der doch nur versucht hatte, ihm zu helfen.

»Ein bisschen Nasenbluten ist doch nicht die Welt«, sagte der Mitmann mit tapferem Lächeln. »Das war einfach nur ein unglückliches kleines Missverständnis.«

44

Bei der Ermittlertruppe ging alles nach Plan. Vor allem was die Speichelproben von möglichen Tätern anging, entwickelte sich die Sache verheißungsvoll, und Bäckström konnte mit dem einen oder anderen Rückschlag leben. Priem und Papiertaschentuch hatten sie abschreiben können, und der einzige Schierlingstropfen in diesem forensischen Freudenbecher war möglicherweise Bengt Karlssons eingeschwärztes Analyseergebnis. Es war per Fax aus dem Labor zurückgekommen, wo ein übellauniger und überarbeiteter Techniker die Frage hinzugefügt hatte, ob die mit der Lindaermittlung beschäftigten Kollegen nicht mehr lesen könnten: »Wie schon aus der früheren Mitteilung hervorgeht, stimmt das DNA-Profil in dieser Mitteilung nicht mit dem in der derzeitigen Ermittlung aktuellen DNA-Profil überein.«

Unglücklicherweise hatte gerade Olsson am Faxgerät gestanden, als die Mitteilung eingelaufen war, weshalb er sie sofort Adolfsson überreicht und ihn gebeten hatte, es zusammen mit den restlichen Mitteilungen ins Computerregister einzugeben.

»Ich sehe, dass der Name geschwärzt ist. Hast du, Adolfsson, irgendeine Ahnung, wer das sein kann«, fragte Olsson neugierig, denn er hatte seinen eigenen kleinen Geheimeinsatz mit dem Claessonschen Kerngehäuse noch in frischer Erinnerung.

»Das ist sicher dieses wandelnde Unglück Bengt Karlsson. Der aus dieser Initiative«, antwortete Adolfsson.

»Aber wer um Himmels willen kann den denn in diese Sache hineingezogen haben«, fragte Olsson entsetzt.

»Sprich mit Bäckström. Der weiß das bestimmt«, sagte Adolfsson und zuckte mit den Schultern. »Ich lege es jedenfalls alphabetisch ab. Unter K wie Kalle wie Karlsson«, erklärte Adolfsson.

Olsson war direkt zu Bäckström gegangen und hatte diesem dieselbe Frage gestellt wie Adolfsson. Wie um alles in der Welt hatte jemand auf die Idee kommen können, Bengt Karlssons DNA zu untersuchen? Bäckström hielt die Antwort auf diese Frage für sehr einfach. Ein kurzer Blick in ihr eigenes Register reichte aus, um auch einen schnöden Zivilisten kapieren zu lassen, dass es das pure Dienstvergehen wäre, einen wie Karlsson nicht zu überprüfen. Bäckström war in seiner diplomatischsten Stimmung, und mit vollem Bewusstsein hatte er den für Buschsheriffs ein wenig gefühlsbeladenen Ausdruck Buschsheriff vermieden, obwohl auch ein Buschsheriff wie Olsson hätte kapieren müssen, dass schnöde Zivilisten, anders als der durchschnittliche Buschsheriff, glücklicherweise nicht befugt waren, sich in das Tun und Lassen der echten Polizei einzumischen.

Auch Olsson hatte versucht, sich verträglich zu zeigen. In Karlssons Fall handelte es sich, seiner Aussage nach, um eine aus heutiger Sicht ganz und gar irreführende Geschichte. Nach dem letzten Urteil hatte Bengt Karlsson sich freiwillig und auf eigene Initiative an einem überaus erfolgreichen Projekt im offenen Vollzug von Sankt Sigfrid beteiligt. Mit Hilfe der allerneuesten wissenschaftlichen Technik für Verhaltensmodifikation wurde versucht, das Gewaltmuster dauerhafter Frauenmisshandler zu brechen, und gerade Karlsson war ihr bisher größter Erfolg. Er war einfach durch und durch ein anderer geworden. Bengt Karlsson hatte sich aus einer geballten Faust in eine offene Umarmung verwandelt, und schon seit vielen Jahren war er einer der Aktivsten bei dem Versuch, misshandelnden Männern zurück in ein normal funktionierendes Leben zu helfen.

»Ich verstehe ja, dass du das nicht so leicht glauben kannst, Bäckström, aber Bengt Karlsson ist heute der friedlichste Mensch, den du dir überhaupt nur denken kannst. Er möchte einfach die ganze Welt umarmen«, sagte Olsson.

»Hab schon verstanden, Olsson«, sagte Bäckström. Linda scheint er aber offenbar verpasst zu haben, dachte er.

»Ich möchte wissen, was du selbst glaubst, Bäckström«, sagte Olsson ernst. »Was meinst du im tiefsten Herzen?«

»Die Flecken gehen eben nie raus«, sagte Bäckström und grinste.

Leider benahm auch Kollege Lewin sich zunehmend wunderlich, obwohl er bei der Zentralen Mordkommission arbeitete und es besser hätte wissen müssen. Lewin wanderte umher und stellte seinen Kollegen seltsame Fragen, was deutlich zeigte, welche Gefahren sich auftun, wenn man sich in strukturelle Grübeleien versenkt, dachte Bäckström.

Zuerst hatte Lewin ein längeres Gespräch mit Rogersson geführt, bei dem es vor allem um Lindas Mutter gegangen war und nicht um das Mordopfer. Und um seltsame Details, zum Beispiel wo Mutter und Tochter nach ihrer Rückkehr aus den USA und im Zusammenhang mit der Scheidung vor etwas mehr als zehn Jahren eigentlich gewohnt hatten.

»Nach dem, was sie bei der Vernehmung selber gesagt hat,

war sie die ganze Zeit an derselben Adresse wohnhaft«, sagte Rogersson.

Was daran so seltsam sei?

»Ich muss mal mit Svanström reden«, sagte Lewin, der sehr diskret war, was sein Privatleben anging, und nicht einmal im Traum auf die Idee gekommen wäre, sie vor Dritten Eva zu nennen, auch nicht, wenn sie selbst dabei war.

»Tu das, Lewin«, sagte Rogersson und grinste aus irgendeinem Grund. »Sprich du mit der kleinen Svanström. Sonst noch was«, fügte er hinzu und schaute demonstrativ auf seine Armbanduhr.

Noch etwas, meinte Lewin. Ob Rogersson wohl so freundlich sein könne, Lindas Mutter anzurufen und ihr noch eine Frage zu stellen.

»Ich glaube, du solltest das machen, Rogersson. Wo du sie doch persönlich kennst«, erklärte Lewin.

»Die Frage«, mahnte Rogersson. »Was willst du wissen?«

»Kannst du sie wohl fragen, ob sie früher mal einen Hund hatte«, sagte Lewin.

»Hund«, sagte Rogersson. »Du willst wissen, ob sie mal einen Hund hatte? Soll es ein besonderer Hund sein, oder tut es irgendeiner?«

»War nur so ein Gedanke«, sagte Lewin ausweichend. »Ruf sie an und frag einfach, ob sie mal einen Hund hatte.«

»Warum er das wohl wissen will«, sagte Bäckström, als er und sein Kumpel auf seinem Hotelzimmer saßen und soeben die üblichen Vorbereitungen für den Abend trafen. »Du glaubst doch nicht, dass er einfach durchgedreht ist? Lewin war schon immer ein komischer Vogel. Hab ihn in all den Jahren kaum je mit einem richtigen Bier in der Hand gesehen.« Da war irgendwas mit einer Scheißtöle, dachte Bäckström. Scheißegal, dachte er.

»Vermutlich ist er mit der Birne gegen das Bettgestell geknallt, als er auf der kleinen Svanströmschen herumgehoppelt ist«, sagte Rogersson grinsend und schüttelte den Kopf.

»Und hat sie nun einen Hund gehabt«, fragte Bäckström, dem dieses kleine Detail soeben eingefallen war. »Lindas Mutter, meine ich«, fügte er hinzu.

»Nein«, sagte Rogersson einfach. »Sie hat nie einen Hund gehabt. Sie kann Hunde nicht leiden. Katzen übrigens auch nicht. Linda hatte wohl ein Pferd, aber das steht draußen auf Vaterns Gut und nicht zu Hause in der Wohnung, und weiter sind wir nicht gekommen.«

Trotz des Buschsheriffs Bengt Olsson, der sich pausenlos einmischte, trotz Kollegen Jan Lewins strukturellen Unbegreiflichkeiten und obwohl der notorische Frauenmisshandler Bengt Karlsson seit neun Jahren offenbar den Dreh beherrschte, Leute wie Olsson zu überlisten, war Bäckström das ganze Wochenende hindurch in bester Stimmung. Und als er am Montagmorgen unter der Dusche stand, stimmte er sogar ein Lied an.

»Die ganze Welt soll speicheln gehn, Mütterlein, du und ich, du wirst schon sehn«, johlte Bäckström, während das kalte Wasser über seinen fetten Leib strömte und er sich unter den Armen und in anderen Winkeln besonders sorgfältig einseifte, um später am Tag unangenehmen Gerüchen vorzubeugen.

Der Pin-up-Polizist des Jahres, dachte Bäckström zufrieden, als er im Spiegel das Endresultat besichtigte. Jetzt sollen die Damen sich aber in Acht nehmen.

45

Stockholm, Montag, 4. August

Am Montagvormittag führte die Nationale Einsatztruppe beim Hauptquartier der Polizei von Kronoberg auf Kungsholmen in Stockholm eine größere Übung durch. Die nächsten Blocks wurden abgesperrt, aber aus »praktischen Gründen und Rücksicht auf die Anwohner« wurde die Umgebung nicht evakuiert. Deshalb hatten viele Neugierige die Ereignisse verfolgt, und schon nach einigen Minuten waren die ersten Kamerateams der üblichsten Sender vor Ort.

Insgesamt vier Mitglieder der Einsatztruppe hatten sich in schwarzen Overalls, schwarzen Masken und der üblichen Bewaffnung an der Hausfassade vom Dach zur Straße hinabgelassen. Auf Höhe des neunten Stocks hatten sie – wenn wir von den dumpfen Explosionen ausgehen dürfen – an den Fenstern kleinere Sprengsätze angebracht und gezündet und waren ins Haus gestiegen. Die Telefone bei der Zentralpolizei liefen heiß, ein zu diesem Zweck ernannter Pressesprecher war zur Stelle, und alle Medienvertreter erfuhren, dass es sich um eine ganz normale Übung im Rahmen des sogenannten 11.-September-Projekts handelte.

Die Nationale Einsatztruppe übte Bereitschaft im Falle eines Putschversuchs, der sich gegen die schwedische Polizeileitung richtete, und genauere Auskünfte konnte man nicht erteilen, denn aus leicht ersichtlichen Gründen würde das doch dem Sinn der Sache widersprechen.

Damit schienen die Medien sich auch zufriedenzugeben. Alle Fernsehsender zeigten kurze Aufnahmen von der Übung, vor allem weil sie gute Bilder hergab und außerdem Sauregurkenzeit war. Ein Vertreter der Einsatztruppe wurde interviewt und beschrieb eher allgemein, worum es bei der Bereitschaft ging.

»Wir üben die ganze Zeit«, erklärte er. »Und es liegt in der Natur der Sache, dass einige von unseren Übungen Personen und Objekten gelten, bei denen der Einsatz sich vor der Allgemeinheit nicht verstecken lässt. Das ist leider unvermeidlich, aber wir bedauern es natürlich, wenn wir jemandem unnötig Angst eingejagt haben. Wir haben übrigens durchaus mit dem Gedanken gespielt, die Umgebung evakuieren zu lassen, aber da es sich doch eigentlich um eine andere Art Übung handelte, als es zur regulären polizeilichen Tätigkeit gehört, haben wir beschlossen, darauf zu verzichten.«

Damit war der Fall erledigt. Die Leute von der Stadtreinigung fegten, überwacht von der normalen Polizei, Glasscherben und Splitter von Rasen und Straße vor dem Polizeigebäude, die normale Polizei entfernte ohne Hilfe der Stadtreinigung die Sperren, und alles kehrte zum Normalzustand zurück. Das Wetter war wie immer in diesem seltsamen Sommer gewesen. Zwischen zwanzig und dreißig Grad im Schatten, vom frühen Morgen bis zum späten Abend.

46

Växjö, Montag, 4. August

Für die Ermittlertruppe hatte die neue Woche still und ruhig und mit fast akademischen Vorzeichen begonnen. Bei der Besprechung morgens hatte Enoksson die letzten kriminaltechnischen Ergebnisse vorgelegt, die das Labor und die anderen befragten Fachleute ihnen geschickt hatten.

Sie hatten sich die am Tatort gesicherten Fingerabdrücke angesehen. Fünf davon stammten von bisher nicht identifizierten Personen. Einer dieser Abdrücke müsste doch eigentlich vom Täter stammen, und sie konnten sich auch vorstellen, welcher das war. Da sie insgesamt nicht ganz sicher waren, hatten sie in den Fingerabdruckregistern der Polizei alle gesucht, hatten aber nichts gefunden. Schlimmstenfalls war es natürlich möglich, dass kein Abdruck vom Täter stammte und er dennoch im Register war. Das war der eine Aspekt der Angelegenheit.

Der andere war das Ergebnis der Haar- und Faserspuren, die sie ebenfalls gefunden hatten. Etwa ein Dutzend Schamhaare, zwei Körperhaare und mehrere Kopfhaare stammten vom Täter. Die DNA-Probe konnte das ganz klar sagen, und irgendeine wahrscheinliche Alternative gab es nicht. Die übrigen gerichtschemischen Analysen von Haaren, Blut und Sperma hatten weitere Informationen über den gesuchten Täter geliefert.

»Dass er sich offenbar so allerlei einverleibt haben könnte, war gar nicht schlecht geraten«, sagte Enoksson, und aus irgendeinem Grund nickte er Bäckström zu und nicht Lewin.

In den Haupthaaren waren Spuren von Cannabis gefunden worden. Da er sich offenbar seit zwei Monaten die Haare nicht mehr geschnitten hatte – halblange dunkelblonde Haare ohne graue Einsprengsel, vermutlich die häufigste Haartracht von nicht allzu alten Männern in Växjö und Umgebung –, konnten sie auch zu seinem Konsummuster etwas sagen.

»Er ist offenbar kein Großverbraucher. Die Leute vom Labor, mit denen ich gesprochen habe, meinen, es handelt sich um jemanden, der ab und zu mal was nimmt. Vielleicht einmal im Monat oder alle vierzehn Tage oder so. Einwandfrei kein Großverbraucher.« Enoksson zuckte mit den Schultern, sah aber zugleich ziemlich zufrieden aus.

»Außerdem«, fügte Enoksson hinzu, »scheint er mit mehreren Bällen zu jonglieren, denn die Gerichtschemie hat in dem Blut, das er hinterlassen hat, Spuren von zentralstimulierenden Mitteln gefunden. Obwohl es wirklich nicht sehr viel Blut ist. In einem solchen Zusammenhang, meine ich. Das ist nicht schlecht.«

»Eine Person, die ab und zu Haschisch raucht und außerdem Amphetamin einwirft. Hab ich das richtig verstanden?«, fragte Lewin.

»Ja«, sagte Enoksson. »Aber konsumieren wäre vielleicht das bessere Wort. Man muss Hasch nicht rauchen und Amphetamin nicht fixen oder knabbern. Die Einnahme administrieren, wie die Ärzte sich ausdrücken. Sagen wir mal so«, fügte er hinzu, »wir haben eine Person, die ab und zu, vielleicht sogar einmal pro Woche, Cannabis konsumiert, und zwar vermutlich, indem sie Hasch raucht ... oder Marihuana. Das ist das üblichste Konsummuster, vor allem bei solchen eher zufälligen Verbrauchern, aber es gibt auch andere Möglichkeiten, wie viele von euch sicher wissen.«

»Das Amphetamin«, mahnte Lewin.

»Dieselben Vorbehalte«, sagte Enoksson. »Amphetamin oder

ein anderes zentralstimulierendes Mittel. Es gibt auf dem Markt allerlei eng verwandte Mittel, und er hat entweder gespritzt, geschluckt oder getrunken. Dem Labor zufolge ist er auch hier kein Großverbraucher. Wenn die da oben in Linköping überhaupt einen Tipp wagen, dann glauben sie, dass er diesen Kram ungefähr so konsumiert wie Cannabis. Ab und zu eben, und das übliche Muster bei solchen Verbrauchern ist, dass sie Tabletten einwerfen oder auflösen und trinken.«

»Klingt nicht wie der übliche Junkie«, sagte Bäckström zufrieden. »Hat seine Finger nicht bei der Polizei, seinem Freund und Helfer, hinterlegen müssen, er wirft nur ab und zu was ein und lässt sich die Haare schneiden wie ganz normale Leute.«

»Sicher, Bäckström, sicher«, sagte Enoksson. »Andererseits scheint er eben Cannabis und Zentralstimulanzien zu benutzen. Was seine Fingerabdrücke angeht, können wir nicht ausschließen, dass wir sie vielleicht übersehen haben, auch wenn ich das nicht glaube. Und dann haben wir noch das eigentliche Problem. Das, was er mit Linda gemacht hat. So ganz normal scheint er ja doch nicht zu sein.«

»Vogel oder Fisch. Das ist die Frage«, sagte Olsson und nickte scharfsinnig.

»Nichts davon, wenn du mich fragst«, sagte Enoksson trocken. »Das Interessanteste hab ich nämlich bis zum Schluss aufbewahrt. Jaja«, sagte Enoksson und sah total entzückt aus, als er die Reaktion seines Publikums registrierte. »Jetzt kriegt ihr alle was zu beißen.«

Von Fensterbank und Fensterrahmen hatten sie Faserspuren gesichert. Eine hellblaue Textilfaser, die den Textilexperten vom Labor zufolge von einem dünnen Pullover stammte. Struktur, Dicke und sonstige Beschaffenheit der Faser wies auf einen Pullover hin, der dünn genug war, dass man ihn, zumindest abends, sogar beim derzeitigen Wetter in Växjö und in großen Teilen des übrigen Schwedens tragen konnte, ohne einem Hitzschlag zu erliegen. Und es war alles andere als eine normale Textilfaser.

»Das ist kein normaler Pullover«, sagte Enoksson. »Wir reden hier von einer Faser aus fünfzig Prozent Kaschmir und fünfzig Prozent aus einer anderen sehr exklusiven Wollqualität. Das Labor meint, dass wir es mit einem Pullover zu tun haben, der mehrere tausend Kronen kostet. Oder sogar noch mehr, wenn es eine ausreichend exklusive Marke ist.«

»Klingt fast wie etwas, das Linda von ihrem Papa bekommen hat«, sagte Sandberg skeptisch. »Kann sie nicht daher stammen? Eure Faser, meine ich?«

»Und Linda hat sie zum Trocknen aufgehängt oder so.«

»Genau mein Gedanke«, sagte Sandberg. »Typischer Frauengedanke. Seid ihr schon auf diese Idee gekommen, Jungs?«, fragte sie und ließ ihren Blick durch die Runde schweifen.

»Der Pullover war jedenfalls nicht in der Wohnung«, sagte Enoksson. »Und wir haben Blutspuren an zwei von den Fasern auf der Fensterbank gefunden. Also müssen wir feststellen, ob der Täter ihn von Linda oder ihrer Mutter geliehen hat und was er dann mit seinem eigenen Pullover angestellt hat, falls er nicht vorher mit nacktem Oberkörper herumgelaufen ist. Elementar, mein lieber Watson«, stellte Enoksson fest und nickte zu Olsson hinüber.

»Das wird sich doch wohl klären lassen«, sagte Bäckström und nickte seinerseits Rogersson zu. »Und wenn es sein eigener Pullover ist, dann klingt das wie etwas, das wir vielleicht zurückverfolgen können«, endete Bäckström.

»Wenn er ihn selbst gekauft hat«, sagte Olsson skeptisch. »Wenn hier die Rede von so einem Typen ist, wie ihn eure Kollegen von der TP-Gruppe im Profil beschreiben, dann hat er ihn wohl eher geklaut.«

»Genau, Olsson«, sagte Bäckström. »Ganz deiner Meinung. Und wenn er ihn nicht gestohlen oder einfach von einer Wäscheleine mitgenommen hat, dann hat er ihn sicher im Thailandurlaub am Badestrand gefunden. Aber bei einer Mordermittlung muss man die Situation eben mögen.«

»Ich verstehe, was du meinst, Bäckström. Ich nehme es zurück«, sagte Olsson und lächelte.

Kriechen kannst du auch, du kleiner Trottel, dachte Bäckström.

Die Jagd auf den exklusiven Pullover wurde per Telefon aufgenommen. Zuerst rief Rogersson Lindas Mutter an, die aber ganz sicher war. Einen solchen Pullover hatte sie nie besessen. Hellblau war ganz einfach nicht ihre Farbe.

Und was war mit ihrer Tochter? Hatte Linda einen hellblauen Kaschmirpullover gehabt? Ihre Mutter konnte sich an keinen solchen erinnern, Lindas Garderobe war aber auch so reichhaltig gewesen. Sicherheitshalber fand sie, Rogersson solle Lindas Vater fragen. Wenn der Pullover ein Geschenk gewesen war, dann sicher vom liebenden Papa

»Hellblauer Kaschmirpullover«, sagte Henning Wallin. »Nicht von mir. Meines Wissens jedenfalls nicht. Blau war zwar ihre Farbe, aber hellblau nun wiederum nicht.«

Das Gespräch wurde damit beendet, dass Henning Wallin anbot, seine Haushälterin zu fragen. Die müsste das wissen, und egal, ob positiv oder negativ, wolle er sich melden, sowie er mit ihr gesprochen habe.

»Ist das wichtig für euch«, fragte Henning Wallin.

»Kann schon sein«, sagte Rogersson. »In diesem Stadium ist fast alles wichtig.«

»Dieser Pullover«, sagte Rogersson eine Stunde später zu Bäckström.

»Ganz Ohr«, sagte Bäckström. Wie schön wäre jetzt ein kaltes Bier, und wer zum Teufel will bei diesem Wetter über Pullover reden, dachte er.

»Der scheint jedenfalls nicht Linda gehört zu haben. Ich habe mit dem Papa gesprochen, und der hat mit der Haushälterin gesprochen, und die hat mich angerufen und herumgenervt, weil sie in den vergangenen zehn Jahren für Linda und ihren Vater endlos nähen und flicken und waschen und bügeln und bürsten und reiben und rubbeln musste.«

»Und«, fragte Bäckström.

»Sie will nicht zugeben, dass irgendein hellblauer Kaschmir-pullover ihr das Leben vergällt hat«, sagte Rogersson. »Ansons-ten scheint dieser Hausdrachen wahnsinnig viele Klamotten betreut zu haben.«

»Und das Mütterchen«, fragte Bäckström.

»Falsche Farbe. Absolut die falsche Farbe für sie. Total un-möglich«, sagte Rogersson. »Die können wir vergessen.«

Wieso denn falsche Farbe, dachte Bäckström. Die Frauen-zimmer spinnen doch alle, dachte er. Er selbst hatte einen blau-rotgrüngestreiften Lieblingspullover, den er vor einigen Jahren bei einer Mordermittlung oben in Östersund gefunden hatte. Irgendein reicher Dussel hatte den im Hotelrestaurant verges-sen, und Bäckström hatte sich des Pullovers erbarmt. Außer-dem war es so kalt gewesen wie in einem Eskimoarsch, dabei war es Anfang August gewesen.

Kommissar Lewin hatte den mutmaßlichen hellblauen Pullo-ver nicht eines Gedankens gewürdigt. Er war zu alt, um auf diese Weise durch die Gegend zu rennen und sich als Sachen-sucher zu betätigen. Alle, die wussten, worauf es ankam, wuss-ten auch, dass man Wesentliches von Unwesentlichem trennen musste, Großes von Kleinem, und man musste genau hinse-hen, um festzustellen, was wozu gehörte. Die Wohnung von Lindas Mutter war da ein Beispiel. Außerdem hatte er eine Hilfe, der er die praktische Wühlarbeit zuschieben konnte.

»Ich verstehe genau, was du meinst, Janne«, sagte Eva Svan-ström. »Ich verstehe nicht, warum Bäckström und alle ande-ren fest davon überzeugt sind, dass es hier um Linda geht. Das habe ich mir schon die ganze Zeit überlegt. Vielleicht wollte er zu ihrer Mutter? Ich hab mir aus purer Neugier ihr Passfoto angesehen, und wenn sie aussieht wie auf dem Bild, kann ich mir nur schwer vorstellen, dass es in ihrem Leben an Kerlen fehlt.«

»Wir wollen jetzt nichts überstürzen... Eva«, sagte Lewin, da sie allein waren, und ihm wäre es lieber gewesen, sie hätte ihn nicht Janne genannt, sondern Jan, egal, ob sie allein waren oder nicht.

Lewin erklärte, das meiste weise darauf hin, dass Linda gemeint war. Linda war das Opfer, und egal, welche Grausamkeiten ihr zugefügt worden waren, schien sich die Tat gegen sie gerichtet zu haben. Es war eine sehr persönliche und sehr private Tat. Dass der Täter sie danach in ihre Bettdecke gewickelt und sorgfältig ihr Gesicht und ihren Körper bedeckt hatte, brachte starke Schuldgefühle, Angst und die Tatsache zum Ausdruck, dass er ihren Anblick einfach nicht ertragen konnte.

In der Welt, in der Lewin lebte, war auch das ein sicheres Zeichen. Es war etwas, das die üblichen Sexualverbrecher, mit denen er ja auch zu tun hatte, niemals taten. Denen ging es eher darum, das Opfer auf sexuell herausfordernde Weise zu exponieren, soweit das überhaupt möglich war. Um es nach dem Tod noch weiter zu schänden, um die zu schocken, die es fanden, und jene, die nach ihm suchen würden. Aber vor allem, um die eigene Phantasie anzuregen, während die Tat geschah, und um zur zukünftigen Verwendung Erinnerungen zu speichern. Und es passte auch nicht zu Ehemännern, Verflossenen und allen vorstellbaren Kategorien von männlichen Bekannten, die wütend vor Eifersucht, Suff und einfachem Irrsinn auf ihre Frauen und Freundinnen losgingen und sie zerstückelten und den Tatort in einen Schlachthof verwandelten.

Und dann gab es noch die Details. Kleine, aber nicht uninteressante, und die wiesen eher auf Linda als auf die Mama hin. Die Mama hatte ihre Wohnung einen Monat lang nicht benutzt. Mit Beginn der Sommerferien war sie in ihr Ferienhaus übergesiedelt. Wenn sie ein seltenes Mal in die Stadt gekommen war, hatte sie etwas zu erledigen gehabt. Linda hatte also allein in der Wohnung gehaust. Insgesamt drei Wochen am Stück, mit allen Möglichkeiten zu Begegnungen, Kontakten und einfachen zufälligen Treffen.

»Du willst nur ganz sicher sein, dass die Mama mit der Sache nichts zu tun hat«, sagte Eva Svanström, und aus irgendeinem Grund lächelte sie ihn genauso an wie seine Mama früher manchmal, wenn er als kleiner Junge Trost gebraucht hatte.

»Ja«, sagte Lewin. »Das wäre wirklich sehr nett.«

»Na gut«, sagte Eva. »Dann ist die Sache so.«

Gut zehn Jahre zuvor, nach der Scheidung der Eltern, hatten Linda und ihre Mutter die USA verlassen und waren nach Växjö zurückgekehrt. Lindas Mutter war in Växjö geboren und aufgewachsen, und mit Ausnahme der vier Jahre in den USA hatte sie ihr ganzes Leben dort verbracht. Bei ihrer Tochter verhielt es sich ähnlich. Geboren in Växjö. Als sie sechs Jahre alt war, gingen die Eltern mit ihr in die USA. Vier Jahre später und gerade rechtzeitig zum Schulstart im Herbst kehrte sie mit ihrer Mutter nach Växjö zurück und zog in das Haus im Pär Lagerkvists väg, das der Mutter bei der Scheidung zugefallen war.

Und seither war Lindas Mutter unter dieser Adresse gemeldet. Es gab auch keinerlei Hinweise darauf, dass sie anderswo gewohnt hätte. Natürlich mit Ausnahme von Besuchen in ihrem Sommerhaus draußen auf Sirkön, das sie ein Jahr nach ihrer Rückkehr nach Schweden gekauft hatte und wo sie Sommerferien, Wochenenden und andere freie Tage verbrachte.

Unter der Adresse der Mutter war auch Linda gemeldet gewesen, bis sie mit siebzehn Jahren aufs Gymnasium von Växjö übergewechselt war. Inzwischen war auch ihr Vater nach Schweden zurückgekehrt, hatte sich im Süden von Växjö ein Gut gekauft und nach einigen Monaten dort von seiner einzigen Tochter Gesellschaft erhalten. Im ersten Jahr schien Linda hin und her gependelt zu sein, schien bei ihrer Mutter in der Stadt und bei ihrem Vater auf dem Land, wo sie nunmehr gemeldet war, jeweils ein Zimmer gehabt zu haben. Nach Abitur, Führerschein und eigenem Auto, das ihr von Papa geschenkt worden war, hatte sie das Land der Stadt offenbar vorgezogen und nur noch selten bei ihrer Mutter übernachtet.

Irgendeine Spur von »Kerlen« hatte Svanström im Zusammenhang mit dieser Wohnsituation nicht finden können, zumindest nicht in irgendeinem Melderegister. An der aktuellen Adresse waren nur Linda und ihre Mutter offiziell gemeldet gewesen.

»Aha«, seufzte Lewin.

»Du machst noch immer keinen zufriedenen Eindruck«, stellte Svanström fest. »Es wäre nett, wenn du mir sagen könntest, warum nicht. Das würde mir die Sache erleichtern. Wenn ich wüsste, wonach ich suchen soll, meine ich.«

»Das weiß ich ja eben nicht«, sagte Lewin. »Was ist mit den anderen, die in dem Haus wohnen? Mit deren Wohnverhältnissen, meine ich.«

Svanström zufolge schienen, mit einer Ausnahme, alle schon ebenso lange oder noch länger als Lindas Mutter dort zu wohnen. Der Einzige, der während der letzten zehn Jahre dazugekommen war, war der Bibliothekar Marian Gross, der sich bei der Umwandlung zur Wohnungsgenossenschaft einige Jahre zuvor eine Wohnung gekauft hatte.

»Aber den habt ihr inzwischen ja wohl ausgiebig auf den Kopf gestellt«, sagte Svanström. »Außerdem hat ja seine DNA nicht gepasst, also ist er aus der Sache raus.«

»Wenn Gross sich eine Wohnung gekauft hat, muss irgendwer die doch verkauft haben«, sagte Lewin. »Und dort ausgezogen sein.«

»Diesmal nicht«, sagte Eva Svanström. »Ob du's glaubst oder nicht, auch das habe ich überprüft, obwohl das ziemlich lange gedauert hat. Er hat die Wohnung von einer anderen Bewohnerin gekauft, die schon dort gewohnt hat, als Linda und ihre Mutter eingezogen sind, und die noch immer dort wohnt. Die einfache Erklärung ist, dass sie zwei Wohnungen gemietet oder gekauft hatte, wie auch immer. Ich habe nämlich gesehen, dass sie eine Buchprüfungsfirma hatte, und ich vermute, dass sie die Wohnung von Gross als Büro genutzt hat. Rein juristisch gesehen ist es wohl nicht astrein, eine Wohnung

nur als Büro zu nutzen. Vor allem bei solchen kleinen Hausge-
meinschaften. Und sie hat sicher einen Haufen Geld dafür bekommen.«

»Margareta Eriksson«, sagte Lewin plötzlich.

»So heißt sie«, sagte Svanström. »Was du alles weißt, Janne.
Ich wüsste ja gern, wozu du mich brauchst! Das ist übrigens
die Margareta Eriksson, die von der Zeitung interviewt wurde.
Mit dieser Geschichte, dass der Mörder in der Mordnacht auch
bei ihr einbrechen wollte.«

»Genau, genau die«, sagte Lewin, der endlich das Gefühl
hatte, ein wenig Ordnung und System in seine Gedanken bringen zu können. Ein wenig Struktur ins Dasein.

»Aber ich verstehe noch immer nicht, worauf du eigentlich
hinauswillst«, sagte Svanström.

»Ich auch nicht. Ehrlich gesagt«, sagte Lewin. »Weißt du
was, Eva. Mach Folgendes. Ruf Margareta Eriksson an und
frag sie.«

»Aber du weißt noch immer nicht, warum ich das machen
soll?«, fragte Svanström.

»Es ist der pure Schuss in den Nebel«, sagte Lewin und
lächelte müde. »Ein Schuss in den Nebel auf ein unbekanntes
Ziel«, fügte er hinzu.

»Wenn es dich glücklich macht«, sagte Eva und zuckte mit
den Schultern.

47

Nach der Mittagspause war plötzlich Schluss mit der Ruhe
und der friedlichen Suche nach sinnvollen Strukturen, und ein
hellblauer Pullover hatte sich plötzlich in etwas ganz anderes
verwandelt. Laute Stimmen, Gerenne auf dem Gang, knallende
Türen, von Essen und Adolfsson, die mit Schulterholstern,
Dienstwaffen und düsteren Mienen im Raum der Ermittlertruppe auftauchten, sich Sandberg und Salomonson schnapp-
ten, einen zivilen Dienstwagen aus der Garage holten, auf der

Straße sofort das Blaulicht aufs Dach setzten und im gestreckten Galopp nach Kalmar preschten.

Zwei Stunden zuvor war draußen bei Björnö, zehn Kilometer im Norden von Kalmar, eine Vergewaltigung geschehen, und im Unterschied zu ihrer eigenen, inzwischen eine Woche zurückliegenden Vergewaltigungsgeschichte, konnte dieses Mal nicht der geringste Zweifel daran bestehen, dass sie es mit echter Ware von der schlimmsten Sorte zu tun hatten. Das Opfer war ein Mädchen von vierzehn Jahren. Zusammen mit ihrer zwei Jahre älteren Schwester und der gleichaltrigen Freundin der Schwester war sie gleich nach dem Frühstück zum Strand gegangen, um zu baden, sich zu sonnen und mit ihrer Schwester und deren Freundin zusammen zu sein.

Nach ungefähr einer Stunde am Strand war das vierzehn Jahre alte Opfer losgegangen, um in einem nahe gelegenen Kiosk Eis und Limonade zu kaufen. Sicher nicht zufällig, wo sie doch die Jüngste war. Als sie den zwischen Strand und Kiosk gelegenen Wald durchquerte, stürzte sich der Täter von hinten auf sie, zog sie ins Gebüsch, schlug sie halb bewusstlos und vergewaltigte sie. Als sie nach einer halben Stunde noch nicht zurückgekehrt war, wurden die ältere Schwester und deren Freundin nervös, und sie machten sich auf die Suche nach ihr. Auch das nicht zufällig, nach allem, was die Medien über den Lindamord gebracht hatten. Nach hundert Metern fanden sie die jüngere Schwester. Der Täter saß rittlings auf ihr drauf. Sie schrien los, und der Täter stürzte davon.

Eine halbe Stunde später war das Opfer unterwegs zum Krankenhaus in Kalmar, die Polizei war vor Ort, der Tatort war abgesperrt worden, und die ersten Zeugen wurden vernommen. Eine Hundestreife war unterwegs und wurde sehr bald erwartet. Kurz und zusammengefasst, es war voller Einsatz angesagt, und die Streifen, die die Umgebung absuchten, hatten außerdem eine schöne Täterbeschreibung zu ihrer Hilfe. Die ältere Schwester und ihre Freundin schilderten einen Mann, der dem, den das Vergewaltigungsopfer in Växjö eine

Woche zuvor beschrieben hatte, ähnelte wie ein Ei dem anderen. Vor allem seine Tätowierungen waren ihnen aufgefallen. Grobe blaue Schlingen, die vielleicht Schlangen oder Drachen darstellen sollten, an beiden Armen, von den Schultern bis zu den Händen hinab.

»Da hab ich wirklich kein gutes Gefühl«, sagte Anna Sandberg, als sie und ihre Kollegen in Kalmar die Wache betraten, und dabei dachte sie an die Geschichte in Växjö, die sie noch am Morgen als Falschanzeige hatte abschreiben wollen.

»Du denkst an die Tätowierungen«, sagte Salomonson.

»Ja«, sagte Anna. »Da hab ich wirklich kein gutes Gefühl.«

»Verbeiß dich nicht in die«, sagte Adolfsson tröstend. »Jeder Scheißgauner mit Selbstachtung hat Tätowierungen im Moment. Die sehen doch allesamt aus wie alte Fußmatten aus China.«

»Jetzt bin ich fertig, du kannst dich also entspannen, Janne«, sagte Svanström und winkte Lewin, der in sich zusammengesunken hinter Haufen ganz anderer Papiere an seinem Schreibtisch saß, aufmunternd mit einem Papierstapel zu.

»Ich lausche gespannt«, sagte Lewin und ließ sich im Sessel zurücksinken.

»Es ist nicht ganz so einfach, wie ich gedacht hatte«, stellte Eva Svanström fest. »Aber so ist es jedenfalls gewesen. Sagt Margareta Eriksson, mit der ich vorhin gesprochen habe, und die Frau scheint wirklich alles im Griff zu haben. Und sie ist Vorsitzende der Wohnungsgenossenschaft.«

An die drei Jahre zuvor, ungefähr gleichzeitig mit der Umwandlung von Miet- in Eigentumswohnungen, hatte Margareta Eriksson ihr Wohnrecht an Marian Gross verkauft, der dann ins Haus eingezogen war. Zugleich hatte sie die Wohnung ganz oben erstanden, in der sie noch immer wohnte, und zwar von ihrer Nachbarin Lotta Ericson, Lindas Mutter. Lindas Mutter war ins Erdgeschoss gezogen, in die Wohnung, in der sie noch immer lebte und in der vor knapp einem Monat ihre Tochter ermordet worden war. Diese Wohnung war anfangs ein Büro gewesen, dann zur Untermiete vermietet und endlich in eine Eigentumswohnung umgewandelt worden. Und sie hatte Lindas Mutter gehört, nicht der Hausgenossenschaft.

»Margareta Eriksson suchte offenbar etwas Größeres, obwohl sie alleinstehend ist«, sagte Svanström. »Sie brauchte zwei Zimmer als Büro, und sie hatte ihr Sommerhaus verkauft und brauchte deshalb Platz für alte Möbel, die sie behalten wollte.«

»Während für Lotta Ericson eine kleinere Wohnung reichte, da ihre Tochter ja ausgezogen war«, warf Lewin dazwischen.

»Ja«, sagte Svanström. »Wozu brauchst du mich eigentlich«, fügte sie hinzu und lächelte.

»Da sind aber noch zwei Dinge«, sagte Lewin.

»Das hab ich fast geahnt«, sagte Svanström. »Wenn wir mit dem Anfang anfangen und wenn du wissen willst, ob Margareta Eriksson mit k und zwei s und Lotta Ericson mit c und einem s miteinander verwandt sind, dann lautet die Antwort nein.«

»Das hast du dir also zusammengereimt«, sagte Lewin.

»Das ist ja wohl nicht so schwer«, sagte Eva Svanström. »Das hab ich sofort kapiert, als ich von dieser Wohnungstauscherei erfahren habe. Margareta Eriksson schreibt sich mit k und zwei s. Das ist die normale oder jedenfalls die häufigste Schreibweise, und so heißt sie seit ihrer Hochzeit. Lotta Ericson dagegen hieß zunächst Liselott Eriksson mit k und zwei s. Vollständiger Name Liselott Jeanette Eriksson. Bei ihrer Heirat hat sie den Namen Liselott Wallin Eriksson angenommen, und in den USA hat sie die Schreibweise zu Ericson mit c und einem s geändert. Lotta wurde sie immer schon genannt. Schon als Kind. Nach Scheidung und Rückkehr nach Schweden hat sie zuerst den Namen Wallin abgelegt und dann nach einigen Jahren eine Namensänderung beantragt. Seit acht Jahren heißt sie also amtlich Lotta Liselott Jeanette Ericson.«

»So, so«, sagte Lewin.

»Du glaubst, dass der Täter zuerst an der falschen Tür geklingelt hat«, sagte Svanström.

»Ja«, sagte Lewin. »Das war so eine Idee von mir. Sicher wegen allem, was Margareta Eriksson in der Zeitung gesagt hat, und weil sie und Lindas Mutter den gleichen Nachnamen haben. Aber es ist trotzdem dein Verdienst. Weil du gesagt hast, es könnte doch eine alte Flamme gewesen sein, die plötzlich aufgetaucht ist.«

»Um Linda zu besuchen«, sagte Svanström. »Und er hat sich geirrt und an der Tür der früheren Wohnung geklingelt. Bist du sicher? Damals war sie doch knapp achtzehn. Als ihre Mutter ganz oben im Haus gewohnt hat, meine ich.«

»Um Linda oder Lindas Mutter oder beide zu besuchen. Ich weiß eigentlich auch nicht weiter«, sagte Lewin und rutschte im Sessel hin und her. »Vermutlich ist das total uninteressant.«

»Wenn ich bei einer alten Liebe auftauchen würde... mitten in der Nacht und nach drei Jahren... ich glaube, dann würde ich versuchen, vorher anzurufen«, sagte Eva Svanström.

»Du denkst an die Anrufe. Das wäre das Nächste, worum ich dich gebeten hätte«, sagte Lewin und deutete ein Lächeln an. »Ich glaube, wir sollten feststellen, ob Lotta Ericson früher eine andere Nummer hatte.«

»Wo wir schon dabei sind«, sagte Svanström.

»Genau«, sagte Lewin. Und was kann ein weiterer Schuss in den Nebel schon schaden, dachte er.

»Was hältst du von dieser Vergewaltigung in Kalmar, Rogersson«, fragte Bäckström und schob die Nase in Rogerssons Zimmer.

»Verdammt schlimme Geschichte«, sagte Rogersson.

»Hat die aber irgendwas mit uns zu tun, mit Linda, meine ich«, fragte Bäckström.

»Nicht das Geringste«, sagte Rogersson.

»Dann sind wir einer Meinung«, sagte Bäckström.

»Du musst versuchen, damit zu leben«, sagte Rogersson und grinste.

»Ich habe auch Max und Moritz gefragt. Sicherheitshalber«, sagte Bäckström.

»Und?«

»Max glaubt, dass nicht, findet es aber trotzdem interessant. Er hat vorgeschlagen, mit den Kollegen von der ViCLAS-Gruppe zu sprechen.«

»Und was glaubt Moritz?«, fragte Rogersson.

»Dass er es eher nicht glaubt, dass man der Sache aber vielleicht doch nachgehen und möglicherweise ein paar Worte mit den Kollegen von der ViCLAS wechseln sollte.«

»Spannende Überlegungen. Woher nehmen die das bloß alles«, fragte Rogersson.

»Und dann habe ich auch Lewin gefragt«, sagte Bäckström.

»Und was meint der?«

»Willst du es wortwörtlich?«, fragte Bäckström.

»Natürlich«, sagte Rogersson.

»Unter dem Vorbehalt, dass er die Sache in Kalmar nur durch Kollegin Sandbergs telefonische Beschreibung kenne, halte er es doch für überaus unwahrscheinlich, dass es sich um denselben Täter handele wie beim Lindamord.«

»Klingt wirklich wie Lewin«, sagte Rogersson. »Mal was ganz anderes. Was hältst du davon, auf die ganze Sache zu scheißen und ins Hotel zu gehen und vor dem Essen zwei kalte Bierchen zu zischen?«

»Davon halte ich ungeheuer viel«, sagte Bäckström.

»Schalt mal die Vier-Uhr-Nachrichten ein«, sagte Rogersson, als sie zwei Stunden und zwei kalte Biere später auf Bäckströms Zimmer saßen.

»Warum denn«, fragte Bäckström überrascht und streckte zugleich die Hand nach der Fernbedienung aus.

»Wollte nur wissen, ob es mein Zimmer noch gibt«, sagte Rogersson.

»Was für eine verdammte Geschichte«, sagte Bäckström fünf Minuten später, als er den Fernseher ausschaltete. »Diese verdammten Irren haben das Fenster von Nullis Operationszentrale in die Luft hüpfen lassen. Wenn Nulli so eine Übung angeordnet hat, muss er doch total den Verstand verloren haben.«

»Ich habe vorhin mit den Kollegen in Stockholm gesprochen«, sagte Rogersson. »Die sehen das genau wie du. Dass der Schuh da gedrückt hat.«

»Ja, wenn das so ist«, sagte Bäckström.

»Was für eine verdammte Geschichte«, sagte Bäckström weitere fünf Minuten später.

»Klingt total wie Grand Hotel in Lund«, sagte Rogersson. »Der scheint Geschmack an Badezimmerspiegeln gefunden zu haben.«

»Oder wir haben alles falsch verstanden«, sagte Bäckström. »Vielleicht wollte er sich umbringen. Bei diesem Scheißkinn kann er das ja nicht so leicht bewerkstelligen. Da schafft er das eben nicht so ganz.«

»Wie meinst du das«, fragte Rogersson.

»Immer wenn er sich im Spiegel sieht, gibt er sich die Kugel, aber eben in den Kopf im Spiegel«, sagte Bäckström.

48

Die Träume kamen jetzt häufiger. Vom Sommer vor fast fünfzig Jahren, als er sein erstes richtiges Fahrrad bekommen und sein Vater ihm Fahrradfahrunterricht gegeben hatte. Aber in dieser Nacht ging es in seinem Traum nicht um sein rotes Crescent Valiant, sondern um seinen Papa und seine Mama.

Es war ein seltsamer Sommer, in dem der Urlaub seines Vaters einfach kein Ende nahm. Am Ende fragte er ihn: »Wie lange hast du dieses Jahr eigentlich Urlaub, Papa?«

Zuerst machte sein Vater ein seltsames Gesicht, dann aber lachte er und fuhr seinem Sohn durch die Haare, und alles war wieder wie immer. »So lange, wie ich brauche, um dir Rad fahren beizubringen«, antwortete Papa. »Die Zeit nehmen wir

uns einfach, die Arbeit läuft mir schließlich nicht weg.« Und
dann fuhr er ihm noch einmal durch die Haare. Ein zusätz-
liches Mal.

Es war ein richtiger Indian Summer, und sein Papa sah mit
jedem Tag mehr aus wie ein Indianer. Mager, braungebrannt
und mit einer Haut, die sich fest über sein Gesicht spannte. »Du
siehst aus wie ein richtiger Indianer, Papa«, sagte er zu ihm.

»Ist ja auch kein Wunder«, antwortete Papa. »Bei dem schönen Wetter.«

Eines Nachts wachte er auf. Sicher hatte er irgendein Geräusch
gehört. Lautlos stapfte er die Treppe von der Mansarde hinunter, und als er unten ankam, sah er seine Eltern auf einem
Küchenstuhl sitzen. Mama saß auf Papas Knien, mit dem Rücken zur Tür, sie hatte ihm die Arme um den Hals gelegt und
den Kopf an seine Brust geschmiegt. Sein Papa hatte den Arm
um ihre Taille gelegt und streichelte mit der freien Hand behutsam ihre Haare.

»Das findet sich schon«, murmelte Papa. »Das findet sich
schon.«

Sie hatten ihn beide nicht gesehen, und er schlich sich in
sein Mansardenzimmer zurück und schlief dann irgendwann
ein.

Am nächsten Morgen beim Frühstück war alles wie immer.
»Bist du bereit, Jan«, fragte Papa und stellte seine Kaffeetasse
hin. »Drehen wir eine Runde auf dem Valiant?«

»Allzeit bereit, Papa«, antwortete Jan.

Und dann wachte er auf.

49

Växjö, Dienstag, 5. August

Das vierzehn Jahre alte Vergewaltigungsopfer aus Kalmar
hatte überlebt. Ihr Zustand wurde als kritisch, aber stabil geschildert, und aus der Beschreibung ergab sich auch, dass sie

nicht mit dem Leben davongekommen wäre, wenn ihre Schwester und deren Freundin den Täter nicht in letzter Sekunde verjagt hätten. Sie lieferte auch die Bestätigung dafür, was die Medien schon von Anfang an geahnt hatten. Dass in Småland ein Serienmörder umging, der junge Frauen vergewaltigte. Mitten in der schwedischen Ferienidylle.

Zuerst hatte er Linda umgebracht. Einige Wochen darauf eine weitere Frau überfallen, und dass ihm das gänzlich misslungen war, wurde von den Experten der Zeitungen als die wahrscheinlichste Erklärung dafür angesehen, dass er sich schon eine Woche später über sein drittes Opfer hergemacht hatte. Der innere Druck war so stark geworden, dass die Gefahr einer Festnahme seine geringste Sorge dargestellt hatte.

Ein Professor der Gerichtspsychologie von der Universität Stockholm, der als führender Kenner der Materie Serienmörder im ganzen Land herumgereicht wurde, konnte auch etliche Beispiele dafür liefern, warum die Polizei so unfähig war, Serien schwerer Gewaltverbrechen frühzeitig zu erkennen. Die Polizei habe keinen Überblick, verbeiße sich in Details, sei unfähig zu interner Kommunikation. Die eine Hand »sah nicht«, was die andere tat. Sie übersahen das Ganze, das Muster, das Offenkundige.

»Man sieht ganz einfach nicht, dass der Kaiser nackt ist«, erklärte der Professor auf dem Morgensofa von TV4.

»Wie meinen Sie das«, fragte der Interviewer.

»Ja, dass er nackt ist eben«, erklärte der Professor.

Zum ersten Mal in diesem Sommer waren die Medien der Polizei und vor allem der Polizei von Växjö gegenüber kritisch eingestellt. Trotz der vielen Spuren hatte man den Mord an Linda Wallin noch immer nicht aufklären können. Und schlimmer noch, mehreren anonymen Quellen innerhalb der Polizei zufolge war noch keinerlei Ergebnis in Sicht. Obwohl der Mord jetzt fast einen Monat zurücklag, traten die Ermittlungen weiterhin auf der Stelle.

Die Neunzehnjährige, bei welcher der Vergewaltiger eine

Woche zuvor sein Glück versucht hatte, konnte auch Neues berichten. Die Polizei hatte ihr ganz einfach nicht glauben wollen. Statt einen Täter zu jagen, hatte sie sein Opfer schikaniert, und den Preis für diese Inkompetenz hatte das nächste Opfer bezahlen müssen. Die Leitartikel der Zeitungen sprachen durchweg von einem Polizeiskandal, und die Ermittlertruppe des Lindamords musste sich plötzlich vor allem mit Problemen beschäftigen, die der Großteil von ihnen als pure Phantasie betrachtete.

Schon am Vortag hatte der Bezirkspolizeichef von Kalmar sich an den Kollegen in Växjö gewandt und vorgeschlagen, ein gemeinsames Sonderkommando einzurichten. Ein Mord und zwei Vergewaltigungen innerhalb eines Monats, und das letzte Ereignis ließ ja leider annehmen, dass der Täter wieder zuschlagen würde. Der Bezirkspolizeichef von Växjö zögerte, versprach aber, die Frage sofort mit dem Kollegen zu besprechen, der die Voruntersuchungen im Lindamord leitete, und sich dann wieder zu melden.

Kommissar Olsson setzte die Frage auf Platz eins der Tagesordnung für die Besprechung am Dienstagmorgen und war natürlich für alle Alternativen offen.

»Was meint ihr«, fragte Olsson und ließ seinen Blick durch die Runde schweifen. »Ich neige ja doch stark zu der Annahme, dass es sich bei den beiden Vergewaltigern um denselben Mann handelt, wo die Beschreibungen der Zeuginnen fast bis aufs Haar miteinander übereinstimmen.«

»Und der Lindamord«, fragte Bäckström sauer. »Hat er den auch begangen?«

»Das Problem ist da wohl, dass wir keine Beschreibung haben«, sagte Olsson vorsichtig.

»Ja, aber das ist so ungefähr das Einzige, was wir nicht haben«, sagte Bäckström. »Denn diesen Täter kriegen wir bald. Aber glaubt hier irgendwer im Ernst, dass Linda diesen Tätowierungsgnom um drei Uhr nachts in ihre Wohnung gelassen hätte? Dann bitte ich um Handzeichen.«

»Entschuldige die Unterbrechung«, sagte Lewin und räusperte sich vorsichtig. »Wie steht es mit dem letzten Opfer? Konnte da Sperma sichergestellt werden?«

»Ja«, sagte Sandberg.

»Dann werden wir jedenfalls sehr bald feststellen, ob es einen Zusammenhang mit Linda gibt«, sagte Lewin.

»Ja, das schon«, stimmte Sandberg zu und wirkte gleich ein wenig fröhlicher.

»Was die beiden Vergewaltigungen angeht, verstehe ich nicht so ganz, womit wir den Kollegen in Kalmar behilflich sein könnten? Abgesehen davon, dass wir ihren Zeuginnen die Bilder zeigen, die wir unserer eigenen Geschädigten auch schon vorgelegt haben. Falls das noch nicht passiert ist«, sagte Lewin und räusperte sich noch einmal.

»Ist schon geschehen«, sagte Sandberg und wirkte noch ein wenig fröhlicher.

»Aha. Aber das klingt doch ganz hervorragend«, sagte Lewin. »Klingt wie ein Bilderbuchbeispiel für polizeiliche Zusammenarbeit.«

»Aber was denkst du selbst, Lewin«, beharrte Olsson. »Was mögliche Verbindungen angeht, meine ich.«

»Ich äußere mich nur ungern zu solchen Fragen«, sagte Lewin. »Aber wo du schon fragst, glaube ich, dass Lindas Mörder ein anderer ist als der, der diese arme Kleine in Kalmar vergewaltigt hat, und dass sich das herausstellen wird, sowie die Kollegen in Kalmar die Analyseergebnisse erhalten, und ich glaube, um weitere Zusammenhänge brauchen wir uns keine Gedanken zu machen.«

Und aus irgendeinem Grund nickte er Anna Sandberg zu, als er das sagte.

»Das wollen wir dann wirklich hoffen«, sagte Olsson und schüttelte besorgt den Kopf. »Ich hoffe ja so sehr, dass du recht hast.«

Als letzter Punkt bei dieser Besprechung wurden Sandberg, Salomonson, von Essen, Adolfsson und zwei weitere Ermittler von Olsson damit beauftragt, umgehend und in Zusammenarbeit mit den Kollegen in Kalmar mögliche Zusammenhänge zwischen dem Lindamord, dem Vergewaltigungsversuch in Växjö und der Vergewaltigung in Kalmar zu untersuchen. Außerdem wollte er sich an die ViCLAS-Einheit der Zentralen Kriminalpolizei und an die TP-Gruppe wenden, um sicherzustellen, dass die analytischen Herangehensweisen nicht vernachlässigt wurden.

Sowie Bäckström ein wenig zur Ruhe gekommen war und die zunächst Betroffenen sich auf die Jagd nach Zusammenhängen gemacht hatten, musterte er seine verbliebenen Truppen.

»Na dann«, sagte Bäckström. »Wie steht es mit unseren geliebten Speichellisten? Haben wir ausreichend Wattestäbchen?«

Lewin war auf sein Zimmer zurückgekehrt, und sehr bald hatte er Gesellschaft von Eva Svanström bekommen.

»Das mit den Telefonangelegenheiten der Mutter kann ein paar Tage dauern. Ich habe mit der Telia gesprochen, und deren aktuelle Register reichen nur zwei Jahre zurück«, sagte Svanström.

»Aber die Daten sind irgendwo«, fragte Lewin, der sofort die vertraute Unruhe spürte.

»Sicher«, sagte Svanström. »Aber sie brauchen eben ein paar Tage, um die auszugraben.«

»Na dann«, sagte Lewin. Ein paar Tage sind ja nicht die Welt, und vermutlich sind sie total uninteressant, dachte er. Wie die meisten Schüsse in den Nebel.

50

Alnön bei Sundsvall, Dienstag, 5. August
Für Lars Martin Johansson war die letzte Woche vom längsten Urlaub seines Lebens angebrochen.

Seit fast zwei Jahren war er von seinem Posten als operativer Chef der Sicherheitspolizei beurlaubt, um stattdessen eine der geheimsten Ermittlungen in der schwedischen Verfassungsgeschichte zu leiten. Auch dieser Auftrag näherte sich seiner Vollendung. Was jetzt noch anstand, konnte sein Sekretariat erledigen, und schon in der Woche vor Mittsommer hatte Johansson sein Heimatland verlassen und war mit seiner Gattin durch Europa gereist. Seine Frau reiste gern – neue Menschen, neue Orte, neue Eindrücke –, während Johansson ein gutes Buch, ein niemals klingelndes Telefon und gute Mahlzeiten vorzog.

Aber trotz dieser unterschiedlichen Vorlieben kehrten immer beide bester Laune nach Schweden zurück. In Übereinstimmung mit einem mehrere Jahre alten Versprechen, das sich nun langsam zum festen Brauch entwickelte, verbrachten sie die letzte Urlaubswoche bei Johanssons älterem Bruder auf dessen Hof auf Alnön bei Sundsvall. Noch mehr Ruhe und Frieden, gutes Essen und gutes Trinken, unsentimentale und freigebige Gastgeber, die es wirklich ernst meinten, wenn sie sagten, die Gäste sollten sich wie zu Hause fühlen. Das ist doch das Allerwichtigste, dachte Johansson. Was gibt es schon auf dieser Welt, das sich im Wesentlichen und Positiven mit Schweden vergleichen ließe? Nichts, einfach nichts und nirgends, dachte er, seufzte tief vor Wohlbehagen und schlief in seinem Ruhesessel sofort wieder ein.

Johansson besaß jetzt drei Mobiltelefone. Ein privates, eins für den regulären Dienst und eins, das so geheim war, dass er es eigentlich fast nur zum Anrufen benutzte. Sicherheitshalber war es rot, und Johansson hatte selber das Klingelsignal einprogrammiert. Abgesehen von der Lautstärke hörte es sich genauso an wie die Sirenen der Polizeifahrzeuge, und er war stolz darauf wie ein Gockelhahn. Nach dem Programmieren hatte er es seiner Gattin vorgeführt, damit sie in den Genuss seiner technischen Fertigkeiten käme. Und als es zum ersten Mal laut klingelte, schnarchte der Programmierer gelassen in seinem Sessel vor sich hin.

Vermutlich haben die Deutschen ein Angebot für ganz Småland gemacht, dachte Johanssons Gattin Pia, die bei einer Bank als Vermögensberaterin arbeitete. Sie legte das Buch weg, in dem sie zu lesen versuchte, und griff zum Telefon.

»Jaa«, sagte Pia. Man darf wohl keinen Namen nennen, sonst landet man im Gefängnis, dachte sie.

»Enchanté«, antwortete eine träge Stimme am anderen Ende der Leitung. »Ich vermute, du bist die, für die ich dich halte«, sagte die Stimme dann, »und so gerne ich auch weiter unter vier Ohren mit dir plaudern würde, so muss ich dich doch bitten, mich an deinen lieben Mann weiterzureichen.«

»Und von wem darf ich grüßen«, fragte Pia. »Es ist doch nicht so, dass du keinen Namen hast«, fügte sie hinzu.

»Keinen Namen, leider«, sagte die träge Stimme. »Sag deinem lieben Mann einfach, dass Pilgrims alter Mitarbeiter gern ein paar Worte mit ihm wechseln würde.«

»Und wenn ich frage, worum es geht, dann lande ich im Gefängnis«, sagte Pia.

»Wenn ich antworte, bin ich es, der im Gefängnis landet«, korrigierte Pilgrims ehemaliger Mitarbeiter fast beleidigt.

»Ich werde ihn wecken«, sagte Pia. Die sind wie die Kinder, dachte sie.

»Wer war das denn«, fragte Pia zehn Minuten später neugierig, als ihr Mann das gemurmelte Gespräch, das er aus unbekannten Gründen am anderen Ende der großen Terrasse geführt hatte, beendete, dann sein rotes Telefon ausschaltete und seufzend wieder in seinen Sessel sank.

»Ein alter Bekannter«, antwortete Johansson vage.

»So ein geheimer Schurke. Ohne Namen«, sagte Pia.

»Ja eben«, sagte Johansson und zuckte mit den Schultern. »Er arbeitet in der Regierungskanzlei als Sonderbeauftragter, hilft dem Ministerpräsidenten bei diesem und jenem und heißt mit Nachnamen Nilsson.«

»Aaah«, sagte Pia. »Unsere graue Eminenz. Schwedens Antwort auf Kardinal Richelieu.«

»Ja, so ungefähr«, sagte Johansson. »Die Richtung in etwa«, erklärte er.

»Und was wollte er«, fragte Pia.

»Nichts Besonderes, nur ein paar Worte wechseln«, sagte Johansson.

»Und jetzt musst du nach Stockholm fahren«, erklärte Pia, die nicht von gestern war.

»Aber ich bin morgen wieder da. Wenn du nichts dagegen hast.«

»Klingt wie eine hervorragende Idee«, sagte Pia. »Dann kannst du zu Hause vorbeischauen und ein paar Dinge holen, die ich für das Fest am Wochenende brauche.«

»Natürlich«, sagte Johansson. »Natürlich«, fügte er hinzu, da er in Gedanken schon weit weg war und unnötige Diskussionen vermeiden wollte.

»Einen Moment dachte ich schon, er sei beschwipst«, sagte Pia. »So hat er sich jedenfalls angehört.«

»Er war vermutlich nur gut gelaunt«, sagte Johansson versöhnlich. »Es ist erst zwölf, da ist er sicher noch nicht mal zum Mittagessen gekommen.«

»Ja, dann war er vielleicht einfach nur gut gelaunt. Ein frohgemuter Bursche sozusagen«, sagte Pia.

»Kann ich mir nicht vorstellen«, sagte Johansson und schüttelte energisch den Kopf. »Was meinst du eigentlich selber«, fragte er und schaute auf die Armbanduhr. »Zum Mittagessen, meine ich?«

51

Stockholm, Dienstag, 5. August

Ehe er Alnön verließ, zog Johansson einen Leinenanzug und ein dunkelblaues Leinenhemd an und stopfte sich den Schlips in die Brusttasche, dann nahm er ein Taxi zum Flugplatz Sundsvall. Von dort flog er mit der Mittagsmaschine nach Arlanda. Dort wurde er von seinem Chauffeur von der Sicherheitspolizei abgeholt und direkt zum Mittagstisch kutschiert, der in der palastähnlichen Villa des Sonderbeauftragten auf Djursholm schon auf ihn wartete.

»Willkommen in meinen bescheidenen Gemächern«, sagte der Sonderbeauftragte und winkte einladend mit beiden Händen, sowie Johansson das Haus betreten hatte. »Ich hoffe, du hast nichts dagegen, wenn wir uns ins Esszimmer setzen.«

»Je kühler, desto besser«, sagte Johansson, obwohl er ein begeisterter Saunabesucher war. Hier wohnst du also, dachte er, während er seinen Blick diskret zwischen dem komplizierten Karomuster des Parkettbodens, der Stuckdecke hoch oben und den dunklen brusthohen Wandtäfelungen hin und her wandern ließ, ohne dabei einen einzigen Perserteppich, ein niederländisches Ölgemälde, eine venezianische Lampe oder einen kristallenen Wandleuchter zu übersehen.

Zuerst setzten sie sich aber in die Bibliothek, um das Praktische zu besprechen, damit sie dann in aller Ruhe essen könnten. Mit dem Praktischen waren sie nach zehn Minuten fertig.

»Wann kannst du anfangen«, fragte der Sonderbeauftragte.

»Montag«, sagte Johansson.

»Aber das ist doch ganz ausgezeichnet«, sagte der Sonderbeauftragte und strahlte wie ein Vollmond über sein ganzes rundes Gesicht. »Dann können wir uns endlich an das Wesentliche machen. Ich hab seit dem Mittagessen keinen Bissen mehr bekommen«, fügte er hinzu.

»Du wohnst ja in einem sehr schönen Haus«, sagte Johansson auf ihrer Wanderung zum Esszimmer. »Von deinen Eltern geerbt?«

»Du spinnst, Johansson. Ich bin ein Mann von ungeheuer schlichter Herkunft«, teilte der Sonderbeauftragte mit. »Alter Söderjunge, geboren und aufgewachsen auf den Höhen von Söder. Ich habe den ganzen Kasten von einem armen Teufel gekauft, dem es nicht so richtig gut ging«, erklärte er.

»Dir dagegen scheint es gut gegangen zu sein«, sagte Johansson.

»Ungewöhnlich gut«, sagte der Sonderbeauftragte zufrieden. »Und überaus wohlverdient, wenn du mich fragst.«

Da es mitten in der Woche war, hoffte der Sonderbeauftragte auf das Verständnis seines Gastes, wenn diesem nur ein bescheidener Imbiss vorgesetzt werden würde. Wollte man das Positive an der Sache sehen, dann verhielt es sich doch so, dass sie beide ihr täglich Brot bei einer Arbeiterregierung verdienten und schlichte Gewohnheiten in der Natur der Sache lagen. Dennoch gab es triftige Gründe, Johanssons bevorstehende Ernennung zu feiern, und vielleicht noch stärkere für seinen Arbeitgeber, sich selbst zu seiner klugen Entscheidung für Lars Martin Johansson zu gratulieren.

»Du musst eben nehmen, was ich dahabe«, sagte der Sonderbeauftragte seufzend. »Einfach die Situation mögen. Sagt ihr Polizisten das nicht immer?«

In der Welt, in der der Sonderbeauftragte fast sein gesamtes Erwachsenenleben verbracht hatte, war es ungeheuer wichtig, einander auf halbem Wege zu begegnen. Und dass beide Teile gleichermaßen zufrieden und froh waren, wenn sie danach auf ihrem Lebensweg weiterwanderten. Aus diesem existenziellen Credo heraus meinte Johanssons Gastgeber, dass er hoffentlich eine Lösung gefunden habe, die sein Gast bestenfalls zu schätzen wisse und mit der er jedenfalls leben könne.

»Ich habe gehört, dass du aus einer Sippe alter norrländischer Holzpatrone stammst, und was könnte da besser passen, als mit einer Variante der uralten schwedischen Schnapstafel anzufangen«, meinte der Sonderbeauftragte und zeigte auf eine Ecke des Esszimmers, wo eine ältere Haushälterin in engem schwarzen Kleid und weißer Schürze bereits mit der Schnapskaraffe parat stand.

»Naja«, sagte Johansson. »Eher Instleute, Tagelöhner also, jedenfalls mütterlicherseits. Väterlicherseits...«

»Ist ja schon gut, lieber Lars Martin«, fiel der Sonderbeauftragte ihm ins Wort. »Wir wollen unseren Blick doch nicht durch falsche Bescheidenheit trüben und uns die sonst so klaren Gedanken verdüstern lassen. Wir wollen uns lieber raschen Schrittes zum Büffet begeben und stehenden Fußes ein paar richtige Schnäpse lüpfen und unsere wunden Seelen in den Mantel aus Seide und Sammet hüllen, den wir uns so ehrlich verdient haben.«

»Klingt gut«, sagte Johansson.

Es gebe Variationen vom Stör, erklärte der Sonderbeauftragte, als sie nach dem einleitenden Schnaps stehenden Fußes endlich vor gefüllten Tellern und beschlagenen Gläsern am Tisch saßen. Gekochter Stör, kalter geräucherter Stör, kalter eingelegter Stör, gebratener Stör, geräucherter Stör, gebeizter Stör, gefrorener Stör und Störrogen mit Kartoffelblinis, wie Johanssons Gastgeber erklärte, während er pädagogisch mit seiner Gabel zeigte.

»Nur Gebrauchtwagenhändler wälzen sich in russischem Kaviar«, sagte er und schob sich einen Esslöffel voll Störrogen in den Schlund. »Normale Menschen essen Störrogen.«

»Der Wodka war ganz hervorragend«, sagte Johansson mit Kennermiene und drehte das hohe Kristallglas in der rechten Hand. Aber du irrst dich, was meinen Bruder angeht, der zieht Felchenrogen vor, obwohl er Gebrauchtwagenhändler ist, dachte Johansson.

»Ach, der ist einfach phänomenal«, seufzte sein Gastgeber zufrieden. »Ich habe ein paar Flaschen eingesackt, als ich vorige Woche bei Putin zu Hause war.«

Das Essen war auf diese schlichte Weise weitergegangen. Der Sonderbeauftragte und sein Gast waren ganz einfach in den grauen Wollsocken des getreuen Dienstmannes weitergestapft, während der kalte Stern der Kargheit vom Kristalllüster hoch über ihren gesenkten Köpfen herabgefunkelt hatte.

Zuerst nahm jeder eine gefüllte Wachtel mit einem warmen Timbale aus Hackfrüchten zu sich, dann ging es weiter mit einer einzelnen Scheibe Ziegenkäse aus der Camargue, das

Ganze wurde abgerundet mit einem Sorbet aus Limone und Zitrone, um sich ein wenig zu erquicken und die Geschmacksnerven für Kaffee, Kognak und Schokoladentrüffel, die nun folgten, vorzubereiten. Dazu gab es Weine, die der Sonderbeauftragte eigenhändig aus seinem tiefen Kellergewölbe geholt hatte. Zuerst einen roten Burgunder aus dem guten Jahr 1985, dann einen schweren Rotwein von der Loire, wenn auch ohne Jahrgangsbezeichnung.

»Wein ist ein Getränk, das in Frankreich hergestellt wird«, sagte ein zufriedener Sonderbeauftragter und schnupperte mit seiner langen Nase an seinem tiefen Glas.

»Ich und meine Frau trinken viel italienischen Wein«, sagte Johansson.

Der Sonderbeauftragte schüttelte sich.

»Wenn ich dir einen guten Rat geben darf, Lars, dann solltest du um solche Dinge einen Bogen machen. Und sei es nur aus Rücksicht auf deine Gesundheit«, sagte der Sonderbeauftragte.

»Wie geht es übrigens Nylander«, fragte Johansson, als sie in die Bibliothek zurückgekehrt waren, um die Mahlzeit mit einem doppelten Espresso und einem Tropfen Frapin aus dem Jahre 1900 zu beenden.

»Besser als seit langer Zeit«, sagte der Sonderbeauftragte. »Eigenes Zimmer, drei Mahlzeiten am Tag, kleine rote, grüne und blaue Tabletten und Leute zum Reden.«

»Liegt er in einer Privatklinik«, fragte Johansson vorsichtig.

»Privatklinik«, schnaubte der Sonderbeauftragte. »Es muss ja wohl Grenzen geben. Zuerst versucht er, die Polizei in unserer verhältnismäßig anständigen Bananenmonarchie in etwas zu verwandeln, das man nicht mal in einer schnöden Bananenrepublik findet. Dann schließt er sich in seinem Zimmer ein und weigert sich aufzumachen, sodass dieser arme Fußballspieler in unserer ohnehin schon hart geprüften Regierung seine eigene kleine Privatarmee bitten muss, die halbe Fassade wegzusprengen, damit sie ihn mit all ihrer Fürsorge in die geschlossene Psychiatrie schleppen können. Das ist nicht eben gratis«, endete er mit trauriger Miene.

»Ulleråker«, sagte Johansson.

»Genau«, sagte der Sonderbeauftragte energisch. »Und nicht einen Tag zu früh, wenn du mich fragst.«

»Was ist denn eigentlich passiert«, fragte Johansson neugierig.

»Unklar«, sagte der Sonderbeauftragte und zuckte mit seinen flaschenförmigen Schultern. »Es scheint damit angefangen zu haben, dass er den Spiegel auf seiner privaten Toilette zerschossen hat.«

»Worauf die Leute aber auch alles kommen«, sagte Johansson und seufzte mit norrländischem Phlegma.

»Er ist vielleicht mit dem Kinn an diesem runden Teil am Abzugshahn hängen geblieben, als er die Waffe reinigen wollte«, spekulierte der Sonderbeauftragte.

»Du meinst den Abzugsbügel«, sagte Johansson.

»Whatever«, sagte der Sonderbeauftragte mit einer gleichgültigen Handbewegung. »Ich versuche vielleicht einfach nur, nett zu ihm zu sein«, murmelte er.

Nach einer weiteren Stunde Geplauder und noch zwei Gläsern vom wirklich hervorragenden Kognak des Sonderbeauftragten schlug Johanssons Gastgeber vor, vielleicht eine Partie Billard zu spielen. Er könne sich auch vorstellen, nach diesen eher sportlichen Aktivitäten den Abend mit einer kleinen Dehnübung abzuschließen. Da Johansson wirkliche Schauergeschichten gehört hatte, lehnte er dieses Angebot ab.

»Ich spiele kein Billard«, sagte Johansson und schüttelte bedauernd den Kopf.

»Wenn du willst, bring ich es dir bei«, sagte der Sonderbeauftragte und sah ihn hoffnungsvoll an.

»Gerne, aber das muss ein andermal sein«, sagte Johansson. »Ich muss an die Heimfahrt denken«, erklärte er.

Dann bedankte sich Johansson für die außerordentliche Bewirtung. Bestellte ein Taxi und fuhr in seine und seiner Gattin sommerleere Wohnung in der Wollmar Yxkullsgata. Und kaum lag er im Bett, da war er auch schon eingeschlafen.

Der kann doch auch nicht ganz bei Verstand sein, dachte Johansson noch, ehe Morpheus behutsam die Arme um seine Schultern legte.

52

Växjö, Mittwoch, 6. August – Sonntag, 10. August

Während die Ermittlertruppe des Lindamords ihre übliche Morgenbesprechung abhielt, kam Kommissar Olsson herein und teilte mit, dass die Kollegen in Kalmar ihren Vergewaltiger festgenommen hatten. Der Leiter eines Asylantenheims bei Nybro hatte in der Beschreibung im Lokalradio einen seiner Schützlinge erkannt. Er hatte sofort die Polizei von Kalmar verständigt, die jedoch bereits unterwegs gewesen war. Eine Stunde zuvor war das Analyseergebnis aus dem Büro eingetroffen, und ausnahmsweise einmal war es so gewesen, dass der Betreffende zur halben Promille der männlichen Bevölkerung des Landes gehörte, die im DNA-Register vertreten war.

Es war ein siebzehn Jahre alter Asylbewerber aus Moldawien, der einen Monat zuvor nach Schweden gekommen war. Er hatte speicheln müssen für den Fall, dass er in den Monaten, die es immer dauerte, bis der Ausweisungsbescheid vorlag, auf irgendwelche dummen Ideen kommen würde. Jetzt saß er bei der Polizei von Kalmar im Arrest. Stritt alles ab, sagte der Dolmetscher, aber jedenfalls würde er länger als fast alle anderen mit seinem Hintergrund in Schweden bleiben dürfen. Am Mord an Linda war er unschuldig. Sein DNA-Profil stimmte nicht.

»Aber das hatten wir uns ja alle schon gedacht«, sagte Olsson. »Ich erlaube mir aber die Mutmaßung, dass er hinter unserem Vergewaltigungsversuch steckt«, fügte Olsson hinzu und nickte aufmunternd zu Anna Sandberg hinüber.

Alle sechs Kollegen, die zur Zusammenarbeit mit der Polizei von Kalmar abkommandiert worden waren, um den Vergewaltigungsfällen nachzugehen, waren der Ermittlertruppe wieder zugeführt worden. Die noch ausstehenden Auskünfte konnte Sandberg mit links und auf die übliche Weise mit Hilfe von Telefon, internem System der Polizei und Netz betreuen. Die anderen hatten Wichtigeres zu tun.

»Wir machen weiter mit dem breiten und vorbehaltlosen Ansatz«, sagte Olsson. »Was macht übrigens unsere Speichelaktion?«

Die lief, so seine Mitarbeiter, über alle Erwartungen gut. Sie hatten die sechshundert Freiwilligen schon überschritten, und der alte Rekord war längst gebrochen. Vierhundert Proben waren analysiert und abgeschrieben.

»Wir arbeiten in zwei Richtungen«, erklärte Knutsson mit einem schüchternen Seitenblick auf Kollege Lewin. »Einerseits versuchen wir, die einzubeziehen, die in der Nähe des Tatorts wohnen, andererseits suchen wir alle, die mit dem Profil der TP-Gruppe übereinstimmen, und lassen sie systematisch speicheln.«

»Es kann hier also wirklich nicht die Rede vom Zufallsprinzip sein«, fügte Thorén hinzu.

»Ja, früher oder später bleibt er im Netz hängen«, erklärte Olsson voller Überzeugung.

Beim üblichen Abendbier im Hotel konnte der allwissende Rogersson Bäckström erzählen, dass der ehemalige Chef nunmehr seine Tischkarte bekommen hatte.

»Huddinge, Gerichtspsych in Huddinge«, schlug Bäckström vor, der im Laufe der Jahre häufiger dort tätig gewesen war.

»Ulleråker«, antwortete Rogersson. »Der scheint aus der Gegend zu kommen, und da ist es sicher praktisch, wenn Frau und Kinder in der Nähe sind. Außerdem hat er angeblich in Uppsala studiert.«

»Wie geht's ihm denn eigentlich?«, fragte Bäckström neugierig.

Rogerssons Gewährsmann zufolge ging es ihm sehr gut. Schon am zweiten Tag waren Nylander gewisse Ehrenposten anvertraut worden, und jetzt schob er den Bücherkarren der Patienten von einer Station zur anderen.

»Der scheint sich wie ein Fisch im Wasser zu fühlen«, erklärte Rogersson.

Bäckström begnügte sich mit einem zustimmenden Nicken. Und wer kümmerte sich wohl um Brandklipparen, überlegte Bäckström. Und wieso fällt mir das überhaupt ein? Ach, Scheiß drauf, dachte er.

»Prost, Bruder«, sagte er und hob sein Bierglas. »Und auch auf Nulli«, fügte er hinzu. War eigentlich ein ziemlich witziger Typ, und irgendwas muss man doch sagen, dachte er.

Dagens Nyheter brachte am Donnerstag einen längeren Artikel von Universitätsbibliothekar Marian Gross, außerdem einen Leitartikel dazu und weitere Nachrichten, obwohl der Artikel aus unerfindlichen Gründen zwei Tage zuvor von Smålandsposten in Växjö abgelehnt worden war. Gross war außer sich. Einerseits wegen der inkompetenten Weise, in der die Polizei im Mord an Linda ermittelte. Andererseits aus rein persönlichen Gründen, im Hinblick auf die groben Schikanen, denen er ausgesetzt gewesen war.

Ohne an sich und die Gefahr zu denken, in die er sich damit begab, hatte er sich als Zeuge gemeldet, um der Polizei behilflich zu sein. Das war für Gross selbstverständlich, wie es das für jeden normal denkenden Menschen sein musste, der in einer Demokratie und einem Rechtsstaat lebte. Er als Flüchtling aus dem von der Sowjetunion geknechteten Polen wusste nun wirklich, wie es war, in einer Diktatur zu darben. Sein Engagement hatte noch dazu persönliche Gründe. Er hatte das Opfer und seine Mutter gekannt, wunderbare Menschen und die besten Nachbarinnen, die man sich überhaupt nur vorstellen konnte, meinte Gross. Und da zudem vieles dafür sprach, dass er Lindas Mörder gesehen hatte und ihn beschreiben konnte, war die Art und Weise, wie die Polizei ihn behandelt hatte, unbegreiflich und zutiefst beleidigend.

Zweimal waren sie mit Gewalt in seine Wohnung eingedrungen und hatten ihn auf die Wache geschleppt, hatten ihn rassistisch beschimpft, ihn rund um die Uhr verhört und ihn gezwungen, seine DNA-Probe abzuliefern, obwohl sie nicht den Hauch eines Beweises gegen ihn vorlegen konnten. Außerdem hatten sie dann noch die Frechheit besessen zu behaupten, er habe das freiwillig und auf eigenen Wunsch hin getan.

Jetzt, wo das Ergebnis dieser Probe vorlag, hatten er und sein Anwalt mehrere Briefe und Anrufe gebraucht, ehe die Polizei sich dazu herabgelassen hatte, ihm mitzuteilen, dass er nunmehr aus der Ermittlung gestrichen sei. Was bedeutete, dass er unschuldig war und mit dem Mord an Linda nicht das Geringste zu tun hatte. Was für ihn selbst und jeden denkenden Menschen auf der Hand lag, nicht aber für die Polizei von Växjö und ihre Handlanger von der Zentralen Kriminalpolizei in Stockholm.

Gross war auch nicht der Einzige, der so misshandelt worden war. In einem groß aufgemachten Artikel in derselben Zeitung wurde auf eine hochstehende Quelle innerhalb der Polizei verwiesen, die berichtete, dass im Zusammenhang mit der Lindaermittlung DNA-Proben von an die tausend Personen in der Umgebung von Växjö eingeholt worden waren. Die große Mehrheit dieser Personen waren normale, unbescholtene, hart arbeitende Menschen. Sämtliche Analyseergebnisse, die bisher vorlagen, zeigten, was niemanden überraschen konnte, dass sie allesamt unschuldig waren.

Drei von ihnen waren in der Zeitung interviewt worden, und eine dieser drei, die freiwillig eine DNA-Probe hatten abliefern müssen, war seltsamerweise eine Frau. Alle waren unzufrieden, und die Freiwilligkeit, auf die man sich bei der Polizei berief, stimmte nicht mit ihren eigenen Erlebnissen überein. Sie hatten nicht das Gefühl gehabt, eine Wahl zu haben, ganz einfach, und um sich weitere Schikanen zu ersparen, hatten sie der Polizei den Gefallen getan. Das aber freiwillig zu nennen war wirklich ein schlechter Witz.

Vor allem die Frau war empört, und sie begriff außerdem nicht, was das überhaupt sollte. Alle Welt wusste doch inzwischen, dass Linda von einem Mann ermordet worden war, und was die Polizei also mit ihrem DNA-Profil wollte, war ein Mysterium. Für sie zumindest.

Die Frage war natürlich an die Pressesprecherin der Polizei von Växjö weitergereicht worden, aber die hatte sich nicht dazu äußern wollen. Die Ermittlungsleitung gebe keine Kommentare ab zu den Maßnahmen, die sie in diesem Fall ergriff. Ganz allgemein wäre das kontraproduktiv, und schlimmstenfalls würde es ein ansonsten positives Ermittlungsergebnis gefährden oder sogar ruinieren.

Der Experte, an den die Zeitung sich nun gewandt hatte, wurde nicht von dieser polizeilichen Arbeitsethik gehemmt. Er sah nur eine mögliche Erklärung. Die freiwillig speichelnde Frau hatte vermutlich einen Sohn, für dessen DNA die Polizei sich interessierte, den sie aber offenbar nicht hatte ausfindig machen können. Die Frau sagte, das stimme an und für sich. Sie habe durchaus einen Sohn, doch wie er der Polizei bei der Klärung des Lindamordes helfen solle, sei ihr unbegreiflich. Seiner Mutter zufolge konnte er keiner Fliege etwas zuleide tun, und außerdem lebte er seit zwei Jahren in Thailand.

»Ich glaube ganz einfach, dass die Polizei nicht mehr weiß, was sie tut«, sagte die Mutter abschließend in einem längeren Interview.

Mit dieser Einschätzung stand sie leider nicht alleine da. Der Leitartikel hatte den süßen Duft von Polizeifäule gewittert und sah Anzeichen für dieselbe Verwirrung und Verzweiflung, die die Jagd der Polizei auf den Mörder von Ministerpräsident Olof Palme zwanzig Jahre zuvor gekennzeichnet hatten. Was vielleicht kein Wunder war, denn mehrere der Polizisten, die von der Zentralen Kriminalpolizei zur Ermittlung im Mordfall Linda nach Växjö geschickt worden waren, hatten auch bei den damaligen Ermittlungen eine zentrale Rolle gespielt.

Auch die Zeitung Barometern in Kalmar nahm sich im Leitartikel des Lindamordes an, wenn auch aus einem teilweise anderen Winkel als die Kollegen in der Hauptstadt. Barometern erkannte vor allem eine Kollision von zwei Polizeikulturen. Auf der einen Seite der Kultur der Polizei von Växjö mit ihren Orts- und Personenkenntnissen – »Man kennt seine Pappenheimer« –, wo man es vorzog, im kleinen und tief auslotenden Format zu wirken. Andererseits die der Kollegen von der Zentralen Kriminalpolizei, die in der Welt der Computer arbeiteten, an den Umgang mit fast unbegrenzten Mitteln gewöhnt waren und ihre Probleme auf so breiter Front wie überhaupt nur möglich angingen.

Auch Barometern schien seine Quellen bei der Polizei zu haben. Und denen zufolge war es schon ziemlich früh zu Reibereien innerhalb der Ermittlungsleitung gekommen, und davon konnte die Arbeit natürlich nicht direkt profitieren, egal, wer nun im Recht sein mochte und wer nicht. Abschließend brachte man besorgt zum Ausdruck, es sei noch viel zu früh, die Flinte ins Korn zu werfen, und hoffentlich werde man den Täter am Ende doch noch finden, obwohl seit dem Mord an Linda nun schon mehr als ein Monat vergangen war.

An diesem Tag dauerte die Morgenbesprechung den ganzen Vormittag bis zum Mittagessen. Im Grunde wurde nur über das geredet, was an diesem Tag in der Zeitung gestanden hatte. Kommissar Olsson stellte sogar eine Frage zur Palmeermittlung. Natürlich aus rein persönlicher Neugier und durchaus nicht als Kritik gemeint. Aber dennoch.

»Ja, du, Bäckström, du warst damals doch auch dabei«, sagte Olsson aus irgendeinem Grund.

»Sicher«, sagte Bäckström mit dem Gewicht des Mannes, der sein ganzes erwachsenes Polizistenleben als Mordermittler verbracht hatte. »Das Problem war wohl, dass die Leute, die das Sagen hatten, nicht auf mich hören wollten.«

»Ich habe einige Vernehmungen durchgeführt«, sagte Rogersson und zuckte mit den Schultern. »Und wenn die Herrschaften entschuldigen, werde ich auch jetzt erwartet.« Dann nickte er kurz und war verschwunden.

»Ich war auch dabei«, sagte Lewin. »Was vielleicht kein Wunder ist, denn so gut wie alle, die damals in Stockholm bei der Kriminalpolizei waren, hatten damit zu tun. Und auch auf mich hat niemand gehört, falls das irgendwen hier interessiert«, fügte er hinzu.

Dann entschuldigte auch er sich und ging.

Bäckström blieb keine Wahl. Er blieb sitzen und sah zu, wie ein weiterer Tag seiner knapp bemessenen Zeit vergeudet wurde, ehe er endlich den Sinnlosigkeiten ein Ende setzen und dafür sorgen konnte, dass er immerhin etwas in den Magen bekam.

Rogersson hatte offenbar nicht nur Vernehmungen durchgeführt. Unter anderem saß er schon in der Kantine, als ein saurer Bäckström sich mit dem Tagesgericht und, aus Mangel an echtem Bier, einem Lightbier zu ihm setzte.

»Sitzt du gut«, fragte Rogersson, sowie Bäckström sich gesetzt hatte.

»Ja«, sagte Bäckström.

»Jetzt ist beim Job oben in Stockholm der Teufel los«, sagte Rogersson, beugte sich über den Tisch, senkte die Stimme und nickte Bäckström aufgeregt zu.

»Ist Nulli mit seinem kleinen Bücherwagen beim Zettkazeh auf Ebene elf aufgetaucht?«, fragte Bäckström und strich sich dick Butter auf sein trockenes Baguette.

»Ich hab mit einem von den Jungs beim Job geredet«, sagte Rogersson. »Weißt du, wer Nullis Nachfolger wird?«

»Nein, woher soll ich das wissen, zum Teufel«, fragte Bäckström.

»Johansson«, sagte Rogersson. »Lars Martin Johansson. Du weißt doch, der, den die Kollegen von der Ordnung den Schlächter aus Ådalen getauft haben.«

»Du meinst den Scheißlappen. Das kann doch verdammt noch mal nicht wahr sein«, sagte Bäckström.

»Sichere Quelle«, sagte Rogersson.

Außerdem eine seltsame Quelle, da die Besprechung der Regierung, bei der eine Stunde zuvor Lars Martin Johansson, der stellvertretende Leiter der Sicherheitspolizei, zum neuen Chef der Zentralen Kriminalpolizei ernannt worden war, noch andauerte und nicht einmal der bestinformierte Journalist auch nur die geringste Ahnung von dieser Beförderung hatte, die erst in zwei Stunden durch eine Pressemeldung des Justizministeriums an die Öffentlichkeit gelangen sollte.

Am Freitagabend versammelte Bäckström seine Getreuen zu einem gemeinsamen Essen im Hotel. Sie fingen in Bäckströms Zimmer an, um in aller Ruhe über ihre Angelegenheiten sprechen zu können, und ausnahmsweise einmal hatten auch Lewin, Knutsson und Thorén Bäckströms großzügiges Angebot eines Bieres angenommen. Die kleine Svanströmsche trank kein Bier, war aber doch so weit zurechnungsfähig, dass sie auf ihr Zimmer ging und sich ein Glas Weißwein aus der Flasche holte, die sie offenbar dort in der Minibar abgestellt hatte.

»Da kann ich euch wenigstens Gesellschaft leisten«, sagte sie.

Bäckström war wütend. Er war keiner, der sich Scheiß und üble Sprüche von irgendwelchen Buschsheriffs bieten ließ, noch dazu, wenn sie zu feige waren, ihm das alles ins Gesicht zu sagen. Mehrmals an diesem Tag hatte er schon mit dem

Gedanken gespielt, zum Polizeichef zu gehen und dort auf den Tisch zu schlagen.

»Bei allem Respekt, Bäckström, ich halte das nicht für sonderlich konstruktiv«, wandte Lewin ein.

»Das meinst du also«, sagte Bäckström. Du Scheißverräter, dachte er.

»Ich neige auch eher zu Lewins Ansicht«, sagte Rogersson, obwohl er doch gerade Bäckströms Bier pichelte. »Und wenn wir den Arsch erst im Knast haben, legt sich das Gerede gleich wieder.«

Noch einer, dachte Bäckström.

»Es war jemand, den sie gekannt hat«, sagte Lewin. »Jemand, den sie ganz freiwillig eingelassen hat, weil sie ihn gut leiden mochte, und ich bin sogar ziemlich sicher, dass sie anfangs freiwillig Sex mit ihm hatte. Aber dann ist die Sache aus dem Ruder gelaufen.«

»Und wo finden wir ihn also«, fragte Bäckström. In einer von deinen verdammten Strukturen, dachte er.

»Natürlich finden wir ihn«, sagte Lewin. »So groß kann die Auswahl doch wohl nicht sein. Früher oder später finden wir ihn.«

Danach gingen sie ins Restaurant hinunter und aßen zu Abend, und da Bäckström nun auftaute, konnte er die anderen sogar von der Notwendigkeit eines Bissens Hering vor dem Essen überzeugen.

»Den Schnaps geb ich aus«, sagte Bäckström, der schon entschieden hatte, wie er dieses kleine Problem lösen konnte, ohne auf sein Sauerverdientes verzichten zu müssen.

Danach hatte eins das andere gegeben. Vor allem für ihn und Rogersson natürlich, aber auch Lewin und alle anderen hatten sich gefügt und ein Gläslein gezwitschert. Max und Moritz hatten ganz tüchtig gebechert, ehe sie dann irgendwann in der Stadt verschwunden waren, und diesmal war zweifellos nicht das filmische Angebot ihr Ziel gewesen.

Bäckström selbst setzte sich mit Rogersson in die Bar, und

als sie dann endlich zur wohlverdienten Nachtruhe auf ihre Zimmer zurückwankten, waren sie beide ziemlich erschöpft. Bäckström hatte Probleme mit seiner Schlüsselkarte, aber Rogersson half ihm und sorgte dafür, dass er ins Zimmer gelangte.

»Möchtest du einen«, fragte Bäckström und fuchtelte in Richtung Minibar.

»Ich hab genug«, sagte Rogersson. »Aber eins hatte ich noch vergessen.«

»Ohr«, sagte Bäckström, streifte die Schuhe ab und legte sich auf die Seite, um vor dem Einschlafen Zeit zu sparen.

»Da hat so ein Scheißjournalist angerufen und behauptet, wir hätten uns die ganze Nacht Pornos reingezogen«, sagte Rogersson. »Weißt du was darüber, Bäckström?«

»Nicht die geringste Ahnung«, murmelte Bäckström. Was redet der denn da für einen Scheiß, dachte er. Pornos? Um diese Zeit?

»Geht mir genauso«, sagte Rogersson.

»Was hast du ihm denn gesagt«, murmelte Bäckström.

»Ich hab gesagt, er soll sich zum Teufel scheren, natürlich. Was hättest du denn gemacht?«

»Ihm gesagt, er soll sich zum Teufel scheren, natürlich«, sagte Bäckström. »Was hältst du übrigens davon, wenn wir jetzt schlafen?«

Am Sonntag, dem 10. August, trug die Familie Linda Wallin zu Grabe. Anwesend waren ihre Eltern, ihre beiden Halbbrüder aus der ersten Ehe ihres Vaters sowie etwa zwei Dutzend weitere Verwandte und enge Freunde. Presse und Polizei fehlten jedoch. Kommissar Olsson war von Lindas Vater abgewiesen worden, als er angerufen hatte, um seine Dienste anzubieten. Er habe schon für alles gesorgt. Die Trauerfeier fand in der Kirche statt, in der Linda sieben Jahre zuvor konfirmiert worden war, und Linda wurde auf dem nahe gelegenen Friedhof in der Gruft bestattet, die ihr Vater nach seiner Rückkehr nach Schweden für sich und kommende Generationen gekauft hatte. Seine eigene Trauer kannte keine Grenzen, hatte weder Anfang noch Ende, und die Tatsache, dass seine Tochter vor ihm dort landete, konnte sie jedenfalls nicht mehr vergrößern.

53

Stockholm, Montag, 11. August

Lars Martin Johansson war schon um sieben Uhr morgens an seinem neuen Arbeitsplatz eingetroffen. Auf seinem Schreibtisch lagen sorgfältig geordnete Papierstapel. An einem klebte ein Zettel mit einer Nachricht von seiner Sekretärin: »Sofort zu erledigen.«

Oben auf dem Stapel lagen jeweils ein Schreiben des Justizkanzlers, JK, und eins vom Juristischen Ombudsmann, JO. Inhaltsmäßig waren sie fast identisch, sie richteten sich an den Polizeichef des Bezirks Kronoberg und wurden dem Leiter der Zentralen Kriminalpolizei zur Kenntnisnahme vorgelegt. Ursache waren Mitteilungen der Zeitung Dagens Nyheter vom Donnerstag, dem 7. August, und es ging um die Voruntersuchungen und vor allem um die angeblich freiwilligen DNA-Proben, die man diesem Artikel nach bei den Ermittlungen zum Mord an Linda Wallin genommen hatte. Und was auch nicht unwichtig war: Beide Schreiben gingen auf die Initiative von JK und JO zurück. Und bei diesen Absendern war das so ungefähr das Schlimmste, was passieren konnte, und durchaus ein Omen für das Allerschlimmste.

Warum liegt das auf meinem Tisch? Warum haben die das nicht direkt nach Ulleråker geschickt, fragte Johansson sich sauer, während er auf dem Klebezettel vermerkte, dass er sofort alle Juristen sprechen wolle, die mit diesem Fall zu tun hatten. Ansonsten sah alles so aus wie auch sonst immer in seiner langen Karriere. Papier, Papier und noch mehr Papier, dachte er.

54

Växjö, am selben Tag

Als die Ermittlertruppe unten in Växjö sich zur ersten Besprechung in dieser Woche um den großen Tisch versammelt hatte, ahnte niemand etwas von den düsteren Wolken, die sich über ihrer Ermittlung zusammenballten. Im Gegenteil glaubten wohl alle, dass endlich das Licht der Gnade auf sie herabströmte. Eine Minute, ehe sie anfingen, tauchte plötzlich Enoksson auf und fragte Bäckström, ob er die einleitenden Worte sprechen dürfe. Er habe nämlich allerlei Interessantes zu berichten, und da es sich um Enoksson handelte und nicht um Olsson – der Bäckström mit seiner Abwesenheit erfreute –, hatte Bäckström plötzlich das Gefühl, die vertrauten Vibrationen immerhin zu ahnen.

»Ich habe allerlei zu erzählen, falls das hier irgendwen interessiert«, begann Eriksson, und die Reaktionen unter seinen Zuhörern ließen durchaus auf Interesse schließen.

»Die Kollegen in Kalmar haben einen Treffer für die DNA des Lindamörders. Leider können sie uns keine Identität liefern, aber ich finde, es klingt trotzdem vielversprechend«, sagte Enoksson. So ist das also, wenn man sein Publikum mit Stummheit schlägt, dachte er.

Da Enoksson ein genauer und pädagogischer Mann war, versuchte er, seinem Publikum das Zuhören zu erleichtern, indem er alles in Punktform zusammenfasste und sicherheitshalber eine kleine Aktennotiz über den Fall verteilte, die sie sich derweil ansehen konnten. Der erste Punkt bezog sich auf den Mord an Linda. Der letzte auf das Analyseergebnis, das vor nur einer Stunde aus dem Labor in Linköping gekommen war.

Linda war zwischen vier und fünf Uhr am Freitagmorgen, dem 4. Juli, in der Wohnung ihrer Mutter im Pär Lagerkvists väg in Växjö ermordet worden. Am Montagnachmittag des 7. Juli war bei der Polizei von Växjö ein über zehn Jahre alter Saab als gestohlen gemeldet worden. Der Wagen war offenbar am Morgen des Tages, an dem er plötzlich weg war, zwei Kilometer vom Tatort entfernt verschwunden. Dieses Auto war dann am Freitag, dem 11. Juli, in ihrer Ermittlung aufgetaucht, als im Zusammenhang mit dem Mord an Linda die Ergebnisse der Nachbarschaftsbefragung besprochen worden waren. Da diese Mitteilung damals nicht weiter interessant erschienen war, hatten sie es auf sich beruhen lassen. Jetzt gab es viel stärkere Gründe, um sich ihr wieder zu widmen.

»Wenn ich das richtig in Erinnerung habe, dann dachten wir wohl, dass der kaum etwas mit Linda zu tun haben könne, wo er doch über drei Tage nach dem Mord gestohlen worden war«, sagte Enoksson.

Aber egal. Schon am Sonntag war der Wagen wiedergefunden worden, also konnte er nicht am Montag gestohlen worden sein. Er war im Wald versteckt gewesen, auf einer kleineren Abzweigung von der Straße 25 zwischen Växjö und Kalmar, etwa zehn Kilometer westlich von Kalmar. Der Großgrundbesitzer hatte ihn gefunden, als er am frühen Morgen seine Gefilde inspiziert hatte. Die Nummernschilder waren abmontiert worden, außerdem hatte offenbar irgendwer einen halbherzigen Versuch unternommen, den Wagen anzustecken. Und im Hinblick auf den Zustand des Autos sah es vor allem so aus, als hätte der Besitzer versucht, sich der Schrottkarre auf möglichst bequeme Weise zu entledigen. Der Großgrundbesitzer sah sich jedenfalls nicht zum ersten Mal mit dieser Form von Privatinitiative konfrontiert. Kurz und zusammengefasst, fand er das alles überhaupt nicht komisch.

Am Nachmittag rief er die Polizei von Kalmar an, aber weil die nicht genug Leute hatte, dauerte es bis zum Mittwoch, dem 9. Juli, bis eine Streife aus Nybro sich die Sache vor Ort ansehen konnte. Nachdem sie den Wagen inspiziert und ein wenig in der Umgebung herumgewühlt hatte, fand sie zwei Nummernschilder, die etwa fünfzig Meter vom Fahrzeug entfernt in Richtung Straße 25 in einem Graben lagen. Über Polizeifunk wurde eine Frage gestellt, es kam eine Antwort, die mit dem Wagen übereinstimmte, und ungefähr jetzt fing das Ganze an, interessant zu werden.

Bei der verbrechensvorbeugenden Abteilung der Bezirkspolizei von Kalmar waren die Mahnungen des Justizministers zu verschärften Maßnahmen gegen die Alltagskriminalität auf fruchtbaren Boden gefallen, man beteiligte sich sogar an einem speziellen Pilotprojekt auf nationalem Niveau und versuchte also, mit Hilfe moderner kriminaltechnischer Methoden die Aufklärung von Autodiebstählen voranzutreiben.

Und in just diesem Fahrzeug fand sich allerlei, das für einen Diebstahl sprach. Zum Beispiel war der Wagen mit Hilfe eines Schraubenziehers, den jemand ins Zündschloss geschoben und umgedreht hatte, gestartet worden, und das Lenkrad hatte der Dieb auf die übliche Weise entsichert, indem er die Räder gesperrt und dann aus aller Kraft am Lenkrad gerissen hatte.

Im Aschenbecher zwischen den Vordersitzen fanden die Kollegen aus Västervik eine selbst gedrehte Zigarette mit dem verheißungsvollen Duft von Cannabis sativa, sie steckten die Kippe in eine Beweistüte und ließen den Wagen auf den Hinterhof der Wache von Kalmar bringen, um auf weitere technische Untersuchungen im Rahmen des nationalen Pilotprojekts zu warten.

Danach waren Auto und Kippe in der Welt der Polizeicomputer verloren gegangen. Die Polizei von Kalmar hatte keine Ahnung, dass der Wagen für eine kurze Minute im Zusammenhang mit der derzeit wichtigsten Mordermittlung im Lande diskutiert worden war. Sie hatte sich damit begnügt, dem Besitzer schriftlich mitzuteilen, dass sein Wagen aufgefunden worden sei, der Besitzer jedoch hatte sich nicht gemeldet, und sonst schien niemand die Karre auch nur eines Gedankens gewürdigt zu haben.

Im Labor war die Cannabiskippe ganz hinten in der immer länger werdenden Schlange von DNA-Analysen gelandet. Trotz der politischen Initiative des Justizministers, ganz abgesehen davon, wo das Herz der verbrechensvorbeugenden Abteilung der Bezirkspolizei von Kalmar schlug, und bei aller Liebe zum nationalen Pilotprojekt, die Kippe war also liegen geblieben und wartete darauf, an die Reihe zu kommen, und erst nach einem Monat konnte sich jemand ihrer erbarmen.

Am späten Freitagnachmittag des 8. August war die Analyse beendet, und als sie durch das Computerregister lief, fingen die Warnlämpchen an zu blinken. Leider hatten offenbar sämtliche Zuständige bei der Bezirkspolizei von Kalmar und Växjö bereits Feierabend gemacht, und aus Rücksicht auf Geheimhaltung und diverse andere persönliche Aspekte dauerte es noch bis Montagmorgen, bis Enoksson und seine Kollegen direkt vom Zuständigen im Labor die frohe Botschaft erfuhren.

»Ja, das wäre das«, endete Enoksson. »Die Kollegen sind schon nach Kalmar unterwegs, um die Karre zu holen. Wir hielten das für die sinnvollste Lösung. Sonst noch was? Ja, ich soll noch grüßen, von den Kollegen in Kalmar.«

»Was wollten die denn«, fragte Bäckström, obwohl er das schon wusste.

»Das Übliche«, sagte Enoksson. »Wenn wir weitere Hilfe brauchen, um den Mord an Linda aufzuklären, sollen wir uns einfach melden.«

»Wird wohl nicht nötig sein«, sagte Bäckström. »Okay, Kumpels«, fügte er hinzu. »Jetzt haben wir doch was zu beißen, und wenn im Königreich Schweden jemals ein Autodiebstahl genauer untersucht wurde, dann verspreche ich, das Handtuch zu werfen.« Aber davon könnt ihr wirklich nur träumen, ihr Pappnasen, dachte er.

55

Im Zimmer des Bezirkspolizeichefs ein Stockwerk höher hatte man keine Ahnung von der Begeisterung, die in den Räumlichkeiten der Ermittlertruppe eine Treppe tiefer ausgebrochen war. Im Gegenteil, der Bezirkspolizeichef machte sich echte Sorgen, und wie so oft teilte er sie mit seinem Mitarbeiter Kommissar Olsson, denn der war getreu und klug zugleich.

Schon am frühen Morgen hatte seine Sekretärin ihn in seinem Sommerhaus angerufen, obwohl er doch Urlaub hatte, und das alles nur, um ihm von den Briefen von JK und JO zu berichten. Solche Dinge waren ihm bisher total erspart geblieben, obwohl er nun schon fast fünfundzwanzig Jahre bei der Polizei war und mit den Jahren immer mehr Mitarbeiter bekommen hatte, die er im Zaum halten musste. Da ihm keine Wahl blieb, hatte er sich mehr oder weniger sofort ins Auto gesetzt und die an die hundert Kilometer lange Fahrt zur Wache nach Växjö hinter sich gebracht. Zuerst allerdings hatte er noch nach seiner geliebten Gattin gesehen. Wie immer lag sie unten am Steg und sonnte sich, und wie immer winkte sie nur abwehrend, als er sie an den Schutzfaktor erinnern wollte.

Schon im Wagen hatte er seinen treuen Knappen Olsson angerufen, und im Hinblick auf den leicht brisanten Charakter der Angelegenheit hatte er sorgfältig betont, dass sie das erst unter vier Augen diskutieren und die Kollegen von der Zentralen Kriminalpolizei durchaus noch nicht informiert werden müssten.

»Da bin ich ganz deiner Meinung, Chef«, sagte Olsson und versprach, sofort mit Bäckström zu sprechen, damit der in Olssons Abwesenheit die Morgenbesprechung leite. Olsson wollte Bäckström gegenüber jedoch nicht ins Detail gehen.

Nachdem sie die neue Lage in aller Ruhe bei einer Tasse Kaffee besprochen hatten, zeigte sich, dass sie noch in vielen anderen Punkten einer Ansicht waren. Der Zeitungsartikel war, genau wie immer, einseitig und gewaltig übertrieben, allerdings hatte Olsson tatsächlich mehrmals versucht, die Kollegen von der Zentralen Kriminalpolizei zur Mäßigung zu bewegen.

»Ich betrachte das teilweise als eine Folge der Tatsache, dass sie eine ganz andere Polizeikultur haben als wir hier unten«, meinte Olsson. »Um die Kosten müssen die sich offenbar nie

Sorgen machen. Die können einfach hupen und losdüsen, wenn ich das mal so sagen darf«, fügte er hinzu.

Was die Antwort an JO und JK anging, so versprach er außerdem, sehr bald mit allerlei Präzisierungen und Vervollständigungen herauszurücken, darüber brauche sein Chef sich also keine Sorgen zu machen.

»Schlimmstenfalls lese ich denen das Gesetz vor«, sagte Olsson und setzte sich gerade.

Olsson ist ein Fels, dachte der Bezirkspolizeichef, und wenn es irgend möglich wäre, hätte er ihn auch gebeten, den soeben ernannten Chef der Zentralen Kriminalpolizei anzurufen. Das war ein Gespräch, das er wohl mehr oder weniger sofort hinter sich bringen musste und vor dem ihm schon seit dem frühesten Morgen grauste. Wie wird der noch genannt, überlegte er. Der Schlächter aus Ådalen?

Er selbst war ihm nur einige Male begegnet, aber das war mehr als genug gewesen, um zu verstehen, womit er diesen Spitznamen verdient hatte. Ein großer, grober Norrländer, der nur selten etwas sagte, die Leute aber auf eine Weise ansah, die durchaus nicht zur Gemütsruhe der Betrachteten beitrug. Er war so eine Art primitiver Emporkömmling, ohne Herkunft, Ausbildung oder auch nur einen Anflug von juristischer Schulung, dachte der Bezirkspolizeichef, und ihn durchfuhr ein kalter Schauer.

Vielleicht rufe ich doch lieber selbst an, dachte der Bezirkspolizeichef, und ohne weiter darüber nachzudenken, gab er die Nummer ein, unter der noch vor einer Woche sein alter Kommilitone zu erreichen gewesen war.

»Johansson«, antwortete die schroffe Stimme am anderen Ende der Leitung.

Der Zettkazeh Lars Martin Johansson war nicht der Einzige, dessen Telefon heißlief. Ungefähr zu dem Zeitpunkt, zu dem der Bezirkspolizeichef ihn anrief, klingelte der Chef der TP-Gruppe, Kommissar Per Jönsson, seinen Kollegen Bäckström unten in Växjö an, um ihm in Verbindung mit dem DNA-Fund im gestohlenen Wagen, von dem er soeben gehört hatte, seine Dienste anzubieten. Eine ganz hervorragende Gelegenheit, um sich für die Unverschämtheiten zu bedanken, die selbiger Bäckström bei ihrer letzten Begegnung von sich gegeben hatte, fand Jönsson.

»Ich verstehe das Problem nicht so ganz«, fiel Johansson dem Bezirkspolizeichef ins Wort, nachdem er dessen Tiraden hatte lauschen müssen. »Leiten denn nicht deine Leute die Voruntersuchung«, fragte er. »Ich dachte, Bäckström und die anderen Kollegen seien von uns geschickt worden, um euch zu helfen?« Was schon schlimm genug war, wenn man an Bäckström dachte, aber um dieses kleine Unglück kümmere ich mich später, dachte Johansson.

»Ja, an sich schon«, gab der Bezirkspolizeichef zu. »Der VU-Leiter ist einer meiner vertrautesten Mitarbeiter, ein überaus erfahrener Kollege, der hier bei der Bezirkskriminalpolizei arbeitet.«

»Schön zu hören«, sagte Johansson. »Dann kannst du meinen Jungs ausrichten, dass sie sich anständig benehmen sollen, sonst kriegen sie es mit Vatern zu tun, und wenn ich sie nach Hause holen soll, dann will ich das schriftlich.«

»Nein, wirklich nicht, wirklich nicht, die leisten ganz hervorragende Arbeit«, beteuerte der Bezirkspolizeichef, dessen Hände trotz der Hitze bereits in kalten Schweiß gebadet waren.

»Ja dann«, sagte Johansson.

Was für ein außerordentlich primitiver Mensch, dachte der Bezirkspolizeichef.

»Sag Bescheid, wenn ich mich irre, Pelle«, sagte Bäckström, der außerordentlich guter Laune zu sein schien. »Du rufst an, um zu fragen, ob du und deine Spielkameraden im Archiv mir und meinen Kollegen mit etwas aushelfen könnt, das wir uns noch nicht selbst zusammengereimt haben.«

»Das sind deine Worte, Bäckström«, antwortete Jönsson kurz.

»Ich rufe an, um euch unsere analytische Expertise in Verbindung mit dem DNA-Fund in dem verlassenen Auto anzubieten.«

»Aber dann habe ich doch richtig verstanden«, sagte Bäckström. »Du rufst an, um zu fragen, ob du uns bei etwas helfen kannst, das wir uns noch nicht selbst zusammengereimt haben.«

»Ja, wenn du das lieber so ausdrückst«, sagte Jönsson.

»Die Antwort ist nein. Ich wiederhole, nein«, sagte Bäckström mit lauter und deutlicher Stimme, während er zugleich sein Telefon ausschaltete, da er das schon früh als die unschlagbar beste Methode erkannt hatte, einen Anruf zu beenden, vor allem wenn man mit solchen wie Kollege Jönsson redete. Da hat der kleine Pelle Schwanzlos doch richtig was zum Lutschen, dachte er.

56

Am nächsten Tag brachte die größere der beiden Abendzeitungen eine Reportage über Lindas Beerdigung – TRAUER UM LINDA –, und Text und Bilder ließen annehmen, dass das Material nicht von den Mitarbeitern der Zeitung stammte. Der Text war allgemein gehalten, natürlich voll tiefen Mitgefühls, aber er hätte sich wirklich auf jede beliebige Beisetzung beziehen können. Er war mit unscharfen Friedhofsbildern illustriert, die aus weiter Ferne aufgenommen worden waren, und konnte so gut wie jede Trauergemeinde zeigen. Weder Reporter noch Fotograf gehörten zum festen Mitarbeiterstab der Zeitung. Beide hatten nichtssagende Namen und waren nicht mit kleinen Fotos vertreten, was noch seltsamer war, da die Reportage eine ganze Seite vorn in der Zeitung einnahm.

Der Knaller dagegen befand sich auf der gegenüberliegenden Seite, und das war auch die Schlagzeile des Tages – PORNO-NACHT DER MORDERMITTLER –, und ohne dass es eigentlich in der Zeitung stand und ohne dass man sich wirklich durch den Text hindurchmühen musste, erhielt das normale Publikum doch einen klaren Eindruck vom Vorgefallenen. Während Lindas Familie und ihre engsten Freunde sie wie gelähmt vor Trauer zur letzten Ruhe gebettet hatten, waren die Polizisten von der Zentralen Kriminalpolizei, die doch eigentlich den Mörder fangen sollten, im Hotel geblieben und hatten sich die Zeit mit Pornofilmen vertrieben.

»Ich kapiere hier überhaupt nichts mehr«, brüllte Rogersson, als sie im Dienstwagen saßen, um den halben Kilometer zwischen Hotel und Wache hinter sich zu bringen. »Ich hab keinen Porno gesehen, verdammt noch mal.«

»Scheiß da jetzt drauf«, sagte Bäckström versöhnlich. »Was diese Zeitungsschmierer sich aus den Fingern saugen, interessiert doch bestimmt keinen.«

Bäckströms Erinnerung hatte sich seit Rogerssons letztem Besuch beträchtlich geklärt, und jetzt galt es, sich nichts anmerken zu lassen. Da das zu Bäckströms allerbesten Disziplinen gehörte, machte er sich auch keine großen Sorgen. So tun, als ob es regnet, den Kopf schütteln, wenn jemand fragt, sich bei Bedarf über den vielen gemeinen Klatsch aufregen, mit dem die Leute sich amüsieren, wenn der Frager kein Nein akzeptiert.

Einer, der sich deutlich Sorgen machte, war Lars Martin Johansson. Schon beim Morgenkaffee im Büro hatte er die große Abendzeitung mit in sein Zimmer genommen, hatte zwischen den Zeilen gelesen und sich rasch zusammengereimt, wie die Sache wirklich aussah. Aus irgendeinem Grund dachte er an Bäckström, als er den Polizeirat zu sich rief, den Chef von Bäckström und Kollegen.

»Sitzen«, sagte Johansson und nickte zum Rat und zum Besuchersessel hinüber, als Erstgenannter in sein Zimmer schlich.

»Eine Frage«, sagte Johansson. »Wer hat Bäckström nach Växjö geschickt?«

Das schien unklar zu sein, behauptete der Gefragte. In einem Punkt war er seiner Sache jedoch sicher. Er war es nicht gewesen. Er hatte nämlich Urlaub gehabt, und wenn er keinen Urlaub gehabt hätte, dann wäre Bäckström der Letzte gewesen, dem er die Leitung der Ermittlungen unten in Växjö anvertraut hätte. Im Gegenteil hatte er sogar versucht, solchen Möglichkeiten vorzubeugen, ehe er seinen Urlaub angetreten hatte.

»Er sollte alte, liegen gebliebene Fälle durchsehen«, erklärte der Polizeirat. »Sehr alte sogar«, beteuerte er aus irgendeinem Grund.

Johansson sagte nichts. Er schaute seinen Besucher nur an, und sein Blick hatte aus irgendeinem Grund sehr große Ähnlichkeit mit dem, was der Bezirkspolizeichef von Växjö sich früher an diesem Tag vorgestellt hatte.

»Wenn es den Chef interessiert, so bin ich ziemlich sicher, dass Nylander selbst diesen Beschluss gefasst hat«, fügte der Polizeirat hinzu und räusperte sich nervös.

»Papier und Feder«, sagte Johansson und nickte seinem Opfer zu. »Ich will Folgendes wissen…«

57

Schon am Montagnachmittag befand sich das gestohlene Auto in der Garage des Polizeigebäudes in sicherem Verwahr. Enoksson und seine Kollegen gingen sofort ans Werk, und nur einen Tag später konnten sie der Ermittlertruppe die ersten Funde vorlegen. Im Auto hatten sie etliche Fingerabdrücke gesichert. Zwei davon stimmten mit dem allerwahrscheinlichsten der fünf Abdrücke unbekannten Ursprungs vom Tatort überein. An der Rückenlehne des Fahrersessels hatten sie außerdem blaue Fasern gefunden. Die waren ins Labor geschickt worden, aber nach ihrer eigenen vorläufigen Einschätzung, denn auch die Polizei in Växjö verfügte über ein Mikroskop, sprach sehr viel dafür, dass es sich um die gleiche exklusive Kaschmirfaser handelte, wie sie am Tatort sichergestellt worden war.

Danach hatten sie auch alles andere gefunden. Das, was man immer findet, wenn man ein unter verdächtigen Umständen entdecktes Fahrzeug sorgfältig genug durchsucht. Sand, Kies, Staub und Wollmäuse auf dem Boden, jede Menge Haare und Textilfasern auf Boden und Sitzen, alte Quittungen und andere Papiere im Handschuhfach und an allen erdenklichen anderen Stellen. Im Kofferraum gab es einen Wagenheber und das übliche Werkzeug, dazu einen roten Kinderoverall in Winterdicke und einen alten Kindersitz. Vor dem Wagen, einige Meter weiter in ein Gebüsch geworfen, hatten die Kollegen von der Polizei in Nybro einen leeren Zehnliter-Reservekanister gefunden. Blut, Sperma oder andere in diesem Zusammenhang interessante Körperflüssigkeiten hatten jedoch nicht sichergestellt werden können.

Die Vorgehensweise des Täters sprach ebenfalls eine deutliche Sprache. Der ins Zündschloss gebohrte Schraubenzieher, das auf übliche Weise geknackte Lenkradschloss, die selbst gedrehte Marihuanakippe im Aschenbecher, der Versuch, das Fahrzeug abzufackeln, um auf diese Weise alle Spuren zu vernichten. Insgesamt sprach alles stark für den in diesem Zusammenhang klassischen Täter.

Einen Drogensüchtigen mit langem Vorstrafenregister und allerlei früheren Kontakten zu Polizei und Gefängniswesen. Sogar die Tatsache, dass es ihm nicht gelungen war, das Auto anzustecken, weil er nicht genug Benzin gehabt hatte, zeigte in diese Richtung. Da diese Leute eben oft angedröhnt, verworren und außerdem chaotisch im Kopf waren.

Zwei Umstände jedoch störten dieses Bild in der Welt, in der Enoksson lebte, und mit dem ersten hätte er sich immerhin noch abfinden können. Die blaue Faser aus dem teuren Pullover konnte damit erklärt werden, dass der Täter den Pullover gestohlen hatte. Aber es blieb noch eine andere sehr schwer verdauliche Tatsache. Dass seine Finger im polizeilichen Register nicht vertreten waren. Wenn er der war, für den sie ihn mit Fug und Recht doch halten konnten, hätten sie dort nämlich auftauchen müssen, und wenn er nun die Ausnahme war, die jede Regel bestätigte, dann hatte es an die dreißig Jahre gedauert, bis er in Enokssons Leben als Polizist aufgetaucht war.

»Du glaubst nicht, dass er uns in die Irre führen will«, überlegte Olsson. »Ich meine, abgesehen davon, dass uns offenbar diese verdammten Abdrücke fehlen, stimmt es doch sonst fast bis aufs i-Tüpfelchen mit diesem Profil überein.«

Was redet der denn da, dachte Enoksson verwundert.

»Natürlich sind die Finger des Täters alles«, sagte Enoksson. »Was bringt es aber, eine falsche Spur zu legen? Abgesehen davon, dass weder ich noch irgendwer sonst begreifen kann, wie er das rein praktisch geschafft haben soll. Alles andere, was zu dem Profil der Stockholmer Kollegen passt, scheint ihm doch ganz vertraut zu sein.«

»Es kann einfach sein, dass er diese Kleinigkeit anderswo gelernt hat. Dass er noch nicht lange hier ist und wir ihn deshalb noch nicht im Register haben«, schlug Olsson vor. »Ungefähr wie unser Vergewaltiger«, fügte er hinzu.

»Kann schon sein«, sagte Enoksson und sah skeptisch aus. »Warum Linda auch immer eine solche Gestalt mitten in der Nacht eingelassen haben sollte.«

»Wenn sie das denn getan hat«, wandte Olsson ein und wirkte plötzlich ziemlich zufrieden mit sich. »Wir dürfen nicht vergessen, dass wir ganz einfach nicht wissen, wie er in die Wohnung gelangt ist.«

»Ich hab mir da etwas überlegt«, sagte Lewin zögernd und mit schwermütiger Miene.

»Jaa«, fragte Olsson und beugte sich vor.

»Ach nein«, sagte Lewin. »Vergiss es«, sagte er und schüttelte den Kopf. »Ich komm noch darauf zurück. War nur so ein vager Gedanke.«

Die Vernehmung des Autobesitzers und aller anderen, die möglicherweise weiterhelfen konnten, hatte leider auch nur Fragezeichen und neue Unklarheiten hinterlassen. Der pensionierte Flugkapitän, dem das Auto gehörte – Bengt Borg, siebenundsechzig, noch ein Bengt in der Personenliste der Linda-ermittlung –, hatte den Wagen nicht mehr benutzt, seit er ihn ungefähr zwei Jahre zuvor vom Land in die Stadt geholt hatte. Er hatte noch ein weiteres und vor allem neueres Auto, mit dem er nun durch die Gegend fuhr. Nach seiner Pensionierung war er mit seiner Frau in ihr Sommerhaus außerhalb von Växjö gezogen, und zu keiner Jahreszeit verbrachten sie viel Zeit in ihrer Wohnung in der Stadt. Der alte Saab war auf dem zur Wohnung gehörigen Parkplatz stehen geblieben, und das mehr oder weniger seit zwei Jahren eben.

Eine seiner erwachsenen Töchter hatte ihn früher benutzt, aber auch sie hatte jetzt seit einigen Jahren einen eigenen Wagen. Die Tochter war übrigens fünfunddreißig Jahre alt, arbeitete beim Bodenpersonal auf dem Flugplatz von Växjö und hatte selber eine Tochter, die inzwischen sieben war und im Herbst in die Schule kommen würde. Overall und Kindersitz aus dem Kofferraum gehörten ihr, und der Großvater des Kindes wagte die Vermutung, dass sie einen Hinweis darauf liefern könnten, wann die Mutter das gestohlene Auto zuletzt benutzt hatte. Der Kindersitz war von der kleinsten Größe, und das Etikett behauptete, dass der rosa Overall für Kinder unter drei Jahren bestimmt war. Vier Jahre zurück in der Zeit, das stimmte durchaus mit seinen eigenen Erinnerungen überein.

Das Sicherste wäre es natürlich, die Tochter zu fragen. Das Problem war, dass sie, ihr Mann und die siebenjährige Enkelin nach Australien gereist waren, um zwei Monate lang diesen spannenden Erdteil zu erforschen. Der Papa Flugkapitän hielt das für keine dumme Idee, da Australien doch auf der süd-lichen Halbkugel lag, und der kühle Winter, der um diese Jah-reszeit dort herrschte, war seiner eigenen Erfahrung nach der fast tropischen Hitze, die ihn und die anderen Småländer seit zwei Monaten so quälte, doch vorzuziehen.

»Aber wenn es sehr wichtig für Sie ist, kann ich versuchen, sie zu erreichen«, schlug Papa Flugkapitän hilfsbereit vor. »Auf jeden Fall kommt sie in einer Woche nach Hause. Meine Enke-lin fängt ja im Herbst mit der Schule an.«

Kriminalinspektor Salomonson bedankte sich für das Angebot, glaubte aber, die Angelegenheit werde sich auch so klären lassen.

»Sie wissen nicht, ob irgendwer den Wagen geliehen haben könnte?«, fragte Salomonson.

Das glaubte der Flugkapitän nicht. Er hatte zwar noch eine Tochter, die fuhr aber niemals Auto und besaß auch gar keinen Führerschein. Sie wohnte seit mehreren Jahren in Kristianstad, wo sie als Anwältin tätig war, sie besuchte ihre Eltern außerdem nur selten, und aus der Beschreibung des Papas entnahm Salomonson, dass seine Lieblingstochter die Flughafenangestellte war, nicht die Anwältin.

»Und andere Kinder oder Enkelkinder habe ich nicht«, sagte der Flugkapitän. »Nicht dass ich wüsste, jedenfalls«, fügte er hinzu und sah ziemlich zufrieden aus.

Wie könne er so sicher sein, dass der Wagen nicht am Morgen des 7. Juli gestohlen wurde, wollte Salomonson wissen.

Eigentlich war der Besitzer des Autos sich da gar nicht sicher. Zuerst hatte er gar nicht bemerkt, dass der Wagen nicht an seiner normalen Stelle auf dem Parkplatz draußen in Höstorp stand, obwohl er seinen eigenen Wagen gleich daneben gestellt hatte. Als er aber sah, dass beide Schlüssel des Wagens an ihrem üblichen Haken im Schlüsselschrank in der Diele seiner Wohnung hingen, witterte er dann doch Ungemach. Er ging wieder auf den Parkplatz, um noch einmal nachzusehen, für den Fall, dass er den Wagen anderswo abgestellt und das dann vergessen hatte. Dabei traf er seinen nächsten Nachbarn und sprach mit ihm darüber. Der Nachbar konnte sich genau daran erinnern, den Wagen während des Wochenendes dort gesehen zu haben, und das alles habe er übrigens der Polizei schon erzählt, als er den Diebstahl gemeldet hatte.

Das Einfachste, so der pensionierte Flugkapitän, wäre es vielleicht, direkt mit dem Nachbarn zu sprechen, das Problem war nur, dass der Nachbar der Hitze von Småland zu entfliehen versuchte, weshalb er sich auf einer Wanderung durch die lappländischen Berge befand und nach eigener Aussage erst in vierzehn Tagen zurückkehren würde. Und dann sei da noch etwas, das er nicht verstand.

»Da ist noch etwas, das ich nicht richtig verstehe«, sagte der Flugkapitän und sah Salomonson neugierig an. »Warum interessiert es euch so brennend, wer dieses Schrottauto gestohlen hat?«

»Das gehört zu einer neuen Initiative, die wir hier in Växjö gestartet haben«, sagte Salomonson und versuchte, so überzeugend zu klingen, wie das überhaupt nur möglich war. »Wir versuchen, uns mehr auf die sogenannte Alltagskriminalität zu konzentrieren«, fügte er hinzu.

»Ich hätte gedacht, ihr hättet Wichtigeres zu tun«, sagte der Flugkapitän und schüttelte den Kopf. »Diesen Eindruck kriegt man jedenfalls, wenn man Zeitung liest. Man fragt sich wirklich, wie es mit diesem Land noch enden soll«, fügte er hinzu.

Abschließend und weil ihnen nichts Besseres einfiel, hatten sie zwei ganze Tage in der Nachbarschaft Klinken geputzt. Sie hatten bei denen angefangen, die Blick auf den Parkplatz hatten, und danach mit dem übrigen Wohnviertel weitergemacht. Die Hälfte derer, bei denen sie geklingelt hatten, war nicht da gewesen. Sie hatten Mitteilungen hinterlassen, und zumindest einige hatten sich dann doch noch bei der Polizei gemeldet. Offenbar hatten mehrere sich auch bei anderen als der Polizei gemeldet, denn etliche Journalisten riefen nun auf der Wache an und tauchten in der Gegend auf, um ihre eigenen Untersuchungen anzustellen. Die Nachricht, dass die Polizei sich für ein gestohlenes Auto interessierte, das etwas mit dem Lindamord zu tun hatte, war von den meisten Medien schon nach wenigen Stunden aufgeschnappt worden.

Nur eine der vielen befragten Personen in der Nachbarschaft hatte etwas Brauchbares erzählen können, aber wenn man bedachte, was sie erzählt hatte, dann wäre man ohne sie viel-

leicht besser dran gewesen. Rogersson hatte, als er die Vernehmungsprotokolle auf seinem Schreibtisch durchgegangen war,
mit einer Büroklammer einen Notizzettel daran befestigt:
»Verwirrte alte Dame. Erst mal beiseitelassen. JR.«

Anna Sandberg hatte mit dieser Nachbarin gesprochen. Frau
Brita Rudberg, zweiundneunzig, alleinstehende Rentnerin, die
in der dem Parkplatz nächstgelegenen Wohnung lebte. Ihre
Wohnung lag eine Treppe hoch und hatte einen Balkon mit
Blick auf besagten Parkplatz. Auf diesem Balkon wollte sie
gesessen haben, als sie ihre Beobachtungen im Zusammenhang mit dem gestohlenen Saab gemacht hatte. Jeden Morgen
in diesem Sommer saß sie eine Weile auf dem Balkon, bis es zu
warm wurde, und eben an diesen Morgen konnte sie sich sehr
gut erinnern. Es war gegen sechs Uhr am Freitag, dem 4. Juli,
ungefähr um die Zeit, um die sie im Sommer immer aufwachte.
Wenn es draußen dunkel war, schlief sie immer länger, aber
auch mitten im Winter erwachte sie doch nie später als halb
sieben.
   Sandberg hatte diese Zeugin zumindest anfangs für zuver-
lässig und klar im Kopf gehalten, auch wenn sie schon zweiundneunzig war und offenbar keine Ahnung von dem Mord
hatte, der einen Monat zuvor geschehen war, und noch viel
weniger davon, dass das Auto, nach dem sie hier gefragt wurde,
gestohlen worden war. Wie konnte sie so sicher sein, dass es
Freitag, der 4. Juli, gewesen war?
   »Aber das weiß ich sehr gut«, erklärte Sandbergs Zeugin und
lächelte sie an. »Das war mein Geburtstag, ich wurde zweiundneunzig«, fügte sie hinzu. »Ich hatte mir am Vortag in der
Konditorei in der Stadt ein Stück Prinzessinnentorte gekauft,
um etwas zum Feiern zu haben, und ich weiß noch, dass ich
die Torte zu dem Kaffee gegessen habe, den ich morgens immer trinke. Ich habe ihm sogar guten Morgen gesagt«, erklärte
sie. »Er fummelte an dem Auto herum, und ich weiß noch,
dass ich dachte, er will bestimmt aufs Land fahren, wo er so
früh schon auf ist.«

»Können Sie den Mann beschreiben, der sich am Auto zu schaffen gemacht hat und dem Sie guten Morgen gesagt haben«, fragte Sandberg, und ohne es zu wissen, spürte sie plötzlich die gleichen Vibrationen wie Bäckström so oft, obwohl er sich dabei fast immer irrte.

»Ich hatte den Eindruck, dass es der Sohn war«, sagte die Zeugin. »Er sah ihm jedenfalls sehr ähnlich. Er sieht nämlich sehr gut aus. Wie die Burschen ausgesehen haben, als ich jung war«, erklärte sie.

»Der Sohn?«, fragte Sandberg.

»Ja, der Sohn vom Flugkapitän, von dem Flugkapitän, dem das Auto gehört«, erklärte die Zeugin. »Er hat einen Sohn, der dem jungen Mann, dem ich guten Morgen gesagt habe, sehr ähnlich sieht. Dunkel, elegant, durchtrainiert ist er außerdem.«

»Hat er Ihren Gruß erwidert«, fragte Sandberg. »Als Sie ihm guten Morgen gesagt haben, meine ich.«

Jetzt wirkte die Zeugin unsicher. Möglicherweise hatte er genickt, aber ganz sicher war sie sich nicht. Dagegen war sie ganz sicher, dass er sie angesehen hatte. Mehrere Male sogar.

Ob sie noch wusste, wie er angezogen war? Auch hier war sie unsicher. Vermutlich so, wie junge Männer in seinem Alter eben, wenn es heiß war und sie aufs Land hinausfahren wollten.

»So eine Freizeithose und so ein Freizeithemd«, sagte sie und machte plötzlich einen ziemlich unsicheren Eindruck.

»Kurze oder lange Hose«, wollte Sandberg wissen und gab sich zugleich alle Mühe, ruhig und freundlich zu sprechen und der Zeugin keine Antwort in den Mund zu legen.

Kurz oder lang? Dazu wollte die Zeugin sich lieber nicht äußern, aber wenn sie sich schon entscheiden musste, dann eben kurz, einfach weil es so heiß war. Bei der Farbe war sie sich auch nicht ganz sicher. Weder was die kurze oder eventuell lange Hose anging, noch beim Hemd. Sie hatte nur noch die

Vorstellung, dass Hose und Hemd dunkel gewesen waren. Jedenfalls nicht weiß, denn das hätte sie noch gewusst.

Seine Schuhe? Ob die ihr aufgefallen waren? Jetzt zögerte sie noch länger. Schuhe bemerkt man doch eigentlich nicht? Wenn es ausgefallene Schuhe gewesen wären, dann hätte sie das sicher gesehen. Vermutlich waren es solche »Gummischuhe«, mit denen heutzutage alle jungen Leute herumlaufen.

Barfuß? Er könnte nicht barfuß gewesen sein? Nein, wirklich nicht. Das wäre ihr doch sicher aufgefallen, und sie hatte zwar nie den Führerschein gemacht, aber sie hatte doch immerhin begriffen, dass man niemals barfuß Auto fuhr.

»Gummischuhe«, wiederholte Frau Rudberg und nickte. »Solche, wie alle jungen Leute sie heute tragen.«

In zwei Punkten jedoch war sie sich ganz sicher. Erstens, dass es ihr Geburtstag gewesen war, der Tag, an dem sie zweiundneunzig geworden war, Freitag, der 4. Juli, gegen sechs Uhr morgens. Zweitens, dass er sich ungefähr zehn Minuten am Auto zu schaffen gemacht hatte und dann losgefahren war, und im Hinblick auf die frühe Stunde und seine Kleidung war sie ganz sicher, dass er zu Frau und Kind aufs Land gewollt hatte. In einem dritten Punkt war sie sich fast sicher. Falls es nicht der Sohn des Flugkapitäns gewesen sein sollte, dann hatte er diesem jedenfalls sehr ähnlich gesehen. Dunkel, fesch, durchtrainiert, fesch auf diese Weise, wie die Burschen es früher waren.

»Können Sie sich von diesem Morgen noch an etwas anderes erinnern«, fragte Sandberg, und dabei ging es ihr um einen Wolkenbruch, der sich zwischen kurz nach sieben und kurz vor acht über Växjö ergossen hatte.

»Neihein. Was sollte denn noch gewesen sein?« Frau Rudberg sah Anna Sandberg zweifelnd an.

»Irgendetwas, das sonst an diesem Tag passiert ist«, bettelte Sandberg.

Nichts, meinte die Zeugin. Sie las keine Tageszeitungen, sah selten fern, hörte kaum Radio und wenn, dann niemals Nachrichten. Engeren Kontakt zu anderen Menschen hatte sie seit vielen Jahren nicht mehr, und leider waren alle Tage in ihrem Leben jetzt mehr oder weniger gleich.

Nach weiteren drei Versuchen hatte Sandberg von den dreißig Millimetern Regen erzählt, die innerhalb einer knappen Stunde gefallen waren und die gesamte Niederschlagsmenge in Växjö während des vergangenen Monats ausgemacht hatten.

Frau Rudberg konnte sich an keinen Wolkenbruch und an überhaupt keinen Regen erinnern. Vermutlich lag das daran, dass sie ihren Balkon verlassen hatte, um sich eine Weile hinzulegen, als der Regen eingesetzt hatte.

»Ja, sonst würde ich das noch wissen. So trocken, wie es den ganzen Sommer über war«, fügte sie hinzu.

58

Wenn ihr mich fragt, ist die Oma knatschverrückt«, sagte Rogersson, als die Ermittlertruppe am folgenden Tag über ihre und die übrigen Zeugenaussagen aus der Nachbarschaft diskutierte.

»Warum glaubst du das«, fragte Olsson, der schon seit einigen Tagen immer am Querende des Tisches anzutreffen war.

»Erstens hat der Flugkapitän keinen Sohn, hat niemals einen gehabt, will keinen haben und will sich zu keinem bekennen. Er hat nur einen Schwiegersohn. Der ist Fluglotse bei der SAS und mit der jüngeren Tochter des Flugkapitäns, mit der er schon seit vielen Jahren verheiratet ist, derzeit in Australien unterwegs. Außerdem haben sie Schweden schon am Mittwoch, dem 18. Juni verlassen, zweieinhalb Wochen vor dem Mord an Linda. Sie werden in ungefähr einer Woche zu Hause erwartet, dann kommt das Kind in die Schule. Außerdem war er stocksauer, als ich ihn angerufen und nach seinem verlorenen Sohn gefragt habe. Wollte wissen, was zum Teufel wir hier eigentlich machen. Er habe schon einem meiner Kollegen erzählt, dass er zwei Töchter, eine Enkelin und einen Schwiegersohn habe, aber keinen Sohn«, endete Rogersson und starrte Salomonson aus irgendeinem Grund wütend an.

»Und die andere Tochter«, fragte Lewin. »Wie sieht es…«

»Danke, Lewin«, fiel Rogersson ihm ins Wort. »Die ist siebenunddreißig, arbeitet als Anwältin in Kristianstad und hat seit fünfzehn Jahren eine Beziehung in derselben Branche, sie haben sich beim Studium in Lund kennengelernt.«

»Was wissen wir denn über diesen Mann«, fragte Lewin.

»Unter anderem, dass er eine Frau ist. Die Tochter lebt mit einer anderen Anwältin zusammen, und ich bin absolut überzeugt davon, dass du lieber nicht hören willst, was ihr Papa gesagt hat, als ich ihn nach diesem Lebensgefährt oder wie zum Teufel man das nun nennen soll fragen wollte«, sagte Rogersson.

»Aber das mit dem Geburtstag klingt doch wirklich überzeugend«, sagte Lewin unbeeindruckt.

»Hab ich auch gedacht, und Anna, die sie vernommen hat, ging es genauso«, sagte Rogersson zustimmend. »Aber dann haben wir entdeckt, dass die Oma am 4. Juni geboren ist und nicht am 4. Juli. Jedenfalls wenn wir ihrer Personenkennnummer Glauben schenken wollen.«

»Dann hat sie vielleicht irgendein Jubiläum gefeiert. Wer weiß, vielleicht nutzt sie jede Gelegenheit, um sich mit Prinzessinnentorte vollzustopfen. Die Alte ist sicher zuckersüchtig«, sagte Bäckström und lachte, dass sein Bauch nur so hüpfte.

»Ich verstehe, was du meinst«, sagte Lewin und seufzte. »Und die Beschreibung dieses Typen?«

»Du meinst, dass er solche Ähnlichkeit mit dem Sohn hatte, den es nicht gibt?«, fragte Rogersson.

»Ja«, sagte Lewin und lächelte.

»Da ich ohnehin nichts Besseres vorhatte, hab ich mit dem Optiker der Alten gesprochen. Er war nicht gerade beeindruckt, wenn ich das mal so sagen darf. Ich bin zwar kein Augenarzt, aber ich hatte den Eindruck, dass wir es hier mit getrübter Sehfähigkeit zu tun haben. Und ich soll der Alten ausrichten, dass sie sich dringend mal wieder melden soll. Das letzte Mal ist sieben Jahre her.«

»Ich glaube, wir kommen nicht weiter. Oder was meinst du, Lewin«, sagte Bäckström und grinste.

Nach der Morgenbesprechung suchte Eva Svanström Lewin auf seinem Zimmer auf, um ihn zu trösten.

»Kümmere dich nicht um die beiden. Bäckström spinnt, und Rogersson säuft wie ein Loch, der war sicher mal wieder verkatert. Das habe ich dir schon wer weiß wie oft gesagt.«

»Du willst mich trösten«, sagte Lewin mit müdem Lächeln.

»Was immer daran auszusetzen wäre«, sagte Svanström und wirkte wieder ganz normal. »Aber nicht nur das. Ich hab dir auch etwas zu erzählen.«

Was immer an ein wenig Trost auszusetzen wäre, dachte Lewin.

Etwas mehr als drei Jahre zuvor, ungefähr zu dem Zeitpunkt, als sie in ihrem Haus eine andere Wohnung bezogen hatte, während die Tochter zu ihrem Papa übergesiedelt war, hatte Lindas Mutter auch eine neue Telefonnummer bekommen. Normalerweise nimmt man ja die alte Nummer mit, wenn man in derselben Gegend umzieht, aber Lotta Ericson hatte sich aus irgendeinem Grund eine neue Nummer geben lassen. Außerdem war es eine Geheimnummer. Vorher hatte sie wie die meisten anderen Menschen im Telefonbuch gestanden.

Die alte Nummer war an die Telia zurückgegangen und nach der üblichen Karenzzeit von einigen Jahren einer neuen Teilnehmerin zugeteilt worden. Einer Narkoseärztin, die von der Universitätsklinik in Linköping auf einen höheren Posten in Växjö gewechselt und deshalb umgezogen war. Sie hieß Helena Wahlberg, war alleinstehend, dreiundvierzig Jahre alt und wohnte im Gamla Norrväg, ungefähr einen halben Kilometer nördlich des Tatorts, in einem Stadtteil, der sicherheitshalber einfach Norr hieß.

Die alte Nummer war nun ebenfalls eine Geheimnummer, was in Anbetracht des Berufs der Teilnehmerin eigentlich kein Wunder war. Svanström hatte sie an ihrem Arbeitsplatz aufsuchen wollen, dort aber erfahren, dass die Ärztin seit einem Monat im Urlaub war und am Montag zurückerwartet wurde, und das einzig Merkwürdige war – und das war vermutlich ein absolut belangloser Zufall –, dass sie ihren Urlaub am Freitag, dem 4. Juli, angetreten hatte, also an dem Tag, an dem Linda ermordet worden war.

»Soll ich ihre Telefongespräche überprüfen lassen«, fragte Svanström.

»Ich glaube, damit warten wir noch«, sagte Lewin. »Es ist bestimmt einfacher, wenn ich sie zuerst anrufe und frage. Und ich wollte dich noch um etwas bitten«, fügte er hinzu.

Obwohl ihre zweiundneunzig Jahre alte Zeugin offenbar ihren Geburtstag um einen ganzen Monat verlegt hatte, fiel es Lewin doch schwer, sie loszulassen. Die Erklärung dafür lag in seiner eigenen Geschichte, eine polizeiliche Berufskrankheit, wenn man so will. Wahrscheinlich spielte auch seine Person eine Rolle, aber dieser Möglichkeit hatte er selber keinen einzigen Gedanken gewidmet, obwohl die Frau auf der anderen Seite seines Schreibtischs das fast jedesmal machte, wenn sie an ihn dachte.

»Meine alte Großmutter, sie ist jetzt tot, aber wenn sie noch lebte, wäre sie fast hundert«, erklärte Lewin. »Offiziell war sie am 20. Februar 1907 geboren, aber wir haben ihren Geburtstag immer am 23. gefeiert.«

»Und warum?«, fragte Sandberg.

»In der Familie hieß es, dass der Pastor betrunken war, als er sie ins Kirchenbuch eingetragen hat, und deshalb hat er ganz einfach das falsche Datum erwischt. Es handelte sich zwar nur um ein paar Tage und nicht um einen Monat, aber mir macht das mit Juni und Juli doch Probleme.«

»Da kann man sich leicht verschreiben«, stimmte Svanström zu.

»Sicher sagen viele ältere Juristen deshalb Julei und nicht Juli. Um Verwechslungen mit dem Juni zu vermeiden«, sagte Lewin. »Ich weiß noch, dass ich sehr überrascht war, als ich das zum ersten Mal hörte. Wir hatten an der Polizeischule einen halb verwesten Strafrechtsdozenten, und den nannten wir ebendeshalb Dozent Julei. Bei ihm haben wir im Grunde nur gelernt, wie wichtig es ist, dass Juristen Julei sagen und nicht Juli. Ansonsten gab er den üblichen Unsinn von sich, dass man den Säbel festhalten muss, wenn man auf den Pöbel einschlägt. Dass die Polizei schon seit Jahren auf Gummiknüppel umgestiegen war, schien ihm entgangen zu sein. Einmal hat er eine ganze Vorlesung lang über die juristischen Konsequenzen geredet, die es hat, wenn man mit der Schneide zuschlägt und nicht mit der flachen Seite des Säbels. Bis sich endlich jemand von uns ein Herz gefasst und die Sache mit den Gummiknüppeln erwähnt hat.«

»Und wie hat er reagiert?«, fragte Svanström.

»Sauer«, sagte Lewin.

»Das Einfachste ist es wohl, wenn du sie fragst, die Zeugin, meine ich«, sagte Svanström.

»Sollte ich vielleicht«, sagte Lewin und seufzte zugleich aus irgendeinem Grund. Vielleicht sollte ich auch mit ihrem Optiker reden, dachte Lewin. Das Problem mit Kollegen wie Rogersson war wohl, dass sie die Wirklichkeit lieber schwarz oder weiß sahen, obwohl Rogersson im Grunde ein netter, braver Bursche war, dachte er.

Als Eva aufgestanden war und gehen wollte, kam ihm plötzlich derselbe vage Gedanke, der schon zwei Stunden zuvor seine Gehirnrinde gestreift hatte.

»Noch was«, sagte Lewin. »Das ist mir bei der Besprechung eingefallen. Kollege Enoksson hat etwas in der Art gesagt, dass jemand, der auf diese Weise ein Auto stiehlt, wissen muss, wie man das macht«, erklärte er.

Lewin zufolge brauchte es sich natürlich nicht um einen einfachen Autodieb zu handeln. Wichtig seien gewisse technische Fähigkeiten. Ein Automechaniker oder einfach jemand mit technischem Interesse, jemand, der ganz allgemein geschickt war. Oder es von anderen gelernt hatte. Ein Wärter in einer Justizvollzugsanstalt, einem Erziehungsheim oder Ähnlichem, schlug Lewin vor.

»Oder ein Polizist«, meinte Svanström.

»Vielleicht«, stimmte Lewin zu. »Auch wenn ich keine Ahnung habe, wie man das macht, obwohl ich seit gut dreißig Jahren bei der Polizei bin.«

»Jemand, der weiß, wie man das macht, der aber nicht in unserem Register gelandet sein muss, während er das gelernt hat«, fasste Svanström zusammen.

»Genau«, sagte Lewin.

»Wir reden also von dem genauen Gegenteil dieses Ekelpakets und Bibliothekars Gross«, sagte Svanström. »Nicht von einer sogenannten Kulturpersönlichkeit.«

»Genau«, sagte Lewin. Einwandfrei nicht so einer wie Gross, dachte er.

Als Svanström ihn verlassen hatte, konnte er sich natürlich nicht beherrschen. Ohne zu ahnen, dass er damit Eva Svanströms vielleicht häufigste Überlegung über ihn bestätigte, wählte er die Nummer der Narkoseärztin. Es war ihre Privatnummer, und dass Leute frühzeitig aus dem Urlaub zurückkehrten, kam sicher ebenso häufig vor wie, dass sie bis zum letzten Tag fernblieben. Zumindest war es bei ihm so.

»Ich kann jetzt nicht rangehen, aber hinterlassen Sie Namen und Telefonnummer, dann melde ich mich so schnell wie möglich«, sagte die Stimme des Anrufbeantworters.

Sie ist vielleicht nur kurz aus dem Haus, dachte Lewin, hinterließ aber trotzdem keine Mitteilung, sondern legte einfach auf. Muss ihre Stimme gewesen sein, dachte er. Sie hörte sich genauso an wie eine Narkoseärztin um die vierzig. Korrekt, wohlwollend, aufmerksam. Alleinstehend, laut Einwohnermeldeamt. Stellvertretende Oberärztin im Krankenhaus von Växjö, laut Steuerverzeichnis, das die sorgfältige Eva Svanström ebenfalls aus ihren Computern gefischt hatte.

59

Gut eine Woche zuvor hatte Bäckström zwei jüngere Kolleginnen von der Polizei von Växjö abkommandiert, um den Ursprung der blauen Kaschmirfaser, die der Einfachheit halber die »Textilspur« getauft worden war, ausfindig zu machen. Dass es sich um zwei Kolleginnen handelte, war durchaus kein Zufall. Das lag sozusagen in der Natur der Sache, und Bäckström fand es ganz hervorragend, dass die kleinen Wesen eine Beschäftigung hatten und ihm und den anderen echten Polizisten nicht irgendeinen Ärger machten.

Aber die beiden schienen ihren Auftrag sehr ernst genommen zu haben. Dem Labor zufolge handelte es sich vermutlich um einen hellblauen Pullover, und die Kolleginnen hatten mit allen gesprochen, die aufgrund ihrer beruflichen Erfahrung möglicherweise weiterhelfen konnten. Mit Modedesignern, Modejournalistinnen, Modefotografen und Modefachleuten ganz allgemein, mit Herstellern, Großhändlern und Angestellten einer Vielzahl von Läden, die eher exklusive Kleidung verkauften. Eine hatte sich sogar mit ihrer Tante unterhalten, die von Kleidung sozusagen besessen war.

Wenn es sich nun um einen Herrenpullover handelte, dann gab es an die zwanzig denkbare Modelle. Das wahrscheinlichste war ein langärmeliger Pullover mit V-Ausschnitt aus englischer, irischer, italienischer, deutscher oder französischer Herstellung, zu einem Preis zwischen zwei- und zwölftausend Kronen, abhängig von der Marke. Im Ausverkauf oder als Sonderangebot konnte er natürlich um einiges billiger sein. Alles unter tausend Kronen war jedoch überaus unwahrscheinlich und wäre das pure Schnäppchen, wie sämtliche Gewährsleute mitteilen konnten.

In Växjö und Umgebung schien er jedenfalls nicht über den Ladentisch gegangen zu sein. Kein Geschäft hatte während der letzten Jahre einen solchen Herrenpullover im Sortiment gehabt. Es gab nur, oder hatte sie gegeben, einige Damenmodelle, aber keins von den auf den üblichen Warenlisten verzeichneten Stücken schien die richtige Farbe aufzuweisen. Blieben noch an die zwei Dutzend Boutiquen und Warenhäuser in Schweden, die fast allesamt in Stockholm, Göteborg oder Malmö lagen. Oder der Pullover war im Ausland gekauft worden. Das kam ebenso häufig vor, meinten die Gewährsleute, und im Hinblick auf den Preis lohnte es sich auch oft. Nachfrage wie Angebot waren in manch anderen Ländern größer als in Schweden. Und weiter waren sie nicht gekommen.

Blieb die Möglichkeit, dass er gestohlen worden war. Mit Hilfe der Polizeicomputer hatten sie sich die Liste aller Diebstähle von eher exklusiven Kleidungsstücken bei Importeuren, Großhändlern, Kleiderlagern, Warenhäusern und Boutiquen im südlichen Schweden während der letzten Jahre vorgenommen. Dann waren sie in den Polizeiregistern für gestohlene, verschwundene oder verlorene Gegenstände alle normalen Einbrüche, Diebstähle und Verlustanzeigen von Haushalten und Privatpersonen durchgegangen. Aber sie fanden keinen blauen Herrenpullover aus Kaschmir.

»Leider kommen wir wohl nicht weiter«, fasste die eine der beiden Textilermittlerinnen die Lage zusammen, als sie und ihre Kollegin bei Bäckström Bericht erstatteten.

»Davon geht die Welt nicht unter«, sagte Bäckström mit jovialem Lächeln. »Hauptsache ist doch, dass ihr Mädels euch ein bisschen amüsiert habt.«

Die Weiber haben keinen Humor, das sind doch zwei echte Kampflesben, dachte Bäckström, als sie eine knappe Minute später sein Zimmer verließen. Höchste Zeit für das erste Bier des Wochenendes, dachte er und schaute auf die Uhr, die schon auf die drei zuging, obwohl es Freitag und höchste Zeit für etwas anderes war. Aber nicht für den kleinen Trottel Olsson, der plötzlich in der Türöffnung erschien und mit ihm reden wollte.

»Hast du zwei Minuten Zeit, Bäckström«, fragte Olsson.

»Sicher«, sagte Bäckström und lächelte freundlich. »Es dauert ja schließlich noch, bis wir hier im Haus an Feierabend denken können.«

Olsson hatte offenbar vor, die halbe Nacht mit einer Diskussion über die freiwillige Speichelei zu verbringen, aber Bäckström konnte der Sache in einem früheren Stadium ein Ende setzen. Olsson machte sich Sorgen, die der Bezirkspolizeichef teilte. Um diese Sorgen zu beruhigen, hatte Olsson beschlossen, die Runde zu drehen und auf demokratische Weise zu ermitteln, wie seine wichtigsten Mitarbeiter das Problem sahen.

»Wir gehen inzwischen auf siebenhundert freiwillige Speichelproben zu«, sagte Olsson, der unmittelbar zuvor von Thorén die genaue Zahl erfragt hatte.

»Ja, das läuft richtig gut«, sagte Bäckström enthusiastisch. »Bald sitzt er da, der Arsch. Bald holen wir ihn uns.« Darauf kannst du erst mal rumlutschen, du kleiner Feigling, dachte er.

»An sich hast du sicher recht«, sagte Olsson, der das Gehörte offenbar nicht so zu schätzen wusste. »Das Problem ist wohl eher, dass wir JO und JK am Hals haben. Was die Zeitungen schreiben, finde ich nicht so wichtig, aber ich habe ja doch versucht, mir die Kritik ein wenig zu Herzen zu nehmen.«

»Ja, du bist ja auch der VU-Leiter«, erklärte Bäckström zufrieden.

»Wie meinst du das?« Olsson sah ihn misstrauisch an.

»Ja, du bist es schließlich, der bis zu den Ohrläppchen in der Scheiße steckt, wenn die es sich in den Kopf setzen, irgendwen fertigzumachen, und das ist sicher nicht lustig«, sagte Bäckström und lächelte so mitfühlend, wie er überhaupt nur konnte.

»Ja, aber das ist nun doch nicht der eigentliche Grund, aus

dem ich beschlossen habe, dass wir zumindest bis auf Weiteres unsere Richtung ändern müssen«, sagte Olsson nervös.

»Wie sieht es also mit dem breiten und vorbehaltlosen Ansatz aus«, fragte Bäckström mit Unschuldsmiene.

»Natürlich habe ich daran gedacht, das kann ich dir sagen, Bäckström, aber ich habe zugleich das bestimmte Gefühl, dass die Ermittlungsarbeit sich jetzt in eine bestimmtere Richtung bewegt, wenn ich das mal so sagen darf«, erklärte Olsson.

»Du hast also den Gedanken aufgegeben, die ganze Stadt speicheln zu lassen«, sagte Bäckström freundlich. »Dann kann ich sicher...«

»Ich habe wohl vor allem an unsere Autospur gedacht«, fiel Olsson ihm ins Wort. »Dass wir bis auf Weiteres die Speichelproben liegen lassen und versuchen, unserer Autospur auf den Grund zu gehen.«

»Du meinst die alte Vettel von über hundert, die ihren Geburtstag vergessen hat«, sagte Bäckström.

»Zweiundneunzig«, sagte Olsson. »Vielleicht nicht gerade die, aber wir sind doch mit der Nachbarschaftsbefragung draußen in Högstorp noch längst nicht durch, und Enoksson und seine Kumpels haben auch immer eine Menge zu erzählen, wenn sie mit ihrer Arbeit fertig sind. Was sagst du dazu, Bäckström?«

»Ich schlage vor, dass wir der Oma die Salaliga ins Haus schicken«, sagte Bäckström grinsend.

»Die Salaliga«, sagte Olsson. »Jetzt fürchte ich fast, ich verstehe nicht so ganz...«

»Richtige kleine Juwelen, waren in den dreißiger Jahren in Bergslagen tätig«, sagte Bäckström, der all sein Bücherwissen aus der Jahreschronik der Kriminalpolizei holte. Das war das einzige Buch, das er las, und er las es vor allem, um zu überprüfen, ob er in den Fallbeschreibungen, die seine halbgebildeten Kollegen unbedingt einem breiteren Publikum kundtun wollten, auch auf ausreichend schmeichelhafte Weise erwähnt wurde. Außerdem war das Buch gratis, da er die neuen Ausgaben immer im Büro stahl.

»Ja, das weiß ich. Aber was hat die Salaliga mit unserer Zeugin zu tun?« Olsson schaute Bäckström fragend an.

»Nichts, leider«, sagte Bäckström. »Außerdem sind die jetzt wohl alle tot, aber in den dreißiger Jahren haben sie eine alte Vettel vergast, bei der sie eingebrochen waren. Haben sechsunddreißig Große geklaut, die sie unter ihrer Matratze versteckt hatte. Ganz schön viel Geld damals, Olsson.«

»Du machst Witze«, sagte Olsson.

»Sag das nicht«, sagte Bäckström. Vielleicht sollten wir der Alten Rogersson auf den Hals schicken, dachte er.

60

Bäckströms oberster Chef Lars Martin Johansson hatte nicht im Geringsten vor, auf die Uhr zu schauen, obwohl es nun schon nach drei Uhr am Freitagnachmittag war und zudem seit einer halben Stunde ein nervöser Polizeirat schwitzend bei Johanssons Sekretärin saß. Er hatte nicht einmal den Leitartikel in Svenska Dagbladet gelesen, so beschäftigt, wie er in der vergangenen Stunde damit gewesen war, sich anzusehen, was Bäckström und seine Kollegen seit einem guten Monat da unten in Växjö eigentlich trieben.

»Du kannst ihn jetzt reinschicken«, teilte Johansson per Haustelefon mit, und ob es nun am nahen Wochenende lag oder ob es einen anderen Grund gab, dauerte es jedenfalls weniger als zehn Sekunden, bis der Polizeirat im Besuchersessel auf der anderen Seite des großen Schreibtisches saß.

»Ich habe die Unterlagen gelesen, die du mir gegeben hast«, sagte Johansson.

»Ich bin ganz Ohr, Chef«, sagte der Rat.

»Jemand aus der Finanzabteilung soll die mal durchsehen. Ich habe die dringlichsten Fragen rot markiert«, sagte Johansson und nickte zu dem Ordner hinüber, der zwischen ihnen auf dem Tisch lag.

»Wann soll das fertig sein, Chef«, fragte der Rat.

»Es reicht, wenn ich es Montagmorgen bekomme. Schließlich ist ja Wochenende«, sagte Johansson großzügig.

»Dann rede ich besser sofort mit ihnen. Solange sie noch da sind, meine ich«, erklärte der Rat nervös und versuchte zugleich, sich zu erheben.

»Noch etwas«, sagte Johansson. »Ich will auch die Ermittlungsunterlagen haben. Wenn ich das richtig verstanden habe, wurden die Kollegen von der TP-Gruppe mit Kopien von fast allem versorgt.«

»Und wann soll das geliefert werden, Chef«, fragte der andere gehorsam.

»Es reicht, wenn ich es in einer Viertelstunde habe«, sagte Johansson.

»Ich fürchte, die sind vielleicht schon nach Hause gegangen«, sagte der Polizeirat und schielte nervös auf seine Uhr.

»Kann ich mir nicht vorstellen«, sagte Johansson. »Es ist ja noch nicht mal halb vier.«

»Ich sorge dafür, dass die Sachen in einer Viertelstunde vorliegen, Chef.«

»Hervorragend«, sagte Johansson. »Du kannst sie meiner Sekretärin geben.«

61

Eine Woche nach Königin Silvias Namenstag, am Freitag, dem 15. August, traf der Blitz den Kopf von Kriminalkommissar Evert Bäckström von der Mordkommission der Zentralen Kriminalpolizei. Zumindest beschrieb er die Angelegenheit so, als er seinem besten Freund, Kriminalinspektor Jan Rogersson, das unverschuldete Elend schilderte, in das ein verrücktes Frauenzimmer ihn gestoßen hatte.

»Es war, als ob der Blitz in meinen Kopf eingeschlagen hätte«, sagte Bäckström.

»Du musst aber auch immer übertreiben«, meinte Rogersson.

»Sag doch einfach die Wahrheit. Du warst garantiert betrunken.«

Das Ganze hatte ganz normal und überaus verheißungsvoll begonnen, wenn wir bedenken, dass Wochenende war und er wegen der Überstundenbegrenzung erst am Montagmorgen wieder einen Fuß an seinen Arbeitsplatz setzen durfte. Kaum hatte er sich des kleinen Trottels Olsson entledigt, da hatte er auf seine übliche diskrete Weise die Wache von Växjö verlassen und war gelassen zum Hotel zurückspaziert. Auf seinem Zimmer hatte er sich ausgezogen, war in einen sauberen und frisch gebügelten Morgenrock geschlüpft, hatte das erste kalte Bier des Wochenendes geöffnet, und als Rogersson hereingeplatzt kam, mit rotem Kopf wie ein schlachtfertiger Truthahn, war Bäckström bereits beim dritten angekommen.

»Endlich Freitag«, sagte Rogersson und stillte seinen ärgsten Durst gleich aus der Dose. »Hast du irgendwelche Pläne für das Wochenende, Bäckström?«

»Heute Abend musst du selber sehen, wie du fertig wirst, junger Mann«, sagte Bäckström, der die toten Minuten zwischen dem zweiten und dem dritten Bier genutzt hatte, um die kleine Carin anzurufen und sie zum Essen einzuladen.

»Frau am Laufen«, fragte Rogersson, der trotz allem kein schlechter Polizist war.

»Zuerst wollen wir in der Stadt einen Bissen essen«, sagte Bäckström, »und dann hatte ich vor, meine Supersalami zu schwenken«, fügte er hinzu und unterstrich das Gesagte durch einen besonders langen Zug.

Anfangs ging auch alles ganz nach Plan. Bäckström und seine Dame für diesen Abend verzehrten eine ziemlich angenehme Mahlzeit in einem nahe gelegenen Lokal in der Storgata, sie tranken auch den ein oder anderen Schluck, auch wenn er versuchte, sich in Gedanken an den Abschluss des Abends und aus Rücksicht auf seine Salami zu mäßigen.

Jedenfalls landeten sie am Ende in seinem Hotelzimmer, und

obwohl Carin aus unerfindlichen Gründen herumgefaselt hatte, dass man doch lieber nach unten in die Bar gehen solle, hatte sie sich am Ende zu einem kleinen Aperitif auf dem Zimmer bereit erklärt. Ehe sie nach unten gehen und richtig loslegen würden gewissermaßen, der genaue Zeitpunkt und die sonstigen Umstände standen noch nicht ganz fest. Bäckström wusste auch nicht, dass er später monatelang mit etlichen ganz und gar humorfreien sogenannten Kollegen von der polizeilichen Internermittlung darüber würde reden müssen.

»Ich wollte dir etwas zeigen«, sagte Bäckström und feuerte sein allercharmantestes Lächeln ab, ehe er im Badezimmer verschwand.

»Wenn es nur schnell geht«, maulte Carin hinter der Tür, während sie an ihrem Glas nippte und plötzlich sehr weit weg zu sein schien.

Schneller als Supermann in seiner Telefonzelle hatte Bäckström in seinem Badezimmer das umgekehrte Manöver durchgeführt. Er wickelte sich ein Badetuch um die Lenden, trat in all seiner Pracht heraus und ließ den Lendenschurz sinken.

»Was sagst du dazu, Herzchen«, fragte Bäckström, zog zugleich den Bauch ein und schob die Brust heraus. Was natürlich total unnötig war, aber man muss ja doch was bieten, dachte er.

»Hast du den Verstand verloren? Nimm sofort den fiesen kleinen Wurm da weg«, kreischte Carin und sprang vom Sofa. Dann schnappte sie sich Handtasche und Jacke, marschierte aus dem Zimmer und knallte mit der Tür.

Die Frauenzimmer spinnen doch alle, dachte Bäckström. Wieso denn kleiner Wurm, dachte er. Was erlaubt diese Person sich eigentlich?

Zuerst zog er sich wieder an. Dann ging er in die Bar hinunter, aber da saß nur ein grinsender Rogersson in der Ecke. Da Bäckström nichts Besseres zu tun hatte, blieb er trotzdem und zwang den ein oder anderen kleinen Schnaps in sich hinein.

Als er dann endlich auf sein Zimmer zurückkehrte, rief er sie an, um ihr wenigstens eine gute Nacht zu wünschen und klarzustellen, dass er nicht nachtragend war, doch noch ehe er überhaupt den Mund aufgemacht hatte, wurde auch schon der Hörer auf die Gabel geknallt. Und dann hatte sie offenbar den Stecker herausgezogen, denn weder sie noch ihr Anrufbeantworter gaben ein Lebenszeichen von sich, als er wieder anrief. Genau wie dieses verrückte Frauenzimmer, das mir den kleinen Egon aufs Auge gedrückt hat, dachte Bäckström.

62

Am Samstagmorgen hatte Lewin sich Eva Svanström geschnappt, sich mit ihr in den Zug gesetzt und war nach Kopenhagen gefahren. Das war eine kleine Überraschung, die er ganz im Geheimen für sie vorbereitet hatte und über die sie sich freute wie ein Kind.

»Warum hast du nichts gesagt«, fragte Eva.

»Dann wäre es doch keine Überraschung gewesen«, antwortete Lewin.

»Das wird total spannend. Ich war noch nie in Kopenhagen«, sagte Eva.

Zuerst gingen sie ins Tivoli, um Achterbahn und Karussell zu fahren. Danach spazierten sie gemächlich durch die Einkaufsmeile Strøget. Sie fanden in Nyhavn eine gemütliche Kneipe und nahmen eine echt dänische Brotzeit mit Hering, belegten Broten und dem üblichen Zubehör zu sich. Die Sonne schien wie in Småland, aber die Hitze war hier nicht ganz so unerträglich, und Lewin hatte sich schon lange nicht mehr so wohl gefühlt. Es ging ihm sogar so gut, dass er die Kraft fand, die Gedanken, die ihn seit vielen Tagen quälten, zumindest zu erwähnen.

»Wir sollten vielleicht etwas Richtiges aus unserem Leben machen, Eva«, sagte Lewin und drückte ihre Hand.

»Mir geht's gut«, sagte Eva. »Mir ist es noch nie so gut gegangen wie gerade jetzt.«

»Wir denken daran«, sagte Lewin, und dann war der Augenblick einfach verflogen, aber noch immer war alles gut, sogar noch genauso gut, und obwohl er es vielleicht niemals wagen würde, es noch einmal zu sagen.

»Was sagst du denn zu unserem neuen Chef«, fragte Eva, die lieber ohne viel Aufhebens das Thema wechselte. »Diesem Lars Martin Johansson?«

»Ich kenne ihn sogar persönlich«, sagte Lewin. »Wir hatten eine Ermittlung zusammen, als er noch bei der normalen Polizei war. Das muss an die dreißig Jahre her sein. Vor deiner Zeit. Der Mariamord. Eine Frau, die in ihrer Wohnung in Enskede erwürgt und vergewaltigt aufgefunden wurde.«

»Erzähl«, sagte Eva und verflocht ihre Finger mit den seinen. »Wie ist er als Mensch? Johansson, meine ich.«

»Als Polizist war er nicht schlecht«, sagte Lewin. »Die Kollegen haben immer Witze darüber gemacht, dass er um die Ecke schauen könne. Er besaß eine geradezu unheimliche Fähigkeit, sich die wahren Sachverhalte zusammenzureimen.«

»Der Polizist, der um die Ecke schauen konnte«, sagte Eva Svanström entzückt. »Klingt fast wie eine Fernsehserie. Und wie war er als Mensch«, fügte sie hinzu.

»Wie war er als Mensch«, wiederholte Lewin. »Als Mensch war er wohl so einer, der über Leichen gehen konnte, ohne sich auch nur zu überlegen, wohin er seine Füße setzte.«

»Meine Güte. Das hört sich wirklich nicht gerade sympathisch an«, sagte Eva.

»Ich kann mich irren«, sagte Lewin. »Wir waren uns nicht gerade ähnlich. Kann ja einfach sein, dass ich ihn nicht verstanden habe.«

»Klingt jedenfalls nach einer komplexen Persönlichkeit«, sagte Eva.

»Die Kombination, Dinge erkennen zu können und zugleich keinerlei Interesse an den Konsequenzen zu haben, die hat mir vielleicht Angst gemacht«, sagte Lewin. »Aber sollen die nicht so sein, die Superbullen? Alles sehen, sich alles zusammenreimen und keinen Gedanken daran verschwenden, was aus den Menschen wird, um die es im Grunde doch geht?«

»Schlimmstenfalls lassen wir uns eben versetzen«, sagte Eva. »Bewerben uns anderswo. Ich weiß, dass sie in Stockholm Leute brauchen. Mein alter Chef hat mich sogar schon gefragt.«

»Wäre eine Überlegung wert«, sagte Lewin, und aus irgendeinem Grund beugte er sich vor, fuhr ihr durch die Haare und schnupperte behutsam zwischen ihrem rechten Ohrläppchen und ihrer Wange. Schlimmstenfalls ist es nicht schlimmer, und besser wird es nie im Leben, dachte er.

63

In der Nacht nach ihrer Rückkehr aus Kopenhagen träumte Lewin von diesem Sommer vor fast fünfzig Jahren, als er sein erstes richtiges Fahrrad bekommen hatte. Ein rotes Crescent Valiant. Und sein Vater hatte sich fast den ganzen Sommer freigenommen, um ihm Rad fahren beizubringen.

Am schwersten ist die Stelle, wenn sie fast wieder zu Hause sind. Wenn er über den Kiesweg zum Haus fahren muss. Die letzten zwanzig Meter zwischen dem weißen Gartenzaun und dem roten Eingang.

Jetzt lass ich los, ruft Papa, und Lewin umklammert den Lenker und strampelt und strampelt und kippt im losen Kies um. Und diesmal verletzt er sich wirklich. Schrammt sich beide Ellbogen und Knie auf, und die Vorstellung, Rad fahren zu lernen, kommt ihm plötzlich hoffnungslos und sinnlos vor.

Hoch und auf die Beine, Jan, sagt Papa, hebt ihn hoch und fährt ihm durch die Haare. Und dann gibt's Kakao und Käsebrote und ein bisschen Hansaplast.

Und dann war alles wie immer.

64

Am Sonntag legte Johansson sich auf das Sofa in seinem Wohnzimmer in der Wollmar Yxkullsgata auf Södermalm in Stockholm. Mixte sich einen ordentlichen Gin Tonic mit viel Eis und las in aller Ruhe die Ermittlungsunterlagen vom Lindamord. Er brauchte den ganzen Nachmittag dazu, aber da seine Frau mit einer Freundin verreist war, hatte er alle Zeit der Welt und nichts Besseres zu tun. Außerdem würde er jetzt, in seinem hohen Amt, einer richtigen Mordermittlung wohl nicht mehr so nahe kommen, dachte Johansson. Vielleicht sollte er sich bei der TP-Gruppe bewerben? Die scheinen doch jede Menge Hilfe zu brauchen, dachte er, als er das Täterprofil überflog.

Was treiben die eigentlich da unten, überlegte Lars Martin Johansson vier Stunden später, als er fertig gelesen, zu Ende gedacht und die Unterlagen beiseitegelegt hatte. Das hätte sich ein echter Polizist ja wohl in der ersten Woche zusammengereimt, dachte er.

65

Växjö – Stockholm, Montag, 18. August –
Sonntag, 24. August

An diesem Montag, als die Jagd nach Lindas Mörder in die achte Woche ging, hatte Bäckström die ganze Geschichte so langsam ziemlich satt. Sie durften niemanden mehr speicheln lassen, obwohl sogar ein Trottel wie Olsson hätte einsehen müssen, dass sie den Täter auf diese Weise früher oder später und wenn es auf andere Weise nicht klappen sollte, erwischen würden. Und es gab auch keine richtigen Leckerbissen. Keine fetten Ermittlungseinsätze oder vielversprechenden Schurken, die sie sich krallen könnten. Es gab nur vertrottelte Hundertjährige, die sich nicht an ihren Geburtstag erinnern konnten und glaubten, der Täter sehe aus wie jemand, der überhaupt nicht existierte. Und andere sogenannte Zeugen, die nichts gesehen, gehört oder kapiert, die aber trotzdem alles missverstanden hatten. Und endlich waren da noch die üblichen Glühwürmchen und Strahlentussen mit ihren Visionen und Vibrationen aus dem Jenseits. Was zum Teufel machte er hier eigentlich? Am absolut falschen Ort für einen echten Polizisten, höchste Zeit, alles zusammenzupacken und wieder zur Arbeit nach Stockholm heimzukehren, dachte Bäckström.

Außerdem war er in einem Scheißkaff gelandet. Ganz zu schweigen von all den bescheuerten Frauenzimmern, die hier hausten. Dazu kamen noch die Zeitungen, Fernsehsender und Radiosender, die inzwischen offenbar nichts anderes mehr zu tun hatten, als ihm und seinen Kollegen zu erzählen, wie sie eigentlich ihre Arbeit machen sollten. Und dann die Chefs, die durch Abwesenheit glänzten, sowie es galt, sich für das schuftende Fußvolk einzusetzen. Wie zuletzt dieser Scheißlappe, dem der größere der beiden Abenddrachen nicht einen einzigen schnöden Kommentar hatte entlocken können. Wenn man nun glauben wollte, was sie selbst behaupteten, und in diesem Fall glaubte man das nur zu gern, dachte Bäckström.
Und als ob das noch immer nicht genug wäre, tauchte Kollegin Sandberg in seinem Zimmer auf. Schloss die Tür hinter sich und sagte flüsternd ihren kleinen Spruch auf.
»Heute Morgen ist eine Anzeige gegen dich eingelaufen«, sagte Anna Sandberg.
»Was hab ich denn nun schon wieder verbrochen«, fragte Bäckström. »Mehr als meine Arbeit zu tun?« Hab sicher das Zentrale Kriminalbudget für den Einkauf von Wattestäbchen überzogen, dachte er.

Versuchte Vergewaltigung, so die Anzeige. Sexuelle Nötigung, meinte die Kollegin, die die Anzeige aufgenommen und sicherheitshalber nicht auf den allgemeinen Stapel gelegt hatte.
»Willst du mich verarschen«, fragte Bäckström, der sich den

wahren Sachverhalt schon zusammengereimt hatte. Von allen verrückten Weibsen auf dieser Erde, dachte er.

Leider nicht, so Anna Sandberg. Der Anzeige zufolge hatte Bäckström am späten Abend des 15. August in seinem Zimmer im Stadshotell einerseits das getan, was er wirklich getan hatte, andererseits etliches, was er nicht getan hatte. Das Opfer war eine Mitarbeiterin des Växjöer Lokalradios namens Carin Ågren, zweiundvierzig. Anzeige hatte eine enge Freundin des Opfers erstattet, die den Notruf der Stadt leitete und Moa Hjärtén hieß. Und das einzig Positive an der Sache war wohl, dass die Geschädigte Ågren nicht zu erreichen war und dass es wie so oft keine Zeugen gegeben hatte.

»Ich weiß nicht, wovon du redest«, sagte Bäckström. »Hab das Mensch nie auch nur angerührt.« Stimmt ja auch, dachte er.

»Das geht mich nichts an«, sagte Sandberg und schüttelte abwehrend den Kopf. »Ich dachte nur, es wäre besser, wenn du es weißt.«

»An diese Hjärtén kann ich mich erinnern«, sagte Bäckström. »Das ist doch dieses Frauenzimmer, das in einem alten rosa Kittel durch die Gegend rennt? Die ist mir hier auf der Wache begegnet. Gehört offenbar zum Kreis von Kollege Olsson.«

»Jetzt hab ich es dir immerhin gesagt«, betonte Sandberg aus irgendeinem Grund.

»Nett von dir, Anna«, sagte Bäckström und lächelte so entspannt, wie er nur konnte. »Bei diesem Job muss man sich allerlei Scheiß gefallen lassen«, fügte er mit einem müden Seufzer hinzu. Und Zeugen haben sie auch nicht, dachte er.

Die Narkoseärztin war nicht leicht zu erreichen gewesen. Sowie sie an ihren Arbeitsplatz zurückgekehrt war, hatte man ihre Dienste im Operationssaal stark in Anspruch genommen, und deshalb konnte sie sich erst nachmittags mit Lewin treffen. Wenn es wichtig genug sei. Und wenn es nicht um Dinge gehe, die sich nicht mit ihrer Schweigepflicht vereinbaren ließen, und wenn er zu ihr komme und nicht umgekehrt, da er ja am Telefon nicht sagen wolle, was anlag.

Aber als er dann in ihrem Zimmer im Krankenhaus saß, ging alles schmerzlos und über alle Erwartungen gut. Weißer Kittel und Stethoskop in der Brusttasche. Kurz geschnittene blonde Haare, gut aussehend und durchtrainiert, wache blaue Augen und ein Blick, der Mitgefühl, Verständnis und Humor zeigte. Attraktive Frau, dachte Lewin. Was immer das mit dem Fall zu tun hatte, dachte er.

Ohne näher auf die Ursache einzugehen, brachte Lewin rasch seine Fragen vor. Hatte sie irgendeinen seltsamen Telefonanruf erhalten? Vor allem interessierten ihn Anrufe am Abend vor ihrem Urlaubsbeginn, in der Nacht oder am frühen Morgen ihres ersten Urlaubstages.

»Um den 4. Juli herum«, erklärte Lewin.

»Es geht hier um den Mord an der Polizeianwärterin? Oder was?« Sie sah ihn neugierig an, und die Aktivität hinter den blauen Augen war deutlich zu sehen.

»Das hab ich nicht gesagt«, sagte Lewin und deutete ein Lächeln an. Fast ein wenig zu attraktiv, dachte er.

Das hatte er natürlich nicht gesagt. Sie hatte es gesagt, und sie rechnete nicht mit einer Antwort. Sie konnte sich die Sache ohnehin zusammenreimen. Vierundzwanzig Stunden zuvor, als sie aus ihrem Auslandsurlaub zurückgekehrt war, hatte sie noch keine Ahnung vom Lindamord gehabt. Nachdem sie alte Zeitungen gelesen und bei der Arbeit zwei Kaffeepausen eingelegt hatte, wusste sie jetzt ebenso viel wie alle anderen.

»Mir ist in meinem ganzen Leben noch kein richtiger Mordermittler begegnet. Und schon gar nicht von der Zentralen Mordkommission«, sagte sie.

»Das ist sicher ein schönes Gefühl«, sagte Lewin.

»Also bin ich fast ein bisschen froh, wenn ich Sie so sehe«, sagte sie.

»Danke«, sagte Lewin. In welche Richtung geht dieses Gespräch hier eigentlich, dachte er.

»Sie scheinen aus dem richtigen Holz geschnitzt. Sagt ihr Jungs nicht so? Aus dem richtigen Holz«, wiederholte sie. »Und es ist durchaus möglich, dass ich Ihnen helfen kann. Wenn ich auch nicht weiß, wieso.«

Sie wurde nur selten von Unbekannten angerufen. Fast alle Anrufe hatten außerdem mit ihrer Arbeit zu tun. Natürlich kam es vor, dass irgendwer die falsche Nummer erwischte, aber solche Anrufe vergaß sie schnell wieder. Und über telefonische Belästigungen hatte sie sich in ihren fast zwei Jahren in Växjö keine Sorgen zu machen brauchen.

»Keine Telefonwichser«, sagte sie. »Hoffentlich weil ich eine Geheimnummer habe und nicht, weil ich alt werde«, erklärte sie und lächelte.

Das war der eine Grund, aus dem sie sich an diesen Anruf erinnerte.

Der andere war, dass sie am Freitag, dem 4. Juli, in den Urlaub fahren wollte. Sie wollte mit dem Zug nach Kopenhagen fahren und am späten Abend von dort nach New York fliegen, und die Voraussetzung dafür, dass sie das alles schaffte, war, dass sie Växjö um spätestens vier Uhr nachmittags verließ. Das Einzige, was ihre Pläne umwerfen konnte, war ein ernsthafter Zwischenfall im Krankenhaus, bei dem ihre Anwesenheit erforderlich sein würde. In letzter Minute hatte sie am Freitagvormittag nämlich noch einmal einspringen müssen. Der Vater eines Kollegen hatte einen Infarkt erlitten.

»Ich schlief schon, und als mitten in der Nacht das Telefon klingelte, dachte ich, das war's dann wohl mit dem Urlaub«, sagte sie.

Mitten in der Nacht, fragte Lewin. Sie könne nicht zufälligerweise einen genaueren Zeitpunkt angeben?

»Dem Wecker neben meinem Bett zufolge war es nullzwofünfzehn«, sagte sie und lächelte über Lewins Erstaunen. »Ich verstehe ja, dass Sie wissen wollen, wieso ich das so genau weiß«, fügte sie hinzu.

»Ja«, sagte Lewin, und nun lächelte auch er. Schlimmstenfalls muss ich dir wohl ein paar Routinefragen nach deinem Geburtstag stellen.

Die Uhr war ein wichtiger Bestandteil im Leben einer Narkoseärztin. Vor allem wenn es um nächtliche Anrufe ging, die vermutlich von ihrer Arbeitsstelle kamen. Außerdem hatte sie ein hervorragendes Zahlengedächtnis und praktischerweise neben dem Telefon immer Papier und Stift liegen. Zuerst hatte sie die Anrufzeit notiert. Dann den Hörer abgenommen und sich gemeldet.

»Da ich sicher war, dass es nur das Krankenhaus sein konnte, war das der pure Reflex«, erklärte sie. »Und damit sie wirklich kapieren, dass sie mir den Urlaub und den Schönheitsschlaf versauen, hab ich so getan, als schliefe ich noch«, fügte sie hinzu.

»Sie haben sich nicht mit Namen genannt«, fragte Lewin.

»Nein«, sagte sie. »Die haben nur ein sehr verschlafenes und gedehntes Hallo gekriegt. Obwohl ich hellwach war. Ich hielt das wohl nur für recht und billig.«

»Und was hat der Anrufer gesagt?«, fragte Lewin. »Wissen Sie das noch?«

Es hatte also ein Mann angerufen. Er hörte sich munter, sympathisch und nüchtern an, und von der Stimme her war er in ihrem Alter.

»Zuerst sagte er etwas auf Englisch. Long time no see, oder so, und dass er hoffe, mich nicht geweckt zu haben, und ich dachte noch immer, es sei jemand aus dem Krankenhaus, der seinen Sinn für Humor unter Beweis stellen wolle. Ich wollte doch Urlaub in den USA machen. Aber dann kamen mir plötzlich Zweifel.«

»Warum das?«, fragte Lewin.

»Weil soeben mein Urlaub in den Teich gegangen war, muss ich wohl ziemlich schroff gewesen sein. Ich fragte, um wie viele es gehe und was diesmal passiert sei«, sagte sie. »Wenn um die Zeit jemand anruft, handelt es sich fast immer um Verkehrsunfälle«, fügte sie hinzu.

»Und was sagte er?«

»Er hörte sich plötzlich auch überrascht an. Ihm schien aufzugehen, dass er sich verwählt hatte. Er fragte, mit wem er spreche, und ich fragte, mit wem er sprechen wolle, und ungefähr da begriff ich, dass es nicht das Krankenhaus war, sondern einfach ein Irrtum.«

»Hat er noch mehr gesagt«, wollte Lewin wissen.

»Ja. Zuerst hat er gefragt, ob er auf Eriksson gestoßen sei. Ich fand die Ausdrucksweise ziemlich komisch, deshalb weiß ich das noch genau. Ich weiß auch noch, dass ich an diese Telefongesellschaft dachte und ob sich da vielleicht doch jemand einen Spaß mit mir erlaubte. Aber inzwischen war ich ziemlich sauer und sagte also, dass er sich bestimmt verwählt habe. Und er bat hundertmal um Entschuldigung und so, und es schien wirklich von Herzen zu kommen, und ich war ja nur froh, eben wegen meines Urlaubs. Also sagte ich, schon gut, nur müsse er versprechen, das niemals wieder zu tun.«

»Und das war alles?«, fragte Lewin.

»Nein«, sagte die Narkoseärztin und schüttelte den Kopf. »Er hat noch etwas gesagt, und weil das so charmant war, kann ich mich daran erinnern.«

»Versuchen Sie, es so wortwörtlich zu sagen wie möglich«, sagte Lewin und überzeugte sich davon, dass sein kleines Tonbandgerät pflichtgemäß surrte.

»Na gut«, sagte sie. »Er hat sich ungefähr so ausgedrückt, dass dies hier wohl nicht die richtige Gelegenheit sei, um ein Blind Date vorzuschlagen. Ja, das hier ist wohl nicht die richtige Gelegenheit, um ein Blind Date vorzuschlagen, sagte er. Oder so ungefähr, aber ehe ich noch etwas sagen konnte, hatte er aufgelegt. Eigentlich ein bisschen schade, er hörte sich eben charmant und sympathisch an«, sagte sie und lächelte Lewin an.

»Fröhlich, nüchtern, sympathisch, charmant«, sagte Lewin.

»Genau. Wenn er nicht mitten in der Nacht angerufen hätte, wer weiß, was dabei herausgekommen wäre«, sagte die Zeugin und lächelte noch strahlender. »Ich weiß sogar noch, dass ich nur mit Mühe einschlafen konnte. Hab mir wohl vorgestellt, dass er so sympathisch, charmant und gut aussehend ist, wie er sich anhörte.«

»Sie haben gehofft, dass er noch einmal anruft«, sagte Lewin und lächelte ebenfalls.

»Naja«, sagte seine Zeugin. »So tief gesunken bin ich vielleicht nicht. Noch nicht jedenfalls.«

»Aber er hat nicht wieder von sich hören lassen«, fragte Lewin.

»Er war jedenfalls nicht nach meinem Urlaub auf meinem Anrufbeantworter«, sagte sie und zuckte mit den Schultern. »Da waren bloß die normalen Nervanrufe. Aber warum hätte er das auch tun sollen«, fügte sie hinzu.

Vielleicht hatte er inzwischen andere Sorgen, dachte Lewin. Sonst hätte er das sicher gemacht, wenn er nun so einer ist, wie ich glaube, dachte er.

»Wenn Ihnen noch mehr einfällt, dann rufen Sie mich bitte an«, sagte Lewin und reichte ihr seine Visitenkarte.

»Natürlich«, sagte sie und schaute die Karte an, ehe sie sie in die Brusttasche ihres weißen Kittels steckte. »Und wenn ich Ihnen unser schönes Växjö zeigen soll, dann rufen Sie mich einfach an. Die Nummer haben Sie ja schon.«

Auf der Wache rief Lewin sofort einen alten Freund und ehemaligen Kollegen an, der inzwischen als Kommissar bei der Säpo arbeitete und ihm außerdem etliche Gefallen schuldete. Zuerst redeten sie allgemein über Gott und die Welt, und nachdem sie den sozialen Teil erledigt hatten, brachte Lewin seinen Spruch vor.

Keine Sicherheitsangelegenheit, aber ein schwerwiegendes Verbrechen. Es ging darum, ein Gespräch ausfindig zu machen, und ausnahmsweise einmal verhielt es sich so praktisch, dass er den genauen Zeitpunkt des Anrufs und die Nummer wusste, die angerufen worden war. Was er nun brauchte, war die Nummer des anrufenden Telefons, den Namen des Teilnehmers und – eine Gnade, um die er nur in Stoßgebeten flehen konnte – den des Anrufers.

»Ich belästige dich damit, weil ich weiß, dass du und deine Kollegen in diesen Dingen unschlagbar seid«, schmeichelte Lewin.

»Sicher«, stimmte sein alter Freund zu. »Ich gehe wohl nicht fehl in der Annahme, dass es sich um den Mord an unserer angehenden Kollegin handelt? Wenn ich bedenke, wo du bist und dass es dir um eine Nummer in Växjö geht, meine ich.«

»Stimmt genau«, sagte Lewin. »Was glaubst du, wie lange ihr dafür braucht?«

Wenn Lewins Informationen stimmten, wenn der Anruf also wirklich am 4. Juli um Viertel nach zwei Uhr morgens bei der erwähnten Nummer eingelaufen war, dann würde die Antwort mehr oder weniger postwendend erfolgen.

»Ich lasse spätestens morgen Vormittag von mir hören«, sagte der Kollege. »Bis dahin kannst du nur noch Däumchen drücken. Leider ist es wohl so, aber das weißt du ja so gut wie ich, dass solche Leute immer von Prepaidhandys anrufen, wo es fast unmöglich ist, die Anrufer ausfindig zu machen.«

»Ich bilde mir ein, dass es sich nicht um so ein Telefon handelt«, sagte Lewin. Diesmal nicht, dachte er.

66

Im großen Polizeigebäude auf Kungsholmen in Stockholm, vierhundert Kilometer nördlich von Växjö gelegen, saß der Chef der Zentralen Kriminalpolizei und spürte, wie sein Blutdruck stieg. Und das aus Gründen, die rein sachlich gesehen zu den unwichtigsten zählten, bedachte man all die auf seinem Schreibtisch aufgetürmten Fälle. Als Zirkus Bäckström nach Växjö kam, dachte Lars Martin Johansson.

Zuerst hatte er sich mit einer netten jungen Frau aus der Finanzabteilung getroffen, die das Wochenende mit dem Versuch verbracht hatte, Antworten auf die von Johansson auf

den vorher so sauberen Papieren hinterlassenen roten Fragezeichen zu finden. Allerdings war ihr das nicht gelungen. Es
gab noch immer etliche rätselhafte Rechnungen, von Garderobenpflege über Sitzungsmaterial bis zu den üblichen Kneipen-
besuchen mit anonymen Gewährspersonen. Alle waren übrigens von Kriminalkommissar Bäckström unterschrieben, und
insgesamt handelte es sich um knapp zwanzigtausend Kronen.
Außerdem gab es eine Anzahl von nicht begründeten Bargeldentnahmen. Vorgenommen vom nämlichen Bäckström, insgesamt zwölftausend Kronen. Und die üblichen normalen Rechnungen für Expeditionen von der Sorte, bei denen Kosten
minus Gehalt und Sozialabgaben sich derzeit auf an die drei-
hunderttausend Kronen beliefen.

»Was bedeutet das eigentlich? So mal ganz unter uns«, fragte
Johansson und nickte ihr aufmunternd zu.

»Dass jemand oder mehrere die Finger in der Keksdose hatten, und da das hier unter uns bleibt, glaube ich nicht, dass es
das erste Mal war. Außerdem ist mir aus irgendeinem Grund
der Name des Unterzeichnenden eingefallen.«

»Du hast schon Schlimmeres gesehen«, sagte Johansson,
und seine Laune hob sich gleich wieder.

»Viel Schlimmeres«, stimmte die Finanzfrau mit Nachdruck
und Überzeugung zu. »Ich habe im Laufe der Jahre schon allerlei seltsame Rechnungen gesehen.«

»Was war denn die seltsamste«, fragte Johansson neugierig.

»Im vergangenen Haushaltsjahr waren das wohl zwei Tonnen
Heu. Irgendwann im Winter, und eigentlich waren sie nicht
besonders teuer. So um die tausend, glaube ich.«

»Ich glaube, ich ahne, wer diese Rechnung unterschrieben
hatte«, grunzte Johansson.

»Die Einsatztruppe brauchte das wohl für irgendeine Übung«,
sagte die Finanzfrau. »Die springen doch dauernd von irgendwelchen hohen Punkten und wollten diesmal sicher weicher
landen? Aber natürlich, Kommissar Bäckströms Wäscherei-

rechnung aus Växjö ist auch nicht schlecht. Ich habe sogar eine genauere Aufstellung verlangt. Dabei habe ich einen Mann und drei Kinder, die richtige Dreckschweine sind, wenn das hier unter uns bleibt. Aber im Vergleich zu Bäckström sind sie die puren Amateure.«

»Erzähl«, sagte Johansson lüstern.

Am Tag seiner Ankunft im Hotel in Växjö hatte einer von Kommissar Bäckströms Mitarbeitern in dessen Auftrag Kleidungsstücke zum Waschen abgegeben. Diese Kleidungsstücke waren einige Tage später zurückgebracht worden. Die beiliegende Rechnung war von Bäckström unterschrieben und mit der handschriftlichen Erklärung »dienstlich bedingte Garderobenpflege« versehen worden. Nach der genauen Aufstellung, die die Finanzabteilung als Kopie verlangt hatte – aus irgendeinem Grund hatte sie der ursprünglichen Rechnung nicht beigelegen –, ging es ganz konkret um die Reinigung von »27 Herrenunterhosen mit kurzen Beinen, 2 Herrenunterhosen mit langen Beinen, 31 Herrenunterhemden, 14 Paar Strümpfen, 9 Schlipsen, 4 Pullovern mit langen Ärmeln, 14 Hemden, 3 Hosen mit langen Beinen, 2 Hosen mit kurzen Beinen, 1 Jackett sowie 1 Anzug mit Hose und Weste.«

»Mit Weste«, sagte Johansson und lächelte so glücklich wie ein kleines Kind. »Steht das da? Mit Weste?«

»Mit Weste«, bestätigte die Finanzfrau und musterte ihren Chef hingerissen. »Und ich glaube sogar, dass ich den gesehen habe. Das ist so eine braune Geschichte mit Nadelstreifen, und Bäckström ist nicht dafür bekannt, dass er jeden Tag seine Kleidung wechselt, wenn ich das mal so sagen darf.«

»Phänomenal«, sagte Johansson, und es schien ihm von Herzen zu kommen. »Und jetzt machen wir das so …«

Als er sich mit Bäckströms nächstem Vorgesetzten traf, war Johansson strahlender Laune. Da der Polizeirat keine Ahnung hatte, warum das so war, und da er drei Nächte hintereinander Albträume von Johansson gehabt hatte und da er sich in jeder wachen Minute vor dieser Begegnung gegrault hatte, begriff er sofort, dass es sich hier um eine todesähnliche Erfahrung handelte und er jetzt dran war.

»Da schaun wir doch mal, sagte die blinde Sara«, sagte Johansson und blätterte mit freundlicher Miene durch einen Papierstapel. »Du möchtest nicht vielleicht eine Tasse Kaffee«, fügte er plötzlich hinzu und nickte seinem Gast fragend zu.

»Nein danke, nein, ist schon gut so«, beteuerte der Polizeirat. Der Kerl muss doch der pure Sadist sein, dachte er. Ist das eine Sparvariante der Henkersmahlzeit, die er mir da aufdrängen will? Eine Tasse Kaffee und einen Bienenstich?

Johansson hatte drei Fragen. Warum hatte der Kollege just diese sechs Mitarbeiter geschickt? Warum hatte er Bäckström zum Chef ernannt? Und wer von denen hatte mindestens eine lange Hotelnacht mit Pornofilmen verbracht? Was vielleicht die allernachvollziehbarste Unmöglichkeit auf der Liste der Dinge war, die man um keinen Preis machen durfte, wenn man auf Dienstreise war und die Zentrale Kriminalpolizei als Arbeitgeberin für die Kosten aufkommen musste.

Der Rat schilderte die Sache als überaus kompliziert. Erstens hatte er selbst nichts und niemanden nach Växjö geschickt. Wie schon gesagt und bei allem Respekt vor seinem Chef, er war im Urlaub gewesen, und der Entschluss war von Johanssons Vorgänger Nylander gefasst worden. Warum Nylander gerade Bäckström als Chef ausersehen hatte, entzog sich seiner Kenntnis, und was die Pornofilme anging, so wurde die Angelegenheit noch untersucht.

»Jaja«, fiel Johansson ihm ins Wort. »Aber du musst dir doch trotzdem deine Gedanken gemacht haben? Ich sehe, dass Jan Lewin da unten ist. Warum ist nicht er der Chef? Als ich mit ihm zu tun hatte, war er ein absolut einsatzfähiger Polizist.«

»Er wollte nicht Chef sein«, sagte der Rat. »Wenn ich das richtig verstanden habe, dann war das so«, fügte er hinzu. »Nylander ließ Bäckström von seiner Sekretärin anrufen. Unklar, warum gerade den. Bäckström bekam den Auftrag und sammelte dann die Kollegen zusammen, die gerade verfügbar waren. Abgesehen von Bäckström, der wirklich ein Sonderfall ist, lässt sich an niemandem etwas aussetzen. Lewin zum Beispiel ist sehr erfahren und sehr kompetent. Er gehört zweifellos zu den besten Mordermittlern im Land.«

»Naja«, sagte Johansson. Ich hab schon bessere gesehen, dachte er.

»Gilt das auch für diesen Rogersson«, fragte er. »Wenn ich das richtig verstanden habe, dann waren die Pornos auf seine Zimmernummer gebucht.«

»Aber er war zu diesem Zeitpunkt in Stockholm. Er hat seinen Dienstwagen am Freitagabend hier im Haus in der Tiefgarage abgestellt und dasselbe Auto am Sonntagnachmittag abgeholt, er kann es also nicht gewesen sein«, sagte der Polizeirat.

»Dann finde raus, wer es war«, sagte Johansson, und jetzt hörte er sich wieder genauso an wie sonst.

»Ich verspreche zu tun, was ich kann«, versicherte der Polizeirat.

»Es reicht, wenn du herausfindest, wer es war«, sagte Johansson. »Damit ich weiß, wen ich feuern oder versetzen darf.«

67

Als Jan Lewin morgens Smålandsposten las – in aller Ruhe auf seinem Zimmer, ehe er zum Frühstück nach unten ging –, war Einkaufschef Roy Edvardsson, achtundvierzig, mit großem Bild auf der ersten Seite der Zeitung gelandet. Dem Bild nach war er ein dicklicher Mann in den besten Jahren, gewandet in schwedische Sommertracht im klassischen Herrenstil, Sandalen mit Socken, knielange Shorts, gestreiftes kurzärmliges Hemd und karierte Schirmmütze von einem etwas leichteren, der Jahreszeit gemäßen Modell. Edvardsson lehnte bequem an seinem Mercedes und strahlte Zuversicht und materiellen Erfolg aus. Außerdem war er in Växjö geboren, aufgewachsen und tätig.

Der Grund, aus dem Lewin in Smålandsposten über ihn lesen konnte, war eine längere Reportage darüber, dass die Lebensmittelaufsicht bei einer größeren Untersuchung herausgefunden hatte, dass die Småländer beim Einkaufen für den täglichen Bedarf weniger auf umweltfreundliche Produkte zurückgriffen als andere Schweden. Trotz der bemerkenswerten Aktivitäten, die die bekannteste Småländerin der Welt, die Autorin Astrid Lindgren, unternommen hatte, um Hühner aus ihren Käfigen zu befreien und Schweinen bis Weihnachten ein freies und glückliches Leben zu gewährleisten.

Die Zeitungsreporterin war selbst in der Stadt unterwegs gewesen und hatte eine einfachere kleine Studie angestellt, sie hatte Menschen nach ihrer Haltung zu umweltgerechten Lebensmitteln und anderen Produkten befragt. Die Antwort der Mehrheit der Befragten stützte das Ergebnis der Lebensmittelaufsicht, und der Grund für die negative Einstellung war durchgängig der gleiche. Umweltfreundliche Kost sei teurer als andere, schmecke aber mehr oder weniger, wie alles im Moment schmeckte.

Die Ausnahme bildete Roy Edvardsson, achtundvierzig, der trotz seines Berufs von diesen Fragen keine Ahnung hatte.

»Da dürfen Sie mich nicht fragen«, sagte Edvardsson. »Ich kaufe niemals ein. Ich bin seit vielen Jahren verheiratet.«

Ich dachte, solche gäb's nicht mehr, dachte Lewin erstaunt und streckte die Hand nach der Schere aus, um seine Reiseerinnerungen an Växjö durch einen kleinen Einblick in Roy Edvardssons Leben zu vervollständigen.

68

Nach dem Frühstück wandelte Lewin auf den Spuren seiner Kollegen, und da er ihnen nichts davon gesagt hatte, meldete sich bei jedem Schritt sein schlechtes Gewissen. Zuerst besuchte er den Optiker der zweiundneunzig Jahre alten Zeugin, um ein für alle Mal Klarheit über ihr Sehvermögen zu erhalten.

Der Optiker war ein Mann von etwa sechzig, ihm gehörte der Laden, er hatte ihn von seinem Vater übernommen, und er hatte die Zeugin während der vergangenen dreißig Jahre mit Brillen versorgt. Insgesamt handelte es sich um zwei Brillen und einige kleinere Reparaturen, eine Großkundin war sie also einwandfrei nicht. Zuletzt hatte sie ihn vor gut sechs Jahren aufgesucht. Dabei hatte die Untersuchung ergeben, dass die Brille, die sie fünf Jahre zuvor gekauft hatte, noch vollständig ausreichte. Das war unmittelbar nach ihrem achtzigsten Geburtstag gewesen, und vor allem hatte sie neue Bügel gebraucht.

Die Zeugin war kurzsichtig, aber es war eine angeborene Kurzsichtigkeit, und die schien mit den Jahren nicht sehr viel schlimmer geworden zu sein. Wenn sie die Brille trug und wenn sich ihre Sicht seit dieser letzten Untersuchung nicht drastisch verschlechtert hatte, dann müsste sie normal sehen und auf die Entfernung von an die zwanzig Meter, nach der Lewin gefragt hatte, durchaus einen Menschen erkennen können. Wenn sie die Brille nicht trug, war das unmöglich. Es war einfach ausgeschlossen. Auf diese Entfernung und ohne Brille konnte sie Bewegungen wahrnehmen und einen Menschen von einem Hund unterscheiden, aber wohl kaum einen Hund von einer Katze.

Außerdem gab es bei alten Menschen und deren Sehvermögen noch ein anderes Problem, was an sich außerhalb der rein optischen Bedingungen lag, was aber doch einen Teil des Alltags und der Wirklichkeit ausmachte, auf die jeder seriöse Fachmann Rücksicht nehmen musste.

»Das Sehvermögen alter Menschen wird von ihrem allgemeinen physischen und psychischen Zustand auf ganz spezifische Weise beeinflusst. Ihnen wird viel häufiger schwindlig, sie sehen doppelt, sie sind für Lichtverhältnisse viel empfindlicher. Deshalb können sie plötzlich in Verwirrung geraten und alles Mögliche durcheinanderwerfen, dann geht das vorbei, und sie sind wieder wie sonst. Sie kommen her, ich probiere andere Brillenstärken, und vielleicht können sie sogar die untersten Zeilen lesen, dann kommen sie wieder und setzen die neue Brille auf und schaffen nicht einmal die oberste Zeile, weil sie nachts schlecht geschlafen oder sich mit ihren Kindern gestritten haben oder was auch immer.«

»Aber angenommen, sie war ganz normal und trug ihre Brille, dann hätte sie eine Person erkennen können. Vor allem jemanden, den sie ohnehin schon kannte«, fasste Lewin zusammen.

»Ja sicher«, sagte der Optiker. »Aber wir haben ja noch die Sache mit der Psyche. Alte Menschen können Personen verwechseln, und sie können Leute, die sie gesehen haben, mit solchen verwechseln, die sie kennen, das liegt vielleicht an einer äußerlichen Ähnlichkeit, und sie beschreiben dann den, den sie kennen, und nicht den, den sie gesehen haben. Ich bin kein Arzt, aber im Laufe der Jahre habe ich da doch allerlei Beispiele gehört und gesehen.«

Einerseits, andererseits, dachte Lewin und seufzte in Gedanken, als er eine Weile später an der Wohnungstür ihrer Zeugin klingelte. Er hatte Eva Svanström bei ihr anrufen lassen, und offensichtlich machte sie sich deshalb nicht einmal die Mühe, durch das Guckloch in der Tür zu schauen, ehe sie öffnete.

»Ich heiße Jan Lewin und arbeite als Kommissar bei der Zentralen Kriminalpolizei«, sagte Lewin und hob seinen Dienstausweis hoch, während er ihr sein vertrauenerweckendstes Lächeln zeigte. Die Oma macht doch einen aufgeweckten, klaren Eindruck, dachte er hoffnungsvoll.

»Hereinspaziert, immer hereinspaziert«, sagte sie und wies ihm mit einem Stock mit Gummizwinge den Weg.

»Danke«, sagte Lewin. Klar im Kopf, dachte er und merkte, wie seine Hoffnung wuchs.

»Ich bin es, die sich bedanken sollte«, sagte Frau Rudberg. »Kommissar. Das ist schließlich kein Katzenschiss. Die sie mir neulich geschickt haben, war eine einfache Polizistin«, sagte die Zeugin und blickte ihren Gast neugierig an.

Zuerst hatten sie über ihren Geburtstag gesprochen, und offenbar war die Zeugin an die gleiche Sorte Pastor geraten wie Lewins alte Großmutter. Außerdem hatte es etliche Jahre gedauert, bis ihre Eltern den Fehler entdeckt und ihr davon erzählt hatten.

»Mein Vater hat wohl erst, als ich in die Schule kam, gemerkt, dass der Pastor sich im Kirchenbuch verschrieben hatte«, sagte die Zeugin. »Aber da hatten wir schon einen neuen Pastor, und der wollte das nicht ändern, weil es nun einmal so dastand. Und so blieb es eben dabei.«

Eine Zeit lang hatte sie sich ein wenig darüber geärgert, dass sie offiziell im falschen Monat geboren war. Mit wachsendem Alter jedoch hatte ihr der zusätzliche Monat immer weniger ausgemacht, und als die erste Rentenzahlung kam, hatte sie sich zu diesem geistlichen Irrtum sogar gratuliert.

»Wenn ich Glück habe, kriege ich einen Monat extra Rente«, stellte sie fest und lächelte Lewin an. »Und das kann ich doch wohl nur dankend annehmen.«

Das mit dem Geburtstag hatte auch nie zu praktischen Problemen geführt. Sie feierte am 4. Juli, das hatte sie immer so gemacht, und dass sie der Polizistin neulich nichts von dem Irrtum des Pastors erzählt hatte, verdankte sich einfach der Tatsache, dass sie nicht daran gedacht hatte. Außerdem hatte ihre Besucherin sie nicht gefragt, und da hatte sie wohl angenommen, sie wisse ohnehin Bescheid. Einfach ein Missverständnis, und es war am 4. Juli gegen sechs Uhr morgens gewesen, dass sie auf ihrem Balkon gesessen hatte. Genau wie an fast allen anderen Tagen in diesem Sommer, und zur Feier dieses Tages hatte sie zu ihrem üblichen Morgenkaffee ein Stück Prinzessinnentorte verzehrt.

»Ich hatte sogar ein Tablett genommen, damit ich nicht hin

und her zu laufen brauchte. Ich muss ja an meinen Stock denken«, erklärte sie.

Bleibt noch ein Problem, und wie löse ich das, dachte Lewin.

»Und jetzt möchten Sie sicher wissen, Herr Kommissar, ob ich meine Brille getragen habe«, sagte die Zeugin und musterte ihn über den Brillenrand hinweg.

»Ja«, sagte Lewin und lächelte freundlich. »Wie halten Sie es mit der Brille, Frau Rudberg?«

Nichts einfacher als das, meinte die Zeugin. Als Letztes, bevor sie abends ins Bett ging, nahm sie die Brille ab und legte sie griffbereit auf ihren Nachttisch. Als Erstes jeden Morgen und noch ehe sie aus dem Bett aufstand, setzte sie sie wieder auf.

»Was sollte ich denn ohne Brille auf dem Balkon«, sagte sie. »Das wär ja was. Da würde ich wahrscheinlich nicht mal hinfinden«, fügte sie hinzu.

Blieb der Mann, der sich unten auf dem Parkplatz am Auto zu schaffen gemacht hatte. Das läuft ja wie geschmiert, dachte Lewin.

Ziemlich klein, dunkel, schnell und geschmeidig. Durchtrainiert, wie man heute sagte. Sah gut aus, auf die Weise, wie die Burschen in der Jugend der Zeugin gut ausgesehen hatten.

»Aber damals brauchte man nicht jede Menge Training, um den Körper in Form zu halten«, sagte sie.

Wie alt mochte er gewesen sein, wollte Lewin wissen.

Wie sie selbst, als die Burschen noch so ausgesehen hatten und sie auf diese Art hinter ihnen hergeschaut hatte, und natürlich ein paar Jahre älter als sie damals, weil die Burschen eben immer ein paar Jahre älter gewesen waren, das waren sie wohl noch immer, wenn sie die Sache richtig sah.

»Der war so fünfundzwanzig, dreißig, wenn man das so

sagen kann«, sagte sie. »Aber natürlich. Heutzutage finde ich, dass fast alle Leute ganz jung aussehen, also kann er auch ein Stück älter gewesen sein«, überlegte sie und seufzte.

»Und Sie glauben, ihn erkannt zu haben, Frau Rudberg«, sagte Lewin vorsichtig.

»Ja, aber da hab ich mich total vertan«, antwortete Frau Rudberg und lächelte strahlend.

»Wie meinen Sie das«, fragte Lewin.

»Ja, ich muss ihn mit jemandem verwechselt haben«, erklärte sie.

»Ach, wie meinen …«

»Ja, ich habe vor kurzem mit unserem Hausmeister gesprochen. Der wollte sich meinen Kühlschrank ansehen, weil der so schrecklich brummt, dass ich nachts kaum schlafen kann, und wir haben über dieses Auto gesprochen, das ja offenbar gestohlen wurde, denn so hieß es doch im Radio, und dann habe ich erwähnt, was ich auch schon der Polizistin gesagt hatte, dass ich nämlich glaubte, der Sohn sei damit aufs Land gefahren.«

»Jaa«, sagte Lewin und nickte ihr aufmunternd zu.

»Aber da hab ich mich offenbar geirrt«, sagte sie noch einmal.

»Wie meinen Sie das«, fragte Lewin geduldig.

»Ja, er hat doch keinen Sohn«, antwortete die Zeugin. »Also muss ich mich geirrt haben. Da hab ich die Sense in den Stein gehauen, dass es nur so singt, wie mein alter Vater gesagt hätte.«

»Es war also jemand anderes, und an den hat er Sie erinnert«, sagte Lewin.

»Ja, so muss es gewesen sein«, stimmte die Zeugin zu und sah plötzlich sehr alt und müde aus. »Ich meine, wenn er keinen Sohn hat, dann hat er eben keinen Sohn.«

»Ihr Hausmeister wusste also, dass Ihr Nachbar, der Flugkapitän, dem das Auto gehört, keinen Sohn hat«, sagte Lewin.

»Wenn jemand so was weiß, dann er«, sagte die Zeugin nachdrücklich. »Er weiß alles über alle hier in der Gegend. Ist doch klar. Zwei Töchter hat dieser Flugkapitän. Das weiß ich sicher, und da sind wir ganz einer Meinung. Aber die hab ich ja nicht gesehen. Ganz so verkalkt bin ich nun doch nicht. Noch nicht.«

»Ich verstehe schon, dass Sie sich über diese Angelegenheit allerlei Gedanken gemacht haben, Frau Rudberg«, beharrte Lewin. »Und Ihnen fällt sonst niemand ein, der hier wohnt oder den Sie kennen? Oder jemand, den Sie irgendwann gesehen haben und der dem Mann auf dem Parkplatz ähnlich sah?«

»Nein«, sagte die Zeugin und schüttelte energisch den Kopf. »Ich hab mir das alles genau überlegt, aber der Einzige, der mir einfällt, ist wohl dieser Schauspieler. Der aus ›Vom Winde verweht‹. Dieser Clark Gable, nur ohne Schnurrbart natürlich.«

»Clark Gable ohne Schnurrbart«, sagte Lewin und nickte. Das wird ja immer besser.

»Aber der kann es wohl kaum gewesen sein«, sagte die Zeugin seufzend.

»Nein«, sagte Lewin. »Das wäre nicht gerade glaubhaft.«

»Nein, das wäre überhaupt nicht glaubhaft«, stimmte die Zeugin zu. »Denn der müsste doch inzwischen so alt sein wie ich, und außerdem ist er sicher schon tot?«

»Ja«, sagte Lewin. »Ich bilde mir ein, dass er vor ziemlich vielen Jahren gestorben ist.«

»Den kann ich also nicht gesehen haben«, sagte die Zeugin und nickte.

Als Lewin zur Wache zurückging, meldete sich seine vertraute alte Niedergeschlagenheit zu Wort. Die kleine, mit Möbeln vollgestopfte Wohnung, die Bilder von Familienangehörigen, Verwandten und Bekannten, die alle die Gemeinsamkeit hatten, dass sie tot waren. Der ganz besondere Geruch, den es immer in den Wohnungen älterer Menschen gab, egal, wie sorgfältig sie sich pflegten und obwohl sie vielleicht noch weitere zwanzig Jahre leben würden. Eine Frau von zweiundneunzig, die für ihr Alter gesund und munter war und noch immer allein wohnen, ihren eigenen Kaffee kochen und sogar mit der einen Hand ein Tablett tragen konnte. Kein Rollstuhl, nicht einmal ein Gehgerät, stattdessen all die Kraft und Stärke, die nur nach einem Stock mit Gummizwinge verlangten, um sich auf den eigenen Balkon hinauszubegeben.

Nicht einmal in der Nähe eines der Vorzimmer zum Tod, den die Altenpflege all denen anzubieten hatte, die weniger glücklich waren als seine Zeugin, auch wenn sie oft sehr viel jünger waren. Linoleumböden, ein ewig laufender Fernseher, an dem niemand mehr den Sender zu wechseln versuchte, ein Bett für die Nacht, die Matratze schräg gestellt als Stütze für einen gebrechlichen Rücken und eine müde Lunge. Und eine Freiheit, die nur darin bestand, dass sie mit dem Ende von allem winkte. Wenn man so klar bei Bewusstsein war zu wissen, dass es dieses Ende gab und dass es geduldig wartete, egal, wer man gewesen war, damals, als man noch ein Leben zu leben hatte.

»Er sah aus wie Clark Gable«, fragte Sandberg eine Stunde später.

»Aber ohne Schnurrbart«, sagte Lewin und lächelte kurz.

»Ich hab mir ein aktuelles Foto vom Schwiegersohn des Flugkapitäns besorgt. Er heißt Henrik Johansson, ist achtunddreißig. Das ist dieser Fluglotse, der mit der jüngeren Tochter verheiratet ist«, sagte Sandberg.

»Und wie sieht er aus«, fragte Lewin.

»Nicht im Geringsten wie Clark Gable, und du musst wissen, dass du hier mit einer Frau sprichst, die ›Vom Winde verweht‹ viele Male auf Video gesehen hat«, antwortete Sandberg. »Was hältst du von einem Phantombild? Wo wir doch sonst nichts haben«, fügte sie hinzu.

»Gott bewahre uns«, sagte Lewin und schüttelte den Kopf. »Von Clark Gable?« Da radieren wir einfach den Schnurrbart weg, dachte Lewin, der sich schon ein wenig belebter fühlte.

Olsson hatte von Bäckström ein Gespräch unter vier Augen erbeten, er wollte über das sprechen, was Bäckström am Vortag schon von Kollegin Sandberg gehört hatte.

»Ja, das hab ich gehört«, sagte Bäckström freundlich. »Das war offenbar diese Verrückte im rosa Hemd von neulich, als du mich zu dieser Besprechung eingeladen hattest. Ich bin ihr ein einziges Mal begegnet, und das reicht wohl auch. Seid ihr übrigens eng befreundet?«

»Jetzt darfst du mich nicht missverstehen, Bäckström«, sagte Olsson und hob die Hände zu einer abwehrenden Geste, die sozusagen zu seinem polizeilichen Kennzeichen geworden war. »Ich wollte dich nur vorwarnen, wenn ich das mal so sagen darf. Falls du irgendwelche gemeinen Gerüchte hörst.«

»Daran hat man sich mit den Jahren ja leider gewöhnen müssen. Weißt du übrigens, Olsson, wie viele Kollegen hier im Land jetzt gerade Opfer von Anzeigen von all den Schurken und Wirrköpfen werden, die wir im Zaum zu halten versuchen?« Bäckström nickte Olsson ermunternd zu, aber der sah nicht so zufrieden aus.

»Ziemlich viele, leider«, sagte Olsson.

»An die zweitausend«, sagte Bäckström leidenschaftlich. »Fünfzehn Prozent der gesamten Truppe und so ungefähr alle, die versuchen, ihre Arbeit zu machen.«

»Ja, das ist entsetzlich«, stimmte Olsson zu, ohne näher darauf einzugehen, was daran so entsetzlich war.

»Weißt du auch, wie viele von diesen Kollegen dann verurteilt werden?«, fragte Bäckström, der nicht vorhatte, das Thema loszulassen, jetzt, wo er die Überhand hatte.

»Nicht sehr viele«, sagte Olsson.

»Du bist witzig, du, Olsson«, sagte Bäckström. »Pro Jahr einer oder zwei. Weniger als ein Tausendstel von all den Kollegen, die sie krampfhaft in den Dreck ziehen wollen.«

»Ja, das ist wirklich keine angenehme Situation«, stimmte Olsson zu und machte Anstalten, sich zu erheben.

»Eigentlich müsste ich mit der Gewerkschaft reden und Anzeige wegen Falschanzeige erstatten«, sagte Bäckström.

»Gegen die Geschädigte«, fragte Olsson.

»Nein, gegen diese Irre im rosa Hemd. Ich glaube nicht, dass ihr überhaupt eine Geschädigte habt«, sagte Bäckström. »Aber du kannst dir die Sache ja noch mal überlegen«, schlug er großzügig vor.

»Wie meinst du das«, fragte Olsson nervös.

»Ob wir sie nicht anzeigen sollten«, erklärte Bäckström. »Die im rosa Hemd, meine ich.« Und darauf kannst du jetzt erst mal rumlutschen, dachte er.

»Das wird wohl nicht nötig sein«, sagte Olsson und erhob sich.

»Was hat Bäckström also gesagt? Hatte er irgendwas zu seiner Verteidigung vorzubringen«, fragte der Bezirkspolizeichef fünf Minuten später.

»Er schien das alles überhaupt nicht zu begreifen«, sagte Olsson und seufzte. »Er meint, wir sollten Moa Hjärtén wegen Falschanzeige anzeigen. Spielt wohl auch mit dem Gedanken, sich an die Gewerkschaft zu wenden ...«

»Aber wird das denn wirklich nötig sein?«, stöhnte der Bezirkspolizeichef. »Hast du übrigens mit der Geschädigten gesprochen?«

»Nur am Telefon«, sagte Olsson.

»Und was sagt sie«, fragte der Bezirkspolizeichef.

»Sie will überhaupt nicht darüber reden, und sie hat auch nicht vor, Anzeige zu erstatten«, sagte Olsson. »Aber ich gehe ja doch davon aus, dass da etwas passiert ist.«

»Ja sicher«, sagte der Bezirkspolizeichef. »Das ist es in solchen Fällen fast immer, aber es geht eben doch um einen Kollegen, und wenn die Geschädigte sich nicht äußern will, dann weiß ich wirklich nicht, wie wir die Sache in Ordnung bringen sollen. Sag Bescheid, wenn ich mich irre, aber es war doch wohl nicht diese Hjärtén, bei der Bäckström sein Glück versucht hat?«

»Du solltest vielleicht mal mit Bäckströms neuem Chef sprechen«, schlug Olsson vor. »Mit diesem Johansson.«

»Du meinst Lars Martin Johansson, unseren neuen Zettka-zeh«, fragte der Bezirkspolizeichef.

»Genau«, sagte Olsson. »Der hört früher oder später ja doch davon.«

»Ich werde es mir überlegen«, sagte der Bezirkspolizeichef. Was ist bloß in Olsson gefahren, dachte der Bezirkspolizeichef. Ich habe mich in dem Mann offenbar durch und durch geirrt, dachte er.

Am Nachmittag, ehe er ins Hotel gehen wollte, rief Lewins Bekannter von der Sicherheitspolizei an, um über den von Lewin angefragten Anruf Bericht zu erstatten.

»Du hast ganz recht gehabt, Jan«, erklärte der Kollege von der Säpo. »Es ist ein ganz normales Mobiltelefon. Die Nummer läuft über die Gemeinde Växjö, und wenn du mir noch einen Tag gibst, dann finde ich heraus, wer es benutzt. Da haben wir ja die Wahl zwischen etlichen hundert«, erklärte er.

»Wenn du das machen könntest, wäre ich natürlich dankbar. Falls dir das nicht einen Haufen Probleme bereitet«, sagte Lewin.

Absolut nicht, meinte sein alter Bekannter. Die Säpo hatte nämlich einen ganz hervorragenden und strategisch platzierten Kontakt eben in der Gemeinde Växjö, und der brauchte wirklich nur einen weiteren Tag.

»Ja, dann ist das abgemacht«, sagte Lewin. »Und mein Dank ist dir gewiss.«

»Keine Ursache«, sagte sein Bekannter. »Ich verspreche, mich morgen zu melden, und dann kriegst du den Namen dieses kleinen Widerlings, der mitten in der Nacht per Telefon die Leute schikaniert. Außerdem haben wir noch ein paar andere feine Leckerbissen, aber dazu kommen wir, wenn wir das vollständige Bild haben, meine ich.«

»Ich bin dir wirklich überaus dankbar«, sagte Lewin. Vielleicht, vielleicht auch nicht, dachte er, und aus Gründen, die ihm selber nicht ganz klar waren, verspürte er wieder die alte vertraute Niedergeschlagenheit. Die er immer empfand, wenn er davon überzeugt war, dass er sich etwas zusammenreimte, was dann bald für einen Menschen aus Fleisch und Blut Konsequenzen haben würde.

69

In seinen Träumen war alles noch schlimmer. Da gab es keine Niedergeschlagenheit. Sondern nackte Angst, die seinen Körper pendeln, wirbeln und stürzen ließ, und seine Beine verdrehten die Decke zu einem schweißnassen Seil mitten im Bett. Ganz natürlich war das, preisgegeben, wie er war, ohne die Möglichkeit, sich zu wehren, indem er an etwas anderes dachte wie im wachen Zustand.

In dieser Nacht aber war es anders.

Ein anderer Indian Summer vor fast fünfzig Jahren. Jan Lewin hatte sein erstes richtiges Fahrrad bekommen. Ein rotes Crescent Valiant. Benannt nach dem edlen Ritter Prinz Eisenherz, der vor so langer Zeit gelebt hatte, dass es noch nicht einmal Fahrräder gegeben hatte, sondern nur Pferde.

Zum wievielten Mal sein Vater hinter ihm herläuft – und den Gepäckträger festhält und ihn anfeuert –, hat er vergessen.

Er umklammert den Lenker, strampelt aus Leibeskräften und kneift immerhin nicht mehr die Augen zu, wenn er weiß, dass er stürzen und sich die Knie aufschrammen wird.

Und jetzt steht nur noch das Schlimmste an. Der Kiesweg zwischen dem weißen Tor und dem roten Hauseingang, hinter dem Mama bestimmt Pfannkuchen backt, wo es doch Donnerstag ist.

»Alles ganz ungefährlich, Jan«, ruft Papa hinter seinem Rücken. »Ich halte dich fest. Ganz ungefährlich.«

Jan strampelt und lenkt, und er fährt sicherer als sonst, weil Papa festhält, und vor dem Haus bremst er vorsichtig, stellt den linken Fuß auf den Boden und steigt aus dem Sattel.

Und als er sich umdreht, sieht er, dass sein Papa noch am weißen Tor steht und über sein ganzes braungebranntes Gesicht lacht, und Papa ist viel zu weit weg, um ihm durch die Haare zu fahren, aber das muss ja auch nicht mehr sein.

70

Der Bezirkspolizeichef brauchte den Chef der Zentralen Kriminalpolizei dann aber doch nicht anzurufen. Schon am Mittwochvormittag meldete sich Lars Martin Johansson nämlich selbst bei ihm.

»Ich will mich kurz fassen«, sagte Johansson. »Es geht um Bäckström. Wenn du ihn da unten nicht ganz dringend brauchst, dann habe ich vor, ihn zurückzurufen. Ich kann dir auch neue Leute schicken.«

»Ja sicher«, sagte der Bezirkspolizeichef. »Ich bin ja dankbar für alle Mittel, die wir kriegen können, und wenn du Bäckström für wichtigere Aufgaben brauchst, dann muss ich mich damit natürlich abfinden.«

»Wichtigere Aufgaben«, schnaubte Johansson. »Ich habe vor, ihn herzuholen und ihm die Leviten zu lesen, und wenn ich damit fertig bin, überlege ich mir, ob ich überhaupt noch irgendwelche Aufgaben für ihn habe.«

»Wenn du dir wegen dieser Anzeige Sorgen machst, dann glaube ich, wir sollten vielleicht vorsichtig sein und den guten Bäckström nicht zu früh verurteilen«, sagte der Bezirkspolizeichef und versuchte, seine Stimme ruhig und fest klingen zu lassen.

»Ich weiß nicht, wovon du redest«, sagte Johansson. »Was für eine Anzeige?«

Und so war dem Polizeichef nichts anderes übrig geblieben, als von der Anzeige gegen Kriminalkommissar Evert Bäckström zu berichten, die zwei Tage zuvor bei der Polizei von Växjö eingelaufen war.

»Klingt ja wie eine überaus seltsame Anzeige, wenn du mich fragst«, sagte Johansson fünf Minuten später und sowie sein langatmiger Kollege endlich zur Sache gekommen war.

»Sag Bescheid, wenn ich mich irre«, sagte Johansson dann. »Bei dir wurde Anzeige erstattet, und zwar von der Leiterin des Notrufs in Växjö, derzufolge Bäckström einer Journalistin, die sie kennt, etwas zugefügt hat, was nach meinem Exemplar des Gesetzbuches als sexuelle Nötigung bezeichnet wird. Aber diese Journalistin will aus unerfindlichen Gründen nicht darüber sprechen, und noch viel weniger will sie Anzeige erstatten.«

»Ja, das trifft die Sache wohl ziemlich korrekt«, sagte der Bezirkspolizeichef. »Und dann haben wir noch das schriftliche Zeugnis, das die Frau, von der die Anzeige erstattet wurde, gestern eingereicht hat.«

»Dazu komme ich noch«, sagte Johansson. »Nachdem ihr euch noch einmal an die Geschädigte gewandt habt, die sich noch immer weigert, Anzeige zu erstatten, kommt diese andere Frau mit einer Art schriftlicher Aussage, die sie und noch jemand anderes unterschrieben haben und die eine Art Gedächtnisprotokoll des Gesprächs darstellen soll, das die Frau mit der Geschädigten geführt haben will. Eine einfache Frage. Wer ist der andere Zeuge?«

»Er ist der Leiter des Männernotrufs hier in der Stadt. Er heißt übrigens Bengt Karlsson, und die Leiterin des anderen Notrufs, von der die Anzeige erstattet wurde, heißt Moa Hjärtén, und ...«

»Jetzt verstehe ich rein gar nichts mehr«, fiel Johansson ihm ins Wort. »Hast du nicht gesagt, dass die Geschädigte nur mit Hjärtén gesprochen hat? Was bezeugt dann aber dieser Karlsson?«

»Ja, das ist zweifellos ein wenig unklar«, stimmte der Polizeichef zu.

»Finde ich nicht«, sagte Johansson. »In meinem Buch würde das eher unter ganz normale Falschaussage laufen.«

»Ja, schön ist das nicht. Wirklich nicht«, betonte der Polizeichef.

»Es ist nicht meine Aufgabe, dir gute Ratschläge zu erteilen«, sagte Johansson. »Aber ich an deiner Stelle würde die Sache mit dieser Anzeige ganz schnell in Ordnung bringen oder dafür sorgen, dass sie zurückgezogen wird, ehe der gute Bäckström sich mit seinen Kumpels von der Gewerkschaft besprechen kann.«

»Du hast gut reden«, sagte der Polizeichef.

»Dieser Mann kann einfach unbeschreiblich nervtötend sein. Auf einen Bäckström kommen hundert normale Rechthaber. Nur damit du weißt, von wem wir hier reden«, sagte Johansson.

»Ich bin dir natürlich dankbar für deine Hilfe«, sagte der Bezirkspolizeichef.

»Ich werde Bäckströms Chef bitten, sich bei deinem VU-Leiter zu melden, damit sie sich um die praktischen Details kümmern«, sagte Johansson.

Bäckströms direkter Vorgesetzter hatte aus irgendeinem Grund keinerlei Einwände. Der Bericht, den die Finanzabteilung an ihn weitergeleitet hatte, war leider unangenehm und überzeugend zugleich. Alles andere mal beiseitegelassen, war er wie gesagt im Urlaub gewesen, als das alles passiert war.

»Ich habe außerdem über Umwege gehört, dass eine Anzeige vorliegt, weil er sich angeblich vor irgendeiner Journalistin entblößt hat«, sagte der Polizeirat und wurde rot.

»Ja, man muss sich viel anhören, ehe einem die Ohren vom Kopf kullern«, sagte Johansson und seufzte zufrieden.

»Wann will der Chef ihn haben«, fragte der Polizeirat.

»So schnell wie möglich«, sagte Johansson. »Spätestens Montagmorgen, denn da hab ich eine kleine Lücke in meinem Kalender, in die ich ihn gerne hineinstopfen würde.« Um ihm dann die Leviten zu lesen, dachte er.

»Hast du irgendwelche Wünsche, wen wir an seiner Stelle hinschicken sollen«, fragte der Polizeirat.

»Anna Holt und diese kleine Blonde, wie heißt sie noch, Lisa Mattei«, sagte Johansson. »Das ist zwar mehr, als die da unten verdient haben, aber es ist offenbar hohe Zeit, Flagge zu zeigen und das A-Team aufs Eis zu schicken«, fügte er hinzu und zog aus irgendeinem Grund an seinen blauen Hosenträgern.

»Dann fürchte ich, dass es Probleme geben könnte«, wandte der andere nervös ein.

»Probleme gibt es nicht«, sagte Johansson. »In deiner und in meiner Welt gibt es nur Herausforderungen.«

»Keine von denen arbeitet bei mir«, erklärte der Polizeirat. »Anna Holt gehört zum nationalen Verbindungsbüro, und Mattei hat für die Urlaubszeit eine Vertretungsstelle als Kommissarin in der Analyseabteilung.«

»Umso besser«, sagte Johansson. »Dann tut es ihnen doch gut, mal rauszukommen und sich die Beine zu vertreten. Sorg einfach dafür, dass die Sache in die Wege geleitet wird. Und zwar sofort. Und noch was, das du bedenken solltest, falls du weiter bei mir arbeiten willst.«

»Was denn, Chef«, fragte der Polizeirat.

»Ich habe keine Wünsche, wenn ich im Dienst bin«, sagte Johansson. »Ich habe dir einen Befehl erteilt, so einfach ist das.«

Eine Stunde später kehrte der Polizeirat zu seinem höchsten Chef zurück und teilte mit, der Auftrag sei nunmehr ausgeführt und erledigt, und aus irgendeinem Grund blieb er vor Johanssons Schreibtisch stehen, als er das sagte.

»Befehlsgemäß«, endete der Polizeirat und fluchte in Gedanken, weil ihm der Mut fehlte, die Hacken zusammenzuschlagen.

»Danke«, sagte Johansson und nickte ihm freundlich zu. »Das ist doch ganz hervorragend.«

»Möchte der Chef mit ihnen reden? Ich kann sie umgehend herschicken, falls der Chef das wünschen sollte«, sagte der Polizeirat mit Unschuldsmiene.

»Gut«, sagte Johansson. »Schick sie umgehend her.«

Aus unerfindlichen Gründen wirkten Holt und Mattei nicht ganz so begeistert wie ihr Chef, obwohl Johansson von seiner Sekretärin Kaffee, Heißwecken und Plätzchen servieren ließ. Holt schüttelte vor allem den Kopf. Sie hatte an ihrem neuen Posten alle Hände voll zu tun und fand es überhaupt nicht lustig, Kollege Bäckströms Dreck wegräumen zu müssen. Mattei war eigentlich fröhlich und umgänglich wie immer, sie fand die Aufgabe spannend und interessant, aber da sie ab dem 1. September beurlaubt sein würde, um ihr Studium zu beenden, sah sie doch gewisse praktische Probleme. Nicht zuletzt, da sie bereits eine Vertretungsstelle bekleidete.

»Bis dahin sind es doch noch fast vierzehn Tage. Ein ganz normaler Ermittlungsmord. Den klärt ihr Mädels doch in einer Woche auf«, sagte Johansson und nahm sich einen Heißwecken, nachdem seine Gäste angesichts der großzügigen Kuchenplatte nur den Kopf geschüttelt hatten. »Und es ist doch auch nett, wenn ihr euch mal Bewegung verschaffen könnt«, fügte er hinzu. »Legt das Ohr an die Schienen, zählt irgendwas zusammen und kriegt zwei heraus, stellt fest, dass es stimmt, fahrt am späten Abend zu dem Verdächtigen, es hat gerade angefangen zu regnen, ihr schlagt die Mantelkragen hoch, wenn ihr aus dem Auto steigt, ihr seht ihn vor dem Fernseher sitzen, er hat keine Ahnung, er hat sich schon an den Gedanken gewöhnt, dass er ungeschoren davonkommt, und dann klingelt ihr an der Tür, ihr hört, wie er kommt und aufmacht… wir sind von der Polizei. Wir haben etwas mit Ihnen zu besprechen«, sagte Johansson und seufzte tief vor Sehnsucht nach einer verlorenen Zeit.

»Das ist ja schön und gut, Lars, aber im Grunde geht es hier gar nicht um uns«, sagte Holt und lächelte ihn freundlich an.

»Worum geht es denn sonst«, fragte Johansson abwartend.

»Eigentlich möchtest du fahren, Lars«, sagte Holt und hörte sich an, als ob sie auf ein starrköpfiges Kind einredete. »Aber da das nicht geht, musst du eben uns schicken.«

»Du bist ja eine richtige kleine Psychologin, du, Anna«, sagte Johansson und grinste. »Ich hatte wirklich nicht mit stehenden Ovationen gerechnet, aber ein bisschen diskret die Lage zu mögen, wäre doch nicht das Schlechteste.«

»Natürlich«, sagte Holt. »Die Situation mögen, nicht unnötig Chaos schaffen, Zufälle hassen. Lars Martin Johanssons drei goldene Regeln für jegliche Mordermittlung, und Lisa und ich sind unten in Växjö sozusagen schon am Werk.«

»Genau«, sagte Johansson. »Aber in diesem Fall und wenn wir bedenken, dass ihr Bäckströms Dreck wegschaffen sollt, gibt es noch eine vierte Regel, die ihr euch ebenfalls vor Augen halten solltet.«

»Ich bin ganz Ohr, Chef«, sagte Lisa Mattei und sah aus wie die Klassenbeste, die nicht einmal mehr aufzuzeigen braucht.

»Seid vorsichtig mit dem Schnaps, Mädels. Kleiner Rat eines alten Mannes, der schon eine Weile dabei ist«, sagte Johansson und schnappte sich noch ein Stück Kuchen von seiner großen Platte.

71

Stockholm, Mittwoch, 20. August – Sonntag, 24. August

Holt und Mattei widmeten die nächsten beiden Tage ihren Vorbereitungen für die Reise nach Växjö und die Ablösung des Kollegen Bäckström. Das Praktische erledigte Holt mit Hilfe von Bäckströms Chef innerhalb einer halben Stunde. Sich in den Fall, den sie klären sollten, einzulesen, dauerte an die zwanzig Stunden, und bisher war alles genauso, wie es immer war. Das einzig Seltsame war, dass ihr Chef sich die ganze Zeit durch Abwesenheit auszeichnete. Bis Freitagnachmittag, als er dann plötzlich in ihrer Zimmertür stand.

»Ich hoffe, ich störe nicht«, sagte Johansson und setzte sich. »Lasst hören. Wie seht ihr die Sache also«, fügte er hinzu und nickte zu den Papieren hinüber, die zwischen den beiden auf dem Tisch lagen.

»Was glaubst du selbst«, fragte Holt, die Johansson seit vielen Jahren kannte und schon einiges erlebt hatte.

»Wo du schon fragst, Anna«, sagte Johansson, der Holt ebenso lange kannte und noch viel mehr erlebt hatte, »finde ich, dass die ganze Geschichte ziemlich einfach und selbstverständlich aussieht. Es ist jemand, den sie gekannt hat. Vermutlich jemand, den auch ihre Mutter kennt oder dem sie zumindest irgendwann begegnet ist. Sie hat ihn freiwillig in die Wohnung gelassen, das Ganze hat einverständlich angefangen und ist dann total aus dem Ruder gelaufen, und er hat sie abgemurkst.«

»So sehen Lisa und ich das auch ungefähr«, stimmte Holt zu.

»Schön zu hören«, stellte Johansson fest. »Und wo wir schon über Växjö reden und wo das Opfer und die Mama offenbar normale, nette Menschen sind, haben wir wohl keine riesige Auswahl. Also fahrt hin und schnappt euch den Arsch. So einer darf nicht frei herumlaufen. Es kann ja wohl nicht schwer sein, ihn zu finden.«

»Warum haben die das dann nicht getan? Ihn gefunden, meine ich«, fragte Mattei und sah ihren Chef neugierig an. »Die scheinen doch inzwischen jede Menge Leute überprüft zu haben.«

»Bäckström vermutlich«, sagte Johansson und seufzte tief.

»Aber Lewin«, wandte Holt ein. »Der ist schließlich auch da. Und die anderen Kollegen. An denen ist doch nicht viel auszusetzen, soweit ich weiß.«

»Die haben wohl nicht an ihn gedacht«, sagte Johansson und seufzte abermals. »Weil er eben ein ganz normaler netter Mensch ist, an den man in solchen Fällen eben nicht denkt. Oder sie hatten einfach keine Zeit, weil sie die ganze Zeit mit ihren verdammten Wattestäbchen durch die Gegend gelaufen sind«, fügte er hinzu und zuckte mit den Schultern.

»Wenn wir bedenken, was er mit dem Opfer gemacht hat, scheint er aber noch ganz andere Seiten zu haben«, meinte Holt. »Die nicht so nett sind, meine ich.«

»Das sag ich ja gerade«, sagte Johansson. »Dieses eine Mal sind bei ihm sämtliche Dämme gebrochen, er hat den Boden unter den Füßen verloren, und dann ging es, wie es eben ging. Ich hatte mal einen Fall. Vor vielen Jahren. Den Mariamord, das Opfer hieß Maria, sie war übrigens Lehrerin, wie Lindas Mama. Hab ich schon mal davon erzählt«, fragte Johansson.

»Nö«, sagte Holt. Der ist wie ein Kind, dachte sie.

»Erzähl, Chef«, sagte Mattei und sah genauso interessiert aus, wie sie war.

»Na gut, wenn ihr darauf besteht«, sagte Johansson.

Und dann erzählte Lars Martin Johansson die Geschichte von Maria, siebenunddreißig, die in Enskede bei Stockholm wohnte und an einem Gymnasium auf Södermalm unterrichtete. Alleinstehend, sympathisch, normal, durchschnittlich und von Freunden, Bekannten, Kollegen und Schülern und allen anderen, mit denen die Polizei gesprochen hatte, gerne gemocht. Die nicht die kleinste Leiche im Keller zu haben schien und auch keinen niedlichen Massagestab im Nachttisch. Die aber dennoch vergewaltigt und erwürgt in ihrer Wohnung aufgefunden worden war. Obwohl sie nicht in der Kneipe gewesen war, sondern einfach Aufsätze korrigiert hatte.

»Zuerst haben wir alles gemacht, was man eben macht«, erzählte Johansson. »Haben uns ihre Verflossenen vorgenommen, ihre Freunde und Bekannten, Kollegen, Nachbarn, alle, denen sie kurz vor dem Mord über den Weg gelaufen sein könnte. Außerdem die alten Klassiker, die es immer gibt, sowie die Polizei mit solchen Verbrechen zu tun hat. Das ganze Register vom Vergewaltiger bis zum Exhibitionisten und allen anderen möglichen Männern, die vielleicht in der Nähe gewesen waren und deren Vergangenheit in den Verzeichnissen der Polizei Spuren hinterlassen hatte.«

»Und was ist dabei herausgekommen«, fragte Holt, obwohl sie die Antwort bereits kannte.

»Nichts«, sagte Johansson. »Aber dann fing einer von uns an, sich über ein geheimnisvolles Auto Gedanken zu machen, das zwei Tage vor dem Mord gesehen worden war, und nur vierundzwanzig Stunden später fiel dann der Groschen«, erklärte Johansson und sah ziemlich zufrieden aus.

Wer das wohl gewesen sein mag, dachte Anna Holt, obwohl jedes Kind die Antwort hätte erraten können.

Der Wagen hatte nicht ganz geschickt vor einer Garageneinfahrt geparkt, und als das zum zweiten Mal passiert war, hatte der erboste Garagenbesitzer bei der Polizei angerufen, um den Autohalter anzuzeigen. Die Anzeige hatte in den Stapeln mit den Ermittlungsunterlagen gelegen, aber da der Fahrzeughalter ein ganz normaler, durchschnittlicher, nicht vorbestrafter Mann von Mitte vierzig gewesen war, hatte man nicht weiter darauf geachtet.

Bis »einer von uns« aus der Ermittlertruppe sich gefragt hatte, was der Wagen dort eigentlich zu suchen gehabt hatte.

»Das Opfer wohnte ja in einem ganz normalen Wohngebiet. Und das Auto stand spätabends dort. Der Besitzer war verheiratet und hatte zwei Kinder, er arbeitete als Ingenieur im damaligen Vattenfall-Büro draußen in Råcksta und wohnte in einem Reihenhaus in Vällingby auf der anderen Seite der Stadt. Natürlich habe ich mich gefragt, was er um diese Zeit dort zu suchen hatte«, sagte Johansson, der entweder die Maske absichtlich fallen oder seinen Erinnerungen freien Lauf ließ.

»Und was ist dabei herausgekommen«, fragte Holt, obwohl sie sich die Sache schon zusammengereimt hatte, sie fragte vor allem, um ihrer atemlos lauschenden jüngeren Kollegin zuvorzukommen.

Die alte traurige Geschichte, meinte Johansson. Noch dazu in der zweithäufigsten Abfüllung.

»Ich habe sicher schon gesagt, dass er eine Frau hatte«, erinnerte Johansson seine beiden Zuhörerinnen. »Als wir sie nachgeschlagen haben, stellte sich heraus, dass sie eine Arbeitskollegin des Opfers war, was doch gelinde gesagt ein seltsamer Zufall war. Der Täter hatte das Opfer kennengelernt, als er seine Frau nach einem Schulfest abgeholt hatte. Dann hatten er und das Opfer die übliche heimliche Beziehung begonnen. Das Opfer hatte ihn und seine niemals eingehaltenen Versprechen irgendwann sattbekommen und Schluss gemacht. Worauf er ihr abends und nachts aufgelauert hatte, um ihren Neuen zu sehen. Eines Abends ging er zu ihrer Wohnung und klingelte, leider ließ sie ihn ein, und dann ging es eben, wie es gehen musste. Bei ihm waren wohl alle Dämme gebrochen.«

»Hatte sie denn einen Neuen?«, fragte Holt.

»Nein, hatte sie nicht, aber da er ja offenbar beschlossen hatte, dass sie einen haben müsse, fing es sicher damit an. Einfache schlichte Polizeiarbeit«, sagte Johansson bescheiden und zuckte mit den Schultern. »Kein moderner Hokuspokus, wo man offenbar ein ganzes Labor braucht, um noch die einfachsten Selbstverständlichkeiten zu durchschauen.«

»Und welchen Rat dürfen wir mit auf den Weg nach Växjö nehmen«, fragte Holt unschuldig.

»Du und Lisa, ihr braucht doch keinen Rat von einem alten Dussel wie mir«, sagte Johansson mit falscher Bescheidenheit.

»Ich wollte nur höflich sein«, sagte Holt.

»Genau«, sage Johansson, der das nicht im Geringsten übelzunehmen schien. »Aber wo du schon fragst, würde ich ja doch zuerst mit Lindas Mama sprechen.«

»Die Kollegen haben sie schon dreimal vernommen«, sagte Holt und nickte zu den Ordnern auf ihrem Tisch hinüber. »Eine Vernehmung war sogar ziemlich gründlich, wenn du mich fragst.«

»Sie steht sicher noch unter Schock«, sagte Johansson und zuckte mit den Schultern. »Und ich glaube, sie sperrt sich auch, unterbewusst. Früher oder später wird sie sich zusammenreimen, was wirklich passiert ist, wenn sie das nicht schon getan hat.«

»Dann sollten wir noch mal mit ihr sprechen«, sagte Mattei.

»Einwandfrei«, sagte Johansson. »Alles andere wäre das pure

Dienstvergehen. Und am besten, ehe sie auf dumme Gedanken kommt«, fügte er hinzu.

Johansson und seine Gattin hatten das Wochenende auf dem Landsitz von guten Freunden in Sörmland verbracht. Hatten sich wunderbar amüsiert und waren am Sonntag erst nach dem Mittagessen nach Hause gekommen, was auch insofern von Vorteil gewesen war, als Johansson Anna Holt nicht mit Fragen nach dem Lindamord hatte belästigen können. Doch kaum hatte er seine Wohnung in der Wollmar Yxkullsgata betreten, da rief er sie auch schon an.

»Wie sieht's aus«, fragte Johansson.

»Wir sitzen im Zug nach Växjö«, sagte Holt. »Und die Verbindung ist schrecklich schlecht.«

»Ruf mich an, sowie du angekommen bist«, sagte Johansson.

»Natürlich«, sagte Holt, schaltete ihr Telefon aus und seufzte ein wenig.

»Wer war das«, fragte Mattei neugierig.

»Rate mal«, sagte Holt.

»Der Mann ist einfach phantastisch«, sagte Mattei und seufzte ebenfalls. »Lars Martin Johansson. Der Mann, der um Ecken schauen kann.«

»Für ihn wäre es sicher besser, wenn er seine eigenen Füße sehen könnte«, meinte Holt. Und ich wüsste ja gern, was du für eine Beziehung zu deinem kleinen Papa hast, dachte sie.

»Hüte deine Zunge, Anna«, sagte Mattei und hielt sich den Zeigefinger an die Lippen.

»Du hast Angst, er könnte hören, was ich sage«, meinte Holt lächelnd.

»Der Mann hört, was du und ich denken«, erklärte Mattei.

»Sag Bescheid, wenn ich mich irre, oder… aber du wirkst fast ein bisschen verliebt in ihn«, sagte Holt.

»Verliebt«, kicherte Mattei. »Ich liebe Lars Martin Johansson von ganzem Herzen.«

»Ich finde trotzdem, er sollte auf sein Gewicht achten«, sagte Holt. Und etwa fünfzig Kilo abnehmen, dachte sie.

»Ich finde ihn ziemlich niedlich, so wie er ist. Aber natürlich, zwanzig Jahre und dreißig Kilo weniger würden ihm nicht unbedingt schaden«, sagte Mattei und zuckte mit den Schultern.

Als Holt und Mattei am Sonntagnachmittag in Växjö eintrafen, hatten sie plötzlich alle Hände voll zu tun. Holt dachte nicht eine Sekunde daran, ihren Chef anzurufen und per Telefon sinnlose Bemerkungen auszutauschen, und als sie dann endlich eine freie Minute hatte, war er ihr schon zuvorgekommen.

»Du hast nicht angerufen«, sagte Johansson und klang fast ein wenig verletzt. Obwohl es schon bald neun Uhr abends ist, dachte er.

»Hatte alle Hände voll zu tun«, antwortete Holt. Und wie soll ich das jetzt schaffen, ohne dass er einen Herzinfarkt oder eine Gehirnblutung erleidet oder beides auf einmal, überlegte sie.

»Ist schon gut«, sagte Johansson, der durchaus nicht nachtragend war, wenn er keine Lust dazu hatte. »Wie läuft's denn so?«

»Hervorragend«, sagte Holt. »Der Fall ist schon geklärt.«

»Wieso denn geklärt«, fragte Johansson.

»Bäckström und Kollegen haben den Täter heute Vormittag festgenommen. Die Staatsanwältin hat schon den Haftbefehl ausgestellt, und morgen wird sie Untersuchungshaft beantragen.«

»Bäckström? Willst du mich verarschen«, fragte Johansson düster. Was redet die da nur, dachte er.

»Bäckström und Kollegen«, erklärte Holt.

»Bäckström hat doch in seinem ganzen Leben noch keinen Fall geklärt«, schnaubte Johansson.

»Wenn du versprichst, dich zu setzen und mich nicht die ganze Zeit zu unterbrechen, dann erzähle ich dir alles«, sagte Holt.

»Ich sitz doch schon«, sagte Johansson, der beim Anrufen auf dem Sofa gelegen hatte und jetzt schnurgerade auf nämlichem Möbelstück saß. Bäckström, dachte er.

»Wie gut«, sagte Holt. »Was passiert ist, ist im Wesentlichen heute passiert, und das ist kurz gefasst Folgendes ...«

»Ich bin ganz Ohr«, sagte Johansson. Was ist bloß los, dachte er.

»Mir schon klar«, sagte Holt. »Aber es wäre besser, wenn du mir nicht dauernd ins Wort fallen würdest.«

Als sie ihr Gespräch mit Johansson beendet hatte, nahm sie Lewin beiseite.

»Gratuliert hab ich ja schon«, sagte Holt. »Aber jetzt lass bitte für Lisa und mich den Film zurücklaufen. Erzähl. Seit unserem letzten Gespräch muss doch eine Menge passiert sein.«

»Danke«, sagte Jan Lewin. »Ungefähr Folgendes, wenn ihr es in groben Zügen wissen wollt. Dass es schnell geht, wenn es erst mal passiert, brauche ich dir ja wohl nicht zu sagen, und wir haben wirklich nicht versucht, etwas geheim zu halten.«

»Erzähl«, sagte Anna Holt.

72

Der Mord an Linda Wallin hatte seit einiger Zeit in den Spalten von Smålandsposten immer weniger Platz eingenommen, und in der vergangenen Woche hatte man sich damit begnügt zu berichten, dass es über die Ermittlungen nicht viel zu berichten gebe. Keinen besonderen Fortschritt, einwandfrei keinen sogenannten Durchbruch. Zugleich schienen die Ermittlungen aber auch nicht festgefahren zu sein oder auch nur auf der Stelle zu treten. Eher seien sie in eine »ruhigere und systematischere Phase« eingetreten, in der die Polizei »breit und vorbehaltlos« arbeite, wie es von den nicht namentlich erwähnten Quellen innerhalb der Ermittlungsleitung, mit denen die Zeitung gesprochen habe, zu hören sei.

Am Mittwoch hatte dann die lokale Kriminalität ihren Platz auf der ersten Seite wieder eingenommen, und zwar unter der appetitanregenden Schlagzeile: STREIT UM BISAMPANTOF-FELN HINTER FRAUENMISSHANDLUNG!

Das war zwar schon im Januar passiert, ein halbes Jahr vor dem Mord an Linda Wallin, aber da die Ermittlungen sich als langwierig und kompliziert erwiesen hatten, war die Sache erst jetzt in Växjö gerichtlich geklärt worden. Und so war am Vortag ein fünfundvierzig Jahre alter Mann zu hundert Tagessätzen und einer Bewährungsstrafe verurteilt worden, da er seine ehemalige Lebensgefährtin, zweiundvierzig, misshandelt hatte.

Jan Lewin hatte den Artikel mit großem Interesse gelesen. Er war spannend und regte zum Nachdenken an, und für den Profi, der zwischen den Zeilen zu lesen verstand, schien ungefähr Folgendes geschehen zu sein:

Irgendwann nach Neujahr hatten der Angeklagte und seine Lebensgefährtin sich zur Trennung entschieden, und da die Wohnung der Frau gehörte, hatte er ausziehen müssen. Die genaueren Gründe der Trennung ließ Smålandsposten links liegen, aber Lewin hatte doch den klaren Eindruck gewonnen, dass die Frau ihn einfach sattgehabt und deshalb vor die Tür gesetzt hatte.

Auf jeden Fall schien sie seine Sachen gepackt zu haben, um endlich mit ihrer Wohnung machen zu können, was sie wollte, und als ihr ehemaliger Mitbewohner in seiner neuen Notunterkunft bei einer Arbeitskollegin, dreiunddreißig, die sich offenbar seiner erbarmt hatte, ans Auspacken gegangen war, hatte er entdeckt, dass sein allerliebster Besitz fehlte. Ein Paar sechzig Jahre alte Bisampantoffeln, die er von seinem Vater geerbt hatte, der sie wiederum von seinem Vater, also dem Großvater des Angeklagten, bekommen hatte.

Der Angeklagte war umgehend zu seiner Verflossenen gefahren und hatte sie zur Rede gestellt. Wo steckten die Bisampantoffeln? Als sie ihm mitteilte, dass sie die in den Müll geworfen hatte, drehte er durch, packte sie am Arm, stieß sie zu Boden, schlug sie mehrere Male mit der offenen Hand ins Gesicht und trat nach ihr, wie sie da so auf dem Boden lag. Die Nachbarn riefen die Polizei, die der Sache ein Ende bereitete, den Mann mit auf die Wache nahm und die Frau ins Krankenhaus fuhr, wo sie verarztet wurde und ihre Verletzungen dokumentiert wurden. Danach ging die Sache ihren üblichen Gang, und dass es überhaupt so lange gedauert hatte, lag daran, dass die Aussagen der Beteiligten einander heftig widersprachen, dass es keine Zeugen für die eigentliche Misshandlung gab und dass es im Zuge der Ermittlungen zu mehreren Anzeigen und Gegenanzeigen gekommen war.

Der Angeklagte arbeitete als Verkäufer bei einer größeren Autofirma in Växjö, und auch dieser Beruf schien seit mehreren Generationen in der Familie zu sein. Sein eigener Vater war ebenfalls bei dieser Firma tätig gewesen, von Mitte der fünfziger Jahre an, bis er vierzig Jahre darauf in Rente gegangen war, und der Großvater hatte bis zu seinem Tod kurz vor Kriegsende für eine Firma bei Hultsfred Landbaumaschinen verkauft.

Abgesehen von ihrem Interesse an Autos und Traktoren hatten der Angeklagte und sein Vater und Großvater noch eine weitere gemeinsame Leidenschaft, nämlich die Jagd. Ein verhältnismäßig großer Teil der Gerichtsverhandlung hatte sich diesem Aspekt gewidmet, und unter anderem hatten der Angeklagte und sein Verteidiger zwei Charakterzeugen vorgeladen, die berichten konnten, was die weggeworfenen Bisampantoffeln ihrem Freund und Jagdkameraden wirklich bedeutet hatten. Es hatte sich eben nicht um ganz gewöhnliche Pantoffeln gehandelt.

In der Sippe des Angeklagten erzählte man sich, dass der Großvater in den harten Kriegsjahren in Gewässern und Feuchtgebieten bei Hultsfred ein rundes Dutzend Bisamratten geschossen habe. Er habe seine Beute selber abgehäutet, habe die Felle präpariert und sie dann einem lokalen Schuhmacher überlassen, der sie zu zwei überaus bequemen und wärmenden Pantoffeln verarbeitet habe. Heiß geliebt von ihrem Besitzer und fast unersetzlich in den kalten Wintern gegen Ende des Zweiten Weltkriegs.

Die Bisamratte, Ondatra zibethicus, war in den Gefilden von Hultsfred ein überaus seltenes Wild. Außerdem scheu, sehr schwer zu jagen und kaum größer als ein kleines Kaninchen. Es hatte deshalb mehrere Jahre gedauert, genug Felle für ein Paar Pantoffeln zu erwischen. Nach dem Tod des Großvaters waren die Pantoffeln an den ältesten Sohn und dann später an dessen Sohn gefallen. Die Geschichte der Pantoffeln war über ein halbes Jahrhundert hinweg zahllose Male erzählt worden, vor den lodernden Flammen in der Jagdhütte, eingehüllt in Schneewehen und männlichen Frieden. Die Geschichte war im Laufe der Zeit nicht schlechter geworden und gehörte jetzt zur mündlich tradierten Jagdgeschichte Smålands. »Sie bildet sogar einen Teil unseres lokalen Kulturerbes«, erklärte der Verteidiger, der übrigens sein Verhör der Geschädigten eben mit der absolut entscheidenden Bedeutung der Bisampantoffeln für das psychische Wohlergehen seines Mandanten beendet hatte.

»Aber Sie besitzen die Frechheit zu behaupten, dass es einfach ganz normale alte Pantoffeln waren«, rief der Verteidiger erbost und starrte die Geschädigte an.

Die Lage war aber noch schlimmer, wie sich dann herausstellte, das ging aus der überraschend ausführlichen Gerichtsreportage hervor, mit der die ausgesandte Mitarbeiterin von Smålandsposten ihre Leser versorgte. Die Geschädigte war nämlich nicht nur die Verflossene des Angeklagten. Sie arbeitete außerdem seit vielen Jahren als Tierarzthelferin, und obwohl sie im Beruf – glücklicherweise – niemals mit einem Exemplar von Ondatra zibethicus zu tun gehabt hatte, schienen ihr doch tiefe Kenntnisse über Bisamratten zu eigen.

Die ganze Geschichte sei typisch männliches Jägerlatein, erklärte sie Richter und Jury. Wenn der Großvater diese Geschichte, die sie sich zu ihrem Leidwesen in ihren viel zu vielen gemeinsamen Jahren mit dem Enkel immer wieder hatte anhören müssen, wirklich erzählt hatte, dann beweise das nur, dass er ein ebenso großer Aufschneider war wie sein jagender Nachkomme.

Die Bisamratte sei nämlich über Finnland nach Schweden und Norrland eingewandert, und da das erst 1944 geschehen sei, also zwei Jahre, nachdem der Großvater ihres Verflossenen eintausenddreihundert Kilometer weiter südlich ein Paar Pantoffeln erjagt haben wollte, handele es sich bei der ganzen Geschichte einfach um eine dicke Lüge. Ziemlich viele Jahre hindurch habe sie um des lieben Friedens willen dazu geschwiegen. Aber wenn sie nun schon gefragt werde, dann stammten die Pantoffeln aller Wahrscheinlichkeit nach von ganz normalen Stallratten ab, nicht von Bisamratten, von denen erst in den allerletzten Jahren einige wenige in Småland gesichtet worden seien.

So war es, der Geschädigten zufolge. Zwei abgenutzte, über ein halbes Jahrhundert alte Pantoffeln aus Rattenfell. Durchtränkt vom männlichen Fußschweiß dreier Generationen, und wenn hier schon von gefühlsmäßiger Symbolik die Rede sein solle, dann habe genau diese Wahrnehmung ihre Einstellung zu den sogenannten Bisampantoffeln ihres Verflossenen geprägt.

»Sie können sich ja vorstellen, wie die gestunken haben«, sagte die Geschädigte und lächelte die Juryvorsitzende und die übrigen Geschworenen freundlich an.

Schade, dass die sich nicht bei der Polizei beworben hat, dachte Jan Lewin, während er zur Schere griff, um seine Reiseerinnerungen an Växjö zu vervollständigen.

73

Växjö, Mittwoch, 20. August – Sonntag, 24. August

Lewin war am Mittwochmorgen schon gegen halb acht zur Arbeit erschienen. Eva Svanström hatte private Dinge erledigen müssen, und um sich nicht schon zum Morgenkaffee Bäckströms Weisheiten anhören zu müssen, war er nach unten gelaufen, um in aller Ruhe und Einsamkeit zu frühstücken. Aber Kollegin Sandberg war ihm offenbar zuvorgekommen.

»Du bist ja vielleicht gut aufgelegt, so früh am Morgen«, bemerkte Lewin und lächelte freundlich.

»Darüber reden wir ein andermal«, sagte Anna und schüttelte abwehrend den Kopf. »Unsere alte Dame hat vorhin angerufen und wollte ihre Aussage korrigieren.«

»Ach. Ja, die ist morgens auch immer sehr gut aufgelegt«, sagte Lewin und nickte ermunternd.

»Sie wollte das mit Clark Gable ändern. Sie meinte nämlich in Wirklichkeit Errol Flynn. Nicht Clark Gable aus ›Vom Winde verweht‹. Der hat nämlich ein zu dickes Gesicht. Der Mann, den sie gesehen hatte, war schmaler im Gesicht, eher wie Errol Flynn. Aber noch immer ohne Schnurrbart.«

»Wie gut, dass wir kein Phantombild veröffentlicht haben«, sagte Lewin lächelnd.

»Sicher«, sagte Anna und schaute ihn skeptisch an. »Aber dann hat sie noch etwas gesagt. Ich weiß ja nicht ... aber wo du doch erzählt hast, dass sie darauf besteht, am 4. Juli Geburtstag zu haben und nicht am 4. Juni, wie wir zuerst gedacht hatten und wie die meisten wohl immer noch glauben, wenn du mich fragst«, sagte sie und schaute ihn noch immer skeptisch an.

»Sie hat noch etwas gesagt«, mahnte Lewin.

»Sie hat gefragt, ob wir wirklich ganz sicher sind, dass der Flugkapitän keinen Sohn hat«, sagte Sandberg.

»Jedenfalls keinen, den wir bisher gefunden hätten«, sagte Lewin und schüttelte den Kopf. »War das alles?«

»Sie hat versprochen, sich zu melden, wenn ihr noch etwas

einfällt. Und dann soll ich dich grüßen. Du hast sie offenbar tief beeindruckt.«

»Kann ich dir sonst noch irgendwie behilflich sein«, fragte Lewin. Bei dem, was dir wirklich Sorgen macht, dachte er.

»Lieb von dir«, sagte Anna Sandberg. »Aber eigentlich glaube ich nicht. Durch manches muss man einfach durch. Jedenfalls vielen Dank.«

Sie hat ihrem Mann gestanden, was passiert ist, als sie vor einem Monat in der Kneipe war, und jetzt hat ihr ganzes Dasein sich in ein Chaos verwandelt, dachte Lewin. Sie hat mehr Mut als ich, dachte er.

Bei der Morgenbesprechung war Bäckström ungewöhnlich zurückhaltend gewesen, obwohl Olsson sich nicht hatte blicken lassen. Bäckström hatte neue Ideen eingefordert, da eine verständnislose Umwelt der Polizei die Wattestäbchen aus den Händen gerissen habe. Lewin hatte die Gelegenheit genutzt, um an alte Überlegungen zu erinnern.

»Auch wenn ich mich wie jemand anhöre, der sich dauernd wiederholt, so finde ich noch immer, dass wir zu wenig über unser Opfer wissen«, sagte Lewin.

»Sieh an«, sagte Bäckström und grinste. »Und was hast du auf dem Herzen, so ganz konkret, wenn ich mal eine unverschämte Frage stellen darf?«

In Lewins Welt waren alle Fragen erlaubt. Konkret ging es um neue Vernehmungen von Lindas Eltern, ihren engsten Freunden und Bekannten. Außerdem um alle persönlichen Aufzeichnungen, eventuellen Tagebücher, Fotoalben und alles andere, was er vermisste und was seiner festen Überzeugung nach vorhanden war. Es war nämlich immer vorhanden.

Bäckström seufzte tief. Versprach, diese ewige Frage noch einmal mit Olsson durchzugehen, und wenn sonst niemand mehr etwas zu sagen habe, so habe zumindest er Wichtigeres zu erledigen.

»Und jetzt los und macht euch ausnahmsweise mal ein bisschen nützlich, dann gebe ich eine Runde Kuchen aus«, sagte Bäckström.

Die scheinen offenbar keinen Kuchen mehr zu wollen, dachte Lewin, als er seine Papiere zusammengesucht hatte und in sein Zimmer zurückkehrte. Und was das andere anging, musste er sich wohl selbst darum kümmern, überlegte er.

Gleich nach dem Mittagessen rief Bäckströms Chef auf dessen Mobiltelefon an, und unvorbereitet, wie er war, meldete Bäckström sich auch. Wieso denn, nach Stockholm zurückkehren und mit einem Scheißlappen reden, dachte Bäckström, während er mit halbem Ohr auf den Wortschwall am anderen Ende der Leitung hörte.

»Ich kann dich gerade kaum verstehen«, sagte Bäckström und hielt das Telefon auf Armeslänge von sich weg. »Hörst du mich? Hallo, hallo«, rief er, dann schaltete er das ganze Elend aus.

Vorsicht ist die Mutter der Porzellankiste, dachte Bäckström und rief sofort den Vertrauensmann bei der Gewerkschaft an, um von all den Schikanen zu erzählen, unter denen er neuerdings zu leiden hatte. Es war keine große Kunst, den Vertrauensmann aufzuhetzen, denn sie ähnelten einander wie ein Ei dem anderen und waren außerdem miteinander verwandt. Das war bei Polizisten oft der Fall, glücklicherweise.

»Das ist ja wirklich eine Riesensauerei, Bäckström«, befand der Vertrauensmann. »Da wird es bei allen Teufeln in meinem Hintern doch höchste Zeit, dass wir die Dienstmütze aufsetzen und ein Exempel statuieren.«

Den restlichen Tag über feilte er an seinen Anzeigen gegen Moa Hjärtén und Bengt Karlsson herum, und als er fertig war, ging er zu Olsson und bat ihn, sie in der richtigen Reihenfolge zu registrieren und mit größter Eile und aller nötigen Sorgfalt zu behandeln. Das sei ja übrigens wohl auch das Mindeste, was man von einem Voruntersuchungsleiter erwarten könne.

»Falsche Anzeige, falsche Aussage, Urkundenfälschung, Beleidigung eines Beamten im Dienst, grober Unfug«, las Olsson.

»Genau«, sagte Bäckström. »Der Anwalt der Gewerkschaft wird sich melden, wenn ich etwas vergessen habe, aber dann können wir die Vervollständigung ja sicher noch nachreichen.«

»Aber Moment mal, Bäckström«, sagte Olsson und hob in seiner üblichen Geste die Hände. »Du meinst nicht, dass du vielleicht …«

»Verzeihung, wenn ich mich irre«, fiel Bäckström ihm ins Wort und starrte Olsson streitsüchtig an, »aber es ist doch hoffentlich nicht so, dass du versuchst, eine Anzeige wegen mehrerer schwerwiegender Vergehen unter den Teppich zu kehren?«

»Das nun wirklich nicht, wirklich nicht«, beteuerte Olsson. »Ich sorge dafür, dass die Anzeige sofort weitergeleitet wird.«

Was mach ich jetzt, dachte Olsson, als Bäckström verschwunden war und die Tür hinter sich geschlossen hatte. Und was bleibt mir eigentlich für eine Wahl, dachte er und wählte Moa Hjärténs Nummer.

Da hat der kleine Trottel so richtig was zum Lutschen, dachte Bäckström, sowie er die Tür hinter sich zugezogen hatte. Und nun war es höchste Zeit für ein kaltes Bier, fand er.

Jan Lewin hatte den Tag damit verbracht, die Papierstapel auf seinem Schreibtisch ein weiteres Mal durchzugehen. Ohne etwas von Interesse zu finden. Sein Kontakt bei der Säpo hatte sich trotz seines Versprechens nicht gemeldet, und als Lewin ihn anrief, erreichte er nur den Anrufbeantworter. Vermutlich ist etwas passiert, dachte Lewin und verspürte sofort ein schlechtes Gewissen, weil er keine Geduld aufbrachte.

Unmittelbar vor Feierabend kam Eva Svanström und teilte ihm mit, dass sie bei ihren Nachforschungen über die zweiundneunzig Jahre alte Zeugin eine kleine Entdeckung gemacht hatte, die vermutlich total uninteressant war. Der Fluglotse, den die jüngere Tochter des Flugkapitäns vor fünf Jahren geheiratet hatte, war nicht der biologische Vater ihres Kindes. Das war ein anderer, fünfunddreißig, so alt wie die Mutter des Kindes, aber wohl kaum einer, bei dem einem Polizisten oder auch einer Polizeiangestellten wie ihr selber das Wasser im Mund zusammenlief.

»Er wohnt seit zehn Jahren hier in der Stadt. Scheint so ein Kulturfex zu sein, und vorbestraft ist er auch nicht, taucht in unseren Registern überhaupt nicht auf«, fasste Svanström die Lage zusammen und reichte Lewin einen Computerausdruck mit Informationen über den bisher unbekannten Vater des Kindes.

Bei dem Namen klingelt's jedenfalls nicht, dachte Lewin. Aber warum sollte es auch klingeln, und warum heißen bei dieser Ermittlung alle Bengt, dachte er. Bengt Olsson und Bengt Karlsson und Flugkapitän Bengt Borg. Und mindestens zwanzig, dreißig weitere Zeugen und freiwillige Speichellasser, die allesamt die Gemeinsamkeit aufwiesen, dass sie mit Vornamen Bengt hießen.

»Was macht er denn so im Moment«, sagte Lewin, vor allem um etwas zu sagen zu haben.

»Der Computer spinnt, deshalb musst du bis morgen warten«, sagte Svanström. »Bei der Geburt der Tochter hat er offenbar am Stadttheater in Malmö gearbeitet. Ist eben so ein Kulturfex, wie gesagt.«

»Das findet sich schon«, seufzte Lewin, und wenn sonst niemand Lust dazu hatte, würde er eben selbst einen ernsthaften Versuch machen müssen, mit Lindas Eltern zu reden. Kultur, Kulturfex, dachte er, sowie sie die Tür zugemacht hatte. Und was suche ich hier eigentlich?

Am Donnerstagmorgen erschien plötzlich die Journalistin Carin Ågren auf der Wache, um Kommissar Evert Bäckström wegen sexueller Nötigung anzuzeigen. Da der Ermittler, der die Anzeige entgegennahm, am Vorabend von Kommissar Olsson bereits behutsam vorgewarnt worden war, hatte er sich mit all dem Eifer und der Sorgfalt ans Werk gemacht, die der Fall verlangte, und hatte die Geschädigte sofort ausgiebig vernommen.

Jetzt kriegt diese kleine fette Null eins auf den Hut, dachte er zufrieden, als er Ågren das Protokoll vorlas und sie es für gut befand und unterschrieb.

Aus unerfindlichen Gründen kam Kommissar Bengt Olsson, als er eine Stunde darauf das nämliche Protokoll las, zu demselben Schluss. Da er jedoch ein friedlicher Mann war und sogar mit Bäckströms Chef gesprochen hatte und der wiederum versprochen hatte, das Problem Bäckström noch an diesem Wochenende zu lösen, beschloss Olsson, sich erst mal freizunehmen und zwei zusätzliche Tage in seinem Sommerhaus zu verbringen. Er hatte jetzt fast zwei Monate ununterbrochen gearbeitet, und es war hohe Zeit, vor dem neuen Krafteinsatz der kommenden Woche, ohne Bäckströms verderbliche Mitwirkung, die Batterien wieder aufzuladen. Falls irgendwer sich von diesem kleinen Unglück aus der königlichen Hauptstadt verabschieden will, dann bin jedenfalls nicht ich das, dachte Olsson, dann fuhr er aufs Land zu seiner geliebten Gattin und dem relativen Frieden auf dem småländischen Dorf.

Am Donnerstagnachmittag meldete sich dann endlich Lewins Kontakt bei der Säpo. Nach den einleitenden Entschuldigungen – allerlei unerwartete Dinge waren leider dazwischengekommen –, hatte er allerlei zu berichten, weswegen Lewin die Verspätung nachsichtig verzieh.

Der Benutzer des Mobiltelefons war nunmehr identifiziert. Er arbeitete bei der Kulturverwaltung der Gemeinde Växjö, und die Gemeinde bezahlte die Gebühren. Am Montag, dem 7. Juli, hatte der Mann gemeldet, sein Telefon sei irgendwann zwischen Donnerstag, dem 3. Juli, und Montag, dem 7. Juli, verschwunden. Am Donnerstag, dem 3. Juli, hatte er seinen

Urlaub angetreten und glaubte sich bestimmt zu erinnern, dass er das Telefon auf seinem Schreibtisch im Büro hinterlassen hatte. Nach der Rückkehr aus seinem Kurzurlaub war es nicht mehr da gewesen. Er hatte mit dem Kollegen gesprochen, der für die Telefone zuständig war. Der Verlust war sofort gemeldet und das Telefon gesperrt worden.

Dennoch war in dieser Zeit zweimal damit telefoniert worden. Da war der versehentliche Anruf bei der Narkoseärztin, der Lewin so interessierte, um nullzweifünfzehn am Freitag, dem 4. Juli. Und dann gab es noch einen Anruf sieben Stunden später am selben Tag. Beide Anrufe waren zu dem Sendemast zurückverfolgt worden, über den sie jeweils gelaufen waren. Der erste Anruf war offenbar mitten aus Växjö erfolgt, der andere führte zu einem Sendemast bei Ljungbyholm, knapp zehn Kilometer südwestlich von Kalmar. Was das zweite Gespräch betraf, so war es an ein weiteres Mobiltelefon gegangen. Und zwar an eins von den in solchen Zusammenhängen leider viel zu häufig benutzten mit Prepaidkarte und unbekanntem Besitzer. Später war das Telefon nicht mehr verwendet worden.

»Ja, das wäre wohl alles«, meinte Lewins alter Bekannter. »Ich maile dir die ganzen Auskünfte noch, und um den Rest kannst du dich dann selber kümmern.«

»Ich bin dir wirklich überaus dankbar«, sagte Lewin, der nicht von gestern war und wusste, was ihn erwartete. »Noch etwas«, fügte er hinzu. »Du kannst mir nicht zufällig den Namen unseres Telefonbenutzers nennen?«

»Ach, hab ich den vergessen«, sagte Lewins Bekannter, dem es sehr schwerfiel, seine Begeisterung zu verbergen. »Das ist ja vielleicht komisch. Scheint ein ganz normaler Typ zu sein, ich fürchte also, da wirst du auf Granit beißen. Ich habe ihn nachgeschlagen, und er ist weder bei uns noch bei euch verzeichnet. Sieht aus wie ein ganz normaler braver, ehrsamer Bürger. Über jeden Verdacht erhaben, ganz zu schweigen von solchen Scheußlichkeiten, in denen du dich da offenbar suhlst.«

»Aber einen Namen hat er doch sicher trotzdem«, sagte Lewin, der eben nicht von gestern war.

»Er heißt Bengt Månsson, Bengt Axel Månsson«, sagte Lewins Kontakt. »Ich maile dir alles Weitere über ihn zu. Sein Passfoto ist übrigens ziemlich neu. Weniger als ein Jahr alt, wenn ich das nicht falsch in Erinnerung habe.«

Einmal ist keinmal, und zweimal ist zweimal zu viel, dachte Lewin, der den Zufall hasste und dem Eva Svanström am Vortag kurz vor Feierabend denselben Namen genannt hatte. Der Vater des kleinen Mädchens, dessen Opa Flugkapitän war.

»Danke«, sagte Lewin. »Ich bilde mir ein, dass die Sache jetzt ganz klar ist«, fügte er aus irgendeinem Grund hinzu.

»Wenn du das meinst, dann glaube ich das auch«, sagte sein Kollege, der auch nicht von gestern war und der Lewin kannte, seit sie gemeinsam die Polizeischule besucht hatten.

74

Kaum hatte Jan Lewin aufgelegt, da machte er genau das, was er in dieser Situation immer machte. Zuerst schloss er die Tür ab und zündete die rote Lampe an. Danach holte er Papier und Feder hervor und versuchte, in die Bewegungen in seinem Kopf ein wenig Ordnung zu bringen. Die Lage dort besserte sich immer, wenn er sie auf dem Papier sah. Außerdem hatte er ausnahmsweise einmal das Glück, sich rein praktisch weder wegen Olsson noch wegen Bäckström Sorgen machen zu müssen. Olsson hatte sich freigenommen und war aufs Land gefahren, und Lewin sah wirklich keinen Grund, ihn wegen der Bagatellen zu stören, die er inzwischen hatte aufstöbern können. Bäckström zeichnete sich ganz allgemein durch Abwesenheit aus, und hoffentlich hatte er den Löffel in die schöne Hand genommen und packte jetzt für die Rückfahrt nach Stockholm.

Blieb die eigentliche Frage, überlegte Lewin. Was sprach dafür beziehungsweise dagegen, dass dieser Bengt Månsson, Bengt Axel Månsson, fünfunddreißig, verantwortlich für alle sogenannten Sonderprojekte bei der Kulturverwaltung in Växjö, der Vater der Tochter der jüngeren Tochter des Flugkapitäns, ein Mann, den Lewin nie getroffen, mit dem er nie gesprochen, den er nie auch nur gesehen hatte, der nicht in seiner Ermittlung vorkam und offenbar der Polizei überhaupt noch nie aufgefallen war... was sprach dafür beziehungsweise dagegen, dass er Linda Wallin ermordet haben könnte? Und wo war er schon auf diesen Namen gestoßen? Ehe Eva Svanström und dann sein alter Freund bei der Säpo ihn genannt hatten. Und da dachte er plötzlich an sein erstes richtiges Fahrrad. Ein rotes Crescent Valiant. Kann das denn wirklich sein, dachte er, als er sich im selben Moment an den alten Artikel in Smålandsposten über die nur eine Woche nach dem Mord in Växjö ausgebrochene Kulturfehde erinnerte, die aber jedenfalls rein gar nichts mit seiner Ermittlung zu tun haben dürfte.

Fangen wir mit dem Profil an und seien wir ausnahmsweise einmal ein wenig professionell, dachte Lewin und verdrängte alle Gedanken, die nichts mit der Sache zu tun hatten. Zu behaupten, Månsson stimme nicht mit dem Profil überein, wäre eine gewaltige Untertreibung, ausgehend von dem wenigen, was Lewin bisher über ihn wusste. Das Einzige, was nicht ganz aus dem Rahmen fiel, war, dass er im Fröväg im Stadtteil Öster wohnte, an die zwei Kilometer südlich vom Tatort. Innerhalb dieses Radius wohnte aber sowieso die halbe Stadt, und da war auch dieser Tipp für jemanden, der nach einem Täter suchte, keine große Hilfe. Einfach ausgedrückt stimmte hier einfach gar nichts, und nach dem Profil der TP-Gruppe war Månsson als Täter unvorstellbar.

Dass aber sein Diensttelefon für den geheimnisvollen Anruf bei der Narkoseärztin benutzt worden war, konnte zugleich dafür sprechen, dass er mit dem Mord zu tun hatte. Natürlich konnte er sich einfach verwählt haben, und bisher wies nichts darauf hin, dass er Linda oder ihre Mutter gekannt hatte, aber es war doch überaus merkwürdig, dass Lewin bei seinen Ermittlungen auf ihn und seinen Anruf gestoßen war.

Dass das Telefon verloren gegangen oder vielleicht gestohlen worden war, wirkte ebenfalls ein wenig seltsam, wenn wir Zeitpunkt und Umstände in Betracht ziehen. Wenn es jemand gestohlen hatte, warum hatte dieser Jemand dann nur zweimal damit telefoniert und war außerdem einmal davon angeblich aus Versehen bei der Nummer gelandet, die die Mutter des Opfers einige Jahre zuvor benutzt hatte? Telefondiebe waren sonst nie so zurückhaltend, mutmaßliche Täter dagegen schienen auffällig oft Opfer von Verbrechen zu werden, bei denen die unbekannten Verbrecher sie aus irgendeinem Grund von Gegenständen befreiten, die ansonsten überaus peinlich werden könnten für sie.

Dann war da auch noch das gestohlene Auto. Das ließ sich direkt mit dem gesuchten Täter in Verbindung bringen. Bengt Månsson hatte zwar mit dem Auto nichts zu tun, aber er war offenbar der biologische Vater der Enkelin des Autobesitzers, und wenn es denn stimmte, dass die zweiundneunzig Jahre alte Zeugin gesehen hatte, was sie gesehen haben wollte, dann war es der selbstverständliche nächste Schritt der Ermittlungsarbeit, ihr Fotos vorzulegen, unter denen auch eins von Bengt Månsson war.

Je schneller, desto besser, und hoffentlich geht sie nicht ebenso früh zu Bett, wie sie aufsteht, dachte Lewin.

Zuerst sprach er mit Eva Sandström, die versprach, sich sofort um die praktischen Angelegenheiten zu kümmern, danach mit Anna Sandberg. Erstens hatte sie diese Zeugin ja gefunden, außerdem hatte er das Gefühl, dass gerade sie auf andere Gedanken gebracht werden musste, und drittens hatte in Abwesenheit von Olsson und Bäckström schließlich er zu bestimmen.

»Ich habe das Gefühl, dass du ganz recht hast«, sagte Anna Sandberg, die ebenso plötzlich keinen Gedanken mehr an ihr häusliches Chaos zu verschwenden schien.

»Das wird sich ja ziemlich bald herausstellen«, sagte Lewin.

»Ja sicher. Das ist er. Der Sohn, meine ich. Das sag ich doch die ganze Zeit«, sagte die zweiundneunzig Jahre alte Zeugin eine Stunde später, als sie an ihrem Küchentisch saßen und sie auf das Foto von Bengt Månsson tippte.

»Wie dieser Errol Flynn, der in den vielen Seeräuberfilmen mitgespielt hat, nur ohne Schnurrbart«, erklärte die Zeugin. »Der sieht ihm doch ungeheuer ähnlich? Aber wieso um alles in der Welt hat der Vater seinen eigenen Sohn verleugnet«, fügte sie plötzlich hinzu. »Ist es vielleicht ein uneheliches Kind?«

Nicht Sohn, sondern Schwiegersohn, erklärte Lewin so pädagogisch er konnte. In dieser modernen Bedeutung, die für die derzeitige schwedische Gesellschaft galt, und wie immer man das einer alleinstehenden Dame von zweiundneunzig Jahren erklären sollte. Die noch dazu aus Småland kam, dachte er.

»Ja, aber das erklärt dann doch alles«, stellte die Zeugin fest, sowie Lewin seine Erklärung beendet hatte. »Ich weiß nicht, wie oft ich ihn mit dem Kind und dem Kinderwagen gesehen habe.«

Was einige Jahre her sein dürfte, dachte Lewin. Was immer das für eine Rolle spielt, wenn man selbst auf die hundert zugeht.

»Dieser blaue Kaschmirpullover«, sagte Anna Sandberg plötzlich, als sie im Auto saßen und zur Wache zurückfuhren. »Plötzlich stelle ich mir vor, dass es genau die Art von Pullover ist, die ein Flugkapitän vielleicht auf seinen vielen Auslandsreisen kauft.«

»Keine dumme Idee«, stimmte Lewin zu, denn er war schon auf diesen Gedanken gekommen, noch ehe ihre Zeugin auf das

Foto von Bengt Månsson getippt hatte. Lewin hätte das Kollegin Sandberg natürlich nicht erzählt. Das wäre doch unverschämt und absolut überflüssig, dachte er.

»Was sagst du dazu, wenn wir zu ihm nach Hause fahren und ihm ein paar Bilder von unseren verschiedenen Pullovern zeigen und fragen, ob er so einen gekauft oder vielleicht verschenkt hat«, fragte Sandberg, die ziemlich tatendurstig wirkte.

»Natürlich werden wir das tun«, sagte Lewin. »Aber zuerst tun wir etwas anderes.«

»Keine schlafenden Bären wecken«, sagte Sandberg. »Jedenfalls nicht zu früh.«

»Genau«, sagte Lewin. »Zuerst werden wir so viel über Månsson in Erfahrung bringen wie möglich, ohne jemanden fragen zu müssen, der ihm das vielleicht verrät.«

75

Bäckström hatte offenbar beschlossen, bis zur letzten Stunde durchzuhalten, weshalb Lewin glaubte, dass ihm keine Wahl blieb. Egal was passiert war, er musste ihn informieren. Da die Zeugin Månsson identifiziert hatte, war hier nicht mehr die Rede von unwahrscheinlichen Zusammentreffen oder Gedankenspinnereien. Und da Lewin inzwischen, wenn er auch nicht wusste, wie es dazu gekommen war, offenbar auf den gleichen nächtlichen Pfaden wandelte wie Kollege Bäckström, hatte er beschlossen, das unter vier Augen zu machen, vor dem Frühstück am Freitagmorgen und in Bäckströms Zimmer.

Bäckström war frisch geduscht, rosig wie ein Spanferkel, leicht rotäugig und ausgezeichneter Laune.

»Setz dich doch, während ich die Hosenträger hochziehe«, sagte Bäckström. »Wenn du ein Morgenbierchen möchtest, steht eins in der Minibar«, fügte er großzügig hinzu.

Lewin lehnte das Angebot ab und lieferte stattdessen eine

kurze Zusammenfassung der neuen Situation. Bäckström war sofort Feuer und Flamme und vergaß sogar seine Hosenträger.

»Ja, Scheiße, Lewin«, sagte Bäckström. »Ich glaube, da sind wir auf eine Goldader gestoßen.«

Wer ist wir, dachte Lewin und seufzte tief in Gedanken, und danach war alles wie immer.

Lewin schlug vor, mit der Staatsanwältin zu reden, sowie sie alles über Månsson und seine mögliche Rolle in ihrer Mordermittlung zusammengestellt haben würden. Alles sprach dafür, dass das noch am selben Nachmittag möglich war und dass sie Månsson dann sogar ohne vorherige Vorladung holen könnten, wenn nur die Staatsanwältin das so beschloss. Das gestohlene Auto und die Zeugin, die Månsson identifiziert hatte, sollten reichen. Nicht zuletzt im Hinblick darauf, worum es bei dem Fall eigentlich ging.

»Er scheint heute zu arbeiten, und da ist es doch sicher das Einfachste, wir schnappen ihn uns sofort, wenn er Feierabend macht.«

»Nicht ums Verrecken«, sagte Bäckström und schüttelte den Kopf. »Der Kerl gehört mir, und jetzt machen wir das so...«

Möchte ja mal wissen, seit wann er dir gehört, dachte Lewin, als er eine Stunde später zum Frühstück nach unten ging.

Auf der Wache rief Bäckström sofort seine Getreuen zu sich und verteilte Aufgaben. Lewin, Knutsson, Thorén und Svanström, verstärkt durch Sandberg, sollten alles über ihren mutmaßlichen Täter Bengt Månsson zusammentragen. Nicht ein Stein sollte unumgewendet bleiben. Rogersson sollte sich mit nicht näher genannten Aufgaben direkt unter Bäckströms Leitung beschäftigen, während Bäckström selbst die Arbeit leiten und verteilen und seine schützende Hand über sie alle halten sollte. Und natürlich gab er ihnen auch noch ein paar Worte mit auf den Weg.

»Jetzt gilt es, die Fresse zu halten. Kein Wort außerhalb dieses Zimmers«, sagte Bäckström. »Vergesst nicht, was ich gesagt habe – der kleine Olsson scheint Månssons Busenfreund zu sein. Ich könnte schwören, dass Olsson auf irgendeine Weise in die Sache verwickelt ist, und wenn wir ihm auch nur ins Ohr hauchen, dann rennt er gleich los und plappert, und was dieser Arsch Månsson dann anstellen könnte, will ich mir lieber gar nicht erst vorstellen.«

»Wolltest du nicht nach Stockholm zurückfahren, Bäckström«, fragte Lewin. Und wie gut du dich plötzlich ausdrückst, dachte er.

»Vergiss es«, sagte Bäckström. »Kein Arsch verlässt den Kahn, solange wir ihn nicht an Land gerudert haben.«

»Wäre nett zu wissen, was du selbst vorhast«, beharrte Lewin.

»Werd für diskrete Überwachung unseres Täters sorgen«, sagte Bäckström. »Damit er nicht abhaut und noch andere aufschlitzt. Sag Adolfsson und diesem Adelsheini, dass ich mit ihnen reden will. Und zwar sofort«, fügte er hinzu und starrte Lewin aus irgendeinem Grund wütend an.

»Natürlich, Bäckström«, sagte Lewin. Kein Wort außerhalb dieses Zimmers, dachte er.

»Månsson, Bengt Axel«, sagte der Polizeiinspektor und Freiherr Gustaf von Essen einige Zeit später, als er und Adolfsson vor Bäckström standen. »Ist das nicht einer von unseren lieben Mitmännern hier in der Stadt?«

»Genau«, stimmte Bäckström zu. Alles eine Bande von sexgeilen Idioten. Der Adelsheini ist ja doch nicht total bescheuert, dachte er.

»Dann ist das sicher der Typ, der auf deine Uniform geblutet hat, Adolf. Ich weiß noch, dass ich seinen Namen und die Namen der anderen Beteiligten notiert habe«, erklärte von Essen und nickte dem soeben Angesprochenen kurz zu.

»Du hast den kleinen Schnuffel schon zur Ader gelassen«, sagte Bäckström begeistert und starrte Adolfsson an. Der Junge kann es ungeheuer weit bringen, dachte er.

»Ganz so war das vielleicht nicht«, sagte Adolfsson, und

dann berichtete er Bäckström von dem Einsatz, den er und Kollege von Essen ungefähr vor drei Wochen vor McDonald's in der Storgata geleistet hatten.

»Was zum Teufel hast du mit der Uniform gemacht«, fauchte Bäckström und starrte Adolfsson aus sogar für seinen kleinen Kopf ungewöhnlich schmalen Augen an.

»Hab das Schlimmste abgewischt und sie in den Schrank gehängt«, sagte Adolfsson. »Hatte keine Zeit, sie in die Wäsche zu geben. Der Typ kam mir nicht wie ein Junkie vor, deshalb hab ich sie in den Schrank gehängt«, fügte er hinzu und zuckte mit den Schultern.

»Worauf warten wir noch, zum Teufel«, fragte Bäckström aufgeregt, sprang auf und stand fünf Minuten später mit Adolfssons Uniformjacke bei Enoksson in der Technik.

Zuerst hatte er auch Enoksson ein Schweigegelübde abgenommen, danach hatte er ihm erklärt, worum es ging. Davon, Olsson zu informieren, könne keine Rede sein, befand Bäckström. Leider gebe es allerlei geheimnisvolle Umstände, die annehmen ließen, dass Olsson bestenfalls ein klares Gefahrenmoment war, vermutlich aber war die Lage noch viel schlimmer.

»Bei allem Respekt, Bäckström, ich glaube doch, dass es nicht ganz so arg sein kann«, sagte Enoksson und betrachtete Adolfssons Uniformjacke im Licht seiner grellen Lampe.

»Scheiß da jetzt drauf, Enok«, sagte Bäckström auf seine höfliche Weise. »Reicht das Blut hier?«

Wenn das auf der Jacke Månssons Blut war und wenn dieses Blut nicht von etwas verdorben war, das Enoksson nicht entdecken und das er auch nicht durch weitere Untersuchungen verschlimmern wollte. Wenn es sich also so verhielt, dann gab es mehr als genug Blut für DNA-Analysen und alles andere, das in diesem Zusammenhang möglicherweise wichtig war.

»Wann können wir denn die Ergebnisse haben«, fragte Bäckström.

Enoksson meinte, zu Beginn der kommenden Woche, falls es keine legalen Hindernisse von der Sorte gab, die in letzter Zeit ganz oben auf ihrer Tagesordnung gestanden hatten. Viel zu spät, meinte Bäckström, wenn man bedachte, dass es sich aller Wahrscheinlichkeit nach und den Kollegen von der TP-Gruppe zufolge um einen Serienmörder handelte, und da sie nicht die Mittel besaßen, ihn rund um die Uhr zu überwachen.

»Vergiss es«, sagte Bäckström. »Glaubst du, ich will riskieren, dass der Arsch uns in der Zwischenzeit halb Växjö massakriert?«

»Ich werde sehen, was ich tun kann«, sagte Enoksson seufzend. »Rein technisch gesehen können sie innerhalb von vierundzwanzig Stunden eine vorläufige Auskunft geben, wenn an dem Material, das wir ihnen geben, nichts auszusetzen ist. Aber wir wollen doch nicht vergessen, dass Wochenende ist«, fügte er hinzu. »Und wolltest du nicht eigentlich nach Stockholm zurückfahren?«

»Wochenende? Hier ist jetzt keine Rede von Wochenende, Enok, hier ist die Rede von der Jagd auf den Mörder«, schnaubte Bäckström. Und hier wird nirgendwohin gefahren, dachte er.

»Ich melde mich innerhalb der nächsten Stunde«, sagte Enoksson und seufzte.

Kaum hatte Bäckström Adolfssons Uniformjacke an sich gerissen, um unter vier Augen mit Enoksson darüber zu reden, da hatten von Essen und Adolfsson mit der Beobachtung ihres Objekts begonnen. Zuerst hatten sie eine jüngere Kollegin von der Ermittlungsabteilung in Växjö gebeten, Månsson an seinem Arbeitsplatz im Kulturamt anzurufen, um sich zu erkundigen, ob ein Theaterprojekt für junge Frauen aus Zuwandererfamilien wohl mit Zuschüssen rechnen könne. Während dieses Gespräch noch lief, hielten sie in sicherer Entfernung mit ihren zivilen Wagen und konnten nun den Eingang zum Kulturamt im Auge behalten. Nach einer Viertelstunde rief die Kollegin bei von Essen an und erstattete Bericht. Er habe sich »supersympathisch« angehört und »Superinteresse« an dem

Projekt gehabt. Er habe sogar ein baldiges Treffen vorgeschlagen, um die Sache unter vier Augen zu besprechen.

»Und was hattest du für einen Eindruck von ihm?«, fragte von Essen.

»Geil«, meinte die Kollegin. »Saugeil. Wollte sicher erst mal rausfinden, ob ich so attraktiv bin, wie ich mich anhöre. Meldet euch, wenn ich euch sonst noch behilflich sein kann«, sagte sie und kicherte aus unerfindlichen Gründen.

Das wär ja was, dachte von Essen.

»Und was hat die kleine Caijsa gesagt«, fragte Adolfsson, als sein Kollege das Gespräch beendet hatte.

»Schien ein bisschen scharf auf Månsson zu sein«, sagte von Essen.

»Das ist sie ja offenbar auf alle«, sagte Adolfsson und wirkte aus irgendeinem Grund plötzlich sauer.

»Aber doch nicht auf alle«, widersprach von Essen mit Unschuldsmiene, da er zwei Monate zuvor auf demselben Betriebsfest gewesen war wie Adolfsson.

Enoksson hatte sich alle Mühe gegeben, und am Ende hatte eine seiner alten Bekannten im Labor sich geschlagen gegeben und ihre Hilfe zugesichert. Sie musste am Wochenende arbeiten und würde sich dann hoffentlich auch Enokssons Wunsch widmen können. Aber das mit den vierundzwanzig Stunden könne er gleich vergessen. Wenn sie das Untersuchungsmaterial innerhalb der nächsten Stunden erhielt, wenn es verwendbar war, wenn nichts Unvorhergesehenes dazwischenkam, dann könne er frühestens am Sonntagvormittag mit einer Antwort rechnen. Spätestens Sonntagnachmittag.

Nach weiteren Überredungsversuchen und Versprechungen von Überstundenzahlungen und zusätzlichen Urlaubsstunden hatte er einen jüngeren Kollegen gefunden, der die zweihundert Kilometer eine Richtung als Kurier zum Labor in Linköping auf sich nehmen würde, obwohl doch schon Freitagnachmittag war. Als Adolfssons Uniformjacke sich dann endlich auf dem Weg ins Labor befand, atmete Enoksson dreimal tief durch und rief Bäckström an. Damit wir den kleinen Fettsack endlich mal loswerden, dachte Enoksson, obwohl er aus guten Gründen als geduldiger Mann bekannt war.

»Sonntagvormittag«, stöhnte Bäckström. »Aber was treiben die da oben eigentlich? Bin ich der Einzige in dieser verdammten Bande, der arbeitet?«

»Frühestens Sonntagvormittag«, erklärte Enoksson.

»Ich bin nicht taub«, sagte Bäckström, und dann verriet das Freizeichen, dass er offenbar aufgelegt hatte.

Was ist denn an einem ganz normalen »Danke schön« auszusetzen, dachte Enoksson, als er den Kollegen Olsson anrief, um ihn von den neuesten Entwicklungen zu unterrichten. Schließlich leitete Olsson die Voruntersuchungen, aber wie schon so oft, musste Enoksson sich damit begnügen, eine Mitteilung auf dem Anrufbeantworter zu hinterlassen.

»Ja, hallo, Olsson. Hier spricht Kollege Enoksson«, sagte Enoksson. »Ich will eigentlich nichts Besonderes, wenn du willst, kannst du mich unter der normalen Nummer erreichen, und ansonsten wünsche ich ein angenehmes Wochenende«, endete Enoksson, der ehrlich gesagt von Adolfssons Uniformjacke nicht mehr hielt als von Bäckströms sonstigen Theorien und der sich vor allem nach seiner geliebten Gattin und dem häuslichen Frieden im småländischen Dorf sehnte.

76

Adolfsson und von Essen hatten den Freitag damit verbracht, Månsson zu beobachten, und wie schon so oft hatten sie vor allem herumgesessen und darauf gewartet, dass etwas passierte. Da sie beide leidenschaftliche Jäger waren, fanden sie das nicht weiter schlimm. Auch bei der Jagd musste man vor allem warten können. Die Tatsache, dass Månsson ihnen drei Wochen zuvor über den Weg gelaufen war, bereitete ihnen kein großes Kopfzerbrechen. Es ging hier doch darum zu sehen, ohne gesehen zu werden, und die Gefahr, dass Månsson sie entdeckte, ehe sie ihn entdeckten, kam ihnen vernachlässigenswert vor. Was immer das in einer Stadt wie Växjö, wo die meisten Leute sich immer wieder über den Weg liefen, überhaupt für eine Rolle spielen mochte.

Gegen vier Uhr nachmittags verließ Månsson seinen Arbeitsplatz im Stadthaus in der Västergata oberhalb des Konzerthauses, zusammen mit einigen Personen, die von Kleidung, Aussehen und Auftreten her als Arbeitskollegen durchgehen konnten. Adolfsson machte aus sicherer Entfernung einige diskrete Bilder und notierte in ihrem Ermittlungsprotokoll Ort und Zeit. Ihr Objekt hatte sich zwar in Bewegung gesetzt, wirkte ansonsten aber durchaus nicht wie der Serienmörder, vor dem Bäckström sie gewarnt hatte.

Zuerst hatten Månsson und die anderen sich in einem Straßencafé in der Storgata einige Blocks von seinem Arbeitsplatz entfernt niedergelassen. Dort hatten sie Bier getrunken, Chickenwings verzehrt und miteinander geplaudert. Dann hatte die Gesellschaft sich aufgelöst, alle waren in unterschiedliche Richtungen verschwunden und hatten sich vermutlich allesamt nach Hause begeben. Månsson wandelte gen Osten, in Richtung seiner Wohnung im Fröväg, und da die Wohnung zwei Kilometer entfernt lag und er die Strecke offenbar zu Fuß zurücklegen wollte, befanden Adolfsson und von Essen es für angemessen, sich aufzuteilen. Von Essen folgte ihm zu Fuß, während Adolfsson sich mit dem Auto in der Nähe hielt.

Månsson spazierte also nach Hause, und obwohl das Profil es anders wollte, wohnte er über zwei Kilometer von der Stelle entfernt, wo er angeblich etwas über einen Monat zuvor Linda ermordet hatte. Ansonsten war es ganz hervorragend, dass er dort wohnte. Im Haus gegenüber logierte nämlich ein Kollege von der Verkehrspolizei. Månsson wohnte im dritten Stock, der

Kollege im vierten, besser hätte man es also gar nicht treffen können, wenn man sehen wollte, was Bengt Månsson zu Hause so trieb. Die Schlüssel zur Wohnung des Kollegen hatten sie sich bereits auf der Wache gesichert, sowie Thorén ihnen eine Liste mit Månssons bekannten Adressen gegeben hatte.

Der Kollege war übers Wochenende zu einem größeren Einsatz nach Öland abkommandiert, und er hatte nichts dagegen gehabt, seine Wohnung zu verleihen, nachdem er erst erfahren hatte, worum es ging. War ja auch kein Wunder. So ein kleiner Sondereinsatz übers Wochenende, um den Kollegen von der Droge zu helfen, erzählte von Essen. Gut so, macht die Scheißjunkies fertig, sagte der Kollege und zuckte mit den Schultern. Ansonsten sollten von Essen und Adolfsson sich ganz wie zu Hause fühlen. Alles stand, wo es eben stand bei einem Verkehrspolizisten von neununddreißig Jahren, Junggeselle.

Als Månsson in seinem Haus verschwand, hatte Adolfsson in der Wohnung gegenüber bereits Posten bezogen, und ungefähr in dem Moment, in dem Adolfsson Månssons Füße und Beine durch seinen Hauseingang wandern sah, gesellte von Essen sich zu ihm.

»Vorhänge hat er auch nicht«, stellte von Essen zufrieden fest.

»Solche Kulturfexe haben nie Vorhänge«, erklärte Adolfsson, der Månsson durch sein privates Zeissfernglas mit zwanzigfacher Vergrößerung beobachtete.

Ungefähr zu dem Zeitpunkt, zu dem von Essen und Adolfsson sich in ihrem neuen Starenkasten einnisteten, rief Bäckström an, um sich nach dem Stand der Dinge zu erkundigen. Das Objekt sei allein in seiner Wohnung und sehe sich im Fernsehen die Halbachtuhrnachrichten an, erklärte Adolfsson.

»Er macht also gerade keinen Scheiß«, fragte Bäckström.

»Abgesehen davon, dass er Nachrichten sieht, nein«, sagte Adolfsson.

»Ruf mich sofort an, wenn etwas passiert«, sagte Bäckström.

»Klar doch, Chef«, sagte Adolfsson.

»Was macht der Typ eigentlich«, sagte Bäckström und sah Rogersson an, der sich soeben um die leeren Biergläser kümmerte.

»Was hat er denn eben gemacht«, fragte Rogersson.

»Ferngesehen«, sagte Bäckström. »Wer sitzt denn um diese Zeit vor der Glotze?«

»Vielleicht hat er nichts Besseres zu tun«, sagte Rogersson.

»Ich schwör dir, der hat irgendeinen neuen Scheiß am Laufen«, sagte Bäckström.

Adolfssons und von Essens Beobachtungsprotokoll konnte berichten, dass Månsson den Freitagabend wie folgt verbracht hatte:

Bis circa einundzwanzig Uhr dreißig hatte Månsson vor dem Fernseher gesessen und zwischen den Sendern hin und her gezappt. Genau wie alle anderen schien er die Wahl zwischen mehreren Dutzend zu haben. Um kurz nach halb zehn hatte er einige Minuten lang telefoniert. Danach war er in der Küche verschwunden. Hatte Teller aus dem Schrank über dem Spülbecken genommen, allerlei Lebensmittel aus dem Kühlschrank geholt, ein Baguette in Scheiben geschnitten und alles auf einem Tablett arrangiert, das er dann auf den Couchtisch im Wohnzimmer gestellt hatte. Danach war er in die Küche zurückgekehrt.

»Jetzt geht's los«, sagte Adolfsson zu von Essen, der auf dem Sofa lag und sich im Fernseher des Verkehrskollegen einen Spielfilm ansah.

»Hat er einen Flaschenzug am Kronleuchter befestigt«, fragte von Essen und ging auf TV4, um die letzten Neuigkeiten nicht zu verpassen.

»Er öffnet eine Flasche Wein«, sagte Adolfsson. »Und zwei Gläser hat er auch hervorgeholt.«

»Ei, ei, ei«, sagte von Essen. »Glaub mir, Adolf. Hier sind Damen im Spiel.«

Um zweiundzwanzig Uhr null fünf hielt ein kleinerer Renault vor dem Haus, eine Blondine von Mitte dreißig stieg aus und verschwand in Månssons Haus. Sie trug eine größere Tasche über der Schulter und in der linken Hand eine Tüte vom staatlichen Alkoholladen, die dem Aussehen nach einen ziemlich großen Weinkarton enthielt. Zwei Minuten darauf erschien sie in Månssons Wohnung, und um zweiundzwanzig Uhr zehn saßen die beiden bereits auf dem Wohnzimmersofa und rissen sich gegenseitig die Kleider vom Leib. Nach weiteren fünf Minuten hatten sie dann auf ebenjenem Möbelstück Sex. Adolfsson fand die Möglichkeit, seine Aufzeichnungen mit etlichen guten Fotos zu vervollständigen und Nummer und Modell des Autos der Besucherin zu notieren.

Die sexuellen Aktivitäten auf dem Sofa gingen bis kurz nach Mitternacht weiter, unterbrochen von kurzen Pausen zur Einnahme von Speis und Trank. Nach einer Stunde hatte Bäckström angerufen, um sich nach dem Stand der Dinge zu erkundigen, und Adolfsson hatte eine kurze Lagebeschreibung geliefert.

»Er hat ein Mädel bei sich. Sie sind auf dem Sofa zugange, allerdings legen sie jetzt ein Päuschen ein, um was zu mampfen«, erklärte Adolfsson.

»Hat er sie schon gefesselt«, fragte Bäckström lüstern.

»Nein, nur das übliche alte Bolibompom«, sagte Adolfsson.

»Wieso denn Bolibompom«, fragte Bäckström misstrauisch. »Keine Schlipse, keine Messer?«

»Ganz normaler Standardsex. Bisher haben sie nichts gemacht, was ich nicht auch schon gemacht hätte«, erklärte Adolfsson. »Allerdings wirkt Månsson für sein Alter ganz schön ausdauernd und lebhaft«, meinte Adolfsson, der zehn Jahre jünger war.

Gegen Viertel nach zwölf nachts ging die Begegnung in eine ruhigere Phase über. Man hatte die letzte Weinflasche geleert. Die Besucherin lief in die Küche und kehrte mit einem Dreiliterkarton Weißwein zurück, während ihr Gastgeber sich bei den vielen Fernsehsendern einen Spielfilm aussuchte. Nichts Besonderes, eine romantische Komödie, stellte Adolfsson nach einem kurzen Blick in die Fernsehbeilage der Abendzeitung fest. Gegen halb drei Uhr morgens verschwanden sie in Richtung Schlafzimmer, das auf der anderen Seite des Hauses lag.

Adolfsson weckte von Essen, der auf dem Bett des Verkehrskollegen eingeschlafen war. Von Essen stand auf, warf einen diskreten Blick aus dem Fenster, kam zurück, bestätigte, dass das Objekt offenbar zu Bett gegangen war, und übernahm die Wache, nachdem Adolfsson ins Bett gefallen und augenblicklich eingeschlafen war. Alles war sorgfältig dokumentiert, und Name und Personenkennnummer der Fahrzeughalterin schienen mit Månssons Gast übereinzustimmen. Und es gab ja allerlei Fotos, falls die Identifizierung doch noch Schwierigkeiten machen würde.

Bäckström konnte ausnahmsweise einmal nicht einschlafen. Zuerst hatten er und Rogersson ausgiebig pokuliert, und als er sich seines schmarotzenden Kollegen dann endlich hatte entledigen können, war es bereits zwei Uhr nachts. Drei Stunden später wachte er auf, und erst nach einem weiteren Schlückchen fand er endlich Ruhe und schlief wieder ein. Schon um sieben jedoch war es abermals so weit, und weil er nichts Besseres zu tun hatte, schleppte er sich nach unten in den Speisesaal, um sich nach einer harten und anstrengenden Nacht die dringend notwendige Nahrung zuzuführen.

Zuerst lud Bäckström wie üblich seinen Teller mit Magnecyl, Sardellenfilets, Rührei und Würstchen voll, und nachdem er die ersten Bissen mit einigen ordentlichen Schlucken O-Saft hinuntergespült hatte, fühlte er sich endlich wieder wie ein

Mensch und machte sich über die Würstchen her. Außerdem grunzte er Lewin zu, und der nickte höflich und ließ sogar seine Morgenzeitung ein wenig sinken, während die kleine Svanströmsche aus irgendeinem Grund aufs Heftigste loskicherte, und das wurde auch immer schlimmer, bis sie mit roten, tränenden Augen und der Serviette vor dem Mund aufsprang und in Richtung Damentoilette davonstürzte.

Was zum Teufel ist denn in die gefahren, dachte Bäckström misstrauisch und stopfte sich noch ein Würstchen in den Mund.

»Was zum Teufel ist denn in die gefahren«, fragte er misstrauisch und schaute Lewin an, der nicht einmal bemerkt zu haben schien, dass sie soeben von einem hysterischen Frauenzimmer verlassen worden waren.

»Ich habe wirklich keine Ahnung«, log Lewin, obwohl er sich schon am Vortag zusammengereimt hatte, dass Bäckström sicher der Einzige auf der ganzen Wache war, der das Vernehmungsprotokoll, in dem es um ihn ging, noch nicht gelesen hatte. Und wieso sollte er am frühen Morgen einem Kollegen den Tag ruinieren, egal welche Charakterfehler und menschlichen Unzulänglichkeiten dieser Kollege aufweisen mochte?

»Keine Ahnung, wenn du mich fragst«, sagte Lewin, worauf er um Entschuldigung bat und sich ebenfalls erhob, um dafür zu sorgen, dass Eva Svanström sich für den Rest des Tages in sicherer Entfernung von Bäckström aufhalten würde.

77

Månsson und seine Besucherin schienen keine Probleme mit der Nachtruhe gehabt zu haben. Erst gegen zehn Uhr morgens fand von Essen einen Grund, das Beobachtungsprotokoll zu neuen Aufzeichnungen aufzuschlagen. Zuerst erschien ein nackter Månsson in seiner eigenen Diele und verschwand dann sofort in seinem Badezimmer. Zwei Minuten darauf folgte seine ebenso unbekleidete Besucherin, und offenbar nahmen es beide sehr genau mit der Hygiene, denn es dauerte eine gute Stunde, ehe sie mit einem Badetuch um die Hüfte – Månsson – beziehungsweise im Schlafrock – die Besucherin – zum Frühstück in die Küche gingen.

Inzwischen war auch Adolfsson auf den Beinen, frisch geduscht und damit beschäftigt, Kaffee und Eier zu kochen, Saft zu verdünnen und Brote zu schmieren, während abermals Bäckström anrief, um sich nach dem Stand der Dinge zu erkundigen.

»Wie sieht's aus? Lebt sie noch?« Bäckström schien ungewöhnlich kurz angebunden.

»Erfreut sich besten Wohlergehens, wie es aussieht«, bestätigte von Essen. »Derzeit laben sie und ihr Gastgeber sich an Caffè latte, Joghurt mit Haferflocken und Knäckebrot mit sehr viel Grünfutter und einer Scheibe Magerkäse«, fügte er hinzu.

»Pfui Teufel«, sagte Bäckström angewidert. »Einfach krankhaft. Meldet euch, wenn er ihr an den Hals geht.«

Von Essen versprach, das sofort zu tun, im Falle, dass. Danach duschte er selber rasch, während Adolfsson sich um Beobachtung und Notizen kümmerte. Die Aktivitäten in der Wohnung gegenüber konnten nämlich andeuten, dass ihr Objekt im Begriff war, andere und für sie unbekannte Ziele aufzusuchen.

Lewin und seine Helfer hatten sich anderthalb Tage mit dem Versuch beschäftigt, einen Zusammenhang zwischen Bengt Månsson einerseits und Linda und deren Mutter andererseits zu finden. Das war ihnen nicht gelungen. Obwohl sie alle zugänglichen Register mit aller Sorgfalt, Routine und Spitzfindigkeit, die sie in all den Jahren erlernt hatten, durchgegangen waren, hatten sie nichts gefunden.

Die wahrscheinlichste Schlussfolgerung war niederschmetternd. Es gab ganz einfach keinen Zusammenhang zwischen Arbeitsverhältnissen, Familien, Jugend, Ausbildung oder Wohnung. Es gab auch keine gemeinsamen Netzwerke, Interessen, Hobbys, Freunde und Bekannten, die sie miteinander in Verbindung bringen könnten. Blieben die eher zufälligen Begegnungen und der Trost, dass alle offenbar normale, nette, anständige Menschen waren und sich in der Kleinstadt Växjö früher oder später über den Weg laufen mussten.

Das war aber nur ein kleiner Trost, und Lewin spürte eine wachsende innere Unruhe. Weil alles, was er geglaubt hatte, sich als Irrtum erwies. Wie hätte jemand wie Månsson gelernt haben sollen, Autos zu knacken und in Gang zu setzen? Wie hätte einer wie er Kontakte in die Drogenszene aufbauen können? Und wie oft fanden sich solche wie er in Fällen wie dem, um den es hier ging? Wo eine fünfzehn Jahre jüngere Frau vergewaltigt, gequält und erwürgt worden war? Der einzige Trost waren von Essens und Adolfssons Berichte über einen gelinde gesagt gierigen sexuellen Appetit. Doch dieses Bedürfnis schien er ja im Rahmen konventionellen sexuellen Verhaltens zu stillen. Einerseits, andererseits, dachte Lewin, vor allem um seine eigene Angst zu lindern.

Gegen fünf Uhr nachmittags meldete sich Bäckström bei Adolfsson und von Essen, und seine erste Frage war, warum die beiden sich nicht bei ihm gemeldet hätten. Von Essen erklärte, es gebe nichts von einer solchen Bedeutung zu berichten, dass sie ihren verehrten Chef zu stören gewagt hätten. Wo er doch sicher sehr viel Wichtigeres zu tun habe.

»Red keinen Scheiß, Essen«, fiel Bäckström ihm ins Wort. »Jetzt sag schon, was der Arsch gerade treibt.«

Nach dem Frühstück hatten Månsson und seine Besucherin sich angekleidet und einige Sachen in eine Tasche gepackt, was darauf hinweisen mochte, dass sie einen kleinen Ausflug planten, und sei es nur, um die phantastische Natur zu genießen. Als sie dann aber in der Diele gestanden hatten, war plötzlich etwas dazwischengekommen, denn sie hatten einander die Kleider vom Leib gerissen und auf dem Dielenteppich allerlei sexuelle Aktivitäten unternommen. Wie genau die sich gestaltet hatten, war leider unklar, da die Beobachter nur nackte Füße und Beine hatten sehen können.

Diese unerwartete Szene hatte sich dann aber verhältnismäßig rasch beruhigt, und eine Viertelstunde darauf waren Månsson und seine Besucherin bereits im Auto der Frau losgefahren. Sie hatten beide außerordentlich guter Stimmung gewirkt. Adolfsson und von Essen waren ihnen in sicherer Entfernung gefolgt, und schon nach wenigen Dutzend Kilometern hatten sie bei einer Badestelle am Nordufer des Helgasees gehalten. Dort hatten sie den Nachmittag über auf einer Decke gelegen, miteinander geredet und gebadet. Außerdem hatten sie ein schlichtes Picknick verzehrt. Siebenundzwanzig Grad Lufttemperatur, und auch von Essen und Adolfsson hatten sich so gut es ging abwechselnd und in diskreter und sicherer Entfernung von ihrem Objekt im Wasser erfrischt.

Danach waren die beiden zu Månssons Wohnung zurückgefahren. Hatten unterwegs ein paar Lebensmittel eingekauft. Hatten auf der Straße vor Månssons Haus Abschied voneinander genommen. Die Besucherin war weggefahren, Månsson hatte sich in seine Wohnung begeben, hatte als Allererstes die Kleider fallen lassen und fast eine halbe Stunde im Badezimmer verbracht und war dann mit dem bekannten blauen Badetuch um die Hüfte wieder aufgetaucht. Danach hatte er sich auf das Wohnzimmersofa gelegt und die Abendzeitungen gelesen.

»Zuerst Aftonbladet und dann Expressen«, berichtete von Essen mit neutralem Tonfall.

»Und sonst gar kein Scheiß«, fragte Bäckström unzufrieden. »Keine Freiluftnummer da draußen am Badestrand?«

Nichts dergleichen, so von Essen, aber natürlich mit der Einschränkung, dass Månsson ja im Badezimmer so allerhand mit sich angestellt haben konnte.

Was treibt der Arsch da eigentlich, dachte Bäckström und schaute unzufrieden auf seine Armbanduhr. Schon sechs, und er hatte den ganzen Tag noch kein Bier trinken können. Immerhin etwas, das er jetzt umgehend korrigieren konnte, dachte er. Vorausschauend wie er war, hatte er schon am Vormittag Rogersson in einen auch samstags geöffneten Alkoholladen geschickt, um vor seiner letzten und vermutlich sehr langen Nacht in Växjö die Vorräte aufzufüllen. Und wenn diese Faultiere im Labor es nicht einmal schafften, ihre eigenen Versprechen zu halten, dann würde er einfach eine weitere Nacht bleiben, dachte Bäckström. Umgeben von Idioten und ganz normal untauglichem Pack, wo jede blöde Kleinigkeit eine Ewigkeit dauerte. Der Scheißlappe, den die Sozis ihm und seinen Schicksalsgenossen vor die Nase gesetzt hatten, würde sich schlimmstenfalls damit trösten müssen, sich sein Parteibuch in seinen fetten norrländischen Arsch zu stopfen. Niemand sollte sagen können, Bäckström habe seine Aufgabe nur halb erledigt, dachte Bäckström, der sich schon um einiges wohler fühlte in seiner Haut.

Bengt A. Månsson, A. wie in Axel, schien ein Mann mit festen Gewohnheiten und klaren Routinen zu sein. Zugleich war er ein Mann mit liberaler Haltung und großer Flexibilität, was die Wahl seiner Partnerinnen anging. Zuerst lag er zwei Stunden auf dem Sofa und sah fern. Dann erledigte er zwei Anrufe, begab sich in die Küche und deckte gegen halb zehn das schon bekannte Tablett. Brot und allerlei Zubehör, Teller und zwei Weingläser sowie der Dreiliterkarton Weißwein, den die Besucherin vom Vorabend offenbar vergessen hatte. Kluger Bursche, versucht, die Kosten niedrig zu halten, wer mag ihm wohl die Flasche geschenkt haben, die er der Blondine vorgesetzt hatte, überlegte Patrik Adolfsson. Geboren und aufgewachsen in Småland, wie er war.

Eine halbe Stunde darauf tauchte auf der Straße vor seinem Hauseingang eine Frau auf. Diese hier war brünett und um einiges jünger als die Blondine vom Vorabend, was vielleicht erklärte, warum sie zu Fuß kam und nicht im eigenen Wagen. Jedenfalls saß sie binnen fünf Minuten zusammen mit dem Gastgeber auf dem Wohnzimmersofa, und danach verlief alles wie gehabt.

»Was Interessantes zu erzählen«, fragte von Essen, der am Küchentisch saß und die Morgenausgabe von Svenska Dagbladet las, während Adolfsson sich um die Überwachungsarbeit kümmerte.

»Brünett, etwa zwanzig, um einiges mehr Busen als die Blondine«, fasste Adolfsson zusammen. »Außerdem hat sie sich offenbar die Muschi rasiert, aber das kann natürlich auch an der Hitze liegen.«

»Lass mal sehen«, sagte von Essen, stand vom Küchentisch auf und nahm Adolfsson ohne weitere Bitten das Fernglas ab. »Scheint von der etwas schlichteren Sorte zu sein«, stellte er fest.

»Vielleicht hat Månsson keine Lust mehr, auf behaartem Fleisch rumzukauen«, schlug Adolfsson vor.

»Du bist wirklich ein unverbesserlicher Romantiker, Bruderherz«, sagte von Essen seufzend, legte das Fernglas hin und widmete sich wieder den Wirtschaftsseiten der Zeitung, in der Hoffnung, dass seine Aktien es nach und nach ermöglichen würden, die vielen lecken Dächer zu reparieren, die er von seinen Eltern ererbt hatte.

»Wie sieht's aus«, fragte Bäckström eine Stunde darauf per Telefon.

»Wie gestern«, sagte von Essen.

»Dieselbe Dame«, fragte Bäckström. Und wie laufen die Ermittlungen über die Gute, dachte er. Von Lewin und von dessen sogenannter Mitarbeiterin hatte er den ganzen Tag nichts gehört, obwohl er sie um Bild und Lebenslauf der Betreffenden gebeten hatte.

»Neue Dame, an die zwanzig, scheint von der etwas schlichteren Sorte zu sein«, sagte von Essen, ohne in solche Details zu gehen, die jemanden wie Bäckström möglicherweise in Wallung brachten.

»Wie oft hat er sich denn schon über sie hergemacht«, fragte Bäckström aus irgendeinem Grund.

»Dreimal in zwei Stunden«, sagte von Essen nach einem kurzen Blick ins Protokoll. »Aber jetzt ist er wieder da, es besteht also Hoffnung auf mehr.«

»Oh Scheiße, der Arsch muss doch krank sein«, ächzte Bäckström. »Bei dieser Hitze!«

Während der restlichen Nacht schliefen von Essen und Adolfsson abwechselnd im Bett des Kollegen. Gegen sieben Uhr morgens wurde Månsson von seiner jüngsten Besucherin verlassen. Frisch und munter, und vermutlich lag das daran, dass die Arme in irgendeinem Pflegeheim arbeitete, dachte der Freiherr von Essen, während der Polizeiinspektor eine Notiz ins Protokoll schrieb. Månsson dagegen schien den Schlaf der Gerechten zu genießen und hatte seine Dame offenbar nicht einmal an die Tür gebracht. Von Essen fühlte sich inzwischen selbst ziemlich müde und ärgerte sich ausgiebig über das Schnarchen seines Kollegen, das aus dem Wohnungsinneren ertönte. Höchste Zeit, dass etwas passiert, dachte er, gähnte heftig und schaute auf die Uhr. Im selben Moment klingelte sein Telefon.

»Ist was passiert«, fragte von Essen.

78

Eine halbe Stunde zuvor hatte Enokssons Telefon gefiept. Da er ein Morgenmensch war, hatte er schon die Zeitung gelesen und das Frühstück vorbereitet, das er sodann seiner eher morgenmuffeligen Gattin servieren wollte.

»Enoksson«, sagte Enoksson.

»Sitzt du gut«, fragte seine Bekannte aus dem Labor, und sofort wusste er, was sie jetzt sagen würde.

»Ja, beim Leibhaftigen«, sagte er zwei Minuten später, als sie ihre Mitteilung beendet hatte. Wunder gibt es ja doch immer wieder, dachte er, obwohl er dabei einen kleinen dicken Kollegen von der Zentralen Kriminalpolizei in Stockholm vor sich sah.

»Ist was passiert«, fragte von Essen.

»Jetzt können wir aus dem Arsch Leim kochen«, fauchte Bäckström am anderen Ende der Leitung, und damit wusste von Essen, dass für ihn und seinen Kollegen Adolfsson die Wartezeit zu Ende war. Für dieses Mal zumindest.

Bäckström und Rogersson hatten sich innerhalb einer halben Stunde ihren Ermittlern angeschlossen, hatten den Wagen hinter dem Haus abgestellt und traten jetzt mit aller erdenklichen Diskretion auf.

Bäckström trug Shorts, Hawaiihemd, Sonnenbrille und Sandalen mit Socken und hätte durchaus in einem alten Spionagefilm mit Handlung in Westindien mitspielen können. Rogersson dagegen sah ganz normal aus, aber da sie mit einer Minute Abstand voneinander das Haus betraten, fiel auch das nicht weiter auf.

Von Essen unterrichtete sie kurz über den aktuellen Stand der Dinge. Månsson schien noch immer im Bett zu liegen. Vermutlich schlief er. Wenn er nicht vom Balkon oder aus einem der beiden Fenster auf der Rückseite des Hauses sprang, blieben ihm nur Haustür oder Kellereingang. Der ebenfalls vorne im Haus gelegen war.

»Dann gehen wir hoch und holen uns den Arsch«, sagte Bäckström tatendurstig. »Kann mir jemand ein Paar Handschellen leihen? Ich habe meine vergessen.«

»Bei allem Respekt, Chef, frag ich mich doch, ob das so klug wäre«, wandte Adolfsson ein.

»Du denkst an die kleine Einsatztruppe«, sagte Bäckström. Typisch. Immer zogen in letzter Minute die den Schwanz ein, von denen man es am wenigsten erwartet hätte. Obwohl der Junge es doch so weit hätte bringen können, dachte er.

Adolfsson hatte durchaus nicht an die kleine Einsatztruppe gedacht. Dagegen hatte er einige praktische operative Ansichten. Månsson kannte vermutlich alle Beteiligten, mit Ausnahme von Rogersson. Bäckström würde er sicher wiedererkennen, da sie zwei Stunden lang im selben Raum gesessen hatten, und Rogerssons Aussehen sprach unter den gegebenen Umständen nicht für ihn. Außerdem hatte Månsson einen Türspion, und wenn sie jetzt einfach klingelten und hofften, er werde aufmachen, dann hätte er leider Zeit genug, um sich mit dem Brotmesser die Pulsadern aufzuschneiden und aus dem dritten Stock zu springen.

»Ich habe schon mal erlebt, wie einer beides gleichzeitig gemacht hat«, stimmte von Essen zu. »Da ging es um Abschiebung. Zuerst hat er sich die Kehle durchgeschnitten, und dann ist er vom Balkon gehüpft. Wollte wohl ganz sicher sein. Traurige Geschichte. Hier in der Stadt, ausgerechnet.«

»Ich warte noch immer auf einen Vorschlag«, sagte Bäckström und glotzte die anderen wütend an.

»Der scheint ja gelinde gesagt auf Mädels zu stehen, also finde ich, wir machen das so«, schlug Adolfsson vor. »Bei Typen wie dem klappt das nämlich immer.«

Während Bäckström und seine Kumpels die einzige noch ausstehende wirklich männliche Aktion in diesem Fall planten, kümmerte sich Lewin, genau wie immer, um alles andere. Zuerst rief er den VU-Leiter an und hinterließ auf dessen Anrufbeantworter die Mitteilung, dass er sich so bald wie möglich bei Lewin melden solle.

Danach bat er Anna Sandberg, mit einem Kollegen zu Lindas Mutter zu fahren, damit sie die Nachricht nicht auf andere Weise und schlimmstenfalls aus den Medien erfuhr. Außerdem sollte jemand bei ihr sein, der ihr helfen und sich um sie kümmern konnte. Dasselbe galt für Lindas Vater, und dieses Detail übertrug er vertrauensvoll dem Kollegen Knutsson. Er schlug vor, die Sache der Einfachheit halber telefonisch zu erledigen, und wenn der Papa noch weitere Wünsche habe, werde man sicher darauf eingehen können.

Während Lewin sich mit sensibler Hand dieser polizeilichen Software widmete und dafür sorgte, dass alle Puzzlestücke an der richtigen Stelle landeten, gesellte sich eine jüngere Kollegin von der Ermittlertruppe der Bezirkskriminalpolizei zu ihm und stellte sich als »Caijsa mit C und i und j vor«. Zwei Tage zuvor hatte sie bei Månsson angerufen und sich Houda Kassem genannt, gebürtige Iranerin mit Theaterinteresse und vielen Freundinnen, die alle auf ein wenig Unterstützung für ihr Projekt hofften. In Bezug auf die Aktivitäten dieses Tages schwebte ihr jedoch eine andere Rolle vor, da Månsson keine Ahnung hatte, wie Houda aussah.

»Ich dachte, ich mach die übliche Kiste mit der Verbraucherumfrage. Frag die Leute, wie es ihnen hier in der Gegend so gefällt. Bei Typen wie dem klappt das immer«, lachte Caijsa und zwinkerte Adolfsson zu und hielt zugleich ihren Ausweis der Marktforschungsfirma DER MARKT hoch, den sie an einer Kette um den Hals trug.

»Klingt wie eine ganz hervorragende Idee«, sagte Rogersson, ehe Bäckström das, was für alle funktionierenden Polizisten schlicht und einfach war, noch verderben konnte.

»Jetzt ist er außerdem aufgestanden«, teilte von Essen von seinem Platz am Küchenfenster her mit. »Steht in der Küche, nur mit einer kurzen Hose bekleidet, und trinkt Wasser direkt aus der Leitung. Ich glaube, bei solchen weißen Kartonweinen sollte man sehr vorsichtig sein.«

»Na gut, dann geht's los«, sagte Bäckström gebieterisch, zog den Bauch ein und schob die Brust vor, dass sein Hawaiihemd Wellen warf. »Und legt dem Arsch verdammt noch mal sofort Handschellen an, damit es auf der Straße kein Blutbad gibt«, fügte er hinzu und starrte Adolfsson und von Essen aus irgendeinem Grund an.

Caijsa hatte ganz recht, und Månsson öffnete ihr sogar mit einem Lächeln auf den Lippen. Die nun folgende undramatische Festnahme war nach fünfzehn Sekunden beendet. In dieser Zeit war von Essen einfach mit erhobenem Dienstausweis von der Seite her aufgetaucht, während Adolfsson Månsson blitzschnell die Hände auf den Rücken gezogen und ihm fast schonend ein Paar Handschellen angelegt hatte.

»Was soll das denn? Das muss ein Missverständnis sein«, sagte Månsson, der erschrocken und verständnislos zugleich aussah.

»Der Arsch ist unterwegs«, teilte Bäckström Lewin kurz und bündig per Telefon mit. »Weck die Faulpelze von der Technik, damit sie sich an seine Wohnung machen. Hier unten stehen schon zwei Funkstreifen vor dem Haus, und da wird sicher bald die ganze Idiotenmeute vor Ort eintreffen.«

»Die Kollegen von der Technik sind unterwegs«, sagte Lewin. »Sonst alles gut gegangen?«, fragte er und gab sich alle Mühe, seine Unruhe zu verbergen.

»Jetzt ist er nicht mehr so frech«, sagte Bäckström und grunzte zufrieden.

Ob er das wohl jemals war, überlegte Lewin.

79

Lewin widmete sich auch am Nachmittag den praktischen Dingen und informierte als Erstes die Staatsanwältin.

»Heute Morgen kam der Befund aus dem Labor«, erklärte Lewin. »Vorher waren das vor allem vage Theorien, und da wollte ich dich nicht unnötig mit belästigen. Deshalb melde ich mich erst jetzt«, sagte er zu seiner Entschuldigung.

Die Staatsanwältin hatte keinerlei Einwände. Im Gegenteil. Sie war nur erleichtert, und sowie ihr die endgültige Mitteilung des Labors, dass es sich um Månssons DNA handelte, vorliegen würde, wollte sie Untersuchungshaft beantragen.

Bis auf Weiteres war er ja im Arrest, und Lewin dürfe sie gern begleiten, wenn sie ihm ihre Entscheidung mitteilte. Sie wollte das nämlich selber übernehmen. Växjö war eine kleine Stadt, sie selbst war gerade im Dienst und auch ein wenig neugierig auf ihn.

»Ich habe ihn ja noch nie gesehen«, sagte sie. »Noch etwas. Wo steckt eigentlich Olsson?«

»Der hat übers Wochenende frei«, sagte Lewin. »Wir haben versucht, ihn anzurufen. Hoffentlich lässt er von sich hören.« Lewin zuckte mit den Schultern. Was immer wir mit ihm anfangen sollen, dachte er.

»Ich fürchte, dass er nicht gerade viel hermacht«, sagte Lewin, als sie die Arrestabteilung betraten. »Wenn wir bedenken, was er getan hat, meine ich.«

»Das tun sie doch nie«, sagte die Staatsanwältin. »Jedenfalls nicht die, die ich gesehen habe.«

Månsson machte wirklich nicht viel her. Er saß auf der heruntergeklappten Pritsche in seiner Zelle und wirkte fast abwesend. Genau wie alle anderen, denen zum ersten Mal im Leben ihre Identität auf die handgreiflichste Weise geraubt wird, die in einer Demokratie überhaupt möglich ist. Zuerst hatten sie ihm die Handschellen abgenommen und seine Personalien notiert. Dann hatte er seine eigene Kleidung abgegeben und stattdessen Unterhose, Socken, Hemd und Hose der Arrestabteilung anziehen müssen. Dazu gab es ein Paar Filzpantoffeln, in die er die Füße schieben konnte, wenn er wollte. Und dann hatte er eine Quittung für seine Habseligkeiten unterschreiben müssen.

Nach einer weiteren Stunde des Wartens tauchten zwei Techniker auf. Månsson wurde fotografiert, er wurde gemessen und gewogen, ihm wurden Fingerabdrücke und die Abdrücke beider Handflächen abgenommen. Danach gesellte sich ein Arzt hinzu, der Månsson Blut sowie Haarproben von Kopf,

Rumpf und Geschlecht abnahm und seinen Körper inspizierte. Alles, was ihm abgenommen worden war, wurde in kleinen Tüten, Dosen und Gläsern verstaut, mit Etiketten versehen, versiegelt und unterschrieben. Månsson musste im Arrest bleiben und sagte zum ersten Mal etwas, ohne vorher gefragt worden zu sein.

»Darf man erfahren, was das hier eigentlich soll«, fragte er.

»Die Staatsanwältin wird gleich hier sein«, versicherte einer der Techniker. »Die wird Ihnen sicher alles Nötige mitteilen.«

»Mir geht es aber wirklich nicht sehr gut«, sagte Månsson. »Ich muss verschiedene Medikamente nehmen, und die durfte ich nicht mitbringen. Sie sind bei mir zu Hause. Im Badezimmerschrank. Gegen Asthma und so.«

»Darüber sprechen wir noch«, sagte der Arzt und lächelte freundlich. »Sowie wir mit dem anderen fertig sind«, sagte er und nickte den beiden Technikern zu.

»Der sieht ja sehr gut aus«, meinte die Staatsanwältin, als sie und Lewin in die Räumlichkeiten der Ermittlertruppe zurückkehrten. »Du sagst, er ist nicht vorbestraft? Wenn wir an dieses Verbrechen denken, meine ich.«

»Sieht aus wie früher die Filmstars«, sagte Lewin zustimmend. »Absolut nicht vorbestraft«, bestätigte er.

»Aber es geht ihm wohl nicht so gut«, sagte sie und schien vor allem laut zu denken. »Glaubst du, er gesteht?«, fügte sie hinzu.

»Das weiß ich wirklich nicht«, sagte Lewin und schüttelte den Kopf. »Das wird sich sicher zeigen.« Aber was spielt das schon für eine Rolle, bei allem, was wir haben, dachte er.

Während alle herumflatterten wie die geköpften Hühner, drehte Bäckström eine Runde durch das Haus und heimste die wohlverdienten Glückwünsche ein. Alle freuten sich plötzlich mit geradezu kindlicher Freude. Sogar die zwei kleinen Textilermittlerinnen, die noch eine Woche zuvor sauer wie Essig gewesen waren, lächelten und kicherten, als sie ihn erblickten.

»Klasse, dich zu sehen, Bäckström«, sagte die eine. »Herzlichen Glückwunsch übrigens«, fügte sie hinzu und wirkte noch fröhlicher.

»Wirklich schade, dass du uns verlassen musst«, sagte die andere. »Aber vielleicht kriegen wir ja noch mal eine Chance? Zum Kennenlernen, meine ich.«

Hier stimmt doch was nicht, dachte Bäckström, doch da er nicht wusste, was, begnügte er sich mit einem Nicken. Kurz und männlich.

»Ja, das werdet ihr schon schaffen«, sagte Bäckström. Scheiß Buschsheriffs, und außerdem höchste Zeit für ein kaltes Bier, dachte er.

Rogersson saß in seinem Zimmer und sah überaus schwermütig aus.

»Ich wollte jetzt nach Hause fahren«, sagte Bäckström.

»Und ich komme mit«, sagte Rogersson. »Muss nur erst alle Ordner rüberschieben und ein paar Worte mit Holt wechseln, dann bin ich abmarschbereit.«

»Holt«, sagte Bäckström. »Ist die kleine Frustfotze schon hier?«

»Hab sie vorhin auf dem Gang gesehen«, bestätigte Rogersson. »Sie und diese kleine Blonde, die früher bei der Sicherheit war, Mattei, glaube ich. Ihre Mutter ist wohl Polizeirätin oben bei der Säpo. Verdammt miese Kuh, wenn du mich fragst. Und vorhin haben sie mit unserer kleinen Staatsanwältin gequatscht. Als Nächstes machen die Weiber hier noch La Ola.«

»Wir sehen uns in der Hotelbar«, sagte Bäckström und sprang auf. »Aber sorg dafür, dass du nüchtern bleibst, damit du fahren kannst«, fügte er hinzu.

Als Bäckström in himmlischer Ruh in seinem Hotelzimmer saß und an dem kalten Bier nuckelte, das er sich wirklich verdient hatte, klingelte sein Telefon. Es war Lindas Vater. Offenbar hatte der kleine Trottel Knutsson ihn schon angerufen, um selber die Ehre einzukassieren.

»Ich habe gehört, dass Sie jetzt nach Hause fahren«, sagte Henning Wallin.

»Im Moment drängt es ein bisschen«, bestätigte Bäckström, ohne auf die Details einzugehen. »Aber ich habe den Täter persönlich in den Knast gesteckt, seinetwegen brauchen Sie sich also keine Sorgen mehr zu machen. Aus dem Arsch kochen wir Leim, und dann ist Ruhe«, versicherte Bäckström.

»Ich würde Sie trotzdem gern kurz sprechen«, beharrte Henning Wallin. »Und sei es nur, um Ihnen ganz persönlich meinen Dank auszusprechen.«

»Das ist vielleicht nicht so ganz einfach«, sagte Bäckström. »Ich habe schon ein Bier getrunken«, erklärte er.

»Ich kann Sie von meinem Chauffeur holen lassen«, sagte Wallin.

»Ja dann«, sagte Bäckström, der noch immer ein wenig zögerte.

»Ich möchte Ihnen etwas geben«, sagte Wallin.

»Na gut«, sagte Bäckström. Was das wohl sein mag, überlegte er.

Eine Stunde darauf saß Bäckström behaglich zurückgelehnt auf dem Sofa vor dem offenen Kamin in Henning Wallins riesigem Wohnzimmer draußen auf dem Gut. Aus Rücksicht auf seinen trauernden Gastgeber hatte er Hawaiihemd und Shorts gegen etwas Passenderes aus seiner reichhaltigen Garderobe eingetauscht. In der Hand hielt er ein Glas Maltwhisky bester Sorte, und das Leben hätte wirklich schlechter sein können. Auch Wallin wirkte um einiges fröhlicher als beim letzten Mal. Unter anderem schien er beim Rasieren die rechte Hand wieder unter Kontrolle zu haben.

»Wer ist es denn«, fragte Henning Wallin, beugte sich vor und sah Bäckström an.

»Ein Mann, auf den ich schon frühzeitig ein Auge geworfen hatte«, sagte Bäckström und nippte nachdenklich an dem goldgelben Getränk in seinem Glas. »Fingerspitzengefühl«, sagte Bäckström bescheiden, hob die rechte Hand und rieb den Daumen an den Fingern. »Nichts Greifbares, aber man ist ja nicht erst seit gestern dabei, und da kam er mir von Anfang an nicht ganz echt vor, wenn ich das mal so sagen darf«, erklärte Bäckström und unterstrich das Gesagte mit einem tiefen Zug aus seinem Glas.

»Wie heißt er denn«, fragte Wallin.

»Das darf ich eigentlich nicht sagen«, sagte Bäckström. »Bis auf Weiteres, meine ich.«

»Es bleibt ganz unter uns«, sagte Wallin.

»Na gut«, sagte Bäckström, und dann erzählte er alles, während Wallin ihm nachschenkte.

»Er scheint die meisten Leute hier in der Stadt zu kennen«, endete Bäckström. »Unglücklicherweise ist er wohl auch der Busenfreund dieses verdammten Unglücks Bengt Olsson, und das macht die Sache nicht gerade leichter, wenn ich das mal so sagen darf ...«

»Und er hat mit meiner Exfrau geschlafen«, fiel Wallin ihm ins Wort, und sein Gesicht lief plötzlich hochrot an. »Da sollte ich Ihnen vielleicht etwas geben«, fügte er hinzu und erhob sich.

Nach einer Weile kam er mit einem der vielen Fotoalben zurück, in denen sie im Laufe der Jahre und während seiner Zeit als Gutsbesitzer alle wichtigen Ereignisse und großen Feste dokumentiert hatten.

»Hier«, sagte Henning Wallin und nahm ein Foto heraus. »Es gibt sicher noch mehr, wenn ich suche. Das wurde am Mittsommerabend vor drei Jahren aufgenommen«, erklärte er. »Linda wollte unbedingt ihre Mutter einladen, und die brachte ihren damaligen Freund mit. Den damals Aktuellen aus einer sicher sehr langen Reihe, wenn sie mich fragen.«

»Genau so etwas habe ich die ganze Zeit vermutet«, sagte Bäckström.

»Sie können es behalten«, sagte Wallin. »Und sorgen Sie dafür, dass die kleine Nutte zur Rechenschaft gezogen wird. Sie und ihr sogenannter Freund haben mir meine Tochter genommen.«

»Das erledigen wir schon«, sagte Bäckström großzügig und steckte das Foto in die Tasche, ehe sein Gastgeber sich die Sache anders überlegen konnte.

»Ich betrachte das als Versprechen eines Mannes, auf den ich mich offenbar verlassen kann«, sagte Henning Wallin.

»Keine Sorge«, sagte Bäckström. »Aber jetzt muss ich wohl leider an die Heimfahrt denken.«

»Mein Chauffeur wird Sie bringen«, sagte Wallin. »One for the road«, sagte er und füllte Bäckströms Glas ein weiteres Mal.

Während Bäckström teuren Whisky trank, überreichte Rogersson seine Ordner und redete mit Holt.

»Ich wollte mit Bäckström zurückfahren«, erklärte Rogersson. »Dafür sorgen, dass der kleine Fettsack heil nach Hause kommt.«

»Sonst könnte ich dich auch hier unten brauchen«, sagte Holt. »Wenigstens noch zwei Tage.«

»Darf keine Überstunden mehr machen«, sagte Rogersson und zuckte bedauernd mit den Schultern.

»An Überstunden hatte ich gar nicht gedacht«, sagte Holt.

»Und ich fühle mich auch nicht so ganz wohl«, sagte Rogersson. »War wohl in letzter Zeit alles etwas viel.«

»Fahr vorsichtig«, sagte Holt.

Wie praktisch, so ein Chauffeur, dachte Bäckström, als er und Wallin in der Diele standen und sich voneinander verabschiedeten.

»Das ist für Sie«, sagte Wallin und reichte ihm einen Karton mit einer Flasche von der Sorte, die sie soeben getrunken hatten.

»So was darf ich eigentlich gar nicht annehmen«, sagte Bäckström und griff danach.

»Weiß nicht, wovon Sie reden«, sagte Wallin und grinste.

»Und Sie haben offenbar das hier vergessen«, sagte er und steckte einen dicken braunen Umschlag in die Brusttasche von Bäckströms Jackett.

Einwandfrei keine Fotos in dem Umschlag, dachte Bäckström, als er auf dem Rücksitz von Wallins großem schwarzen Range Rover saß und so diskret wie möglich den Umschlag in seiner Jackentasche betastete. Fingerspitzengefühl, und einwandfrei keine Fotos, dachte Bäckström.

»Können Sie kurz bei der Wache halten«, fragte Bäckström. »Muss noch was holen, das ich vergessen habe«, erklärte er.

Überhaupt kein Problem, meinte der Chauffeur. Sein Chef hatte ihm aufgetragen, sich den ganzen Abend zu Bäckströms Verfügung zu halten. Und sogar noch länger, falls sich das als nötig erweisen sollte.

Bäckström hatte den Karton mit dem Maltwhisky auf dem Rücksitz stehen lassen, während er ein letztes Mal durch das Büro ging und sich von allen unbrauchbaren Kollegen verabschiedete, die noch immer da herumhingen und zu entscheiden versuchten, ob ihr Hintern hinten oder vorne saß. Außerdem hatte er das abgegriffene Exemplar von Smålandsposten in der Tasche, das er schon seit dem Morgen Holt als Abschiedsgeschenk überreichen wollte. Und sei es nur als Dank dafür, dass sie vor fünfzehn Jahren um ein Haar eine seiner Mordermittlungen sabotiert hätte. Er hatte seine gesamte Erfahrung, all seinen Scharfsinn und sein Fingerspitzengefühl gebraucht, um endlich Ordnung in die Sache zu bringen. Anna Holt ist die totale Supersau, obwohl sie doch so mager ist, dachte Bäckström.

Zuerst hatte er sich den kleinen Trottel Olsson vorgenommen. Einfach so, zum Anwärmen.

»Hallo, Olsson«, sagte Bäckström mit breitem Grinsen. »Ich weiß nicht, ob du es schon gehört hast, aber ich habe kurz vor dem Mittagessen deinen Täter festgenommen.«

»Ja, ich muss wirklich …«

»Scheiß da jetzt drauf, Olsson«, fiel Bäckström ihm auf seine mitfühlende Weise ins Wort. »Verdammt traurige Geschichte, wo er doch einer von deinen Busenfreunden ist, und da begreifst du vielleicht, dass ich ein bisschen vorsichtig auftreten musste. Wo du doch in die Sache verwickelt bist, meine ich.«

»Ich verstehe wirklich nicht, was du meinst«, widersprach Olsson mit verletzter Miene, aber ohne die richtige Glut. »Wenn du hier auf Månsson anspielst, dann würde ich doch behaupten, dass es sich nur um ganz offiziellen dienstlichen Kontakt gehandelt hat, und bei dieser Gelegenheit …«

»Nenn es, wie du willst, Olsson«, wurde er von Bäckström unterbrochen, der jetzt noch herzlicher lächelte. »Aber wenn ich in deinen Schuhen durch die Gegend latschte, würde ich doch mal mit meinem Chef reden. Damit er das nicht in den Zeitungen zu lesen braucht«, erklärte Bäckström auf seine rücksichtsvolle Weise.

Höchste Zeit für den nächsten Trottel aus der Meute, dachte Bäckström und peilte nun Lewin an, der wie immer versuchte, sich hinter hohen Papierstapeln zu verstecken.

»Danke für die Hilfe, Janne«, sagte Bäckström laut, da er wusste, wie sehr Lewin es hasste, Janne genannt zu werden.

»Das ist doch nicht der Rede wert«, sagte Lewin.

»Nein. Viel war das wirklich nicht«, stimmte Bäckström zu. »Aber du hast immerhin dein Bestes getan, und dafür wollte ich dir danken.«

Blieben noch die Besten, die er sich bis zum Schluss aufgespart hatte. Anna Holt, die tatsächlich die Frechheit besessen hatte, sich auf seinen Platz zu setzen, obwohl sie erst zwei Stunden im Haus war, und die sowieso sicherheitshalber erst dann eingetroffen war, als der Fall schon aufgeklärt und erledigt war.

»Du hast dich ja wirklich aufgerieben, Bäckström«, sagte Holt mit neutralem Lächeln.

»Ja, das hab ich wohl«, sagte Bäckström. »Und ich wollte dir noch ein paar Worte mit auf den Weg geben. Da stehen noch ein paar Kleinigkeiten aus.«

»Und da dachte ich, du bist schon gar nicht mehr im Dienst«, sagte Holt.

»Hast du also gedacht«, sagte Bäckström mit freundlichem Nicken.

»Aus irgendeinem Grund hab ich mir eingebildet, du hättest schon Feierabend«, sagte Holt und zuckte mit den Schultern.

»Scheißegal«, sagte Bäckström. »Aber ich an deiner Stelle würde mich vor dem sogenannten Kollegen Olsson gewaltig hüten«, fügte er dann hinzu und reichte ihr sein abgegriffenes Exemplar von Smålandsposten. »Wenn du dir die Vorderseite anschaust, verstehst du vielleicht, was ich meine«, fügte er hinzu.

»Ganz so schlimm kann das doch nicht sein«, sagte Holt und begnügte sich mit einem Blick auf die Zeitung. »Aber jedenfalls vielen Dank. Ich werde mir deinen Rat zu Herzen nehmen.«

»Noch eine Kleinigkeit«, sagte Bäckström, der sich das Allerbeste bis zuletzt aufbewahrt hatte. »Wie sieht es mit der Verbindung zwischen Opfer und Täter aus?«

»Lewin und die anderen arbeiten daran«, erklärte Holt. »Das wird sich also sicher klären lassen.«

»Falls nicht, dann hätte ich es schon geklärt«, sagte Bäckström und reichte ihr das Foto, das er vom Vater des Opfers erhalten hatte. Da hast du was, worauf du rumlutschen kannst, du kleine Kneifmöse, dachte er glücklich, als er sah, wie Holt das Bild in die Hand nahm und musterte.

»Was ist das«, fragte Holt.

»Die in der Mitte ist unser Mordopfer«, sagte Bäckström. »Links von ihr hast du ihre kleine Mama, und rechts steht unser kleiner Täter. Sie sehen alle so froh und munter aus, weil sie gerade auf dem Hof des Opfervaters Mittsommer feiern. Das ist drei Jahre her. Zu der Zeit ist der kleine Månsson über die Mama des Opfers gehoppelt. Warum er auch der Tochter das Fell abgezogen hat, ist noch ein wenig unklar, aber wenn du dir ihre liebende Mutter holst, kann sie dir sicher bei den Details helfen.«

»Das hast du von Lindas Vater«, sagte Holt, und das war eher eine Feststellung als eine Frage.

»Ich habe es von einer anonymen Gewährsperson«, sagte Bäckström mit würdevoller Miene. »Und falls du sonst noch Hilfe brauchst, ruf einfach an.«

»Danke«, sagte Holt. »Ich lass von mir hören, wenn etwas sein sollte.«

Kaum war Bäckström hinter der verschlossenen Tür seines Hotelzimmers in Sicherheit, da zählte er auch schon den Inhalt des braunen Umschlags, den er nie erhalten hatte. Um ganz sicher zu sein, zählte er zweimal. Dasselbe Ergebnis bei beiden Malen, also müsste es doch eigentlich stimmen. Der Arsch muss in Knete baden, dachte er, als er fertig gezählt hatte.

Dann packte er seine Siebensachen zusammen und legte seine drei verbliebenen kalten Biere zusammen mit der Whiskyflasche ganz oben in seinen Rucksack, eine schlichte Wegzehrung für einen müden und überarbeiteten Schutzmann, dachte er, und als er an der Rezeption seinen Schlüssel abgab, versäumte er es nicht, seine Ansicht über den Service zum Besten zu geben.

»Bringt mal Ordnung in eure Wäscherei«, sagte Bäckström. »Und dann muss das Personal ganz allgemein mehr Schwung kriegen, und die Blindfische, die in der Küche arbeiten, könnt ihr feuern.«

Der Mann an der Rezeption versprach, bis zum nächsten Mal für alles zu sorgen, und wünschte ihm und Rogersson eine angenehme Reise.

80

Stockholm, Montag, 25. August

Auf der Heimfahrt streckte Bäckström sich auf dem Rücksitz aus. Rogersson fuhr und kümmerte sich um die schlichten praktischen Aufgaben. Bäckström selbst trank sein Bier, solange es noch kalt war, dann kostete er ein wenig von dem guten Maltwhisky. Ab und zu schob er die Hand in die Jackentasche und ließ die Fingerspitzen über den Inhalt des braunen Umschlags wandern, während er glücklich von den Schlagzeilen träumte, die es bald geben würde. Der Mann, der den Lindamord aufgeklärt hat, dachte Bäckström und seufzte tief vor Wohlbehagen. Kurz vor Nyköping träumte er dann richtig und genoss die wohlverdiente Ruhe des Kriegers, bis Rogersson vor seinem Haus auf Kungsholmen in Stockholm hielt. Wie schon so oft nach erledigtem Auftrag kehrte Kommissar Bäckström von der Zentralmord im Triumph an die Heimatfront zurück.

Deshalb brauchte er am nächsten Morgen eine ganze Weile, um zu begreifen, dass der Scheißlappe hinter dem Schreibtisch offenbar ganz andere Absichten mit ihrer Unterredung verband. Keine Blumen, keinen Kuchen, nicht einmal einen schnöden Kaffee, obwohl es doch erst acht Uhr morgens war und er mitten in der Nacht hatte aufstehen müssen, um noch duschen, Zähne putzen, Halstabletten kaufen und sich eine passende Antwort auf des Chefs tief empfundene Dankesbekundungen für seinen Einsatz ausdenken zu können. Was zum Teufel war hier bloß los? Wo soll es mit der Polizei denn noch enden, überlegte Bäckström.

Johansson interessierte sich nicht die Bohne für den Fall. Den Mord an Linda Wallin, und wie Bäckström mit der guten alten Mischung aus Routine, harter Arbeit, Fingerspitzengefühl und Scharfsinn gegen alle Wahrscheinlichkeit das Puzzle zusammengesetzt hatte. Stattdessen faselte er über eine Menge geheimnisvoller Rechnungen, Barauszahlungen, Pornofilme auf Rogerssons Zimmerrechnung, Überstundenabrechnungen und alles andere zwischen Himmel und Erde, das die vielen Schnecken in seiner Umgebung ausgebuddelt, falsch verstanden und Bäckström in die Schuhe geschoben hatten.

»Du musst das direkt mit der Finanzabteilung klären«, sagte Johansson mit mürrischer Miene. »Und wenn du mit meiner Sekretärin sprichst, sie hat schon für gleich anschließend einen Termin für dich gemacht.«

»Bei allem Respekt, Chef, aber ich bin doch Polizist und kein Rechenknecht«, sagte Bäckström. »Und all das andere...«

»Dazu wollte ich gerade kommen«, fiel Johansson ihm ins Wort und öffnete den nächsten Ordner auf dem großen Schreibtisch. »Es geht um diese Anzeige gegen dich, die vorige Woche eingelaufen ist.«

»Der Chef denkt sicher an die, wo es keine Geschädigte gibt«, sagte Bäckström listig.

»Ich wusste gar nicht, dass es mehr als eine Anzeige gibt«, erwiderte Johansson trocken. »Die, die ich in der Hand halte, bezieht sich auf sexuelle Nötigung, und die Geschädigte heißt Carin Ågren. Die Anzeige wurde am Donnerstag erstattet, und die Geschädigte wurde noch am selben Tag vernommen.«

»Und wieso hab ich die Anzeige noch nicht gesehen«, fragte Bäckström empört.

»Die einfachste Erklärung ist wohl, dass noch keine Zeit dafür war. Du brauchst dir keine Sorgen zu machen, Bäckström. Ich habe mit denen gesprochen, und sie werden sich noch heute bei dir melden«, sagte Johansson.

»Was sagt sie denn«, fragte Bäckström und starrte Johansson und das Papier in dessen Hand sauer an.

»Sie sagt, dass du mit deiner Wurst gewedelt hast«, sagte Johansson. »Die weiteren Details kannst du mit unserem Internermittler besprechen.«

Was zum Teufel redet der denn da, dachte Bäckström. Mit welcher Wurst?

Viel mehr gab es nicht zu sagen, erklärte Johansson. Die Finanzabteilung würde mit Bäckström über die Finanzen reden, der Jurist über das Juristische, die Anzeige würde auf die übliche Weise behandelt und Bäckströms direkter Vorgesetzter laufend informiert werden. Bäckström selbst brauche nur eine Entscheidung zu treffen. Ob er Urlaub nehmen, sich krankschreiben lassen oder während der laufenden Ermittlungen gegen ihn offiziell beurlaubt werden wolle.

»Wieso denn krankschreiben«, rief Bäckström empört. »Ich bin überhaupt nicht krank. Hab mich noch nie wohler gefühlt. Und jetzt werde ich mit der Gewerkschaft reden!«

»Viel Glück, Bäckström«, sagte Johansson.

81

Växjö, Montag, 25. August – Freitag, 12. September

Von Montag, dem 25. August, bis Freitag, dem 12. September, hielt die stellvertretende Polizeirätin Anna Holt insgesamt zwölf längere und kürzere Verhöre mit Bengt Månsson ab. Die stellvertretende Oberstaatsanwältin Katarina Wibom, die stellvertretende Kriminalkommissarin Lisa Mattei und Polizeiinspektorin Anna Sandberg wechselten sich als Zeuginnen ab. Das erste Verhör war das kürzeste, und Anna Holt war mit Månsson allein dabei.

»Ich heiße Anna Holt und arbeite bei der Zentralen Kriminalpolizei«, sagte Anna Holt. Außerdem bin ich dreiundvierzig Jahre alt, dachte Holt. Alleinstehende Mutter des inzwischen einundzwanzig Jahre alten Nicke, einigermaßen zufrieden mit allem, auch wenn das eine oder andere besser sein könnte, und die Zukunft wird wohl zeigen, ob sich daran etwas ändern lässt, dachte sie.

»Dann können Sie mir vielleicht erklären, wieso ich hier sitze«, sagte Månsson.

»Sie sitzen hier, weil Sie des Mordes an Linda Wallin verdächtigt werden«, sagte Holt.

»Das hat diese Wibom auch schon behauptet«, sagte Måns-son. »Das ist doch das Groteske. Ich weiß nicht einmal, wovon Sie reden.«

»Sie können sich nicht erinnern«, sagte Anna Holt.

»Aber ich müsste mich ja wohl erinnern können? Wenn ich jemanden ermordet hätte? So was vergisst man doch nicht einfach?«

»Ist auch schon vorgekommen«, sagte Holt. »Wissen Sie was«, fügte sie dann hinzu. »Ich schlage vor, wir vergessen dieses Detail fürs Erste.«

»Warum sitzen wir dann hier?`«

»Sie können zum Beispiel erzählen, wie Sie Linda kennengelernt haben«, sagte Holt. »Fangen Sie einfach mit Ihrer ersten Begegnung an.«

»Ja sicher«, sagte Månsson. »Wenn das irgendwas bringt. Sicher kann ich erzählen, wie ich Linda kennengelernt habe. Das ist kein Geheimnis.«

Laut Protokoll wurde das Verhör nach dreiundvierzig Minuten beendet, und schon eine halbe Stunde später schaute eine neugierige Katarina Wibom bei Anna Holt vorbei.

»Wie geht's«, fragte sie.

»Es geht genauso, wie ich es geplant hatte, und genau nach meinen Erwartungen«, sagte Anna Holt. »Er kann sich an die eigentliche Tat nicht erinnern, und wenn ich mir vorstelle, was da passiert ist, würde alles andere mich gelinde gesagt auch überraschen. Er hat mir erzählt, wie er Lindas Mutter und Linda kennengelernt hat. Außerdem redet er mit mir. Er ist sogar nett und entgegenkommend, wenn wir seine Lage bedenken. Weitaus mehr, als man verlangen könnte«, berichtete Holt und lächelte freundlich. »Außerdem willst du vielleicht wissen, was er gesagt hat«, sagte Anna Holt.

»Wenn du Zeit hast«, meinte die Staatsanwältin.

Månsson hatte Lindas Mutter gut drei Jahre zuvor auf einer Tagung kennengelernt. Dort war über allerlei Projekte mit gesellschaftlicher und kultureller Bedeutung diskutiert worden, Projekte, die unter der Leitung der Gemeinde stattfanden und sich vor allem an junge Menschen aus Zuwandererfamilien richteten. Lotta Ericson hatte in ihrer Eigenschaft als Gymnasiallehrerin mit vielen Schülern aus solchen Familien teilgenommen. Månsson selbst war bei der Kulturabteilung der Gemeinde als Projektleiter tätig. Schon in der ersten Kaffeepause war die Sympathie offenkundig gewesen. Zwei Tage darauf hatten sie sich zum Essen getroffen, und der Abend war in Månssons Bett in der Wohnung im Fröväg geendet. Danach war es auf die normale Weise weitergegangen, und er hatte Linda etwas über einen Monat später bei einem Mittsommerfest auf dem Gut ihres Vaters in der Nähe von Växjö kennengelernt.

»Und was ist dann passiert«, fragte die Staatsanwältin neugierig.

»Das weiß ich wirklich nicht«, sagte Anna Holt. »Ich habe nämlich vorgeschlagen, erst mal eine Pause einzulegen und morgen weiterzumachen, und da hatte er nichts gegen.«

»Das ist aber gemein«, sagte die Staatsanwältin.

»Das glaube ich eigentlich nicht«, sagte Anna Holt. »Ich hatte den klaren Eindruck, dass ihn Frauen ansprechen, die sich nicht so leicht rumkriegen lassen. Also habe ich mich ein wenig geziert.«

»Hat er denn versucht, dich anzubaggern«, fragte die Staatsanwältin.

»Er hat jedenfalls versucht, sich zu verkaufen«, meinte Holt. »Die Zukunft wird zeigen, wie unsere Beziehung sich entwickelt«, fügte sie hinzu und zuckte mit den Schultern.

»Hu, wie spannend«, sagte die Staatsanwältin und schüttelte sich vor Wohlbehagen.

»Ein bisschen spannend ist es wohl immer«, sagte Anna Holt zustimmend.

An dem Tag, an dem Anna Holt Månsson zum ersten Mal verhört hatte, wurde eine Pressekonferenz anberaumt. Es war übrigens die bestbesuchte in der Geschichte Växjös. Mitten auf dem Podium saßen der Leiter der Voruntersuchungen und die stellvertretende Oberstaatsanwältin Katarina Wibom, umgeben von Kriminalkommissar Bengt Olsson und der Pressesprecherin der Polizei von Växjö. Ganz weit links saß ein widerwilliger Lewin, an den in der ganzen Zeit nicht eine einzige Frage gerichtet wurde, der aber aufgrund seiner beredten Körpersprache trotzdem im Fernsehen landete. Zweimal wurde er in eine längere Stellungnahme hineingeschnitten. Lewin verdrehte auf unbegreifliche Weise den Hals, was von starker Unlust zeugte, und aus irgendeinem Grund durfte er Kommissar Olssons Antwort auf die einzige diesem direkt gestellte Frage illustrieren.

Zuerst gab es einen Sturzbach von Fragen, die sich auf den Täter bezogen, und die Staatsanwältin beantwortete die meisten davon, während die Pressesprecherin versuchte, bei den Presseleuten Ordnung zu halten und das Wort zwischen denen, die gleich laut schrien, möglichst gerecht zu verteilen. Ohne ins Detail zu gehen, erklärte die Staatsanwältin, rechne sie damit, den Beschuldigten bereits am folgenden Tag oder spätestens am Mittwoch in Untersuchungshaft nehmen zu können. Man warte noch auf einige Laborergebnisse, und weitere Kommentare habe sie nicht. Schon gar nicht über die Person, die aus triftigen Verdachtsgründen festgenommen worden war.

Nach den routinemäßigen Fragen zu dem Täter und seiner Person war die Sache schon bald zu Ende. Im ganzen Saal saß kein einziger Journalist, der nicht genau gewusst hätte, wie der Mann hieß, wo er wohnte und wo er arbeitete. Sein Foto war bereits mit Namen und Adresse ins Netz gestellt worden. Dagens Nyheter und die vier Abenddrachen würden sie am nächsten Tag ebenfalls bringen, und zwischen Verwandten, Freunden, Bekannten, Kollegen, Nachbarn und allen anderen, die etwas beizutragen hatten, ob das nun der Wahrheit entsprach oder nicht, wogte die Debatte.

Damit war die Staatsanwältin fertig, man wandte sich der Polizei zu und wollte Genaueres wissen. Von Bengt Olsson wurde ein Kommentar über die anfängliche Ermittlungsarbeit verlangt, und aus unerfindlichen Gründen sagte er etwas ganz anderes. Bei der Frage ging es um die Kritik, die JO und JK an der Ermittlung geübt hatten, nachdem DNA-Proben von an die tausend unschuldigen Växjöer Bürgern eingesammelt worden waren. Olsson zufolge zeigte die soeben erfolgte Verschlankung der Ermittlertruppe von etwa dreißig Personen auf nur noch ein Dutzend, dass diese Aktion nun der Vergangenheit angehöre und man sich in einer ganz anderen Phase der Ermittlungsarbeit befinde.

Ob der Täter durch die Speichelproben gefasst worden sei, wollte der Abgesandte der Fernsehsendung Rapport wissen. Auch hier konnten keine Details berichtet werden, aber Olsson konnte doch immerhin verraten, dass in der Endphase der Ermittlungen die DNA-Technik eine entscheidende Rolle gespielt habe. Und aus welchem Grund auch immer waren an dieser Stelle Lewin und sein magerer Hals im Fernsehen aufgetreten.

Nach der Pressekonferenz kehrte Lewin sofort in sein Zimmer zurück, um das Geschehen nach Möglichkeit zu vergessen und sich stattdessen der bisher erfolglosen Jagd nach dem exklusiven Herrenpullover zu widmen, von dem ihre blaue Faser stammte. Sandbergs Idee, den Flugkapitän zu fragen, war gar nicht so dumm gewesen. Etliche Jahre zuvor hatte er nämlich auf dem Flughafen von Hongkong eben so einen Pullover erstanden. Sonderangebot, Sonderpreis und eben aus Hongkong, wo man bisweilen die exklusivsten Teile fast gratis bekam.

»Wenn ich mich nicht irre, war er von neunhundertneunzig Dollar auf neunundneunzig herabgesetzt«, sagte der Flugkapitän zufrieden.

Danach hatte er sich Bilder von allerlei Pullovern ansehen dürfen und sich sofort für einen entschieden, hellblau, mit V-Ausschnitt und langen Ärmeln.

»Genau so einer war das, phantastische Qualität. Kühl im Sommer, warm im Winter, er war das ganze Jahr hindurch mein Lieblingspullover«, erzählte der Flugkapitän.

Was daraus geworden sei? Eines Tages habe er ihn einfach vermisst, und daran habe sich bis heute nichts geändert.

Habe er ihn möglicherweise dem damaligen Lebensgefährten seiner jüngeren Tochter geschenkt, wollte Anna Sandberg wissen. Absolut ausgeschlossen, meinte der Flugkapitän. Dem habe er bestenfalls einen ordentlichen Tritt in den Hintern verpassen wollen. Wenn er gewusst hätte, was er heute wusste, hätte er das auch getan. Was Bengt Månssons übriges Handeln und Wandeln anging, verwies der Flugkapitän an seine Tochter, auch wenn er es zu schätzen wüsste, wenn sie noch einige Tage, bis sie sich von diesem Schock erholt hätte, in Ruhe gelassen werden würde. Damals jedoch habe er versucht, seinen Kontakt zu Månsson auf das absolute Minimum, das die Höflichkeit verlangte, zu beschränken. Ein großes Rätsel war, so der Flugkapitän, dass gewisse Frauen, egal wie begabt, schön und bezaubernd sie auch sein mochten, wie zum Beispiel seine jüngere Tochter, bei gewissen Männern einfach gar nichts kapierten.

»Kann Månsson den Pullover vielleicht geliehen oder vielleicht... ja, ihn sogar gestohlen haben«, fragte Anna Sandberg, die sich schon darauf freute, sich mit der Tochter des Flugkapitäns zu einem richtig langen Gespräch über unbegreifliche Männer zusammenzusetzen. Und sei es nur unter Geschlechtsgenossinnen.

»Kann ich mir sehr gut vorstellen«, schnaubte der Gefragte. »Ich habe ihm eigentlich immer schon alles zugetraut.«

»Wie meinen Sie das«, fragte Anna Sandberg.

Ja, Mord natürlich nicht. Als er und seine Familie am späten Abend des Vortags davon erfahren hatten, waren sie alle geschockt gewesen, und das waren sie immer noch. Abgesehen von dem rein praktischen Problem, dass seine Enkelin ja jetzt in die Schule kam und überhaupt. Er selber habe schon ziemlich früh durchschaut, was Månsson für eine Figur war.

»Denken Sie da an etwas Besonderes«, fragte Sandberg.

Zum ersten Mal war ihm die Erkenntnis gekommen, als seine Tochter mit Månsson zusammenlebte und im siebten Monat schwanger war. Damals hatten Månssons Schwiegervater in spe und ein alter Kollege des Schwiegervaters Månsson in einem Restaurant in Växjö mit einer anderen gesehen. Und Månsson hatte noch die Frechheit besessen, diese Frau als Arbeitskollegin vorzustellen.

»Er besaß nicht einmal den Anstand, die Sache nach Kalmar oder Jonköping zu verlegen«, erklärte der Flugkapitän.

Total unzuverlässig, notorisch untreu, log über alles zwischen Himmel und Erde, warf das Geld aus dem Fenster, sah keinen Unterschied zwischen mein und dein, konnte sich nicht um sein Kind kümmern, zeigte nicht einmal die Bereitschaft dazu, schien die Kleine vor allem zu benutzen, um den alten Saab des Flugkapitäns leihen zu dürfen, und das große Rätsel war noch immer, wieso die Tochter des Flugkapitäns zwei Jahre gebraucht hatte, um zu erfassen, was der Flugkapitän schon am ersten Tag gewusst hatte.

»Natürlich hat er meinen Pullover gestohlen«, sagte der Flugkapitän. »Den Verdacht hatte ich die ganze Zeit. Das war ja das Mindeste, was man von ihm erwarten konnte.«

Die Durchsuchung von Bengt Månssons Wohnung hatte keinen Pullover zutage gefördert. Wenn es einen gab oder gegeben hatte, dann wurde er jedenfalls nicht mehr in der Wohnung aufbewahrt. Sie hatten auch sonst nicht viel Interessantes gefunden. Månssons Wohnung war überraschend gepflegt. Bedenken wir die einstimmige Aussage der Nachbarschaft über den Strom von jungen Frauen, die dort im Laufe der Jahre ein und aus gegangen waren, so waren überraschend wenige Spuren dieses Stroms entdeckt worden. Vor allem interessant war, was nicht vorhanden war. Einen Monat zuvor hatte Månsson zum Beispiel seine alte Festplatte entsorgt und sich eine neue zugelegt.

»Den Pullover hat er natürlich weggeworfen«, sagte Enoksson, als er mit Lewin sprach. »Wenn du mich fragst, glaube ich, dass er das gemacht hat, als er auch das Auto loswerden wollte.«

Nach diesem Gespräch machte sich Lewin eine Notiz über das Prepaidhandy, das Månsson an dem Morgen des Mordes angerufen hatte. »An wen ging das letzte Gespräch«, schrieb Lewin auf seinen Merkzettel im Computer.

82

Erzählen Sie von Ihrer zweiten Begegnung mit Linda«, so begann Holt am nächsten Tag ihr zweites Verhör mit Månsson. Als sie die Frage stellte, beugte sie sich vor und stützte die Ellbogen auf den Tisch, interessiertes Lächeln, neugierige Augen.

»Ja, das erste Mal war doch auf diesem Mittsommerfest bei ihrem Vater, und da war ich…«, antwortete Månsson und schaute Holt überrascht an.

»Das weiß ich. Das haben Sie gestern schon erzählt«, fiel Holt ihm ins Wort und sah fast ein wenig eifrig aus. »Aber das zweite Mal?«

Das zweite Mal war der pure Zufall gewesen, behauptete Månsson. Es war einen Monat später gewesen. Sie waren sich in der Stadt über den Weg gelaufen. Nicht gerade überraschend in Växjö. Sie waren ins Gespräch gekommen, hatten sich in ein Café gesetzt und Kaffee getrunken. Beim Abschied hatte er Linda seine Telefonnummer gegeben.

»Worüber haben Sie gesprochen«, wollte Holt wissen.

Über alles Mögliche, worüber man eben redet, wenn man sich durch Zufall über den Weg läuft und sich vorher erst einmal begegnet ist. Linda war munter und fröhlich, und sie war auch witzig, mit ihrem etwas eigenen Humor. Viele Untertreibungen, viele Sprüche, erzählte Månsson, und das wusste er zu schätzen, weil das seiner Erfahrung nach bei Frauen eher selten vorkam. Aber eigentlich hatte er ja Lindas Mutter gekannt, und natürlich hatte das ihre erste Unterhaltung unter vier Augen beeinflusst.

»Sie haben auch über die Mutter gesprochen«, stellte Holt überrascht fest, nachdem Månsson die erhoffte Bresche geschlagen hatte.

Månsson zufolge hatte Linda dieses Thema zur Sprache gebracht. Plötzlich hatte sie ihn einfach gefragt, und er konnte sich sogar an die genaue Formulierung erinnern.

»Erzähl ein bisschen von meiner kleinen Mams. Habt ihr noch immer so eine wilde Passionsgeschichte, oder was?«

Månsson hatte sich dann für eine ehrliche, offene Antwort entschieden. Er hatte Linda erklärt, dass von einer Passionsgeschichte niemals die Rede gewesen sein könne. Dass er Lindas Mutter natürlich sehr schätze, eine schöne und kluge Frau. Aber absolut keine Passionsgeschichte. Weder von seiner noch von ihrer Seite. Außerdem seien sie einander nicht gerade ähnlich. Lindas Mutter sei um einiges älter als er und lebe ein ganz anderes und bürgerlicheres Leben. Um nur zwei Beispiele zu nennen. Da sie das beide eingesehen hatten, ohne auch nur darüber sprechen zu müssen, hatten sie sich immer seltener getroffen, und in letzter Zeit – seit dem Mittsommerabend, an dem er Linda kennengelernt hatte –, hatten sie nur noch telefoniert. Am Tag, ehe Lindas Mutter ins Ausland in den Urlaub gefahren war, hatte er sie angerufen und ihr eine angenehme Reise gewünscht. Sie hatte ihn ziemlich kurz abgefertigt, und wenn es also eine gemeinsame Geschichte gegeben hatte, dann war die damals zu Ende gewesen. Diesen klaren

Eindruck hatte das letzte Telefongespräch bei ihm hinterlassen.

»Und wie hat Linda darauf reagiert«, fragte eine unverändert neugierige Anna Holt.

»Sie hat so ungefähr Folgendes gesagt«, sagte Månsson. »Lucky you. Die kleine Mama ist doch eine richtig miese bitch. Auf Englisch also. Sie hat als Kind doch mehrere Jahre in den USA verbracht«, fügte er hinzu.

An diesem Tag hatten sich zwei von Lewins Fragezeichen begradigt, und zwar auf die Weise, um die ein geläuterter Polizist wie er inzwischen nur noch beten konnte. Zuerst hatte eine siebenundzwanzig Jahre alte Schwesternhelferin aus Kalmar bei der Polizei von Växjö angerufen, um Dinge über den Mord an Linda Wallin zu berichten, die ihr erst an diesem Morgen aufgegangen waren, als sie im Krankenhaus Dagens Nyheter gelesen und erfahren hatte, wer der Lindamann war. Nach der üblichen Runde durch die Telefonzentrale war der Anruf bei Kollege Thorén gelandet, und gleich darauf waren er und Knutsson mit dem Wagen nach Kalmar gefahren, um die Anruferin zu vernehmen.

Am Freitag, dem 4. Juli, hatte Bengt Månsson sehr früh das Mobiltelefon dieser Frau angerufen. Er war in Kalmar und wollte sich gern mit ihr treffen. Einfach so, spontan, und weil er an diesem Abend in Borgholm das Konzert von Gyllene Tider besuchen wollte. Nach einigem Hin und Her, unter anderem weil sie eine andere Verabredung absagen musste, tauchte Månsson bei ihr zu Hause auf, und einige Minuten darauf hatten sie Sex miteinander. Damit machten sie an diesem Nachmittag mehr oder weniger weiter, und alles war genauso wie bei ihren früheren drei Treffen mit Månsson.

Das erste Mal war Mitte Mai gewesen, sie und ihre Kolleginnen hatten das Theater in Växjö besucht, und Månsson hatte als Cicerone fungiert. Nach der Vorstellung, sowie sie sich von den Kolleginnen hatte wegschleichen können, sowie sie und Månsson in seiner Wohnung angekommen waren, hatten sie

Sex gehabt, und um Zeit zu gewinnen, hatten sie das Vorspiel schon im Taxi absolviert.

Diesmal war ihre Begegnung jedoch nicht so angenehm verlaufen. Nachmittags, während einer Pause in den sexuellen Aktivitäten, hatte Månsson gebeten, in ihrer Waschmaschine seinen Pullover waschen zu dürfen. Einen teuren hellblauen Pullover, der sich am Vortag leider Rostflecken zugezogen habe. Er habe einem Nachbarn bei der Autoreparatur geholfen, und als er unter dem Wagen lag, habe er sich den Pullover verschmutzt. Und er hatte sich offenbar auch den Bauch aufgeschrammt, aber als sie darauf zu sprechen gekommen war, hatte er nur abgewinkt. Einfach ein kleiner Kratzer.

Sie hatte ihm erklärt, der Pullover müsse per Hand gewaschen werden, in so kaltem Wasser wie nur möglich. Vor allem, wenn es auch Blutflecken gebe. An die Waschmaschine sei jedenfalls nicht zu denken, was alle Frauen und viel zu wenig Männer wüssten. Dann hatte sie den Pullover für ihn mit der Hand gewaschen und auf die Leine gehängt, und danach hatte sie ihre Aktivitäten mit dem Pulloverbesitzer wieder aufgenommen. Abends waren sie ins Konzert gegangen. Der Pullover hatte noch auf der Leine gehangen, aber da Månsson eine Sporttasche mit Kleidung zum Wechseln bei sich gehabt hatte, war das kein Problem gewesen. Es waren außerdem den ganzen Abend über zwanzig Grad.

Nach dem Konzert begegnete sie alten Bekannten, die ebenfalls aus Västervik stammten, und während sie sich noch mit ihnen unterhielt, verschwand Månsson einfach. Natürlich waren sehr viele Leute da, das totale Gewimmel, aber er war wie vom Erdboden verschluckt. Sie suchte eine halbe Stunde lang, dann traf sie eine Freundin und Kollegin, die übrigens bei dem Theaterbesuch in Växjö, bei dem sie Månsson kennengelernt hatte, dabei gewesen war. Die Freundin wollte Månsson eine halbe Stunde zuvor gesehen haben, als er zusammen mit einer jungen Frau den Park verlassen hatte, einer ganz anderen Frau als der, die jetzt nach ihm fragte.

»Und da haben Sie sich nicht gerade gefreut«, meinte Kriminalinspektor Thorén mit seinem mitfühlendsten Lächeln.

Nicht gefreut war noch harmlos ausgedrückt, aber an sich hatte nicht das ihren Zorn ausgelöst. Månsson war keiner, den sie hätte heiraten mögen, und während sie darauf wartete, dass der Richtige in ihrem Leben erschien, taugte er für ihre Zwecke. Dieselben Zwecke zweifellos wie die seinen, und in dieser Hinsicht konnte sie sich nicht beklagen. Was sie aber wirklich erbost hatte, »total stocksauer, wenn Sie verstehen, was ich meine«, war, dass er sich von ihr den Pullover hatte waschen lassen.

Als Erstes hatte sie deshalb zu Hause den Pullover in seine hinterlassene Tasche gestopft und alles zusammen in die Mülltonne geworfen. An den folgenden Tagen hatte sie gehofft, er lasse von sich hören, damit sie ihm das wenigstens mitteilen könne, aber das hatte er nicht getan. Und auf die Idee, ihn anzurufen, wäre sie natürlich nie im Leben gekommen.

»Sie haben alles in die Mülltonne geworfen«, wiederholte Thorén.

Den Pullover, eine benutzte Unterhose, möglicherweise noch mehr, was ihr jetzt nicht mehr einfiel, und natürlich die Tasche, in der die Kleider gelegen hatten. Alles war in der Mülltonne gelandet, und da in ihrem Haus einmal pro Woche der Müll abgeholt wurde, glaubte sie nicht, dass noch Hoffnung bestand, die Sachen wiederzufinden.

»Es reicht sicher, dass wir mit Ihnen gesprochen haben«, versicherte Knutsson, der dem Wort Zeugenaussage gern so lange wie möglich aus dem Weg ging.

»Als Sie an diesem Tag mit ihm zusammen waren, ist Ihnen also aufgefallen, dass er sich den Bauch aufgeschrammt hatte«, sagte nun Thorén. »Sie wissen nicht mehr genau, wie diese Schrammen ausgesehen haben?«

Ganz normal, meinte die Zeugin. Eine ganz normale Schramme. Etwa einen Dezimeter über dem Nabel.

Wie tief? Entzündet? Infiziert? Wie lang? Wie alt?

Nicht besonders tief, sah sauber und glatt aus, zehn, fünfzehn Zentimeter, vielleicht einen Tag alt, so wie er gesagt hatte.

Es sah aus, als hätte er sich an einer scharfen Kante aufgeschrammt, und das Einfachste wäre es, wenn Thorén sein Hemd hochstreifte, dann könnte sie es ihm zeigen. Bei ihrem Beruf sei da doch nichts bei, fand die Zeugin.

»Ich danke für das Angebot«, sagte Thorén und lächelte. »Aber was halten Sie davon, wenn ich stattdessen eine kleine Skizze anfertige und Sie mir sagen, was ich zeichnen soll?«

»Genau so«, befand die Zeugin fünf Minuten später und nickte zu Thoréns Skizze hinüber. »Sie haben noch nie mit dem Gedanken gespielt, Künstler zu werden statt Polizist?«

»Nein, wirklich nicht«, sagte Thorén und lächelte. »Aber ich habe schon immer gern gezeichnet. Also, eine horizontale Schramme von ungefähr einem Dezimeter Länge, einen Dezimeter über seinem Nabel, dazu Schürfspuren in Richtung Brust. Hat es so ausgesehen?«

Ganz bestimmt, meinte die Zeugin, und wenn das hier im Raum bleibe, dann wisse sie es ganz sicher, da sie die Schrammen mehrmals geküsst habe. Ein bisschen Desinfektionsmittel und ein paar Küsse, hatte sie vorgeschlagen. Månsson hatte das Desinfektionsmittel abgelehnt, die Küsse aber trotzdem bekommen.

»Was für eine einzigartig attraktive Frau«, seufzte Thorén, als sie auf der Rückfahrt nach Växjö im Auto saßen.

»Aber warum hast du ihr dann nicht dein Waschbrett gezeigt«, fragte Knutsson und hörte sich plötzlich ziemlich sauer an.

»Aus Angst, dir könnte das peinlich sein«, antwortete Thorén und seufzte glücklich.

»Der kleine Månsson hat ja offenbar ganz schön viel geschafft«, sagte Knutsson, obwohl er eigentlich lieber das Thema gewechselt hätte.

»Sein Glück, dass er nicht zu Zorns Zeiten gelebt hat«, sagte Thorén, der zwar Polizist war, aber trotzdem ein großes und echtes Interesse an Kunst besaß.

»Trotz dieses kleinen Missgeschicks mit der Mülltonne glaube ich, dass wir sehr zufrieden sein können«, stimmte Lewin zwei Stunden später zu, nachdem er erfahren hatte, was ihre Zeugin berichten konnte. »Aber das mit Zorn verstehe ich nicht«, fügte er hinzu und sah Thorén an.

Månssons Fraueninteresse, erklärte Thorén. Er schien es doch offenbar mit allen Mädels aus Småland getrieben zu haben. Oder jedenfalls fast. Genau wie Anders Zorn, der sich der Überlieferung zufolge in den Malpausen fünfundfünfzig von ihm anerkannte uneheliche Kinder zugelegt hatte.

»Fünfundfünfzig allein in den Kirchspielen Orsa und Gagnef. Ein Glück für Månsson, dass es heute die Pille gibt. Sieht aus, als wäre ihm nur ein Kind gelungen«, erklärte Thorén.

83

Und die dritte Begegnung«, sagte Holt. Ebenso neugierig, ebenso freundlich interessiert wie zu Beginn des Verhörs eine Stunde zuvor. »Erzählen Sie. Wie verlief die?«

Månsson zufolge hatte Linda ihn angerufen, und ehrlich gesagt, hatte ihn das sehr überrascht. Es war am Tag nach ihrem Geburtstag gewesen. Sie war achtzehn geworden, und ihr Vater hatte ein großes Fest veranstaltet und alle ihre Freunde auf das Gut eingeladen. Und jetzt hatte sie vor, unter vier Augen mit Bengt Månsson ein wenig nachzufeiern.

»Und was haben Sie da gedacht«, fragte Holt.

»Ehrlich gesagt, war ich total überrascht«, sagte Månsson. »Ich hätte nie daran gedacht, sie anzurufen, und dass sie sich meldete, kam wirklich ganz unerwartet.«

»Und was hat sie gesagt?«

»Das war fast das Allerseltsamste. Sie hat gefragt, ob sie mich zum Essen einladen dürfe. Um zu feiern, dass sie jetzt eine erwachsene und mündige Frau sei.«

»Wie haben Sie reagiert?«

»Ja, ich habe natürlich vorgeschlagen, dass wir uns die Rechnung teilen«, sagte Månsson.

»Was hat sie dazu gesagt?«

»Dass ich daran nicht einmal denken solle, denn ich ginge ja nicht mit ihrer Mutter aus. So war sie eben. Immer geradeheraus.«

»Und Sie waren überrascht«, sagte Holt.

»Das war ja wirklich offen gesprochen, wenn ich das mal so sagen darf«, stimmte Månsson zu. »Aber das mit ihrem Vater und dem vielen Geld wusste ich ja. Das hatte Linda... Lotta, meine ich... mir schon erzählt. Das wusste ich also. Ich war ja auch bei ihm zu Hause und hätte es spätestens da kapiert.«

Dann hatten sie sich getroffen. Hatten in einem Restaurant in Växjö gegessen, geredet, sich amüsiert.

»Und wer hat die Rechnung bezahlt«, fragte Holt mit ihrer üblichen neugierigen Miene, obwohl die ihr immer mehr Anstrengung abverlangte.

»Ja, sie natürlich«, sagte Månsson und sah noch immer überrascht aus. »Ich habe wirklich angeboten zu teilen, aber sie war fest entschlossen. Es war sozusagen ihr Abend, wo sie doch jetzt eine erwachsene, selbstständige Frau war und durchaus einen wie mich ins Restaurant einladen konnte, wenn sie Lust dazu hatte. Außerdem hat sie gesagt, dass sie sicher viel mehr Geld habe als ich, und da konnte ich ja nur zustimmen. Wir reden hier von einem Mädchen, das gerade achtzehn geworden ist.«

»Und dann sind Sie zu Ihnen gefahren und waren mit ihr

zusammen«, sagte Holt, die nicht vorhatte, eine so günstige Gelegenheit zu verpassen.

»Ja«, sagte Månsson. »Wir sind zu mir nach Hause gegangen und haben uns geliebt.«

»Erzählen Sie vom ersten Mal, wo Sie zusammen waren«, sagte Holt.

Sie hatten sich also geliebt. Es war nicht einfach nur Sex gewesen. Sie hatten einander geliebt. Dann hatte Månsson Wein angeboten, und sie hatten geredet und zusammen geschlafen und am nächsten Morgen gemeinsam gefrühstückt. Genauso war es gewesen, und die bloße Vorstellung, auf diese Weise darüber sprechen zu müssen, war entsetzlich für ihn. Er war in einer einfach unbegreiflichen Lage gelandet. Er hatte Linda nichts getan, er wäre nie im Leben auch nur auf diese Idee gekommen.

»Wissen Sie was«, fragte Anna Holt und schaute auf die Uhr. »Ich schlage vor, wir reden morgen weiter.«

»Er gibt zu, dass er Sex mit ihr hatte?«, fragte die Staatsanwältin, als sie und Anna Holt zusammen beim Mittagessen saßen.

»In dieser Hinsicht ist er nicht dumm«, meinte Holt.

»Und das andere? Die Gedächtnislücke am Freitag, dem 4.? Die hat er nicht zu füllen versucht?«

»Gegen Ende hat er einen halbherzigen Versuch unternommen, aber davon konnte ich ihn glücklicherweise abbringen«, sagte Holt.

»Du willst damit noch warten«, fragte die Staatsanwältin.

»Ich will warten, bis ich ihn in die Wohnung gebracht habe, wo es passiert ist«, sagte Holt. »Wenn ich weiß, was er an dem Tag, an dem er Linda erwürgt hat, sonst noch unternommen hat.«

»Dann ist es so weit?«

»Dann ist es so weit, und ich dachte, du könntest dabei sein«, sagte Holt.

»Hast du eine Ahnung, wie das alles enden wird«, fragte die Staatsanwältin.

»Sicher«, sagte Holt. »Ich weiß genau, wie das enden wird.«

»Willst du darüber sprechen?«

»Ich kann es für dich auf einen Zettel schreiben, wenn du versprichst, ihn erst zu lesen, wenn ich mit dem Menschen fertig bin.«

»Lass lieber. Das würde ich doch nie schaffen. Ich bin so eine, die heimlich die Papiere auf fremden Schreibtischen liest, sowie ich allein im Zimmer bin.«

»Mach ich auch«, sagte Anna Holt. »Das tun alle echten Polizisten. Nett, endlich einer Staatsanwältin über den Weg zu laufen, die es auch so hält.«

84

Am Mittwochmorgen wurde Bengt Månsson wegen des Verdachts, Linda Wallin ermordet zu haben, in Untersuchungshaft genommen. Die endgültige Mitteilung, dass am Tatort seine DNA gesichert worden sei, war bereits am Vortag vom Labor eingegangen. Trotzdem ließ Månsson durch seinen Verteidiger energisch bestreiten, diesen Mord begangen zu haben. Er hatte ansonsten keinen Kommentar, außer dass er unschuldig und die ganze Situation für ihn einfach unbegreiflich sei. Anna Holt war dem Haftprüfungstermin ganz bewusst ferngeblieben. Sie wollte das sich aufbauende Vertrauensverhältnis nicht stören. Månsson sollte sie in keinem unangenehmen Zusammenhang sehen. Im Gegenteil, er sollte denken können, sie sei vielleicht weggeblieben, weil sie nicht so recht glaube, was über ihn gesagt wurde. So einfach war das.

»Er hat sogar nach dir gefragt«, sagte die Staatsanwältin, als sie Anna Holt von der Verhandlung berichtete.

»Wie gut«, sagte Holt. »Darauf hatte ich gehofft.«

Nach dem Mittagessen holte sie ihn dann persönlich aus der Zelle ab. Sie fragte ihn außerdem, ob eine jüngere Kollegin beim Verhör zugegen sein dürfe.

»Aber wenn Sie das nicht wollen, muss es auch nicht sein«, sagte Holt rasch, als sie einen Schimmer von Zweifel in seinen Augen sah.

»Nein, ist schon gut«, sagte Månsson und schüttelte den Kopf. »Wenn es Ihnen recht ist, ist es mir auch recht.«

»Dann machen wir das so«, sagte Holt.

Das Verhör dauerte drei Stunden, und in dieser ganzen Zeit sagte Lisa Mattei nur drei Sätze. Mitten im Verhör stellte Månsson ihr plötzlich eine Frage.

»Entschuldigen Sie«, sagte Månsson. »Das klingt vielleicht reichlich komisch, aber sind Sie wirklich bei der Polizei?«

»Ja«, sagte Lisa Mattei und lächelte noch freundlicher als Holt. »Aber Sie sind nicht der Erste, der das fragt.«

»Sie sehen wirklich nicht aus wie eine Polizistin, wenn Sie verstehen, was ich meine«, sagte Månsson.

»Das weiß ich«, sagte Lisa Mattei. »Aber das liegt daran, dass ich einfach den ganzen Tag irgendwelche Unterlagen lese. Manchmal höre ich allerdings auch zu.«

Bengt Månssons Beziehung zu der vierzehn Jahre jüngeren Linda Wallin. Sie war soeben achtzehn geworden, er war zweiunddreißig, und diesen Altersunterschied gedachte Anna Holt mit keiner Silbe zu erwähnen. Nächste Woche vielleicht, wenn alles so lief, wie sie sich das erhoffte.

»Erzählen Sie von Ihrer Beziehung zu Linda«, sagte sie.

Von einer Beziehung könne seiner Meinung nach keine Rede sein. Die Unterschiede zwischen ihnen seien da doch zu groß gewesen. Sie hatten sich einfach getroffen. Vielleicht zwanzigmal in drei Jahren. Anfangs häufiger, später dann immer seltener. Er hatte sie zuletzt im Frühling gesehen, sie hatte ihn angerufen, um ihm zu erzählen, dass sie mit ihrem Freund

Schluss gemacht habe. Aber sicher. Er hatte Linda gern gemocht. Sehr gern sogar, und wenn er ganz ehrlich sein sollte,
dann war er vorübergehend sogar in sie verliebt gewesen. Anfangs jedenfalls, aber im Hinblick auf alles, was sie trennte,
hatte er ihr das nie gesagt.

»Ich habe den klaren Eindruck, dass Linda sehr verliebt in
Sie gewesen sein muss«, sagte Holt.

Das sei zweifellos der Fall gewesen, bestätigte Månsson, was
in diesem Zusammenhang aber eher ein weiteres Problem bedeutet habe. Einmal habe sie ihm sogar gestanden, dass sie
über ihn in ihrem Tagebuch schrieb, und als er das Tagebuch
erwähnte, sah Holt denselben Ausdruck in seinen Augen wie
in dem Moment, als sie gefragt hatte, ob Lisa Mattei beim
Verhör zugegen sein dürfe.

»Ich weiß«, sagte Holt. »Ich weiß, dass Sie sehr wichtig für
Linda waren«, wiederholte sie, ohne weiter darauf einzugehen, woher sie das wissen wollte. »Dann ist da noch etwas,
worüber ich nachgedacht habe«, sagte Holt ablenkend, denn
sie wollte das Thema Tagebuch so schnell wie möglich fallen
lassen. »Ich mochte bisher noch nicht darüber sprechen, aber
Sie können einfach Bescheid sagen, und dann reden wir über
etwas anderes.«

»Jaaa«, sagte Månsson. Plötzlich abwartend und auf der
Hut.

»Es ist wohl kein Geheimnis, aber jedenfalls habe ich den
Eindruck, dass Sie in Bezug auf Frauen ziemlich erfahren
sind«, sagte Holt und zuckte mit den Schultern. »Überaus erfahren sogar«, sagte sie und lächelte.

Månsson wusste, was Holt meinte, mochte das Wort aber
nicht. »Erfahren« sei ein hartes und zynisches Wort. In seinem
Vokabular fast ein Synonym für erschöpft. Månsson mochte
Frauen, hatte gern mit Frauen zu tun und war gern mit Frauen
zusammen. Enge männliche Freunde hatte er nie gehabt, und
sie hatten ihm auch nie gefehlt. Aber natürlich. Er war im

Laufe der Jahre mit vielen Frauen zusammen gewesen, wenn Holt das so genau wissen wolle. Er mochte Frauen, er fühlte sich in Gesellschaft von Frauen wohl. Frauen machten ihn glücklich und froh, und er fühlte sich bei ihnen geborgen, so einfach war das, und so komisch war das doch wohl nicht.

»Ich finde das überhaupt nicht komisch«, stimmte Anna Holt zu. »Ich verstehe genau, was Sie meinen, aber was mich hier interessiert, ist das mit Linda.«

»Sie meinen, dass sie keine besonderen sexuellen Erfahrungen haben konnte«, sagte Månsson.

»Genau«, sagte Holt. »Mir geht's hier um Sex. Ich meine, wie war das, wenn Sie Sex miteinander hatten, Sie und Linda?«

Ganz normaler Sex sei das gewesen, so Månsson, und überhaupt kein Problem mit einer wie Linda und wenn wir seine Gefühle für sie und ihre für ihn bedenken.

»Normaler Blümchensex«, fasste Holt zusammen.

»Wir waren zusammen, wie man das mit jemandem ist, den man mag und respektiert«, erklärte Månsson. »Aber von mir aus. Normaler Blümchensex, wenn Ihnen dieser Ausdruck lieber ist.«

Aber alle anderen, fragte Holt. Alle anderen, mit denen er zusammen gewesen war und die viel erfahrener gewesen waren als Linda Wallin. War es auch da nur zu normalem Blümchensex gekommen?

Nicht immer, so Månsson, aber solange es um freiwillige wechselseitige Aktivitäten zwischen verantwortungsbewussten Erwachsenen ging, war das doch kein Thema. Nicht bei Dingen, die beide wollten, und solange man einander nicht verletzte.

»Da können Sie jede Sexberatungskolumne in jeder Zeitung lesen, dann wissen Sie, was ich meine«, sagte Månsson.

»Ich weiß es genau«, sagte Holt. »Außerdem sitzen Sie ja nicht deshalb hier im Verhör.«

»Wie meinen Sie das?«

»Das, was Sie eben gesagt haben, über wechselseitige Aktivitäten zwischen verantwortungsbewussten Erwachsenen. Das sehe ich genau wie Sie. Was geht mich das schließlich an? Das ist doch Ihr Privatleben. – Wissen Sie was«, sagte Holt dann und schaute auf die Uhr. »Ich schlage vor, dass wir morgen weitermachen. Wir sitzen doch schon über drei Stunden hier.«

»Danke, dass ich dabei sein durfte«, sagte Linda Mattei und lächelte Bengt Månsson an. »Das war wirklich hochinteressant. Ich meine, was Sie über erfahren und erschöpft sein gesagt haben. Ich fand das wirklich sehr schön gesagt.«

»Ich danke Ihnen«, sagte Bengt Månsson.

»Na? Was sagst du zu meinem kleinen Bengt Axel«, fragte Holt, sowie sie und Mattei allein waren.

»Nicht mein Typ«, sagte Linda Mattei. »Aber natürlich. Ich bin sicher auch nicht sein Typ«, fügte sie hinzu und zuckte mit den Schultern.

»Wer ist denn sein Typ«, fragte Holt.

»Alle, wenn man ihm glauben darf.«

»Was sagst du da?«

»Niemand, außer ihm selbst natürlich«, sagte Lisa Mattei und schüttelte den Kopf. »Wenn du das Verhör ins Reine schreibst und Frau zum Beispiel mit Essen vertauschst, dann verstehst du, was ich meine. Einfach ein kleiner Vielfraß. Das ist er.«

»Und sonst noch?«, fragte Holt.

»Das Tagebuch«, sagte Mattei. »Von dem alle glauben, dass Lindas Vater es beiseitegeschafft hat.«

»Was machen wir, wenn das stimmt«, fragte Holt.

»Natürlich hat Lindas Vater es versteckt. Wir kriegen das nie, aber da Månsson ja offenbar annimmt, dass du es schon gelesen hast, ist es vielleicht auch das Beste, wenn wir es nicht finden«, sagte Mattei und sah ziemlich zufrieden aus. »Schlimmstenfalls könnte sonst auch sein Anwalt hineinschauen.«

»Worum macht er sich denn solche Sorgen«, fragte Holt.

»Anna«, sagte Mattei und seufzte. »Du musst dir doch denken können, worum er sich Sorgen macht.«

»Dass es in Lindas Tagebuch nicht nur um Blümchensex geht«, sagte Holt.

»Siehst du«, sagte Mattei. »Obwohl du hier mit einer redest, die selbst mit Blümchensex kaum Erfahrungen hat. Wozu brauchst du mich eigentlich?«

85

Inzwischen wussten alle, wer der Lindamann war. Viel zu viele glaubten auch, ihn persönlich zu kennen. Die Meisterdetektivin Öffentlichkeit arbeitete unter voller Besatzung in drei Schichten, und über die Schreibtische der Ermittlertruppe spülte eine Flutwelle von Tipps hinweg.

Zuerst meldete sich Månssons Dealer bei seinem Beichtvater bei der Drogenfahndung. Er war zwar normalerweise keiner, der seine Kunden verpfiff, aber Månsson war ja auch kein normaler Kunde mehr. Er war allerdings auch nie ein seltsamer Kunde gewesen. Hatte zweimal pro Jahr eingekauft, meistens Cannabis. Zudem war er ein schlechter Bezahler, und da der Dealer gerade eine Strafe von zwei Jahren und sechs Monaten erwischt hatte, könnte man sich vielleicht eine kleine Gegenleistung denken?

Ungefähr zu diesem Zeitpunkt brachte Knutsson in Erfahrung, wo Månsson die Kunst des Autoknackens erlernt hatte. Ein alter Kommilitone aus Lund rief an und erzählte, dass er und Månsson über mehrere Sommer hinweg in einem Erziehungsheim in Schonen gejobbt hätten. Außerdem sei Månsson praktisch veranlagt und technisch interessiert, obwohl er gar nicht so aussehe und gern das Gegenteil behaupte. Und unschlagbar sei er übrigens, wenn es um Frauen gehe. Aber das wüssten sie sicher schon?

Ansonsten riefen fast nur junge Frauen an. Mehr, als die Ermittler wünschen konnten, wollten gern ihre eigenen Erfahrungen mit Månsson loswerden. Noch mehr wollten erzählen, was sie von ihren Freundinnen gehört hatten. Eine dieser Gewährspersonen war besonders interessant. Sie hatte eine Freundin, die dankbar war, dass sie noch lebte. Diese Freundin hatte der Gewährsperson erzählt, dass sie am Donnerstagabend des 3. Juli mit Månsson zusammen gewesen sei. Aber sie habe begriffen, dass etwas mit ihm nicht stimmte, und ihn deshalb sitzen lassen.

Zwei Stunden darauf wurde sie von Knutsson und Sandberg vernommen, und wie schon so oft klang die Geschichte, die sie berichtete, teilweise ganz anders. Im Wesentlichen und rein polizeilich gesehen war sie auch sehr interessant. Außerdem stimmte sie mit den anderen Auskünften überein, die die Polizei eingeholt hatte.

Gegen zehn Uhr am Donnerstagabend hatte sie Månsson in seiner Wohnung im Fröväg draußen in Öster besucht. Sie war während des Sommers schon einige Male dort gewesen, und alles hatte angefangen wie immer. Auf Månssons Wohnzimmersofa. Und dann hatte sie plötzlich einfach nein gesagt.

»Ich weiß eigentlich gar nicht, warum«, sagte sie und sah Anna Sandberg an. »Plötzlich hatte ich keine Lust mehr.«

Und was er dann getan habe, wollte Sandberg wissen.

Zuerst habe er einfach weitergemacht, aber als sie sich zur Wehr gesetzt habe, habe er dann aufgehört.

Ob er gewalttätig geworden sei? Ihr gegenüber Gewalt angewandt habe?

»Nein«, sagte die Zeugin. »Er war einfach nur stocksauer. Wie ein kleines Kind.«

Und da die Zeugin inzwischen ebenso sauer gewesen war, hatte sie ihr Hemd nach unten gestreift, ihre Hose zugeknöpft, ihre Tasche genommen und war gegangen.

»Gott, wie schön«, sagte die Zeugin. »Wenn ich geblieben wäre, hätte er mich sicher auch noch erwürgt.«

Vermutlich ist es noch schlimmer, dachte Anna Sandberg. Wenn du dich verhalten hättest wie sonst, dann wäre Linda Wallin noch am Leben. Dann stellte sie die nahe liegenden Fragen nach Månssons sexuellen Vorlieben, und die Zeugin antwortete genau wie alle anderen Frauen, mit denen sie bereits gesprochen hatten.

Ein heiß begehrter Wanderpokal bei allen Frauen. Ergriff beim Sex gern die Initiative. Gut aussehend, stark, durchtrainiert, ein Stecher, ein Hengst, der alle Gangarten beherrschte. Brutal, wenn das gewünscht wurde, und sicherlich, wenn die Frau das wollte, den meisten Möglichkeiten und Vorschlägen gegenüber aufgeschlossen. Aber nicht gewalttätig, es ging ihm nicht darum zu verletzen, und schon gar nicht wollte er irgendwelche sadistischen Neigungen befriedigen.

»Das ist doch gerade so komisch«, sagte die Zeugin. »Ich habe ja nie durchschaut, dass er ein Sadist ist. Bei mir war er nie so«, fügte sie hinzu und schüttelte den Kopf.

Weil du ihm immer zu Willen warst und er deshalb nie Anlass zu Frust hatte, wenn er mit dir zusammen war, dachte Sandberg.

Du warst wohl einfach der falsche Typ, dachte Knutsson.

86

Dass Lisa Mattei auch bei Anna Holts viertem Verhör mit Månsson als Zeugin fungierte, war kein Zufall. Holt wollte jetzt ihrem Täter die Arme verdrehen, und sie brauchte Mattei, um den Schmerz zu mildern und ihm weniger deutlich werden zu lassen, was hier passierte. Matteis freundliche Art, ihr fröhliches Auftreten, ihr unschuldiges Aussehen, eine junge Frau, die als Frau für Månsson total uninteressant war, das machte sie für Holt perfekt.

»Gestern haben Sie erzählt, dass Sie mit Linda Blümchensex hatten«, begann Holt. »Dann haben Sie erwähnt, dass Linda in ihrem Tagebuch über Sie geschrieben hat.«

»Ja«, sagte Månsson mit wachsamem Blick.

»Es gibt keine Regel ohne Ausnahme«, sagte Holt. »Ich weiß, dass Sie und Linda Blümchensex hatten. Aber was war, wenn Sie das nicht hatten? Wenn Sie sich mit Sexspielen befasst, wenn Sie miteinander experimentiert haben? Erzählen Sie mir davon, und ich glaube nicht einmal, dass das besonders anstrengend für Sie ist.«

»Nein«, sagte Månsson. »Wieso auch? Das war wirklich nichts Besonderes. Das machen doch alle normalen Menschen mindestens einmal, wenn sie Sex miteinander haben.«

Ganz so einfach schien es aber doch nicht gewesen zu sein, denn es dauerte gut zwei Stunden, bis Anna Holt ihm das Geständnis entlockt hatte, dass er einige Male vor dem Beischlaf Lindas Hände gefesselt hatte. Was in seiner und Lindas sexueller Praxis eine lange Wanderung bedeutet hatte, wenn man ihm denn glauben durfte.

Linda war sexuell nicht gerade erfahren gewesen. Vor ihrem ersten Mal mit Bengt Månsson hatte sie vier Sexualpartner gehabt. Beim allerersten Mal war sie vierzehn und nicht einmal betrunken gewesen. Sie hatte es einfach hinter sich bringen wollen. Ihre sämtlichen Expartner waren in ihrem eigenen Alter gewesen. Mit keinem hatte sie jemals einen Orgasmus gehabt. Beim Onanieren schon. Beim ersten Mal war sie sechzehn gewesen und hatte sich genau an die Anleitung gehalten, die in der bekanntesten Sexberatungskolumne in der Sonntagsbeilage der größten Abendzeitung erteilt worden war. Das alles hatte sie Bengt Månsson erzählt. Dem ersten richtigen Liebhaber in ihrem Leben.

Mit Bengt Månsson war sie immer zum Orgasmus gekommen. In der Regel mehrmals bei jedem Zusammensein. Schon beim zweiten Treffen war ihr das beim ganz normalen Beischlaf passiert. Was für die meisten doch schwer war, vor allem anfangs, und dabei hatte er eine Entdeckung gemacht.

»Ich habe gemerkt, dass sie ganz fest angepackt werden wollte, wenn es bei ihr losging«, erklärte Månsson.

Bei den ersten Malen war es dabei geblieben. Dann hatte Linda selbst Vorschläge gemacht, und das, ohne etwas zu sagen. Sie hatte in seinem Bett auf dem Rücken gelegen. Sie hatten bereits einmal miteinander geschlafen. Er hatte sie gestreichelt. Plötzlich hatte sie den Gürtel seines Bademantels genommen, ihm den gereicht und ihm die aneinandergepressten Handgelenke hingehalten. Sehr vorsichtig hatte er ihr den Gürtel um die Handgelenke gebunden und sie dann mit den Händen über dem Kopf ans Bettende gefesselt. In vollständigem Schweigen, vollständiger Übereinstimmung, vollständigem Vertrauen von Lindas Seite und mit zwei plötzlich freien Händen für ihren Liebhaber Bengt Månsson.

»Natürlich macht das einen Unterschied«, sagte Månsson. »Beim Orgasmus geht es doch um Stimulanz. Um physische und psychische Stimulanz«, fügte er hinzu.

Sie gefesselt? Sicher. Sie geschlagen? Nie. Sie gequält, ohne sie zu schlagen? Nie. Kein einziges hartes Wort war gefallen, so Månsson. Das mochte Linda nämlich nicht. Sie wollte den Weg des Schweigens gehen, der Verschlossenheit, der geheimen Intimität.

»Verantwortungsfreier Sex, ganz einfach«, erklärte Månsson. »Man macht, was man will, worüber man aber nicht zu sprechen wagt, und eigentlich ist man es gar nicht selbst, wenn man es macht.«

»Sie haben Sie nie Ihre kleine Nutte genannt«, fragte Holt aus irgendeinem Grund.

Nie, so Månsson. Einige Male hatte er sie als unartiges kleines Mädchen oder so ähnlich bezeichnet, aber das war immer als Scherz gemeint, mit einem Lächeln auf den Lippen, und Linda hatte immer verstanden, dass es nur ein Spiel sein sollte.

»Sie haben nur so getan, als ob«, sagte Holt.

»Wenn Ihnen das lieber ist«, sagte Månsson, und seine Stimme klang plötzlich starr.

»Was sagst du dazu, Lisa«, fragte Holt nach dem Verhör.

»Seufz«, sagte Mattei. »Warum fragst du eine Beinaheunschuld nach so was? Warum glaubst du, dass so viele ganz normale Frauen starken Männern nachlaufen? Und warum sie fast immer im Bett von Typen wie Månsson landen? Månsson ist ja wohl kein Mann. Der ist fast nicht mal ein Mensch.«

»Was ist er dann«, fragte Holt.

»Eine Art sexueller Instrumentalist, wenn du mich fragst. Ich meine ... wie toll kann es sein zu erfahren, dass psychische und physische Stimulanzien beim Sex wichtig sind? Wie unerfahren muss man denn sein, um nicht zu begreifen, dass genau das seine Masche ist? Und wie scharf bist du noch, wenn du entdeckst, was da läuft?«

»Klingt nicht gerade toll«, stimmte Holt zu.

»Das Interessante, wenn du mich fragst, und außerdem der einzige Grund, warum wir hier sitzen und Herrn Månsson zuhören, ist wohl das, was in der Situation, der er sich fast nie zu stellen brauchte, weil die Mädels ihm immer seinen Willen getan haben, in seinem Kopf abläuft?«

»Und welche Situation ist das?«, fragte Holt.

»Die folgende«, sagte Mattei. »Er ist von Anfang an frustriert. Jetzt hat er nur einen Gedanken. Abspritzen und vergessen, wie viele Jungs das so romantisch ausdrücken. Aber die, mit der er zusammen ist, durchschaut ihn und will nicht mehr mitmachen. Und er selbst kapiert, dass sie ihn durchschaut. Und so fühlt er sich also auch noch lächerlich.«

»In dieser Situation ist Bengt Månsson vermutlich kein angenehmer Gesellschafter mehr«, meinte Anna Holt.

»In dieser Situation erwürgt er Linda Wallin, und das wird er niemals zugeben.«

»Nicht einmal sich selbst gegenüber?«

»Nicht einmal dir oder mir gegenüber«, sagte Mattei.

»Hast du einen Tipp?«, fragte Holt.

»Reiß ihn in Stücke«, riet Mattei und lächelte hold. »Dann wird er es zwar auch nicht zugeben, aber ich würde es zu schätzen wissen. Ich glaube, mir ist noch nie ein so egozentrischer, langatmiger und einfältiger Mörder über den Weg gelaufen wie er.«

87

Geduld, Genauigkeit und Kreativität zeichneten nicht nur Lewin aus, sondern auch seine engsten Mitarbeiter. Deshalb war ihre erste Darstellung von Bengt Månssons Hintergrund bereits fünf Tage nach seiner Festnahme fertig.

Fünfunddreißig Jahre alt. Geboren im Allgemeinen Krankenhaus von Malmö, an einem schönen Sonntagmorgen im Mai, als der Sommer zum ersten Mal in diesem Jahr Anstalten machte, sich in Schonen dauerhaft einzurichten. Das erste Kind einer alleinstehenden Mutter von dreißig Jahren, Vater unbekannt. Möglicherweise ließ sich dadurch auch der vage ethnische Hinweis im DNA-Profil des damals noch unbekannten Täters erklären, das ihnen solche Probleme gemacht hatte und das Lewin immer noch im Kopf herumspukte.

An der Mutter schien ansonsten nicht viel auszusetzen zu sein. Sie kam aus einer Bauernfamilie bei Ängelholm, und die Verwandten, mit denen sie gesprochen hatten, schilderten sie als hübsch und fröhlich, patent und außerdem geschäftstüchtig. Mit zwanzig war sie nach Malmö gegangen, und schon zehn Jahre später war sie eine erfolgreiche Geschäftsfrau gewesen, mit eigenem Friseur- und Schönheitssalon mitten in Malmö, in bester Geschäftslage und mit einer wachsenden

500

Zahl von Angestellten. Den unbekannten Vater hatte sie nach Aussage ihrer älteren Schwester im Sommerurlaub auf den Kanarischen Inseln kennengelernt, mehr jedoch konnte Bengt Månssons Tante nicht über diesen Mann berichten.

Immerhin hatte sie den Kollegen aus Malmö, die sie vernommen hatten, Bilder von ihm gezeigt. Von Bengt Månsson als reizendem kleinen Knaben, vom Abiturienten Jahre später, als er sich in einen sehr schönen jungen Mann verwandelt hatte. Ungefähr wie die Filmhelden früherer Zeiten, wenn auch ohne Schnurrbart. Die Tante fand das, was geschehen war, einfach unbegreiflich, und der einzige Trost in ihrem Elend war ihre Überzeugung, dass sich bald herausstellen würde, dass der Polizei ein entsetzlicher Irrtum unterlaufen sei.

Als Bengt fünf Jahre alt war, lernte seine Mutter einen neuen Mann kennen. Fünfzehn Jahre älter als sie. Netter, erfolgreicher Geschäftsmann und seltsamerweise noch immer Junggeselle. Ein Jahr darauf war die Mutter frisch verheiratet, und Bengt hatte einen Halbbruder und war von seinem neuen Papa adoptiert worden. Die Familie zog in eine vornehme, teure Villa in Bellevue am Stadtrand von Malmö. Die Mutter verkaufte den Salon mit großem Profit und wurde Hausfrau, während sie zugleich von zu Hause aus für eine deutsche Firma Haarpflegeprodukte und Kosmetika verkaufte.

Rücksichtsvolle, freundliche Menschen, wie es aussah. Respektable Mittelklasse. Keine Klagen von Nachbarn, Schule, Sozialbehörden oder Polizei. Weder über Bengt noch über irgendein anderes Familienmitglied. Bengt hatte auf der Grundschule gute und auf dem Gymnasium überdurchschnittlich gute Zeugnisse. Er war körperlich fit, ohne sich sonderlich für Sport zu interessieren, die Mitschüler mochten ihn, er hatte jedoch keine engen Freunde. Und alle Mitschülerinnen schwärmten schon in der ersten Grundschulklasse für ihn.

Seinen Wehrdienst hatte er nicht abzuleisten brauchen, und dazu hatte er nicht einmal irgendwelche medizinischen Gründe vorbringen müssen. Nach einem Sabbatjahr, in dem er sich offenbar vor allem mit seinen gleichaltrigen Bekannten amüsierte, während er als Hausmeister in Papas Firma einen kleinen Monatslohn kassierte, ging er auf die Universität nach Lund. Nach vier Jahren machte er ein Examen von der sanfteren Sorte und gemischten Inhalts. Film- und Theaterwissenschaft, Philosophie, Literaturwissenschaft. Er engagierte sich in der Unitheatergruppe, im Vereinsleben und bei allerlei anderen Aktivitäten, die mit den lustigeren Seiten des Studentenlebens in Lund zusammenhingen. Und alle Studentinnen, die ihm über den Weg liefen, verliebten sich offenbar auf den ersten Blick in ihn.

Im Herbst des Jahres, in dem er sein Examen gemacht hatte, war seine Mutter an Krebs gestorben, und anders als die meisten anderen Krebskranken hatte sie das innerhalb eines Monats nach Erhalt der Diagnose getan. Am Tag vor dem Heiligen Abend desselben Jahres war sein Adoptivvater plötzlich an einem schweren Herzinfarkt verschieden, zwischen dem zwölften und dreizehnten Loch auf der noch immer schneefreien Golfbahn von Ljunghusen.

Bengt und sein Halbbruder verkauften die Villa und alles Übrige. Sie begruben ihre Eltern, bezahlten die Schulden und teilten den Rest. Der übrigens um einiges geringer war, als sie offenbar erwartet hatten, was möglicherweise zu der Tatsache beitrug, dass die beiden Halbbrüder seit dem Tod der Eltern keinen Kontakt mehr gehabt zu haben schienen. Nach seinem Examen in Wirtschaftswissenschaften war Bengt Månssons Halbbruder sofort nach Deutschland gegangen. Seit fünf Jahren arbeitete er als Controller bei einer Tochterfirma eines schwedischen Forstkonzerns. Er war mit einer Deutschen verheiratet und wohnte in der Nähe von Stuttgart. Der Bruder hatte sich geweigert, mit der Polizei zu sprechen, als sie ihn angerufen hatten, um ihn zu seinem Bruder zu befragen. Und alle anderen Familienangehörigen waren tot oder wollten nichts mit Bengt Månsson zu tun haben.

Mit fünfundzwanzig Jahren wurde er von der Kulturverwaltung Malmö als Projektassistent angestellt. Im Sommer lernte er die Tochter des Flugkapitäns kennen, die gerade eine Vertretungsstelle beim Bodenpersonal auf dem Flugplatz Sturup innehatte. Er bewarb sich um die Stelle des Projektleiters bei der Kulturverwaltung von Växjö und zog nach seiner Einstellung sofort mit der Flughafenangestellten in eine Wohnung, die sein angehender Schwiegervater für die beiden besorgt hatte. Ein gutes Jahr darauf hatten sie eine Tochter. Ein weiteres Jahr darauf trennten sie sich. Er suchte sich eine neue Wohnung im Fröväg und wohnte noch immer dort.

Alleinstehend, mit Besuchsrecht bei der inzwischen sieben Jahre alten Tochter, die er in den letzten Jahren immer seltener gesehen hatte. Monatseinkommen vor Abzug der Steuern fünfundzwanzigtausend Kronen. Führerschein, aber kein Auto. Keine Schulden oder Steuerrückstände. Nicht vorbestraft. Nicht einmal eine Strafe wegen Falschparkens. Und alle jungen Frauen, die ihm über den Weg liefen, schienen ihn zu lieben.

Mit fünfunddreißig Jahren und drei Monaten hatte er Linda Wallin in der Wohnung ihrer Mutter mitten in Växjö vergewaltigt und erwürgt. Damit hatte er der Polizei einen Grund gegeben, sein Leben bis zur Festnahme zusammenzustellen und jene Aktennotiz zu verfassen, die von Polizisten in Jan Lewins Generation als »kleine Täterbiografie« bezeichnet wurde.

Anna Sandberg hatte die Tochter des Flugkapitäns vernommen, die Bengt Månssons einzigartigen sexuellen Appetit bezeugen konnte. Wenn auch nur zu Anfang. Da hatte er sozusagen in jedem wachen Moment Sex mit ihr haben wollen. Aber kaum waren sie zusammengezogen und sie war schwanger geworden, hatte er sie kaum noch berührt. Stattdessen hatte er mit allen anderen geschlafen, und sowie ihr das aufgegangen war, hatte sie mit ihm Schluss gemacht.

Als Antwort auf eine direkte Frage. Nein, er war ihr gegenüber nie gewalttätig geworden. Abgesehen von der Häufigkeit hatte es bei ihnen ganz normalen Sex gegeben. Bengt Månsson war der »heißeste Typ und der charmanteste Gauner«, der ihr in ihrem ganzen Leben über den Weg gelaufen war, und was er vor etwas über einem Monat gemacht hatte, konnte sie einfach nicht verstehen. Was ihr außerdem Sorgen bereitete, war etwas ganz anderes, und dabei ging es vor allem um ihre siebenjährige Tochter. Sie hatten den Schuleintritt bereits verschoben, und gerade an diesem Morgen hatten sie und ihr Mann beschlossen, von Växjö fortzuziehen.

Die Abendpresse hatte ihr Geld und Prominenz angeboten, wenn sie über ihr Leben mit dem Mörder berichtete, außerdem darüber, wie es war, die Mutter seines einzigen Kindes zu sein, eines Mädchens von sieben Jahren noch dazu. Der bestialische Frauenmörder, der eine kleine Tochter hatte. Was sie aber letztendlich zu dem Entschluss bewogen hatte, Växjö zu verlassen, waren nicht die Schlagzeilenjäger der Abenddrachen gewesen, sondern die Redakteurin der Familienseite von Dagens Nyheter. Die wollte nämlich über dieses Thema eine große, grundsätzliche und einfühlsame Reportage machen. Wie sie, ihr neuer Mann und die Tochter zum Opfer der medialen Sensationsgeilheit geworden waren. Wie sie die Einschulung der Tochter verschoben hatten, wie es die Kleine gefühlsmäßig beeinflusste zu wissen, dass ihr »richtiger Papa« ein Mörder war. Über ihre Umzugspläne, und ob sie vielleicht sogar einen neuen Namen und eine neue Identität beantragen wollten. Und da hatten sie und ihr Mann sich zum Umzug entschlossen und die Interviewanfrage sofort abgelehnt.

Am Freitag hatten Anna Sandberg und eine Kollegin von der Polizei Växjö Lindas Mutter in ihrem Sommerhaus beim Åsnen-See vernommen.

Dabei war nicht viel herausgekommen. Lindas Mutter hatte unter Schock gestanden. Der Schock, den sie bei der Nachricht von Lindas Ermordung erlitten hatte, war nach etwas über einem Monat in einen sogenannten posttraumatischen Schockzustand übergegangen. Rechtzeitig vor dem nächsten

Schock, als die Polizei den Mörder ihrer Tochter festgenommen hatte und ihr ihre eigene Rolle in diesem Zusammenhang bewusst geworden war. Jetzt war sie krankgeschrieben, nahm starke Beruhigungsmittel, hatte fast jeden Tag einen Termin mit ihrem Psychiater und wurde die ganze Zeit von ihrer besten Freundin beaufsichtigt.

Sie hatte nicht vor, jemals wieder einen Fuß in die Wohnung in Växjö zu setzen, aber was sie damit anfangen sollte, hatte sie sich noch nicht überlegen können. Besonders leicht verkäuflich dürfte die nicht sein. Sie war inzwischen den Zeitungslesern, Radiohörern und Fernsehkonsumenten im ganzen Land als die »Mordwohnung« bekannt. Die Nachbarn teilten sich in zwei Gruppen. Die einen versuchten, durch das Fenster in die Wohnung zu blicken, wenn sie sich vorbeischlichen. Die anderen machten einen großen Bogen um das Haus. Sie hatte schon einen anonymen Brief von jemandem aus der Nachbarschaft bekommen, der sich Sorgen machte, dass seine eigene Wohnung an Wert verlieren könnte, und der sie dafür verantwortlich machte. Aber das war ihre geringste Sorge.

Sie hatte vor mehr als drei Jahren zuletzt mit Bengt Månsson gesprochen. Danach hatte es keinerlei Kontakt mehr gegeben. Sie hatte einfach nichts mehr mit ihm zu tun haben wollen, und er hatte nicht den geringsten Versuch unternommen, sie zu treffen. Sie hatte die Beziehung beendet, sowie sie festgestellt hatte, dass es keine wirklichen gemeinsamen Interessen gab und er sich eigentlich auch nicht für sie interessierte. Ansonsten hatte sie dieselbe Geschichte erzählt wie er. Wie sie sich kennengelernt hatten, wie lange sie miteinander zu tun gehabt hatten, wo sie sich getroffen hatten. Anna Sandberg hatte keine eindringlicheren Fragen nach ihrer sexuellen Beziehung gestellt. Sie hatte nicht einmal mit dem Gedanken gespielt, das zu tun.

Dass ihre Tochter sich ebenfalls mit Bengt Månsson getroffen hatte, hatte Linda ihr erzählt. Einige Jahre später, in dieser schweren Zeit in ihrem und in Lindas Leben, als Linda zu ihrem »angebeteten Papa« gezogen war, hatte Linda ihr das bei einer ihrer vielen Streitereien an den Kopf geworfen. Nicht, dass sie miteinander geschlafen hatten, was die Mutter sich ohnehin schon gedacht hatte, sondern nur, dass Linda sich mit ihm traf. Am nächsten Tag hatte Linda angerufen und um Entschuldigung gebeten. Es sei so etwas gewesen, das man halt sagt, wenn man wütend ist, sie habe das aber nicht ernst gemeint, hatte Linda behauptet. Die Mutter hatte versucht, diesen Gedanken zu verdrängen. Jetzt bereute sie zutiefst, dass sie nicht sofort zu Bengt gefahren war und ihn totgeschlagen hatte.

»Es ist meine Schuld, was passiert ist«, sagte sie und starrte mit leerem Blick vor sich hin. Zugleich nickte sie, wie um das Gesagte zu bekräftigen.

Anna Sandberg beugte sich über den Tisch. Nahm Lottas Arme und drückte zu, um ihre Aufmerksamkeit zu erregen.

»Hör mir jetzt zu, Lotta«, sagte Anna Sandberg. »Hörst du mir zu?«

»Ja.«

»Gut«, sagte Anna Sandberg und hielt ihren Blick fest. »Was du da eben gesagt hast, ist ebenso dumm, als wenn du gesagt hättest, Linda sei an ihrer Ermordung schuld gewesen. Hast du gehört?«

»Ja, ich habe es gehört. Ich habe es gehört«, wiederholte sie, als der Zugriff sich verstärkte.

»Bengt Månsson hat Linda ermordet. Niemand sonst. Es ist seine Schuld. Ganz und gar. Und nur seine. Du und Linda, ihr seid seine Opfer.«

»Ich habe es gehört«, wiederholte Lotta Ericson.

»Gut«, sagte Anna Sandberg. »Und sieh zu, dass du es auch verstehst. Es ist nämlich die Wahrheit. So ist es passiert, und deshalb ist es passiert.«

Danach waren Anna Sandberg und ihre Kollegin zurück zur Wache nach Växjö gefahren. Keine hatte sich wohlgefühlt in ihrer Haut. Aber im Vergleich zu der, die sie eben verlassen hatten, ging es ihnen glänzend.

»Ich könnte den Arsch umbringen«, sagte Anna Sandberg, als sie den Wagen in die Garage fuhr.

»Sag Bescheid, wenn du Hilfe brauchst«, sagte ihre Kollegin.

Knutsson und Thorén hatten die erfolglose Jagd nach dem Tagebuch und anderen Auskünften über die Person des Opfers fortgesetzt. Sie sprachen zuerst mit Lindas Freundinnen und brachten auf diese Weise allerlei Auskünfte und Unterlagen zusammen. Am Ende suchten sie ihren Vater auf seinem Anwesen auf, und das lief so gut wie bei ihren Kollegen, die schon einmal über dieses Thema mit ihm gesprochen hatten.

Henning Wallin wusste von keinem Tagebuch. Natürlich hatte er sich darüber Gedanken gemacht – das hatte sich ja nicht vermeiden lassen, so wie die Polizei ihm deshalb zusetzte –, aber das Einzige, was er anbieten konnte, waren seine eigenen Überlegungen zu diesem Thema.

»Dann erzählen Sie«, sagte Knutsson.

In der Welt, in der Henning Wallin lebte, war ein Tagebuch das Privateste, was es in einem Menschenleben überhaupt gab. Und das galt noch viel mehr für einen jungen Menschen und am allermeisten für eine junge Frau. Wie zum Beispiel seine Tochter. Wenn es in ihrem Leben nun ein Tagebuch gegeben hatte, dann war das ganz sicher der Ort, an dem sie den ununterbrochenen Dialog geführt hatte, den jeder denkende und fühlende Mensch über sein Leben, seine Gefühle, sein Gewissen mit sich führte. Dem Tagebuch hatte sie ihr Allerprivatestes anvertraut, und das ebendeshalb, weil es zwischen ihr und ihr selbst bleiben sollte.

»Können Sie das verstehen«, fragte Wallin und sah erst Knutsson und dann Thorén an.

»Ich verstehe«, sagte Knutsson.

»Wir haben schon verstanden«, sagte Thorén.

»Gut«, sagte Wallin. »Und wenn die Herren mich nun entschuldigen würden.«

»Hat er es wohl weggeworfen oder einfach nur versteckt«,
fragte Thorén, als sie zur Wache am Oxtorg zurückfuhren.

»Jedenfalls hat er es gelesen«, sagte Knutsson.

»Um festzustellen, ob etwas drinsteht, das zum Täter führt«,
sagte Thorén.

»Und als er nicht fündig wurde, hat er es vermutlich weggeworfen. Oder wohl eher verbrannt«, sagte Knutsson.

»Bestimmt verbrannt«, meinte Thorén. »Das ist keiner, der
irgendwas wegwirft. Allerdings neige ich zu der Annahme,
dass er es einfach an einem sicheren Ort versteckt hat.«

»Warum glaubst du das«, fragte Knutsson.

»Weil er keiner ist, der irgendwas wegwirft«, sagte Thorén.
»Aber natürlich ...«

» ...sicher kann man nie sein«, stimmte Knutsson zu.

88

Das fünfte Verhör, das Anna Holt mit Bengt Månsson abhielt, dauerte fast den ganzen Tag. Lisa Mattei war anwesend,
und genau wie bisher machte sie kaum den Mund auf. Sie saß
einfach da und lauschte mit freundlichem Lächeln und milden
Augen. Holt hatte wie üblich mit einem anderen Thema begonnen, als Månsson erwartet hatte. Vor allem nach dem Vortag,
und der einzige Grund war, dass es mit dem, worum es am Vortag gegangen war, keine Eile hatte. Im Gegenteil wäre es ganz
hervorragend, wenn er über das Wochenende in aller Einsamkeit über seine Kontakte zu Linda Wallin nachdenken könnte.

»Erzähl von dir, Bengt«, fing Holt an, beugte sich vor, stützte
die Ellbogen auf, lächelte und nickte zum Beweis dafür, wie
groß ihr Interesse war.

»Von mir«, sagte Månsson überrascht. »Was hat das denn
mit dem Fall zu tun?«

»Wie war deine Kindheit«, fragte Holt.

»Wie meinst du das?«

»Fang mit dem Anfang an«, schlug Holt vor. »Mit deiner allerersten Erinnerung.«

Bengt Månsson zufolge stammte seine früheste Kindheitserinnerung aus seinem siebten Lebensjahr, als er eingeschult worden war. Aus der Zeit davor hatte er einfach keine Erinnerungen. Seine Mutter und ihre Verwandten hatten ihm zwar oft genug erzählt, was er als kleines Kind angeblich alles gesagt und getan hatte, aber in seinem eigenen Kopf war alles leer.

»Ich weiß nicht, warum, aber so ist es jedenfalls«, erklärte Månsson und zuckte mit den Schultern.

Von Schulbeginn an waren jedoch Erinnerungen vorhanden. Allerdings war nichts Besonderes dabei. Einfach nur Erinnerungen. Etliche waren gut, fast alle waren uninteressant. Manche waren weniger gut, aber über die wollte er lieber nicht sprechen. Und die Frage verstand er übrigens nicht. Was hatten seine Kindheitserinnerungen mit seiner aktuellen Situation zu tun?

Auch über seine Eltern wollte er nicht reden. Die waren seit vielen Jahren tot, und was vorher zwischen ihm und den Eltern passiert war, wollte er hier nicht erwähnen. Aber eins wollte er klarstellen. Er kannte nur einen Elternteil, nämlich seine Mutter. Er hatte keine Ahnung, wer sein eigentlicher Vater gewesen war, und ziemlich früh im Leben hatte er eingesehen, dass es keinen Sinn hatte, seine Mutter danach zu fragen. Außerdem hatte er einen Adoptivvater, über den er nicht sprechen wollte und den er mit aller Kraft aus seinem Bewusstsein zu tilgen versuchte.

»Du besuchst nicht einmal ihre Gräber«, fragte Holt.

»Das Grab meiner Mutter, meinst du«, korrigierte Månsson.

»Das Grab deiner Mutter«, wiederholte Holt.

»Niemals«, antwortete Månsson.

Und wie verhielt es sich mit dem Grab des Adoptivvaters?

»Du meinst, ich sollte hingehen, um Druck abzulassen«, fragte Månsson und grinste.

»Wie meinst du das«, fragte Holt.

»Um seinen Grabstein anzupissen«, erklärte Månsson.

»Erzähl, warum du so etwas tun solltest«, sagte Holt. »Hat er dich schlecht behandelt?«

Månsson hatte nicht vor, darüber zu sprechen. Nicht mit Holt, nicht mit irgendeinem anderen Menschen.

»Sag das nicht«, sagte Holt. »Vielleicht kann ich dir helfen.«

Wie sollte sie Månsson helfen können, wenn es um den Adoptivvater ging? Der war doch schon tot. Was könnte eine wie Holt denn mit ihm machen? Ihn in den Knast stecken ja wohl kaum. Dass sie und ihre Kollegen ihn, Månsson, in Stücke reißen konnten, hatte er ja schon begriffen, aber über die Toten hatten sie doch wohl keine Macht?

Anna Holt machte drei Versuche. Näherte sich aus unterschiedlichen Richtungen. Ließ sich Zeit. Das Ergebnis blieb immer das gleiche. Entweder hatte er keine Erinnerungen, oder er wollte nicht darüber sprechen.

»Wenn du das sagst, bekomme ich den Eindruck, dass es etwas gibt, was du mir über deine Eltern und vor allem über deinen Adoptivvater gerne erzählen würdest. Ich schlage vor, du überlegst dir die Sache«, sagte Holt und nickte.

»Was hat uns das gebracht«, fragte sie Mattei, sowie sie Månsson im Arrest abgeliefert hatten.

»Er benutzt dich, um die Geschichte zu testen, die er dann anderen erzählen wird«, meinte Mattei.

Woher Mattei das wisse? Weil sie schon nach Holts erster Frage und Månssons erster Antwort begriffen hatte, was er drei Stunden später auf die letzte Frage antworten würde.

»Das höre ich ja gern«, sagte Anna Holt. »Vielleicht reicht es, wenn ich in Zukunft nur noch mit dir rede.«

»Wenn ich du wäre, würde ich mich geschmeichelt fühlen«, sagte Mattei. »Warum sollte er riskieren, dass du seine Geschichte jetzt schon ruinierst? Die hebt er sich doch besser für die Weißkittel auf. Bei denen braucht er sich keine Sorgen zu machen, dass sie durch die Gegend rennen und Leute fragen, die möglicherweise dabei gewesen sind. Um festzustellen, ob er die Wahrheit sagt.«

»Du traust ihm doch nicht so viel List zu?«

»Er ist nicht sonderlich listig«, sagte Mattei. »Aber er weiß genau, wie man Mädels anlügt. Wie man sich angesichts einer misstrauischen Kundin verkauft. Das ist seine Spezialität.«

»Und ich bin einfach eine dusselige Tusse«, sagte Holt und lächelte.

»Nicht für Bengt Månsson«, sagte Mattei und schüttelte ihr blondes Haupt. »Für ihn bist du eine clevere Tusse. Eine gefährliche Tusse.«

»Aber trotzdem wird er zwischen meinen Beinen landen«, sagte Holt.

»Das darfst du so nicht sagen, Anna«, sagte Mattei und seufzte. »Dazu bist du zu gut. Ich meine nur, dass er im tiefsten Herzen absolut überzeugt davon ist, dass er am Ende auch dich aufs Kreuz legen wird. Rein bildlich gesprochen, meine ich.«

»Das glaubt er also«, sagte Holt düster.

»Wie könnte er denn etwas anderes glauben«, fragte Mattei.

Nachmittags hatte Månsson sich mit Hilfe des Personals bei Anna Holt gemeldet. Er müsse noch einmal mit ihr sprechen. Es sei wichtig. Innerhalb einer Viertelstunde, nachdem sie das erfahren hatte, saß Anna Holt in seiner Zelle. Es ging Månsson sehr schlecht. Außerdem begriff er nicht, warum. Plötzlich litt er unter heftiger Angst und verstand nicht so recht, was in seinem Kopf passierte. Als er kurz vor Holts Eintreffen zur Toilette gegangen war, hatte ihn der Schwindel übermannt, und er war umgefallen.

»Ich sorge dafür, dass du mit einem Arzt sprechen kannst«, sagte Holt.

»Ja bitte«, sagte Månsson.

Auf dem Weg nach draußen erkundigte sich Holt beim Personal.

»Wie geht's Månsson eigentlich?«

»Was hast du mit dem denn gemacht«, fragte der Kollege und lächelte strahlend. »Als er vorhin aufs Klo wollte, schien er total weggetreten. Und lag auf der Nase, ehe ich ihn packen konnte.«

»Und was hältst du davon?«

»So gut hab ich das noch nie gesehen. Die Ohnmachtsnummer, meine ich. Hat den Oscar für die beste männliche Hauptrolle verdient.«

Als sie dann zum Hotel gehen wollte, entdeckte Anna Holt am Schwarzen Brett einen Zettel, der eigentlich nichts mit ihrer Ermittlung zu tun hatte.

Es war eine Seite aus einem Vernehmungsprotokoll, und es ging um die Journalistin, die Bäckström wegen sexueller Nötigung angezeigt hatte.

Der Kollege aus Växjö, der die Geschädigte vernommen hatte, war offenbar kein Anfänger. Unter anderem schien er genau zu wissen, welches Gewicht Staatsanwaltschaft und Gericht auf den Unterschied zwischen nachlässiger oder auch nur unvollständiger Bekleidung und jener Nacktheit legen, die zu sexuellen und unsittlichen Zwecken vonnöten ist.

»Haben Sie gesehen, ob er eine Erektion hatte, als er das Handtuch fallen ließ?«, fragte der Vernehmungsleiter.

Die Geschädigte war sich da nicht sicher. Einerseits hatte sie nicht so genau hingeschaut. Andererseits hatte sie ihn angeschrien, er solle sich anständig benehmen.

»Aber etwas müssen Sie doch gesehen haben«, beharrte der Vernehmungsleiter, der wusste, dass dieses Detail von entscheidender Bedeutung sein würde, wenn es ihr gelänge, sich durch das enge Nadelöhr in den Gerichtssaal zu zwängen.

»Sah aus wie eine ganz normale Knackwurst«, sagte die Geschädigte. »Wie eine vergrätzte Knackwurst.«

Nett für Bäckström, dachte Anna Holt, knüllte den Zettel zusammen und warf ihn in den Korb für den Reißwolf.

»Geschieht ihm recht«, kicherte Mattei auf ihre unbarmherzige Weise, als sie und Anna Holt bei einem Glas Wein in der Hotelbar saßen und die Bilanz der vergangenen Woche zogen.

»Ja«, sagte Holt und seufzte. »Ab und zu frage ich mich, was mit mir nicht stimmt. Er hat mir doch wirklich ein bisschen leidgetan. Stell dir das vor, Lisa. Bäckström hat mir leidgetan!«

»Da ließe sich Abhilfe schaffen, Anna«, sagte Mattei mit strengem Blick. »Wenn du willst, hänge ich den Zettel wieder hin. Gib denen auch nur einen Millimeter, und sie verschlucken dich mit Haut und Haaren.«

»Aber Johansson nicht«, sagte Holt aus irgendeinem Grund.

»Niemals mein Lars Martin«, stimmte Mattei zu.

89

Inzwischen träumte Jan Lewin jede Nacht. Fast alle Nächte träumte er von dem Sommer vor fast fünfzig Jahren, in dem er sein erstes richtiges Fahrrad bekommen und sein Vater ihm Rad fahren beigebracht hatte. Aber er träumte nicht von dem Rad, nicht von seinem roten Crescent Valiant, sondern von dem Sommer und dem Tag, an dem sein Vater plötzlich in die Stadt hatte fahren müssen.

Der Vater fuhr nicht wie sonst mit dem Bus. Der Großvater holte ihn mit dem Auto ab. Papa sah müde aus. Bis bald, sagte Papa und fuhr ihm durch die Haare, aber danach war nichts wieder so wie sonst.

Dann fuhr auch der Großvater ihm durch die Haare, und das war seltsam, denn damit war ihm der Großvater zum ersten Mal in seinem Leben durch die Haare gefahren.

»Dann musst du jetzt wohl der Mann im Haus sein und deiner Mama helfen, solange Papa in der Stadt ist«, sagte der Großvater.

»Versprochen«, sagte Jan.

90

Ein Sommer ohne Ende. Eine Landschaft mit so vielen Badeseen, wie es an einem nordischen Nachthimmel Sterne gibt. Am Sonntag packten Anna Holt und Lisa Mattei einen Picknickkorb und fuhren an einen See, um vor der kommenden Arbeitswoche ihre Batterien aufzuladen.

Anna Holt nahm zuerst ihr vernachlässigtes Training wieder auf. Sowie sie sich umgezogen hatte, dehnte sie sich und lief dann um den See. Als sie etwa zehn Kilometer und eine knappe Stunde später zurückkam, streifte sie ihre Turnschuhe ab und kraulte durch den See, einmal hin und zurück. Danach machte sie zweihundert Liegestütze und ebenso viele Sit-ups. Am Ende dehnte sie sich noch einmal und atmete dann in der Fünfundzwanziggradhitze mit rotem Gesicht aus.

Lisa Mattei lag im Schatten und las eines ihrer alten Lieblingsbücher, »Emil und die Detektive« von Erich Kästner. Vor allem die Passage, wo der kleine Emil mit Hilfe von technischen Beweisen den Bösewicht zu Fall bringt – er zeigt das Loch, das die Stecknadel in den sechs gestohlenen Geldscheinen hinterlassen hat –, hatte sich ihrer Seele lebenslang eingebrannt und ließ Emil sogar vor dem Meisterdetektiv Ture Sventon und seiner eher intuitiven Ermittlungstechnik rangieren, letztere vor allem dokumentiert durch seine wiederholten Beobachtungen der spitzen Schuhe des Wilden Wiesels und die daraus gezogenen Schlussfolgerungen auf die Charaktereigenschaften des Trägers. Lisa Mattei war bereits als kleines Mädchen eher forensisch orientiert gewesen.

Nach dem Training leistete Anna Holt ihr im Schatten Gesellschaft und widmete sich ebenfalls der Lektüre. Mit Hilfe von Telefonlisten, Zeugenaussagen und allerlei kriminaltechnischen Informationen hatte Lewin einen Zeitplan darüber erstellt, womit ihr Täter an dem Tag, an dem er Linda Wallin vergewaltigt und erwürgt hatte, so alles beschäftigt gewesen war. Anna Holt brauchte diesen Zeitplan für das nächste Verhör und hatte vor, sich jede Uhrzeit und jedes kleinste Detail genauestens einzuprägen.

Ab achtzehn Uhr am Donnerstag, dem 3. Juli, hatte Månsson sich in seiner Wohnung im Fröväg im Stadtteil Öster aufgehalten, einen guten Kilometer vom Zentrum von Växjö entfernt. Gleich nach zweiundzwanzig Uhr hatte er Besuch von der Zeugin bekommen, die dann den Sex verweigert hatte. Sie hatte ihn gegen halb elf verlassen, und kaum war sie aus der Tür, da verlegte Månsson sich aufs Telefonieren.

Zwischen halb elf und Mitternacht tätigte er insgesamt elf Anrufe von seinem Festnetzanschluss aus. Er rief ausschließlich Frauen an, die er von früher her kannte. Neun schienen nicht zu Hause gewesen zu sein, und offenbar hatte er auf ihren Anrufbeantwortern keine Nachrichten hinterlassen. Mit einer hatte er gesprochen, sie hatte sich aber mit ihm nicht treffen können, da sie bereits vergeben war. Eine weitere hatte den Hörer auf die Gabel geknallt, sowie ihr aufgegangen war, wer da anrief.

Månsson war nun in die Stadt gegangen, und da die Dokumentation der beiden folgenden Stunden auf unterschiedlichen Zeugenaussagen beruhte, war sie alles andere als sicher und keineswegs so genau wie zum Beispiel eine ordentliche Telefonkontrolle, und sie war bestenfalls so gut wie eine, bei der Mobiltelefone zur Anwendung gekommen waren. Gleich nach

Mitternacht war Månsson einer der Zeuginnen begegnet, die um diese Tageszeit am häufigsten auftraten, einer Nachbarin, die ihren Hund Gassi geführt hatte und nun dasselbe Haus betrat wie er. Die Zeugin war sich ganz sicher, was Tag, Zeitpunkt und Person anging. Und sie konnte aussagen, dass Månsson zu Fuß in Richtung Innenstadt gegangen war. Lewin hatte geseufzt und diese Aussage notiert.

Danach gab es zwei weitere Auskünfte, die darauf hinwiesen, dass Månsson mindestens eine Kneipe in Växjö besucht hatte. Der Barmann, der ihm gegen halb eins ein großes Bier und eine halbe Stunde darauf noch eins serviert hatte, kannte ihn von früheren Besuchen her, und in dieser Nacht war ihm aufgefallen, dass Månsson sich nicht in weiblicher Gesellschaft befunden und außerdem einen »gehetzten und aufgewühlten Eindruck« gemacht hatte. Lewin hatte zweimal geseufzt und dann auch diese Mitteilung im Protokoll vermerkt. Der nächste Zeuge wollte Månsson in einer anderen Kneipe in der Nähe der ersten gesehen haben, irgendwann zwischen ein und zwei Uhr nachts. Er hatte Månsson auf Zeitungsbildern erkannt. »Ich bin ganz sicher, dass er das war«, hatte er gesagt, und Lewin hatte abermals geseufzt.

Um Viertel nach zwei besserte sich die Lage. Månsson rief nämlich von irgendwo in der Innenstadt per Mobiltelefon Lotta Ericsons alte Telefonnummer an. Da Lewin selbst mit der Zeugin gesprochen und die Telefonlisten gesehen hatte, brauchte er diesmal kein einziges Mal zu seufzen.

Unmittelbar um drei Uhr nachts war er, laut ihrer eigenen Analyse des Mordes an Linda Wallin, vor dem Haus aufgetaucht, in dem Lindas Mutter wohnte. Lindas Wagen stand dort, und ganz sicher hatte er ihn erkannt. Månsson war vermutlich auf eine plötzliche Eingebung hin und in der Hoffnung, Linda vorzufinden, ins Haus gegangen. Das war nicht weiter schwer gewesen, da das Ziffernschloss seit zwei Tagen defekt gewesen war.

Danach hatte er sich vermutlich in der Tür geirrt, aus demselben Grund, aus dem er die falsche Nummer gewählt hatte, und hatte an der Wohnung geklingelt, die Lindas Mutter in diesem Haus früher bewohnt hatte. Er war die Treppen hinuntergelaufen, sowie er das Hundegebell gehört hatte. Dann hatte er sich die Namensschilder an der Haustür noch einmal angesehen. Hatte eine »L. Ericson« mit der richtigen Schreibweise des Nachnamens gefunden, hatte geklingelt und war von der soeben nach Hause gekommenen Linda eingelassen worden.

Das alles waren natürlich nur Spekulationen, aber da Lewin selbst sie zusammenspekuliert hatte, hegte er keinerlei Zweifel an ihrer Zuverlässigkeit. Im Gegenteil lieferten sie ihm die Grundlage für weitere Überlegungen, die er auch im Zeitplan verzeichnete. Dass Månsson Lindas Mutter seit dem Wohnungswechsel nicht mehr besucht hatte. Dass er vermutlich nicht einmal mit ihr darüber gesprochen hatte. Dass Linda ihm offenbar nichts davon erzählt hatte, dass sein Besuch jetzt eine spontane Idee gewesen war, nicht geplant oder vorher beschlossen.

Ungefähr zwischen Viertel nach drei und fünf Uhr morgens war Månsson am Tatort mit seinem Opfer zusammen gewesen. Gegen fünf Uhr war er aus dem Schlafzimmerfenster gesprungen und aller Wahrscheinlichkeit nach zu Fuß in Richtung seiner Wohnung gegangen. Schon vor halb sechs müsste er zu Hause gewesen sein.

Danach hatte er das Notwendige in eine Sporttasche gepackt und Växjö verlassen. Warum, war unklar. Er hatte bereits Eintrittskarten für das Konzert von Gyllene Tider am selben Abend auf Öland, aber seit er die erstanden hatte, war unleugbar viel passiert. Hatte es sich um einen halbherzigen Fluchtversuch gehandelt? Einen Versuch, sich ein Alibi zu besorgen, und in diesem Fall einen Grund, nicht mit dem Bus nach Kalmar zu fahren?

Vermutlich hatte er dann beschlossen, den alten Saab des Flugkapitäns zu knacken, dachte Lewin. Sich in einen Bus zu setzen, wäre nicht gerade umsichtig gewesen. Besser, er fuhr allein.

Zu Fuß geht er von seiner Wohnung im Fröväg den einen Kilometer zum Parkplatz am Högstorpsväg. Irgendwann gegen sechs Uhr morgens wird er von der zweiundneunzig Jahre alten Zeugin gesehen, stiehlt den Wagen und fährt los. Wenn er schnell gegangen ist, konnte er die Strecke zwischen seiner Wohnung und dem Parkplatz durchaus in dieser Zeit zurückgelegt haben.

Ungefähr um Viertel nach sechs fährt er dann nach Kalmar, und etwa zehn Kilometer vor dem Stadtrand lässt er den Wagen stehen. Es ist jetzt wohl kurz vor acht, wenn er sich an die Geschwindigkeitsbegrenzung gehalten hat, dachte Lewin.

Des Autos entledigt er sich vermutlich rasch, und jetzt ist es etwa halb neun. Wie er nach Kalmar gelangt, ist unklar. Nach den Rekonstruktionen der Polizei hätte er es zu Fuß schaffen können. Er hätte zwei Stunden Zeit gehabt für die zehn Kilometer zum Haus der Frau, die er um kurz nach neun angerufen hatte. Im Bus hatte niemand ihn gesehen, und niemand konnte berichten, ihn per Anhalter mitgenommen zu haben.

In Kalmar und auf Öland verbringt er dann den ganzen Freitag bis gegen Mitternacht. Die junge Frau, mit der er vom Konzert verschwunden war, hatte sich nicht gemeldet, obwohl sie in den Medien darum gebeten worden war.

Wo er das restliche Wochenende verbracht hatte, war unklar. Und egal wo, am Montagmorgen hatte er wieder an seinem Arbeitsplatz in Växjö gesessen.

»Jan Lewin ist ein genauer Mann«, stellte Anna Holt nach beendeter Lektüre fest.

»Vielleicht ein wenig zu langatmig für meinen Geschmack«, wandte Mattei ein. »Und er hat eine überaus ängstliche Art, Tatsachen aufzuführen. Ich glaube, dass er Tatsachen benutzt, um seine eigenen Ängste im Zaum zu halten.«

»Nicht wie Johansson mit seinen vielen Geschichten über

seine eigenen Heldentaten und das idiotische Versagen aller anderen«, sagte Holt und blickte Mattei neugierig an.

Lisa Mattei fand das auch. Lars Martin Johansson habe nicht die geringste Ähnlichkeit mit Jan Lewin, obwohl sie beide im gleichen Alter waren. Im Gegenteil. Lars Martin Johanssons Polizeigeschichten hatten ihr mehr über Polizeiarbeit beigebracht als fast alles andere, was sie gehört, gelesen oder getan hatte. Außerdem war er ungeheuer unterhaltsam, und immer hatten seine Geschichten eine pädagogische Pointe.

»Und sie sind natürlich die reine Wahrheit«, sagte Holt und lächelte glücklich.

Die reine Wahrheit, glaubte Lisa Mattei, und einfach einzigartig insofern, als Lars Martin Johansson einer der wenigen Menschen war, die begriffen hatten, dass es manchmal nur eine Möglichkeit der Wahrheitssuche gab, nämlich einen inneren Dialog mit sich selbst. Das, was ausgerechnet Skinner in seinen wissenschaftlichen Abhandlungen über Introspektion als Weg zu Wahrheit und Licht geschildert hatte. Und was nicht die geringste Gemeinsamkeit mit unserer alltäglichen und hausbackenen Vorstellung vom Unterschied zwischen Wahrheit und Lüge aufwies.

»Johansson lügt doch wohl nie«, korrigierte Holt.

»Nicht auf die übliche Weise, nein«, sagte Mattei. »Der Typ ist er nicht. Johansson belügt andere nie.«

»Was ist er denn dann für ein Typ?«

»Möglicherweise belügt er sich selbst«, sagte Mattei und klang plötzlich ziemlich schroff.

»Warum heiratest du ihn nicht, Lisa«, fragte Holt.

»Er ist schon verheiratet. Und ich glaube nicht, dass ich sein Typ bin«, sagte Lisa und seufzte.

91

Am Montag ging Anna Holt dann in die Offensive und konfrontierte Bengt Månsson mit Lewins Aufstellung über seine Unternehmungen. Die freundlich lauschende Lisa Mattei war durch Anna Sandberg ersetzt worden, und sei es nur, um ihn an sein einziges und großes Interesse im Leben zu erinnern.

»Wie willst du vorgehen, Anna«, fragte Anna Sandberg.

»Ich rede, du hörst zu. Wenn ich will, dass du etwas sagst, dann wirst du das rechtzeitig merken«, erklärte Holt.
»Mir recht.«

Keine Drohungen, keine Versprechen, keine Eile. »Ansonsten darfst du nach Herzenslust die miese Kuh spielen«, erklärte Holt.
»Letzteres dürfte wohl kein Problem sein«, meinte Anna Sandberg.

»Da ich die ganze Zeit versucht habe, dir gegenüber ehrlich zu sein, Bengt, wollte ich dir diese Aufstellung zeigen«, sagte Anna Holt und reichte ihm Jan Lewins Zeitplan.
»Das weiß ich wirklich zu schätzen«, sagte Månsson höflich.
»Wie gut«, sagte Anna Holt mit freundlichem Lächeln. »Dann schlage ich vor, dass du das in aller Ruhe liest. Alles, was hier steht, wissen wir schon, ohne dich fragen zu müssen, aber es wäre doch interessant, auch deine Erklärung zu hören.«

Fünf Minuten später war Bengt Månsson mit Lesen fertig.

»Ja, ich sehe, was hier steht«, sagte Månsson. »Und jetzt, wo ich es sehe, kann ich mich schon erinnern, dass Linda mir an diesem Abend begegnet ist… in dieser Nacht, meine ich«, korrigierte er sich. »Ich weiß noch, dass wir zuerst miteinander geredet haben, und dann hatten wir Sex. Auf einem Sofa, glaube ich… aber danach setzt meine Erinnerung einfach aus.«

»Deine Erinnerung setzt einfach aus«, wiederholte Anna Holt.

»Die ist einfach wie ein schwarzes Loch«, sagte Bengt Månsson.

»Und was ist dann deine nächste Erinnerung«, fragte Holt.

Månsson erinnerte sich, dass er eine alte Bekannte getroffen hatte. Er war bei ihr zu Hause gewesen. Sie wohnte in Kalmar. Tagsüber hatten sie Sex gehabt. Abends waren sie im Konzert gewesen. Gyllene Tider. Das wusste er noch. Er hatte die Karten sogar schon vor Mittsommer besorgt. Über Beziehungen, die mit seiner Arbeit zusammenhingen.

Aber danach war alles schwarz. Vor allem, weil er ohne zu wissen, warum, die ganze Zeit entsetzliche Angst gehabt hatte. Das wusste er noch. Dass er einfach weggegangen war. Er hatte seine Bekannte stehen lassen. War nach Hause in seine Wohnung gefahren. Er glaubt, in Kalmar den Bus nach Växjö genommen zu haben. Schwarzes Loch, große Angst, wieder zu Hause. Unklar wann, aber es musste irgendwann tagsüber gewesen sein, weil Leute auf der Straße gewesen waren.

»Irgendwann am Samstag, mitten am Tag, warst du wieder zu Hause«, sagte Holt.

»Wenn du meinst«, sagte Månsson und zuckte mit den Schultern. »Bei mir ist da nur ein schwarzes Loch.«

»Hast du irgendwelche Fragen, Anna«, fragte Anna Holt und wandte sich ihrer Kollegin zu.

»Du kannst dich also nur daran erinnern, dass du dich an nichts erinnerst«, sagte Anna Sandberg säuerlich.

»Ja«, sagte Månsson und sah sie an, als hätte er ihre Anwesenheit gerade erst entdeckt.

»Aber an deine Gedächtnislücke kannst du dich ganz sicher erinnern«, sagte Anna Sandberg.

»Ja«, sagte Månsson. »Das ist einfach ein schwarzes Loch.«

»Zwischen vier Uhr morgens in der Nacht zum Freitag bis zum Freitagvormittag gibt es nur ein schwarzes Loch?«

»Ja«, sagte Månsson. »Genauso ist es. Es ist einfach unerklärlich.«

»Ja, das ist es allerdings«, stimmte Anna Sandberg zu. »Ich habe noch nie von einer so exakten Gedächtnislücke gehört. Seltsam, dass du dich so gut daran erinnern kannst. Dass du dich genau an das erinnerst, woran du dich nicht erinnerst, meine ich, und dass du außerdem das Glück hast, dass es eben den Moment betrifft, wo du Linda vergewaltigt und erwürgt hast.«

»Du glaubst doch wohl nicht, dass ich in solchen Dingen lügen würde«, fiel Månsson ihr ins Wort.

»Du traust dich sicher nicht, es zuzugeben«, sagte Anna Sandberg und zuckte mit den Schultern. »Du bist schlichtweg zu feige. Eigentlich tust du dir einfach nur leid.«

»Dieses schwarze Loch«, warf Anna Holt besänftigend ein. »Du kannst nicht versuchen, das zu beschreiben? Wie sieht es aus?«

Wie ein ganz normales schwarzes Loch. Das ihm schreckliche Angst einjagte, ohne dass er begriff, warum.

»Es scheinen schreckliche Dinge passiert zu sein, als du da unten in dem Loch warst«, stellte Anna Sandberg fest. »Was hältst du von dem Versuch, aus dem Loch herauszuklettern?«

»Wie meinst du das?«, fragte Månsson.

»Indem du uns erzählst, was du da unten gemacht hast. Als du da unten warst«, erklärte sie.

»Ich weiß nicht«, sagte Månsson. »Ich bin da einfach gelandet.«

Weiter waren sie nicht gekommen, obwohl sie es den ganzen Tag versucht hatten. Gegen Ende hatte Månsson selbst etwas erzählen wollen. Etwas Wichtiges. Es war wichtig, dass sie ihm zuhörten. Erstens habe er Linda nicht ermordet. Sie hatten Sex miteinander gehabt. Ganz freiwillig. Aber er habe ihr wirklich nichts angetan.

»Woher willst du das wissen«, fiel Anna Sandberg ihm ins Wort. »Du kannst dich doch an nichts erinnern!«

Månsson wusste es, ohne sich erinnern zu können. Niemals wäre er zu so etwas fähig. Er konnte es sich ja nicht einmal vorstellen.

»Überleg es dir«, schlug Holt vor und beendete das Verhör.

»Jetzt haben wir ihn in die Wohnung gebracht. Wir haben ihn auf das Sofa gesetzt, und jetzt treibt er es mit Linda«, sagte Anna Sandberg und sah genauso blutrünstig aus, wie sie sich die ganze Zeit schon fühlte.

»Sicher«, sagte Anna Holt und zuckte mit den Schultern. »Aber er erzählt es nicht unseretwegen.«

»Ich fürchte, ich verstehe nicht«, sagte Anna Sandberg.

»Wir werden ihn nicht weiterbringen«, sagte Anna Holt und schüttelte den Kopf. »Er wollte nur sein schwarzes Loch vorstellen.«

»Er gibt immerhin zu, dass er sich nicht erinnern kann«, sagte Anna Sandberg.

»So blöd ist er nicht«, meinte Holt. »Er kann ja schließlich lesen, was Enoksson und Kollegen festgestellt haben. Dafür hat doch sein Anwalt gesorgt.«

»Eines beschäftigt mich ja«, sagte Anna Sandberg. »Warum versucht er es nicht auf die andere Tour? Mit dem Sexspiel, das schiefgelaufen ist«, erklärte sie.

»Die einfachste Erklärung ist sicher, dass sein Anwalt ihm entschieden davon abgeraten hat«, sagte Holt und seufzte leise.

92

In der letzten Nacht in Växjö träumte Jan Lewin von dem Sommer, in dem sein Vater ihm Rad fahren beigebracht hatte. In diesem Sommer hatte er sein erstes richtiges Fahrrad bekommen, ein rotes Crescent Valiant. Und in diesem Sommer war sein Vater an Krebs gestorben.

Als er aufwachte und ins Badezimmer ging, musste er das Fenster aufreißen, um Luft zu bekommen. Draußen regnete es. Ein stiller Regen unter dunklen Wolken. Kalt war es außerdem geworden.

Was mache ich bloß hier, dachte er. Es ist jetzt vorbei. Zeit, nach Hause zu fahren.

93

Mitten in der Woche hatten Jan Lewin und Eva Svanström sie verlassen. Sie hatten ihre Arbeit getan und wurden nicht mehr gebraucht. Jedenfalls nicht in Växjö. Auf der Fahrt nach Stockholm suchte Lewin den Mut, um Eva vorzuschlagen, nun endlich Ordnung in ihre Beziehung zu bringen. Er wolle sich von seiner Frau scheiden lassen, sie solle ihren Mann verlassen. Und dann mit ihm zusammenziehen. Eine gemeinsame Zukunft aufbauen. Höchste Zeit, nicht zuletzt für ihn, denn zumindest sein Leben wurde jetzt rasch kürzer.

Aber das wurde nie gesagt, und wenn wir bedenken, was in Eva Svanströms Kopf vor sich ging, war es vielleicht auch besser so. In Stockholm wollte sie nämlich sofort den Versuch unternehmen, ihre Ehe wieder in Ordnung zu bringen und Jan Lewin für die nette Zeit zu danken. Eigentlich waren es zu viele Jahre gewesen, aber die Tage mit ihm hatten diese Jahre für sie erträglich gemacht. Wie immer man das erklären kann, dachte sie. Wenn das Herz nicht mehr schlägt und in der Brust nur noch ein schwarzes Loch klafft, das du nicht mehr ansehen magst. Und noch weniger willst du irgendwem davon erzählen.

Keine Erinnerungen vor der Einschulung. Eine Mutter, über die er nicht sprechen wollte. Ein Adoptivvater, der unter einem Grabstein ruhte, der es nicht einmal wert war, angepisst zu werden. Ein schwarzes Loch, an das er sich sehr gut erinnern konnte. Eine unerschütterliche Überzeugung, dass er Linda nichts angetan hatte. Die bloße Vorstellung war schon unerträglich, und deshalb konnte er es auch nicht getan haben.

Noch sechs Verhöre zu diesem Thema, und die Staatsanwältin war bei den letzten drei zugegen. Auf einmal war er von drei Frauen umgeben, die abwechselnd mit ihm redeten. Katarina Wibom, Anna Holt und Anna Sandberg.

»Drei gegen einen«, sagte Månsson, auch wenn sein humoriges Lächeln überaus aufgesetzt wirkte.

»Wir dachten, du wärst am liebsten mit Frauen zusammen, Bengt«, sagte Katarina Wibom. »Je mehr, desto besser, haben wir uns eingebildet.«

Übrig war noch das schwarze Loch, in dem Bengt Månsson sich ihrer technischen Beweisführung nach in jener Stunde befunden haben musste, in der er Linda Wallin vergewaltigt, gequält und ermordet hatte. Das Auto, das er etwa eine Stunde später gestohlen hatte, um wegzufahren und alles hinter sich zu lassen, war dabei von begrenztem juristischen Interesse.

»Ein schwarzes Loch«, fasste die Verhörleiterin Anna Holt zusammen.

»Und ungefähr hundertzwanzigprozentige technische Beweise«, fügte Katarina Wibom hinzu.

»Wenn er wenigstens alles geleugnet hätte«, sagte Holt. »Oder es zumindest mit der Nummer von dem ausgeuferten Sexspiel versucht hätte.« Man kann nicht alles haben, dachte sie.

Am Freitagnachmittag des 5. September verließen auch Knutsson und Thorén Växjö. Andere Mordopfer standen Schlange auf ihrem Dienstplan. Sogar die Haufen auf ihren Schreibtischen oben in Stockholm verlangten nach Aufmerksamkeit. Da beide höflich und wohlerzogen waren, verabschiedeten sie sich vor dem Aufbruch von Kommissar Olsson.

»Müssen doch für den Aufenthalt danken«, sagte Knutsson.

»Schlimmstenfalls sehen wir uns ja wieder«, sagte Thorén.

»Ja, du verstehst sicher, wie ich das meine, Bengt«, fügte er zu seiner Entschuldigung hinzu.

»Ich verstehe genau«, sagte Olsson und lächelte. »Ohne euch hätten wir das sicher nicht so leicht aufklären können. Aber natürlich, früher oder später hätten wir ihn durch seine DNA erwischt.«

»Ohne uns wären Olsson und Klein-Månsson sicher zusammengezogen«, philosophierte Knutsson auf der Fahrt nach Stockholm.

»Und hätten glücklich gelebt bis ans Ende ihrer Tage«, stimmte Thorén zu.

»Ich frage mich nur, wie es mit Bäckström weitergehen soll«, sagte Knutsson.

»Bäckström kommt doch immer zurecht«, sagte Thorén.

94

Am Freitag, dem 12. September, verließen Anna Holt und Lisa Mattei Växjö und fuhren nach Stockholm zurück. Holt sollte auf ihre Vertretungsstelle als Polizeirätin beim nationalen Verbindungsbüro der Zentralen Kriminalpolizei zurückkehren. Johansson hatte schon versucht, sie zu sich zu locken, indem er mit dem frisch geschaffenen Posten einer Stabsrätin, als welche sie seine engste Vertraute geworden wäre, gewedelt hatte. Die Vorstellung, sich alle seine Geschichten anhören zu müssen, ließ keine Sehnsüchte in ihr wach werden, und sie lehnte ab. Energisch und natürlich so freundlich sie konnte. Johansson reagierte wie erwartet. Er schmollte tagelang wie ein Kind, aber schon eine Woche später war er wieder wie immer und begrüßte sie fast demonstrativ freundlich, wenn sie einander auf dem Gang über den Weg liefen.

Er ist wie ein Kind, dachte Holt. Was mag er sich wohl als Nächstes ausdenken?

Lisa Mattei war beurlaubt, um ihr Studium an der Universität von Stockholm abzuschließen. Sie hoffte, bis zum Jahresende damit fertig zu sein, wenn ihr Urlaub zu Ende ging. Aber sie hatte ihre Zweifel. Jedes wissenschaftliche Problem, das sie löste, schien sofort zwei neue zu verursachen, womöglich noch spannender als das soeben abgearbeitete, und die einzige konkurrenzfähige Alternative, die sie sich vorstellen konnte, war wohl der Posten, den Anna Holt abgelehnt hatte und den Johansson Mattei nicht einmal im Traum anbieten würde.

Komisch, dass ein so hochbegabter Mann nicht erkennt, was das Beste für ihn wäre, dachte Mattei.

Ehe sie losfuhren, hatte Anna Holt noch eine längere Unterredung mit Staatsanwältin Katarina Wibom, der sie die über hundert Seiten Verhörprotokoll aushändigte. Es waren insgesamt zwölf Verhöre des mutmaßlichen Täters Bengt Månsson. Mit einer Ausnahme alle in Dialogform. Und jetzt sorgfältig ins Reine geschrieben und eingebunden und mit einem kleinen blaugelben Landeswappen und dem Emblem der Polizei Växjö auf dem Umschlag. Außerdem versehen mit einer einleitenden Zusammenfassung für die Staatsanwältin.

»Weiter komm ich nicht, jetzt musst du übernehmen«, sagte Holt und nickte zu den Papieren hinüber, die zwischen ihnen auf dem Tisch lagen.

»Dann bedanke ich mich ganz herzlich bei dir, Anna«, sagte Katarina Wibom. »Das ist mehr, als ich verlangen kann, und absolut mehr, als ich mir erhofft hatte.«

»Wie wird es denn weitergehen«, fragte Holt. »Du hast versprochen, das zu erzählen, wie du vielleicht noch weißt.«

»Lebenslänglich wegen Mord«, sagte die Staatsanwältin. »So wie ich das sehe, haben Månsson und sein Verteidiger zwei Möglichkeiten.«

»Und welche sind das«, fragte Holt.

Die einzige Möglichkeit war die Behauptung, er und sein Opfer hätten sich mit Sexspielen amüsiert, bei denen dann etwas schiefgelaufen sei. Freiwilligkeit auf Lindas Seite, aktives Einverständnis sogar, unglückliche Umstände, fahrlässige Tötung und einige Jahre Haft.

»Und wie siehst du das«, fragte Holt.

»Vergiss es«, sagte die Staatsanwältin und schüttelte den Kopf. »Ich werde nicht einmal geltend machen müssen, dass Einverständnis keine Rolle spielt. Was Techniker und Gerichtsmedizin sagen, reicht mehr als dicke.«

»Und da bist du dir ganz sicher«, fragte Holt.

»Hier ist die Rede vom Gericht in Växjö«, sagte die Staatsanwältin. »Ganz abgesehen davon, dass es ja nicht so passiert ist, falls er das denn behaupten sollte. Hoffentlich ist sein Anwalt so gescheit, dass er ihm davon abrät, es auf diese Tour auch nur zu versuchen.«

»Und was gibt es sonst noch? Die zweite Möglichkeit«, mahnte Holt.

Gedächtnislücke, erklärte die Staatsanwältin. Und sei es auch nur, um zu beweisen, welche tiefe psychische Störung bei ihm vorliegt. Um den Boden für alle sexuellen und anderen Übergriffe vorzubereiten, denen er als Kind ausgesetzt gewesen war. Von denen er auch erzählen würde, sowie er einer psychiatrischen Untersuchung unterzogen und mit den vielen Ärzten allein gelassen werden würde, die, anders als andere, den Menschen in die Köpfe blicken konnten. »Seit die Tanten und Onkels in den weißen Kitteln ihre kleinen Zauberkästen mit unseren neuen Gedächtnislücken auffüllen dürfen, erinnert sich kein Schurke mehr an irgendwas«, seufzte die Staatsanwältin.

»Was ist denn aus dem alten ehrsamen pathologischen Rausch geworden, unserem redlichen schwedischen Vollsuff«, fragte Holt und seufzte ebenfalls.

»Der ist verschwunden, als sie damit anfingen, alle sogenannten Suffköppe lebenslänglich ins Gefängnis zu stecken, obwohl denen doch nicht mehr erinnerlich war, dass sie am Vorabend ihren besten Freund erstochen hatten. Jetzt ist die Sache komplizierter. Schnöder Schnaps reicht nicht mehr aus. Nicht einmal, wenn du zwanzig Jahre und mehr dein Gehirn in Fusel eingelegt hast. Die gerichtspsychiatrische Wissenschaft macht nämlich Fortschritte. Immer wieder. Nur solche wie du und ich treten noch immer auf der Stelle.«

»Und wird er damit durchkommen?«

»Nicht vor dem Stadtgericht von Växjö«, sagte die Staatsanwältin. »Das kannst du vergessen. Aber bei der nächsten Instanz, wo wir landen, würde ich keine Wette eingehen.«

»Wegen Mordes verurteilt zur geschlossenen psychiatrischen Abteilung, mit der Möglichkeit einer späteren Entlassung«, mutmaßte Holt.

»Möglich oder vielleicht sogar wahrscheinlich«, sagte die Staatsanwältin. »Und der einzige Trost in diesem Zusammenhang ist wohl, dass die meisten Anwälte eine überaus seltsame Vorstellung von den Zuständen in heutigen geschlossenen Anstalten haben.«

»Kein Tanz auf Rosen«, sagte Holt.

»Kein Tanz auf Rosen«, sagte die Staatsanwältin.

95

Am zweiten Montag im Oktober gab es im Stockholmer Journalistenclub eine größere Veranstaltung, bei der aus Anlass des viel diskutierten Lindamordes Fragen der Rechtssicherheit besprochen wurden. Auf dem Podium saßen etliche überaus bekannte Medienpersönlichkeiten, und das Juwel in dieser medialen Krone war natürlich der Chefredakteur von Dagens Nyheter.

Er war allerdings bei weitem nicht der Vornehmste, wenn es nun darum gegangen wäre, die Anwesenden wie an der Tafel des Königs zu platzieren, denn der Eröffnungsredner und Ehrengast des Abends war der Justizkanzler, der JK.

Der JK brachte seine tiefe Besorgnis darüber zum Ausdruck, wie die Polizei im Lindamord und in anderen vergleichbaren Ereignissen der letzten Zeit ermittelt hatte. Nach den ihm vorliegenden Informationen hatte die Polizei von Växjö in Zusammenarbeit mit der Zentralen Kriminalpolizei von fast siebenhundert Personen freiwillige DNA-Proben gesammelt. Proben, die in sämtlichen Fällen bewiesen, dass die Betroffenen mit dem Verbrechen nichts zu tun hatten.

Nach Informationen, die seine Gewährsperson bei der Zentralen Kriminalpolizei eingeholt hatte, war der Mord außerdem auf die herkömmliche Weise durch eine Mischung von Tipps aus der Öffentlichkeit, Zeugenaussagen und normaler Ermittlung aufgeklärt worden. Die DNA des Täters hatte zwar eine nicht geringe Rolle in der Beweisführung der Staatsanwaltschaft bei der Voruntersuchung gespielt. Aber dennoch und ohne dem Urteil vorgreifen zu wollen, ging der JK davon aus, dass die vielen anderen Beweise von eher herkömmlicher Art für den Beschluss der Staatsanwaltschaft, Anklage zu erheben, absolut ausgereicht hätten.

Persönlich fand der JK es überaus besorgniserregend, dass in einem Zusammenhang, wo Polizei und Staatsanwaltschaft doch die Möglichkeit besaßen, sogenannte rechtliche Zwangsmittel anzuwenden, ein Wort wie »freiwillig« benutzt wurde. In seiner Welt waren das unvereinbare Größen, und unter anderem deshalb begrüßte er den Vorschlag der sogenannten DNA-Kommission: umfassende Erweiterung der Möglichkeiten für die juristischen Instanzen, DNA-Proben zu sammeln,

DNA-Analysen durchzuführen und die Ergebnisse zu registrieren. Die Frage der Freiwilligkeit werde hoffentlich bald obsolet sein, und in der besten aller möglichen zukünftigen Welten würde natürlich die DNA aller Menschen gleich nach der Geburt in einem nationalen flächendeckenden Register gespeichert werden. Und sei es nur aus Fürsorge für ebendiese Menschen.

Abschließend hatte er den Medien dann ob ihrer Wachsamkeit Anerkennung gezollt. Mit schöner Bescheidenheit wollte er nicht ausschließen, dass ihm das aktuelle Problem entgangen wäre, wenn die Medien ihn nicht rechtzeitig gewarnt hätten.

Die Medienvertreter hatten keine wesentlichen Einwände gegen die Analysen und Schlussfolgerungen des JK. Das Ganze sei eine wichtige Frage und in jeder Demokratie und in jedem Rechtsstaat von entscheidender Bedeutung, und der Chefredakteur von DN wollte, wenn möglich, das Thema in seiner Zeitung noch höher hängen. Rein persönlich sei er stolz und froh darüber, dass er und seine tüchtigen Mitarbeiter den Stein ins Rollen gebracht hatten.

Der Moderator, der die Debatte leitete, nutzte am Ende die Möglichkeit, den Chefredakteur von Smålandsposten – der anwesend war, und den sie ja nun nicht jeden Tag sahen – zu fragen, wie es möglich sei, dass eine kleinere Lokalzeitung einen Diskussionsbeitrag abgelehnt hatte, den Schwedens größte Tageszeitung sofort veröffentlicht und sogar mit Leitartikeln und Reportagen flankiert hatte.

Der Chefredakteur von Smålandsposten bedankte sich für die Frage. Ohne ins Detail gehen zu wollen, könne er doch immerhin verraten, dass die Ablehnung seiner eigenen Kenntnis der Person des Artikelverfassers zuzuschreiben sei. Umständen, die den Kollegen von Dagens Nyheter möglicherweise nicht bekannt gewesen seien oder die sie aus irgendeinem Grund nicht berücksichtigt hatten. Was wusste denn er, ein schlichter Presseschmierer aus der Provinz, über die Beschlussfassung bei der vornehmsten Zeitung des Landes?

Und wie auch immer, er habe persönlich die Entscheidung gefällt, den Beitrag des Bibliothekars Marian Gross nicht zu veröffentlichen. Er habe diesen Beschluss seither nicht eine Sekunde bereut, und sollte er jemals ein ähnliches Angebot erhalten, werde er auch dieses wieder ablehnen.

Danach begab man sich in die Operabar, in Grands Veranda und in andere nahe gelegene Lokale für die Gutbetuchten, und genau wie immer dauerte die mediale Debatte die halbe Nacht, bis die Teilnehmer endlich zu einigen Stunden wohlverdienter Ruhe zu ihren Familien fahren konnten.

96

Der Prozess gegen Bengt Månsson wurde am Montag, dem 20. Oktober, vor dem Stadtgericht von Växjö eröffnet, und das Urteil wurde erst an die drei Monate später verkündet, am 19. Januar des folgenden Jahres. Es hatte vor allem so lange gedauert, weil das Gericht beschlossen hatte, Bengt Månsson einer sogenannten großen psychiatrischen Untersuchung zu unterziehen, damit man über die weiteren Schritte aufgrund der bestmöglichen Unterlagen entscheiden konnte.

Schon am 20. Dezember war die Antwort aus der gerichtspsychiatrischen Klinik in Lund eingetroffen, aber da hatte man doch Weihnachten und Neujahr und alle anderen Feiertage begehen müssen. Außerdem brauchte das Gericht Zeit, um an seinen Formulierungen herumzufeilen und sich ganz allgemein so seine Gedanken zu machen.

Aus den nicht geheim gehaltenen Erkenntnissen der gerichtspsychiatrischen Untersuchung ergab sich, dass Månsson psychisch zwar heftig gestört war, dass seine Störung aber nicht tief genug ging, um ihn der geschlossenen psychiatrischen

Unterbringung zu überantworten. In seinem Urteil folgte das Gericht deshalb einstimmig den Anträgen der Staatsanwaltschaft und verurteilte Bengt Månsson wegen Mordes zu lebenslänglicher Haft.

Gegen dieses Urteil wurde Berufung eingelegt, und die nächste Instanz beantragte eine weitere gerichtspsychiatrische Untersuchung, die diesmal unter Leitung des jüngst berufenen Professors der Gerichtspsychiatrie, Robert Brundin, am Sankt-Sigfrids-Krankenhaus in Växjö vorgenommen werden sollte.

Brundin kam zu anderen Schlüssen als seine Kollegen in Lund. Er war der Überzeugung, dass Månsson an einer überaus ernsten psychischen Störung litt, und deshalb wurde Månsson Ende März zu geschlossener psychiatrischer Verwahrung mit Option auf Entlassung verurteilt.

Schon eine Woche nach Urteilsverkündung wurde Professor Brundin in einem der vielen gesellschaftlich relevanten Magazine des staatlichen Fernsehens ausgiebig interviewt. Er schilderte einen zutiefst gestörten Täter mit stark chaotischen Zügen. Diese wiederum ließen sich aus überaus traumatischen Erlebnissen in der Kindheit des Täters herleiten.

Es handelte sich dabei nicht um Kriegserlebnisse wie bei den eher herkömmlichen chaotischen Tätern, aber in ihrer qualitativen Ausprägung und ihren Konsequenzen waren sie mit diesen absolut vergleichbar. Außerdem fielen sie unter die ärztliche Schweigepflicht, weshalb Brundin nicht näher darauf eingehen konnte. Es war jedoch nicht die Rede von einem sexuellen Sadisten mit voll entwickelten sexuellen Phantasien. Und auch nicht von einer reinen Chaospersönlichkeit. Eher hatte man es mit einer interessanten Zwischenform zwischen dem sexuellen Sadisten und dem chaotischen Täter zu tun.

»Ich meine also, dass ich endlich sozusagen das fehlende Glied zwischen diesen beiden Grundtypen gefunden habe«, erklärte ein überaus zufriedener Brundin, der ansonsten sich und seinem neuen Patienten zu dem engen Kontakt gratulierte, den die Zukunft für sie beide bereithielt.

»Glauben Sie, dass Sie ihn jemals werden heilen können«, fragte die Interviewerin.

Bei allem Respekt vor ihr und ihrer Sendung hielt Brundin die Frage doch für falsch formuliert.

»Wie meinen Sie das?«

»Es geht doch im Grunde darum, wie wir kommenden Generationen helfen können, Leuten, die so sind wie er«, erklärte Brundin. »Aber wenn Sie sich auf die Behandlungszeit beziehen, dann fürchte ich doch, dass dieser Patient einer verlorenen Generation angehört«, sagte Brundin, der außerdem ein belesener Mann war.

Bäckström hatte die Sendung gesehen. Er saß zu Hause in seiner behaglichen Behausung in der Nähe der Wache, zusammen mit einem Bier, einem kleinen Maltwhisky, einer Krankschreibung, einer fast beendeten Voruntersuchung über sexuelle Nötigung, im braunen Umschlag steckte noch so einiges, und das Leben hätte wirklich schlimmer sein können.

Aber es hätte doch gereicht, wenn sie aus dem Arsch einfach Leim gekocht hätten, dachte Bäckström, der trotz all seiner Fehler und Schwächen doch ein Mann mit einem starken Sinn für volkstümliche Gerechtigkeit war.

97

Am Freitag, dem 24. Oktober, hätte Linda Wallins Mutter vor dem Gericht in Växjö über ihre Beziehung zu dem Mann aussagen sollen, der ihre Tochter ermordet hatte. Am Vortag telefonierte sie mit Anna Sandberg, und sie beschlossen, dass Anna sie am folgenden Morgen in ihrem Sommerhaus abholen solle. Ansonsten ging es der Mutter jetzt endlich etwas besser, und sie freute sich darauf, die Sache endlich hinter sich lassen zu können, um sich der Trauer um ihre Tochter zu widmen.

Als Anna Sandberg am Morgen eintraf, stand die Haustür sperrangelweit offen und schlug im Herbstwind hin und her. Und als sie die Lücke in der ordentlichen Reihe geschliffener Steine sah, die den sauber geharkten Kiesweg einfassten, wusste sie sofort, was passiert war. Die Taucher fanden die Mutter noch am selben Tag in vier Meter Tiefe. Ehe sie ins Wasser gegangen war, hatte sie einen Wintermantel mit tiefen Taschen angezogen und die Tasche mit Steinen gefüllt. Dann hatte sie sich einen Gürtel um die Brust geschnallt und ihre Oberarme damit gefesselt, für den Fall, dass sie ihren Entschluss in letzter Sekunde noch bereute.

In der Brusttasche hatte sie ein Foto, das etwas über drei Jahre zuvor bei einem Mittsommerfest auf dem Gut von Lindas Vater aufgenommen worden war. In der Mitte eine lachende Linda, zwischen ihrer Mutter und ihrem Mörder. Außerdem hatte jemand die Gesichter von Lotta Ericson und Bengt Månsson mit Filzstift eingekreist und »Mörder« darübergeschrieben. Der Umschlag, der mit der Post gekommen war, lag auf dem Küchenboden, wies keinen Absender auf und war am Mittwoch in Växjö abgestempelt worden.

Die Ermittlungen zu diesem Todesfall waren längst abgeschlossen, als der Prozess zu Ende ging, und das Ergebnis war schon klar gewesen, als sie gefunden wurde. Lindas Mutter hatte sich das Leben genommen. Die Trauer um ihre Tochter hatte keinen stärkeren Anstoß gebraucht, und wer ihr den Brief mit dem Foto geschickt hatte, ließ sich niemals feststellen. Lindas Vater jedenfalls hatte keine Ahnung, als die Polizei ihn zu der Sache vernahm, und die Trauer um seine ehemalige Frau hatte er rasch überwunden.

Ihm blieb nun noch, die Erinnerung an seine einzige und geliebte Tochter zu pflegen.

98

Im April des folgenden Jahres hatte die Personalabteilung der Zentralen Polizeileitung endlich den Fall Kriminalkommissar Evert Bäckström geklärt. Es hatte so lange gedauert, weil die Staatsanwaltschaft erst eine Woche zuvor die Anzeige wegen sexueller Nötigung hatte abschreiben können. Ein Vergehen ist nicht nachzuweisen.

Eine komplizierte Ermittlung. Einerseits war die Beweislage unklar gewesen, da Bäckström die ganze Zeit seine erste Version vertreten hatte, dass die Geschädigte sich den Zutritt zu seinem Zimmer mehr oder weniger erzwungen hatte, obwohl Bäckström doch vorgeschlagen hatte, sich unten in der Bar zu treffen, nachdem er die dringend nötige Dusche hinter sich gebracht und ein frisches Hemd angezogen haben würde. Gegen Ende der Ermittlungen hatte die Geschädigte zudem ihre Mitwirkung verweigert, weil sie es für sinnlos hielt, und in dieser Situation war der Staatsanwaltschaft keine Wahl geblieben.

Blieben noch allerlei finanzielle Unklarheiten, bei denen es um einen Betrag von insgesamt an die zwanzigtausend Kronen ging. Es gab etliche nicht begründete Bargeldentnahmen, eine seltsame Wäscherechnung, eine geheimnisvolle Rechnung über Besprechungsmaterial, zu dem unter anderem einunddreißig Filzstifte zu sechsundneunzig Kronen das Stück, ein auf das Zimmer eines Kollegen gebuchter Pornofilm und noch viele andere Leckerbissen gehörten. Das Seltsamste aber war: Schon an dem Tag, an dem Bäckström von der Finanzabteilung auf diese Fragen aufmerksam gemacht worden war, hatte er alle Forderungen sofort bar beglichen, und wenn wir seinen Ruf bedenken, war das wohl das ganz große Mysterium in dieser Angelegenheit.

Trotzdem wurden ihm allerlei Verstöße gegen die Vorschriften und Regeln, die für das Personal der Zentralen Kriminalpolizei gelten, zur Last gelegt, und sein gewerkschaftlicher Vertrauensmann hatte hart arbeiten müssen, um endlich einen Kompromiss zu finden, mit dem sich auch Bäckströms höchster Chef, der Zettkazeh Lars Martin Johansson, versöhnen konnte.

Bäckström durfte an seine ursprüngliche Stelle bei der Bezirkskriminalpolizei von Stockholm zurückkehren, wo er bis auf Weiteres in der Güterermittlung eingesetzt wurde. Oder beim Fundbüro, wie alle richtigen Polizisten, auch Bäckström selbst, diese Endlagerungsstätte für herrenlose Fahrräder und verwirrte Polizistenseelen nannten.

Seinen Rang als Kommissar hatte er immerhin behalten dürfen. In dieser Hinsicht war Johansson nicht nachtragend. Aber Bäckström hätte gerne darauf verzichtet, wenn es ihm erspart geblieben wäre, seinen Arbeitsplatz mit seinem alten Waffenträger Wiijnbladh zu teilen, der halbtags dort arbeitete, seit er vor fünfzehn Jahren versucht hatte, seine damalige Gattin umzubringen, wobei es ihm aber leider nur gelungen war, sich selbst zu vergiften, weshalb er von der technischen Sektion in diesen Archipel Gulag der Stockholmer Polizei verbannt worden war.

99

Bei den alljährlichen Polizeitagen in Älvsjömässan im Mai dieses Jahres hielt Kommissar Bengt Olsson einen viel beachteten Vortrag über das Hauptthema der Konferenz, die Konflikte zwischen den unterschiedlichen Polizeikulturen nämlich.

Einerseits waren da er selbst und seine Kollegen von der Polizei Växjö. Sie verfügten über begrenzte Mittel, zugleich aber über große Orts- und Personenkenntnisse und eine beachtliche praktische Erfahrung. Andererseits gab es die Zentrale Kriminalpolizei, die nicht die ganze Zeit Kronen und Öre zählen musste und die vielleicht deshalb ihre Probleme lieber auf so breiter Front wie möglich anging.

Natürlich hatte es zwischen diesen beiden Gruppen gewisse Spannungen gegeben. Das war ganz natürlich, und niemand war schuld daran, fand Olsson, sie lebten eben in unterschiedlichen Welten und wurden zu unterschiedlichen kulturellen Bewertungen und Botschaften erzogen. Natürlich hatten sie auch stark voneinander profitiert, und er wollte vor allem auf die wertvollen Beiträge hinweisen, die man in Växjö von der TP-Gruppe der Zentralen Kriminalpolizei erhalten hatte, sowie auf den hervorragenden Einsatz der Zentralen Kriminalpolizei bei der Registrierung des überaus umfangreichen Ermittlungsmaterials.

Doch letztendlich und nach Olssons fester Überzeugung hatten doch Orts- und Personenkenntnisse dafür gesorgt, dass sie den Täter gefunden hatten. Und das sollte man sich in Zukunft vor Augen halten und sich ernsthaft Gedanken darüber machen, wie man die Mittel der regionalen und lokalen Polizeibehörden im Hinblick auf die Ermittlung von schweren Gewaltverbrechen erweitern und auf diese Weise die Grundlage zu einer neuen Organisation legen könnte.

Nach dem Vortrag trat Lars Martin Johansson vor, um sich bei Olsson zu bedanken. Nicht nur im eigenen Namen. Noch nie hatten wohl so viele Kollegen einem einzigen von ihnen für so viel Scheißgefasel in so kurzer Zeit danken können, stellte Johansson in seiner höflichsten Manier fest. Und wenn Olsson in Zukunft Hilfe bei weiteren Selbstverständlichkeiten benötige, brauche er sich ja nicht die Mühe zu machen, Johansson und dessen Mitarbeiter damit zu belästigen.

Am Freitag, dem 28. Mai, hatte Lisa Mattei am Seminar für praktische Philosophie der Universität Stockholm ihre Disputation. Ihre Doktorarbeit trug den Titel »Zum Gedenken an das Opfer?«, und es ging darin vor allem um das Fragezeichen. Um die versteckte Botschaft in der Sprache der Medien, wenn sie über sogenannte Sexualmorde an Frauen berichteten, was die Kandidatin, ausgehend von einer Genderperspektive, analysiert hatte.

Die klassische semiotische Verbindung von Inhalt und Ausdruck und der seltsame Umstand, dass die Vornamen von fast zweihundert Frauen die Vorsilben der Sexualmorde bildeten, was deren Leben während der vergangenen fünfzig Jahre verändert hatte. Vom Birgittamord, dem Gerdmord, dem Kerstinmord und dem Ullamord, um nur vier landesweit bekannte und fünfzig Jahre alte Beispiele zu nennen, bis zu den im neuen Jahrtausend aktuellsten, dem Kajsamord, dem Petramord, dem Jennymord... dem Lindamord.

Diese Frauen aus Fleisch und Blut wurden ganz einfach in mediale Botschaften verwandelt. In Symbole, entsprechend dem semiotischen Sprachgebrauch. Damit die Allerbesten, so wie die Medien diese Fälle sahen, noch ein letztes Mal wiederverwertet werden konnten, falls die Polizei den Täter fasste.

Von der Polizeianwärterin Linda Wallin, zwanzig, zum Lindamord. Zum Lindamann und dann zu der gesamten Justizkette.

Symbole wofür? Was vereinte diese Frauen, abgesehen von

539

der Art, in der sie ermordet, in den Medien beschrieben und endlich in die relative Vergessenheit der schwedischen Kriminalgeschichte verwiesen wurden. Es lag auf der Hand, dass das, egal, um welches Geschlecht es ging, keine ganz einfache Frage sein konnte. Männernamen dienten indes nie als Mordpräfix, egal, ob die Motive sexuell oder nur unbekannt waren. Nur Mensch zu sein reichte offenbar nicht aus. Man musste auch Frau sein, zugleich aber nicht irgendeine Frau.

Man musste Frau in einem gewissen Alter sein. Die Jüngste war mit nur fünf Jahren vergewaltigt und erwürgt worden, aber mit Ausnahme eines Dutzends Prostituierter war keine älter als vierzig gewesen. Motiv und Vorgehensweise der Täter lieferten auch keine erschöpfende Erklärung. Die Anzahl von Frauen, die in diesem Zeitraum ermordet worden waren, weil den Täter sexuelle Motive angetrieben hatten oder weil gewisse Dinge, die er mit seinen Opfern gemacht hatte, zumindest andeuten konnten, dass solche Motive im Spiel gewesen waren, belief sich im selben Zeitraum auf an die fünfhundert.

Lisa Mattei hatte die für jeden denkenden Menschen und für jede Polizistin selbstverständliche nächste Frage gestellt. Warum hatten die Medien sechzig Prozent aller weiblichen Sexualmordopfer ignoriert?

Viele waren einfach zu alt gewesen. Die Älteste war mit über neunzig vergewaltigt und dann mit der flachen Seite einer Axt erschlagen worden. Viele hatten unter viel zu traurigen sozialen Bedingungen gelebt. Hatten es mit zu heruntergekommenen Männern gehabt. Viele waren von Tätern ermordet worden, die sofort oder sehr bald nach dem Verbrechen gefasst worden waren, und ihre Geschichten waren, dramaturgisch gesehen, einfach nicht gut genug gewesen.

Einfach und zusammengefasst hatte es ihnen an medialem Wert in der schlichten und finanziellen Denkart gefehlt, der es darum geht, mehr Zeitungen zu verkaufen. Die Bilder waren nicht gut genug gewesen. Der Text nicht spannend genug. Die Geschichten zu banal. Einfach nicht gut genug.

Aus irgendeinem Grund hatte Lisa Mattei ihre Doktorarbeit

den fast zweihundert Frauen gewidmet, die in alphabetischer Reihenfolge ihrer Vornamen aufgeführt waren. Die erste hieß Anna, es war dieselbe Anna wie in Annamord, die letzte hieß Åsa, dieselbe Åsa wie in Åsamord.

Aber ich selbst heiße Lisa, Lisa wie in Lisa Mattei, dachte Lisa Mattei, als sie die letzte Taste an ihrem Computer drückte. Ich bin zweiunddreißig Jahre alt, ich bin eine Frau, ich bin Kriminalinspektorin, und bald werde ich Doktorin der Philosophie sein.